沈从文（1902-1988）

# 边城

沈从文集

北京出版集团
北京十月文艺出版社

# 目 录

1　　　渔

12　　三　三

34　　虎　雏

55　　黔小景

62　　泥　涂

87　　黄　昏

95　　静

103　 都市一妇人

122　 若墨医生

137　 黑　夜

146　 节　日

154　 月下小景

166　 扇　陀

184　 爱　欲

202　 慷慨的王子

225　 如　蕤

抬到场上，一人打小锣，大喊吃肉吃肉，百钱一块。凡有呆气汉子，不知事故，想一尝人肉，走来试吃一块，则得钱一百。然而更妙的，却是在场的另一端，也正在如此喊叫，或竟加钱至两百文。在吃肉者大约也还有得钱以外在火候咸淡上加以批评的人。事情到近日说来自然是故事了。

近日因为地方进步，一切野蛮习气已荡然无存，虽仍不免有一二人藉械斗为由，聚众抢掠牛羊，然虚诈有余而勇敢不足，完全与过去习俗两样了。

甘姓住河左，吴姓住河右，近来如河中毒鱼一类事情，皆两族合作，族中当事人先将欢喜寻事的分子加以约束，不许生事，所以人各身边佩刀，刀的用处却只是撩取水中大鱼，不想到作其他用途了。那弟兄姓吴，为孪生，模样如一人，身边各佩有宝刀一口，这宝刀，本来是家传神物，当父亲落气时，在给这弟兄此刀时，同时嘱咐了话一句，说：这应当流那曾经流过你祖父血的甘姓第七派属于朝字辈仇人的血。说了这话父亲即死去，然而到后这弟兄各处一访问，这朝字辈甘姓族人已无一存在，只闻有一女儿也早已在一次大水时为水冲去，这仇无从去报，刀也终于用来每年砍鱼或打猎时砍野猪这类事上去了。

时间一久，这事在这一对孪生弟兄心上自然也渐渐忘记了。

今夜间，他们把船撑到了应当沉船的地方，天还刚断黑不久。地方是荒滩，相传在这地方过去两百年以前，甘吴两姓族人曾在此河岸各聚了五百余彪壮汉子大战过一次，这一战的结果是两方同归于尽，无一男子生还。因为流血过多，所以这地两岸石块皆作褐色仿佛为人血所渍而成。这事情也好像不尽属诸传说，因为岸上还有司官所刊石牌存在。这地方因为有这样故事，所以没有人家住，但又因为来去小船所必经，在数十年前就有了一个庙，有了庙则撑夜船过此地的人不至于心虚了。庙在岸旁山顶，住了一个老和尚，因为山也荒凉，到庙中去烧香的人似乎也很少了。

这弟兄俩把船撑到了滩脚，看看天空，时间还早，所燃的定时香也还有五盘不曾燃尽。其中之一先出娘胎一个时刻的那哥哥说：

"时间太早,天上××星还不出。"

"那我们喝酒。"

船上本来带得有一大葫芦酒,一腿野羊肉,一包干豆子,那弟弟就预备取酒,这些东西同那两个大炮仗,全放在一个箩筐里,上面盖着那面铜锣。

哥哥说:

"莫忙,时间还早得很,我们去玩吧。"

"好。我们去玩,把船绳用石头压好。"

要去玩,上滩有一里,才有人家住。下滩则也有一里,就有许多人在沿河两岸等候浮在水面中了毒的鱼的下来。向下行是无意思的事,而且才把船从那地方撑来,然而向上行呢,把荒滩走完,还得翻一小岭,或者沿河行,绕一个大湾,才能到那平时也曾有酒同点心之类可买的人家在。

哥哥赞成上岸玩,到山上去,看庙,因为他知道这时纵向上走,到了那卖东西地方处,这卖东西的人也许早到两三里的下游等候捕鱼去了。那弟弟不行,因为那上面有水碾坊,碾坊中有熟人可以谈话。他一面还恐怕熟人不知道今天下游毒鱼事,他想顺便邀熟人来,在船上谈天,沉了船,再一同把小船抬起,坐到下游去赶热闹。他的刀在前数日已拂拭得锋利无比,应当把那河中顶大的鱼砍到才是这年青人与刀的本分。不拘如何两人是已跳到河边干滩上了。

哥哥说:

"到庙中去看看那和尚,我还是三年前到过那地方。"

"我想到碾房,"弟弟说,他同时望到天上的星月,不由得不高声长啸,"好天气!"

天气的确太好,哥哥也为这风光所征服了,在石滩上如一匹小马,来去作小跑。

这时长空无云,天作深蓝,星月嵌天空如宝石,水边流萤来去如仙人引路的灯,荒滩上蟋蟀三两嘤嘤作声,清越沉郁,使人想象到这英雄独在大石块罅隙间徘徊阔步,为爱情所苦闷大声呼喊的情形,为之肃然

3

起敬。

弟弟因为蟋蟀声音想起忘了携带笛子。

"哥哥若是有笛,我们可以唱歌。"

那哥哥不作声,仍然跑着,忽然凝神静听,听出山上木鱼声音了。

"上山去,看那和尚去,这个时候还念经!"

弟弟没有答应,他在想到月下的鬼怪。但照例,作弟弟的无事不追随阿兄,哥哥已向山上方向走去,弟弟也跟到后面来了。

人走着。月亮的光照到滩上,大石的一面为月光所不及,如躲有鬼魔。水虫在月光下各处飞动,振翅发微声,从头上飞过时,俨然如虫背上皆骑有小仙女。鼻中常常嗅着无端而来的一种香气,远处滩水声音则正像母亲闭目唱安慰儿子睡眠的歌。大地是正在睡眠,人在此时也全如梦中。

"哥哥,你小心蛇。"这弟弟说着,自己把腰间一把刀拉出鞘了。

"汉子怕蛇吗?"哥哥这样说着,仍然堂堂朝前走。

上了高岸,人已与船离远有三十丈了。望到在月光中的船,一船黑色毒鱼物料像一只水牛。船在粼粼波光中轻轻摇摆,如极懂事,若无系绳,似乎自动也会在水中游戏。又望到对河远处平冈,浴在月色中,一抹淡灰。下游远处水面则浮有一层白雾,如淡牛奶,雾中还闪着火光,一点二点。

他们在岸上不动,哥哥想起了旧事。

"这里死了我们族中五百汉子。他们也死了五百。"

说到这话,哥哥把刀也哗的拔出鞘了。顺手砍路旁的小树,哧哧作响,树枝砍断了不少,那弟弟也照到这样作去。哥哥一面挥刀一面说道:

"爹爹过去时说的那话你记不记到?我们的刀是为仇人的血而锋利的。只要我有一天遇到这仇人,我想这把刀就会喝这人的血。不过我听人说,朝字辈烟火实在已绝了,我们的仇是报不成的。这刀真委屈了,如今是这样用处,只有砍水中的鱼,山上的猪。"

"哥哥,我们上去,就走。"

"好，就上去吧，我当先。"

这两弟兄就从一条很小很不整齐的毛路趋向山顶去。

他们慢慢的从一些石头上踹过，又从一些毛草中走过，越走与山庙越近，与河水越离远了。两弟兄到半山腰停顿了一会，回头望山下，山下一切皆如梦中景致。向山上走去时，有时忽听到木鱼声音较近，有时反觉渐远的。到了山腰一停顿，略略把喘息一定，就清清楚楚听到木鱼声音以外还有念经声音了。稍停一会这两弟兄就又往上走去，哥哥把刀向左右劈，如在一种危险地方，一面走一面又同弟弟说话。

"……"

他们到了山庙门前了，静悄悄的庙门前，山神土地小石屋中还有一盏点光如豆的灯火。月光洒了一地，一方石板宽坪还有石桌石椅可供人坐。和尚似乎毫无知觉，木鱼声朗朗起自庙里，那弟弟不愿意拍门。

"哥，不要吵闹了别人。"

这样说着，自己就坐到那石凳上去了。而且把刀也放在石桌上了，他同时顺眼望到一些草花，似经人不久采来散乱的丢到那里。弟弟诧异了，因为他以为这绝对不是庙中和尚做的事。这年青人好事多心，把花拾起给他哥哥看。

"哥哥，这里有人来！"

"那并不奇怪，砍柴的年青人是会爬到这里来烧香求神，想从神佑得到女人的心的。"

"我可是那样想，我想这是女人遗下的东西。"

"就是这样，这花也很平常。"

"但倘若这是甘姓族中顶美貌的女人？"

"这近于笑话。"

"既然可以猜详它为女人所遗，也就可以说它为美女子所遗了，我将拿回去。"

"只有小孩才做这种事，你年青，要拿去就拿去好了，但可不要为这苦恼，一个聪明人是常常自己使自己不愉快的。"

"莫非和尚藏……"

说这样话的弟弟，自己忽然忍住了，因为木鱼声转急，像念经到末一章了。那哥哥，在坪中大月光下舞刀，作刺劈种种优美姿势，他的心，只在刀风中来去，进退矫健不凡，这汉子可说是吴姓族最纯洁的男子了。至于弟弟呢，他把那已经半憔悴了掷到石桌上的山桂野菊拾起，藏到麂皮抱肚中，这人有诗人气分，身体不及阿哥强，故于事情多遐想而少成就，他这时只全不负责的想象这是一个女子所遗的花朵。照乌鸡河华山寨风俗，则女人遗花被陌生男子拾起，这男子即可进一步与女人要好唱歌，把女人的心得到。这年青汉子，还不明白女人究竟是怎么一回事，只因为凡是女人声音颜色形体皆趋于柔软，一种好奇的欲望使他对女人有一种狂热，如今是又用这花为依据，将女人的偶像安置在心上了。

这孩子平时就爱吹笛唱歌，这时来到这山顶上，明月清风使自己情绪缥缈，先是不让哥哥拍打山门，恐惊吵了和尚的功课，到这时，却情不自已，轻轻的把山歌唱起来了。

他用华山寨语言韵脚，唱着这样意思：

　　你脸白心好的女人，
　　在梦中也莫忘记带一把花，
　　因为这世界，也有做梦的男子。
　　无端梦在一处时你可以把花给他。

唱了一段，风微微吹到脸上，脸如为小手所摩，就又唱道：

　　柔软的风摩我的脸，
　　我像是站在天堂的门边——这时，
　　我等候你来开门，
　　不拘那一天我不嫌迟。

出于两人意料以外的，是这时山门旁的小角门，忽然訇的开了，和

尚打着知会,说:

"对不起,惊动了。"

那哥哥见和尚出来了,也说:

"对不起师傅,半夜三更惊吵了师傅。"

和尚连说"那里那里"走到那弟弟身边来。这和尚身穿一身短僧服,大头阔肩,人虽老迈,精神勃勃,还正如小说上所描画的有道高僧。见这两兄弟都有刀,就问:

"是第九族子弟么?"

那哥哥恭恭敬敬说:

"不错,属于宗字辈。"

"那是××先生的公子了。"

"很惭愧的,无用的弟兄辱没了第九族吴姓。"

"××先生是过去很久了。"

"是的。师傅是同先父熟了。"

"是的。我们还……"

这和尚,想起了什么再不说话,他一面细细的端详月光下那弟兄的脸,一面沉默在一件记忆里。

那哥哥,就说:

"四年前曾到过这庙中一次,没有同师傅谈话。"

和尚点头。和尚本来是想另一件事情,听到这汉子说,便随心的点着头,遮掩了自己的心事。他望到那刀了,就赞不绝口,说真是宝刀。那弟弟把刀给他看,他拿刀在手,略一挥动。却便飕飕风生,寒光四溢。弟弟天真的抚着掌:

"师傅大高明,大高明。"

和尚听说到此,把刀仍然放到石桌上,自己也在一个石凳上坐下了。和尚笑,他说:

"两个年青人各带这样一把好刀,今天为什么事来到这里?"

哥哥说:

"因为村中毒鱼派我们坐船来倒药。"

7

"众生在劫,阿弥陀佛。"

"我们在滩下听到木鱼声音,才想起上山来看看。到了这里,又恐怕妨碍了师傅晚课,所以就在门前玩。"

"我听到你们唱歌,先很奇怪,因为夜间这里是不会有人来的。这歌是谁唱的,太好了,你们谁是哥哥呢?我只听人说到过××先生得过一对双生。"

"师傅看不出么?"

那哥哥说着且笑,具有风趣的长年和尚就指他:

"你是大哥,一定了。那唱歌的是这一位了。"

弟弟被指定了,就带羞的说:

"很可笑的事,是为师傅听到。"

"不要紧,师傅耳朵听过很多了,还不止听,在年青时也就做着这样事,过了一些日子。你说天堂的门,可惜这里只一个庙门,庙里除了菩萨就只老僧。但是既然来了,也就请进吧。看看这庙,喝一杯茶,天气还早得很。"

这弟兄无法推辞,就伴同和尚从小角门走进庙里,一进去是一个小小天井,有南瓜藤牵满的棚架,又有指甲草花,有鱼缸同高脚香炉,月光洒满院中,景致极美。他们就在院中略站,那弟弟是初来,且正唱完歌,情调与这地方同样有诗意,就说:

"真是好地方,想不到这样好!"

"那里的事。地方小,不太肮脏就是了。我一个人在这里,无事栽一点花草,这南瓜,今年倒不错,你瞧,没有撑架子,恐怕全要倒了。"

和尚为指点南瓜看,到后几人就进了佛堂,师傅的住处在佛堂左边,他们便到了禅房,很洒脱的坐到工夫粗糙的大木椅上,喝着和尚特制款客的蜜茶。

谈了一会。把乌鸡河作中心,凡是两族过去许多故事皆谈到了,有些为这两个年青人不知道,有些虽知道也没有这样清楚,谈得两个年青人非常满意。并且,从和尚方面,又隐隐约约知道所谓朝字辈甘姓族人还有存在的事情。这弟兄把这事都各默默记到心上,不多言语。他们到

8

后又谈到乌鸡河沿岸的女人……

和尚所知道太多,正像知道太多,所以成为和尚了。

当这两个弟兄起身与和尚告辞时,还定下了后一回约。两个年青人一前一后的下了山,不到一会就到了近河的高岸了。

月色如银,一切都显得美丽和平。风景因夜静而转凄清,这时天上正降着薄露。那弟弟轻轻吹着口哨,在哥哥身后追随。他们下了高岸降到干滩上,故意从此一大石上跃过彼一大石,不久仍然就到了船边。

弟弟到船上取酒取肉,手摸着已凝着湿露的铜锣,才想到不知定时香是否还在燃。过去一看,在还余着三转的一个记号上已熄灭了,那弟弟就同岸上的哥哥说:

"香熄了,还剩三盘,不知在什么时候熄去?"

"那末看星,姊妹星从北方现出,是三更子正,你看吧,还早!"

"远天好像有风。"

"不要紧,风从南方过去云在东,也无妨。"

"你瞧,星子全在眨眼!"

"是咧,不要紧。"

阿哥说着也走近船边了,用手扶着船头一支篙,摇荡着,且说:

"在船上喝吧,好坐。"

那弟弟不承认这事情,到底这人心上天真较多,他要把酒拿到河滩大石上去喝,因为那么较之在船中为有趣。这自然仍然是他胜利了,他们一面在石上喝酒,一面拔刀割麂肉吃,哥哥把酒葫芦倒举,嘴与葫芦嘴相接咕嘟咕嘟向肚中灌。

天气忽然变了。一葫芦酒两人还未喝完,先见东方小小的云,这时已渐扯渐阔,星子闪动的更多了。

"天气坏下来了,怎么办?"

"我们应当在此等候,我想半夜决不会落雨。"

"恐怕无星子,看不出时间。"

"那有鸡叫。听鸡叫三更,就倒药下水。"

"我怕有雨。"

9

"有雨也总要到天明时,这时也应当快转三更了。"

"……"

"怎么?"

"我想若是落了雨,不如坐船下去,告他们,省得涨了水可惜这一船药。"

"你瞧,这哪里会落雨?你瞧月亮,那么明朗。"

那哥哥,抬头对月出神,过了一会,忽然说:

"山上那和尚倒不错,他说他知道我们的仇人,同父亲也认识。"

"我们为什么忘了问他俗姓。"

"那他随便说说也得。"

"他还说唱歌,那和尚年青时可不知做了些什么坏事,直到了这样一把年纪,出了家,还讲究这些事情!"

…………

把和尚作中心,谈到后来,那一葫芦酒完了,那一腿野羊肉也完了。到了只剩下一堆豆子时,远处什么地方听到鸡叫了。

鸡叫只一声,则还不可信,应当来回叫,互相传递才为子时。这鸡声,先是一处,到后各处远地方都有了回唱,那哥哥向天上北方星群中搜索那姊妹星,还不曾见到那星子。弟弟说:

"幸而好,今夜天气仍然是好的。鸡叫了,我们放炮倒药吧。"

"不行,还早得很,星子还不出来!"

"把船撑到河中去不好么?"

"星子还不出,到时星子会出的。"

那作弟弟的,虽然听到哥哥说这样话,但酒肉已经告罄,也没有必需呆坐在这石上的理由了,就跳下石头向船边奔去。他看了一会汤汤流去的水,又抬起头来看天上的星。

这时风已全息了。山上的木鱼声亦已寂然无闻。虽远处的鸡与近身荒滩上的虫,声音皆无一时停止,但因此并不显出这世界是醒着。一切光景只能说如梦如幻尚仿佛可得其一二,其他刻画皆近于词费了。

过一会,两人脱了衣,把一切东西放到滩上干处,赤身的慢慢把船摇到河中去。船应撑到滩口水急处,那弟弟就先下水,推着船尾前进,在长潭中游泳着,用脚拍水,身后的浪花照到月光下皆如银子。

不久候在下游的人就听到炮声了,本来是火把已经熄了的,于是全重新点燃了,沿河数里皆火把照耀,人人低声呐喊,有如赴敌,时间是正三更,姊妹星刚刚发现。过了一小时左右,吴家弟兄已在乌鸡河下游深可及膝的水中,挥刀斫取鱼类了。那哥哥,勇敢如昔年战士,在月光下挥刀撩砍水面为药所醉的水蛇,似乎也报了大仇。那弟弟则一心想到旁的事情,篓中无一成绩。

关于报仇,关于女人恋爱,都不是今夜的事,今夜是"渔"。当夜是真有许多幸运的人,到天明以前,就得到许多鱼回家,使家中人欢喜到吃惊的事。那吴家年青一点的汉子,他只得一束憔悴的花。

下过药的乌鸡河,直到第二天,还有小孩子在浅滩上捡拾鱼虾。这事情每年有一次,像过节划龙船。

---

本篇又以《夜渔》为篇名发表于1931年5月1日南京拔提书店出版的《创作月刊》第1卷第1期。署名沈从文。这是作者以《夜渔》为篇名的同名作品之一。

# 三 三

杨家碾坊在堡子外一里路的山嘴路旁。堡子位置在山湾里,溪水沿了山脚流过去,平平的流,到山嘴折湾处忽然转急,因此很早就有人利用它,在急流处筑了一座石头碾坊,这碾坊,不知什么时候起,就叫杨家碾坊了。

从碾坊往上看,看到堡子里比屋连墙,嘉树成荫,正是十分兴旺的样子。往下看,夹溪有无数山田,如堆积蒸糕,因此种田人借用水力,用大竹扎了无数水车,用椿木做成横轴同撑柱,圆圆的如一面锣,大小不等竖立在水边。这一群水车,就同一群游手好闲人一样,成日成夜不知疲倦的咿咿呀呀唱着意义含糊的歌。

一个堡子里只有这样一座碾坊,所以凡是堡子里碾米的事都归这碾坊包办,成天有人轮流挑了仓谷来,把谷子倒进石槽里去后,抽去水闸的板,枧槽里水冲动了下面的暗轮,石磨盘带着动情的声音,即刻就转动起来。于是主人一面谈说一件事情,一面清理簸箩筛子,到后头上包了一块白布,拿着一个长把的扫帚,追逐着磨盘,跟着打圈儿,扫除溢出槽外的谷米,再到后,谷子便成白米了。

到米碾好了,筛好了,把米糠挑走以后,主人全身是灰,常常如同一个滚入豆粉里的汤圆,然而这生活,是明明白白比堡子里许多人生活还从容,而为一堡子中人所羡慕的。

凡是到杨家碾坊碾过谷子的,皆知道杨家三三。妈妈十年前嫁给守碾坊的杨,三三五岁,爸爸就丢下碾坊同母女,什么话也不说死去了。爸爸死去后,母亲作了碾坊的主人,三三还是活在碾坊里,吃米饭同青菜小鱼鸡蛋过日子,生活毫无什么不同处。三三先是眼见爸爸成天全身是糠灰,到后爸爸不见了,妈妈又成天全身是糠灰,……于是三三在哭里笑里慢慢的长大了。

妈妈随着碾槽转,提着小小油瓶,为碾盘的木轴铁心上油,或者很兴奋的坐在屋角拉动架上的筛子时,三三总很安静的自己坐在另一角玩。热天坐当有风凉处吹风,用包谷秆子作小笼,冬天则伴同猫儿蹲在火桶里,剥灰煨栗子吃。或者有时候从碾米人手上得到一个芦管作成的唢呐,就学着打大傩的法师神气,屋前屋后吹着,半天还玩不厌倦。

这磨坊外屋上墙上爬满了青藤,绕屋全是葵花同枣树,疏疏树林里,常常有三三葱绿衣裳的飘忽。因为一个人在屋里玩厌了,就出来坐在废石槽上洒米头子给鸡吃,在这时,什么鸡欺侮了另一只鸡,三三就得赶逐那横蛮无理的鸡,直等到妈妈在屋后听到鸡声,代为讨情才止。

这磨坊上游有一潭,四面是大树覆荫,六月里阳光照不到水面。碾坊主人在这潭中养得有白鸭子,水里的鱼也比上下溪里特别多。照一切习惯,凡靠自己屋前的水,也算为自己财产的一份。水坝既然全为了碾坊而筑成的,一乡公约不许毒鱼下网,所以这小溪里鱼极多。遇不甚面熟的人来钓鱼,看潭边幽静,想蹲一会儿,三三见到了时,总向人说:"不行,这鱼是我家潭里养的,你到下面去钓吧。"人若顽皮一点,听了这个话等于不听到,仍然拿着长长的杆子,搁到水面上去安闲的吸着烟管,望着这小姑娘发笑,使三三急了,三三便喊叫她的妈,高声的说:"娘,娘,你瞧,有人不讲规矩钓我们的鱼,你来折断他的杆子,你快来!"娘自然是不会来干涉别人钓鱼的。

母亲就从没有照到女儿意思折断过谁的杆子,照例将说:"三三,鱼多咧,让别人钓吧。鱼是会走路的,上面总爷家塘里的鱼,因为欢喜我们这里的水,都跑来了。"三三照例应当还记得夜间做梦,梦到大鱼从水里跃起来吃鸭子,听完这个话,也就没有什么可说了,只静静的看着,看这不讲规矩的人,钓了多少鱼去。她心里记着数目,回头还得告给妈妈。

有时因为鱼太大了一点,上了钓,拉得不合式,撅断了钓竿,三三可乐极了,仿佛娘不同自己一伙,鱼反而同自己是一伙了的神气,那时就应当轮到三三向钓鱼人咧着嘴发笑了。但三三却常常急忙跑回去,把这事告给母亲，母女两人同笑。

有时钓鱼的人是熟人，人家来钓鱼时，见到了三三，知道她的脾气，就照例不忘记问："三三，许我钓鱼吧。"三三便说："鱼是各处走动的，又不是我们养的，怎么不能钓。"

钓鱼的是熟人时，三三常常搬了小小木凳子，坐在旁边看鱼上钩，且告给这人，另一时谁个把钓竿撇断的故事。到后这熟人回磨坊时，把所得的大鱼分一些给三三家，三三看着母亲用刀破鱼，掏出白色的鱼脬来，就放在地下用脚去踹，发声如放一枚小爆仗，听来十分快乐。鱼洗好了，揉了些盐，三三就忙取麻线来把鱼穿好，挂到太阳下去晒。等待有客时，这些干鱼同辣子炒在一个碗里待客，母亲如想到折钓竿的话，将说："这是三三的鱼。"三三就笑，心想着："怎么不是三三的鱼？潭里鱼若不是归我照管，早被看牛小孩捉完了。"

三三如一般小孩，换几回新衣，过几回节，看几回狮子龙灯，就长大了，熟人都说看到三三是在糠灰里长大的。一个堡子里的人，都愿意得到这糠灰里长大的女孩子作媳妇，因为人人都知道这媳妇的妆奁是一座石头作成的碾坊。照规矩十五岁的三三，要招郎上门也应当是时候了。但妈妈有了一点私心，记得一次签上的话语，不大相信媒人的话语，所以这磨坊还是只有母女二人，一时节不曾有谁添入。

三三大了，还是同小孩子一样，一切得傍着妈妈。母女两人把饭吃过后，在流水里洗了脸，眺望行将下沉的太阳，一个日子就打发走了。有时听到堡子里的锣鼓声音，或是什么人接亲，或是什么人做斋事，"娘，带我去看，"又像是命令又像是请求的说着，若无什么别的理由推辞时，娘总得答应同去。去一会儿，或停顿在什么人家喝一杯蜜茶，荷包里塞满了榛子胡桃，预备回家时，有月亮天什么也不用，就可以走回家，遇到夜色晦黑，燃了一把油柴：毕毕剥剥的响着爆着，什么也不必害怕。若到总爷家寨子里去玩时，总爷家还有长工打了灯笼火把送客，一直送到碾坊外边。只有这类事是顶有趣味的事，在雨里打灯笼走夜路，三三不能常常得到这机会，却常常梦到一人那么拿着小小红纸灯笼，在溪旁走着，好像只有鱼知道这回事。

当真说来,三三的事,鱼知道的比母亲应当还多一点,也是当然的。三三在母亲身旁,说的是母亲全听得懂的话,那些凡是母亲不明白的,差不多都在溪边说的。溪边除了鸭子就只有那些水里的鱼,鸭子成天自己哈哈哈的叫个不休,那里还有耳朵听别人说话?

这个夏天,母女两人一吃了晚饭,不到日黄昏,总常常过堡子里一个人家去,陪一个行将远嫁的姑娘谈天,听一个从小寨来的人唱歌。有一天,照例又进堡子里去,却因为谈到绣花,使三三回碾坊来取样子,三三就一个人赶忙跑回碾坊来,快到屋边时,黄昏里望到溪边有两个人影子,有一个人到树下,拿着一枝竿子,好像要下钓的神气,三三心想这一定是来偷鱼的,照规矩喊着:"不许钓鱼,这鱼是有主人的!"一面想走上前看是什么人。

就听到一个人说:"谁说溪里的鱼也有主人,难道溪里活水也可养鱼吗?"

另一人又说:"这是碾坊里小姑娘说着玩的。"

那先一个人就笑了。

旋即又听到第二个人说:"三三,三三,你来,你鱼都捉完了!"

三三听到人家取笑她,声音好像是熟人,心里十分不平!就冲过去,预备看是谁在此撒野,以便回头告给母亲。走过去时,才知道那第二回说话的人是总爷家管事先生,另外同一个从不见面的年青男人,那男人手里拿的原来只是一个拐杖,不是什么钓竿。那管事先生是一个堡子里知名人物,他认得三三,三三也认识他,所以当三三走近身时,就取笑说:

"三三,怎么鱼是你家养的?你家养了多少鱼呀!"

三三见是总爷家管事先生,什么话也不说了,只低下头笑。头虽低低的,却望到那个好像从城里来的人白裤白鞋,且听到那个男子说:"女孩很聪明,很美,长得不坏。"管事的又说:"这是我堡里美人。"两人这样说着,那男子就笑了。

到这时,她猜到男子是对她望着发笑!三三心想:"你笑我干吗?"又想:"你城里人只怕狗,见了狗也害怕,还笑人,真亏你不羞。"她好像这句话已说出了口,为那人听到了,故打量跑去。管事先生知道她要害羞跑了,便说:"三三,你别走,我们是来看你碾坊的。你娘呢?"

"到堡子里听小寨人唱歌去了,是不是?"

"是的。"

"你怎么不欢喜听那个?"

"你怎么知道我不欢喜?"

管事先生笑着说:"因为看你一个人回来,还以为你是听厌了那歌,担心这潭里鱼被人偷尽,所以……"

三三同管事先生说着,慢慢的把头抬起,望到那生人的脸目了,白白的脸好像在什么地方看到过,就估计莫非这人是唱戏的小生,忘了搽去脸上的粉,所以那么白……那男子见到三三不再怕人了,就问三三:

"这是你的家里吗?"

三三说:"怎么不是我家里?"

因为这答话很有趣味,那男子就说:

"你不怕水冲去吗?"

"嗨,"三三抿着小小的美丽嘴唇,狠狠的望了这陌生男子一眼,心里想:"狗来了,狗来了,你这人吓倒落到水里,水就会冲去你。"想着当真冲去的情形,一定很是好笑,就不理会这两个人笑着跑去了。

从碾坊取了花样子回向堡子走去的三三,在潭边再上游一点,望到那两个白色影子还在前面,不高兴又同这管事先生打麻烦,故跟到这两个人身后,慢慢的走着。听两个人说到城里什么人什么事情,听到说开河,听到说学务局要总爷办学校,因为这两人全都不知道有人在后面,所以自己觉得很有趣味。到后又听到管事先生提起碾坊,提起妈妈怎么人好,更极高兴。再到后,就听到那城里男人说:

"女孩子倒真俏皮,照你们乡下习惯,应当快放人了。"

那管事的先生笑着说:"少爷欢喜,要总爷做红叶,可以去说说。不过这碾坊是应当由姑爷管业的。"

三三轻轻的呸了一口,停顿了一下,把两个指头紧紧的塞了耳朵。

16

但仍然听到那两人的笑声,想知道那个由城里来好像唱小生的人还说些什么,故不久就仍然跟上前去了。

那小生说些什么可听不明白,就只听那个管事先生一人说话,那管事先生说:"少爷做了碾坊主人,别的不说,成天可有新鲜鸡蛋吃,也是很值得的!"话一说完,两人又笑了。

三三这次可再不能跟上去了,就坐在溪边的石头上,脸上发着烧,十分生气。心里想:"你要我嫁你,我偏不嫁你!我家里的鸡纵成天下二十个蛋,我也不会给你一个蛋吃。"坐了一会,凉凉的风吹脸上,水声淙淙使她记忆到先一时估计中那男子为狗吓倒跌在溪里的情形,可又快乐了,就望到溪里水深处,一人自言自语说:"你怎么这样不中用,管事的救你,你可以喊他救你!"

到宋家时,正听宋家婶子说到一件已经说了一会儿的事情,只听到宋家妇人说:

"……他们养病倒希奇,说是养病,日夜睡在廊下风里让风吹,……脸儿白得如闺女,见了人就笑……谁说是总爷的亲戚,总爷见他那种恭敬样子,你还不见到。福音堂洋人还怕他,他要媳妇有多少!"

母亲就说:"那么他养什么病?"

"谁知道是什么病?横顺成天吃那些甜甜的药,在床上躺着,到城里是享福,到乡里也是享福。老庚说,害第三等的病,又说是痨病,说也说不清楚。谁清楚城里人那些病名字。依我想,城里人欢喜害病,所以病的名字也特别多,我们不能因害病耽搁事情,所以除打摆子就只发烧肚泻,别的名字的病,也就从不到乡下来了。"

另外一个妇人因为生过瘰疬,不大悦服宋家妇人武断的话,就说:"我不是城里人,可是也害城里人的病。"

"你舅妈是城里人!"

"舅妈管我什么事?"

"你文雅得像城里人,所以才生疡子!"

这样说着,大家全笑了。

母女两人回去时,在路上三三问母亲:"谁是白白脸庞的人?"母亲就照先前一时听人说过的话，告给三三，堡子里总爷家中，如何来了一位城里的病人，样子如何美，性情如何怪。一个乡下人，对于城中人膈膜的程度，在那些描写里是分明易见的，自然说得十分好笑。在平常某个时节，三三对于母亲在叙述中所加的批评与稍稍过分的形容，总觉得母亲说得极其俨然，十分有味，这时不知如何却不大相信这话了。

走了一会，三三忽问：

"娘，娘，你见到那个城里白脸人没有呢？"

妈妈说："我怎么见到他？我这几天又不到总爷家里去。"

三三心想："你不见到怎么说了那么半天。"

三三知道妈妈不见到的自己倒早见到了，把这件事秘密着，却十分高兴，以为只有自己明白这件事情，凡是说到城里人的都不甚可靠。

两人到潭边，三三又问：

"娘，你见到总爷家管事先生没有？"

若是娘说没有见过，反问她一句，那么，三三就预备把先前遇到总爷家那两个人的一切，都说给妈妈听了。但母亲这时正想到别一个问题，完全不关心到三三身上的事，所以三三把今天的事瞒着母亲，一个字不提。

第二天三三的母亲到堡子里去，在总爷家门前，碰到那个从城里来的白脸客人，同总爷的管事先生。那管事先生告她，说他们昨天曾到碾坊前散步，见到三三，又告给母亲说，这客人是从城里来养病的客人。到后就又告给那客人，说这个人就是碾坊的主人杨伯妈。那人说，真很同三小姐相像。那人又说三三长得很好，很聪敏，做母亲的真福气。说了一阵话，把这老妇人说快乐了，在心中展开了一个幻象，想到自己觉得有些近于糊涂的事情，忙匆匆的回到碾坊去，望到三三痴笑。

三三不知母亲为什么今天特别乐，就问母亲到了些什么地方，遇着了谁。

母亲想应当怎么说才好，想了许久才说：

"三三，昨天你见到谁？"

三三说："我见到谁？"

娘就笑了:"三三你记记,晚上天黑时,你不见到两个人吗?"

三三以为是娘知道一切了,就忙说:"人是有两个的,一个是总爷家管事的先生,一个是生人……怎么……"

"不怎么。我告你,那个生人就是城里来的少爷,今天我见到他们,他们说已经同你认识了,所以我们说了许多话。那少爷像个姑娘样子。"母亲说到这里时,想起一件事情好笑。

三三以为妈妈是在笑她,偏过头去看土地上灶马,不理母亲。

母亲说:"他们问我要鸡蛋,你下半天送二十个去,好不好?"

三三听到说鸡蛋,打量昨天两个男人说的笑话都为母亲知道了,心里很不高兴,说道:"谁去送他们鸡蛋,娘,娘,我说……他们是坏人!"

母亲奇怪极了,问:"怎么是坏人?"

三三红了脸不愿答应,母亲说:

"三三,你说什么事?"

迟了许久,三三才说:"他们背地里要找总爷做媒,把我嫁给那个白脸人。"

母亲听到这话什么也不说,笑了好一阵。到后看到三三要跑了,才拉着三三说:"小报应,管事先生他们说笑话,这也生气吗?谁敢欺侮你?总爷是一堡子的主人,他会为你骂他们!……"

说到后来三三也被说笑了。

她到后来就告给娘城里人如何怕狗的话,母亲听到不作声,好久以后,才说:"三三,你真还像个小丫头,什么也不懂。"

第二天,妈妈要三三送鸡蛋到总爷家去,三三不说什么,只摇头,妈妈既然答应了人家,就只好亲自送去。母亲走后,三三一个人在碾坊里玩,玩厌了又到潭边去看白鸭,看了一会鸭子,等候母亲还不回来,心想莫非管事先生同妈妈吵了架,或者天热到路上发了痧?……心里老不自在回到碾坊里去。

但母亲可仍然回来了,回到碾坊一脸的笑,跨着脚如一个男子神气,坐到小凳上,告给三三如何见到那少爷,那少爷如何要她坐到那个用粗布做成的软椅子上去,摇着宕着像一个摇篮。又说到城里人说的三三如何不念书,城里女人是全念书。又说到……

三三正因为等了母亲大半天,十分不高兴,如今听母亲说到的话,莫明其妙,不愿意再听,所以不让母亲说完就走了。走到外边站在溪岸旁,望着清清的溪水,记起从前有人告诉她的话,说这水流下去,一直从山里流一百里,就流到城里了。她这时忖想……什么时候我一定也不让谁知道,就要流到城里去,一到城里就不回来了。但若果当真要流去时,她愿意那碾坊,那些鱼,那些鸭子,以及那一匹花猫,同她在一处流去。同时还有她很想母亲永远和她在一处,她才能够安安静静的睡觉。

母亲不见到三三了,站在碾坊门前喊着:

"三三,三三,天气热,你脸上晒出油了,不要远走,快回来!"

三三一面走回来一面就自己轻轻的说:"三三不回来了!"

下午天气较热,倦人极了,躺到屋角竹凉床上的三三,耳中听着远处水车陆续的懒懒的声音,眯着眼睛觑母亲头上的髻子,仿佛一个瘦人的脸。越看越活,蒙蒙胧胧便睡着了。

她还似乎看到母亲包了白帕子,拿着扫帚追赶碾盘,绕屋打着圈儿,就听到有人在外面说话,提到她的名字。

只听人说:"三三到什么地方去了,怎么不出来?"

她奇怪这声音很熟,又想不起是谁的声音,赶忙走出去,站在门边打望,才望到原来又是那个白脸的人,规规矩矩坐在那儿钓鱼,过细看了一下,却看到那个钓竿,是总爷家管事先生的烟杆。

拿一根烟杆钓鱼,倒是极新鲜的事情,但身旁似乎又已经得到了许多鱼,所以三三非常奇怪,正想走去告母亲,忽然管事先生也从那边来了。

好像又是那一天的那种情景,天上全是红霞,妈妈不在家,自己回来原是忘了把鸡关到笼子里,故跑回来捉鸡的。如今碰到这两个人,管事先生同那白脸城里人,都站立在那石墩子上,轻轻的商量一件事情,这两人声音很轻,三三却听得出是一件关于不利于己的行为。因为听到说这些话,又不能喊人走开,又不能自己走开,三三就非常着急,觉得自己的脸上也像天上的霞一样。

那个管事先生装作正经人样子说:"我们来买鸡蛋的,要多少钱把多少钱。"

那个城里人,也像唱戏小生那么把手一扬,就说:"你说错了,要多少金子把多少金子。"

三三因为人家用金子恐吓她,所以说:"可是我不卖给你,不想你的钱,你搬你家大块金子到场上去买吧。"

管事先生于是又说:"你不卖行吗,你舍不得鸡蛋为我做人情,你想想,妈妈以后写庚帖还少得了管事先生没有?"

那城里人于是又说:"向小气的人要什么鸡蛋,不如算了吧。"

三三生气似的大声说:"就算我小气也行,我把鸡蛋喂虾米,也不卖给人,因为我们不羡慕别人的金子宝贝。你同别人去说金子,恐吓别人吧。"

可是两个人还不走,三三心里就有点着急,很愿意来一只狗向两个人扑去,正那么打量着,忽然从家里就扑出来一条大狗,全身是白色,大声汪汪的吠着,从自己身边冲过去,即刻这两个恶人就落到水里去了。

于是溪里的水起了许多水花,起了许多大泡,管事先生露出一个光光的头在水面,那城里人则长长的头发,缠在贴近水面的柳树根上,情景十分有趣。

可是一会儿水面什么也没有了,原来那两个人在水里摸了许多鱼,全拿走了。

三三想去告给妈妈,一滑就跌下了。

刚才的事原来是做一个梦。母亲似乎是在灶房煮午饭,因为听到三三梦里说话,才赶出来的。见三三醒了,摇着她问:"三三,三三,你同谁吵闹?"

三三定了一会儿神,望妈妈笑着,什么也不说。

妈妈说:"起来看看,我今天为你焖芋头吃。你去照照镜子,脸睡得一片红!"虽然照到母亲说的,去照了镜子,还是一句话不说。人虽醒了还记到梦里一切的情景，到后来又想起母亲说的同谁吵闹的话，才反去问母亲，听到吵闹些什么话。妈妈自然是不注意这些的，所以说听不分明，三三也就不再问什么了。

直到吃饭时，妈妈还说到脸上睡得发红，所以三三就告给老人家先前做了些什么梦，母亲听来笑了半天。

第二次送鸡蛋去时，三三也去了，那时是下午，吃过饭后，两人进了总爷家的大院子。在东边偏院里看到城里来的那个客，正躺在廊下藤椅上，望到天上飞的鸽子。管事的不在家，三三认得那个男子，不大好意思上前去，就逗母亲过去，自己站在月门边等候。母亲上前去时节，三三又为出主意，要妈妈站在门边大声说，"送鸡蛋的来了，"好让他知道。母亲自然什么都照到三三主意作去，三三听到母亲说这句话，说到第三次，才被那个白白脸庞的少爷注意到，自己就又急又笑。

三三这时是站在月门外边的，从门罅里向里面窥看，只见到那白脸人站起身来，又坐下去，正像梦里那种样子，同时就听到这个人同母亲说话，说到天气同别的事情，妈妈一面说话一面尽掉过头来望到三三所在的一边，白脸人以为她就要走去了，便说：

"老太太，你坐坐，我同你说话很好。"

妈妈于是坐下了，可是同时那白脸城里人也注意到那一面门边有一个人等候了，"谁在那里，是不是你的小姑娘？"

看到情形不好，三三就想跑，可是一回头，却望到管事先生站在身后，不知已站了多久，打量逃走自然是难办到的，到后被管事先生拉着牵进小院子来了。

听到那个人请自己坐下，听到那个人同母亲说那天在溪边见到自己的情形，三三眼望另一边，傍近母亲身旁，一句话不说。

坐了一会儿，出来了一个穿白袍戴白帽古怪装扮的女人，三三先还以为是男子，不敢细细的望，到后听到这女人说话，且看她站在城里人身旁，用一根小小管子塞进那白脸男子口里去，又抓了男子的手捏着，捏了好一会，拿一枝好像笔的东西，在一张纸上写了些什么记号，那少爷问"多少豆"，就听她回答说："同昨天一样。"且因为另外一句话听到这个人笑,才晓得那是一个女人,这时似乎妈妈那一方面,也刚刚才明白这是一个女人,且听到说"多少豆",以为奇怪,所以两人互相望到都笑了。

看着这母女生疏疏的情形,那白袍子女人也觉得好笑,就不即走开。

那白脸城里人说:"周小姐,你到这地方来一个朋友也没有,就同这个小姑娘做个朋友吧。她家有个好碾坊,在那边溪头,有一个动人的水车,前面一点还有一个好堰堤,你同她做朋友,就可到那儿去玩,还可以钓些鱼回来。你同她去那边林子里玩玩吧,要这小姑娘告你那些花名草名。"

这周小姐就笑着过来,拖了三三的手,想带她走去,三三想不走,望到母亲,母亲却做样子努嘴要她去,不能不走。

可是到了那一边,两人即刻就熟了。那看护把关于乡下的一切,这样那样问了她许多,她一面答着,一面想问那女人一些事情,却找不出一句可问的话,只很希奇的望到那一顶白帽子发笑。

过后听到母亲在那边喊自己的名字,三三也不知道还应当同看护告别,还应当说些什么话,只说妈妈喊我回去,我要走了,就一个人忙忙的跑回母亲身边,同母亲走了。

母女两人回到路上走过了一个竹林,竹林里恰正当晚霞的返照,满竹林是金色的光。三三把一个空篮子戴在头上,扮作钓鱼翁的样子,同时想起总爷家养病服侍病人那个戴白帽子女人,就同妈妈说:

"娘,你看那个女人好不好?"

母亲说:"那一个女人?"

三三好像以为这答复是母亲故意装作不明白的样子,故稍稍有点不高兴,向前走去了。

妈妈在后面说:"三三,你说谁?"

三三就说:"我说谁,我问你先前那个女子,你还问我!"

"我怎么知道你是说谁?你说那姑娘,脸庞红红白白的,是说她吗?"

三三才停着了脚,等着她的妈。且想起自己无道理处,悄悄的笑了。母亲赶上了三三,推着她的背,"三三,那姑娘长得体面,你说是不是?"

三三本来就觉得这人长得体面,听到妈妈先说,所以就故意说:"体面什么?人高得像一条菜瓜,也算体面!"

"人家是读过书来的,你不看过她会写字吗?"

"娘,那你明天要她拜你做干妈吧。她读过书,娘你近来只欢喜读书的。"

"嗨,你瞧你!我说读书好,你就生气。可是……你难道不欢喜读书的吗?"

"男人读书还好,女人读书讨厌咧。"

"你以为她讨厌,那我们以后讨厌她得了。"

"不,干吗说'讨厌她得了?'你并不讨厌她!"

"那你一人讨厌她好了。"

"我也不讨厌她!"

"那是谁该讨厌她?三三,你说。"

"我说,谁也不该讨厌她。"

母亲想着这个话就笑,三三想着也笑了。

三三于是又匆匆的向前走去,因为黄昏太美了,三三不久又停顿在前面枫树下了,还要母亲也陪她坐一会,送那片云过去再走。母亲自然不会不答应的。两人坐在那石条子上,三三把头上的竹篮儿取下后,用手整理到头发,就又想起那个男人一样短短头发的女人。母亲说:"三三,你用围裙揩揩脸,脸上出汗了。"三三好像不听到妈妈的话,眺望另一方,她心中出奇,为什么有许多人的脸,白得像茶花。她不知不觉又把这个话同母亲说了,母亲就说,这就是他们称呼为城里人的理由,不必擦粉脸也总是很白的。

三三说:"那不好看。"母亲也说:"那自然不好看。"三三又说:"宋家的黑子姑娘才真不好看。"母亲因为到底不明白三三意思所在,所以再不敢搀言,就只貌作留神的听着,让三三自己去作结论。

三三的结论就只是故意不同母亲意见一致，可是母亲若不说话时，自己就不须结论，也闭了口，不再作声了。

另外某一天，有人从大寨里挑谷子来碾坊的，挑谷子的男人走后，留下一个女人在旁边照料一切。这女人具一种欢喜说话的性格，且不久才从六十里外一个寨上吃喜酒回来，有一肚子的故事，同许多消息，得同一个人说话才舒服，所以就拿来与碾坊母女两人说。母亲因为自己有一个女儿，有些好奇的理由，专欢喜问人家到什么地方吃喜酒，看到些什么体面姑娘，看到些什么好嫁妆。她还明白，照例三三也愿意听这些故事。所以就向那个人，问了这样又问那样，要那人一五一十说出来。

三三听到这些话，却静静的坐在一旁，用耳朵听着，一句话不说，有时说的话那女人以为不是女孩子应当听的，声音较低时，三三就装作毫不注意的神气，用绳子结连环玩，实际上仍然听得清清楚楚。因为，听到些怪话，三三忍不住要笑了，却别过头去悄悄的笑，不让那个长舌妇人注意。

到后那两个老太太，自然而然就说到总爷家中的来客，且说及那个白袍白帽的女人了。那妇人说：她听说这白帽白袍女人，是用钱雇来的一个女人，雇来照料那个少爷，好几两银子一天。但她却又以为这话不十分可靠，她以为这人一定就是城里人的少奶奶，或者小姨太太。

三三的妈妈意见却同那人的恰恰相反，她以为那白袍女人，决不是少奶奶。

那妇人就说："你怎么知道决不是少奶奶？"

三三的妈说："怎么会是少奶奶。"

那人说："你告我些道理。"

三三的妈说："自然有道理，可是我说不出。"

那人说："你又不看到，你怎么会知道。"

三三的妈说："我怎么不看到……"

两人争着不能解决，又都不能把理由说得完全一点，尤其是三三的母亲，又忘记说是听到过那少爷喊叫过周小姐的话，来用作证据，三三却记到许多话，只是不高兴同那个妇人去说，所以三三就用别种的方法

25

打乱了两人不能说清楚的问题。三三说:"娘,莫争这些事情,帮我洗头吧,我去热水。"

到后那妇人把米碾完挑走了,把水热好了的三三,坐在小凳上一面解散头发,一面带着抱怨神气向她娘说:

"娘,你真奇怪,欢喜同那老婆子说空话。"

"我说了些什么空话?"

"人家媳妇不媳妇管你什么事。"

…………

母亲想起什么事来了,抿着口痴了半天,轻轻的叹了一口气。

过几天,那个白帽白袍的女人,却同总爷家一个小女孩子到碾坊来玩了,玩了大半天,说了许多话,妈妈因为第一次有这么一个客人,所以走出走进,只想杀一只母鸡留客吃饭,但又不敢开口,所以十分为难。

三三则把客人带到溪下游一点有水车的地方去,玩了好一阵,在水边摘了许多金针花,回来时又取了钓竿,搬了凳子,到溪边去陪白帽子女人钓鱼。

溪里的鱼好像也知道凑趣。那女人一根钓竿,一会儿就得了四只大鲫鱼,使她十分欢喜。到后应当回去了,女人不肯拿鱼回去,母亲可不答应,一定要她拿去。并且因为白帽子女人说南瓜子好吃,就又另外取了一口袋的生瓜子,要同来的那个小女孩代为拿着。

再过几天那白脸人同总爷家管事先生,也来钓了一次鱼,又拿了许多礼物回去。

再过几天那病人却同女人在一块儿来了,来时送了一些用瓶子装的糖,还送了些别的东西,使主人不知如何措置手脚。因为不敢留这两个尊贵人吃饭,所以到两人临走时,三三母亲还捉了两只活鸡,一定要他们带回去。两人都说留到这里生蛋,用不着捉去,还不行,到后说等下一次来再杀鸡,那两只鸡才被开释放下了。

自从这两个客人到碾坊这次以后,碾坊里有点不同过去的样子,母女两人说话,提到"城里"的事情就渐渐多了。城里是什么样子,城里有些什么好处,两人本来全不知道。两人用总爷家的派头,同那个白脸男子白袍女人的神气,以及平常从乡下人听来的种种,作为想象的根据,摹拟到城里的一切景况,都以为城里是那么一种样子:一座极大的用石头垒就的城,这城里就有许多好房子,每一栋好房子里面住了一个老爷同一群少爷,每一个人家都有许多成天穿了花绸衣服的女人,装扮得同新娘子一样,坐在家中房里,什么事也不必作。每一个人家,房子里一定都有许多跟班同丫头,跟班的坐在大门前接客人的名片,丫头便为老爷剥莲心去燕窝的毛。城里一定有很多条大街,街上全是车马,城里有洋人,脚干直的,就在这类大街上走来走去。城里还有大衙门,许多官如包龙图一样,威风凛凛,一天审案到夜,夜了还得点了灯审案。城里还有铺子,卖的是各样希奇古怪的东西。城里一定还有许多庙,庙里成天有人唱戏,成天也有人看戏,看戏的全是坐在一条板凳上,一面看戏一面剥黑瓜子。

自然这些情形都是实在的。这想象中的都市,像一个故事一样动人,保留在母女两人心上,却永远不使两人痛苦。她们在自己习惯中得到幸福,却又从幻想中得到快乐,所以若说过去的生活是很好的,那到后来可说是更好了。

但是,从另外一些记忆上,三三的妈妈却另外还想起了一些事情,因此有好几回同三三说话到城里时,却忽然又住了口不说下去。三三询问这是什么意思,母亲就笑着,仿佛意思就只是想笑一会儿,什么别的意思也没有。

三三可看得出母亲笑中有原因,但总没有方法知道这另外原因是件什么事情。或者是妈妈预备要搬进城里,或者是作梦到过城里,或者是因为三三长大了,背影已像一个新娘子了,妈妈惊讶着,这些躲在老人家心上一角儿的事可多着呐。三三自己也常常发笑,且不让母亲知道那个理由,每次到溪边玩,听母亲喊"三三你回来吧",三三一面走一面总轻轻的说:"三三不回来了,三三永不回来了。"为什么说不回来,不回来又到些什么地方来落脚,三三不曾认真打量过。

有时候两人都说到前一晚上梦中去过的城里,看到大衙门大庙的情形，三三总以为母亲到的是一个城里，她自己所到又是一个城里。城里自然有许多，同寨子差不多一样，这个三三老早就想到了的。三三所到的城里一定比母亲所到的还远一点，因为母亲凡是梦到城里时，总以为同总爷家那堡子差不多，只不过大了一点，却并不很大。三三因为听到那白帽子女人说过，一个城里看护至少就有两百，所以她梦到的就是两百个白帽子人的城里！

　　妈妈每次进寨子送鸡蛋去，总说他们问三三，要三三去玩，三三却怪母亲不为她梳头。但有时头上辫子很好，却又说应当换干净衣服才去。一切都好了，三三却常常临时又忽然不愿意去了。母亲自然是不强着三三的，但有几次母亲有点不高兴了，三三先说不去，到后又去，去到那里，两人是都很快乐的。

　　人虽不去大寨，等待妈妈回来时，三三总很愿意听听说到那一面的事情。母亲一面说，一面注意三三的眼睛，这老人家懂得到三三心事。她自己以为十分懂得三三，所以有时话说得也稍多了一点，譬如关于白帽子女人，如何照料白脸男子那一类事，母亲说时总十分温柔，同时看三三的眼睛，也照样十分温柔，于是，这母亲，忽然又想到了远远的什么一件事，不再说下去，三三也想到了另外一件事，不必妈妈说话了，这母女二人就沉默了。

　　总爷家管事，有次过碾坊来了，来时三三已出到外边往下溪水车边采金针花去了。三三回碾坊时，望到母亲同那个管事先生商量什么似的在那里谈话，管事一见到三三，就笑着什么也不说。三三望望母亲的脸，从母亲脸上颜色，也看出像有些什么事，很有点凑巧。

　　那管事先生见到三三就说："三三，我问你，怎么不到堡子里去玩，有人等你！"

　　三三望到自己手上那一把黄花，头也不抬说："谁也不等我。"

　　管事先生说："你的朋友等你。"

　　"没有人是我的朋友。"

　　"一定有人！"

　　"你说有就有吧。"

"你今年几岁,是不是属龙的?"

三三对这个谈话觉得有点古怪,就对妈妈看着,不即作答。

管事先生却说:"你不说我也知道,你妈妈还刚刚告我,四月十七,你看对不对?"

三三心想,四月十七五月十八你都管不着,我又不希罕你为我拜寿。但因为听说是妈妈告的,三三就奇怪,为什么母亲同别人谈这些话。她就对母亲把小小嘴唇扁了一下,怪着她不该同人说起这些,本来折的花应送给母亲,也不高兴了,就把花放在休息着的碾盘旁,跑出到溪边,拾石子打飘飘梭去了。

不到一会儿,听到母亲送那管事先生出来了,三三赶忙用背对着大路,装着眺望溪对岸那一边牛打架的样子,好让管事先生走去。管事先生见三三在水边,却停顿到路上,喊三姑娘,喊了好几声,三三还故意不理会,又才听到那管事先生笑着走了。

管事先生走后,母亲说:"三三,进屋里来,我同你说话。"三三还是装作不听到,并不回头,也不作答。因为她似乎听到那个管事先生,临走时还说,"三三你还得请我喝酒,"这喝酒意思,她是懂得到的,所以不知为什么,今天却十分不高兴这个人。同时因为这个人同母亲一定还说了许多话,所以这时对母亲也似乎不高兴了。

到了晚上,母亲因为见三三不大说话,与平时完全不同了,母亲说:"三三,怎么,是不是生谁的气?"

三三口上轻轻的说:"没有,"心里却想哭一会儿。

过两天,三三又似乎仍然同母亲讲和了,把一切都忘掉了,可是再也不提到大寨里去玩,再也不提醒母亲送鸡蛋给人了,同时母亲那一面,似乎也因为了一件事情,不大同三三提到城里的什么,不说是应当送鸡蛋到大寨去了。

日子慢慢的过着,许多人家田堤的新稻,为了好的日头同恰当的雨水,长出的禾穗全垂了头。有些人家的新谷已上了仓,有些人家摘着早熟的禾线,舂出新米各处送人尝新了。

因为寨子里那家嫁女的好日子快到了,搭了信来接母女两人过去

29

陪新娘子，母亲正新给三三缝了一件葱绿布围裙，故要三三去住两天。三三没有什么理由可以说不去，所以母女两人就带了些礼物到寨子里来了。到了那个嫁女的家里，因为一乡的风气，在女人未出阁以前，有展览妆奁的习惯，一寨子的女人皆可来看，所以就见到了那个白帽子的女人。她因为在乡下除了照料病人就无什么事情可作，所以一个月来在乡下就成天同乡下女人玩玩，如今随了别的女人来看嫁妆，所以就碰到了这母女两人。

一见面，这白帽子女人便用城里人的规矩，怪三三母亲，问为什么多久不到总爷家里来看他们，又问三三为什么忘了她，这母女两人自然什么也不好说，只按照到一个乡下人的方法，望到略显得黄瘦了的白帽子女人笑着。后来这白帽子的女人，就告给三三妈妈，说病人的病还不什么好，城里医生来了一次，以为秋天还要换换地方，预备八月里就回城去，再要到一个顶远的有海的地方养息。因为不久就要走了，所以她自己同病人，都很想念母女两人，同那个小小碾坊。

这白帽子女人又说：曾托过人带信要她们来玩的，不知为什么她们不来。又说她很想再来碾坊那小潭边钓鱼，可是又因为天气热了一点。

这白帽子女人，望到三三的新围裙，就说：

"三三，你这个围腰真美，妈妈自己作的是不是？"

三三却因为这女人一个月以来脸晒红多了，就望着这个人的红脸好笑。

母亲说："我们乡下人，要什么讲究东西，只要穿得身上就好了。"因为母亲的话不大实在，三三就轻轻的接下去说，"可是改了三次。"

那白帽子女人听到这个话，向母女笑着："老太太你真有福气，做你女儿的也真有福气。"

"这算福气吗？我们乡下人那里比得城里人好。"

因为有两个人正抬了一盒礼过去，三三追了过去想看看是什么时。白帽子女人望着三三的背影，"老太太，你三姑娘陪嫁的，一定比这家还多。"

母亲也望那一方说："我们是穷人，姑娘嫁不出去的。"

这些话三三都听到，所以看完了那一抬礼，还不即过来。

说了一阵话，白帽子女人想邀母女两人到总爷家去看看病人，母亲看到三三有点不高兴，同时且想起是空手，乡下人照例又不好意思空手进人家大门，所以就答应过两天再去。

又过了几天，母女二人在碾坊，因为谈到新娘子敷水粉的事情，想起白帽子女人的脸，一到乡下后就晒红了许多的情形，且想起那天曾答应人家的话了，故妈妈问三三，什么时候高兴去寨子里总爷家看"城里人"，三三先是说不高兴，到后又想了一下，去也不什么要紧，就答应母亲，不拘那一天去都行。既然不拘什么时候，那么，自然第二天就可以去了。

因为记起那白帽子女人说的话，很想来碾坊玩，所以三三要母亲早上同去，好就便邀客来，到了晚上再由三三送客回去。母亲则因为想到前次送那两只鸡，客答应了下次来吃，所以还预备早早的回来，好杀鸡款客。

一早上，母女两人就提了一篮鸡蛋，向大寨走去。过桥，过竹林，过小小山坡，道旁露水还湿湿的，金铃子像敲钟一样，叮叮的从草里发出声音来，喜鹊喳喳的叫着从头上飞过去。母亲走在三三的后面，看到三三苗条如一根笋子，拿着棍儿一面走一面打道旁的草，记起从前总爷家管事先生问过她的话，不知道究竟是些什么意思。又想到几天以前，白帽子女人说及的话，就觉得这些从三三日益长大快要发生的事，不知还有许多。

她零零碎碎就记起一些属于别人的印象来了……一顶凤冠，用珠子穿好的，搁到谁的头上？二十抬贺礼，金锁金鱼，这是谁？……床上撒满了花，同百果莲子枣子，这是谁？……四个奶妈还说不合式，这是谁？……那三三是不是城里人？……

若不是滑了一下，向前一窜，这梦还不知如何放肆做下去。

因为听到妈妈口上连作呀呀，三三才回过头来："娘，你怎么，想些什么，差点儿把鸡蛋篮子也摔了。你想些什么？"

"我想我老了，不能进城去看世界了。"

"你难道欢喜城里吗？"

"你将来一定是要到城里去的!"

"怎么一定?我偏不上城里去!"

"那自然好极了。"

两人又走着,三三忽然又说:"娘,娘,为什么你说我要到城里去?"

母亲忙说:"你不去城里,我也不去城里。城里天生是为城里人预备的,我们自然有我们的碾坊,不会离开。"

不到一会儿,就望到大寨那门楼了,总爷家在大寨南方,门前有许多大榆树和梧桐树,两人进了寨门向南走,快要走到时,就望到些榆树下面,有许多人站立,好像看热闹似的,其中还有一些人,忙手忙脚的搬移一些东西,看情形好像是总爷家发生了什么事情,或者来了远客,或者还有别的原因,所以母女两人也不什么出奇,仍然慢慢的走过去。三三一面走一面说:"莫非是衙门的官来了,娘,我在这里等你,你先过去看看吧。"妈妈随随便便答应着,心里觉得有点蹊跷,就把篮子放下要三三等着,自己赶上前去了。

这时恰巧有个妇人抱了自己孩子向北走,预备回家去,看到三三了,就问:"三三,怎么你这样早,有些什么事?"但同时却看到了三三篮里的鸡蛋了,"三三,你送谁的礼呢?"

三三说:"随便带来的。"因为不想同这人说别的话,故低下头去,用手攀弄那个盘云的葱绿围腰扣子。

那妇人又说:"你妈呢?"

三三还是低着头用手向南方指着:"过那边去了。"

那女人说:"那边死了人。"

"是谁死了?"

"就是上个月从城中搬来在总爷家养病的少爷,只说是病,前一些日还常常同管事先生出外面玩,谁知就死了。"

三三听到这个,心里一跳,心想,难道是真话吗?

这时,母亲从那边也知道消息了,匆匆忙忙的跑回来,脸儿白白的,到了三三跟前,什么话也不说,拉着三三就走,好像是告三三,又像是自言自语的说:"就死了,就死了,真不像会死!"

但三三却立定了,三三问:"娘,那白脸先生死了吗?"

"都说是死了的。"

"我们难道就回去吗?"

母亲想想,真的,难道就回去?

因此母女两人又商量了一下,还是到总爷家去看看,知道究竟是些什么原因,三三且想见见那白帽子女人,找到白帽子女人一切就明白了,但一走进总爷家门边,望到许多人站在那里,大门却敞敞的开着,两人又像怕人家知道他们是来送礼的,不敢进去。在那里就听到许多人说到这个白脸人的一切,说到那个白帽子女人,称呼她为病人的媳妇,又说到别的,都显然证明这些人并不同这两个城里人有什么熟识。

三三脸白白的拉着妈妈的衣角,低声的说"走",两人就走了。

…………

到了磨坊,因为有人挑了谷子来在等着碾米,母亲提着蛋篮子进去了,三三站立溪边,眼望一泓碧流,心里好像掉了什么东西,极力去记忆这失去的东西的名称,却数不出。

母亲想起三三了,在里面喊着三三的名字,三三说:"娘,我在看虾米呢。"

"来把鸡蛋放到坛子里去,虾米在溪里可以成天看!"因为母亲那么说着,三三只好进去了。磨盘正开始在转动,母亲各处找寻油瓶,三三知道那个油瓶挂在门背后,却不作声,尽母亲各处去找。三三望着那篮子就蹲到地下去数着那篮里的鸡蛋,数了半天,后来碾米的人,问为什么那么早拿鸡蛋往别处去送谁,三三好像不曾听到这个话,站起身来又跑出去了。

起八月五日讫九月十七日(青岛)

---

本篇发表于 1931 年 9 月 15 日《文艺月刊》第 2 卷第 9 号。署名沈从文。

虎　雏

　　我那个做军官的六弟上年到上海时，带来了一个勤务兵，见面之下就同我十分谈得来，因为我从他口上打听出了多少事情，全是我想明白终无法可以明白的。六弟到南京去同政府接洽事情时，就把他丢在我的住处。这小兵使我十分中意，我到外边去玩玩时，也常常带他一起去，人家不知道的，都以为这就是我的弟弟，有些人还说他很像我的样子。我不拘把他带到什么地方去，见到的人总觉得这小兵不坏。其实这小孩真是体面得出众的。一副微黑的长长的脸孔，一条直直的鼻子，一对秀气中含威风的眉毛，两个大而灵活的眼睛，都生得非常合式，比我六弟品貌还出色。

　　这小兵乖巧得很，气派又极伟大，他还认识一些字，能够看《建国大纲》，能够看《三国演义》。我的六弟到南京把事办完要回湖南军队里去销差时，我就带开玩笑似的说：

　　"军官，咱们俩商量一下，把你这个年轻的当差的留下给我，我来培养他，他会成就一些事业。你瞧他那样子，是还值得好好儿来料理一下的！"

　　六弟先不大明白我的意思，就说我不应当用一个副兵，因为多一个人就多一种累赘。并且他知道我脾气不好，今天欢喜的自然很有趣味，明天遇到不高兴时，送这小子回湘可不容易。

　　他不知道我意思是要留他的副兵在上海读书的，所以说我不应当多一个累赘。

　　我说："我不配用一个副兵，是不是？我不是要他穿军服，我又不是军官，用不着这排场！我要他穿的是学校的制服，使他读点书。"我还说及"倘若机会使这小子傍到一个好学堂，我敢断定他将来的成就比我们弟兄高明。我以为我所估计的绝不会有什么差错,因为这小兵决不会永远做小兵的。可是我又见过许多人,机会只许他当一个兵,他就一辈子当兵,也无法翻身。如今我意思就在另外给这小兵一种机会,使他在一个好运气里,得到他适当的发展。我认为我是这小兵的温室"。

我的六弟听到了我这种意见,他觉得十分好笑,大声的笑着。

"你在害他!"他很认真的样子说,"你以为那是培养他,其中还有你一番好意值得感谢,你以为他读十年书就可以成一个名人,这真是做梦!你一定问过他了,他当然答应你说这是很好的。这个人不只是外表可以使你满意,他的另外一方面做人处,也自然可以逗你欢喜。可是你试当真把他关到学校里去看看,你就可以明白一个作了一阵勤务兵到野蛮地方长大的人,是不是还可以读书了。你这时告他读书是一件好事,同时你又引他去见那些大学教授以及那些名人,你口上即不说这是读书的结果,他仍然知道这些人因为读书才那么舒服尊贵的。我听到他告我,你把他带到那些绅士的家中去,坐在软椅上,大家很亲热和气的谈着话,又到学校去,看看那些大学生,走路昂昂作态,仿佛家养的公鸡,穿的衣服又有各种样子,他实在也很羡慕。但是他正像你看军人一样,就只看到表面。你不是常常还说想去当兵吗?好,你何妨去试试?我介绍你到一个队伍里去试试,看看我们的生活,是不是如你所想象的美,以及旁人所说及的坏。你欢喜谈到,你去详细生活一阵好了。等你到了那里拖一月两月,你才明白我们现在的队伍,是些什么生活。平常人用自己物质爱憎与自己道德观念作标准,批评到与他们生活完全不同的军人,没有一个人说得较对。你是退伍的人,十年来什么也变迁了,你如今再去看看,你就不会再写那种从容疏放的军人生活回忆了。战争使人类的灵魂野蛮粗糙,你能说这句话却并不懂他的意思。"

我原来同我六弟说的,是把他的小兵留下来读书的事,谁知平时说话不多的他,就有了那么多空话可说。他的话中意思,有笑我是书生的神气。我因为那时正很有一点自信,以为环境可以变更任何人性,且有点觉得六弟的话近于武断。我问他当了兵的人就不适宜于进一个学校去的理由,是些什么事,有些什么例子。

六弟说:"二哥,我知道你话里意思有你自己。你正在想用你自己作辩护,以为一个兵士并不较之一个学生为更无希望。因为你是一个兵士。你莫多心,我不是想取笑你,你不是很有些地方觉得出众吗?也不只是你自己觉得如此,你自己或许还明白你不会做一个好军人,也不会成一个好艺术家。(你自己还承认过不能做一个好公民,你原是很有自知之明!)人家不知道你时,人家却异口同声称赞过你!你在这情形下虽没有什么得意,可是你却有了一种不甚正确的见解,以为一个兵士同一个平常人有同样的灵魂这一件事情。我要纠正这个,你这是完全错误了的。平常人除了读过几本书学得一些礼貌和虚伪外,什么也不会明白,他当然不会理解这类事情。但是你不应当那么糊涂。这完全是两种世界两种阶级,把它牵强混合起来,并不是一个公平的道理!你只会做梦,打算一篇文章如何下手,却不能估计一件事情。"

"你不要说我什么,我不承认的。"我自然得分辩,不能为一个军官说输。"我过去同你说到过了,我在你们生活里,不按到一个地方好好儿的习惯,好好儿的当一个下级军官,慢慢的再图上进,已经算是落伍了的军人。再到后来,逃到另外一个方向上来,又仍然不能服从规矩,于目下的习俗谋妥协,现在成为不文不武的人,自然还是落伍。我自己失败,我明白是我的性格所成,我有一个诗人的气质,却是一个军人的派头,所以到军队人家嫌我懦弱,好胡思乱想,想那些远处,打算那些空事情,分析那些同我在一处的人的性情,同他们身份不合。到读书人里头,人家又嫌我粗率,做事麻胡①,行为简单得怕人,与他们身份仍然不合。在两方面皆得不到好处,因此毫无长进,对生活且觉得毫无意义。这是因为我的体质方面的弱点,那当然是毫无办法的。至于这小副兵,我倒不相信他仍然像我这样子。"

"你不希望他像你,你以为他可以像谁?还有就是他当然也不会像你。他若当真同你一样,是一个只会做梦不求实际,只会想象不要生活的人,他这时跟了我回去,机会只许他当兵,他将来还自然会做一个诗

---

① 麻胡:马虎。

人。因为一个人的气质虽由于环境造成，他还是将因为另外一种气质反抗他的环境，可以另外走出一条道路。若是他自己不觉到要读书，正如其他人一样，许多人从大学校出来，还是做不出什么事业来。"

"我不同你说这种道理，我只觉得与其把这小子当兵，不如拿来读书，他是家中舍弃了的人，把他留在这里，送到我们熟人办的那个××中学校去，又不花钱，又不费事，这事何乐不为。"

我的六弟好像就无话可说了，问我××中学要几年毕业。我说，还不是同别的中学一个样子，六年就可以毕业吗？六弟又笑了，摇着那个有军人风的脑袋。

"六年毕业，你们看来很短，是不是？因为你说你写小说至少也要写十年才有希望，你们看日子都是这样随便，这一点就证明你不是军人，若是军人，他将只能说六个月的。六年的时间，你不过使这小子从一个平常中学卒业，出了学校找一个小事做，还得熟人来介绍，到书铺去当校对，资格还发生问题。可是在我们那边，你知道六年的时间，会使世界变成什么样子没有？一个学生在六年内还只有到大学的资格，一个兵士在六年内却可以升到团长，这个比较起来，相差得可太远了。生长在上海，家里父兄靠了外国商人供养，做一点小小事情，慢慢的向上爬去，十年八年因为业务上谨慎，得到了外国资本家的信托，把生活举起，机会一来就可以发财，儿子在大学毕业，就又到洋行去做写字，这是上海洋奴的人生观。另外不作外国商人的奴隶，不作官，宁愿用自己所学去教书，自然也还有人。但是你若没有依傍，到什么地方去找书教。你一个中学校出身的人，除了小学还可以教什么书？本地小学教员比兵士收入不会超过一倍，一个稍有作为的兵士，对于生活改变的机会，却比一个小学教员多十倍；若是这两件事平平的放在一处，你意思选择什么？"

我说："你意思以为六年内你的副兵可以做一个军官，是不是？"

"我的意思只以为他不宜读书。因为你还不宜于同读书人在一处谋生活，他自然更不适当了。"

我还想对于这件事有所争论，六弟却明白我的意思，他就抢着说：

"你若认为你是对的,我尽你试验一下,尽事实来使你得到一个真理。"

本来听了他说的一些话,我把这小子改造的趣味已经减去一半了,但这时好像故意要同这一位军官闹气似的,我说:"把他交给我再说。我要他从国内最好的一个大学毕业,才算是我的主张成功。"

六弟笑着,"你要这样麻烦你自己,我也不好意思坚持了。"

我们算是把事情商量定局了,六弟三天即将回返湖南,等他走后我就预备为这未来的学士,找朋友补习数学和一切必需学问,我自己还预备每天花一点钟来教他国文,花一点钟替他改正卷子。那时是十月,两月后我算定他就可以到××中学去读书了。我觉得我在这小兵身上,当真会做出一分事业来,因为这一块原料是使人不能否认可以治成一件值价的东西的。

我另外又单独的和这个小兵谈及,问他是不是愿意不回去,就留在这里读书,他欢喜的样子是我描摹不来的。他告我不愿意做将军,愿意做一个有知识的平民。他还就题发挥了一些意见,我认为意见虽不高明,气概却极难得的。到后我把我们的谈话同六弟说及,六弟总是觉得好笑,我以为这是六弟军人顽固自信的脾气,所以不愿意同他分辩什么。

过了三天,三天中这小副兵真像我的最好的兄弟,我真不大相信有那么聪颖懂事的人。他那种识大体处,不拘为什么人看到时,我相信都得找几句话来加以赞美才会觉得不辜负这小子。

我不管六弟样子怎么冷落,却不去看他那颜色,只顾为我的小友打算一切。我六弟给过了我一百块钱,我那时在另外一个地方,又正得到几十块钱稿费,一时没有用去,我就带了他到街上去,为他看应用东西。我们又到另一处去看中了一张小床,在别的店铺又看中其他许多东西。他说他不欢喜穿长衣,那个太累赘了一点,我就为他定了一套短短黑呢中山服,制了一件粗毛呢大衣。他说小孩子穿方头皮鞋合式一点,我就为他定制了一双方头皮鞋。我们各处看了半天,估计一切制备齐全,所有钱已用去一半,我还好像不够的样子,倒是他说不应当那么用钱,我们两个人才转回住处。我预备把他收拾得像一个王子,因为他值得那么注意。我预备此后要使他天才同年龄一齐发展，心里想到了这小子二十岁时，一定就成为世界上一个理想中的完人。他一定会音乐和图画，不擅长的也一定极其理解。他一定对于文学有极深的趣味，对于科学又有极完全的知识。他一定坚毅诚实，又一定健康高尚。他不拘做什么事都不怕失败，在女人方面，他的成功也必然如其他生活一样。他的品貌与他的德行相称，使同他接近的人都觉得十分爱敬。……

不要笑我，我原是一个极善于在一个小事情上做梦的人，那个头顶牛奶心想二十年后成家立业的人是我所心折的一个知己，我小时听到这样一个故事，听人说到他的牛奶泼在地上时，大半天还是为他惆怅。如今我的梦，自然已经早为另一件事破灭了。可是当时我自己是忘记了我的奢侈夸大想象的，我在那个小兵身上做了二十年梦，我还把二十年后的梦境也放肆的经验到了。我想到这小子由于我的力量，成就了一个世界上最完全最可爱的男子，还因为我的帮助，得到一个恰恰与他身份相称的女子作伴，我在这一对男女身边，由于他人的幸福，居然能够极其从容的活到这世界上。那时我应当已经有了五十多岁，我感到生活的完全，因为那是我的一件事业，一种成功。

到后只差一天六弟就要回转湖南销差去了，我们三人到一个照相馆里去拍了一个照相。把相照过后，我们三人就到××戏院去看戏，那时时候还不到，故就转到××园里去玩。在园里树林子中落叶上走着，走到一株白杨树边，就问我的小朋友，爬不爬得上去，他说爬得上去。走了一会，又到一株合抱大枫树边，问这个爬不爬得上去，他又说爬得上去。一面走就一面这样说话，他的回答全很使我满意。六弟却独在前面走着，我明白他觉得我们的谈话是很好笑的。到后听到枪声，知道那边正有人打靶，六弟很高兴的走过去，我们也跟了过去，远远的看那些人伏在一堵土堆后面，向那大土堆的白色目标射击，我问他是不是放过枪，这小子只向着六弟笑，不敢回答。

我说："不许说谎，是不是亲自打过？"

"打过一次。"

"打过什么？"

这小子又向着六弟微笑，不敢回答。

六弟就说："不好意思说了吗？二哥你看起他那样子老实温和，才真是小土匪！为他的事我们到××差一点儿出了命案。这样小小的人，一拳也经不起，到××去还要同别的人打架，把我手枪偷出去，预备同人家拼命，若不是气运，差一点就把一个岳云学生肚子打通了。到汉口时我检查枪，问他为什么少了一颗子弹，他才告我在长沙同一个人打架用了的。我问他为什么敢拿枪去打人，他说人家骂了他丑话，又打不过别人，所以想一枪打死那个人。"

六弟觉得无味的事，我却觉得更有趣味，我揪着那小子的短头发，使他脸望着我，不好躲避，我就说，"你真是英雄，有胆量。我想问你，那个人比你大多少？怎么就会想打死他？"

"他大我三岁，是岳云中学的学生，我同参谋在长沙住在××，六月里我成天同一个军事班的学生去湘河洗澡，在河里洗澡，他因为泅水比我慢了一点，和他的同学，用长沙话骂我屁股比别人的白，我空手打不过他，所以我想打死了他。"

"那以后怎么又不打死他？"

"打了一枪不中，子弹挏了膛，我怕他们捉我，所以就走脱了。"

六弟说："这种性情只好去当土匪，半年就可以做大王。"

我说："我不承认你这句话。他的胆量使他可以做大王，也就可以使他做别的伟大事业。你小时也是这样的。同人到外边去打架胡闹，被人用铁拳星打破了头，流满了一脸的血，说是不许哭，你就不哭，你所以现在做军官，也不失为一个好军人。若是像我那么不中用，小时候被人欺侮了，不能报仇，就坐在草地上去想，怎么样就学会了剑仙使剑的方法，飞剑去杀那个仇人，或者想自己如何做了官，派家将揪着仇人到衙门来打他一千板屁股，出出这一口气。单是这样空想，有什么用处？一个人越善于空想，也就越近于无用，我就是一个最好的榜样。"

六弟说："那你的脾气也不是不好的脾气，你就是因为这种天赋的弱点，成就了你另外一个天赋的长处。若是成天都想摸了手枪出去打人，你还有什么创作可写。"

"但是你也知道多少文章就是多少委屈。"

"好,我汉口那把手枪就送给你,要他为你收着,从此有什么被人欺侮的事,就要这个小英雄去替你报仇好了。"

六弟说得我们大家都笑了。我向小兵说,假若有一把手枪,将来我讨厌什么人时,要你为我去打死他们,敢不敢去动手?他望了我笑着,略略有点害羞,毅然的说"敢"。我很相信他的话,他那态度是诚恳天真,使人不能不相信的。

我自然是用不着这样一个镖客喔!因为始终我就没有一个仇人值得去打一枪。有些人见我十分沉静,不大谈长道短,间或在别的事上造我一点谣言,正如走到街上被不相识的狗叫了一阵的样子,原因是我不大理会他们,若是稍稍给他们一点好处,也就不至于吃惊受吓了。又有些自己以为读了很多书的人,他不明白我,看我不起,那也是平常的事。至于女人都不欢喜我,其实就是我把逗女人高兴的地方都太疏忽了一点,若我觉得是一种仇恨,那报仇的方法,倒还得另外打算,更用不着镖客的手枪了。

不过我身边有了那么一个勇敢如小狮子的伙伴,我一定从此也要强干一点,这是我顶得意的。我的气质即或不能许我行为强梁,我的想象却一定因为身边的小伴,可以野蛮放肆一点。他的气概给了我一种气力,这气力是永远还能存在而不容易消灭的。

那天我们看的电影是《神童传》,说一个孤儿如何奋斗成就一生事业。

第二天,六弟就动身回湖南去了。因六弟坐飞机去,我们送他到飞机场,六弟见我那种高兴的神气,不好意思说什么扫兴的话批评到小兵,他当到小兵告我,若是觉得不能带他过日子时,就送到南京师部办事处去,因为那边常有人回湖南,他就仍然可以回去。六弟那副坚决冷静的样子,使我感到十分不平,我就说:

"我等到你后来看他的成就,希望你不要再用你的军官身份看待他!"

"那自然是好的。你自信能成就他,恐怕的是他不能由你的造就。

41

你就留下他过几个月看看吧。"

我纠正他的前面一句话大声的说:"过几年。"

六弟忙说:"好,过几年,一件事你能过几年不变,我自然也高兴极了。"

时间已到,六弟坐到飞机客座里去,不一会这飞机就开走了,我们待飞机完全不见时方回家来。回来时我总记到六弟那种与我意见截然相反的神气,觉得非常不平,以为六弟真是一个军人,看事情都简单得怕人,自信成见极深,有些地方真似乎顽固得很。我因为六弟说的话放在心上,便觉得更想耐烦来整顿我这个小兵,我也就想用事实来打破六弟的成见,我以为三年后暑假带这小兵回乡时,将让一切人为我处理这小孩子的成绩惊讶不已。

六弟走后我们预定的新生活便开始了,看看小兵的样子,许多地方聪明处还超过了我的估计,读书写字都极其高兴,过了四天,数学教员也找到了,教数学的还是一个大学教授!这大教授一到我处,见到这小兵正在读书,他就十分满意,他说:"这小朋友我很爱他,真是一个笑话。"我说:"那就妙极了,他正在预备考××中学,你大教授权且来尽义务充一个小学教员,教他乘法除法同分数吧。"这大教授当时毫不迟疑就答应了。

许多朋友都知道我家中有一个小天才的事情了,凡是来到我住处玩的,总到亭子间小朋友处去谈谈。同了他玩过一点钟的,无一人不觉得他可爱,无一人不觉得这小子将来成就会超过自己。我的朋友音乐家××,就主张这小朋友学提琴,他愿意每天从公共租界极北跑来教他。我的朋友诗人××,又觉得这小孩应当成一个诗人。还有一个工程学教授宋先生,他的意见却劝我送小孩子到一个极严格的中学校去,将来卒业若升入北洋大学时,则他愿意帮助他三年学费。还有一个律师,一个很风趣的人,他说,"为了你将来所有作品版税问题,你得让他成一个有名的律师,才有生活保障。"

大家都愿意这小朋友成为自己的同志,且因这个原故,他们各个还向我解释过许多理由。为什么我的熟人都那么欢喜这小兵,当时我还不大明白，现在才清楚，那全是这小兵有一个迷人的外表。这小兵，确实是太体面一点了。我的自信，我的梦，也就全是为那个外表所骗而成的！

这小兵进步是很快的，一切都似乎比我预料得还顺利一点，我看到我的计画，在别人方面的成功，感到十分快乐。为了要出其不意使六弟大吃一惊，目前却不将消息告给六弟。为这小兵读书的原因，本来生活不大遵守秩序的我，也渐渐找出秩序来了。我对于生活本来没有趣味，为了他的进步，我像做父亲的人在佳子弟面前，也觉得生活还值得努力了。

每天我在我房中做事情，他也在他那间小房中做事情，到吃饭时就一同往隔壁一个外国妇人开的俄菜馆吃牛肉汤同牛排。清早上有时到××花园去玩，有时就在马路沿走走。晚上饭后应当休息一会儿时节，不是我为他学西北绥远包头的故事，就是学东北的故事。有时由他说，则他可以告我近年来随同六弟到各处剿匪的事情，他用一种诚实动人的湘西人土话，说到六弟的胆量。说到六弟的马。说到在什么河边滩上用盒子枪打匪，他如何伏在一堆石子后面，如何船上失了火，如何满河的红光。又说到在什么洞里，搜索残匪，用烟子熏洞，结果得到每只有三斤多重的白老鼠一共有十七只，这鼠皮近来还留在参谋处里。又说到名字叫作"三五八"的一个苗匪大王，如何勇敢重交情，不随意抢劫本乡人。凡事由于这小兵说来，搀入他自己的观念，仿佛在这些故事的重述上，见到一个小小的灵魂，放着一种奇异的光，我在这类情形中，照例总是沉默到一种幽杳的思考里，什么话也没有可说。因这小朋友观念、感想、兴味的对照，我才觉得我已经像一个老人：再不能同他一个样子了。这小兵的人格，使我在反省中十分忧郁，我在他这种年龄上时，却除了逃学胡闹或和了一些小流氓蹲在土地上掷骰子赌博以外，什么也不知道注意的。到后我便和他取了同样的步骤，在军队里做小兵，极荒唐的接近了人生。但我的放荡的积习，使我在作书记时，只有一件单汗衣，因为自己一洗以后即刻落下了行雨，到下楼吃饭时还没有干，不好意思赤膊到楼下去同副官们吃饭，我就饿过一顿饭。如今这小兵，却俨然用不着人照料也能够站起来成一个人。因为小兵的人格，想起我的过去。以及为过去积习影响到的现在，我不免感觉到十分难过。

日子从容的过去，一会儿就有了一个月，小兵同我住在一处，一切都习惯了，有时我没有出门，要他到什么地方去看看信，也居然做得很好。有时数学教员不能来，他就自己到先生那里去。时间一久，有些性质在我先时看来，认为是太粗鲁了一点的，到后也都没有了。

有一天，我得到我的六弟由长沙来的一个信，信上说着：

……二哥，你的计画成功了没有？你的兴味还如先前那样浓厚没有？照我的猜想，你一定是早已觉得失败了。我同你说到过的，"几个月"你会觉得厌烦，你却说"几年"也不厌烦，我知道你这是一句激出来的话，你从我的冷静里，看出我不相信你能始终其事，你样子是非常生气的。可是你到这时一定意见稍稍不同了。我说这个时，我知道，你为了骄傲，为了故意否认我的见解，你将仍然能够很耐烦的管教我们的小兵，你一定不愿意你做的事失败。但是，明明白白这对你却是很苦的，如今已经快到两个月了，你实在已经够受了，当初小孩子的劣点以及不适宜于读书的根性，倘若当初是因为他那迷人的美使你原谅疏忽，到如今，他一定使你渐渐的讨厌了。

……我希望你不要太麻烦自己。你莫同我争执，莫因拥护你那做诗人的见解，在失败以后还不愿意认账。我知道你的脾气，因为我们为这件事讨论过一阵，所以你这时还不愿意把小兵送回来，也不告我关于你们的近状。可是我明白，你是要在这小子身上创造一种人格，你以为由于你的照料，由于你的教育，可以使他成一个好人。但是这是一种夸大的梦，永远无从实现的。你可以影响一些人，使一些人信仰你，服从你，这个我并不否认的。但你并不能使那个小兵成好人。你同他在一处，在他是不相宜的，在你也极不相宜。我这时说这个话时也许仍然还早一点，可是我比你懂那个小兵，他跟了我两年，我知道他是什么材料。他最好还是回来，明年我当送他到军官预备学校去,这小子顶好的气运,就是在军队中受一种最严格的训练,他才有用处,才有希望。

……你不要以为我说的话近于武断,我其实毫无偏见。现在有个同事王营长到南京来,他一定还得到上海来看看你,你莫反对我这诚实的提议,还是把小兵交给那个王同事带回去。两个月来我知道你为他用了很多的钱,这是小事,最使我难过的,还是你在这个小兵身上,关于精神方面损失得很多,将来出了什么事,一定更有给你烦恼处。

……你觉得自信并不因这一次事情的失败而减去,我同你说一句笑话,你还是想法子结婚。自己的小孩,或者可以由自己意思改造,或者等我明年结婚后,有了小孩,半岁左右就送给你,由你来教养培植。我很相信你对小孩教育的认真,一定可以使小孩子健康和聪敏,但一个有了民族积习稍长一点的孩子,同你在一块,会发生许多纠纷。

…………

六弟的信还是那么军人气度,总以为我是失败了,而在斗气情形下勉强同他的小兵过日子的。尤其他说到那个"民族"积习,使我很觉得不平。我很不舒服,所以还想若果姓王的过两天来找寻我时,我将不会见他。

过了三天,我同小兵出外到一个朋友家中去,看从法国寄回来的雕刻照片,返身时,二房东说有一个军官找我,坐了一会留下一个字条就走了。看那个字条,才知道来的就是姓王的,先是六弟只说同事王营长,如今才知道六弟这个同事,却是我十多年前的同学。我同他在本乡军士技术班做学生时,两个人成天皆从家中各扛了一根竹子,预备到学校去练习撑篙跳,我们两个人年纪都极小,每天穿灰衣着草鞋扛了两根竹子在街上乱撞,出城时,守城兵总开玩笑叫我们做小猴子,故意拦阻说是小孩子不许扛竹子进出,恐怕戳坏他人的眼睛。这王军官非常狡猾,就故意把竹子横到城门边,大声的嚷着说是守城兵抢了他的撑篙跳的杆儿。想不到这人如今居然做营长了。

为了我还想去看看我这个同学,追问他撑篙跳进步了多少,还想问他,是不是还用得着一根腰带捆着身上,到沙里去翻筋斗。一面我还想带了小兵给他看看,等他回去见到六弟时,使六弟无话可说,故当天晚上,我们在大中华饭店就见面了。

见到后一谈,我们提到那竹子的事情,王军官说:

"二爷,你那个本领如今倒精细许多了,你瞧你把一丈长的竹子,缩短到五寸,成天拿了它在纸上画,真亏你!"

我说:"你那一根呢?"

他说:"我的吗?也缩短了,可是缩短成两尺长的一支笛子。我近来倒很会吹笛子。"

我明白他说的意思,因为这人脸上瘦瘦白白的,我已猜到他是吃大烟了。我笑着装作不甚明白的神气,"吹笛子倒不坏,我们小时都只想偷道士的笛子吹,可是到手了也仍然发不成声音来。"

军官以为我愚骏,领会不到他所指的笛子是什么东西,就极其好笑。"不要说笛子吧,吹上了瘾真是讨厌的事!"

我说:"你难道会吃烟了吗?"

"这算奇怪的事吗?这有什么会不会?这个比我们俩在沙坑前跳三尺六容易多了。不过这些事倒是让人一着较好,所以我还在可有可无之间,好像唱戏的客串,算不得角色。"

"那么,我们那一班学撑篙跳的同学,都把那竹子截短了。"

"自然也有用不着这一手的,不过习惯实在不大好,许多拿笔的也拿'枪',无从编遭。"

说到这里我们记起了那个小兵了,他正站在窗边望街,王军官说:

"小鬼头,你样子真全变了,你参谋怕你在上海捣乱,累了二先生,要你跟我回去,你是想做博士,还想做军官?"

小兵说:"我不回去。"

"你跟了二先生这么一点日子,就学斯文得没有用处了。你引我的三多到外面玩玩去。你一定懂得到'白相'了。你就引他到大马路白相去,不要生事,你找个小馆子,要三多请你喝一杯酒,他才得了许多钱。他想买靴子,你引他买去,可不要买像巡捕穿的。"

小兵听到王军官说的笑话,且说要他引带副兵三多到外面去玩,望着我只是笑,不好作什么回答。

王军官又说:"你不愿同三多玩,是不是?你二先生现在到大学堂教书,还高兴同我玩,你以为你就是学生,不能同我副兵在一起白相了吗?"

小兵见王军官好像生了气,故意拿话窘着他,不会如何分辩,脸上显得绯红。王军官便一手把他揪过去,"小鬼头,你穿得这样体面,人又这样标致,同我回去,我为你做媒讨老婆,不要读书了吧。"

小兵益觉得不好意思,又想笑又有点怕,望着我想我帮帮他的忙,且听我如何吩咐,他就照样做去。

我见到我这个老同学爽利单纯,不好意思不让他陪勤务兵出去玩,我就说:"你熟习不熟习买靴子的地方?"

他望了我半天,大约又明白我不许他出去,又记到我告过他不许说谎,所以到后才说:"我知道。"

王军官说:"既然知道,就陪三多去。你们是老朋友,同在一堆,你不要以为他的军服就辱没了你的身份。你的样子倒像学生,你的心可不是学生。你莫以为我的勤务兵相貌蠢笨,将军多像猪,三多是有将军的分的。你们就去吧,我同你二先生还要在这里谈话,回头三多请你喝酒,我就要二先生请我喝酒。……"

王军官接着就喊:"三多,三多。"那副兵当我们来时到房中拿过烟茶后,出去似乎就正站立在门外边,细听我们的谈话,这时听到营长一叫,即刻就进来了。

这副兵真像一个将军,年纪似乎还不到十六岁,全身就结实得如成人,身体虽壮实却又非常矮短,穿的军服实在小了一点,皮带一束因此全身绷得紧紧的如一木桶,衣服同身体便仿佛永远在那里作战。在一种紧张情形中支持,随时随处身上的肉都会溢出来,衣服也会因弹性而飞去。这副兵样子虽痴,性情却十分好,他把话都听过了,一进来就笑嘻嘻的望着小兵。

王军官一见到自己勤务兵的痴样子,做出十分难受的神情:"三大人,我希望你相信我的忠告,少吃喝一点,少睡一点!你到外面去瞧瞧,你的肉快要炸开了。我要你去爬到那个洋秤上去过一下磅,看这半个月来又长了多少,你磅过没有?人家有福气的人肥得像猪,一定是先做官再发体,你的将军还没有得到,在你的职务上就预先发起胖来,将来怎么办?"

那勤务兵因为在我面前被王军官开着玩笑,仿佛一个十几岁处女一样,十分腼腆害羞,说道:"我不知为什么总要胖。"

"沈参谋告你每天喝醋一碗,你试验过没有?"

那勤务兵说不出话来,低下头去,很有些地方像《西游记》上的猪八戒,在痴呆中见出妩媚。我忍不住要笑了,就拈了一支烟来,他见到时赶忙来刮自来火。我问他,是什么乡下的,今年有了多大岁数?他告我他是××的人,搬到城里住,今年还只十六岁。我又问他为什么那么胖,他十分害羞的告我说,是因为家中卖牛肉同酒,小小儿吃肉就发了膘。

王军官告三多可以跟着小兵去玩,我不好意思不让他们去,到后两人就出去了。

我同这个老同学谈了许多很有趣味的话,到后我就说:"营长,你刚才说的你的未来将军请我的未来学士喝酒,我就来做东,只看你欢喜吃什么口味。"

王军官说:"什么都欢喜,只是莫要我拿刀刀叉叉吃盘中的饭,那种罪我受不了。"

…………

第二天我们早约定了要到王军官处去的,因为一去我怕我的"学士"又将为他的"将军"拖去,故告诉他,今天不要出去,就在家中读书,等一会儿一个杜先生同一个孙先生或许还要来。(这些朋友是以到我处看看小兵为快乐的。)我又告他,若是杜教授来了,他可以接待客人到他小房间里去,同客人玩玩。把话嘱咐过后,我就到大中华饭店找寻王军官去了。晚上我们一同到一个电影院去消磨了两个钟头,那时已经快要十二点钟了，我很担心一个人留在家中的小兵，或者还等候着我没有睡觉，所以就同王军官分了手。约好明天我送他上车过南京。回来时，我奇怪得很，怎么不见了小兵。我先以为或者是什么朋友把他带走看戏去了，问二房东有什么朋友来找我，二房东恰恰日里也没有在家，回来时也极晏。我又问到二房东家的用人，才知道下午有一个大块头兵士来邀他出去，出门时还是三点钟以前。我算定这兵士就是王军官处那个勤务兵，来邀他玩，他又不好推辞，以为这一对年轻人一定是到什么热闹场所去玩，所以把回家的时间也忘却了，当时我就很生气，深悔昨天不应该带他到那里去，今天又不该不带他去。

  我坐在房中等着，预备他回来时为他开门，一直等过了十二点还毫无消息。我以为不是喝醉了酒，就一定是在外面闯了乱子，不敢回来，住到那将军住处去了，这些事我认为全是那个王军官的副兵勾引成功的，所以非常愤恨那个小胖子。我想我此后可再不同这军官来往了，再玩一天我的学士就会学坏，使我为他所有一切的打算，都将付之泡影。

  到十二点后他不回来，我有点疑心，就到他住身的亭子间去，看看是不是留得什么字条，看了一下，却发现了他那个箱子位置有点不同，蹲下去拖出箱子看看，他的军衣都不见了，我忽然明白他是做些什么事了，非常生气，跑回到我自己房中来，检察我的箱子同写字台的抽屉，什么东西都没有动过，一切秩序井然如旧，显然他是独自私逃走去的。我恐怕王军官那边还闹了乱子，拐失了什么东西，赶快又到大中华饭店去，到时正见王军官生气骂茶房，见我来了才不作声，还以为我是来陪他过夜的，就说：

  "来得好极了，我那将军这时还不回来，莫非被野鸡捉去了！"

  我说："恐怕他逃了，你赶快清查一下箱子，有些东西失落没有。"

  "那里有这事，他不会逃的。"

  "我来告你，我的学士也不在家了！你的将军似乎下午三点钟时候，就到我住处邀他，两人一块儿走了！"

  王军官一跳而起，拖出箱子一看，一些日前为太太兑换的金饰同钞票，全在那里，还有那枝手枪，也搁在那里，不曾有人动过。他一面搜检其他一个为朋友们代买物件所置的皮箱，一面同我说："这土匪，我看不出他会逃走！"看到另外一口箱子也没有什么东西失掉，王军官松了一大口气，向我摇着头说："不会逃走，不会逃走，一定是两人看戏恐怕责罚不敢回来了，一定是被野鸡拉去了，上海野鸡这样多，我这营长到乡下的威风，来到此地为她们一拉也头昏了，何况我那个宝贝。不过那宝贝也要人受，他是不会让别人占多少便宜的，身上油水虽多，可不至于上当。他是那么结实的，在女人面前他不会打下败仗来，只是你那个学士，我真为他担心。她们恐怕放不过他，他会为那些老鸡折磨一整夜，这真是糟糕的事。"

我说："恐怕不是这样，我那个学士，他把军服也带走了。"

王军官先还笑着，因为他见到东西没有失掉，所以总以为这两个人是被妓女扣留到那里过夜的，所以还露着羡慕的神气，笑说他的将军倒有福气。他听到我说是小兵军服也拿走了，才相信我的话，大声的辱骂着"杂种"，同时就打着哈哈大笑。他向我笑着说：

"你六弟说这小子心野得很，得把他带回去，只有他才管得到这小土匪，不至于多事，我还没有和你好好的来商量，事就发生了。我想不到是我那个将军居然也想逃走，你看他那副尊范，居然在那全是板油的肚子里，也包得有一颗野心。他们知道逃走也去不远，将来终有方法可以知道所去的地方，恐怕麻烦，所以不敢偷什么东西。……"

说到这里，这军官忽然又觉得这事一定另外还有蹊跷了，因为既然是逃走，一个钱不拐去，他们又到什么地方去了呢？若说别处地方有好事情干，那么两个宝贝又没有枪械，徒手奔走去会做什么好事情？

他说："这个事我可不明白了！我不相信我那个将军，到另外一个地方去比他原来的生活还好！你瞧他那样子，是不是到别的地方去就可以补上一个大兵的名额？他除了河南人耍把戏，可以派他站到帐幕边装傻子收票以外，没有一个去处是他合适的去处！真是奇怪的世界，这种傻瓜还要跳槽！"

我说："我也想过了，我那一位也不应当就这样走去的。我问你，你那将军他是不是欢喜唱戏？他若欢喜唱戏，那一定是被人骗走了。由

50

他们看来，自然是做一个名角也很值得冒一下险。"

王军官摇着头连说："绝对不会，绝对不会。"

我说："既不是去学戏，那真是古怪事情。我们应当赶即写几个航空信到各方面去，南京办事处，汉口办事处，长沙，宜昌，一定只有这几个地方可跑，我们一定可以访得出他们的消息。明天早上我们两人还可到车站上去看看，还可到轮船上去看看。"

"拉倒了吧，你不知道这些土匪的根基是这样的，你对他再好也无益处。你不要理他们算了，这些小土匪有许多天生是要在各种古怪境遇里长大成人的，有些鱼也是在逆水里浑水里才能长大。我们莫理他，还是好好睡觉吧。"

我这个老同学倒真是一个军人胸襟，这件事发生后，骂了一阵，说了一阵到后不久仍然就躺在沙发上睡着了。我是因为告他不能同谁共床，被他勒到一个人在床上睡的。想到这件事情的突然而至，而为我那个小兵估计到这事不幸的未来，又想到或者这小东西会为人谋杀或饿死，到无人知道的什么隐僻地方，心中轮转着辘轳，听着王军官的鼾声，响四点钟了我才稍稍的合了一下眼。

第二天八点，我们就到车站上去，到各个车上去寻找，看到两路快慢车的开去后，又赶忙走到黄浦江边，向每一只本日开行的轮船上去探询。我们又买了好几份报纸，以为或者可以得到一点线索，自然什么结果也没有得到。

当天晚上十一点钟，那个王军官仍然一个人上车过南京去了，我还送他到车上去，开车后，我出了车站，一个人极其无聊，想走到北四川路一个跳舞场去看看，是不是还可以见到个把熟人。因为我这时回去，一定又睡不着，我实在不愿意到我那住处去，我想明天就要另外搬一个家。我心上这时难受得很，似乎一个男子失恋以后的情形，心中空虚，无所依傍。从老靶子路一个人慢慢儿走到北四川路口，站了一会，见一辆电车从北驶来，心中打算不如就搭个车回去，说不定到了家里，那个小兵还在打盹等候着我回来！可是车已上了，这一路车过海宁路口时，虹口大旅社的街灯光明烛照，引起了我的注意，我临时又觉得不如在这

51

旅馆住一夜，就即刻跳下了车。到虹口大旅社，我看了一间小小房间，茶房看见我是单身，以为我或者是来到这里需要一个暗娼作陪的，就来同我说话，到后见我告他不要在房里，只嘱咐他重新上一壶开水就用不着再来时，把事做了出去，他看到我抑郁不欢，一定猜我是来此打算自杀的人。我因为上一晚没有睡好，白天又各处奔走累了一天，当时倒下去就睡着了。

第二天大清早我回到住处，计划搬家的事，那个听差为我开门时，却告我小朋友已经回来了，我听到这个消息，心中说不分明的欢喜，一冲就到三楼房中去，没有见到他，又走过亭子间去，也仍然没有见到他，又走到浴间去找寻，也没有人。那个听差跟在我身后上来，预备为我生炉子，他也好像十分诧异，说：

"又走了吗？"

我以为他或因为害羞躲在床下，还向床下去看过一次。我急急促促的问他："这是怎么回事，他什么时候到这儿来？"

听差说："昨天晚上来的，我还以为他在这里睡。"

我说："他不说什么话吗？"

听差说："他问我你是什么时候出去的。"

"不说别的了吗？"

"他说他饿了，饭还不曾吃，到后吃了一点东西，还是我为他买的。"

"一个人吗？"

"一个人。"

"样子有什么不同吗？"

听差好像不明白我问他这句话的意义，就笑着说："同平常一样长得好看，东家都说他像一个大少爷。"

我心里乱极了，把听差哄出房门，訇的把门一关，就用手抱着头倒在床上睡了。这事情越来越使我觉得奇怪，我为这迷离不可摸捉的问题，把思想弄成纷乱一团。我真想哭了。我真想殴打我自己，我又来深深的悔恨自己，为什么昨天晚上没有回来？我又悔恨昨天我们为了找寻这小兵，各处都到过了，为什么不回到自己住处来看看？

使我十分奇怪的，是这小东西为什么拿了衣服逃走又居然回来？若说不是逃走，那这时又到那里去了呢？难道是这时又跑到大中华去找我们，等一会儿还回来吗？难道是见我不回来，所以又逃走了吗？难道是被那个"将军"所骗，所以逃回来，这时又被逼到逃走了吗？

事情使我极其糊涂，我忽然想到他第二次回来一定有一种隐衷，一定很愿意见见我，所以等着我，到后大约是因为我不回来，这小兵心里吓怕，所以又走去了。我想到各处找寻一下，看看是不是留得有什么信件，以及别的线索，把我房中各处皆找到了，全没有发现什么。到后又到他所住的房里去，把他那些书本通通看过，把他房中一切都搜索到了，还是找不出一点证据。

因为昨天我以为这小兵逃走，一定是同王军官那个勤务兵在一处，故找寻时绝不疑心他到我那几个熟人方面去。此时想起他只是一个人回来，我心里又活动了一点，以为或者是他见我不回来，所以大清早走到我那些朋友处找我去了。我不能留在住处等候他，所以就留下了一个字条，并且嘱咐楼下听差，倘若是小兵回来时，叫他莫再出去，我不久就当回来的。我于是从第一个朋友家找到第二个朋友家，每到一处当我说到他失踪时，他们都以为我是在说笑话，又见到我匆匆忙忙的问了就走，相信这是一个事实时，就又拦阻了我，必得我把情形说明，才能够许我脱身。我见到各处皆没有他的消息，又见到朋友们对这事的关心，还没有各处走到，已就心灰意懒明白找寻也是空事了。先前一点点希望，看看又完全失败，走到教小兵数学的××教授家去，他的太太还正预备给小朋友一枝自来水笔，要××教授今天下半天送到我住处去，我告他小兵已逃走了，这两夫妇当时的神气，我真永远还可以记忆得到。

各处皆绝望后，我回家时还想或者他会在火炉边等我，或者他会睡在我的床上，见我回来时就醒了。听差为我开门的样子，我就知道最后的希望也完了。我慢慢的走到楼上去，身体非常疲倦，也懒得要听差烧火，就想去睡睡，把被拉开，一个信封掉出来了。我像得到了救命的绳子一样，抓着那个信封，把它用力撕去一角，上面只写着这样一点点话：

> 二先生，我让这个信给你回来睡觉时见到。我同三多惹了祸，打死了一个人，三多被人打死在自来水管上。我走了。你莫管我，你莫同参谋说。你保佑我吧。

为了我想明白这将军究竟因什么事被人打死在自来水管子上，自来水管又在什么地方，被他们打死的另外一个人，又是什么人，因此那一个冬天，我成天注意到那些本埠新闻的死亡消息，凡是什么地方发现了一个无名尸首时，我总远远的跑去打听，但是还仍然毫无结果。只听到一个巡警被人打死的一次消息，算起日子来又完全不对。我还花了些钱，登过一个启事，告诉那个小兵说，不愿意回来，也可以回到湖南去，我想来这启事是不是看得到，还不可知，若见到了，他或者还是不会回湖南去的。

这就是我常常同那些不大相熟爱讲故事的人，说笑话时，说我有一个故事，真像一个传奇，却不愿意写出这原因！有些人传说我有一个希奇的恋爱，也就是指这件事而言。有了这件事以后，我就再也不同我的六弟通信讨论问题了。我真是一个什么小事都不能理解的人，对于性格分析认识，由于你们好意夸奖我的，我都不愿意接受。因为我连一个十二岁的小孩子，还为他那外表所迷惑，不能了解，怎么还好说懂这样那样。至于一个野蛮的灵魂，装在一个美丽盒子里，在我故乡是不是一件常有的事情，我还不大知道；我所知道的，是那些山同水，使地方草木虫蛇皆非常厉害。我的性格算是最无用的一种型，可是同你们大都市里长大的人比较起来，你们已经就觉得我太粗糙了。

廿年五月十五完于新窄而霉斋

---

① 本篇发表于 1931 年 10 月 10 日《小说月报》第 22 卷第 10 号。署名沈从文。

## 黔小景

三月间的贵州深山里,小小雨总是特别多,快出嫁时乡下姑娘们的眼泪一样,用不着什么特殊机会,也常常可以见到。春雨落过后,大小路上烂泥如膏,远山近树皆躲藏在烟里雾里,各处有崩坏的坎,各处有挨饿后全身黑区区的老鸦,天气早晚估计到时常常容易发生错误,许多小屋子里,都有憔悴的妇人,望到屋檐外的景致发愁了。

官路上,这时节正有多少人在泥里雨里奔走。这些人中有作兵士打扮送递文件的公门中人,有向远亲奔事的人,有骑了马回籍的小官,有行法事的男女巫师,别忘记,这种人有时是穿了鲜明红色缎袍,一旁走路一旁吹他手中所持镶银的牛角,招领到一群我们看不见的鬼神走路的。单独的或结伴的走着。最多的是商人,这些活动的份子,似乎为了一种行路的义务,长年从不休息,在这官路上来往的。他们从前一辈父兄传下的习惯,用一百八十的资本,同一具强健结实的身体,如云南小马一样,性格是忍劳耐苦的,耳目是聪明适用的:凭了并不有十分把握的命运,按照那个时节的需要,三五成群的负扛了棉纱、水银、白蜡、桔子、官布、棉纸,以及其他两地所必需交换的出产,长年用这条长长的官路,折磨到那两只脚,消磨到他们的每一个日子中每人的生命。

因为新年的过去,新货物在节候替移中,有了巨量的出纳,各处春货皆快要上市了,加之雪后的春晴,行路方便,这些人,皆在家中先吃得饱饱的,睡得足足的,选了好的日子上路。官路上商人增加了许多,每一个小站上,也就热闹许多了。

但吹花送寒的风,却很容易把春雨带来。春雨一落后,路上难走了。在这官路上作长途跋涉的人,因此就有了一种灾难。落了雨,日子短了许多,许多心急的人,也不得不把每日应走的里数缩短,把到达目的地的日子延长了。

于是许多小站上的小客舍里,天黑以前都有了商人落脚。这些人一到了站上,便像军队从远处归了营,纪律总不大整齐,因此客舍主人便忙碌起来了。他好为他们预备水,预备火,照料到一切,若客人多了一点,估计到坛中余米不大敷用时,还得忙匆匆的到别一家去借些米来。客人好吃喝时,还得为他们备酒杀鸡。主人为客烧汤洗脚,淘米煮饭,忙了一阵,到后在灶边矮脚台凳上,辣子豆腐牛肉干鱼排了一桌子,各人喝着滚热的烧酒,嚼着粗粝的米饭。把饭吃过后,就有了许多为雨水泡得白白的脚,在火堆边烘着,那些善于说话的人,口中不停说着各样在行的言语,谈到各样撒野粗糙故事。火光把这些饶舌的或沉默的人影,各拉得长短不一,映照到墙上去,过一会,说话的沉默了。有人想到明早上路的事,打了哈欠,有人打了盹,低下头时几几乎把身子栽到火中去。火光也渐渐熄灭了,什么人用火铁箸搅和着,便骤然向上卷起通红的火焰。外面雨声或者更大了一点,或者已结束了,于是这些人,觉得应当到了睡的时候了。

到睡时,主人在屋角的柱上,高高的悬着一盏桐油灯,站到一个凳子上,去把灯芯爬亮了一点,这些人,到门外去方便了一下,因为看到外面极黑,便说着什么地方什么时节豹狼吃人的旧话,虽并不畏狼,总问及主人,这地方是不是也有狼咬人颈项的事情。一面说着,各在一个大床铺的草荐上,拣了自己所需要的一部分,拥了发硬微臭的棉絮,就这样倒下去睡了。

半夜后,或者忽然有人为什么声音吼醒了。这声音一定还继续短而宏大的吼着,山谷相应,谁个听来也明白这是老虎的声音。这老虎为什么发吼,占据到什么地方,生谁的气?这人是不会去猜想的。商人中或者有贩卖虎皮狼皮的人,听到这个声音时,他就估计到这东西的价值,每一张虎皮到了省会客商处,能值多少钱。或者所听到的只是远远的火炮同打锣声音,人可想得出,这时节一定有什么人攻打什么村子,各处是明明的火把,各处是锋利的刀,无数用锅烟涂黑的脸,在各处大声喊着。一定有砍杀的事,一定有妇人,哭哭啼啼抱了孩子,忙匆匆的向屋后竹园跑去的事,一定还有其他各样事情,因为人类的仇怨,使人类作愚蠢事情的机会,实在太多了。但这类事同商人又有什么关系?这事是决不会到他们头上来的。一切抢掠焚杀的动机,在夜间发生的,多由于冤仇而来。听一会,锣声止了,他们也仍然又睡着了。

…………

有一天,有那么两个人,落脚到一个孤单的客栈里。一个扛了一担作账簿用的棉纸,一个扛了一担染色用的梧子。他们因为在路上耽误了些时间,掉在大帮商人后面了几里路,不能追赶上去,落雨的天气照例断黑又极早,年纪大一点的那个人,先一日腹中作泻,这时也不愿意再走路了,所以不到黄昏,两人就停顿下来了。

他们照平常规矩,到了站,放下了担子,等候烧好了水,就脱下草鞋,在灶边一个木盆里洗脚。主人是一个老男子,头上发全是白的,走路腰弯弯的如一匹白鹤。今天是他的生日,这老年人白天一个人还念到这生日,想不到晚上就来那么两个客人了。两个客人一面洗脚,一面就问有什么吃的。

这老人站到一旁好笑,说:"除了干红豆,什么也没有了。"

年青那个商人说:"你们开铺子,用红豆待客吗?"

"平常有谁肯到我们这里住?到我这儿坐坐的,全是接一个火吃一袋烟的过路人。我这红豆本来留到自己吃的,你们是我这店里今年第一个客。对不起你们,马马虎虎吃一顿吧。我们这里买肉,远得很,这里隔寨子,还有二十四里路,要半天工夫。今天本来预备托人买点肉,落了雨,前面村子里就无人上市。"

"除了红豆就没有别的吗?"客人意思是有没有鸡蛋。

老人说:"有红薯。"

红薯在贵州乡下人当饭,在别的什么地方,城里人有时却当菜,两个客人都听到人说过,有地方,城里人吃红薯是京派,算阔气的行为,所以现在听到说红薯当菜就都记起"京派"的称呼,以为非常好笑,两人就很放肆的笑了一阵。

因为客人说饿了,这主人就爬到凳子上去,取那些挂在梁上的红薯，又从一个坛子里抓取红豆，坐到大门边，用力在筛心木板上，轧着那些红豆条。

这时门外边雨似乎已止住了，天上有些地方云开了眼，云开处皆成为桃红颜色，远处山上的烟好像极力在凝聚，一切光景在到黄昏里明媚如画，看那样子明天会放晴了。

坐在门边的主人，看到天气放晴，好像十分快乐，拿了筛子放到灶边去，像小孩子的神气说着："晴了，晴了，我昨天做梦，也梦到今天会晴。"有许多乡下人，在落春雨时都只梦到天晴，所以这时节，一定也有许多人，在向另一个人说他的梦。

他望到客人把脚洗完了，赶忙走到房里去，取出了两双鞋子来给客人。那个年青一点的客，一面穿鞋一面就说："怎么你的鞋子这样同我的脚合式！"

年长商人说："穿别人的新鞋非常合式，主有酒吃。"

年青人就说："伯伯，那你到了省城一定请我喝。"

年长商人就笑了："不，我不请你喝。这兆头是中在你讨媳妇的，应当喝你的喜酒。"

"我媳妇还在吃奶咧。"同时他看到了他伯伯穿那双鞋也似乎十分相合，就说："伯伯，你也有喜酒吃。"

两个人于是大声的笑着。

那老人在旁边听到这两个客人的调笑也笑着，但这两双鞋子却属于他在冬天刚死去的一个儿子所有的。那时正似乎因为两个商人谈到家庭儿女的事情，年青人看到老头子孤孤单单的在此住下，有点怀疑，生了好奇的心思了。

"老板，你一个人在这里吗？"

"我一个人。"说了又自言自语似的，"嗳，是一个人。"

"你儿子呢？"

这老头子这时节，正因为想到死去的儿子，有些地方很同面前的人相像，所以本来要说"儿子死了"，但忽然又说，"儿子做生意去了。"

那年长一点的商人，因为自己儿子在读书，就问老板，在前面过身的小村子里,一个学塾,是"洋学堂"还是"老先生"?

这事老板是不明白的,所以不作答,就走过水缸边去取瓢,因为他看到锅中的米汤涨腾溢出,应当榨取米汁了。

两个商人跋了鞋子,到门边凳子上坐下,望到门外黄昏的景致。望到天,望到山,望到对过路旁一些小小菜圃,(油菜花开得黄澄澄的,好像散碎金子。)望到踏得稀烂的路,(晴过三天恐怕还不会干。)一切调子在这两个人心中,引起的情绪,皆没同另外任何时节不同,而觉得稍稍惊讶。到后倒是望到路边屋檐下堆积的红薯藤,整整齐齐的堆了许多,才诧异老板的精力,以为在这方面一个生意人比一个农人不如了。他们于是说,一个商人不如一个农人好,一个商人可是比一个农人高。因为一个商人到老来,生活较好时,总是坐在家里喝酒,穿了庞大的狐皮袄子,走路时摇摇摆摆,气派如一个大官。但乡下人就完全不同了。两叔侄因为望到这干藤,到此地一钱不值,还估计这东西到城里能卖多少钱。可是这时节,黄昏景致更美丽了,晚晴正如人病后新愈,柔和而十分脆弱,仿佛在笑着,仿佛有种忧愁,沉默无言。

这时老板在屋里,本来想走出去,望到那两个客人用手指点对面菜畦,以为正指到那个土堆,就不出去了。那土堆下面,就埋得有他的儿子,是在这人死过一天后,老年人背了那个尸身,埋在自己所挖掘成就的阱里,再为他加上土做成小坟的。

慢慢的夜就来了。

屋子里已黑暗得望不分明物件,在门外边的两个商人,回头望到灶边一团火光,老板却在灶边不动。年青人就喊他点灯,这老人才站起来,从灶边取了一根一端已经烧着的枝子,在空中划着,借到这个光去找取屋角的油瓶,因为这人近来一到夜时就睡觉,不用灯火也有好几个月了。找着了贮桐油的小瓶,把油倒在灯盏里去后,他就把这个烧好的灯,放到灶头上预备炒菜。

吃过晚饭后,这老人就在锅里洗碗,两个商人坐在灶口前,用干松枝塞到灶肚里去,望到那些松枝着火时,訇然一轰的情形,以为快乐的事。

到后,洗完了碗,只一会儿,老头子就说,应当去看看睡处,若客人不睡,他想先睡。

把住处看好了,两个商人仍然坐到灶边,称赞这个老年人的干净,以为想不到床铺比别处大店里还好。

老人说是要睡,已走到他自己那个用木头隔开的一间房里睡去了,不过一会儿,这人却又走出来,说是不想就睡,傍到两个商人一同在灶边坐下了。

几个人谈起话来,他们问他有六十几,他说应当再加十岁去猜。他们又问他住到这里有了多久,他说,并不久,只二十多年。他们问他还有多少亲戚,在些什么地方,他就像为骗哄自己原因的样子,把一些已经毫无消息了的亲戚,一一的数着,且告诉他们,这些人在什么地方,做些什么事。他们问他那个在别处做生意的儿子,什么时候来看他一次,他打量了一下,就说:"冬天过年来过一次,还送了他多少东西。"

说了许多他自己都不明白的话,自己为什么有那么多话可说,使他自己也觉得今天有点奇怪。平常他就从没有想到那些亲戚熟人,也从不想到同谁去谈这些事,但今天很显然的,是不必谈到的也谈到,而且谎话也说得很多了。到后,商人中那个年长的,提议要睡了,这侄儿却以为时间太早了一点,所以他还不消化,要再缓一点。因此年长商人睡后,年青商人还坐到那条板凳上,又同老头子谈了许久。

到末了,这年青商人也睡去了,老头子一面答应着明天早早的喊叫客人,一面还是坐在灶边,望到灶口,不即起身。

第二天天明以后,他们起来时,屋子还黑黑的,到灶边去找火媒燃灯,希奇得很,怎么老板还坐在那凳上,什么话也不说。开了大门再看看,才知道原来这人死了。

…………

这两个商人自然到后又上路了。他们已经跑到邻近小村子里,把这件事告给了别人,且在住宿应把的数目以外,加了一点钱。那么老了一个人,自然也很应当死掉了,如今恰恰在这一天死去,幸好有个人知道,不然死后到全身爬得是蛆时,还恐怕才会被人发现。乡下人那么打算着,这两个商人,自然就不会再有什么理由被人留难了。在路上,他们又还有路上的其他新事情,使他们很自然的也就忘掉那件事了。

他们在路上,在雨后崩坍的土坎旁,新新的翻起的土上,印有巨大的山猫的脚迹,知道白天这样是人走的路,晚上却是别的东西走的路,望了一会儿,估计了一下那脚迹的大小,过身了。

在什么树林子里,一个希奇的东西,悬到迎面的大树枝桠上,这用绳索兜好的人头,为长久雨水所淋,失去一个人头原来的式样,有时非常像一个女人的头。但任何人看看因为同时想起这人就是先一时在此地抢劫商人的强盗,所以各存戒心默默的又走开了。

路旁有时躺得有死人,商人模样或军人模样,为什么原因,在什么时候死到这里,无人敢去过问,也无人敢去掩埋。

在这官路上,有时还可碰到二十三十的兵士,或者什么县警备队,穿了不很整齐的军服,各把长矛子同快枪扛到肩膊上,押解了一些满脸菜色受伤了的人走着。同时还有一眼看来尚未成年的小孩子,用稻草扎成小兜,担着四个或两个血淋的人头,若商人懂得这规矩,不必去看那人头,也就可以知道那些头颅就是小孩的父兄,或者是这些俘虏的伙伴。有时这些奏凯而还的武士,还牵得有极肥的耕牛,挑得有别的杂用东西。这些兵士从什么地方来,到什么地方去,奉谁的命令,杀了那么多人,从什么聪明人领教,学得把人家父兄的头割下后,却留下一个活的来服务?这是谁也不明白的。

商人在路上所见的虽多,他们却只应当记下一件事,是到地时怎么样多赚点钱,因为这个理由,所以他们同税局的稽查验票人,在某一种利益相通的事情上,好像就有一种希奇的友谊必须成立,如何成立这友谊,一个商人常常在路上也很费思索的。

本篇发表于1931年11月20日《北斗》第1卷第3期。署名沈从文。

# 泥　涂

　　长江中部一个市镇上，十月某日落小雨的天气，在边街上一家小小当铺里，敝旧肮脏铺柜下面，站了三个瘦小下贱妇人，各在那里同柜台上人争论价钱。其中一个为了一件五毛钱的交易，五分钱数目上有了执，不能把生意说好，举起一只细瘦的手臂，很敏捷攫过了伙计从柜台上抛下的一包旧衣，恨恨的望了另外两个妇人一眼，做出一种决心的神气，很匆遽的走了出去。可是这妇人快要走到门边时，又怯怯的回过头来，向柜台上人说：

　　"大先生，加一毛都不行吗？"

　　"不行！你别走，出了门时，回头来五毛也不要。"

　　妇人听到这句话，本来已拿这些东西走过好几个小押铺，出的价钱都不能超过五毛，一出门，恐怕回来时当真就不要了，所以神气便有点软弱了，她站在那个门边小屏风角上，迟疑了一下，十分忧郁的说："人家一定要六毛钱用，不是买米煮饭，是买药救命！"

　　柜台上几个朝奉恶意的低低的笑着。因为凡是当衣服的人，全不缺少一种值得哀怜的理由，近来后街一带天花的流行，当东西的都说买药，所以更可笑了。

　　这样一来妇人似乎生了气，走出了门，可是即刻就回来，趑趄回到柜台前了。一会儿重新把手举起那个邋遢包裹，柜上那一面，却并不即伸出手来接受那个肮脏的包袱。还得先说好了条件，"五毛，多了一个不能"，答应了，到后才把那个包裹接了过去，重新在台上解开，轻轻的抖着那两件旧衣，口中唱着一种平常人永远听不分明的报告，再过一会儿，就从上面掷来一张棉纸做成的当票，同一封铜子。妇人把当票茫无所知的看了一下，放到汗衣上贴胸小口袋里后，才接过铜子来，坐到窗下一条长凳上，数那从五角钱折好的铜子。来回数了三次，把钱弄清楚了，又在那凳上慢慢的包好，才叹了一口气走出了门。

一出了当铺的门，望望天空细雨已经越落越大了，她记起刚才在当铺柜台边时，地下有几张不知谁人掉下的破报纸，就又重新走回去，拾取了那报纸，把报纸搭盖着头部同肩部，作为一个防雨的宝物，才向距边街当铺已过十二家后一条小弄子里走去。

××的边街位置在×城××市的北方，去本市新近开辟的第四号大柏油路约一里又三分之一，去老城墙不到半里，××的地方因为年来外国商人资本的流入，市面的发展有出人意外的速度，商埠因为扩张渐渐有由南向北移去的样子，所以边街附近那几条街，情形也就成天不同。但边街因太同本地人名为"白墙的花园"那个专为关闭下贱的非法的人类牢狱接近，所以商埠的发展，到了某某街以后，就转而移向东方走去。因为东方多空地，离开牢狱较远，那地方原是许多很卑湿的地方，平时住下无数卑贱的为天所弃的人畜。到后这地方都被官家把地圈定，按亩卖给了当地财主团，各处皆分段插了标识，过不久，就有人从大河运了无数泥沙同笨重石头，预备填平了这些地方，又过一些日子，即在那些地方建筑了无数房子了。至于原来住东城卑湿地面草篷里的人呢，除了少数年富力强合于工作的，留下来充当小工外，其余老幼男女，自然就到了全被驱逐赶走的时候了。他们有的向更东一方挪移。有些便移过了比较可以方便一点的北区，过着谁也想象不到的日子。北区因为这些分子的挣入，自然也仿佛热闹了，乱糟糟的，各处空地都搭了篷子，各处破庙里都填满了人，各处当街的灶头，屠桌上，铺柜上，一到了夜里，都有许多无处可栖身的人，争先占据一片地方，裹在破絮里，蜷伏成一团，闭了两只失神憔悴的眼睛，度过一个遥遥的寒夜。

这里虽同××市是一片土地，却因为各样原因，仿佛被弃样子，独立的成为一区。许多住过××市南区及新辟地段住宅区的人，若非特别事情到过这里，仿佛就不会相信×城还有这样一些地方。

九月来，在这些仿照地狱铺排的区域里，一阵干燥，一阵淫雨，便照例不知从何处而来一个流行传染病，许多人家小孩子皆害着天花。这病如一阵风,向各处人家稠密的方面卷去,每一家有小孩子的,皆不免有一个患者,各处都可看到一些人用红纸遮盖着头部,各处都看到肿胀发紫的脸儿,各处都看到小小的棺木。百善堂的小棺木,到后来被这个区域贫人也领用完了。直到善堂棺木完后,天花还不曾停止它的流行,街头成天有人用小篮儿或破席,包裹了小小的尸身向市外送去。每天早上,公厕所或那种较空阔地方,或人家铺柜门前,总可以发现那种死去不久,全身发胀崩裂,失去了原来人形,不知为谁弃下的小小尸骸。

地方聪明的当局,关于这类下贱龌浊病症的救济事情,除了接受一个明事绅董的提议,把边街尽头,通过市区繁盛区的街口,各站了一些巡警,禁止抱了小孩出街以外,就什么也不曾做。照习惯边街有善堂的公医院,同善堂的施药施棺木处,一切救济就都是这个善堂。但棺木到某一时也没有了。同时这上帝用污秽来扫灭一切污秽的怪病,却从小孩转到了大人方面。一切人都盼望刮风,因为按照一种无知的传说,这种从地狱带来的病,医药也只能救济那些不该死的人,但若刮了一阵风,那些散播天花小鬼,是可以为一阵大风而刮去,终于渐渐平复的。

这收拾一切的风,应当在什么时候才来?上帝在这里是不存在的,这地方既然为天所弃,风应当从那儿吹来?自然的,大家都盼望着这奇怪的风,可是多数人在希望中都就先死去了。天气近了深秋,节季已不同了,落了好多天小雨,气候改变了一些,这传染病势力好像也稍稍小了一些。

那个用报纸作帽,在人家屋檐下走着的妇人,这时已走过了名为小街的一个地方,进了一个低低的用一些破旧洋磁脸盆,无用的木片,一些断砖,以及许多想象不到的废物,拌成屋顶的小屋子里。一进去时,因为里边暗了一点,踹了一脚水,吓了一跳,就嘶声叫唤着睡在床上的病人。

"四容,四容,怎么屋里水都满了,你不知道吗?"

卧倒也算是床的一块旧旧的不知从何处抬来的门扇上的病人,正在发热口渴,这时知道家中人已回来了,十分快乐,就从那个脏絮的一头,发出低弱的回声。"娘,你回来了,给我水喝!"孩子声音那么低弱,摇动着妇人的感情,妇人把下唇咬着,抑制着自己。

但妇人似乎生了一点气,站到门口:"你喝多少水呀!我问你,我们屋子里全是水了,你不知道吗?"

"我听后面有人嚷闹,说大通公司挖沟放了水,我听他们骂人,可不知是谁骂人。"

妇人不理病人,匆匆走到屋后去了,到了后面,便眼见有许多人正在用家伙就地挖泥壅堤,因为附近过分低了一点,连日雨水已汇积成小湖,尽有灌到这些小小屋子里的趋势,但今天却为了在附近的工厂里放出积水,那些水都流向这个低处来,所以许多人家即刻都进水了。

这时许多人皆在合作情形下,用一些家伙从水里挖起泥来就地堆成小堤,一些从天花中逃出生命的孩子,疾病同饥饿折磨到他们的顽健,皆痴痴的站在高处,看他们家里人作事。

妇人向着一个脸上痘瘢还未脱尽正在那里掘沟的男子,她喊他的名字作祖贵,问他这是怎么一回事。那男子正为了这事有点生气,说:"怎么一回事,只有天晓得,我们房屋明天会都在水里!"

妇人说:"你家也进水了吗?"

男子说:"可以网鱼了!"

妇人说:"别的方法都没有了吗?"

那男子就笑了。"什么方法?"那时正把一铲泥撬起向小堤上抛去,"就是这个,劳动神圣。"

另外远一点一个妇人站在水边发愁,就告四容母亲说:"有人已经告局里去了!"那妇人意思,实以为局里必是很公道的,即刻就有办法的。

"告局里,他们就正想借这件事赶我们!"那男子一面说,一面走过去,把手中的一把铲子向水中捞着一个竹筒。"局里人都是强盗!他们只会骗我们骂我们,诬赖我们,他们只差一件事还不曾做到,就是放火烧我们的房子。"

有人就说:"莫乱说!"

那有痘瘢的祖贵说:"区长若肯说真话,他会详详细细告你一切!"

妇人说:"区长说他捐薪水发棉衣,一到十月就要办这件事!"

"谁得他的棉衣?每个区长都这样说一次,还有更好听更聪明的话!他么说了,下一次又好派人来排家敛钱,要我们送他的匾。上次为区长登报,出两百钱,张家小九子告我们说,报上还看到我的名字,鬼晓得,名字上了报有什么好处,算什么事!"

另外一个正在搬取泥土,阻拦到他自己屋旁的老年人,搭着嘴说:"为什么没有好处,我出一百钱,我就无名字!许多人出一百钱都无名字!"

那祖贵望老年人露出怜悯的微笑:"你要报上有名字吗?花园里每次砍一个人,就有一个名字在报上……"

妇人喊那个站在水边发愁的女人,问:"是谁去告局里?"那女人说:"帮人写信的张师爷,他说,他去局里报告,要局里派人来看看。他做事是特别热心的。"

那挖泥土脸有痘瘢的男子就说:"他去报告,一面报告这件事,一面就去陪巡长烧烟,讨烟灰吃。"

那发愁的妇人因为不大同意这句话,就分辩说:"什么烧烟?张师爷是好人!他帮你们写信,要过谁一个钱没有?他那兄弟死了,自己背过××去,回来时眼泪未干,什么人说,张师爷,做好事,给我写个禀帖,他就不好意思拒绝别人这样的请求!"

祖贵说:"那有什么用处?谁不承认他是好人?可是人好有什么用处?况且他帮你做点事,自己并不忘记他自己的身份。他同谁都说他是一个上士,是个军籍中人,现在命运不好,被革命的把地位革掉了。他到这里就因为他觉得比你们高贵,比你们身份高一层,可怜你们,处处帮你们的忙。他同你们借钱,借一个就还一个。可是一发瘾了,这条曲蟮,除了到巡长处讨烟灰吃以外,就没有什么去处!"

"可是巡长看得起他,局里人全看得起他!"

"你说巡长送他的烟灰是不是?"

"他是读书人。"

"他是读书人?丢读书人的丑!"这男子复又自言自语似的说,"他算不得读书人！读书人都无耻，我看不起读书人全体。因为他们认得几个字，就想得出许多方法欺侮我们，迫害我们，哄我们，骗我们。我恨他们……"

那发愁女人心想："你跟谁学来的这些空话？"忙把手指塞到耳朵，把头乱摇，因为听到的话好像很不近情，且很危险。她明白祖贵一说到这些时就有许多话，一时不能停止，谁也管不了他，她于是望望天气，天空中的小雨还在落，她似乎重新记起了自己应发愁的事情，觉到此辩嘴无意思了，就拉了一下披在肩上的一片旧麻布，跳过了一道小沟，钻进自己那小屋子里去了。

这时远远的，正有一个妇人在屋里悠悠的哭着，一定的，什么充满了水的小屋里，一个下贱的生命又断气了。在水边的一些人，即刻就知道了是谁家的孩子去了世，因为这些人，平常时节决不会有什么烟子从屋中出来，家中有了病人，即或如何穷，平时没有饭吃，也照习气得预备一点落气纸钱，到什么时节病人落气时，就在床边焚烧起来，小小的屋子自然即刻满了青烟，这烟与妇人哭声便一同溢出门外，一些好事的或平常相熟的人，就都走过去探望去了。

这时节妇人记起自己家中那个病人要水喝了，忙匆匆回到自己屋里去，因为地下水已把土泡松了，一不小心，便滑了一下，把搁到架上一个空镴铁盒子绊落了地，哗啷啷的响着，手中那一封铜子也打散到水里了。

床上那病人叹着气，衰弱的问着："娘，你怎么了？"

妇人懊恼的从水里爬起："见了鬼。"她不即捡钱，把手在身上擦着，伸到一堆破絮里去摸病人的额部，走过水缸边去舀水，但又记起病人喝冷水不好，就说："四容，你莫喝冷水，等一等我烧水喝。"

病人似乎不甚清醒，只含含糊糊说一些旁的话。

妇人于是蹲到床边水里，摸那打散了的一封铜子，摸了半天，居然完全得到了，又数了两回，才用一块破布包好了，放到病人的床头席垫下，重新用那双湿湿的手去抚摸病人的头额。

"娘，口干得很，你为我舀点冷水给我喝喝吧，我心上发烧！"

妇人一句话不说，拿了一个罐子走出去了，到另外一个正在烧水的人家，讨了些温水，拿回来给病人，病人得到它，即刻就全喝了。把水喝过一会后，病人清醒了许多，就问这时已到了什么时候，是不是要夜了。妇人傍在床边，把头上的报纸取下来，好好的折成一方，压到床下去，没有什么话说。她正在打量着一件事情，就是刚才到当铺得的那五毛钱，是应当拿去买药，还是留下来买米？她心中计算到一切，钱只那么一点点，应做的事却太多了，便不能决定她所应做的事。

那病人把水吃过以后，想坐起来，妇人就扶了他起来，不许他下床，因为床下这时已经全是水了。

妇人见孩子的痛苦样子，就问他："四容，你说真话，好了一点没有？"

"一定好多了，娘你急什么？我们的命在天上，不在自己手上。"

"我看你今天烧得更利害。"

"谁知道？"病人说着，想起先一时的梦，就柔弱的笑了，"我先一会儿好像吃了很多桃子同梨，这几天什么地方会有桃子？"

妇人说："你想吃桃子吗？"

"我想吃橘子。"

"这两天好像有橘子上市了。"

"我想到的很多，不是当真要吃的。我梦到很多我们买不起的东西！我梦里看到多少好东西呀！我看到大鱼，三尺长的大鱼，从鸡笼里跳出来，这是什么兆头？——天知道，我莫非要死了！"

妇人听说要死了，心里有一点儿纷乱，却忙说："鱼自然是有余有剩。……"

这时那个门口，有一个过路的相熟妇人，拖着哑哑的声音向里面人发问："刘孃，刘孃，怎么，你在家吗？孩子不好一点了吗？"

"好一点，谢谢你问到他，我这屋里全是水了，你不坐坐吗？"

"不坐喔，我家里也是水！今天你怎么不过花园？我在窑货铺碰到七叔，他问你，多久不见你了。他要你去，有事情要你做。"

"七叔孩子不好了吗？"

"你说是第几的？第二的早好了，第四的第五的早埋了。"

那病人听到外面的话，就问妇人："娘，怎么，七叔孩子死了吗？"妇人赶快走到门外边去，向那个停顿在门口的女人摇手，要她不要再说。

不一会儿，这妇人就离了病人，过本地人大家都叫它作"白墙的花园"的监牢的那边去，在监牢外一条街上，一家烟馆的小屋前，便遇着了专司这个监牢买物送饭各样杂琐事情的七叔。这是一个秃头红脸小身材的老年人，在监狱里作了十四年的小事，讨了一个疯瘫的妻，女人什么事都不能做，却睡在床上为他生养了五个儿女。到了把第五个小孩，养到不必再吃奶时，妇人却似乎尽了那种天派给她做人的一分责任，没有什么理由再留到这个世界上，就在一场小小的热寒症上死掉了。这秃头七叔，哭了一场，把妇人从床上抬进棺木里，伴着白木棺材送出了郊外，因此白天就到牢里去为那些地狱中人跑腿，代为当当东西，买买物件，打听一下消息，传达一些信件，从那些事务上得到一点点钱，晚上就回来同五个孩子在一张大床铺上睡觉，把最小的那一个放到自己最近的一边。白天出去做事时，命令大孩子管照小孩子，有时几个较大的孩子，为了看一件热闹事情争跑出去了，把最小的一个丢到家里，无人照料，各处乱拉屎拉尿，哭一阵，无一个人理会，到后哭倦了，于是就随便在什么地方睡着了。

这秃头父亲因为挂念到几个幼小的孩子，常常白天回去看看，有时就抱了最小那一个到狱中去，站到栅栏边同那些犯人玩玩。这秃头同本街人皆称为刘嬢的妇人，原有一点亲戚关系，所以妇人也有机会常常在牢狱走动走动，凡有犯人请托秃头做的事，当秃头忙不过来时，就由妇人去做。照例如当点东西，或买买别的吃用物品，妇人因为到底是一个妇人，很耐烦的去讲价钱，很小心的去选择适当的货物，所以更能得到狱中的信任与喜悦。她还会缝补一点衣服，或者在一块布手巾上用麻线扣一朵花，或者在腰带上打很好的结子，就从这牢狱方面得到一种生活的凭藉，以及生存的意义。有时这些犯人中，有被判决开释出去了，或者被判决处了死刑，犯人的遗物，却常常留着话，把来送给秃头同妇人。没有留着话说,自然归看狱管班,但看狱管班,却仍然常常要妇人代为把好的拿去当铺换钱,坏一点的送给妇人作为报酬。

因为本地天花的流行,各家都有了病人,一个在学剃头的孩子四容,平时顽健如小马,成天随了他的师傅,肩挑竖有小小朱红旗杆的担子,到各处小地方去剃头,忽然也害了这脏病。这寡妇服侍到儿子,匆忙过公医院去讨发表药,过药王宫去求神,且忙到一切事情,所以好一些日子,不曾过花园那边去。

就是那么几天,多少人家的小孩子都给收拾尽了。

妇人见到了秃头七叔,就走过去喊他:"七叔。"秃头望着妇人,看看妇人的神气,以为孩子死了。秃头说:"怎么,四容孩子丢了吗?"妇人说:"没有。我听人说小五小四,……"

秃头略略显出慌张:"你来,到我家坐坐吧,我同你说话。"

秃头就烟馆门前摊子上的香火,吸燃了一根纸烟,端整了一下头皮上那顶旧毡帽,匆匆的向前走后。妇人不好说什么话,心里也乱乱的,就跟着秃头走去。秃头一面走一面心里就想,死了两个还有三个,谁说不是那个母亲可怜小孩子活下受罪,父亲照料受折磨,才接回去两个?

妇人过秃头家里去,谈了一阵死的病的种种事情,把秃头嘱咐代向万盛去当的银镯钏同戒子,袖到身上后,就辞了秃头,过后街去。把事办妥后又到狱里去找秃头,交给钱同当票,又为另一个犯人买了些东西,事情作完回家时,天已快夜了。那时四容已睡着了,就把所得脚步钱从摊子上买来的两个大橘子,给放在四容床边,等候他醒来,看是不是好了一点。四容醒时同他妈说后面水荡里,撬泥巴拦水的,有人发现了一个小尸首,不知是谁抛入河里的,大家先嚷了半天。妇人说:"管他是谁的,埋了就完了。"说了就告给四容,"买得了两个橘子,什么时候想吃就吃。"四容吃了一个橘子,却说:"今天想吃点饼,不知吃不吃得。"妇人想,痘落了浆,怎么不能吃,不能吃饼又吃什么?

过后听到门前有打小锣的过身,妇人赶忙从病人枕下取了些钱,走出去买当夜饭吃的切饼同烧薯。回来时,把一衣兜吃的东西都向床上抛去,一面笑着一面扯脱脚下浸湿透了的两只鞋,预备爬到床上吃夜饭。

四容见他娘发笑,不知是为什么事,就问他的娘,出去碰到了谁。妇人说:"不碰到谁。我笑祖贵,白天挖沟泄水时,一面挖泥一面骂张师爷,这时两人在摊子边吃饼喝酒,又同张师爷争着会钞,可是两个人原来都是记账。"

"他们都能记账!"

"他们有钱时又不放赖,为什么不可以记账?"

"祖贵病好了吗?"

"什么病会打倒他呢?谁也打不倒他,他躺到床上六天,喝一点水,仍然好了。"

"他会法术。他那样子是会法术的神气。"

"那里,他是一个强硬的人!人一强硬还怕谁。"

"张师爷也是好人,他一见了我,就说要告我认字。我说我不想当师爷,还是莫认字吧。他不答应我这话,以为我一定得认识点字才对。他要我拜他做老师,说懂得书那是最尊贵没有了。"

"认字自然是好的,他成天帮人的忙,祖贵骂他,只口口声声说要把他头闷到水里去,淹得他发昏,他就从不生气!这是一个极好的人,因为人太好,命运才那么坏!"

"他们是一文一武,若……,可以辅佐真命天子!"

"说鬼话,你乱说这些话,要割你的嘴!"

"是我师傅说的。"

"你师傅若那么乱说,什么时候,就会用自己的剃刀,割他自己的嘴。"

母子两人吃着切饼,喝着水,说着各样的话,黑夜便来了,黑夜把各处角隅慢慢的完全占领后,一切都消失了。

在同一地方,另外一些小屋子里,一定也还有那种能够在小灶里塞上一点湿柴,生起晚餐烟火的人家,湿柴毕毕剥剥的在灶肚中燃着,满屋便窜着呛人的烟子,屋中人,藉着灶口的火光,或另一小小的油灯光明,向那个黑色的锅里,倒下一碗鱼内脏或一把辣子,于是辛辣的气味同烟雾混合,屋中人皆打着喷嚏,把脸掉向另一方去,过一时,他们照规矩，也仍然那么一家人同在一处，在湿湿的地上，站着或蹲着，在黑暗中把一个日子一顿晚饭打发了。

第二天一大清早，强梁的祖贵，就同那个在任何时节，任何场合里，总不忘记自己是一个上士身份的张师爷，依照晚上两人约好的办法，拿一张白纸，一块砚台，一支笔，排家来看察，看是不是水已侵进了屋子，又问讯这家主人，说明不必出一个钱，只写上一个名字，画个押，把请愿禀帖送到区里去，同时举代表过工厂去，要求莫再放水，看大家愿不愿意。一些人自然是谁都愿意的，虽然都明白区里不大管这些事情，可是禀告了一下，好像将来出什么事情就有话说了。

说到推代表，除了要祖贵同张师爷一文一武，谁还敢单独出场。平常时节什么事就得这两个人，如今自然还是现成的，毫无异议，非两人去不行！可是那个文的，对于这一次事情，却说一定要几个女的同去，一定顺利一点。他在这件事上还不忘记加一个雅谑，引经据典，证明"娘子军到任何地方都不可少"。因为这件事同为了禀帖上的措辞，他几乎被祖贵骂了一百句野话，可是他仍然坚持到这个主张。他以为无论如何代表要几个女的，措辞则为"恳予俯赐大舜之仁"，才能感动别人。祖贵虽然一面骂他一面举起拳头恐吓他，可是后来还是一切照他的主张办去，因为他那种热心，祖贵有时也不好意思不降服他了。

当两人走到四容家门口时，张师爷就哑哑的喊着：

"刘孃，刘孃，在家吗？"

妇人正坐在床上盘算一件值几百钱的事情，望到地下的水发愁，听听有熟人声音了，就说："在家，做什么？"因为不打量要人进屋里来，于是又说，"对不起，我家里全是水了！"祖贵说："就是为屋里进水这一件事，写一个名字，等一会儿到厂里去。"

妇人知道是要拼钱写禀帖，来的是祖贵，不能推辞，便问："祖贵，一家派多少钱？"

"不要钱，你出来吧，我们说说。"

妇人于是出来了，站到门外，用手拉着那破旧的衣襟，望到张师爷那种认真神气很好笑。那上士说，"我们都快成鱼了，人家把我们这样欺侮可不行！这是民国，五族平等，这样来可不行！"

妇人常常听到这个人口上说这些话，可不甚明白他的意思所在，也顺口打哇哇说："那是的，五族共和，这样来可不行！"

"我们要我们做人的权利，我们要向他们总理说话。"

"你昨天不是到区里说了吗？"

这上士，不好意思说昨天到区长处说话时，被区长恐吓的种种情形了，就嗫嗫嚅嚅向旁人申诉似的，说是"一切总有道理，不讲道理，国家也治不好"。

站在路中泥水里的祖贵，见这人又在说空话了，就说："什么治国平天下？大家去一趟，要他们想一个办法，讲道理，自然好了，不讲道理，自己想法对付！"

妇人说："要去我们全去，我不怕他们！"

那上士说："就是要大家去的，刘孃你就做个代表好了。"

什么叫代表妇人也不明白，只听说是去厂里区里的事，为的是大家的房子，所以当下就答应了。两个人于是把名字写上，约好等一会儿过祖贵家取齐，两个人又过另一家说话去了。

请愿的团体一共是十三个公民所组成，张师爷同祖贵充当领袖，大家集合成群先过警察所去，站到警察所门前，托传达送请愿禀帖进去，等了大半天，还无什么消息。等了许久大家都有点慌了，不知是回去还尽是等在这里好。祖贵出主意，要师爷一个人进去看看。这个人，明白这是公众的意见，便把身上那件旧棉外套整理了一下，口中念念有词，拟定了要说的话，传达原本认识他，见他想进去，自然就让他进去了。

进去一会儿，这人脸上喜洋洋的走出来了。因为昨天他一个人来说时，区长还说再来说就派人捉了他，把他捆绑起来喂一嘴马粪，今天恰逢区长高兴，居然把事情办好了。他出来时手中拿得有一个区长的手谕，到了外边，就念区长的手谕给大家听：

"代表所呈已悉，仰各回家，安心勿躁，静候调查，此谕。"

大家这时面面相觑，似乎把应作事情已作完了，都预备散去，另一个人就说："大家慢点，我们要张师爷再代表我们进去一趟，请求这时就派一个人跟我们去看看。我们别的不要,只要看看我们的住处就行!"

祖贵以为要这边看看,不如要厂里派人看看,倒是请一个巡士同大家们过厂里说说较好。

师爷用不着大家催促,即刻又自告奋勇进去了,不一会,就有一个值班的警察,一路同师爷说话一路走出来,一群人围拥去,师爷把祖贵抓过一旁,轻轻的说:"先到厂里去说话,再看我们那个。"

过一阵,一些人就拥了巡警到××小铁厂门外了,守门的拿了愿书进去,且让随来的巡警同祖贵张师爷三人到门房里去坐,祖贵却不愿意,仍然站到外面同大家候着。这厂里大坪原来就满是积水,像一个湖没有泄处。一会儿那个守门人出来了,手里仍然拿着那个愿书,说:"监督看过了,要你们回去。"

祖贵说:"不好,我们不能那么回去。劳驾再帮我们送上去,我们要会当事的谈话!"

张师爷说:"我们十三个代表要见你们监督!"

那个守门的有点为难了,就同随来的巡士说:"办不好!这是天的责任,你瞧我们坪里的水多深!"

巡士说:"天的责任,我们院子里也是多深的水。"

妇人刘孃便说:"谁说是天的罪过?你们这边不挖沟放水,水也不会全流过去。"

另一个女人自言自语的又说:"今天再放水,我们什么都完了!"

那守门的心里想:"你们什么都完了?你们原本有什么?"

祖贵逼到要守门的再把愿书送进去一次,请他们回话,巡士也帮同说话,守门的无可奈何,就又沿了墙边干处走到里面去了。不多久,即见到那个守门人,跟着一个穿长衣的高人出来,这人中等办事员模样,走路气概堂堂的,手中就拿着刚送进去的愿书,脸上显出十分不高兴的神气,慢慢的低着头走出来。到了门前,就问"有什么事一定要来说话"。那种说话的派头,同说话时的神气,就使大家都有点怕。

这人见无一个人答话,转问守门人,那个愿书是不是他们要他拿进去的。祖贵咬咬嘴皮,按捺到自己的火性,走过去了一点,站近那个办事人身边，声音重重的说："先生，这是我们请他拿进去的。"

那穿长衣人估计了祖贵一眼，很鄙夷的说："你们要怎么样？"

祖贵说："你是经理是监督？"

"我是督察，有什么事同我说就行！"

"我们要请求这边莫再放水过去，话都在帖子上头！"

穿长衣的人，就重新看了一下手上那个愿书的内容，头也不愿意抬起，只说："一十三个代表啊，好！可是这不是我们的事情，公司不是自来水公司！天气那么糟，只能怪天气，只能怪天气！"

"我们请求这边不要再放水就行了！"

"水是一个活动东西，它自己会流，那是无办法的事情！"

张师爷就说："这边昨天挖沟，故意把水灌过去。"

那人显出恼怒神气了："什么故意灌你们。莫非这样一来，还会变成谋财害命的大事不成吗？"

那人一眼望到巡警了，又对着巡警冷笑着说："这算什么事情？谋财害命，可不是一件小事情，你们区里会晓得的！杨巡官前天到这儿来，与我们监督喝茅台酒，就说……"

祖贵皱着眉头截断了那人的言语："怎么啦！我们不是来此放赖的，先生。我们请你们里派人去看看，这里有的是人，只要去看看，就明白我们的意思了。这位巡警是我请来的，杨巡官到不到这里不是我们的事情。我们要得是公道，不要别的！"

"什么是公道！厂里并不对你们不公道！"

"我们说不能放水灌我们的房子，就只这一件事，很不公道。"

"谁打量灌你们的房子？"

"不是想不想，不是有意无意，你不要说那种看不起我们的刻薄话。我们都很穷，当然不是谋财害命。我们可不会诬赖人。你们自然不是谋财害命的人，可是不应该使我们在那点点小地方也站不住脚！"

代表中另一个就噘着嘴说："我们缴了租钱，每月都缴，一个不能短少！"

"你租钱缴给谁？"

"缴给谁吗？……"那人因无话可说，嗫嚅着，眼看祖贵。

那长衣人说："这租钱又不是我姓某的得到，你们同区里说好了！"

祖贵十分厌烦的说："喂，够了，这话请您驾不要说了。我们不是来同您驾骂娘的，我们来请求你们不要再放水！你们若还愿意知道因为你们昨天掘沟放水出去，使我们那些猪狗窝儿所受的影响，你们不妨派个人去看看，你们不高兴作这件事，以为十分麻烦，那一切拉倒。"

那长衣人说："这原不是我们的事，你们向区里说去，要区里救济好了。"

"我们并不要你们救济，我们只要公道！"

"什么叫作不公道？你们去区里说吧。"

祖贵说："您驾这样子，派人看看也不愿意了，是不是？"

那人因为祖贵的气势凌人，眼睛里估了一个数目，冷冷的说："代表，你那么凶干吗？"

"你说干吗，难道你要捉我不成？"

"你是故意来捣乱的！"

"怎么，捣乱，你说谁？"这强人十分生气，就想伸手去抓那个人的领子。那人知道自己不是当前一个的对手，便重复的说，"这是捣乱，这是捣乱，"一面赶忙退到水边去。大家皆用力拉着祖贵，只担心他同厂里人打起架来。

两人忽然吵起来了，因为祖贵声音很高，且就想走拢去揍这个办事人一顿，里面听到吵骂，有人匆匆的跑出来了。来的是一个胖子，背后还跟得好几个闲人，只问什么事什么事。先前那个人就怏怏的诉说着，张师爷也乱乱的分辩着，祖贵瞬了这新跑出的人一眼，看看身份似乎比先来的人强，以为一定讲道理多了，就走近胖子，指着一群人说：

"这是十三个代表，我们从小街派来的，有一点事到这里来。因为你们这边放水，我们房子全浸水了。我们来请你们这边派一个人陪同这位巡士去看看，再请求这边莫再放水过去，这一点点事情罢了。我们不是来这里吵嘴的！"

那人只瞥了祖贵一眼，就把高个儿手中的愿书，拿到眼边看了一

76

下，向原先吵嘴的人问："就是这一点儿事吗？"那人回答说："就是这事情。"

胖子装模作样的骂着那人："这点点事情，也值得让这些乌七八糟的人到公司大门前来大吵大闹，成个什么规矩！"

张师爷说："我们不是来吵闹，我们来讲道理！"

那胖子极不屑的望到卑琐的上士身上那件脏军衣，正要说"什么道理"这样一句话，祖贵一把拉开了上士，"我们要说明白，这里是一位见证。"说时他指到区里随来的一位巡警，"他看见我们一切行为，他亲眼看到！"

那胖子向祖贵说："我听到你们！这里不是你们胡闹的地方！你们到区里说去！你只管禀告区里。"这人说了就叫站在身旁另一个人，要他取一个片子，跟这些人到区里去见区长，一面回头来问那个巡警，"杨巡官下班了没有？"显然的，要这巡警知道站在面前同他说话的人，是同他们上司有交情，同时且带得有要那班代表听明白的意思。接着又告给先前那个高人，不要同他们再吵。

祖贵只是冷笑，等那胖子铺排完了，就说："这是怎么？你们这样对付我们，这就是你们的道理！上区里打官事，决定了没有？"

那胖子不理不睬，自己走进去了。大家都不知道怎么说好，互相对望着。

张师爷想走过去说话，祖贵把这上士领口拉着，朝门外一送，向大家扫了一眼："走，妈的！咱们回去，什么都不要说了！不要公道！"

大家见到祖贵已走，都怯怯的，无可奈何的，跟着他背后走了。

一出了大门，张师爷就大嚷，聊以自慰的神气说着各种气愤大话，要报仇，要烧房子，要这样那样，可是大家都知道这是他的脾气，绝对不会做出这种吓人的事情。到了小街时，女人中有人望到区里巡警，跟着在后面来的，就问祖贵，是不是要请巡警排家去看看。祖贵把代表打发走了，同张师爷带了巡警各处去看看，一句话不说，看了一阵，那巡警就回区里回话去了。

请愿的事明明白白已完全失败了。大家都耽搁了半天事情。妇人回转家里，看看屋中积水，似乎又长多了一点。走过屋后去看看，屋后昨天大家合挖的那条沟，把水虽然挡住了，可是若果今天厂里再放水，就完全无用了。四容那时已睡着了，本来今天预备买药，这时看看四容睡得很好，又打量不买药，留下钱来作别的用处。因为屋中水太多，作什么事都不方便，这妇人就想到用个什么东西，把水舀去一点，再撒点灰土，一定好点。各处找寻的结果，得了一块旧镔铁皮，便蹲到门前把水舀着。做了半天脚也蹲木了，还似乎不行。后来有人来到，站在门前告她，张师爷还想往区里去要求公道，祖贵要打他，两人现在正吵着。还说早上全是师爷出的主意，向那些人请什么愿，祖贵始终就不大赞同，只说大家齐心来挖一条大沟到城边去，水就不会再过来了。……

妇人因为四容的病好像很有了一点儿转机，夜间她就仍然打量到所得的那五毛钱，是不是必须要遵照医生所说的话，拿去买药。又想天气快冷了，四容病一好，同师傅上街做生意，身上也得穿厚一点。同时记起日里和祖贵他们到厂里吵架情形，总迷迷糊糊睡得不大好，做了一些怪梦，梦到许多贫人不合理的希奇事情，且似乎同谁吵了半天，赌了许多咒，总永远分解不清楚。

不知如何，妇人忽然惊醒了，就听到有人在屋后水荡边乱嚷乱叫，起先当作是水涨大了，什么人家小屋被水浸透弄坍了，心里怵怵的，以为无论在什么时候，自己头上这一块房顶，也一定会猛然坍下来，把自己同四容压在下面的。这时悄悄的伸手去捏四容的脚，四容恰恰也醒了，询问他妈，是谁在喊叫。只听到门前有人蹚水跑过去，哗哗的响着。随后又是两个人蹚水跑过去。于是听到远处声音很乱，且听远处夹杂有狗叫，有别的声音，正似乎出了什么大事一样。妇人心里想：难道涨大水了吗？又想，莫非是什么人家失了火吧？爬起来一看，屋角都为另一种光映照得亮堂堂的，可不正是失火！这时别一个人家也有人起身了，且有人在门前说话，妇人慌慌张张，披了衣服，顾不得屋中的水，赤了脚去开门，同那些正在说话的人搭话，问是什么地方。

那时天已经发白了，起来的人多了。许多人都向厂里那方面街上跑去。只听人说失了火失了火，各人都糊里糊涂，不知道究竟在什么地方，什么人家。只见天的一边发着红光，仿佛平常日头出来的气派，看来很近，其实还隔得很远，大家都估计着，无论如何也是在后街那一方面。天空大堆大堆的火焰向上卷去，那时正有一点儿风，风卷着火，摧拉着，毁灭着，夹杂着一切声音。妇人毫无目的也跟着别的人向起火那一方面走去，想明白究竟，路上只见到有向回头走的人，说是花园起了火。又说所有的犯人都逃走了。又说衙门的守备队，把后街每一条街口都守着了，不让一个人过去，过去就杀，已有四个人被杀掉了。

妇人一面走一面心里划算，这可糟了，七叔一家莫会完全烧死了！她心里十分着急，因为在花园那一方面，她还放得有些小债，这些债是预备四容讨媳妇用的，狱里起了火，人都烧死了，这些账目自然也完全摧了。

再走过去一点，跑回来的人都说，不能过去了，那边路口已有人把守，谁也不能通过，争着过去说不定就开枪。因此许多怀了好奇心同怀了其他希望的闲人，都扫了兴，有些在先很高兴走出门的，这时记起自己门还未关好，妇人们记起家中出痘疹的儿子，上年纪的想起了自己的腰脊骨风痛，络绎走来，又陆续的回去了。虽然听到说不能通过的话，仍然想走到尽头看看的，还有不少人。妇人同这些人就涌近去花园不远的花园前街弄口，挤过许多人前面去，才看到守备队把枪都上了刺刀，横撇着在手上，不许人冲过去。街上只见许多人搬着东西奔走，许多挑水的人匆匆忙忙的跑。但因为地方较近，街又转了弯，反而不明白火在什么地方了。

不知是谁，找得了道士做法事用的铜锣，胡乱的在街上敲着，一直向守备队方面冲过来，向小街奔去，一面走一面尽喊，"挑水去，挑水去，一百钱担，一百钱担！"听过这话，许多人知道发财的时候快到了，都忙着跑回去找水桶，大家拥挤着，践踏着，且同时追随着这打锣人身后跑着吼着，纷乱得不能想象。

妇人仍然站近墙下看望这些人。看了一会儿见有人挑水来，守备兵让他过去了。她心里挂着七叔家几个小孩子，不知火烧出街了有多远，前街房子是不是也着了火，就昏昏的也跟挑水的人跑，打量胡混过去。

兵士见及却不让她过去，到后大声的嚷着，且用手比着，因为看她是女人，终于得到许可挤过去了。进了后街，才知道火就正是在七叔住处附近燃着，救火人挑了水随便乱倒，泼得满街是水，有些人心里吓慌了，抱了一块木板或一张椅子乱窜。有些人火头还离他家很远，就拿了杠子乱擢屋檐。她慢慢的走拢去了一点，想逼近那边去，一个男子见到了，嘶声的喊着，拉着她往回头路上跑去，也不让她说话，不管她要做些什么事，糊糊涂涂被拉出街口，那为大火所惊吓而发痫的男子却走了。

她仍然是糊糊涂涂，挤出了那条小街。这时离开了火场已很远了，只见有许多妇人守着一点点从烟中火中抢出的行李，坐在街沿恣意的哭泣。又有许多人在搬移东西。一切都毫无秩序，一切都乱七八糟。天已渐渐大明了，且听到有人说火不是从花园起的，狱中现时还不曾着火，烧的全是花园前街的房子。另外又听到兵士也说狱中没有失火，火离狱中还远。她这时似乎才觉得自己是赤光两只脚，忽然想起在此无益，四容在家中会急坏了，就跑回小街屋里去。

四容因为他母亲跑出去了半天，只听到外面人嚷失火，想下地出外看看，地下又全是水，正在十分着急。妇人回来了，天也大亮了，母子两人皆念着七叔一窝小孩，不知是不是全烧死了，还是只留下老的一个。过一会，有人从门外过身，一路骂着笑着，声音很像祖贵，妇人就隔了门忙喊祖贵，跑出去就正看到那强徒，头上包了一块帕头，全身湿漉漉的又灰甫甫的，脸上也全是烟子，失去了原来的人形，耳边还有一线血，沿脸颊一直流下，显然的，一望而知，这个人是才从失火那边救火回来的了。

妇人说："祖贵你伤了！"

那男子就笑着："什么伤了病了，你们女人就是这样的，出不了一点儿事。"

"烧了多少呢？还在烧吗？"

"不要紧，不再会接了。"

"我想打听一下，管监里送饭的秃头七叔家里怎么了？"

"完了，从宋家烟馆起，一直到边街第四弄财神庙，全完事了。"

"哎哟，要命！"妇人低声的嚷着，也不再听结果，一返身回到自己屋里，就在水中套上那两只破鞋，嘱咐了四容不许下床，就出门向失火后街跑去。祖贵本来走过去快要进他自己屋子，见妇人出来，知道她一定是去找熟人了，就喊叫妇人，告给她，要找谁，可以到岳庙去，许多人逃出来都坐在岳庙两廊下。

到了岳庙门前，一个人从人群中挤出拉着她膀子，原来正是秃头七叔。秃头带她过去一点，看到几个孩子都躺在一堆棉絮上发痴，较小的一个已因为过分疲倦睡着了。

妇人安心了。"哎哟，天保佑，我以为你们烧成炭了。"

那秃头乱了半天，把一点铺陈行李同几个孩子从火里抢出来，自己一切东西都烧掉了，还发痴似的极力帮助别人抢救物件，照料到那些逃难的女人小孩。天明后，火势已塌下去了，他还不知道，尽来去嚷着，要看热闹的帮忙，尽管喊水，自己又拿了长长的叉子，打别人的屋瓦，且逼近火边去，走到很危险的墙下去，爬那些悬在半空燃着的橡皮。到后经人拉着他，询问他几个孩子是不是救出来了，他才像是憬然明白他所有全烧光了，方赶忙跑回岳庙去看孩子。这时见到妇人关心的神气，反而笑了。秃头说：

"真是天保佑，都还是活的。可是我屯的那点米，同那些……"

这时旁边一堆絮里一个妇人，忽然幽幽的哭起来了，原来手上抱着的孩子，刚出痘疹免浆，因骤然火起一吓，跑出来又为风一吹，孩子这时抱在手中断气了。许多原来哭了多久的，因惊吓而发了痴的，为这一哭都给愣着了。大家都呆呆望着这妇人，俨然忘了自己的一身所遭遇的不幸。

妇人认得她是花园前街铜匠的女人，因走过去看看，怯怯的摸了一下那搁在铜匠妇人手上的孩子："周氏，一切是命，算了，你铜匠？"

另外一个人就替铜匠妇人说："铜匠过江口好些日子了，后天才会回来。"

又是另外一个人却争着说："铜匠昨天回来了，现在还忙忙的挑水，帮别人救别的房子。"

又一个说："浇一百石水也是空的，全烧掉了！"这人一面说，一面想起自己失掉了的六岁女儿，呱的就哭了，站起来就跑出去了。另外的人都望到这妇人后身，可怜的笑着，且互望了一眼，摇着头，（重新记起自己的遭遇，）叹息着，诅咒着，埋怨着。

旋即有一个男子，从岳庙门前匆匆跑过去，有一女人见到了，认得是那个铜匠，便锐声喊着"铜匠师傅"，那男人就进来了。那年青男子头上似乎受了点伤，用布扎着，布也浸透了。铜匠妇人见了丈夫，把死去的小孩交给他，像小孩子一样纵横的流泪，铜匠见了，生气似的皱着眉头，"死了就算事，你哭什么？"妇人像是深怕铜匠会把小孩掷去，忙又把尸身抢过来，坐到一破絮上，低下头兀自流泪。

那时有人看到这样子，送了一些纸钱过来，为在妇人面前燃着。

铜匠把地下当路的一个破碗捡拾了一下，又想走去，旁边就有一个妇人说："铜匠，你哄哄周氏，要她莫哭。你得讨一副匣子，把小东西装好才是事！"

四容的妈忙自告奋勇说："我帮你去讨匣子，我就去吧。"说着又走到秃头七叔几个小孩子身旁，在那肮脏小脸上，很亲切的各拍了一下，就匆匆的走了。

到善堂时无一个人，管事的还不曾来，守门的又看热闹去了，只得坐在门前那张长凳上等候，等了多久，守门的回来了，才说一定得管事的打条子，过东兴厚厂子里去领，因为这边已经没有顶小的了。说是就拿一口稍微大一点的也行，但看门的作不了主，仍然一定得等管事先生来。

一会儿，另外又来了两个男子，也似乎才从火场跑来领棺材的，妇人认识其中一个，就问那人"是谁家的孩子"。那人说："不是一个小孩子，是一个大人大孩子，——小街上的张师爷！"

妇人听着吓了一跳："怎么，是张师爷吗？我前天晚上还看到他同祖贵喝酒，昨天还同祖贵在厂里说话，回来几乎骂了半夜，怎么会死了？"

"你昨天看到，我今天还看到！他救人，救小孩子，救鸡救猫，自己什么都没有,见火起了,手忙脚乱帮着别人助热闹;跑来跑去同疯狗一样,告他不要白跑了,一面骂人一面还指挥!告他不要太勇敢了,就骂人无用。可是不久一砖头就打闷了,抬回去一会儿,喔,完事了。"

那守门的说:"那是因为烟馆失火,他不忘恩义,重友谊!"

妇人正要说"天不应当把他弄死",看到祖贵也匆匆的跑来了,这人一来就问管事的来了没有,守门的告他还没来。他望到妇人,问妇人见不见着秃头,妇人问他来做什么,才晓得他也来为张师爷要棺木的。

妇人说:"怎么张师爷这样一个好人,会死得这样快?"

那强硬的人说:"怎么这样一个人不死的这样快?"

妇人说:"天不应当——"

那强硬的人扁了一下嘴唇:"天不应当的多着咧。"因为提到这些,心里有点暴躁,随又向守门人说,"大爷,你去请管事的快来才好!还有你们这里那个瘦个小子,不是住在这里吗?"

那守门的不即作答,先来的两个人中一个就说:"祖贵,你回去看看吧,区长派人来验看,你会说话点,要回话!我们就在这儿等候吧。"

"区长派人来看,管他妈的。若是区长自己来看,张师爷他会爬起来,笑眯眯的告他的伤处,因为他们要好,死了也会重生!若是派人来,让他看去,他们不会疑心我们谋财害命!"

这人虽然那么说着,可是仍然先走了。妇人心想,"这人十砖头也打不死",想着不由得不苦笑。

又等了许久,善堂管事的赶来了,一面进来,一面拍着肚子同一个生意人说到这一场大火的事情,在那一边他就听到打死一个姓张的事情了,所以一见有人在此等候,说是为那死人领棺木,就要守门的去后殿看,一面开他那办事房的门,一面问来领棺木的人,死人叫什么名字,多大年岁,住什么地方。其中一个就说:"名字叫张师爷。"

想不到那管事的就姓章,所以很不平的问着:"怎么,谁是什么张师爷李师爷?"

那人就说:"大家都叫他作张师爷。"

管事的于是当真生气了:"这里的棺材就没有为什么师爷预备的,

一片手掌大的板子也没有！你同保甲去说吧。我们这里不办师爷的差，这是为贫穷人做善事的机关！"

这管事因为生气了，到后还说："你要他自己来吧，我要见这师爷一次！"

那陪同善堂管事来的商人，明白是死者师爷两个字，触犯了活的师爷的忌讳了，就从旁打圆儿说："不是那么说，他们一定弄不明白。大家因为常常要这个人写点信，做点笔墨事情，所以都师爷师爷的叫他。您就写一个张三领棺材一口得了，不然写李四也行，这人活时是一个又随便又洒脱的人，死了也应是一个和气的鬼，不会在死后不承认用一个张三名义领一副匣子的！"

管事经此一说，就什么话也不能说了，只好翻开簿子，打开墨盒，从他那一排三枝的笔架上，抓了他那小绿颖花杆尖笔记账。到后就轮到四容的妈来了，一问到这妇人，死的是一岁的孩子，那管事就偏过头去，很为难似的把头左右摆着，说这边剩下几副棺材，全不是为这种小孩预备的。又自言自语的说，小孩子顶好还是到什么地方去找一提篮，提出去，又轻松，又方便。妇人听毕这管事代出主意，又求了一阵，仍然说一时没有小材，心中苦辣辣的，不敢再说什么，只好走回岳庙去报告这件事情。

到了岳庙，铜匠妇人已不哭了，两夫妇已把小孩尸身收拾停妥了，只等候那棺木，听妇人说善堂不肯作这好事，铜匠就说："不要了，等会儿抱去埋了就完了。"可是他那女人听到这话，正吃到米粉，就又哭了。

妇人见秃头已无住处了，本想要几个孩子到她家去，又恐怕四容的病害了人家的孩子，不好启齿，就只问秃头七叔，预备这庙里还是过别处去，秃头七叔就说等一会要到花园去看，那边看守所有间房子，所长许他搬，他就搬过去，不许搬，就住到这廊下，大家人多也很热闹。妇人因为一面还挂念家中四容，就回去了。到了家里，想起死了的张师爷，活时人很好，就走过去看看。他那尸身区里人已来验看过了，熟人已把他抬进棺木去了。所谓棺木，就是四块毛板拼了两头的一个长匣子，因为这匣子短了一点，只好把这英雄的腿膝略略屈着，旁边站了一些人，都悄悄静静的不说话。那时祖贵正在那里用钉锤敲打四角，从那个空罅，还看到这个上士的一角破旧军服。这棺木是露天摆在那水荡边的，前面不知谁焚了一小堆纸钱，还有火在那里燃着。棺木头上摆了一个缺碗，里面照规矩装上一个煎鸡子，一点水饭。当祖贵把棺木四隅钉好，抬起头来时，望到大家却可怜的笑着。他站在当中，把另外几个人拉在一块，编成一排，面对那搁在卑湿地上的白木匣子。

"来，这个体面人物是完事了，大家同他打一个招呼。我的师爷，好好的躺下去，让肥蛆来收拾你，不要出来吓我们的小孩子，也不要再来同我们说你那做上士时上司看得起你的故事了，也不要再来同我争抢会钞了，也不必再来帮我们出主意了，也不必尽想帮助别人，自己却常常挨饿了，如今你是同许多人一样，不必说话，不必吃饭，也不必为朋友熟人当差，总而言之叫作完事了！"

这样说着，这硬汉也仍然不免为悲哀把喉咙扼住了，就不再说什么，只擤擤鼻子，挺挺腰肢，走过水边去了。大家当此情形都觉得有点悲惨，但大家却互相望着，不知道说一句趣话，也不知道说一句正经话，慢慢的就都散去了。

妇人看看水荡的水已消去很多了，大致先前救火的人，已从这地方挑了很多的水去了。她记起自己住处的情形，就赶回去，仍然蹲到屋中，用那块镶铁皮舀面地下的水，舀了半天把水居然舀尽了，又到空灶里撮了些草灰，将灰撒到湿的地上去。

下午妇人又跑往岳庙，看看有些人已把东西搬走了，有些人却将就廊下摊开了铺陈，用席子摊隔到自己所占据的一点地方，大有预备长久住下的样子。还有些人已在平地支了锅灶，煮饭炒菜，一家人同蹲地下等待吃饭。那铜匠一家已不知移到什么地方去了。秃头七叔正在运东西过花园新找的那住处去，妇人就为他提了些家伙，伴着三个孩子一同过花园去，把秃头住处铺排了一下，又为那些犯人买了些东西，缝补些东西，且同那些人说了一会这场大火发生的种种。大家都听到牢狱后面绞场上有猪叫，知道本街赶明儿谢火神一定又要杀猪，凡是到救火的都有一份猪肉，就有人托妇人回去时，向那些分得了股份却舍不得吃肉的人家，把钱收买那些肉，明早送过花园这边来。

妇人回去时，天又快夜了。远远的就听到打锣，以为一定是失火那边他们记起了这个好人，为了救助别人的失火而死，有人帮张师爷叫了道士起水开路了，一面走着一面还心里匿笑，以为这个人死得还排场，死后尚能那么热闹一夜。且悬想到若果不是那边有人想起这件事，就一定是祖贵闹来的。可是再过去一点，才晓得一切全估计错了。原来打锣的还隔得远啦。妇人站到屋后望着，水荡边的白木匣子，在黑暗里还剩有一个轮廓，水面微微的放着光，冷清极了，那里一个人也没有！

她站了一会儿，想起死人的样子，想起白天祖贵说的话，打了一个冷噤，悄悄的溜进自己屋子里去了。

二十一年一月二十五日（登在《时报》）

---

本篇发表于1932年3月16日—4月15日《时报》，连载24次。署名沈从文。

# 黄　昏

雷雨过后，屋檐口每一个瓦槽还残留了一些断续的点滴，天空的雨已经不至于再落，时间也快要夜了。

日头将落下那一边天空，还剩有无数云彩，这些云彩阻拦了日头，却为日头的光烘出眩目美丽的颜色。远一点，有一些云彩镶了金边、白边、玛瑙边、淡紫边，如都市中妇人的衣缘，精致而又华丽。云彩无色不备，在空中以一种魔术师的手法，不断的在流动变化。空气因为雨后而澄清，一切景色皆如一人久病新瘥的神气。

这些美丽天空是南方的五月所最容易遇见的，在这天空下面的城市，常常是崩颓衰落的城市。由于国内连年的兵乱，由于各处种五谷的地面都成了荒田，加之毒物的普遍移植，农村经济因而就宣告了整个破产，各处大小乡村皆显得贫穷和萧条，一切大小城市则皆在腐烂，在灭亡。

一个位置在长江中部×省×地邑的某一县，小小的石头城里，城北一角，傍近城墙附近一带边街上人家，照习惯样子，到了这时节，各个人家黑黑的屋脊上小小的烟突，都发出湿湿的似乎分量极重的柴烟。这炊烟次第而起，参差不齐，先是仿佛就不大高兴燃好，待到既已燃好，不得不勉强自烟突跃出时，一出烟突便无力上飏了。这些炊烟留连于屋脊，徘徊踌躇，团结不散，终于就结成一片，等到黄昏时节，便如帷幕一样，把一切皆包裹到薄雾里去。

××地方的城沿，因为一排平房同一座公家建筑，已经使这个地方任何时节皆带了一点儿抑郁调子，为了这炊烟，一切变得更抑郁了许多了。

这里一座出名公家建筑就是监狱。监狱里关了一些从各处送来不中用的穷人，以及十分愚蠢老实的农民，如其余任何地方任何监狱一样。与监狱为邻，住的自然是一些穷人，这些穷人的家庭，却大都是那么组成：一个男主人，一个女主人，以及一群大小不等的孩子。主人多数是各种仰赖双手挣取每日饭吃的人物，其中以木工为多。妇人大致眼睛红红的，脸庞瘦瘦的，如害痨病的样子。孩子则几几乎全部分是生来不养不教，很希奇的活下来，长大以后不作乞丐，就只有去作罪人那种古怪生物。近年来，城市中许多人家死了人时，都只用蒲包同簟席卷去埋葬，棺木也不必需了，木工在这种情形下，生活皆陷入不可以想象的凄惨境遇里去。有些不愿当兵不敢作匪又不能作工的，多数跑到城南商埠去作小工，不管什么工作都做，只要可以生活就成。有些还守着自己职业不愿改行的，就只整天留在家中，在那些发霉发臭的湿地上，用一把斧头削削这样或砍砍那样，把旧木料作成一些简单家具，堆满了一屋，打发那一个接连一个而来无穷无尽的灰色日子。妇人们则因为地方习惯，还有几件工作，可以得到一碗饭吃。由于细心，谨慎，耐烦，以及工资特别低廉，种种长处方面，一群妇人还不至于即刻饿死。她们的工作多数是到城东莲子庄去剥点莲蓬，茶叶庄去拣选茶叶，或向一个鞭炮铺，去领取些零数小鞭炮，拿回家来编排爆仗，每一个日子可得一百文或五分钱。小孩子，其年龄较大的，不管女孩男孩，也有跟了大人过东城做工，每日赚四十文左右的。只有那些十岁以下的孩子，大多数每日无物可吃，无事可做，皆提了小篮各处走去，只要遇到什么可以用口嚼的，就随手塞到口中去。有些不离开家宅附近的，便在监狱外大积水塘石堤旁，向塘边钓取鳝鱼。这水塘在过去一时，也许还有些用处，单从四围那些坚固而又笨重的石块垒砌的一条长长石堤看来，从它面积地位上看来，都证明这水塘，在过去一时，或曾供给了全城人的饮料。但到了如今，南城水井从山中导来了新水源，西城多用河水，这水塘却早已成为藏垢纳污的所在地了。塘水容纳了一切污水肮物，长年积水颜色黑黑的，绿绿的，上面盖了一层厚衣，在太阳下蒸发出一种异常的气味，各方点浅处，天气热时，就从泥底不断的喷涌出一些水泡。

监狱附近小孩子，因为水塘周围石堤罅穴多的是鳝鱼，新雨过后，天气凉爽了许多，塘水增加了些由各处汇集而来的雨水，也显得有了点生气，在浊水中过日子的鳝鱼，这时节便多伸出头来，贴近水面，把鼻孔向天调换新鲜空气，小孩子于是很兴奋的绕了水塘奔走，皆露出异常高兴的神气。他们把从旧扫帚上抽来的细细竹竿，尖端系上一尺来长的麻线，麻线上系了小铁钩，小铁钩钩了些蛤蟆小腿或其他食饵，很方便插到石罅里去后，就静静的坐在旁边看守着。一会儿竹竿极沉重的向下坠去，竹竿有时竟直入水里去了，面前那一个便捞着竹竿，很敏捷的把它用力一拉，一条水蛇一样的东西，便离开水面，在空中蜿蜒不已。把鳝鱼牵出水以后，大家嚷着笑着，竞争跑过这一边来看取鳝鱼的大小。有人愿意把这鳝鱼带回家中去，留作家中的晚餐，有人又愿意就地找寻火种，把一些可以燃烧的东西收集起来，在火堆上烧鳝鱼吃。有时鳝鱼太小，或发现了这一条鳝鱼，属于习惯上所说的有毒黑鳝，大家便抽签决定，或大家在混乱中竞争抢夺着，打闹着，以战争来解决这一条鳝鱼所属的主人。直到把这条业已在争夺时弄得半死的鳝鱼，归于最后的一个主人后，这小孩子就用石头把那鳝鱼的头颅捣碎，才用手提着那东西的尾巴，奋力向塘中掷去，算是完成了钓鱼的工作。

天晚了，那些日里提了篮子，赤了双脚，沿了城墙走去的妇女到这时节，都陆续回了家。回家途中从菜市过身，就把当天收入，带回些糙米，子盐，辣椒，过了时的瓜菜，以及一点花钱极少便可得到的猪肠牛肚，同一钱不花也可携回的鱼类内脏。每一家烟突上的炊烟，就为处置这些食物而次第升起了。

因为妇人回了家，小孩子们有玩疲倦了的，皆跑回家中去了。

有小孩子从城根跑来，向水塘边钓鱼小孩子嚷着："队伍来提人了，已经到了曲街拐角上，一会儿就要来了。"大家知道兵士来此提人，有热闹可看了，呐一声喊，一阵风似的向监狱衙署外大院子集中冲去，等候到队伍来时，欣赏那扛枪兵士的整齐步伐。

监狱里原关了百十个犯人，一部分为欠了点小债，或偷了点小东西，无可奈何犯了法被捉来的平民，大多数却为兵队从各处乡下捉来的农民。驻扎城中的军队，除了征烟苗税的十月较忙，其余日子就本来无事可作，常常由营长连长带了队伍出去，同打猎一样，走到附郭乡下去，碰碰运气随随便便用草绳麻绳，把这些乡下庄稼人捆上一批押解入城，牵到团部去胡乱拷问一阵，再寄顿到这狱中来。或于某种简单的糊涂的问讯中，告了结束，就在一张黄色桂花纸上，由书记照行式写成甘结，把这乡下庄稼汉子两只手涂满了墨汁，强迫按捺到空白处，留下一双手模，算是承认了结上所说的一切，于是当时派队就把这人牵出城外空地上砍了。或者这人说话在行一点，还有几个钱，又愿意认罚，后来把罚锾缴足，随便找寻一个保人，便又放了。在监狱附近住家的小孩子，除了钓鳝鱼以外，就是当军队派十个二十个弟兄来到监狱提人时，站在那院署空场旁，看那些装模作样的副爷，如何排队走进衙署里，后来就包围了监狱院墙外，等候看犯人外出。犯人提走后，若已经从那些装模作样的兵士方面，看出一点消息，知道一会儿这犯人愚蠢的头颅就得割下时，便又跟了这队伍后面向城中团部走去，在军营外留下来，一直等到犯人上身剥得精光，脸儿青青的，头发乱乱的，张着大口，半昏半死的被几个兵士簇拥而出时，小孩子们就在街头齐声呐喊着一句习惯的口号送行。

"二十年一条好汉，值价一点！"

犯人或者望望这边，也勉强喊一两声撑撑自己场面，或沉默的想到家中小猪小羊，又怕又乱，迷迷糊糊走去。

于是队伍过身了。到后面一点，是一个骑马副官拿了军中大令，在黑色小公马上战摇摇的掌了黄龙大令也过身了。再后一点，就轮派到这一群小孩子了。这一行队伍大家皆用小跑步向城外出发，从每一条街上走过身时，便集收了每一条街上的顽童与无事忙的人物。大伙儿到了应当到的地点，展开了一个圈子，留出必需够用的一点空地，兵士们把枪从肩上取下，装上了一排子弹，假作向外预备放的姿势，以为因此一来就不会使犯人逃掉，也不至于为外人劫法场。看的人就在较远处围成一个大圈儿。一切布置妥当后，刽子手从人群中走出，把刀藏在身背后，走近犯人身边去，很友谊似的拍拍那乡下人的颈项，故意装成从容不迫的神气，同那业已半死的人嘱咐了几句话，口中一面说"不忙，不忙"，随即嚓的一下,那个无辜的头颅,就远远的飞去,发出沉闷而钝重的声音坠到地下了,颈部的血就同小喷泉一样射了出来,身腔随即也软软的倒下去,呐喊声起于四隅,犯人同刽子手同样的被人当作英雄看待了。事情完结以后,那位骑马的押队副官,目击世界上已经少了一个恶人,除暴安良的责任已尽,下了一个命令,领带队伍,命令在前面一点儿的号手,吹了得胜回营的洋号缴令去了。看热闹人也慢慢的走开了。小孩们不即走开,他们便留下来等候看到此烧纸哭泣的人,或看人收尸。这些尸首多数是不敢来收的,在一切人散尽以后,小孩子们就挑选了那个污浊肮脏的头颅作戏,先是用来作为一种游戏,到后常常互相扭打起来,终于便让那个气力较弱的人滚跌到血污中去,大家才一哄而散。

今天天气快晚了,又正落过大雨,不像要杀人的样子。

这个时节,那在监狱服务十七年了的狱丁,正赤双脚在衙署里大堂面前泥水里,用铲子挖掘泥土,打量把积水导引出去。工作了已经好一阵,眼见得毫无效果,又才去解散了把竹扫帚,取出一些竹刷,想用它来扶持那些为暴雨所摧残业已淹卧到水中的向日葵。院落中这时有大部分还皆淹没在水里,这老狱丁从别处讨来的凤仙花、鸡冠花、洋菊同秋葵,以及一些为本地人所珍视的十样锦花,在院中土坪里各据了一畦空地,莫不皆浸在水中。狱丁照料到这样又疏忽了那样,所以作了一会事,看看什么都作不好,就不再作了,只站在大堂檐口下,望天上的晚云。一群窝窝头颜色茸毛未脱的雏鸭,正在花草之间的泥水中,显得很欣悦很放肆的游泳着,在水中扇动小小的肉翅,呀呀的叫嚷,各把小小红嘴巴连头插进水荡中去,后身撅起如一顶小纱帽,其中任何一只小鸭含了一条蚯蚓出水时,其余小鸭便互相争夺不已。

老狱丁正计算到属于一生的一笔账项,数目弄得不大清楚,为了他每个月的薪俸是十二串,这钱分文不动已积下五年,应承受这一笔钱的过房儿子已看好了,自己老衣也看好了,棺木也看好了,他把一切处置得妥当后,却来记忆追想,为什么年轻不结婚。他想起自己在营伍中的荒唐处,想起几个与生活有关白脸长眉的女人,一道回忆的伏流,正流过那衰弱弊旧的心上,眼睛里燃烧了一种青春的湿光。

只听到外边有人喊"立正，稍息"，且有马项铃响，知道是营上来送人提人的，故忙匆匆踹了水出去，看是什么事。

军官下了马后，长筒皮靴在院子里水中堂堂的走着，一直向衙署里面走去，守卫的岗警立了正，一句话也不敢询问，让这人向侧面闯去，后面跟了十个兵士，狱卒在二门前迎面遇到了军官，又赶忙飞跑进去，向典狱官报告去了。

典狱官是一个在烟灯旁讨生活的人物，这时正赤脚短褂坐在床边，监督公丁蹲在地下煨菜，玄想到种种东方形式的幻梦，狱卒在窗下喊着：

"老爷，老爷，营上来人了！"

这典狱官听到营上来人，可忙着了，拖了鞋就向外跑。

军官在大堂上站定了，用手指弄着马鞭末端的绥组，兵士皆站在檐口前，典狱官把一串长短不一的钥匙从房中取出来，另外又携了一本寄押人犯的账簿，见了军官时就赶忙行礼，笑眯眯的侍候到军官，喊公丁赶快搬凳子倒茶出来。

"大人，要几个？"

军官一句话不说，递给了典狱官一个写了人名的字条，这典狱官就在暮色满堂的衙署大堂上轻轻的念着那个字条，把它看过了，忙说"是的是的"，就首先带路拿了那串钥匙，挟了那本账簿，向侧面牢狱走去。一会儿几个人都在牢狱双重门外站定了。

老狱丁把钥匙套进锁口里去，开了第一道门又开第二道门，门开了，这里已黑黑的，只见远处一些放光的眼睛，同模糊的轮廓，典狱官按着名单喊人。

"赵天保，赵天保，杨守玉，杨守玉。"

有两只放光的眼睛出来了，怯怯的跑过来，自己轻轻的说着"杨守玉，杨守玉"，一句别的话也不说，让兵士拉出去了。典狱官见来了一个，还有一个，又重新喊着姓赵的人名，狱丁也嘶着喉咙帮同喊叫，可是叫了一阵人还是不出来。只听到黑暗里有乡下人口音：

"天保，天保，叫你去，你就去，不要怕，一切是命！"

另外还有人轻轻的说话,大致都劝他出去,因为不出去也是不行的。原来那个被提的人害怕出去,这时正躲在自己所住的一堆草里。这是一种已成习惯的事情,许多乡下人,被拷打过一次,或已招了什么,在狱中住下来,一听到提人叫到自己名姓时,就死也不愿意再出去,一定得一些兵士走进来,横拖竖拉才能把他弄出。这件事既在狱中是很常有的事,在军人同狱官也看得成为习惯了,狱官这时望了一望军官,军官望了一望兵士,几个人就一拥而进到里面去了。于是黑暗中起了殴打声,喘气声,以及一个因为沉默的死命抱着柱子不放,一群七手八脚的动作,抵抗征服的声音。一会儿,便看见一团东西送出去了。典狱官知道事情业已办好,把门一次一次关好,一一的重新加上笨重的铁锁,同军官沉沉默默一道儿离开了牢狱,回到大堂,验看了犯人一下,尽了应尽的手续,正想说几句应酬话,谈谈清乡的事情,禁烟的事情,军官努努嘴唇,一队人马重新排队,预备开步走出衙署了。

老狱卒走过那个先是不愿意离开牢狱,被人迫出以后,满脸是血目露凶光的乡下人身边来,"天保,有什么事情没有?"犯人口角全是血,喘息着,望到业已为落日烧红的天边,仿佛想得很远很远,一句话一个表示都没有。另外一个乡下人样子,老老实实的,却告给狱吏:

"大爷,我砦上人来时,请你告诉他们,我去了,只请他们帮我还村中漆匠五百钱,我应当还他这笔钱。……"

于是队伍堂堂的走了。典狱官同狱卒送出大门,站到门外照墙边,看军官上了马,看他们从泥水里走去。在门外业已等候了许久的小孩子们,也有想跟了走去,却为家中唤着不许跟去,只少数留在家中也无晚饭可吃的小孩,仍然很高兴的跟着跑去。天上一角全红了,典狱官望到天空,狱卒也望天空,一切是那么美丽而静穆。一个公丁正搬了高凳子来把装满了菜油的小灯,搁到衙署大门前悬挂的门灯上去,大门口全是泥泞,凳因为在泥泞中摇晃不定,典狱官见着时正喊:

"小心一点!小心一点!"

虽然那么嘱咐,可是到后凳子仍然翻倒了,人跌到地下去,灯也跌到地下了。灯油溅泼了一地,那人就坐在油里不知如何是好。典狱官心

中正有一点儿不满意适间那军官的神气,就大声说:

"我告诉你小心一点,比营上火夫还粗鲁,真混账!"

小孩子们没有散尽的,为这件事全聚集了拢来。

岗警把小孩子驱散后,典狱官记起了自己房中煨的红肉,担心公丁已偷吃去一半,就小小心心的从那满是菜油的泥泞里走进了衙门。狱丁望望那坐在泥水里的公丁,努努嘴,意思以为起来好一点,坐在地下有什么用?也跟了进去了。

天上红的地方全变为紫色,地面一切角隅皆渐渐的模糊起来,于是居然夜了。

---

本篇曾以《晚晴》为篇名发表于1932年6月30日《文艺月刊》第3卷第5、6号合刊。署名甲辰。

《黄昏》是作者以此为篇名的作品之一。

# 静

春天日子是长极了的。长长的白日，一个小城中，老年人不向太阳取暖就是打瞌睡，少年人无事作时皆在晒楼或空坪里放风筝。天上白白的日头慢慢的移着，云影慢慢的移着，什么人家的风筝脱线了，各处便皆有人仰了头望到天空，小孩子皆大声乱嚷，手脚齐动，盼望到这无主风筝，落在自己家中的天井里。

女孩子岳珉年纪约十四岁左右，有一张营养不良的小小白脸，穿着新上身不久长可齐膝的蓝布袍子，正在后楼屋顶晒台上，望到一个从城里不知谁处飏来的脱线风筝，在头上高空里斜斜的溜过去，眼看到那线脚曳在屋瓦上，隔壁人家晒台上，有一个胖胖的妇人，正在用晾衣竹竿乱捞。身后楼梯有小小声音，一个男小孩子，手脚齐用的爬着楼梯，不久一会，小小的头颅就在楼口边出现了。小孩子怯怯的，贼一样的，转动两个活泼的眼睛，不即上来，轻轻的喊女孩子。

"小姨，小姨，婆婆睡了，我上来一会儿好不好？"

女孩子听到声音，忙回过头去。望到小孩子就轻轻的骂着："北生，你该打，怎么又上来？等会儿你姆妈就回来了，不怕骂吗？"

"玩一会儿。你莫出声，婆婆睡了！"小孩重复的说着，神气十分柔和。

女孩子皱着眉吓了他一下，便走过去，把小孩援上晒楼了。

这晒楼原如这小城里所有平常晒楼一样，是用一些木枋，疏疏的排列到一个木架上，且多数是上了点年纪的。上了晒楼，两人倚在朽烂发霉摇摇欲堕的栏杆旁，数天上的大小风筝。晒楼下面是斜斜的屋顶，屋瓦疏疏落落，有些地方经过几天春雨，都长了绿色霉苔。屋顶接连屋顶，晒楼左右全是别人家的晒楼。有晒衣服被单的，把竹竿撑得高高的，在微风中飘飘如旗帜。晒楼前面是石头城墙，可以望到城墙上石罅里植根新发芽的葡萄藤。晒楼后面是一道小河，河水又清又软，很温柔的流着。河对面有一个大坪，绿得同一块大毡茵一样，上面还绣得有各样颜色的花朵。大坪尽头远处，可以看到好些菜园同一个小庙。菜园篱笆旁的桃花，同庵堂里几株桃花，正开得十分热闹。

日头十分温暖，景象极其沉静，两个人一句话不说，望了一会天上，又望了一会河水，河水不像早晚那么绿，有些地方似乎是蓝色，有些地方又为日光照成一片银色。对岸那块大坪，有几处种得有油菜，菜花黄澄澄的如金子。另外草地上，有从城里染坊中人晒得许多白布，长长的卧着，用大石块压着两端。坪里也有三个人坐在大石头上放风筝，其中一个小孩，吹一个芦管唢呐，吹各样送亲嫁女的调子。另外还有三匹白马，两匹黄马，没有人照料，在那里吃草，从从容容，一面低头吃草一面散步。

小孩北生望到有两匹马跑了，就狂喜的喊着："小姨，小姨，你看！"小姨望了他一眼，用手指指楼下，这小孩子懂事，恐怕下面知道，赶忙把自己手掌掩到自己的嘴唇，望望小姨，摇了一摇那颗小小的头颅，意思像在说："莫说，莫说。"

两个人望到马，望到青草，望到一切，小孩子快乐得如痴，女孩子似乎想到很远的一些别的东西。

他们是逃难来的，这地方并不是家乡，也不是所要到的地方。母亲，大嫂，姊姊，姊姊的儿子北生，小丫头翠云一群人中就只五岁大的北生是男子。糊糊涂涂坐了十四天小小篷船，船到了这里以后，应当换轮船了，一打听各处，才知道××城还在被围，过上海或过南京的船车全已不能开行。到此地以后，证明了从上面听来的消息不确实。既然不能通过，回去也不是很容易的，因此照妈妈的主张，就找寻了这样一间屋子权且居住下来，打发随来的兵士过宜昌，去信给北京同上海，等候各方面的回信。在此住下后，妈妈同嫂嫂只盼望宜昌有人来，姊姊只盼望北京的信，女孩岳珉便想到上海一切。她只希望上海先有信来，因此才好读书。若过宜昌同爸爸住，爸爸是一个军部的军事代表。哥哥也是个军官，不如过上海同教书的第二哥哥同住。可是××一个月了还打不下。谁敢说定什么时候才能通行？几个人住此已经有四十天了，每天总是要小丫头翠云作伴，跑到城门口那家本地报馆门前去看报，看了报后又赶回来，将一切报上消息，告给母亲同姊姊。几人就从这些消息上，找出可安慰的理由来，或者互相谈到晚上各人所作的好梦，从各样梦里，卜取一切不可期待的佳兆。母亲原是一个多病的人，到此一月来各处还无回信，路费剩下来的已有限得很，身体原来就很坏，加之路上又十分辛苦，自然就更坏了。女孩岳珉常常就想到："再有半个月不行，我就进党务学校去也好吧。"那时党务学校，十四岁的女孩子的确是很多的。一个上校的女儿有什么不合式？一进去不必花一个钱，六个月毕业后，派到各处去服务，还有五十块钱的月薪。这些事情，自然也是这个女孩子，从报纸上看来，保留到心里的。

正想到党务学校的章程，同自己未来的运数，小孩北生耳朵很聪锐，因恐怕外婆醒后知道了自己私自上楼的事，又说会掉到水沟里折断小手，已听到了楼下外婆咳嗽，就牵小姨的衣角，轻声的说："小姨，你让我下去，大婆醒了！"原来这小孩子一个人爬上楼梯以后，下楼时就不知道怎么办了的。

女孩岳珉把小孩子送下楼以后，看到小丫头翠云正在天井洗衣，也就蹲到盆边去搓了两下，觉得没什么趣味，就说："翠云，我为你楼上去晒衣吧。"拿了些扭干了水的湿衣，又上了晒楼。一会儿，把衣就晾好了。

这河中因为去桥较远，为了方便，还有一只渡船，这渡船宽宽的如一条板凳，懒懒的搁在滩上。可是路不当冲，这只渡船除了染坊中人晒布，同一些工人过河挑黄土，用得着它以外，常常半天就不见一个人过渡。守渡船的人，这时正躺在大坪中大石块上睡觉，那船在太阳下，灰白憔悴，也如十分无聊十分倦怠的样子，浮在水面上，慢慢的在微风里滑动。

"为什么这样清静？"女孩岳珉心里想着。这时节，对河远处却正有制船工人，用钉锤敲打船舷，发出砰砰庞庞的声音。还有卖针线飘乡的人,在对河小村镇上,摇动小鼓的声音。声音不断的在空气中荡漾,正因为这些声音,却反而使人觉得更加分外寂静。

过一会,从里边有桃花树的小庵堂里,出来了一个小尼姑,戴黑色僧帽,穿灰色僧衣,手上提了一个篮子,扬长的越过大坪向河边走来。这小尼姑走到河边,便停在渡船上面一点,蹲在一块石头上,慢慢的卷起衣袖,各处望了一会,又望了一阵天上的风筝,才从容不迫的,从提篮里取出一大束青菜,一一的拿到面前,在流水里乱摇乱摆。因此一来,河水便发亮的滑动不止。又过一会,从城边岸上来了一个乡下妇人,在这边岸上,喊叫过渡。渡船夫上船抽了好一会篙子,才把船撑过河,把妇人渡过对岸。不知为什么事情,这船夫像吵架似的,大声的说了一些话,那妇人一句话不说就走了。跟着不久,又有三个挑空箩筐的男子,从近城这边岸上唤渡,船夫照样缓缓的撑着竹篙,这一次那三个乡下人,为了一件事,互相在船上吵着,划船的可一句话不说,一摆到了岸,就把篙子钉在沙里。不久那六只箩筐,就排成一线,消失到大坪尽头去了。

洗菜的小尼姑那时也把菜洗好了,正在用一段木杵,捣一块布或是件衣裳,捣了几下,又把它放在水中去拖摆几下,于是再提起来用力捣着。木杵声音印在城墙上,回声也一下一下的响着。这尼姑到后大约也觉得这回声很有趣了,就停顿了工作,尖锐的喊叫:"四林,四林,"那边也便应着"四林,四林"。再过不久,庵堂那边也有女人锐声的喊着"四林,四林",且说些别的话语,大约是问她事情做完了没有。原来这就是小尼姑自己的名字!这小尼姑事作完了,水边也玩厌了,便提了篮子,故意从白布上面,横横的越过去,踏到那些空处,走回去了。

小尼姑走后,女孩岳珉望到河中水面上,有几片菜叶浮着,傍到渡船缓缓的动着,心里就想起刚才那小尼姑十分快乐的样子。"小尼姑这时一定在庵堂里把衣晾上竹竿了!……一定在那桃花树下为老师傅搔背!……一定一面口下念佛,一面就用手逗身旁的小猫玩!……"想起许多事都觉得十分可笑,就微笑着,也学到低低的喊着"四林,四林"。

过了一会。想起这小尼姑的快乐,想起河里的水,远处的花,天上的云，以及屋里母亲的病，这女孩子，不知不觉又有点寂寞起来了。

她记起了早上喜鹊，在晒楼上叫了许久，心想每天这时候送信的都来送信，不如下去看看，是不是上海来了信。走到楼梯边，就见到小孩北生正轻脚轻手，第二回爬上最低那一级梯子。

"北生你这孩子，不要再上来了呀！"

下楼后，北生把女孩岳珉拉着，要她把头低下，耳朵俯就到他小口，细声细气的说："小姨，大婆吐那个……"

到房里去时，看到躺在床上的母亲，静静的如一个死人，很柔弱很安静的呼吸着，又瘦又狭的脸上，为一种疲劳忧愁所笼罩。母亲像是已醒过一会儿了，一听到有人在房中走路，就睁开了眼睛。

"珉珉，你为我看看，热水瓶里的水还剩多少。"

一面为病人倒出热水调和库阿可斯，一面望到母亲日益消瘦下去的脸，同那个小小的鼻子，女孩岳珉说："妈，妈，天气好极了，晒楼上望到对河那小庵堂里桃花，今天已全开了。"

病人不说什么，微微的笑着。想起刚才咳出的血，伸出自己那只瘦瘦的手来，摸了摸自己的额头，自言自语的说着，我不发烧。说了又望到女孩温柔的微笑着。那种笑是那么动人怜悯的，使女孩岳珉低低的嘘了一口气。

"你咳嗽不好一点吗？"

"好了好了不要紧的，人不吃亏。早上吃鱼，喉头稍稍有点火，不要紧的。"

这样问答着，女孩便想走过去，看看枕边那个小小痰盂。病人明白那个意思了，就说："没有什么。"又说："珉珉你站到莫动，我看看，这个月你又长高了！"

女孩岳珉害羞似的笑着，"我不像竹子吧，妈妈。我担心得很，人太长高了要笑人的！"

静了一会。母亲记起什么了。

"珉珉我作了个好梦，梦到我们已经上了船，三等舱里人挤得不成样子。"

其实这梦还是病人捏造的,因为记忆力乱乱的,故第二次又来说着。

女孩岳珉望到母亲同蜡做成一样的小脸,就勉强笑着,"我昨晚当真梦到大船,还梦到三毛老表来接我们,又觉得他是福禄旅馆接客的招待,送我们每一个人一本旅行指南。今早上喜鹊叫了半天,我们算算看,今天会不会有信来。"

"今天不来明天应来了!"

"说不定自己会来!"

"报上不是说过,十三师在宜昌要调动吗?"

"爸爸莫非已动身了!"

"要来,应当先有电报来!"

两人故意这样乐观的说着,互相哄着对面那一个人,口上虽那么说着,女孩岳珉心里却那么想着:"妈妈病怎么办?"病人自己也心里想着:"这样病下去真糟。"

姊姊同嫂嫂,从城北卜课回来了,两人正在天井里悄悄的说着话。女孩岳珉便站到房门边去,装成快乐的声音:"姊姊,大嫂,先前有一个风筝断了线,线头搭在瓦上曳过去,隔壁那个妇人,用竹竿捞不着,打破了许多瓦,真好笑!"

姊姊说:"北生你一定又同姨姨上晒楼了,不小心,把脚摔断,将来成跛子!"

小孩北生正蹲到翠云身边,听姆妈说到他,不敢回答,只偷偷的望到小姨笑着。

女孩岳珉一面向北生微笑,一面便走过天井,拉了姊姊往厨房那边走去,低声的说:"姊姊,看样子,妈又吐了!"

姊姊说:"怎么办?北京应当来信了!"

"你们抽的签?"

姊姊一面取那签上的字条给女孩,一面向蹲在地下的北生招手,小孩走过身边来,把两只手围抱着他母亲:"娘,娘,大婆又咯咯的吐了,她收到枕头下!"

姊姊说:"北生我告你,不许到婆婆房里去闹,知道么?"

小孩很懂事的说:"我知道。"又说,"娘娘,对河桃花全开了,你让小姨带我上晒楼玩一会儿,我不吵闹。"

姊姊装成生气的样子:"不许上去,落了多久雨,上面滑得很!"又说,"到你小房里玩去,你上楼,大婆要骂小姨!"

这小孩走过小姨身边去,捏了一下小姨的手,乖乖的到他自己小卧房去了。

那时翠云丫头已经把衣搓好了,且用清水荡过了,女孩岳珉便为扭衣裳的水,一面作事一面说:"翠云我们以后到河里去洗衣,可方便多了!过渡船到对河去,一个人也不有,不怕什么吧。"翠云丫头不说什么,脸儿红红的,只是低头笑着。

病人在房里咳嗽不止,姊姊同大嫂便进去了。翠云把衣扭好了,便预备上楼。女孩岳珉在天井中看了一会日影,走到病人房门口望望。只见到大嫂正在裁纸,大姊姊坐在床边,想检察那小痰盂,母亲先是不允许,用手拦阻,后来大姊仍然见到了,只是摇头。可是三个人皆勉强的笑着,且故意想从别一件事上,解除一下当前的悲戚处,于是说到一个很久远的故事。到后三人又商量到写信打电报的事情。女孩岳珉不知为什么,心里尽是酸酸的,站在天井里,同谁生气似的,红了眼睛,咬着嘴唇。过一阵,听到翠云丫头在晒楼说话:

"珉小姐,珉小姐,你上来,看新娘子骑马,快要过渡了!"

又过一阵,翠云丫头于是又说:

"看呀,看呀,快来看呀,一个一块瓦的大风筝跑了,快来,快来,就在头上,我们捉它!"

女孩岳珉抬起来了头,果然从天井里也可以望到一个高高的风筝,如同一个吃醉了酒的巡警神气,偏偏斜斜的滑过去,隐隐约约还看到一截白线,很长的在空中摇摆。

也不是为看风筝,也不是为看新娘子,等到翠云下晒楼以后,女孩岳珉仍然上了晒楼了。上了晒楼,仍然在栏杆边傍着,眺望到一切远处近处,心里慢慢的就平静了。后来看到染坊中人在大坪里收拾布匹,把整匹白布折成豆腐干形式，一方一方摆在草上，看到尼姑庵里瓦上有烟子，各处远近人家也都有了烟子，她方离开晒楼。

下楼后，向病人房门边张望了一下，母亲同姊姊三人皆在床上睡着了。再到小孩北生小房里去看看，北生不知在什么时节，也坐在地下小绒狗旁睡着了。走到厨房去，翠云丫头正在灶口边板凳上，偷偷的用无敌牌牙粉，当成水粉擦脸。女孩岳珉似乎恐怕惊动了这丫头的神气，赶忙走过天井中心去。

这时听到隔壁有人拍门，有人互相问答说话。女孩岳珉心里很希奇的想到："谁在问谁？莫非爸爸同哥哥来了，在门前问门牌号数吧？"这样想到，心便骤然跳跃起来，忙匆匆的走到二门边去，只等候有什么人拍门拉铃子，就一定是远处来的人了。

可是，过一会儿，一切又都寂静了。

女孩岳珉便不知所谓的微微的笑着。日影斜斜的，把屋角同晒楼柱头的影子，映到天井角上，恰恰如另外一个地方，竖立在她们所等候的那个爸爸坟上一面纸制的旗帜。

（萌妹述，为纪念姊姊亡儿北生而作。）

廿一年三月三十日

本篇发表于1932年5月1日《创化》第1卷第1号。署名沈从文。

## 都市一妇人

一

一九三零年我住在武昌，因为我有个作军官的老弟，那时节也正来到武汉，办理些关于他们师部军械的公事。从他那方面我认识了好些少壮有为的军人。其中有个年龄已在五十左右的老军校，同我谈话时比较其余年青人更容易了解一点，我的兄弟走后，我同这老军校还继续过从，极其投契。这是一个品德学问在军官中都极其稀有罕见的人物，说到才具和资格，这种人作一军长而有余。但时代风气正奖励到一种恶德，执权者需要投机迎合比需要学识德性的机会较多，故这个老军校命运，就只许他在那种散职上，用一个少将参议名义，向清乡督办公署，按月领一份数目不多不少的薪俸，消磨他闲散的日子。有时候我们谈到这件事情时，常常替他不平，免不了要说几句年青人有血气的粗话，他就望到我微笑。"一个军人欢喜庄子，你想想，除了当参议以外，还有什么更适当的事务可作？"他那种安于其位与世无竞的性格，以及高尚洒脱可爱处，一部庄子同一瓶白酒，对于他都多少发生了些影响。

这少将独身住在汉口，我却住在武昌，我们住处间隔了一条长年是黄色急流的大江。有时我过江去看他，两人就一同到一个四川馆子去吃干烧鲫鱼。有时他过江来看我，谈话忘了时候，无法再过江了，就留在我那里住下，我们便一面吃酒，一面继续那个未尽的谈话，听到了蛇山上驻军号兵天明时练习喇叭的声音，两人方横横的和衣睡去。

有一次我过江去为一个同乡送行，在五码头各个小火轮趸船上，找寻那个朋友不着，后来在一趸船上却遇到了这少将，正在趸船客舱里，同一个妇人说话。妇人身边堆了许多皮箱行李，照情形看来，他也是到此送行的。送走的是一男一女,男的大致只二十三四岁,一个长得英俊挺拔十分体面的青年,身穿灰色袍子,但那副身材,那种神气,一望而知这青年应是在军营中混过的人物。青年沉默的站在那里,微微的笑着,细心的听着在他面前的少将同女人说话。女人年纪仿佛已经过了三十岁,穿着十分得体,华贵而不俗气,年龄虽略长了一点,风度尚极动人,且说话时常常微笑,态度秀媚而不失其为高贵。这两人从年龄上估计既不大像母子,从身份上看去,又不大像夫妇,我以为或者是这少将的亲戚,当时因为他们正在谈话,上船的人十分拥挤,少将既没有见到我,我就也不大方便过去同他说话。我各处找寻了一下同乡,还没有见到,就上了码头,在江边马路上等候到少将。

半点钟后,船已开行了,送客的陆续散尽了,我还见到这少将站在趸船头上,把手向空中乱挥,且下了趸船在泥滩上追了几步,船上那两个人也把白手巾挥着。船已去了一会,他才走上江边马路,我望到他把头低着从跑板上走来,像是对于他的朋友此行有所惋惜的神气。

于是我们见到了,我就告给他,我也是来送一个朋友的,且已经见到了他许久,因为不想妨碍他们的谈话,所以不曾招呼他一声。他听我说已经看见了那男子和妇人,就用责备我的口气说:

"你这讲礼貌的人,真是当面错过了一种好机会!你这书呆子,怎么不叫我一声?我若早见到你就好了。见到你,我当为你们介绍一下!你应当悔恨你过分小心处,在今天已经作了一件错事,因为你若果能同刚才那女人谈谈,你就会明白你冒失一点也有一种冒失的好处。你得承认那是一个华丽少见的妇人,这个妇人她正想认识你!至于那个男子,他同你弟弟是要好的朋友,他更需要认识你!可惜他的眼睛看不清楚你的面目了,但握到你的手,听你说的话,也一定能够给他极大的快乐!"

我才明白那青年男子沉默微笑的理由了。我说:"那体面男子是一个瞎子吗?"朋友承认了。我说:"那美丽妇人是瞎子的太太吗?"朋友又承认了。

因为听到少将所说,又记起了这两夫妇保留到我印象上那副高贵模样,我当真悔恨我失去的那点机会了。我当时有点生自己的气,不再说话，同少将穿越了江边大路，走向法租界的九江路，过了一会，我才追问到船上那两个人从什么地方来，到什么地方去，以及其他旁的许多事情。原来男子是湘南××一个大地主的儿子，在广东黄埔军校时，同我的兄弟在一队里生活过一些日子，女人则从前一些日子曾出过大名，现在人已老了，把旧的生活结束到这新的婚姻上，正预备一同返乡下去，打发此后的日子，以后恐不容易再见到了。少将说到这件事情时，夹了好些轻微叹息在内。我问他为什么那样一个年青人眼睛会瞎去，是不是受下那军人无意识的内战所赐，他只答复我"这是去年的事情"。在他言语神色之间，好像还有许多话一时不能说到，又好像在那里有所计划，有所隐讳，不欲此时同我提到。结果他却说："这是一个很不近人情的故事。"但在平常谈话之间，少将所谓不近人情故事，我听到的已经很多，并且常常没有觉得怎么十分不近人情处，故这时也不很注意，就没有追问下去。过××路一戏院门前时，碰到了我那个同乡，我们三个人就为别一件事情，把船上两个人忘却了。

回到武昌时，我想起了今天船上那一对夫妇，那个女人在另一时我似乎还在什么地方看到过，总想不出应分在北京还是在上海。因为忘不掉少将所说的这两夫妇对于我的未识面的友谊，且知道这机会错过去后，将来除了我亲自到湘南去拜访他们时，已无从在另外什么机会上可以见到，故更为所错过的机会十分着恼。

过了两天是星期，学校方面无事情可作，天气极好，想过江去寻找少将过汉阳，同他参观兵工厂的内部。在过江的渡轮上，许多人望着当天的报纸，谈论到一只轮船失事的新闻，我买了份本地报纸，第一眼就看到了"仙桃"失事的电报。我糊涂了。"这只船不是前天开走的那只吗？"赶忙把关于那只船失事的另一详细记载看看，明白了我的记忆完全不至于错误，的的确确就是前天开行的一只，且明白了全船四百七十几个人，在措手不及情形下，完全皆沉到水中去，一个也没有救起。这意外消息打击到我的感觉，使我头脑发胀发眩，心中十分难过，却不能向身边任何人说一句话。我于是重新又买了另外一份报纸，看看所记载的这一件事，是不是还有歧出的消息。新买那份报纸，把本国军舰目击那只船倾覆情形的无线电消息，也登载出来，人船俱尽，一切业已完全证实了。

我自然仍得渡江过汉口去，找寻我那个少将朋友！我得告知他这件事情，我还有许多话要问他，我要那么一个年高有德善于解脱人生幻灭的人，用言语帮助到我，因为我觉得这件事使我受了一种不可忍受的打击。我心中十分悲哀，却不知我损失的是些什么。

上了岸，在路上我就很糊涂的想到："假如我前天没有过江，也没有见到这两个人，也没有听到少将所说的一番话，我不会那么难受吧。"可是人事是不可推测的，我同这两人似乎已经相熟，且俨然早就成为最好的朋友了。

到了少将住处以后，才知道他已出去许久了。我在他那里，等了一会，留下了一个字条，又糊糊涂涂在街上走了几条马路。到后忽然又想"莫非他早已得到了消息，跑到我那儿去了吗？"于是才渡江回我的住处。回到住处，果然就见到了少将，见到他后我显得又快乐又忧愁。这人见了我递给他的报纸，就把我手紧紧的揪住握了许久。我们一句话都不说，我们简直互相对看的勇气也失掉了，因为我们都知道了这件事情，用不着再说了。

可是我的朋友到后来笑了，若果我的听觉是并不很坏的，我实在还听到他轻轻的在说："死了是好的，这收场不恶。"我很觉得奇异，由于他的意外态度，引起了我说话的勇气。我问他这是怎么一回事。怎么一回事？只有天知道！这件事可以去追究它的证据和根源，可以明白那些沉到水底去的人，他们的期望，他们的打算，应当受什么一种裁判，才算是最公正的裁判。这当真只有天知道了！

## 二

一九二七左右时节，××师以一个最好的模范军誉，驻防到×地方的事，这名誉直到一九三零还为人所称道。某一天师部来了四个年青男子，拿了他们军事学校教育长的介绍信，来谒见师长。这会见的事指派到参谋处来，一个上校参谋主任代替了师长，对于几个年青人的来意，口头上询问了一番，又从过去经验上各加以一种无拘束的思想学识的检察，到后来，四人之中三个皆委充中尉连附，分发到营上去了，其余一个就用上尉名义，留下在参谋处服务。这青年从大学校脱身而转到军校，对军事有了深的信仰，如其余许多年轻大学生一样，抱了牺牲决心而改图，出身膏腴，脸白身长，体魄壮健，思想正确，从相人术方法上看来，是一个具有毅力与正直的灵魂极合于理想的军人。年青人在时代兴味中，有他自己哲学同观念，即在革命队伍里，大众同志之间，见解也不免常常发生分歧，引起争持。即或是错误，但那种诚实无伪的纯洁处，正显得这种年青人灵魂的完美无疵。到了参谋处服务以后，不久他就同一些同志，为了意见不合，发了几次热诚的辩论。忍耐，诚实，服从，尽职，这些美德一个下级军官所不可缺少的，在这年青人方面皆完全无缺，再加上那种可以说是华贵的气度，使他在一般年青人之间，乃如群鸡中一只白鹤，超拔挺特，独立高举。

这年青人的日常办事程序，应受初来时节所见到的那个参谋主任的一切指导。这上校年纪约有五十岁左右，一定有了什么错误，这实在是安顿到大学校去应分比安顿在军队里还相宜的人物。这上校日本士官学校初期毕业的头衔，限制了他对于事业选择的自由，所以一面读了不少中国旧书，一面还得同一些军人混在一处。天生一种最难得的好性情，就因为这性情，与人不同，与军人身份不称，多少同学同事皆向上高升，作省长督办去了，他还是在这个过去作过他学生现在身充师长的同乡人部队里，认真克己的守着他的参谋职务。

为时不久，在这个年青人同老军官中间，便发生了一种极了解的友谊了，这友谊是维持在互相极端尊敬上面的。两人年份上相差约三十岁，却因为知慧与性格有一致契合处，故成了忘年之交。那年长的一个，能够喝很多的酒，常常到一个名为老兵俱乐部去，喝那种高贵的白铁米酒。这俱乐部定名为"老兵"，来的却大多数是些当地的高级军人。这些将军，这些伟人，有些已退了伍，不再作事，有些身居闲曹，事情不多，或是上了点儿年纪，欢喜喝一杯酒，谈谈笑话，打打不成其为赌博的小数目扑克，大都觉得这是一个极相宜的地方。尤其是那些年纪较大一点儿的人物，他们光荣的过去，他们当前的娱乐，自然而然都使他们向这个地方走来，离开了这个地方，就没有更好的更合乎军人身份的去处了。

这地方虽属于高级军人所有，提倡发起这个俱乐部的，实为一个由行伍而出身的老将军，故取命为老兵俱乐部。老兵俱乐部在××还是一个极有名的地方，因为里面不谈政治，注重正当娱乐，娱乐中凡包含了不道德的行为，也不能容许存在。还有一样最合理的规矩，便是女子不能涉足。当初发起人是很得军界信仰的人，主张在这俱乐部里不许女人插足，那意思不外乎以为女人常是祸水，同军人常常特别不相宜。这意见经其他几个人赞同，到后便成为规则了。由于规则的实行，如同军纪一样，毫不模糊，故这俱乐部在××地方倒很维持到一点令誉。这令誉恰恰就是其他那些用俱乐部名义组织的团体所缺少的东西。

不过到后来，因为使这俱乐部更道德一点，却有一个上校董事，主张用一个妇人来主持一切，当时把这个提议送到董事会时，那上校的确用的是"道德"名义。到后来这提议很希奇的通过了，且即刻就有一个中年妇人来到俱乐部了。据闻其中还保留到一种秘密，便是来到这里主持俱乐部的妇人，原来就是那个老兵将军的情妇。某将军死后，十分贫穷，妇人毫无着落，上校知道这件事，要大家想法来帮助那个妇人，妇人拒绝了金钱的接受，所以大家商量想了这样一种办法。但这种事知道的人皆在隐讳中，仅仅几个年老军官明白一切。妇人年龄已在三十五岁左右，尚保存一种少年风度，性情端静明慧，来到老兵俱乐部以后，几个老年将军，皆对这妇人十分尊敬客气，因此其余来此的人，也猜想得出，这妇人一定同一个极有身份的军人有点古怪关系，但却不明白这妇人便是老兵俱乐部第一个发起人的外妇。

×师上校参谋主任，对于这妇人过去一切，知道得却应比别的老军人更多一点。他就是那个向俱乐部董事会提议的人，老兵将军生时是他最好的朋友，老兵将军死时，便委托到他照料过这个秘密的情妇。

这妇人在民国初年间，曾出没于北京上层贵族社交界中。她是一个小家碧玉，生小聪明，相貌俏丽，随了母亲往来于旗人贵家，以穿扎珠花，缝衣绣花为生。后来不知如何到了一个老外交家的宅中去，被收留下来作了养女，完全变更了她的生活与命运，到了那里以后，过了些外人无从追究的日子，学了些华贵气派，染了些骄奢不负责任的习惯。按照聪明早熟女子当然的结果，没有经过养父的同意，她就嫁给了一个在外交部办事的年青科长。这男子娶她也是没有得到家中同意的。两人都年青美貌，正如一对璧人，结了婚后，曾很狂热的过了些日子。到后男子事情掉了，两人过上海去，在上海又住了些日子，用了许多从别处借来的钱。那年青男子，不是傻子，他起初把女人看成天仙，无事不遵命照办，到上海后，负了一笔大债，而且他慢慢看出了女人的弱点，慢慢的想到为个女人同家中那方面决裂实在只有傻子才做的事，于是，在某次小小争持上，拂袖而去，从此不再见面了。他到那儿去了呢？女人是不知道的，可是瞧到女人此后生活，看来，这男子是走得很聪明，并不十分错误的。但男子也许是自杀了，因为女子当时并不疑心他有必须走去的理由，且此后任何方面也从不见过这个男子的名姓。自从同住的男子走后，经济的来源断绝了。民国初年间的上海地方住的全是商人，还没有以社交花名义活动的女子，她那时只二十岁，自然的想法回到北京去，自然的同那个养父忏悔讲和，此后生活才有办法。因此先寄信过北京去，报告一切，向养父承认了一切过去的错误，希望老外交家给她一点恩惠，仍然许她回来。老外交家接到信后，即刻寄了五百块钱，要她回转北京，一回北京，在老人面前流点委屈的眼泪，说些引咎自责的话，自然又恢复一年前的情形了。

但女人是那么年青，又那么寂寞，先前那个丈夫，很明显的既不曾正式结婚，就没有拘束她行动的权利，为时不久，她就又被养父一个年约四十岁左右的朋友引诱了去。那朋友背了老外交家，同这女子发生了不正当的关系，女子那么狂热爱着这中年绅士，但当那个男子在议会中被××拉入名流内阁，发表为阁员之一后，却正式同军阀××姨妹订了婚，这一边还仍然继续到一种暧昧的往来。女人明白了，十分伤心，便坦白的告给了养父一切被欺骗的经过。由于老外交家的责问，那个绅士承认了一切，却希望用妾媵的位置处置到女子，因为这绅士是知道女人根底，以及在这一家的暧昧身份的。由于虚荣与必然的习惯，女人既很爱这个绅士，没有拒绝这种提议，不久以后就作了总长的姨太太。

××事议会贿案发觉时，牵连了多少名人要人，×总长逃到上海去了。一家过上海以后，×总长二姨太太进了门，一个真实从妓院中训练出来的人物，女子在名分上无位置，在实际上又来了一个敌人，而且还有更坏的，就是为时不久，丈夫在上海被北京政府派来的人，刺死在饭店里。

老外交家那时已过德国考察去了。命运启示到她，为的是去找一个宽广一些的世界，可以自由行动，不再给那些男子的糟蹋，却应当在某种事上去糟蹋一下男子。她同那个新来的姨太太，发生了极好的友谊，依从那个妓女出身妇人的劝告，两人各得了一笔数目可观的款项，脱离了原来的地位。两人独自在上海单独生活下来，实际上，她就做了妓女。她的容貌和本能都适合于这个职业，加之她那种从上流阶级学来的气度，用到社会上去，恰恰是平常妓女所缺少的，所以她很有些成就。在她那个事业上，她得到了丰富的享乐，也给了许多人以享乐。上海的大腹买办，带了大鼻白脸的洋东家，在她这里可以得到东方贵族的印象回去。她让那些对她有所羡慕有所倾心的人，献上他最后的燔祭，为她破产为她自杀的，也很有一些人。她带了一种复仇的满足，很奢侈很恣肆的过了一些日子，在这些日子中，她成了上海地方北里名花之王。"男子是只配作踏脚石，在那份职务上才能使他们幸福，也才能使他们规矩的。"这话她常常说到，她的哲学是从她所接近的那第一个男子以下的所有男子经验而来的。当她想得到某一人，或愚弄某一人时，她便显得极其热情，终必如愿以偿，但她到后厌烦了，一下就撒了手，也不回过头去看看。她如此过了将近十年。在这时期里，她因为对于她的事业太兴奋了一点，还有，就是在某一些情形中，似乎由于缺少了点节制，得了一种意义含混的恶病，在病院里住了好些日子。经过一段长期治疗，等到病好了点，出院以后，她明白她当前的事情，应计划一下，是不是从新来立门户，还照样走原来的一条路。她感到了许多困难，无论什么职业的活动，停顿一次之后，都是如此的。时代风气正在那里时时有所变革，每一种新的风气，皆在那里把一些旧的淘汰，把一些新的举起，在她那一门事业上也并不缺少这种推移。更糟处，是她的病已把几个较亲切的人物吓远，而她又实在快老了。她已经有了三十余岁，一切习气皆不许她把场面缩小，她的此后来源却已完全没有把握，照这样情形下去，将来的生活一定十分黯淡。

她踌躇了一些日子，决意离开了上海，到长江中部的×镇去，试试她的命运。那里她知道有的是大商人同大傻子，两者之中，她还可以得到机会，较从容的选取其一，自由的把终身交付与他，结束了这青春时代的狂热，安静消磨下半生日子。她的希望却因为到了×镇以后事业意外的顺手而把它搁下了，为了大商人与大傻子以外，还有大军人拜倒这妇人的脚下，她的暮年打算，暂时不得不抛弃了。

人世幸福照例是孪生的，忧患也并不单独存在。在生活中我们常会为一只不能目睹的手所颠覆，也常会为一种不能意想的妒嫉所陷害。一切的境遇稍有头绪，一切刚在恢复时，一个大傻子同一个军籍中人，在她住处弄出了流血命案，这命案牵累到她，使她在一个军人法庭，受了严格的质问。这审判主席便是那个老兵将军，在她的供词里，她稍稍提到一点过去诙奇不经的命运。

命案结束后，这老兵将军成了她妆台旁一位服侍体贴的仆人。经过不久时期，她却成了老兵将军的秘密别室。倦于风尘的感觉，使她性情发生了很大的变化。若这种改变是不足为奇的，则简直可以说她完全变了。在她这方面看来，老兵将军虽然人老了一点，却是在上一次命案上帮得有忙的人；在老兵将军方面，则似乎全为了怜悯而作这件事。老兵将军按月给她一笔足支开销的用费，一面又用那个正直节欲的人格，唤起了她点近于宗教的感情。当老兵将军过××作军长时，她也跟了过去，另外住到一个很少有人知道的地方。老兵将军生时，有两年的日子，她很可以说极规矩也极幸福。可是××事变发生，老兵将军死去了。她一定会这样问过自己，"为什么我不愿弃去的人，总先把我弃下？"这自然是命运！这命运不由得不使她重新来思索一下她自己此后的事情!

她为了一点预感,或者她看得出应当在某一时还得一个男子来补这个丈夫的空缺。但这个妇人外表虽然还并不失去引人注意的魔力,心情因为经过多少爱情的蹂躏,实在已经十分衰老不堪磨折了。她需要休息,需要安静,还需要一种节欲的母性的温柔厚道的生活。至于其他华丽的幻想,已不能使她发生兴味,十年来她已饱餍那种生活,而且十分厌倦了。

因此一来,她到了老兵俱乐部。新的职务恰恰同她的性情相合,处置一切铺排一切原是她的长处。虽在这俱乐部里,同一般老将校常在一处,她的行为是贞洁的。他们之间皆互相保持到尊敬,没有亵渎的情操,使他们发生其他事故。

这一面到这时应当结束一下,因为她是在一种极有规则的朴素生活中,打发了一堆日子的。可是有一天,那个上校把他的少年体面朋友邀到老兵俱乐部去了,等到那上校稍稍感觉到这件事情作错了时,已经来不及了。

还只是那个上尉阶级的朋友,来到××二十天左右,×师的参谋主任,把他朋友邀进了老兵俱乐部。这俱乐部来往的大多数是上了点年纪的人物,少年军官既吓怕到上级军官,又实在无什么趣味,很少有见到那么英拔不群的年青人来此。两人在俱乐部大厅僻静的角隅上,喝着最高贵的白铁酒同某种甜酒,说到些革命以来年青人思想行为所受的影响。那时节图书间有两个人在阅览报纸,大厅里有些年老军人在那里打牌,听到笑声同数筹码的声音以外,还没有什么人来此。两人喝了一会儿,只见一个女人,穿了件灰色绸缎青皮作边缘的宽博袍子,披着略长的黑色光滑头发,手里拿了一束朱花,走过小餐厅去。那上校见了女人,忙站起身来打着招呼。女人也望到这边两个人了,点了一下头,一个微笑从那张俊俏的小小嘴角漾开去,到脸上同眼角散开了。那种尊贵的神气,使人想起这只有一个名角在台上时才有那么动人的丰仪。

那个青年上尉,显然为这种壮观的华贵的形体引起了惊讶,当他老友注意到了他,同他说第一句话时,他的矜持失常处,是不能隐瞒到他的老友那双眼睛的。

上校将杯略举,望到年青人把眉毛稍稍一挤,做了一个记号,意思像是要说:"年青人,小心一点,凡是使你眼睛放光的,就常常能使你中毒,应当明白这点点!"

可是另一个有一点可笑的预感,却在那上校心中蕴蓄着,还同时混合了点轻微的妒嫉,他想到,"也许一个快要熄灭了的火把,同一个不曾点过的火把并在一处,会放出极大的光来。"这想象是离奇的,他就笑了。

过一刻,女人从原来那个门边过来了,拉着一处窗口的帷幕,指点给一个穿白衣的侍者,嘱咐到侍者好些话,且向这一边望着。这顾盼从上尉看来,却是那么尊贵的,多情的。

"上校,日里好,公事不多吧。"

被称作上校的那一个说:"一切如原来样子,不好也不坏。'受人尊敬的星子,天保佑你,长是那么快乐,那么美丽。'"后面两句话是这个人引用了几句书上话语的,因为那是一个绅士对贵妇的致白,应当显得谦逊而谄媚的,所以他也站了起来,把头低了一下。

女人就笑了。"上校是一个诗人,应当到大会场中去读××的诗,受群众的鼓掌!"

"一切荣誉皆不如你一句称赞的话。"

"真是一个在这种地方不容易见到的有学问的军官。"

"谢谢奖语,因为从你这儿听来的话,即或是完全恶骂,也使人不易忘掉,觉得幸福。"

女人一面走到这边来,一面注目望到年青上尉,口上却说:"难道上校愿意人称为'有严峻风格的某参谋'吗?"

"不,严峻我是不配的,因为严峻也是一种天才。天才的身份,不是人人可以学到的!"

"那么有学问的上校,今天是请客了吧?"女人还是望到那个上尉,似乎因为极其陌生,"这位同志好像不到过这里。"

上校对他朋友看看,回答了女人,"我应当来介绍介绍;这是我一个朋友，……郑同志，……这是老兵俱乐部主持人，××小姐。"两个被介绍过了的皆在微笑中把头点点。这介绍是那么得体的，但也似乎近于多余的，因为爱神并不先问清楚人的姓名，才射出那一箭。

那上校接着还说了两句谑不伤雅的笑话，意思想使大家自由一点，放肆一点，同时也许就自然一点。

女人望到上校微微的笑了一下，仿佛在说着："上校，你这个朋友漂亮得很。"

但上校心里却俨然正回答着："你咧，也是漂亮的。我担心你的漂亮是能发生危险的，而我朋友漂亮却能产生愚蠢的。"自然这些话他是不会说出口的。

女人以为年青军人是一个学生了，很随便的问："是不是骑兵学校的?"

上校说："怎么，难道我带了马夫来到这个地方吗？聪明绝顶的人，不要嘲笑这个没有严峻风度的军人到这样子！"

女人在这种笑话中，重新用那双很大的危险的眼睛，检察了一下桌前的上尉，那时节恰恰那个年青人也抬起头来，由于一点力量所制服，年青人在眼光相接以后，腼腆的垂了头，把目光逃遁了。女人快乐得如小孩子一样的说："明白了，明白了，一个新从军校出来的人物，这派头我记起来了。"

"一个军校学生，的确是有一种派头吗？"上校说时望到一下他的朋友，似乎要看出那个特点所在。

女人说："一个小孩子害羞的派头！"

不知为什么原因，那上校却感到一点不祥兆象，已在开始扩大，以为女人的言语十分危险，此后不很容易安置。女人是见过无数日月星辰的人，在两个军人面前，那么随便洒脱，却不让一个生人看来觉得可以狎侮，加之，年龄已到了三十四五，应当不会给那年青朋友什么难堪了。但女人即或自己不知自己的危险，便应当明白一个对女人缺少经验的年青人，自持的能力却不怎么济事，很容易为她那点力量所迷惑的。可是有什么方法，不让那个火炬接近这个火炬呢？他记起了从老兵将军方面听来的女人过去的命运,他自己掉过头去苦笑了一下,把一切看开了。

但女人似乎还有其他事情等着,说了几句话却走了。

上校见到他的年青朋友,沉默着没有话说,他明白那个原因,且明白他的朋友是不愿意这时有谁来提到女人的,故一时也不曾作声。可是那年青朋友,并不为他所猜想的那么做作,却坦白的向他老朋友说:"这女人真不坏,应当用充满了鲜花的房间安顿她,应当在一种使一切年青人的头都为她而低下的生活里生活,为什么却放到这里来作女掌柜?"

上校不好怎么样告给他朋友女人所有过去的历史。不好说女人在十六年前就早已如何被人逢迎,过了些热闹日子,更不好将女人目前又为什么才来到这地方,说给年青人知道,只把话说到别方面去:"人家看得出你军校出身的,我倒分不出什么。"

那年青上尉稍稍沉默了一下,像是在努力回想先一刻的某种情景,后来就问:

"这女人那双眼睛,我好像很熟习。"

上校装作不大注意的样子,为他朋友倒了一杯甜酒,心里想说:"凡是男子对于他所中意的眼睛,总是那么说的。再者,这双眼睛,也许在五六年前出名的图书杂志上,就常常可以看到!"

后来谈了些别的话,年青人不知不觉尽望到女人去处那一方,上校那时已多喝了两杯,成见慢慢在酒力下解除了,轻轻的向他朋友说:

"女人老了真是悲剧。"他指的是一般女人而言,却想试试看他的朋友是不是已注意到了先一时女人的年龄。

"这话我可不大同意。一个美人即或到了五十岁,也仍是一个美人!"

这大胆的论理,略略激动了那个上校一点自尊心,就不知不觉怀了点近于恶意的感情,带了挑拨的神气,同他的年青朋友说:"先前那个,她怎么样?她的聪明同她的美丽极相称……你以为……"

年青上尉现出年青人初次在一个好女子面前所受的委屈,被人指问是不是爱那个女子,把话说回来了。"我不高兴那种太……的女子的。"他说了谎,就因为爱情本身也是一种精巧的谎话。

上校说:"不然,这实在是一个希见的创作,如果我是一个年青人,我或许将向她说:'老板,你真美!把你那双为上帝留心的手臂给了我吧。我的口为爱情而焦渴,把那张小小的樱桃小口给了我,让我从那里得到一点甘露吧。'……"

这笑话,在另一时应当使人大笑,这时节从年青上尉嘴角,却只见到一个微哂记号。他以为上校醉了,胡乱说着,而他自己,却从这个笑话里,生了自己一点点小气。

上校见到他年青朋友的情形,而且明白那种理由,所以把话说过后笑了一会。

"郑同志,好兄弟,我明白你。你刚才被人轻视了,心上难过,是不是?不要那么小气吧。一个有希望有精力的人,不能够在女子方面太苛刻。人家说你是小孩子。你可真……不要生气,不要分辩;拿破仑的事业不是分辩可以成功的,他给我们的是真实的历史。让我问你句话,你说吧,你过去爱过或现在爱过没有?"

年青上尉脸红了一会,并不作答。

"为什么用红脸来答复我?"

"我红脸吗?"

"你不红脸的,是不是?一个堂堂军人原无红脸事情。可是,许多年青人见了体面妇人都红过脸的。那种红脸等于说:别撩我,我投降了!但我要你明白,投降也不是容易事,因为世界上尽有不收容俘虏的女人。至于你,你自然是一个体面俘虏!"

年青上尉看得出他的老友醉了,不好怎么样解释,只说:"我并不想投降到这个女人面前,还没有一个女人可以俘虏我。"

"吓,吓,好的,好的。"上校把大拇指翘起,咧咧嘴,做成"佩服高明同意高见"的神气,不再说什么话。等一会又说:"是那么的,女人是那么的。不过世界上假若有些女人还值得我们去作俘虏时,想方设法极勇敢的去投降,也并不是坏事。你不承认吗?一个好军人,在国难临身时,很勇敢的去打仗,但在另一时,很勇敢的去投降,不见得是可笑的!"

"……"

"……"

说着女人恰恰又出来了,上校很亲昵的把手招着,请求女人过来:

"来来,受人尊敬的主人,过来同我们谈谈。我正同这位体面朋友谈到俘虏,你一定高兴听听这个。"

女人已换了件紫色长袍,像是预备出去的模样,见上校同她说话,就一面走近桌边,一面说:"什么俘虏?"女人虽那么问着,却仿佛已明白那个意义了,就望到年青上尉说,"凡是将军都爱讨论俘虏,因为这上面可以显出他们的功勋,是不是?"

年青上尉并不隐避那个问题的真实,"不是,我们指得是那些为女人低头的……"

女人站在桌旁不即坐下,注意的听着,同时又微笑着,等到上尉话说完后,似乎极同意的点着头,"是的,我明白了,原来这些将军常常说到的俘虏,只是这种意思!女人有那么大能力吗?我倒不相信。我自己是一个女人,倒不知道被人这样重视。我想来或者有许多聪明体面女子,懂得到她自己的魔力。一定有那种人,也有这种人;如像上校所说'勇敢投降'的。"

把话说完后,她坐到上校这一方,为的是好对了年青上尉的面说话。上校已喝了几杯,但他还明白一切事情,他懂得女人说话的意思,也懂得朋友所说的意思,这意思虽然都是隐藏的,不露的,且常常和那正在提到的话相反的。

女人走后,上校望到他的年青朋友,眼睛中正煜燿一种光辉。他懂得那种光辉,是为什么而燃烧为什么而发亮的。回到师部时,同那个年青上尉分了手,他想起未来的事情,不知为什么觉得有点发愁。平常他并不那么为别的事情挂心,对于今天的事可不大放心得下。或者,他把酒吃多了一点也未可知。他睡后,就梦到那个老兵将军,同那个女人,像一对新婚夫妇,两人正想上火车去,醒来时间已夜了。

一个平常人，活下地时他就十分平常，到老以后，一直死去，也不会遇到什么惊心骇目的事情。这种庸人也有他自己的好处，他的生活自己是很满意的。他没有幻想，不信奇迹，他照例在他那种沾沾自喜无热无光生命里十分幸福。另外一种人恰恰相反。他也许希望安定，羡慕平庸，但他却永远得不到它。一个一切品德境遇完美的人，却常常在爱情上有了缺口。一个命里注定旅行一生的人，在梦中他也只见到旅馆的牌子，同轮船火车。"把老兵俱乐部那一个同师部参谋处服务这一个，像两把火炬并在一起，看看是不是燃得更好点？"当这种想象还正在那个参谋主任心中并不十分认真那么打算时，上帝或魔鬼，两者必有其一，却先同意了这件事，让那次晤谈，在两个人印象上保留下一点拭擦不去的东西。这东西培养到一个相当时间的距离上，使各人在那点印象上扩大了对方的人格。这是自然的，生疏能增加爱情，寂寞能培养爱情，两人那么生疏，却又那么寂寞，各人看到对面最好的一点，在想象中发育了那种可爱的影子，于是，老兵俱乐部的主持人，离开了她退隐的事业，跑到上尉住处，重新休息到一个少壮热情的年青人胸怀里去，让那两条结实多力的臂膀，把她拥抱得如一个处女，于是她便带着狂热羞怯的感觉，作了年青人的情妇了。

当那个参谋上校从他朋友辞职呈文上，知道了这件事情时，他笑着走到他年青朋友新的住处去，用一个伯父的神气，嘲谑到他自己那么说："这事我没有同意神却先同意了，让我来补救我的过失吧。"他为这两个人证了婚，请这两个人吃了酒，还另外为他的年青朋友介绍了一个工作，让这一对新人过武汉去。

日子在那些有爱情的生活里照例过得是极快的，虽然我住在××，实在得过了他们很多的信，也给他们写了许多信。我从他们两人合写的信上，知道他们生活过得极好，我于是十分快乐，为了那个女子，为了她那种天生丽质十余年来所受的灾难，到中年后却遇到了那么一个年青，诚实，富有，一切完美无疵的男子，这份从折磨里取偿的报酬，使我相信了一些平时我决不相信的命运。

女人把上尉看得同神话中的王子，女人近来的生活，使我把过去一时所担心的都忘掉了。至于那个没有同老友商量就作了这件冒险事情的上尉呢？不必他来信说到，我也相信，在他的生活里，所得到的体贴与柔情，应当比作驸马还幸福一点。因为照我想来，一个年纪十九岁的公主，在爱情上，在身体上，所能给男子的幸福，会比那个三十五岁的女人更好更多点，这理由我还找寻不出的。

可是这个神话里的王子，在武汉地方，一个夜里，却忽然被人把眼睛用药揉坏了。这意外不幸事件的来源，从别的方面探听是毫无结果的。有些人以为由于妒嫉，有些人又以为由于另一种切齿。女人则听到这消息后晕去过几次。把那个不幸者抬到天主堂医院以后，请了好几个专家来诊治，皆因为所中的毒极猛，瞳仁完全已失了它的能力。得到这消息，最先赶到武汉去的，便是那个上校。上校见到他的朋友，躺在床上，毫无痛苦，但已经完全无从认识在他身边的人。女人则坐到一旁，连日为忧愁与疲倦所累，显得清瘦了许多。那时正当八点左右，本地的报纸送到医院来了。因为那几天××正发生事情，长沙更见得危迫，故我看了报纸，就把报纸摊开看了一下。要闻栏里无什么大事足堪注意，在社会新闻栏内，却见到一条记载，正是年青上尉所受的无妄之灾一线可以追索的光明，报纸载"九江捉得了一个行使毒药的人，只须用少许自行秘密制的药末，就可以使人双眼失明。说者谓从此或可追究出本市所传闻之某上尉被人暗算失明案"。上校见到了这条新闻，欢喜得踊跃不已，赶忙告给失明的年青朋友。可是不知为什么，女人正坐在一旁调理到冷罨纱布，忽然把磁盘掉到地下脸色全变了。不过在这报纸消息前，谁都十分吃惊，所以上校当时并没有觉得她神色的惨怛不宁处，另外还潜伏了别的惊讶。

武汉眼科医生，向女人宣布了这年青上尉，两只眼睛除了向施术者寻觅解药，已无可希望恢复原来的状态。女人却安慰到她的朋友，只告他这里医生已感到束手，上海还应当有较好医生，可以希望有方法能够复原。两人于是过上海去了。

整整的诊治了半年，结果就只是花了很多的钱还是得不到小小结果。两夫妇把上海眼科医生全问过了，皆不能在手术上有何效果。至于谋害者一方面的线索，时间一久自然更模糊了。两人听到大连有一个医生极好，又跑到大连住了两个月，还是毫无办法。

那双眼睛看来已绝对不能重见天日，两人决计回家了。他们从大连回到上海，转到武汉。又见到了那个老友，那个上校。那时节，上校已升任了少将一年零三个月。

三

上面那个故事，少将把它说完时，便接着问我："你想想，这是不是一个离奇的事情？尤其是那女人，……"

我说："为什么眼睛会为一点药粉弄坏？为什么药粉会揉到这多力如虎的青年人眼睛中去？为什么近世医学对那点药物的来源同性质，也不能发现它的秘密？"

"这谁明白？但照我最近听到一个广西军官说的话看来，瑶人用草木制成的毒药，它的力量是可惊的，一点点可以死人，一点点也可以失明。这朋友所受的毒，我疑心就是那方面得来的东西，因为汉口方面，直到这时还可以买到那古怪的野蛮的宝物。至于为什么被人暗算，你试想想，你不妨从较近的几个人去……"

我实在就想不出什么人来。因为这上尉我并不熟习，也不大明白他的生活。

少将在我耳边轻轻的说："你为什么不疑心那个女人，因为爱他的男子，因为自己的渐渐老去，恐怕又复被弃，作出这件事情？"

我望到那少将许久说话不出，我这朋友的猜想，使我说话滞住了。"怎么，你以为会……"

少将大声的说："为什么不会？最初那一次，我在医院中念报纸上新闻时，我清清楚楚，看到她把手上的东西掉到地下去，神气惊惶失措。三天前在太平洋饭店见到了他们，我又无意识的把我在汉口方面听人所说'可以从某处买瑶人毒药'的话告给两夫妇时，女人脸即刻变了色，虽勉强支持到，不至于即刻晕去，我却看得出'毒药'这两个字同她如何有关系了。一个有了爱的人，什么都作得出，至于这个女人，她做这件事，是更合理而近情的！"

我不能对我朋友的话加上什么抗议，因为一个军人照例不会说谎，而这个军人却更不至于说谎的。我虽然始终不大相信这件事情，就因为我只见到这个妇人一面。可是为什么这妇人给我的印象，总是那么新鲜，那么有力，一年来还不消灭？也许我所见到的妇人，都只像一只蚱蜢，一粒甲虫，生来小小的，伶便的，无思无虑。大多数把气派较大，生活较宽，性格较强，都看成一种罪恶。到了春天或秋天，都能按照时季换上它们颜色不同的衣服，都会快乐而自足的在阳光下过它们的日子，都知道选择有利于己有媚于己的雄性交尾。但这些女子，不是极平庸，就是极下贱，没有什么灵魂，也没有什么个性。我看到的蚱蜢同甲虫，数量可太多了一点，应当向什么方向走去，才可以遇到一种稍稍特别点的东西，使回忆可以润泽光辉到这生命所必经的过去呢？

那个妇人如一个光华眩目的流星，本体已向不可知的一个方向流去毁灭多日了，在我眼前只那一瞥，保留到我的印象上，就似乎比许多女人活到世界上还更真实一点。

本篇发表于1932年7月1日《创化》第1卷第3号。署名沈从文。

## 若墨医生

　　我抽屉里多的是朋友们照片，有一大半人是死去了的。那些还好好活着的人，检察我的珍藏，发现了那些死人照片混和他自己照片放在一处时，常常显出些惊讶而不高兴的神气。他们在记忆里保留朋友的印象，大致也分成死活贫富等等区别，各贮藏在一个地方不相混淆。我的性情可不甚习惯于这样分类。小孩子相片我这里也很多，这些小孩子有在家中受妈妈爸爸照料得如同王子公主，又有寄养在孤儿院幼稚园里的。其中一些是爸爸妈妈为了人类远景的倾心，年纪青青的就为人类幸福牺牲死去，世界上再没有什么亲人了。我便常常把他们父母的遗影，同他的小相片叠在一处，让这些孤儿同他妈妈爸爸独占据一个空着的抽屉角隅里，我似乎也就得到了一点安慰。我一共有四个抽屉安置照片，这种可怜的家庭照片便占据了我三个抽屉。

　　可是这种照片近来又多了一份，这是若墨大夫同他的太太以及女儿小青三人一组的。那个医生同他的太太，为了同一案件于最近在汉口地方死去了，小青就是这两个人剩下的一个不满半周岁的女孩。这女孩的来源同我现在住处有些关系，同我也还有些关系。

　　事情在回忆里增人惆怅，当我把这三个人一组一共大小七张照片排列到桌上，从那些眉眼间去搜索过去的业已在这世界上消灭无余，却独自存在我记忆里的东西时，我的感情为那些记忆所围困了。活得比人长久一点可真是一件怕人的事情，因为一切死去了的都有机会排日重新来活在自己记忆里，这实在是一种沉重的担负。死去的友谊，死去的爱情，死去的人，死去的事，还有，就是那些死去了的想象，有很多时节也居然常常不知顾忌的扰乱我的生活。尤其是最后一件，想象，无限制的想象，如像纠缠人的一群蜂子！为什么我会为这些东西所包围呢？因为我这个人的生活，是应照流行的嘲笑，可呼之为理想主义者的！

我有时很担心，倘若我再活十年，一些友谊感情上的担负，再加上所见所闻人类多少喜剧，悲剧，珍贵的，高尚的，愚蠢的，下流的，种种印象，我的神经会不会压坏？事实呢，我的神经似乎如一个老年人的脊梁，业已那么弯曲多日了。

十六个月以前……

一只白色的小艇，支持了白色三角小篷，出了停顿小艇的平坞后，向作宝石蓝颜色放光的海面滑去，风极清和温柔，海浪轻轻的拍着船头船舷，船身侧向一边，轻盈的如同一只掠水的燕子。我那时正睡在船中小桅下，用手抱了后脑，游目看天上那些与小艇取向同一方向竞走的白云。朋友若墨大夫，脸庞圆圆的，红红的，口里含了烟斗，穿一件翻领衬衫，黄色短裤下露出那两只健康而体面的小腿，略向两边分开：一手把舵，一手扣着挂在舷旁铜钩上的帆索，目不旁瞬的眺望前面。

前面只是一片平滑的海，在日光下闪放宝石光辉，海尽头有一点淡紫色烟子，还是半点钟以前一只出口商轮残留下来的东西。朋友像在那里用一个船长负责的神气驾驶这只小艇，他那种认真态度，实在有点装模作样，比他平时在解剖室用大刀小刀开割人身似乎还来得不儿戏，我望到这种情形时，不由得不笑了。我在笑中夹杂了一点嘲弄意味，让他看得明白，因为另外还有一种理由，使我不得不如此。

他见到我笑时先不理会，后来把眼睛向我眨了一眨，用腿夹定舵把，将烟嘴从口中掏出。

我明白他开始又要向我战争了。这是老规矩，这个朋友不说话时，他的烟斗即或早已熄灭，还不大容易离开嘴上的。夜里睡觉有时也咬着烟斗，因此枕头被单皆常常可以发现小小窟窿。来到青岛同我住下时，在他床边我每夜总为他安置一杯清水，便是由于他那个不可救药的习惯，预备烟灰烧了什么时节消防小小火灾用的。这人除了吃饭不得不勉强把烟斗搁下以外，我就只看到他用口舌激烈战争时，才愿意把烟斗从口中掏出。

自然的，人类是古怪的东西，许多许多人的口大都有一种特殊嗜好，有些人欢喜啃咬自己的手指，有些人欢喜嚼点字纸，有些人又欢喜在他口中塞上一点草类，特别是属于某一些女人的某一种荒唐传说，凡是这样差不多都近于必需的。兽物中只有马常常得吃一点草，是不是从这里我们就可以证明某一些人的祖先同马有一种血缘？关于这个我的一位谈进化论的朋友一定比我知道较多，我不敢说什么外行话。至于我这位欢喜烟斗的朋友，他的嗜好来源却为了他是一个医生。自从我认识他，发现了他的嗜好以后，第一件事就是觉得一只烟斗把他变的严肃起来不大合理。一个医生的身份虽应当沉着一点，严肃一点，其实这人的性情同年龄还不许可他那么过日子下去。他还不到三十岁，还不结婚，为了某种理由，我总打量应得多有些机会取掉他那烟斗才好。我为这件事出了好些主意，当我明白只有和这位朋友辩论什么，才能把他烟斗离开他的嘴边后，老实说，只为了怜悯我赠给他那一只烟斗被嚼被咬，我已经就应当故意来同朋友辩论些漫无边际的问题了。

我相信我作的事并没有什么错误，因为一则从这辩论中我得了许多智慧，一种从生理学，病理学，化学，各样见地对于社会现象有所说明的那些智慧，另一时用到我的工作上不无益处，再则，就是我把我的朋友也弄得年轻活泼多了。这次他远远的从北京地方跑来，虽名为避暑，其实时间还只五月，去逃避暑热的日子还早，使他能够放下业务到这儿来，大多数还是由于我们辩论的结果。这朋友当今年二月春天我到北京时，已被我用语言稍稍摇动了他那忠于事务忠于烟斗的固执习惯，再到后来两人一分手，又通了二次信，总说他为那"烟斗"同"职业"所束缚，使他过的日子同老人一样，论道理很说不去。他虽然回了我许多更长的信，说了更多拥护他自己习惯的话语，可是明明白白，到底他还是为我所战败，居然来到青岛同我住下了。

到青岛时天气还不很热，带了他各处山头海岸跑了几天，把各处地方全跑到了，两人每天早上就来到海边驾驶游艇，黄昏后则在住处附近一条很僻静的槐树夹道去散步，不拘在船中或夹道中，除了说话时，他的烟斗总仍然保留原来地位。不过由于我处处激他引他，他要说的话似乎就越来越多，烟斗也自然而然离开嘴边常在手上了。这医生青春的风仪，因为他嘴边的烟斗而失去，烟斗离开后，神气即刻就风趣而年青。

关于一切议论主张同朋友比较起来，我的态度总常常是站在感情的，急进的，极左的，幻想的，对未来有所倾心，憎恶过去否认现在方面而说话的。医生一切恰恰相反，他其所以表示他完全和我不同，正为的是有意要站在我的对方，似乎尽职，又似乎从中可以得到一些快乐。因为给他快乐使他年青一点，我所以总用言语引导他，断不用言语窘迫他。

这时这个大夫当真要说话了，由于我的笑，他明白那笑的含意。清晨的空气使他青春的热力显现于辞气之间。

"你笑什么？一个船长不应当那么驾驶他的船吗？"

"我承认一个船长应当那么认真去驾篷掌舵，"我说的只是半句话，意思以为他可不是船长。我希望听听这个朋友食饱睡足以后为初夏微凉略涩的海上空气所兴奋而生的议论。但这时节小艇被一阵风压偏了一下，为了调整船身的均衡与方向，须把三角篷略略收束，绳索得拉紧一点，因此朋友的烟斗又上口了。

我接着就说：

"让他自由一点，有什么要紧？海面那么无边际的宽阔，那么温和与平静，应当自由一点！我们不是承认过：感情这东西，有时也不妨散步到正分生活以外某种生活上去吗？医生是你的职业，那件事情你已经过分的认真了，你得在另外一件事情上，或另外一种想象上，放荡洒脱一点！我不觉得严肃适宜于作我们永远的伴侣，尤其是目的以外的严肃！"

我的意思原就指的只是驾船，若想从这平滑的海面上得到任意而适的充分快乐，以为严肃是不必需的。

医生稍稍误会了我的意思，把烟斗一抓："不能同意！"

他说那一句话的神气，是用一种戏剧名角，一种省议会强健分子，那类人物的风度而说的。这是他一种习惯，照例每听到我用一个文学者所持的生活多元论而说及什么时，仿佛即刻就记起了他是医生，而我却是一个神经不甚健康的人，他是科学的，合理的，而我却是病态的，无责任心的，他为了一种义务同成见，总得从我相反那个论点上来批驳我，纠正我，同时似乎也就救济了我。即或这事到后来他非完全同意不可，当初也总得说"不能同意"。我理解他这点用意，却欢喜从他一些相反的立论上，看看我每一个意见受试验受批判的原因，且得到接近一个问题一点主张的比较真理。

我说："那么，你说你的意见。我希望你把那点有学院气大夫气的人生态度说说。"他业已把烟斗送到嘴边又重新取出了。

"感情若容许我们散步，我们也不可缺少方向的认识。散步即无目的，但得认清方向。放荡洒脱只是疲倦的表示，那是人生某一时对道德责任松弛后的一种感觉，这自然是需要的，可完全不是必需的！多少懒惰的人，多少不敢正视人生的人，都借了潇洒不羁脱然无累的人生哲学活着在世界上！我们生活若还有所谓美处可言，只是把生命如何应用到正确方向上去，不逃避一切人类向上的责任，组织的美，秩序的美，才是人生的美！生命可尊敬处同可赞赏处，全在它魄力的惊人；表现魄力是什么？一个诗人很严肃的选择他的文字，一个画家很严肃的配合他的颜色，一个音乐家很严肃的注意他的曲谱，一个思想家严肃去思索，一个政治家严肃的处理当前难题。一切伟大制作皆产生于不儿戏。一个较好的笑话，也就似乎需要严肃一点才说得动人。一切高峰皆由于认真才能达到。谁能缺少这两个字？人人都错误的把快乐幸福同严肃认真对立，多以为快乐是无拘束的任性，幸福是自由，严肃同认真，却是毫无生趣的死water。严肃成就一切，它的对面只是轻浮，至于快乐和幸福，总常常包含了严肃和轻浮两者而言；轻浮的快乐，平常人同女子，才用得着的一种东西，至于一个有希望的男子，像样的男子，他不会要这个的！他一切尽管严肃认真，从深渊里探索他所需要的东西，他有他那一分孤独伟大的乐趣！你想想，在你生活中缺少了严肃，你能思索什么，能写作什么？……"

他的辩论原来是不大高明的，他能说一切道理，似乎是由于人太诚实，就常常互相矛盾。他只知道取我相反的路线，却又常常不知不觉间引用我另一时另一事他中意了的见解来批驳我。先前我常是领导他，帮助他，使他能在"科学的"立脚点上站稳，到后来就站稳了。站稳以后慢慢的他自己也居然可以守着他的壁垒，根据他的所学，对于我主张上某一些弱点能够有所启示纠正，因此间或我也有被他难倒的时候了。

但这次他可错了。大体是这个大夫早上为我把了一阵脉，由于我的神经不大健全，关心到我的灵魂也有了些毛病，他临时记起他作医生的责任，故把话说得稍多了一点。并且他说到后来有了矛盾，忘记了某一部分见解，就正是我前些日子说到的话，无意中记忆下来，且用来攻打我，使我觉得十分快乐。这个人的可爱处，原来就是生活那么科学，议论却那么潇洒。他简直是太天真了。

我含笑说："医生，你自己矛盾了。你这算是反对我还是承认我？你对于严肃作了很多的解释，自己的意见不够，还把我的也引用了，你不能同意我究竟是那几点？我要说，我可不能同意你的！就因为我现在提到的，只是你驾船管舵的姿势，不是别一件事。你不觉得你那种装模作样好笑吗？你那么严肃的口叼烟斗，方正平实的坐到那里，是不是妨碍了我们这一只小小游艇随风而驶飘泊海上的轻松趣味？我问你就是这件事，你别把话说得太远。议论不能离题太远，正如这只小船你不能让它离岸太远：一远了，我们就都不免有点胡涂了。"

同时他似乎也记起他理论的来源了，笑了一阵："这不行，咱们把军器弄错了。我原来拿得是你的盾牌，——你才真是理论上主张认真的一个人！不过这也很好，你主张生活认真，我却行为认真；你想象严肃，我却行动严肃。"

"那么，究竟谁是对的？你说，你说。"

"要我说吗！我们都是对的，不过地位不同，观点各异罢了。且说船吧，你知道驾船，但并不驾船。你不妨试试来坐在舵边，看看是不是可以随随便便，看看照到你自由论者来说，不取方向的办法，我们这船能不能绕那个小岛一周，再泊近那边浮筒。这是不行的！"

我看到他又像要把烟斗放进嘴里去的神气，我就说："还有下文？"

"下文多着，"他一面把烟斗在船舷轻轻的敲着一面说，"中国国家就正因为毫无目的，飘泊无归，大有不知所之的样子，到如今弄得掌舵的人无办法，坐船的人也无办法。大家只知道羡慕这个船，仇视那个船,自己的却取自由任命主义,看看已经不行了,不知道如何帮助一下掌舵的人,不知如何处置这当前的困难,大家都为这一只载了全个民族命运向前驶去的大船十分着急,却不能够尽任何力量把它从危险中救出。为什么原因?缺少认真作事的人,缺少认真思索的人,不只驾船的不行,坐船的也不行。坐船的第一就缺少一分安静,譬如说,你只打量在这小船上跳舞,又不看前面,又不习风向,只管跳舞,只管分派我向这边收帆,向那边搬舵,我纵十分卖气力照管这小船小帆,我们还是不会安全达到一个地方!"

这种承认现在统治者的合法,而且信赖他,仍然是医生为了他那点医生的意识,向我使用手术方法。

我说:"说清楚点,你意思以为中国目前情形,是掌舵的不行,还是坐船的捣乱?"

"除了风浪太大,没有别的原因。中国虽像一只大船,但是一堆旧木料旧形式马马虎虎束成一把的木筏,而且是从闭关自守的湖泊里流出到这惊涛骇浪的大海里来,坐船的不见过风浪,掌舵的又太年青,大家慌乱失措,结果就成了现在样子了。"

"那么,未来呢!"

"未来谁知道?医生就从不能断定未来的。且看现在吧,要明白将来,也只有检察现在。现在正像一个病人,只要热度不增加到发狂眩瞀程度,还有办法!"

医生见我把手伸出船舷外边去玩弄海水,担心转篷时轧着了手,就把手扬扬:"喂,坐船的小心点,把手缩回来吧。一切听掌舵的指挥。不然就会闹出危险!"

我服从了他的命令,缩回手来,仍然抱了头部。因为望到他并没有把烟斗塞进嘴里的意思,就不说什么,知道他还有下文的。

"中国坐船的大家规规矩矩相信掌舵的能力,给他全部的信托,中国不会那么糟!"

我不能承认掌舵的这点意见了,我说:"这不行,我要用坐船者的资格说话了。你说的要信托船长一切处置,是的,一个民族对支配者缺少信托！事情自然办不好。可是现在问题不是应当信托或不应当信托，只是值得信托或不值得信托？为什么那么稀乱八糟？这就是大家业已不能信托，想换船长，想作船长，用新的方法，找新的航线，才如此如此！"

医生说："照你所说，你以为怎么样？"

"照我坐小船的经验，我觉得你比我高明，所以我信托你。至于载了一个民族走去的那一只木筏，那一个船长，我很怀疑……"

"这就对了。大家就因为有所怀疑，不相信这一个，相信那一个，大家都以为存在的不会比那个不存在的好，又以为后一个应比前一个好，故对未来的抱了希望，对现在的却永远怀疑。其实错了的。革命在试验中，这失败并不是革命的失败，失败在稍前一辈负责的人。一个人的结核病还得三五年静养，这是一个国家，一个那么无办法的国家，三年五年谁会负责可以弄得更好一点？"

我简简单单的说："中国试验了二十年，时间并不很短了！"

"我以为时间并不很长。二十年换了多少管理人，你记得那个数目没有？不要向俄国找寻前例，那不能够比拟。人家那只船根本结实许多，一船人也容易对付。他们换了船长以后，还是权力同知慧携手，还是骑在劳动者背上，用鞭子赶着他们，不顾一切向国家资本主义那条大路走去。他们的船改造后走得快一点，稳一点，因为环境好一点！中国羡慕人家成功是无用的，我们打量重新另造，或完全解散仿造，材料同地位全不许可。我们现在只能修补。假若现在船长能具修补决心，能减少阻力，能同知识合作，能想出方法使坐船的各人占据自己那个位置，分配得适当一点，沉静的渡过这一重险恶的伏流，这船不会沉没的。"

"可是一切中毒太深，一切太腐烂，太不适用……"

"不然，照医生来说，既然中毒，应当诊断。中毒现象很少遗传的。既诊知前一辈中毒原因，注意后一辈生活，思想的营养，由专家来分配，——一切由专家来分配！"

"你相信中国有专家吗？那些在厅里部里的人物算得上专家吗？"

"没有就培养它！同养蚕一样完全在功利上去培养它！明知前一批无望，好好的去注意后一批人，从小学教育起始，严格的来计划，来训练，……"

"你相信一切那么容易吗？"

医生俨然的说："我不相信那么容易，但我有这种信仰。我们需要的就是信仰。我们的恐慌失望先就由于心理方面的软弱，我们要这点信仰，才能从信仰中得救！"

其实他这点信仰打那儿来的？是很有趣味的。我那时故意轻轻的喊叫起来："信仰，你是不是说这两个字！医生不能给人开这样一味药，这是那一批依靠叫卖上帝名义而吃饭的人专用口号，你是一个医生，不是一个教徒！信仰本身是纯洁的，但已为一些下流无耻的东西把这两个字弄到泥淖里有了多日，上面只附着有势利同污秽，再不会放出什么光辉了！除了吃教饭的人以外，不是还有一般人也成天在口中喊信仰吗？这信仰有什么意义，什么结论？"

医生显然被我窘住了，红脸了，无话可说了，可是烟斗进了口以后随即又抽出来，望到我把头摇摇："不能同意。"

"好的，说你的意思。"

"我的意思还是需要信仰，除了信仰用什么权力什么手段才能统一这个民族的方向？要信仰，就是从信仰上给那个处置一切的家长以最大的自由，充分的权力，无上的决断：要信仰！"

"是的，我也以为要信仰的。先信仰那个旧的完全不可靠，得换一个新的，彻底换一个新的，从新的基础上，建设新的信仰，一切才有办法，——这是我的信仰！"

"这是侥幸，'侥幸'这个名词不大适用于二十世纪。民族的出路已经不是侥幸可以得到了的。古希腊人的大战，纪元前中国的兵车战，为耸动观听起见，历史上载了许多侥幸成功的记录。现在这名词，业已同'炼金术'名词一样的把效率魔力完全失去了。"

"可是你不说过医生只能诊断现在，无从决定未来吗？为什么先就决定中国完全改造的失败？倘若照你所说，这民族命运将决定到大多数的信仰，很明显的，这点新的信仰就正是一种不可儿戏的旋风，它行将把这民族同更多一些民族卷入里面去，医生，你不能否认这一点，绝不能否认这一点！"

"我承认的，这是基督教情绪之转变，其中包含了无望无助的绝叫，包含了近代人类剩余的情感，——就是属于愚昧和夸张彻头彻尾为天国牺牲地面而献身的感情。正因为基督教的衰落，神的解体，因此'来一个新的'便成了一种新的迷信，这新的迷信综合了世界各民族，成为人类宗教情绪的尾闾。这的确是一种有魄力的迷信，但不是我的信仰！"

"你的信仰？"

"我的信仰吗？我……"

我们两人说到前面一些事情时，两人都兴奋了一点，似乎在吵着的样子，因此使他把驾船的职务也忘却了。这时船正对准了一个指示商船方向的浮标驶去，差不到两丈远近就会同海中那个浮标相碰了，朋友发觉了这种危险，连忙把舵偏开时，船已拢去了许多，在数尺内斜斜的挨过去，两人皆为一种意外情形给愣住了。可是朋友眼见到危险已经过去，再不会发生什么事故，便向我伸伸舌头，装成狡顽的样子，向我还把眼睛挤了一下。

"你瞧，一个掌舵的人若尽同坐船的人为一点小事争辩，不注意他的职务所加的责任，行将成一个什么样子！别同掌舵的说道理，掌舵的常常是由于权力占据了那个位置，而不由于道理的。他应当顾及全船的安危，不能听你一个人拘于一隅的意见。你若不满意他的驾船方法，与其用道理来絮聒，不如用流血来争夺。可是为什么中国那么紊乱？就因为二十年来的争夺！来一个新的方法争夺吧，时间放长一点，……历史是其长无尽的一种东西，无数的连环，互相衔接，捶断它，要信仰！"

他在说明他的信仰以前，望望海水，似乎担心把话说出会被海上小鱼听去，就微笑着把烟斗塞进自己嘴巴里了。

无结果的争辩，一切虽照样的无结果，可是由于这点训练，我的朋友风度实在体面多了。他究竟信仰什么？他并不说，也像没有可说的。他实际上似乎只是信仰我不信仰的东西。他同我的意见有意相反，我曾说过了，到现在，他一面驾船一面还是一个医生，不过平时他习惯于治疗人的身体，此时自以为在那里修补我的灵魂罢了。

我们的小艇已向外海驶去,我在心里想,换一个同海一样宽泛无边无岸的问题,还是拣选一个其小如船切于本身的问题?我想起了他平时不谈女人的习惯,且看到他这时候的派头,却正像一个陪新夫人度蜜月驾小艇出游的丈夫模样,故我突然问他"是不是打量结婚,预备恋爱"。我相信我清清楚楚看到他那时脸红了一阵,又像吃了一惊的样子。

他没有预防这一问,故不答复我,所以我又说:

"怎么?你难道是老人吗?取掉你的烟斗,说说你的意见!"

他当真把烟斗抓到手上了。

"女人有什么可说?在你身边时折磨你的身体,离开你身边时又折磨你的灵魂,她是诗人想象中的上帝,是浪子官能中的上帝。但我们为什么必需一个属于个人的上帝?我们应当工作,有许多事情可作,有许多责任要尽,为一个女人过分消耗时间和精力,那实在是无味得很。"

"可是难道不是诗人不是浪子就不需要那么一个上帝吗?我不瞒你,若我像你那么一个人,我就放下我现在这种倾心如你所谓诗人的上帝,找寻那个浪子的上帝去了。再则从女人方面说来,我相信许多女人都欢喜作你那么一个好人的上帝,你自己不相信吗?"

"这一点我可用不着信仰了。可是我同你说说我的感想吧,若是有什么人问到我:若墨大夫,你平生最讨厌的什么?我将回答:我讨厌青年会式的教徒,同自作多情的女子。这两种人在我心上都有一个位置,可是却为我用一种鄙视感情保留到心上的。"

综合而言,我知道医生存三种不可通融的主张了,就是讨厌前面两样人以外还极端怀疑中国共产党革命。

我有一种成见,就是对于这个朋友的爱憎,不大相信得过。我不愿再听下去,听下去伤了我对于女人以及对于几个在印象中还不十分坏的教会朋友的情感。尤其是说到女人,我记起一件事情来了。另外一个朋友昨天还才来了一个信,说到有一个牧师的女儿,不久就要过青岛来,也许还得我为她找寻一个住处。这女人为的是要在青岛休养几个礼拜的胃病,朋友特意把她介绍给我,且告给我这个女人种种好处。朋友意思似乎还正因为明白我几年来在某一方面受了些折磨,把这个女人介绍到青岛来，暗示我一切折磨皆可以从这方面得到取偿。照医生说来，这女人却应当是双料讨人厌烦的东西了。

我忽然起了一种好事的感觉，心想等着这女人来时，若果女人是照朋友所说那样完美的人，机会许可，我将让一个方便机会，把这双料讨厌东西介绍给医生，看看这大夫结果如何。这点动机在好事以外还存了另外一份心事，就是我亲眼看到我的朋友，尽管口上那么厌恶女人，实在生活里，又的的确确需要一个当家的女人，而且这女人同他要好也比同我要好一定强多了，故当时就决定要办好这样一件事，先且不同他说什么。我打算到好几个自以为妙不可言的撮合方法，谁知这些方法到了后来完全不能适用。

到了十点左右，两人把小艇驶回船坞，在沙滩上各人留下了一行长长的足印，回到住处时，事情太凑巧了一点，那个牧师女儿××小姐已坐在小客厅中等候我半点钟了。我同了若墨大夫走进客厅时，那牧师女儿正注意到医生给我写的一个条幅，见了我们两人，赶忙回过身来向医生行礼。她错了，她以为医生是主人，却把我当成主人的朋友了。这不能怪她，只能责备我平常对于衣帽实在太疏忽了一点，我那件中学生式蓝布大衫同我那种一见体面女子永远就只想向客厅一角藏躲的乡下人神气，同我住处那个华丽客厅实在就不大相称。我为这个足以自惭的外表，在另一时还被一个陌生拜访者把我当成仆人，问了我许多关于主人近况的话语，使我不知如何回答这关切我的好人。大家都那么习惯于从冠履之间识别对方的身份，因此我也就更容易害羞受窘了。

可是当我的医生朋友，让人家知道我就是她所等候的人，我且能够用主人资格介绍医生给这个客人时，也许客厅中气候实在太热了一点，那个新来的客人，脸儿很红了一阵。

牧师女儿恰恰如另一朋友在来信上所描写的一样，温柔端静，秀外慧中，相貌性情都可以使一个同她接近的男子十分幸福。一个男子得到她，便同时把诗人的上帝同浪子的上帝全得到了。不过见面之下我就有了主意，认定这女人和医生第一面的误会，就有了些预兆。若能成为一对，倒是最理想的一对了。

我留住了这个牧师女儿在我家中吃了一顿午饭，谈了好些闲话，一面谈话一面我偷偷的去注意医生，看他是不是因为客厅中有一个牧师的女儿，就打量逃走，看来竟像不会逃走的样子，我方放心了。在谈话中医生只默默的含着他的烟斗在一旁听着，我认为他的烟斗若不离开，实在增加了他的岁数，所有还想设法要他去掉烟斗说话，他似乎有点害羞的样子，说的话大不如两人驾船时的英气勃勃。在引导他说话时，我实在很尽了一分气力，比我作别的事困难得多。

女人来青岛名为休养胃病，其实还像是看我的！下午我们三人一同出去为她安置住处时，一路上谈到几个熟人的胃病，牙痛病，以及其他各样事情。我就说这位医生朋友如何可以信托。且告她假若需要常常诊察，这位朋友一定很高兴作这件事，而且这事情在朋友作来还如何方便。医生听我说到这些话时，只含着烟斗，默默的瞧着我，神气时时刻刻像在说："书呆子，理想家，别作孽，够了，够了，这不是好差事，这不是好差事！"我也明白这不是一件好差事，却相信病人很高兴很欢喜这点建议。

女人听我说到这个医生对于胃病有一种专长时，先前似乎还不甚相信得过，望我笑着，一面也望了一下医生。当时我不让医生有所推托，就代为答应了一切。医生听到这话仍然没有把烟斗取去，似乎很不高兴。我也以为或者他当真不大高兴，就因为我自己见着许多女人不大欢喜她时，神气也差不多同我朋友那么一样沉默的。把医生诊病事介绍妥当后，我又很悔我的孟浪，还以为等一会儿一定会被他埋怨了。

但女人回旅馆后，医生却说："这女人的说话同笑真是一种有毒的危险东西。"

我明白那是什么意思。我太明白一个端静自爱的男子一颗平静的心为女人所扰乱时，外表沉默的情形了。我很忠厚的极力避开同他来说到这个女子，他这时是绝不愿有谁来说到这女人的。他吓怕别人提起这个名字，却自己将尽在心里念念这个使他灵魂柔软的名字。

那牧师女儿呢？我相信她离开我们以后，她一定觉得今天的事情很稀奇，且算得出她的胃病有了那么一个大夫，四个礼拜内一定可以完全治好，心里快乐极了。

从此以后这个医生除掉同我划船散步以外多了一件事情。他到约定的时间，总仍然口含烟斗走过女人住处那边去。到了那边，大约烟斗就不常能够留到嘴边了。似乎正因为胃病最好的治疗是散步，青岛地方许多大路小径又太适宜于散步，因此医生用了一种义务的或道德的理由，陪了他的病人各处散步的事情，也慢慢的来得时间较长次数较多了。

青岛地方的五月六月天气是那么好，各处地方都绿荫荫的。各处有不知名的花，天上的云同海中的水时刻刻在变幻各种颜色，还有那种清柔的，微涩的，使人皮肤润泽，眼目光辉，感情活泼，灵魂柔软的流动空气，一个健康而体面心性又极端正的男子，随同一个秀雅宜人温柔多情的少女，清晨或黄昏选择那些无人注意为花包围的小路上，用散步来治疗胃病，这结果，自然慢慢的把某一些人的地位要变更起来的，医生间或有时也许就用不着把烟斗来保护自己的嘴唇，却从另外一个方便上习惯另外一种嗜好了。

当那些事情逐日在酝酿中有所不同时，医生在我面前更像年青了一点，但也沉默了一点。女人有时到我住处来，他们反而似乎很生疏的样子，女人走后，朋友就送出去，一个人很迟很迟才回来，回来后又即刻躲到他自己房中去了。两个人都把我当书呆子，因为我那一阵实在就成天上图书馆去抄书。其实我就只为给这朋友的方便，才到图书馆去作事。我从朋友沉默上明白那是什么征候，我不会弄错一切，我看得十分清楚，却很难受，因为当时无一个人可以同我来谈谈在客观中我所想象到的一切。我需要这样谈话的人，却没有谁可以来同我讨论这件事。

我为这件事一个人曾记下了五十页日记，上面也有我一些轻微的忧郁。由于两人不来信托我却隐讳我，医生的态度我真不大能够原谅。

到后来，女人有一天到我住处，说是要回北平。医生也说要回北平了。两人恰好是同过北平，同车回去也可减少路上的寂寞，所以我不能留任何一个再住一阵。请他两个人到一个地方去吃了一顿饭，就去为他们买了两张二等车票，送他们上了车。他们上车时我似乎也非常沉默，没有日前的兴致,是不是从别人的生活里我发现了自己的孤立,我自己也不大知道。总而言之我们都似乎因为各人在一种隐约中,担心在言语上触着朋友的忌讳,互相说话都少了许多。临走时,两人似乎说了许多话,但我明明白白知道这是装点离别而说的空话,而且是很勉强在那里说的。所以我心里忍受着,几几乎真想窘这医生一次,要把女人来此第一天,我同医生在船上说到关于女人的话重新说说,让他在女人面前唤起一点回忆,红一阵脸。

十个星期后医生从北平把用高丽发笺印红花的结婚喜帖寄给我,附上了一封长长的信,说到许多我早已清清楚楚的事情,那种信上字里行间充满了值得回忆的最诚实的友谊。结末却说,"那个说女人同教徒坏话的医生,想不到自己要受那么一种幸福来惩罚自己。"我有点生气,因为这两个人还不明白我早已看得十分清楚,还以为这时来告我,对于我是一种诚实的信托与感谢!我当时把我那五十多页的日记全寄去了,我让他两个人知道我不是书呆子,曾处处帮过他们的忙,他们却完全不知道。

只是十六个月,这件事就仅剩下一个影子保留在我一个人记忆上了。我现在还只那么尽想象中国应当如何重新另造,很严肃的来写一本"黄人之出路"。为了如何就可以把某一些人软弱无力的生活观念改造,如何去输入一个新的强硬结实的人生观到较年青一点的朋友心胸中去,问题太杂,怯于下笔,不能动手了。那些人平时不说什么,不想什么,不写什么,很短的时间里,在沉默中做出来的事,产生出的结果,从我看来总常常是一个哑谜,一种奇迹。

在我记忆里,这些朋友用生活造成的奇迹越来越多了。

廿年七月十五日青岛写<br>廿三年十月北平改<br>(为纪念采真而作)

本篇发表于1932年10月1日《新月》第4卷第3期。署名沈从文。

# 黑　夜

当两人在竹子编成的筏上，沿了河流向下游滑去，经过了四个水面哨卡，全被他们混过，离目的地只差将近五里时，竹筏傍在一些水苇泥泽河边上，滞住了。竹筏停止后，筏上两个人皆听到水声汩汩在筏底流过，风过时苇叶沙沙发响。

罗易，××部队的通信联络人，在黑暗里轻轻的声音带一点儿嘶哑，辱骂着他的年轻伙伴：

"怎么回事，平平，你见鬼了，把事当游戏，想到这儿搁下，让人家从堤上用枪子来打靶，打穿我们的胸膛吗？"

那一个并不作声，先是蹲着，这时站起来了，黑暗中河水泛着一点点微光，把这个人佝偻的影子略微画出一个轮廓。他从竹筏一端走过另一端来。

"搁浅了，什么东西掯住了。"从声音上听来这人还只是一个小孩子。

话说完后，这年青人便扳着他朋友身边那把小桨，取那竹篙到手，把这竹筏试来左右撑着。水似乎的确太浅了。但从水声汩汩里，知道这里的水却是流动的，不应当使这竹筏搁浅的，故两人皆站了起来，把两只竹篙向一边尽力撑去，希望这一片浮在水面的东西，能向水中荡开。两人的篙子皆深深的陷在岸旁软泥里，用力时就只听到竹筏戛戛作声，结果这一个竹筏还是毫不移动。他又把篙子抽出向四面水中划着，看看是不是筏前筏后有什么东西挡着绊着。一切都好好的，四面是水，水在筏底筏旁流动，除了搁浅，找不出一个更近人情的理由来。

照理这一片竹筏是不应当掯到这里的。罗易带点焦躁埋怨他的年轻同伴：

"还有五里,真是见鬼!应当明白,这是危险的地方,人家随时把电眼一照,就坏事的!"

那一个永远不知恐怖不知忧愁的年青人,一面默默的听取这种埋怨,一面在筏上从腰间取下手枪子弹盒,卷起裤管预备下水去看看。

他从近岸一边轻轻的跳下水里去,在水中站定后,沉默的也是快乐的,用力推动竹筏。筏身在转动中,发出戛戛声音,如人身骨节作响时情形。竹筏似乎也在挣扎中,愿意即早离开这儿。但底下似乎有什么东西捐着,牵扯着,挽留着,虽然可以稍稍转动却不能任意流走。

在筏上那一个说:

"轻一点,轻一点,我知道你气力很好的。你把衣服脱下来,试用手沿了这竹排各处摸去,看看是什么鬼挡了我们的路。一定有一个鬼,一定有的。"

年青人笑着说:"一定有的吧,那好,让我来……"

这伙伴在水中当真就沿了竹排走去,伸手到冷冷的河水里去,遇到缚筏的葛藤缠缚处,就把全个身子伏到水中,两只臂膀伸到筏底去时,下巴也接近了水面。

河中水并不深,却有很深的污泥,拔脚时十分费力。慢慢的,他走到筏的另一端另一用葛藤缠缚处了,手中忽然触着了一件东西,圆圆的,硬硬的,一个磨石,另外是一些绳子,衣服,一个冰冷的家伙,年轻人用惊讶混合了快乐的声音轻轻的叫了起来。

"呀,见鬼,这里就有个鬼!原来是它!"

"怎么的?"

他不即作答,就伸手各处摸去,捞着头发了,触着脸了,手臂也得到了,石磨同身体是为绳子缚在一块的,绳子挂着筏底,河中另一木桩又正深深的陷在筏底竹罅里。竹筏不动的原因就只这么回事了。年轻人轻轻喊着:

"一个东西,捣我们的乱。被石磨缚着沉到这水里的!"

筏上那一个就命令说:"拉开它。"一面听到远远的鸡叫,又焦急的轻轻骂着:"见鬼的事,活下来不济事,被人好好的在你脖上悬一副磨石，沉到这儿，死了以后还来捣我们的乱。"

因为见到在水中那一个许久许久还不解决，就拉出身边的刀来，敲击筏边：

"平平，平平，伸手过来，拿刀去砍吧。若那只鬼手攀紧我们的筏，把它的手砍去。不要再挨了。还有五里，这里是一个顶危险的地方！……快一点，……溜涮一点。……"

年轻那一个想着"手攀紧我们的筏……"，筏上那一个急性处，使他在水中笑了。

刀在水中微拨动水声，竹筏转动了。一会儿，水中那一个，又用肩扛了竹筏的一头，尽力想把竹筏举起。仿佛年龄太轻了，力量太小了，竹筏就只转动着。

竹筏能转动，却不能流动。原来河中那个木桩，正陷在竹与竹之间罅穴里，木在水中筏底，刀砍不易着力，若欲除去，除非把竹筏解散，重新编排不可。

时间不许两人作这种从容打算。这竹筏本来到了下游浮桥附近时，不能通过也仍然得弃去的，因此在筏上那一个，虽然十分焦躁，骂着各样的话语，又用各样话语恐吓着水中那一个，以为一切错误完全由于他，且以为只要回到××就得报告执行部处罚这疏忽职务的行为，但水中那一个却只简单的提议：

"从旱路走我们才可以在天明以前赶到。"

"从旱路走我们就又得尽魔鬼在我们脖子上悬一副磨石。"

"难道怕那东西就不赶路了吗？"

两人之中年轻的一个事实上终于占了胜利，两人把两只连槽盒子枪，两把刀，以及一些别的东西，皆从泥淖极深的河边搬到了堤上，慢慢的在黑暗中摸索爬上了高堤。到了堤上两人皆坐在路旁深草里，估量去目的地的远近。河中两人走过了两次，却皆是在黑夜里，沿河走去还极其陌生，尚不知要经过多少小溪同泽地，尚不知道必需经过多少人家多少哨卡。天是那么黑暗，两人想从一颗所熟习的星子或别的任何东西辨识一下方向皆不可能。身边虽有一个电筒，可以照寻路径，但黑暗在周围裹着，身旁任何一处，似乎都有一些眼睛同一个枪口，只要发现点点光亮就会有一颗子弹飞来。一被人发现，就不容易通过，只能以命换命，所有职务得由第二批人来冒险了。

两人稍停顿了一下，因为在堤上走路危险成分太多，知道堤旁沿河还应有小道可走，几天来河水退了不少，小道一定很好走路，且说不定还可以在某一时得一只小船，故又下了高堤到河边小路上去。时间实在也不能再迟了，因此两人不管一切向前走去了。

两人从一个泥滩上走了许久，又走进了一片泽地，小径四围皆是苇子，故放心了一点。进苇林后他们只觉得脚下十分滑泽，十分潮湿，且有一股中人欲呕的气味，越走气味越难闻。

"一定在这路上又躺得有一个，小心一点，不要为这家伙绊倒。"

"我忘记摸摸我们筏底那一个身上了，或者是我们的伙计！"

"不是我们的，你以为是谁的？"

"我知道第七十四号文件是缝在裤上的，十三号藏在一枝卷烟里。还有那个……"

"小心一点，我们还在人家笼里，不然也会烂到这里的。留心你的脚下。"

罗易因为觉得死尸一定就在五尺以外了，正想把电筒就地面视察一下。

性格快乐年纪极轻那一个，忽然把他的老伴止住了。两人凝神静气的听，就听到河中有轻微木桨拨水声，在附近很匀称的响着。他们所在地方去河不过五丈，却隔了一片稠密的苇林。两人皆知道所处情形十分危险，因为这一只船显然不是自己一方面的，且显然是在这河港中巡逻，邀截××两方联络的。倘若这只船在上游一点，发现了那个竹筏，检查竹筏时复发现了堤旁泥泽地上分明的脚迹，即刻跟踪赶来时，一切就只有天知道了。

幸好两人上了岸，不然在河中也免不了赌一下命运。

这时节，不知为了两人所惊吓，还是为了河面桨声所惊吓，苇林里有一只极大水鸟在黑暗里鼓翅冲向空中，打了一个无目的的大转，向对河飞去了,就只听到船上有人说话,似乎已疑心到这一片苇林,正想把船泊近苇林,但过不久,却又逐着水鸟飞去的方向,仍然很匀称很悠闲的打着桨向对河摇去了。

当两人听到船已摇近苇边时,皆伏在湿洳的地面,掏出手枪对准了桨声所在一方,心里沉沉静静。到后船远了,危险过去了,两人在黑暗中伸手各过去握着了另一只手,紧紧的捏了一下。

两人不敢失去一秒钟的机会,即刻又开始前进。

走过去一点,尸气已更触鼻,但再走几步,忽然又似乎已走过这死尸了。这死尸显然并不放在小路上,却是倒在左边苇林丛中的。

罗易被他的伙伴拉着了。

"怎么?"

"等一等,我算定这是我们第七十四号的同志,我要过去摸摸他,只一分钟,半分钟。"

这伙伴不管那头目如何不高兴,仍然躬着腰迎着气味所在的方向,奋勇的向深密的苇林钻去,还不过半分钟,就又转身回来了。

"我说是他就是他。那腐臭也有他的性格在内,这小子活时很勇敢,倒下烂了还是很勇敢的!"

"得了什么?"

"得一手蛆。"

"怎么知道是他?"

"我把那小子缝了文件的领子扯下来了。我一摸到领子就知道是他。"

"你们都是好小子。"

两人重新上了路,沉默的,茫然的,对于命运与责任,几乎皆已忘却,那么在黑暗中迈着无终结的大步。

苇林走尽后,便来了新的危险。

前面原来是一个转折山岨,为两人在所必需经过的地方,若向山下走去,将从一个渡头过身,远远的有一堆燎火,正证明那里有人守着;若向山上走,山上是一条陌生的路,危险可太多了。两人不能决定从上面还是从下面，就因为两方面皆十分危险，却不知道那一方面可以通过。

多一秒钟迟疑，即失去一秒钟机会，两人因为从黑暗中看火光处，较敌人从火光中看黑暗方便，且路途较熟，到不得已时还可以浮水过河，故直向有火光的渡头走去。到较近时方明白火堆并非燎火，业已将近熄灭了。年轻人眼明心慧，大胆的估计，以为那地方不会有一个人，毫不迟疑走过去，年长的却把他一把簇着了。

"平平，你见鬼了，还走过去吗，不能再走了！"

"你放心，那一定是驻在山岨上的鬼下河边去上船时烧的火，我们先前不听到一个小船的桨声吗，即或是有意放下的火燎，也是虚张声势的火燎！"

依然又是年轻人占了胜利，走近火边了，恐怕中计，两个人小小心心的伏在堤边，等了一阵，方慢慢的同两只狗一样爬过去，什么也没有！什么也没有！两人过了火堆，知道过了这山岨转过去后就是一段长长的平路，傍山是一片树林，傍河是一片深草，一直到快要接近××时，才有新的危险，故胆气也大多了。两人于是沿了大路的草旁走去。

走了一会，先是年轻伙伴耳朵聪锐，听着大路上有了马蹄声，后来那一个也听着了。两人知道一定是魔鬼送信骑马过，两人恐怕这骑马信差带得有狗，嗅得出生人气味，故赶忙爬上山去，胡胡乱乱借着一点点影子，爬了许久。不过一会儿，马蹄声果然临近山下了，的的的的踏着不整齐的青石山路，马蹄铁打击着石头放出火花，马嘴喷着大气，上面伏着一个黑色影子，很迅速的跑过去了。

两人从山半走回路上时，罗易扭坏了一只脚。

但两人知道非早一点通过××最后一段危险不可，几几乎还是跑着走去。

到了危险关隘附近时，听到村鸡第二次叫唱，声音在水面浮着。

两人本应向河下走去，把枪埋到岸边苇林里，人向河水中浮去，顺流而下，通过了浮桥，不过半里就无事了。但罗易已经把脚扭伤，浮水能力全已失去了。若不向水中浮去，则两人应从山头爬过去。这山头道路既极陌生,且山后全是削壁,一跌下去生命即毫无希望可言,即或不跌下去,若已为山头哨棚所发现,走脱的机会也就很少。但两条路必得选取一条的。

年长的明白难关近了,有点愤怒似的同他的伙伴说:

"平平,这是鬼做的,我也应当烂到这里,让下一次你来摸我的领子。我这只脚实在不大好,到水中去已不济事,咱俩各走一边好不好?你把枪交给我,你从水里去,我慢慢的从山路摸去。"

"这怎么好?脚既然坏了,应当同你在一起,我们即刻上山吧。要烂也烂在一堆!"

那一个忽然生气似的骂着:

"你有权利死吗?你这小鬼。我们能两人烂在一堆吗?听我的命令,把枪给我,不许再迟延一刻,知道了吗?"

年轻人不作声,罗易就又说了一遍,年轻人方低声的说:

"知道了。"

年轻人一面解除带子,一面便想:"一只脚怎么能从那山上爬过去?"故虽答应了,还是迟疑不决。罗易明白他的同伴的意思,知道这小孩子同自己共事经过危险已有若干次,两人十分合手,现在从山路走的危险,小孩子意思决不愿意让他老朋友一个人走,但事实上又非如此处置不可,故把声音柔和了许多安慰到这孩子。

"平平同志,你放心从水中下去,不要担心,我有两支枪,可以讨回他几只狗命,你冒一点险从这条路走去好了。你的路也很危险,到了浮桥边时,若水底已有了铁网,还得从浮桥上过去,多艰难的一件事!我打这儿上去,我摸得到路的。我到了那边可以把这枝枪交还你,一定交还给你。我们等一会儿到那边见,等一会儿。"

说的同听的皆明白,等一会儿见原是一句虚空毫无凭据的话。

这人一面说一面就去解除他年轻同伴的枪支,子弹盒皮带,一解了下来又好好的挂在自己身上,把手拍拍他小朋友的肩膊,说了两句笑话,并且要亲眼看他同伴跳下水后自己才走路。年轻人被这又专横又亲切的老伴,用党的严格纪律同友谊上那分诚实,逼迫到他溜下高堤,向水中走去,不好再说什么话语。

河水冷冷的流着。

年轻人默默的游到河中心时,同那个站在岸旁的老伴打了一个知会,摹仿水鸟叫了一声,即刻就有一枚石头从岸上抛来落在身旁附近水中。两人算是有了交代,于是分手各自上路了。

年轻人小小心心向下游浮去,心中总不忘记他的同伴。快到浮桥时,远远的看到浮桥两端皆有燎火熊熊的燃着,火光倒映在水上。浮桥为魔鬼方面把一些小柴船鱼船用粗铁丝缚而成桥,两端皆有守护的人,桥上面也一定安置得有巡行步哨。他只把头面一部分露出水上,顺了水流漂游下去,刚近到桥时,担心到水面万一有了铁丝网应当如何过去,正计划着这件事,只听到岭上有一声枪响,接着又是一声,从枪声中他知道这是对方的步枪。枪响后还不曾听到朋友盒子枪的回声。但极显然的,朋友已被人家发现了,正在把他当作靶子用枪打着了。他这时从两岸火光微明里,明白自己已流到了离桥不过两丈左右了,只好钻入水底,过了浮桥才再露出头面。幸好河中并不如所传闻有什么阻拦,过了浮桥三丈以外,这年轻人把头露出换气时,耳边已听盒子枪剥剥剥剥的响了七下,另一种枪便停顿了。但几乎是即刻的又听到了别的步枪声音,于是盒子枪又回敬了四下。

后来又听到步枪零零碎碎的响三下,隔了许久才又听到盒子枪响了一下。且听到浮桥旁燎火堆处有喽哨声音,浮桥面上有小电筒的光在水面闪烁着。年轻人重新把头沉到水中去,极力向下游泅去。

第二次露出头面时,一切枪声都没有了。

年轻人身下是活活的沉默流着的一江河水,四围只是黑暗;无边际的黑暗,黑暗占领了整个空间,且似乎随了水的寒冷在浸入年轻人的身体。他知道再下去一里,就可以望到他们自己的火燎了。

他用力泅着。向将近身边的光明与热奋力泅去。

…………

"口号!"

"十——九,用包头缠脚。"

"一个吗?怎么一个?"

"问你祖宗去怎么只来一个。"

"丢了吗?"

没有回答,只听到年轻人就岸时手脚拍水声。

(纪念郑子参而作)
九月二十四日青岛

---

本篇曾以《黑暗充满了空间的某夜》为篇名发表于1932年11月15日《申报月刊》第1卷第5期。署名沈从文。1934年5月收入《如蕤集》时改名为《黑夜》。

# 节　日

落了一点小雨，天上灰蒙蒙的，这个中秋的晚上，在×城已失去了中秋的意义。

一切皆有点朦胧，一切皆显得寂寞。

街道墙角的转折处，城市里每人的心中，似乎皆为这点雨弄得模糊阍淡，毫无生气。

城中各处商人铺子里，仍然有稀稀疏疏的锣鼓声音，人家院落里有断续鞭炮声音，临河楼上有箫笛声音，每一家也皆有笑语声音。这些声音在细雨寒风里混合成一片，带着忧郁的节日情调，飘飏到一个围墙附近时，已微弱无力，模模糊糊，不能辨别它来处方向了。

雨还在落。因为围墙附近地方的寂静，雨俨然较大了一些。

围墙内就是被×城人长远以来称为花园的牢狱。往些年分地方还保留了一种习惯，把活人放在一个木笼里站死示众时，花园门前曾经安置过八个木笼。被站死人给它一个雅致的口号，名为"观花"。站笼本身也似乎是一个花瓶，因此×城人就叫这地方为"花园"。现在这花园多年来已经有名无实，捉来的乡下人，要杀的，多数剥了衣服很潇洒方便的牵到城外去砍头，木笼因为无用，早已不知去向，故地方虽仍然称为花园，渐渐的也无人明白这称呼的意义了。

花园里容纳了一百左右的犯人，同关鸡一样，把他们混合的关在一处。这些符合各个乡村各种案件里捕捉来的愚蠢东西，多数是那么老实，那么瘦弱，糊里糊涂的到了这个地方，拥挤在一处打发着命里注定的每个日子。有些等候家中的罚款，有些等候衙门的死刑宣布，在等候中，人还是什么也不明白，只看到日影上墙，黄昏后黑暗如何占领屋角，吃一点粗糙囚粮，遇闹监时就拉出来，各爬伏到粗石板的廊道上，卸下了裤子，露出一个肮脏的屁股，挨那么二十三十板子。打完了，爬起来向座上那一个胡子，磕一个头，算是谢恩，仍然又回到原来地方去等候。

牢里先是将整个院落分成四部各处用大木柱作成的栅栏隔开，白日里犯人可以各处走动。到了晚上，典狱官进牢收封点名时，犯人排成一队站好。典狱官拿了厚厚的一本点名册，禁卒肩上搭了若干副分量不等的脚镣手梏，重要的，到时把人加上镣梏，再把铁锁锁定到木栅栏柱旁一个可以上下移动的铁环上，其余则各自归号向预定的草里一滚，事情就已完毕，典狱官同禁卒便走去了。此后就是老犯来处置新犯，用各样刑罚敲诈钱财的时候了。这种风气原是多年以来就养成了的。到后来，忽然有一天，许多乡下人在典狱官进监以后，把典狱官捆着重重的殴打了一顿，逃跑了一些犯人，因此一来，这狱里就有了一种改革。院中重新在各处用铁条隔开，把院中天井留出了一段空地，每日除了早上点名出恭时，各犯人能到院中一次以外，其余时节所有犯人皆在自己所定下的号内住下，互相分隔起来。院中空地留为典狱官进监点名收号来去的道路，从此典狱官危险也少了。新的改革产生一种新的秩序，铁条门作好后，犯人们皆重新按名编号，重新按名发给囚粮，另外也用了一种新的规矩，就是出了一点小事时，按名加以鞭打。因为新的管狱方法不同一点，管狱员半夜里还可以来狱中巡视，老犯的私自行刑事情也随同过去制度消灭了。

新狱规初初实行时，每一个犯人在每早上皆应在甬道上排队点名，再鱼贯而行依次到那个毛房去出恭，再各归各号。大多数犯人皆乡下农民，不习惯这件事，因此到时总大家挤着推着，互相用那双愚蠢的畜生一般的眼睛望着同伴微笑，有镣梏的且得临时把它解开，所以觉得非常新奇有趣。到后久一点，也就十分习惯自然了。

这狱中也如同别的地方别的监狱一样，放了一批，杀了一批，随即又会加上一批新来的人。大家毫无作为的被关闭到这一个地方，每日除了经过特许的老犯，可以打点草鞋以外，其余人什么事也不作，就只望到天井的阳光推移，明暗交替打发掉每一个飘然而来倏然而逝其长无尽的日子。

所有被拘留的人皆用命运作为这无妄之灾的注释。什么人被带去过堂了，什么人被打了，什么人释放了，什么人恭喜发财牵去杀头了，别的人皆似乎并不十分关心，看得极其自然。

每天有新来的人。这种人一看就可以明白，照例衣服干净一点，神气显得慌张焦灼，一听到提人时就手足无措。白天无事，日子太长，就坐到自己草荐上，低下头一句话不说，想念家中那些亲人同所有的六畜什物。想到什么难受起来时，就幽的哭着。听人说到提去的什么人要杀头了时，脸儿吓得焦黄，全身发抖，且走过去攀了铁条痴痴的望着。坐牢狱稍久一点，人就变愚呆了，同畜生差不多，没有这种神经敏锐了。

老犯自由行刑的权利，虽因为制度的改革，完全失去，可是到底因为是老犯，在狱里买酒买肉，生活得还是从从容容。狱里发生什么小争持时，执行调解的也总是这一类人。

老犯同城市中的犯人，常常酗酒闹事，互相殴打，每到这种事件发生时，新来的乡下犯人，多吓怕得极其厉害，各自远远的靠墙根躺着，盼望莫误打到身边来。结果则狱吏进来，问讯是谁吵闹，照例吵闹的不肯说出，不吵闹的谁也不敢说出，于是狱吏的鞭子，在每人身上抽一两下，算是大家应得的待遇。

因为过节的习惯，在×城还好好的存在，故在这种地方，犯人们也照例得到了些过节的好处。各人把那从上面发下来的一片肥肉，放在糙米饭团上，囫囵吃下后，各人皆望到天空的黄昏雨景，听到远处的各种市声，等候狱官来收封点名。到后收号的来了，因为过节，狱官们的团圆酒还喝得不够量，马马虎虎的查看了一下，吩咐了几句照例的话，就走去了。

到了二更左右，有些人皆蜷成一团卧在稻草里睡着了，有些人还默默的思索到花园外边的家中节日光景，有些人不知道为什么原因，忽然吵闹了起来了。先是各人还各自占据到一个角隅里，在黑暗中互相辱骂，到后越说越纷乱不清，一个抛了一只草鞋过去，另一个就抛了一件别的东西过来。再到后来，两个人中有一个爬了起来赶过去理论，两个人即刻就在黑影里撞打起来了。

只听到肉与肉撞触的钝声,拳头同别的东西相碰的声音,木头,瓶子,镔铁锅,以及其他抛掷的声音。骨节戛戛发声,喘息,辱骂,同兽类咬牙切齿时那种相似沉默的挣扎,继续着,不知在什么时节才可以告一段落。显然的,这里也有一些人,为了这个节日喝了不少酽冽的烧酒,被烧酒醉倒,发生着同别的世界也会同样发生的事情了。

两个醉醺醺的犯人在一个角隅里翻天覆地的扑闹时,一时节旁边事外的人皆不说话。只听到一个卷着舌头的人,一面喘息一面辱骂:

"×你的娘,你以为我对不起你。婆娘们算个什么?婆娘们算个什么?……"

似乎这个人正被压在下层,故话还在说着,却因为被人压定,且被人嘴边打了一拳,后来的话就含糊不清了。

另外黑暗一隅有上了点年纪的人喊着:"四平,四平,不要打出人命,放清醒点!"

又有人说:"打死一个就好了,打死一个,另一个顶命,这里就清静了。"

又有人说:"管事的头儿快来了,各人四十板,今天过节,我们不能为你们带累领这种赏!"

还有人为别的事说别的话,似乎毫不注意身边附近殴打的。

说话的多是据守屋角没有酒喝的人物。在狱中喝酒是有阶级身份的。

一会儿,只听到一种钝声,一个人哎的喊了半个字,随后是一个打草鞋用的木榔槌,远远的摔到墙边铁条上复落在院子中的声音。于是一切忽然静寂了。

两人中有一个被打晕了。

于是就听到有人挣扎着,且一面含含糊糊的骂着:

"×你的娘,你以为我对不起你。婆娘们算个什么?要你莫扼喉咙你不相信,你个杂种,一下子就相信了。你个杂种。……让开点,你个杂种。"

这仍然是那个卷舌头醉鬼说话的声音。名为四平的醉鬼，这时还压在他的身上，可是因为已经被那一榔槌敲晕了，这压在下面的醉鬼，推了一阵，挣扎了一阵，总仍然爬不起来，一面还是骂着各样丑话粗话，一面就糊糊涂涂，把脸贴在湿霉的砖地上睡着了。

稍静寂一会。

黑暗中许多人又说话了，大家推论着。

"打死了一个。下面那个打死上面那个了。"

"四平打不死的，若打死，早在堂上被夹板折磨断气了。"

"一个晕了，一个睡了。"

"杂种！成天骂杂种，自己就是杂种！"

"把烧酒放烟头的才真是杂种！"

"轻说点，酒店老板阎王来了。"

各处有嘘嘘的声音，各处在传递知会，有些犯人就了悬在院中甬道上油灯的微弱灯光，蹲着在地面下田字棋，有些做别的事情，怕管事一来知道，皆从这知会中得到了消息，各人就躺在原来所据的地面草堆里，装成各已安睡的样子，让管事的在门外用灯照照，且用长杆子随意触撞一两个草堆里那一团东西，看看是不是还在那里。管事的一切照例的作着，一面照例的骂着许多丑话，一面听着这些丑话，于是这人看看甬道上的油灯，检查一下各个铁门上的锁钥，皮靴橐橐的又走了。

当真阎王来了。

一个大眉、大眼、方脸、光头、肥厚的下颏生了一部络腮胡子，身高六尺的人物，手上拿了一个电筒，一根长长的铁杖，跟跟跄跄的走过来，另外一个老年人提了一盏桅灯，似乎也喝了一杯，走路时见得摇摇晃晃。提灯的虽先开了门，到里面甬道时却走在后面一点，因为照规矩阎王应走在前面。

这人在外边开了一个酒铺，让靠近西城下等人皆为他那种加有草烟头的烧酒醉倒，也让这烧酒从一些人手中巧妙的偷运送到狱中来，因此就发了一点小财。照××当地的风气，一切官吏的位置皆可以花钱买得，这人为了自己坐过一阵监狱，受过了一些鞭笞，故买了一个管狱位置。这人作官以后，每每喝了一肚子自己所酿的烧酒，就跑到这地方来巡查，乘了酒性严厉的执行他的职务，随意的鞭打其中任何一个人。有时发现了一些小小危险东西，或是一把发锈的小刀，或一根铁条，或一枚稍大的钉子，追究不出这物件的主人时，就把每人各打二十下，才悻悻的拿了那点东西走去。

这人的行为似乎只是在支取一种多年以前痛苦的子息，×城人是重在复仇的，他就在一切犯人的身上，索回多年以前他所忍受那点痛苦。

阎王来时，大家皆装睡着了。各处有假装的鼾声，各人皆希望自己可以侥幸逃避一次灾难。

这人把电筒扬起，各处照了一下，且把铁条从铁栏外伸过去，向一个草堆里戳了几下，被戳的微微一动，这人便笑着，再用力戳了一下。

"该死的，你并不睡，你并不睡。你装睡，你在想你的家中，想月亮，想酒喝，你是抢犯，你正在想你过去到山坳里剥人衣服的情形。……不要想这些，明天就得割你的头颅，把你这个会做梦的大头漩到田中去，让野猪吃你！"

那个缩在草堆里成一团的乡下人，一点不明白他所说的意思，只是吓得把鼻头深深的埋到草里，气也不敢向外放出。尽铁条戳了两下，又在臀部脊部各打击了两下，也仍然不作声，难关过去了，因为这铁条又戳到第二个人身上去了。

第二个又被骂"把头丢到田里"，又被重重的抽了两下。

如此依次下去，似乎每一个人皆不免挨两下。

大家皆知道阎王今天一定多喝了两杯，因为若不多喝两杯酒，查验不会如此苛刻。还没有被殴打辱骂的，皆轻轻的移动了卧处的地位，极力向墙边缩进去，把头向墙边隐藏，把臀部迎向那铁条所及一面，预备受戳受打。

到第五个时，那先前一时互相殴打，现在业已毫无知觉重叠在一堆的两个醉人便被阎王发现了。

阎王用电筒照了一下，把铁条在上面那个人身上戳了一下。

"狗×的。你做什么压到别人身上？你不是狗，你是猪。我知道你们正在打架,我听到吵闹的声音,你见我来了,来不及把两个人拉开,就装成吃醉了睡觉的样子,狗×的,你装得好。"

一、二、三、四……

这人一面胡胡乱乱的算着数目,一面隔了铁条门,尽是把那个压在上面失了知觉的犯人用力打着,到了四十后又重新再从一、二、三、四算下去。

打了一阵还是不见有什么声息。

其余的人皆知道那是永远打不醒了的,但谁也不敢作声。

跟同阎王来的老狱卒,把灯提得高高的照着,看看尽打不醒,觉得这样打下去也无什么意思了,就说:

"大老,他醉了,今天过节。一定醉了,算了吧。"

阎王把老狱卒手中的灯抢过手来,详详细细照了一下老狱卒的面孔。

"你这家伙说什么。你以为我不知道吗?你以为我不明白他们送你的节礼吗?好,今天过节,既然醉了,多打两下不会痛楚的,再打十下,留五十明天再说。"

一、二、三、四打了十下。不行,又一、二、三、四打了十下。

第六个刚被戳了一下时,老狱卒在旁边又说话了。

"大老,你不要再打他们,你也打倦了,明天一总算账吧。"

"明天算账,明天算账,明天加一倍算账!"

阎王一面说一面又抢了老狱卒手中的灯,照了老狱卒的面孔一会,似乎想认清楚说话的人是不是这个人。口中哼哼的,仍然在那第六个的犯人身上重重的戳了一下,打了一下,才离开了铁栅栏,站到通道中央去,大声的骂着一个已经绞死了多年的老犯人名字。

阎王走了,只听到外面牢门落锁的声音,又听到不知为什么原因,在外边大声骂人的声音,但不久一切就平静了,毫无声音了。

黑暗中有人骂娘的声音,有逃过了这种灾难,快乐得纵声大笑的声音,有摹仿了先前管狱人的腔调来说话的。

"妈的个东西,刀砍的,绳子绞的,妈的个东西……"

有人同鬼一样咕咕的笑着。

有人嘶了个嗓子说着。

"你妈的,你上天去,你那个有毒的烧酒终有一天会打发你上天去的!"

远远的,什么地方响了一声枪,又随即响了两声。

大家睡了。大家皆知道烧酒已经把狱官打倒,今天不会再挨打了。

半夜里有人爬起走向栅栏角上撒尿的,跌倒到两个重叠在一处的醉鬼身旁,摸摸两个人的鼻子,皆冷冷的已经毫无热气。这人尿也不敢撒了,赶忙回去蜷卧在自己的草棄里,拟想明天早上一定有人用门板抬人出去,一共得抬两次。这是一个新来花园不久的乡下人,还不明白花园的规矩,在狱中毙死的,是应得从墙洞里倒拖出去的。

城中一切皆睡着了,只有这样一个人,缩成一团的卧在草里,想着身旁的死人,听着城外的狼嗥。

×城是多狼的,因为小孩子的大量死亡,衙门中每天杀人,狼的食料就从不如穷人的食料那么贫乏难得。

---

本篇发表于1932年11月16日《东方杂志》第29卷第6号。署名沈从文。

## 月下小景

初八的月亮圆了一半,很早就悬到天空中。傍了××省边境由南而来的横断山脉长岭脚下,有一些为人类所疏忽历史所遗忘的残余种族聚集的山砦。他们用另一种言语,用另一种习惯,用另一种梦,生活到这个世界一隅,已经有了许多年。当这松杉挺茂嘉树四合的山砦,以及砦前大地平原,整个为黄昏占领了以后,从山头那个青石碉堡向下望去,月光淡淡的洒满了各处,如一首富于光色和谐雅丽的诗歌。山砦中,树林角上,平田的一隅,各处有新收的稻草积,以及白木作成的谷仓。各处有火光,飘扬着快乐的火焰,且隐隐的听得着人语声,望得着火光附近有人影走动。官道上有马项铃清亮细碎的声音,有牛项下铜铎沉静庄严的声音。从田中回去的种田人,从乡场上回家的小商人,家中莫不有一个温和的脸儿,等候在大门外,厨房中莫不预备有热腾腾的饭菜,与用瓦罐炖热的家酿烧酒。

薄暮的空气极其温柔,微风摇荡,大气中有稻草香味,有烂熟了山果香味,有甲虫类气味,有泥土气味。一切在成熟,在开始结束一个夏天阳光雨露所及长养生成的一切。一切光景具有一种节日的欢乐情调。

柔软的白白月光,给位置在山岨上石头碉堡,画出一个明明朗朗的轮廓,碉堡影子横卧在斜坡间,如同一个巨人的影子。碉堡缺口处,迎月光的一面,倚着本乡寨主独生儿子傩佑;傩神所保佑的儿子,身体靠定石墙,眺望那半规新月,微笑着思索人生苦乐。

"……人实在值得活下去,因为一切那么有意思,人与人的战争,心与心的战争,到结果皆那么有意思,无怪乎本族人有英雄追赶日月的故事。因为日月若可以请求,要它停顿在那儿时,它便停顿,那就更有意思了。"

这故事是这样的：第一个××人，用了他武力同智慧得到人世一切幸福时，他还觉得不足，贪婪的心同天赋的力，使他勇往直前去追赶日头，找寻月亮，想征服主管这些东西的神，勒迫它们在有爱情和幸福的人方面，把日子去得慢一点，在失去了爱心子为忧愁失望所啮蚀的人方面，把日子又去得快一点。结果这贪婪的人虽追上了日头，却被日头的热所烤炙，在西方大泽中就渴死了。至于日月呢，虽知道了这是人类的欲望，却只是万物中之一的欲望，故不理会。因为神是正直的，不阿其所私的，人在世界上并不是唯一的主人，日月不单为人类而有。日头为了给一切生物的热和力，月亮为了给一切虫类唱歌，用这种歌声与银白光色安息劳碌的大地。日月虽仍然若无其事的照耀着整个世界，看着人类的忧乐，看着美丽的变成丑恶，又看着丑恶的称为美丽，但人类太进步了一点，比一切生物智慧较高，也比一切生物更不道德。既不能用严寒酷热来困苦人类，又不能不将日月照及人类，故同另一主宰人类心之创造的神，想出了一个办法，就是使此后快乐的人越觉得日子太短，使此后忧愁的人越觉得日子过长，人类既然凭感觉来生活，就在感觉上加给人类一种处罚。

这故事有作为月神与恶魔商量结果的传说，就因为恶魔是在夜间出世的。人皆相信这是月亮作成的事，与日头毫无关系。凡一切人讨论光阴去得太快，或太慢时，却常常那么诅咒："日子，滚你的去吧。"痛恨日头而不憎恶月亮，土人的解释，则为人类性格中，慢慢的已经神性渐少，恶性渐多。另外就是月光较温柔，和平，给人以智慧的冷静的光，却不给人以坦白直率的热，因此普遍生物皆欢喜月光，人类中却常常诅咒日头。约会恋人的，走夜路的，作夜工的，皆觉得月光比日光较好。在人类中讨厌月光的只是盗贼，本地方土人中却无盗贼，也缺少这个名词。

这时节，这一个年纪还刚只满二十一岁的砦主独生子，由于本身的健康，以及从另一方面所获得的幸福，对头上的月光正满意的会心微笑，似乎月光也正对了他微笑。傍近他身边，有一堆白色东西。这是一个女孩子，把她那长发散乱的美丽头颅，靠在这年青人的大腿上，把它当作枕头安静无声的睡着。女孩子一张小小的尖尖的白脸,似乎被月光漂过的大理石,又似乎月光本身。一头黑发,如同用冬天的黑夜作为材料,由盘踞在山洞中的女妖亲手纺成的细纱。眼睛,鼻子,耳朵,同那一张产生幸福的泉源的小口,以及颊边微妙圆形的小涡,如本地人所说的接吻之巢窝,无一处不见得是神所着意成就的工作。一微笑,一眄眼,一转侧,都有一种神性存乎其间。神同魔鬼合作创造了这样一个女人,也得用侍候神同对付魔鬼的两种方法来侍候她,才不委屈这个生物。

女人正安安静静的躺在他的身边,一堆白色衣裙遮盖到那个修长丰满柔软溢香的身体,这身体在年轻人记忆中,只仿佛是用白玉,奶酥,果子同香花,调和削筑成就的东西。两人白日里来此,女孩子在日光下唱歌,在黄昏里与落日一同休息,现在又快要同新月一样苏醒了。

一派清光洒在两人身上,温柔的抚摩着睡眠者全身。山坡下是一部草虫清音繁复的合奏。天上那半规新月,似乎在空中停顿着,长久还不移动。

幸福使这个孩子轻轻的叹息了。

他把头低下去,轻轻的吻了一下那用黑夜搓成的头发,接近那魔鬼手段所成就的东西。

远处有吹芦管的声音。有唱歌声音。身近旁有班背萤,带了小小火把,沿了碉堡巡行,如同引导得有小仙人来参观这古堡的神气。

当地年青人中唱歌圣手的傩佑,唯恐惊了女人,惊了萤火,轻轻的轻轻的唱:

> 龙应当藏在云里,
> 你应当藏在心里。
> …………

女孩子在迷胡梦里,把头略略转动了一下,在梦里回答着:

> 我灵魂如一面旗帜,
> 你好听歌声如温柔的风。

他以为女孩子已醒了,但听下去,女人把头偏向月光又睡去了。于是又接着轻轻的唱道:

> 人人说我歌声有毒,
> 一首歌也不过如一升酒使人沉醉一天,
> 你那傅了蜂蜜的言语,
> 一个字也可以在我心上甜香一年。

女孩子仍然闭了眼睛在梦中答着:

> 不要冬天的风,不要海上的风,
> 这旗帜受不住狂暴大风。
> 请轻轻的吹,轻轻的吹;
> (吹春天的风,温柔的风,)
> 把花吹开,不要把花吹落。

小砦主明白了自己的歌声可作为女孩子灵魂安宁的摇篮,故又接着轻轻的唱道:

> 有翅膀鸟虽然可以飞上天空,
> 没有翅膀的我却可以飞入你的心里。
> 我不必问什么地方是天堂,
> 我业已坐在天堂门边。

女孩又唱:

> 身体要用极强健的臂膀搂抱，
> 灵魂要用极温柔的歌声搂抱。

砦主的独生子傩佑，想了一想，在脑中搜索话语，如同宝石商人在口袋中搜索宝石。口袋中充满了放光眩目的珠玉奇宝，却因为数量太多了一点，反而选不出那自以为极好的一粒，因此似乎受了一点儿窘。他觉得神祇创造美和爱，却由人来创造赞誉这神工的言语。向美说一句话，为爱下一个注解，要适当合宜，不走失感觉所及的式样，不是一个平常人的能力所能企及。

"这女孩子值得用龙朱的爱情装饰她的身体，用龙朱的诗歌装饰她的人格。"他想到这里时，觉得有点惭愧了，口吃了，不敢再唱下去了。

歌声作了女孩子睡眠的摇篮，所以这女孩子才在半醒后重复入梦。歌声停止后，她也就惊醒了。

他见到女孩子醒来时，就装作自己还在睡眠，闭了眼睛。女孩从日头落下时睡到现在，精神已完全恢复过来，看男子还依靠石墙睡着，担心石头太冷，把白披肩搭到男子身上去后，傍了男子靠着。记起睡时满天的红霞，望到头上的新月，便轻轻的唱着，如母亲唱给小宝宝听催眠歌。

> 睡时用明霞作被，
> 醒来用月儿点灯。

砦主独生子哧的笑了。

"……"

"……"

四只放光的眼睛互相瞅定，各安置一个微笑在嘴角上，微笑里却写着白日中两个人的一切行为，两人似乎皆略略为先前一时那点回忆所羞了，就各自向身旁那一个紧紧的挤了一下，重新交换了一个微笑，两人发现了对方脸上的月光那么苍白，于是齐向天上所悬的半规新月望去。

远远的有一派角声与锣鼓声,为田户巫师禳土酬神所在处,两人追寻这快乐声音的方向,于是向山下远处望去。远处有一条河。

"没有船舶不能过那条河,没有爱情如何过这一生?"

"我不会在那条小河里沉溺,我只会在你这小口上沉溺。"

两人意思仍然写在一种微笑里,用得是那么暧昧神秘的符号,却使对面一个从这微笑里明明白白,毫不含胡。远处那条长河,在月光下蜿蜒如一条带子,白白的水光,薄薄的雾,增加了两人心上的温暖。

女孩子说到她梦里所听的歌声,以及自己所唱的歌,还以为他们两人皆在梦里。经小砦主把刚才的情形说明白时,两人笑了许久。

女孩子天真如春风,快乐如小猫,长长的睡眠把白日的疲倦完全恢复过来,因此在月光下,显得如一尾鱼在急流清溪里。

只想说话,全是说那些远无边际的,与梦无异的,年青情人在狂热中所能说的糊涂话蠢话皆完全说到了。

小砦主说:

"不要说话,让我好在所有的言语里,找寻赞美你眉毛头发美丽处的言语!"

"说话呢,是不是就妨碍了你的谄谀?一个有天分的人,就是谄谀也显得不缺少天分!"

"神是不说话的。你不说话时像……"

"还是做人好!你的歌中也提到做人的好处!我们来活活泼泼的做人,这才有意思!"

"我以为你不说话就像何仙姑的亲姊妹了。我希望你比你那两个姐姐还稍呆笨一点。因为得呆笨一点,我的言语字汇里,才有可以形容你高贵处的文字。"

"可是,你曾同我说过,你也希望你那只猎狗敏捷一点。"

"我希望它灵活敏捷一点,为的是在山上找寻你比较方便,为我带信给你时也比较妥当一点。"

"希望我笨一点,是不是也如同你希望羚羊稍笨一样,好让你嗾使那只猎狗咬我时,不至于使我逃脱?"

"好的音乐常常是复音，你不妨再说一句。"

"我记得到你也希望羚羊稍笨过。"

"羚羊稍笨一点，我的猎狗才可以赶上它，把它捉回来送你。你稍笨一点，我才有相当的话颂扬你!"

"你口中体面话够多了，你说说你那些感觉给我听听，说谎若比真实更美丽，我愿意听你那些美丽的谎话。"

"你占领我心上的空间，如同黑夜占领地面一样。"

"月亮起来时，黑暗不是就只占领地面空间很小很小一部分了吗?"

"月亮照不到人心上的。"

"那我给你的应当也是黑暗了。"

"你给我的是光明，但是一种眩目的光明，如日头似的逼人熠耀。你使我糊涂。你使我卑陋。"

"其实你是透明的，从你选择谄谀时，证明你的心现在还是透明的。"

"清水里不能养鱼，透明的心也一定不能积存辞藻。"

"江中的水永远流不完，心中的话永远说不完：不要说了。一张口不完全是说话用的!"

两人为嘴唇找寻了另外一种用处，沉默了一会。两颗心同一的跳跃，望着做梦一般月下的长岭，大河，砦堡，田坪。芦管声音似乎为月光所湿，音调更低郁沉重了一点。砦中的角楼，第二次擂了转更鼓，女孩子听到时，忽然记起了一件事。把小砦主那颗年青聪慧的头颅捧到手上，眼眉口鼻吻了好些次数，向小砦主摇摇头，无可奈何低低的叹了一声气，把两只手举起，跪在小砦主面前来梳理头上散乱了的发辫，意思想站起来，预备要走了。

小砦主明白那意思了，就抱了女孩子，不许她站起身来。

"多少萤火虫还知道打了小小火炬游玩，你忙些什么？走到什么地方去!"

"一颗流星自有它来去的方向，我有我的去处。"

"宝贝应当收藏在宝库里，你应当收藏在爱你的那个人家里。"

"美的都用不着家：流星，落花，萤火，最会鸣叫的蓝头红嘴绿翅膀的王母鸟，也都没有家的。谁见过人蓄养凤凰呢？谁能束缚着月光呢？"

"狮子应当有它的配偶，把你安顿到我家中去，神也十分同意！"

"神同意的人常常不同意。"

"我爸爸会答应我这件事，因为他爱我。"

"因为我爸爸也爱我，若知道了这件事，会把我照××人规矩来处置。若我被绳子缚了沉到地眼里去时，那地方接连四十八根箩筐绳子还不能到底，死了做鬼也找不出路来看你，活着做梦也不能辨别方向。"

女孩子是不会说谎的，××族人的习气，女人同第一个男子恋爱，却只许同第二个男子结婚。若违反了这种规矩，常常把女子用石磨捆到背上，或者沉入潭里，或者抛到地窟窿里。习俗的来源极古，过去一个时节，应当同别的种族一样，有认处女为一种有邪气的东西，地方酋长既较开明，巫师又因为多在节欲生活中生活，故执行初夜权的义务，就转为第一个男子的恋爱。第一个男子因此可以得到女人的贞洁，就不能够永远得到她的爱情。若第一个男子娶了这女人，似乎对于男子也十分不幸。迷信在历史中渐次失去了本来的意义，习俗保持了古代规矩下来，由于××守法的天性，故年青男女在第一个恋人身上，也从不作那长远的梦。"好花不能长在，明月不能长圆，星子也不能永远放光"，××人歌唱恋爱，因此也多忧郁感伤气分。常常有人在分手时感到"芝兰不易再开，欢乐不易再来"，两人悄悄逃走的。也有两人携了手沉默无语的一同跳到那些在地面张着大嘴，死去了万年的火山孔穴里去的。再不然，冒险的结了婚，到后被查出来时，就应当把女的向地狱里抛去那个办法了。

当地女孩子因为这方面的习俗无法除去，故一到成年家庭即不大加以拘束，外乡人来到本地若喜悦了什么女子，使女子献身总十分容易。女孩子明理懂事一点的，一到了成年时，总把自己最初的贞操，稍加选择就付给了一个人，到后来再同第二个钟情的男子结婚。男子中明理懂事的，业已爱上某个女子，若知道她还是处女，也将尽这女子先去找寻一个尽义务的爱人,再来同女子结婚。

但这些魔鬼习俗不是神所同意的。年青男女所作的事,常常与自然的神意合一,容易违反风俗习惯。女孩子总愿意把自己整个交付给一个所倾心的男孩子,男子到爱了某个女孩时,也总愿意把整个的自己换回整个的女子。风俗习惯下虽附加了一种严酷的法律,在这法律下牺牲的仍常常有人。

女孩子遇到了这乡长独生子,自从春天山坡上黄色棣棠花开放时,即被这男子温柔缠绵的歌声与超人壮丽华美的四肢所征服,一直延长到秋天,还极其纯洁的在一种节制的友谊中恋爱着。为了狂热的爱,且在这种有节制的爱情中,两人皆似乎不需要结婚,两人中谁也不想到照习惯先把贞操给一个人蹂躏后再来结婚。

但到了秋天,一切皆在成熟,悬在树上的果子落了地,谷米上了仓,秋鸡伏了卵,大自然为点缀了这大地一年来的忙碌,还在天空中涂抹华丽的色泽,使溪涧澄清,空气温暖而香甜,且装饰了遍地的黄花,以及在草木枝叶间傅上与云霞同样的眩目颜色。一切皆布置妥当以后,便应轮到人的事情了。

秋成熟了一切,也成熟了两个年青人的爱情。

两人同往常任何一天相似,在约定的中午以后,在这古碉堡上见面了。两人共同采了无数野花铺到所坐的大青石板上,并肩的坐在那里,山坡上开遍了各样草花,各处是小小蝴蝶,似乎对每一朵花皆悄悄嘱咐了一句话。向山坡下望去,入目远近皆异常恬静美丽。长岭上有割草人的歌声,村砦中有为新生小犊作栅栏的斧斤声,平田中有拾穗打禾人快乐的吵骂声。天空中白云缓缓的移,从从容容的动,透蓝的天底,一阵候鸟在高空排成一线飞过去了,接着又是一阵。

两个年青人用山果山泉充了口腹的饥渴,用言语微笑喂着灵魂的饥渴。对日光所及的一切唱了上千首的歌,说了上万句的话。

日头向西掷去,两人对于生命感觉到一点点说不分明的缺处。黄昏将近以前,山坡下小牛的鸣声,使两人的心皆发了抖。

神的意思不能同习惯相合,在这时节已不许可人再为任何魔鬼作成的习俗加以行为的限制。理知即或是聪明的,理知也毫无用处。两人皆在忘我行为中,失去了一切节制约束行为的能力,各在新的形式下,得到了对方的力,得到了对方的爱,得到了把另一个灵魂互相交换移入自己心中深处的满足。到后来,于是两个人皆在战栗中昏迷了,喑哑了,沉默了,幸福把两个年青人在同一行为上皆弄得十分疲倦,终于两人皆睡去了。

男子醒来稍早一点,在回忆幸福里浮沉,却忘了打算未来。女孩子则因为自身是女子,本能的不会忘却当地人对于女子违反这习俗的赏罚,故醒来时,也并未打算到这砦主的独生子会要她同回家去,两人的年龄还皆只适宜于生活在夏娃亚当所住的乐园里,不应当到这"必需思索明天"的世界中安顿。

但两人业已到了向所生长的一个地方一个种族的习俗负责时节了。

"爱难道是同世界离开的事吗?"新的思索使小砦主在月下沉默如石头。

女孩子见男子不说话了,知道这件事正在苦恼到他,就装成快乐的声音,轻轻的喊他,恳切的求他,在应当快乐时放快乐一点。

  ××人唱歌的圣手
  请你用歌声把天上那一片白云拨开。
  月亮到应落时就让它落去,
  现在还得悬在我们头上。

天上的确有一片薄云把月亮拦住了,一切皆朦胧了。两人的心皆比先前黯淡了一些。砦主独生子说:

  我不要日头,可不能没有你。
  我不愿作帝称王,却愿为你作奴当差。

女孩子说:

"这世界只许结婚不许恋爱。"

"应当还有一个世界让我们去生存,我们远远的走,向日头出处远远的走。"

"你不要牛,不要马,不要果园,不要田土,不要狐皮褂子同虎皮坐褥吗?"

"有了你我什么也不要了。你是一切;是光,是热,是泉水,是果子,是宇宙的万有。为了同你接近,我应当同这个世界离开。"

两人就所知道的四方各处想了许久,想不出一个可以容纳两人的地方。南方有汉人的大国,汉人见了他们就当生番杀戮,他不敢向南方走。向西是通过长岭无尽的荒山,虎豹所据的地面,他不敢向西方走。向北是本族人的地面,每一个村落皆保持同一魔鬼所颁的法律,对逃亡人可以随意处置。只有东边是日月所出的地方,日头既那么公正无私,照理说来日头所在处也一定和平正直了。

但一个故事在小砦主的记忆中活起来了,日头曾炙死了第一个××人,自从有这故事以后,××人谁也不敢向东追求习惯以外的生活。××人有一首历史极久的歌,那首歌把求生的人所不可少的欲望,真的生命意义却结束在死亡里,都以为若贪婪这"生"只有"死"才能得到。战胜命运只有死亡,克服一切惟死亡可以办到。最公平的世界不在地面,却在空中与地底:天堂地位有限,地下宽阔无边。地下宽阔公平的理由,在××人看来是可靠的,就因为从不听说死人愿意重生,且从不闻死人充满了地下。××人永生的观念,在每一个人心中皆坚实的存在。孤单的死,或因为恐怖不容易找寻他的爱人,有所疑惑,同时去死皆是很平常的事情。

砦主的独生子想到另外一个世界,快乐的微笑了。

他问女孩子,是不是愿意向那个只能走去不再回来的地方旅行。

女孩子想了一下,把头仰望那个新从云里出现的月亮。

  水是各处可流的,
  火是各处可烧的,

> 月亮是各处可照的,
> 爱情是各处可到的。

说了,就躺到小砦主的怀里,闭了眼睛,等候男子决定了死的接吻。砦主的独生子,把身上所佩的小刀取出,在镶了宝石的空心刀靶上,从那小穴里取出如梧桐子大小的毒药,含放到口里去,让药融化了,就度送了一半到女孩子嘴里去。两人快乐的咽下了那点同命的药,微笑着,睡在业已枯萎了的野花铺就的石床上,等候药力发作。

月儿隐在云里去了。

黄罗寨故事二十一年九月二十二在青岛写成

---

本篇发表于1933年2月1日《东方杂志》第30卷第3号。署名沈从文。

## 扇　陀

一个贩卖骡马的商人，正当着许多人的面前，说到他如何为妇人所虐待，有一天吃了点酒，就用赶骡马的鞭子，去追赶那个性格恶劣的妇人，加以重重的殴打，从此以后这妇人就变得如何贞节良善时，全屋子里的客人，无不拊掌称快。其中有几个曾经被家中媳妇折磨虐待过多年不能抬头的，就各在心上有所划算，看看到了北京以后，如何去买一根鞭子，将来回家，也好如法炮制。

骡马商人稍稍把故事停顿了一下，享受那故事应得的奖励。等候掌声平息后，就用下面的话语，结束了他的故事：

"……大爷，弟兄，应当好好记着，不要放下你的鞭子，不要害怕她们，女人不是值得男子害怕的东西。不要尊敬她们。把她们看下贱一点，不要过分纵容她们。"

很明显的，这商人是由于自己一次意外的发明，把女人的能力，以及有关女人的种种优美品德，——就是在下等社会中的女人尤不缺少的纯良节俭与诚实品德，都仿佛不大注意，话语也稍稍说得过分了。

那时节，在屋角隅一堆火旁，有四个向火烘手的巡行商人，其中之一忽然站起来说话了。这人脸上胡须极乱，身上披了件向外反穿的厚重羊皮短袄，全身肿胀如同一头狗熊。站起身时他约束了一下腰边的带子，用那为风日所炙，冰雪所凝结，带一点儿嘶哑发沙的嗓子，喊着屋中的主人。他意思似乎有几句话要说说。这人对于前面那个故事，有一种抗议，有一分异议，大家皆一望而知。

这人半夜来皆不作声，只沉默地坐在火边烤火，间或用木柴去搅动身前的火堆，使火中木柴从新爆着小小声音，火焰向上卷去时，就望着火焰微笑。他同他的伙伴，似乎都只会听其他客人故事，自己却不会说故事的。现在听人家说到女人如何只适宜用鞭子去抽打,说到女人除了说谎流泪以外,一切事业由于低能与体力缺陷,皆不会作好,还另外说到无数亵渎这世界上女人的言语。说话的却是一个马贩子!因此这商人便那么想:

"如果一切都是事实,女人全那么无能力,无价值,你只要管教得法,她又如何甘心为你作奴作婢,那过去由于恐惧对女人发生的信仰,以及在这信仰上所牺牲的种种,岂不完全成为无意思的行为了吗?"

他想得心中有点难过起来,正因为他原相信女人是世界上一种非凡的东西,一切奇迹皆为女人所保持。凡属驾云乘雾的仙人,水底山洞的妖怪,树上藏身的隐士,朝廷办事的大官,遇到了女人时节,也总得失败在她们手上,向她们认输投降。就只是这点信仰,他如今到了三十八岁的年龄,还不敢同女人接近。这信仰的来源,则为他二十年前跟随了他的爸爸在西藏经商,听了一个故事的结果。故事中的一个女人,使他当时感受极深的印象,一直到如今,这印象还不能够为时间揩去。他相信女人能力在天下生物中应居首一位,业已有了二十年,现在并且要来为这信仰说话了。

大家先料不到他也会有什么故事,看他站起身时,柴堆在他身旁卷着红红的火焰,火光照耀到这人的全身,有一种狗熊竖立时节的神气。一个生长城市读了几本书籍自以为善于"幽默"的小子,就乘机取笑这其貌不扬的商人,对众人说:

"弟兄弟兄,请放清静一点,听我说几句话。先前那位卖马的大老板,给我们说的故事,使我们认为十分开心。一切幸福都应当是孪生的姊妹,所以我十分相信,从这位老板口中,也还可听出一个很好的故事。你们瞧,(他说时充作耍狗熊的河南人神气,指点商人的脸庞同身上。)这有趣的……不会说无趣的故事!"他把商人拉过大火堆边去,要那商人站到一段木头上面:"来,朋友,你说你的。我相信你有说的。你不是预备要说你那位太太,她如何值得尊敬畏惧吗?你不是要说她那种不可思议的神秘能力,当你长年出外经商时节,她在家中还能每一年为你生育一个团头胖脸的孩子吗?你不是要说一个女人在身体方面有些部分高肿，有些部分下陷，与一个男子完全不同，觉得奇怪也就觉得应当畏惧吗？许多人都是这样对他太太发生信仰的，只是仍然请你说说，放大方一点来说。我们这夜里很长，应当有你从从容容说话的时间。"

这善于诙谐的城市中人，所估计的走了形式，这一下可把商人看错了。一会儿他就会明白他的嘲笑，是应从商人方面退回来，证明自己简陋无识的。

那商人怯生生的被人拉过去，站在那段木头上。听人说到许多莫明其妙的话语，轮到他说话时就说：

"不是，不是，我不说这个！我是个三十八岁的男子，同阉鸡一样，还没有用过身体上任何部分挨过一次女人。我觉得女人极可吓怕，并且应当使我们吓怕。我相信女子都有一种能力，可以把男子变成一块泥土，或和泥土差不多的东西。不管你是什么样结实硬朗的家伙，到了她们的手中，就全不济事。我吓怕女人，所以我现在年龄将近四十岁，财产分上有了十四匹骆驼，三千银钱的货物，还不敢随便花点钱买一个女子。"

众人听说都很奇怪，以为这人过去既并不被女人欺骗和虐待，天生成那么怕女人，倒真是罕见的事情。就有人说：

"告给我们你怕女人的道理，不要隐瞒一个字。"

这商人望望四方，看得出众人的意思，他明白他可以从从容容来说这个故事了，他微笑着。在心里说："是的，一个字我也不会隐瞒的。"就不慌不忙，复述了下面那个在十七岁时听来的故事。

过去很久时节，很远一个地方，有那么一个国家：地面不大不小，由于人民饮食适当，婚姻如期举行，加之帝王当时选择得人，地方能够十分平安，人民全很幸福。这国家国内有几条很大的河流，纵横的贯通境内各处，气候又十分调和，地面就丰富异常。全国出产极多，农产物中五谷同水果，在世界上附近各个小国内极其出名。那地方气候好到这种样子：人民需要晴时天就大晴，需要水时天就落雨。凡生长到这个小国中的人民，都知道天不遗弃他们，他们也就全不自弃，人人自尊自爱，奉公守法，勤俭耐劳，诚实大方。凡属人类中良善品德，倘若在另一族类，另一国家，业已发现过了的，这些真理的产品，在这小国人民性格上也十分完全毫不短少。这国家名为波罗蒂长，在北方古代史上有它一个位置。

波罗蒂长国中，有一个大山，高一百里，宽五百里，峰峦竞秀，嘉树四合，药草繁多，绝无人迹。这大山早为国家法律订下一条规定，不能随便住人，只许百兽任意蕃息。山中仅有一位博学鸿儒，隐居山洞，读书修道，冥坐绝欲，离开人世，业已多年。某年秋天一个清晨，这隐士起身时节，正在用盘盂处置他的小便，看见有两只白鹿，在洞外芳草平地，追逐跳跃，游戏解闷。中间有母鹿一匹，生长得秀美雅洁，和气亲人，眼光温柔，生平未见。这隐士当时，心中不知不觉，为之一动。小便完结，照例盘中小便，都应舍给山中鹿类，当作饮料。这母鹿十分欣悦，低头就盘，舔完盘中所有以后，就向山中走去。

为时不久，这母鹿居然怀了身孕，一到月满，就生出小鹿一只。所生小鹿，眉目口鼻，一切完全如人，仅仅头上长出一对小小肉角，两脚异常纤秀，这母鹿正当它生产时，因想起隐士洞边向阳背风，故跑近隐士所住洞边，在草地中生产。落下地后，母鹿看看，"原来是一小孩!"既不能带这小孩跳山跃涧，还不如交给隐士照料，把小孩衔放隐士洞边，自己就跑去了。

隐士那时正在读书，忽然听到洞外有小孩子大哭，心中十分希奇。走出洞外一看，就见着这人鹿同生的孩子，身体极其细嫩，眼目紧闭，抱起细看，头脚尚有鹿形，眼目张开时节，流盼四顾，也如另一地方另一相熟眼目。隐士心中纳罕："小孩来处，必有一个原因!"从目光中隐士即刻明白小孩一定是母鹿所生，小孩爸爸，除了自己也就没有别人了，便把小孩好好抱回洞里，细心调养。

隐士住在山中业已多年，读书有得，饮食皆极随便，不至害病。隐士既不吃人间烟火，因此小孩口渴，隐士就为收取草上露珠，当作饮料。小孩饥饿，隐士又为口嚼松子，当作饭食。小孩既教育有方，加之身上有母鹿血气，故从小就健康聪明，活泼美丽。到后年龄益长，隐士又十分耐烦，亲自教他一切学问，使他明白天地间各种秘密，了然空中诸星，地面百物，如何与人类有关。又读习经典，用古圣先贤，所想所说一切艰深事情，作为这小仙人精神方面的粮食。隐士只差一事不提，就是女人，不说女人究竟如何，就因为对于女人，隐士也不十分明白。

这隐士到后道行完满，就离开本山，不知所往。那时节母鹿所生，隐士所养，年纪业已二十一岁。因为教育得法，年纪虽小，就有各种智慧，百样神通，又生长得美壮聪明，无可仿佛，故诸天鬼神，莫不爱悦。隐士既已他去，这候补仙人，依然住身山洞，修真养性，澹泊无为，不预人事。

一天，正在山中散步，半途忽遇大雨，这雨正为波罗蒂长国中所盼望的大雨，山中落了雨后，山水暴发，路上苔藓被雨极滑，无意之中，使这候补仙人倾跌一跤，打破法宝一件，同时且把右脚扭伤。

这候补仙人，心中不免嗔怒，以为自然阿谀人类，时候似乎还太早了一点。只需请求，不费思索，就为他们落雨，自然尊严，不免失去。且这雨似乎有意同自己为难，就从头上脱下帽子，舀满一帽子清水，口中念出种种古怪咒语，咒罚波罗蒂长国境，此后不许落雨。这种咒语，乃从东方传来，十分灵验，不至十二年后，决不会半途失去效力。这候补仙人，既然法力无边，天上五龙诸神，皆尊敬畏怖，有所震慑，一经吩咐，不敢不从。诅咒以后，波罗蒂长一国，从此当真就不降落点滴小雨。

天不落雨太久，河水井水，也渐渐干枯起来，五谷不生，百叶萎悴，一连三年。三年不雨，国家渐起恐慌。国家渐贫，国库收入短少，不敷开支，人民男女老幼，无法可以生存。

波罗蒂长国王，为人精明干练，负责爱民，用尽诸般方法求雨，皆无结果。他很明白，若从此以往，再不落雨，天旱过久，国家人民，皆得消灭。人民挨饿太久，心就糊涂焦躁，易于煽惑，若有一二在野人物，造谣生事，胡说八道，以为一切天灾，及于本国，皆为政府办事不力，政体组织不妥，如欲落雨，必需革命。虽革命与落雨无关，由于人民挨饿过久，到后终不免发生革命。国家革命，就须流血，一切革命历史，莫不用血写成。国王因此打量不如即早推位让贤，省得发生内争。国王虽有让位之心，一时又觉无贤可让。眼见本国人民，挨饿死去，无法救助，故忧愁烦恼，寝食皆废。

国王有一公主，按照国家法律，每天皆同平民女子，共往公共井边，用木制辘轳，长长绳缆，向深井中汲取地下泉水，灌溉田地，为国服务。公主白日在外，常与平民接近，常听平民因饥饿唱出各种怨而不怨的歌谣，一回宫中，又见国王异常沉闷，就为国王唱歌解闷。国王听歌，更觉难堪。公主就问国王："国王爸爸，如何可以救国？"且说若果救国还有办法，必得牺牲公主，自己心愿为国牺牲。

国王就说：

"一切办法，皆已想尽，国家前途，实深危险。人民虽明白天灾不可幸免，但怨嗟歌谣，业已次第而生，若不即早设法，终究不免革命。发生革命，不拘谁胜谁负，一切秩序，破坏无余，政府救济，更多棘手。故思前想后，总觉退位让贤较好。细想种种，一时又无贤可让，所以心中十分为难。"

公主就把在外所听风谣，以及种种事情，加以分析，建议国王：

"国王爸爸，一切既很烦心，不易一人解决，不如召集大官名臣，国内各党各派博学多通人物，同处一堂，商量办法。首先讨论天灾来源，其次筹措善后救济，或有结果。若这事实在由于国王专政而起，国王退位，就可以使上天落雨，谷果百物，滋生遍地，国王爸爸，就应即刻辞职。若一切另有原因，另有办法，讨论结果，国王爸爸，就负责执行。"

国王心想："公主言之有理！"就按照国法，召集全国公民代表会议，聚集全国公民代表，讨论波罗蒂长一国，应付这次空前天灾种种方策。

开会时节，国王主席，首先致辞，说明种种，希望代表随意发言，把这事情公开讨论。

当开会时，其中就有一个聪明公民，多闻博识，独明本国天旱理由，于是当众发言：

"国王陛下，大臣殿下，有意负责救国，明白一切应从根本入手，故有今天大会。查我波罗蒂长国家，本极富足，有吃有喝，无有忧患。今忽然三年不雨，国困民贫，设若长此以往，当然不堪设想。根据公民所知，这次天灾，并非国王在位，或大臣徇私所致。只为本国宪法所定，国中那个供给禽兽繁殖的名山，有一年青候补仙人，父亲生为隐士，母亲身是母鹿，神力无边，智慧空前。这候补仙人，平日研究学问，不预人事，安静自守，与世无逆。却当某某一天，因事上山，在半途中，天忽落雨，因雨路滑，摔跌一跤，扭伤右脚。这候补仙人，右脚无端受伤，心怀嗔愤，追究原因，实为落雨所致，雨水下落，又实为本国人民盼望所致，因此诅咒天上，十二年中，不许落下点滴小雨。我波罗蒂长国家，三年不雨，原因在此。故欲盼望落雨，先应明白此事根本所在。"

国王听说本国雨不再落，只是这样一件事情，就说：

"治国惟贤，经典昭明，本国既有这种圣人，力能支配天地，管束阴阳，用为国王，对我人民，必能造福，朕必即刻退位，以让贤能。"

多数公民，皆不说话。

有一首相，在国内负责多年，明白治国不易。想使国家秩序井然，有条不紊，正赖政体巩固，权力集中。治国所需，不仅只在高深学理法力，经验能力，兼有并存，加以负责，才可弄好。听说国王就想让位，对这事不敢赞同，便说：

"皇帝陛下，让出王位，出于诚意，代表诸君，想当明白。国王意思极好，为国为民，诚为无可与比，不过一切打算，不合目前国家情形。任何国家施政，有不好处，国中人民，加以反对，诚可注意，若攻击批评，只是二三在野名流，虽想救国，不会做官，尚从不闻轻易让贤，把国家组织，陷入纷乱。何况仙人，平时清高澹泊，不问世事，沉静自得，有如木石，即有高尚理想，如何就可治国？并且事情既不过由于一摔而起，照本席主张，不如派员慰问，较为得体。本国对这年青仙人，若想表示尊敬，使他快乐，同他合作，免得或为他人利用，妨碍国家统一，不如取法他国，把这候补仙人，当成国内元老，一切事情，对他十分客气，遇事不能解决，就即刻命驾领教，总以哄得仙人欢喜，不发牢骚，国家前途，方有办法。"

另外有一陆军大臣，头脑简单，性情直率，国内兵士，全在他一人手中，生平拥护国王，信仰首相，故继续发言：

"皇帝陛下，所说使人感动，首相殿下，所说使人佩服。国王若想退位，好意不能为全国国民见谅。因为国民盼望国王帮忙，并且相信，这个时节，也只有国王可以帮忙。我国旱灾，既为仙人一摔而起，首相高见，本席首先赞同。若国家可以同这刁钻古怪合作，各种条件，皆应负责答应。若方法用尽，还不落雨，本席职责所在，向天赌咒，领率全国兵士，来与周旋，不怕一切，总得把这仙人神通打倒。"

陆军大臣，所说理直气壮，故全体公民代表，莫不动容，鼓掌称善。

其中有一公民，见事较多，知识开明，觉得打倒仙人，很不像话，就说：

"救灾方法还多，武力打倒仙人，本席以为不必。国家多上一个仙人，如同国家多有一个诗人一样，实为我波罗蒂长国中光荣。公民盼望，只是皇帝陛下，代表我们公民全体，想出办法，能与仙人合作。若说武力周旋，效法他国，文人学者，捉来即刻把头割下，办法虽在，轻而易举，所作事情，实极愚蠢。我波罗蒂长国中，国家虽小，不应愚蠢就到如此地步，在历史上为我国王留一污点。政府若断然处置，公民可不能同意。"

另一公民，为了补充前说，又继续说：

"他国短处虽不足取法，他国长处不可不注意：公民以为我们本国，不如仿照他国，设立一个国家学院，或研究院，位置这种有德多能的仙人，让他读经习礼，不问国事。给他最大尊敬和够用薪水，不使他再挨饿受凉，也不使他由于过分孤寂，将脾气变坏，则一切问题，实易解决！"

另一公民又说：

"仙人什么都不缺少，不如封他一个极大爵位，一定可以希望从此合作。"

发言公民极多，政府意思，就是让这些公民代表，充分发表意见，大家决议以后，斟酌执行。但因过去一时，政府太能负责，一切政策，不用平民担心，无不办得极为妥当合理。政府太好，作公民的，就皆只会按照分定，作事做人，因此一来，把一切民主国家公民监督政府的本能，也完完全全消失无余了。到时人人各自发抒意见，皆近空谈，不落边际。

还是首相发言提出办法，希望大家注意，这会议到后，才有眉目。

会议结果，就是政府公民全体同意，认为先得想方设法，把这候补仙人，感情转换过来，不问条件，皆可商量。只要落雨三日，仙人若有任何贪婪条件提出，国王首相，必当代表国民，签字承认。

但这个古怪仙人并非其他国家知识阶级可比，（据说知识阶级，若为政府蔑视过久时节，性之所近，喜发牢骚，诅咒政府，常有话说，只须政府当局，稍稍懂事，应酬有方，就可无事。）生平性情孤僻，不慕荣利，威胁所诱，皆难就范。仙人住处，又在深山，不是租界可比，故首先成为问题，就是波罗蒂长国家政府，应用何种方法，方能接近这候补仙人，商谈一切。

因在会代表，并无人能同这仙人来往，最后方决定悬出赏格，召募一人，若有人来应募，能在一定时期，与仙人晤面，或有方法，恳求仙人，使咒语失去效力，或能请求仙人下山，来到国都开会。不论何人，皆加重赏。

会议散后，国王立刻执行决议，颁布赏格，张贴全国，各处通都大邑，四衢四门，无不有这种赏格悬布。

我国旱灾，不能免去，细查来由，皆是肉角仙人发气所致。为此布告国人：

凡有本领，能够想方设法，哄倒肉角仙人，放弃咒语，使我波罗蒂长国中，再落大雨者：若想作官，国王听凭这人选择地面，与之分国而治；若想讨娶一房老婆，国王最美丽聪明的公主，即刻下嫁。

国民为重赏诱惑，目眩神驰。惟一闻仙人住处，就在大山之上，于是又各心怀畏怖，宝爱性命，不敢冒险应募。

那个时节，波罗蒂长国中，有一女子，名字叫做扇陀。这个女人，长得端正白皙，艳丽非凡，肌肤柔软，如酪如酥，言语清朗，如啭黄鹂。女人既然容华惊人，家中又有巨富千万。那天听家下用人说到这种事情，并且好事家人，又凭空虚撰仙人种种骄傲佚事，给扇陀听。又因国王赏格中，有公主作为奖赏一条，对于女人，有轻视意思，扇陀心中分外不平。因此来到王宫门前，应王征募。

众人一见，最先来此应募，却是一个女子，都以为"女人所长，即非插花傅粉，就是扫地铺床，何足算数？"故当时不甚措意，接待十分平常。

扇陀就同执事诸人说明来意：

"我的名字叫做扇陀，各位大老，谅不生疏，今应王募前来！请问各位：这个肉角仙，究竟是人是鬼？"

众人皆知国中有扇陀。富甲全国，美如天女。今见来人神采耀目，口气不俗，不敢十分疏慢，就说：

"这个肉角仙人，无人见过，只是根据旧书传说：爸爸原是一个隐士，母亲乃是一个白鹿，可说他是一人，可说他是一兽。所知只此，更难详尽。"

扇陀听说，心中明白，隐士所以逃避人间，就正是怕为女人爱欲缠缚，不能脱身，故即早逃避。如今仙人既由隐士与畜牲共同生养，征服打倒，一切不难，故即向人宣言：

"若这仙人是鬼，我不负责。若这仙人是人，我有巧妙方法，可以降伏。今这大仙不只是人，灵魂骨血，并且杂有兽性，凡事容易，毫不困难。只请各位大老，代禀国王陛下，容我一见，我当亲向国王，说出诸般方法，着手实行。"

扇陀宣言以后，诸官即刻携带这人入宫，引见国王，一一禀明来意。

扇陀所说，事情十分秘密。国王深知扇陀家中，确有巨富千万，相信种种，并非出乎骗诈，故当时就取一个金盘，装好各种珍奇金器，一翡翠盘，装满各种宝石，一对龙角，装满珍珠和人间难得宝贝，送给扇陀，吩咐她照计行事。

扇陀既得国王信托，心中十分高兴，临行时向王告辞，安慰老年国王，留下话语，预备将来事实证明。

扇陀说："国王陛下，不必担忧。降伏仙人，一切有我！此去时日，必不甚久，国内土地，就可复得大雨！落雨以后，我尚应当想出一个办法，必将仙人，当成一匹小鹿，骑跨回国！仙人来时，进见大王，叩头称臣，也不甚难！"

国王当时似信非信。

扇陀拿了国王所给宝物，回家以后，即刻就派无数家人携带各种宝物，分头出发，向国内各处走去，征发五百辆华贵轿车，装载五百美女，又寻觅五百货车，装载各种用物。百凡各物，齐备以后，即刻全体整队向大山进发，牛脚四千，踏土翻尘，牛角二千，嶷嶷数里。车中所有美女，莫不容态婉娈，妩媚宜人，娴习礼仪，巧善辞令，虽肥瘦不一，却能各极其妙。货车所载，言语不可殚述：有各种大力美酒，色味与清水无异，吃喝少许，即可醉人。有各种欢喜丸子，有药草配合，捏成种种水果形式，加上彩绘，混淆果中，只须吃下一枚，就可使人狂乐，不知节制。有各种碗碟，各种织物。有凤翼排箫，碧玉竖箫，吹时发音，各如凤嘒。有紫玉笛，铜笛，磁笛，皆个性不同，与它性格相近女人吹它时，即可把她心中一切，由七孔中发出。有五色玉磬，陨石磬，海中苔草石磬。有宝剑宝弓，车轮大小贝壳，金色径尺蝴蝶。有一切耳目所及与想象所及各种家具陈设，使人身心安舒，不可名言，它的来源，则多由人间巧匠仿照西王母宫尺寸式样作成的。

且说这一行人众，到达山中时节，女子扇陀，就下车命令用人，着手铺排一切，把车上所有全都卸下。吩咐木匠，把建筑材料，在仙人住处不远，搭好草庵一座，外表务求朴素淡雅，不显伧俗。草庵完成，又令花匠整顿屋前屋后花草树木，配置恰当。花园完成，又令引水工人从山涧导水，使山泉绕屋流动不息，水中放下天鹅，鸳鸯，及种种鸟类。

一切完了以后，扇陀又令随来男子，皆把大车挽去，离山十里，躲藏隐伏，莫再露面。

一切布置，皆在一个黑夜中完成，到天明时，各样规画，就已完全作得十分妥当了。

女子扇陀，约了其他美人，三五不等，或者身穿软草衣裙，半露白腿白臂，装成山鬼。或者身穿白色长衣，单薄透明，肌肤色泽，纤悉毕见。诸人或来往林中，采花捉蝶。或携月月下，微吟情歌。或傍溪涧，自由解衣沐浴。或上果树，摘果抛掷，相互游戏。种种作为，不可尽述。扇陀意思，只是在引起仙人注意，尽其注意，又若毫不因为仙人在此，就便妨碍种种行为。只因毫不理会仙人，才可以激动仙人，使这仙人爱欲，从淡漠中，培养长大，不可节制。

这候补仙人，日常遍山游行，各处走去。到晚方回，任何一处，总可遇到女人。新来芳邻，初初并不为这仙人十分注意。由于山中畜牲，无奇不有，尚以为这类动物，不过畜牲中间一种，爱美善歌，自得其乐，虽有魔力，不为人害。但为时稍久，触目所见，皆觉美丽，就不免略略惊奇。由于习染，日觉希奇，为时不及一月，这候补仙人，一见女人，就已露出呆相，如同一般男子，见好女人时节，也有同样痴呆。

女人扇陀，估计为时还早，一切不忙，仍不在意。每每同所有女伴到山中游散时节，明知树林叶底枝边，藏有那个男子，总故作无见无闻，依然唱歌笑乐，携手舞蹈，如天上人。所有乐器，皆有女人掌持，随时奏乐，不问早晚。歌声清越，常常超过乐器声音．飘扬山谷，如凤凰鸣啸，仙人听来，不免心头发痒。

这候补仙人，生前既为鹿身，扇陀心中明白，故又常于夜半时节，令人用桐木皮卷成哨管，吹作母鹿呼子声音，以便摇动这个候补仙人依恋之心。

月再圆时，扇陀心知一切设计业已成熟，机不可失，故把住处附近，好好安排起来，每一女人，各因性格独有特点，位置俱不相同：长身玉立的放在水边，身材微胖的装作樵女，吹箫的坐在竹林中，呼笙的独集高崖上，弹箜篌的把箜篌缚到腰带边，一面漫游一面弹着，手脚伶俐的在秋千架上飘扬,牙齿美丽的常常发笑。一切布置,皆出扇陀设计,务使各人皆有机会见出长处,些微好处,皆为候补仙人见到,发生作用。

一切布置完全妥贴后,所等候的,就是仙人来此入网触罗。

因此在某一天,这仙人从扇陀屋边经过时,向门痴望,过后心中尚觉恋恋,一再回头,女人扇陀就乘机带领一十二个美中最美的年青女子,从仙人所去路上出现,故意装成初见仙人,十分惊讶,并且略带嗔怒,质问仙人:

"你这生人,来到我们住处,贼眉贼眼,各处窥觑不止,算是什么意思?"

候补仙人就赶忙赔笑说道:

"这大山中,就只我是活人,我正纳罕,不大知道你们从何处搬来,到何处去?我是本山主人,正想问讯你等首领,既已来到山中,如何不先问问这山应该归谁官业!"

女人扇陀听说,装成刚好明白的神气,忙向仙人道歉,且选择很好悦耳爽心谄媚言语,贡献仙人。其余各人,也皆表示迎迓。且制止他,不许走去。齐用柔和声音相劝,柔和目光相勾,柔和手臂相紫绕。因此好好歹歹,终把这个仙人哄入屋中。好花妙香,供养仙人,殷勤体贴,如敬佛祖。

女人莫不言语温顺,恭敬慰帖,竞争问讯仙人种种琐事,不许仙人尚有机会,转询女人来处。为时不久,就又将他带进另一精美小小厅堂,坐近柔软床褥上面。屋中空气,温暖适中,香气袭人,是花非花,四处找寻,又不知香从何来。年幼女人,装成丫鬟,用玛瑙小盘,托出玉杯,杯中装满净酒,当作凉水,请仙人用它解渴。

这种净酒,颜色香味,既同清水无异,惟力大性烈,不可仿佛,故仙人喝下以后,就说:

"净水味道不恶!"

又有女人用小盘把欢喜丸送来,以为果品,请仙人随意取吃。仙人一吃,觉得爽口悦心,味美无边,故又说道:

"百果色味皆佳!"

仙人吃药饮酒时节,女人全围在近旁,故意向他微笑,露出白齿。仙人饮食饱足以后,平时由于节食冥思,而得种种智慧,因此一来,全已失去。血脉流转,又为美女微笑加速。故面对女人,说出蠢话:

"有生以来,我从未得过如此好果好水!"说完以后,不免稍觉腼腆。

女人扇陀就说:

"这不足怪,我一心行善,从不口出怨言,故天与我保佑,长远能够得到这种净水好果。若你欢喜,当把这种东西,永远供奉,不敢吝惜。"

仙人读习经典极多,经典中提及的种种事情,无不明白。但因生平读书以外,不知其他事情,经典不载,也不明白。故这时女人说谎,就相信女人所说,不加疑惑。又见所有女人,无不小腰白齿,宜笑宜嗔,肌革充盈,柔腻白皙,滑如酥酪,香如嘉果,故又转问诸女人,如何各人就生长得如此体面,看来使人忘忧。

仙人说:"我读七百种经,能反复背诵,经中无一言语,说到你们如此美丽原因。"

女人又即刻说谎,回答仙人:

"事为女人,本极平常,所以你那宝经大典,不用提及。其实说来,也极平常,不过我等日常饮食,皆为食此百果充饥,喝此地泉解渴,因之肥美如此,尚不自觉!"

仙人听说,信以为真。心中为女人种种好处,有所羡慕,欲望在心,故五官皆现呆相,虽不说话,女人扇陀,凡事明白。

为时一顷,女人转问仙人:

"你那洞中阴黯潮湿,如何可以住人?若不嫌弃,怎不在此试住一天?"

仙人想想:既一见如故,各不客气,要住也可住下,就无可不可的说:

"住下也行。"

179

女人见仙人业已答应住下，各自欣悦异常。

女人与仙人共同吃喝，自己各吃白水杂果，却把净酒药丸，极力劝这业已早为美丽变傻的仙人。杯盘杂累，莫不早已刻有暗中记号，故女人皆不至于误服。仙人见女人殷勤进酒，欲推辞无话可说，只得尽量而饮，尽量而吃，直到半夜。在筵席上，女人令人奏乐，百乐齐奏，音调靡人，目眙手抚，在所不禁。仙人在崭新不二经验中，越显痴呆。女人扇陀，独与仙人极近，低声俯耳，问讯仙人：

"天气燠热，蒸人发汗，有道仙人是不是有意共同洗澡？"

仙人无言，但微笑点头，表示事虽经典所不载，也并不怎样反对。

先是扇陀家中，有一宝重浴盆，面积大小，可容廿人，全身用象牙，云母，碧㻌，以及各种珍珠玉石，杂宝错锦，镶镂而成。盆在平常时节，可以折叠，如同一个中等帐幕，分量不大，只须鹿车一部，就可带走。但这希奇浴盆，抖开以后，便可成一个椭圆形式小小池子，贮满清水，即四十人在内沐浴，尚不至于嫌其过仄。盆中贮水既满，扇陀就与仙人，共同入水，浮沉游戏。盆大人少，仙人以为不甚热闹。女人扇陀，复邀身体苗条女子十人，加入沐浴。盆中除去诸人以外，尚有天鹅，舒翼延颈，矫矫不凡。有金鲫，大头大尾。有小虾，有五色圆石。水又有深有浅，温凉适中。

仙人入水以后，便与所有女人，共在盆中，牵手跳跃。女人手臂，十分柔软，故一经接触之后，仙人心已动摇。为时不久，又与盆中女人，互相浇水为乐，且互相替洗。所有女人，奉令来此，莫不以身自炫求售，故不到一会，仙人欲心转生，遂对盆中女人，更露傻相。神通既失，鬼神不友，波罗蒂长国境，即刻大雨三天三夜，不知休止。全国臣民，那时皆知仙人战败，国家获福，故相互庆祝，等候美女扇陀回国消息，准备欢迎这位稀奇女子。国王心中记忆扇陀所言，不知结果如何，欣庆之余，仍极担心。

仙人既在扇陀住处，随缘恋爱，即令神通失去，仍然十分糊涂，毫不自觉。扇陀暗中嘱咐诸人，只许为这仙人准备七日七夜饮食所需，七日以内，使这仙人欢乐酒色，沉醉忘归；七日以后，酒食皆尽，随用山中泉水，山中野果，供给仙人，味既不济，滋养功用，也皆不如稍前一时佳美。仙人习惯已成，俨如有瘾，故转向女人，需索日前一切。

诸女人中，就有人说：

"一切业已用尽，没有余存，今当同行，离开这穷山荒地。一到我家园地，所有百物，不愁缺少，只愁过多，使人饱闷！"

仙人既已早把水果吃成嗜好，就承认即刻离开本山，也不妨事。

仙人就说："只要不再缺少饮食，一切遵命。"

于是各人收拾行李，整顿器物，预备回国报功。为时不久，一行人众，就已同向波罗蒂长国都中央大道，一直走去。

去城不远时节，美女扇陀，忽在车中倒下，如害大病，面容失色，呼痛叫天，不能自止。

仙人问故。美女扇陀装成十分痛苦，气息哽咽，轻声言语：

"我已发病，心肝如割，救治无方，恐将不久，即此死去！"

仙人追问病由，想使用神通，援救女人。扇陀哽咽不语，装成业已晕去样子。身旁另一女人，自谓身与扇陀同乡，深明暴病由来，以为若照过去经验，除非得一公鹿，当成坐骑，缓步走去，可以痊愈。若尽彼在牛车上摇簸百里，恐此美人，未抵家门，就已断气多时了。

女人且说：

"病非公鹿稳步，不可救治，此时此地，何从得一公鹿？故美女扇陀，延命再活，已不可能。"

各人先时，早已商量妥当，听及女人说后，认为消息恶极，皆用广袖遮脸，痛哭不已。

仙人既为母鹿生养，故亦善于模仿鹿类行动，便说：

"既非骑鹿不可救治，不如就请扇陀骑在我颈项上，我来试试，备位公鹿，或可使她舒适！"

女人说：

"所需是一公鹿，人恐不能胜任。"

仙人平时，只因为个人出身不明，故极力避开同人谈说家世。这时因爱忘去一切，故当着众人，自白过去，明证"本身虽人，衣冠楚楚，尚有兽性，可供驱策。若自充坐骑可以使爱人复生，从此作鹿，驮扇陀终生，心亦甘美，永不翻悔。"

美女扇陀，当一行人等从大山动身进发时节，早已派遣一人，带去一信，禀告国王，信中写道：

> 国王陛下，小女托天福佑，与王福佑，业已把仙人带回，大约明日可到国境，王可看我智能如何！

国王得信之后，就派卫队，及各大臣，按时入朝，严整车骑，出城欢迎扇陀。

仙人到时，果如美女扇陀出国之前所说，被骑而来。且因所爱扇陀在上，谨慎小心，似比一匹驯象良马，尚较稳定。

国王心中欢喜，又极纳罕。就问美女扇陀，用何法力，造成如许功绩。

美女扇陀，微笑不言，跳下仙人颈背，坐国王车，回转宫中，方告国王：

"使仙人如此，皆我方便力量，并不出奇，不过措置得法而已。如今这个仙人，既已甘心情愿作奴当差，来到国中，正可仿照他国对待元老方法，特为选择一个极好住处，安顿住下。百凡饮食起居所需，皆莫缺少恭敬供养，如待嘉宾；任其满足五欲，用一切物质，折磨这业已入网的傻子信仰和能力，并且拜为大臣，波罗蒂长国家，就可从此太平无事了。"

国王闻言，点头称是，一切如法照办。

从此以后，这肉角仙人，一切法力智慧，在女人面前，为之消灭无余。住城少久，身转羸瘦，不知节制，终于死去。临死时节，且由于爱，以为所爱美女扇陀，既常心痛，非一健壮公鹿，充作坐骑，就不能活，故弥留之际，还向天请求，心愿死后，即变一鹿，长讨扇陀欢喜。能为鹿身，即不为扇陀所骑，但只想象扇陀，尚在背上，当有无量快乐。

这就是那个商人直到三十八岁不敢娶妻的理由。商人把故事说完，大家皆笑乐不已。其中有一秀才，于是站起身子，表示秀才见解：
　　"仙人变鹿，事不出奇，因本身能作美人坐骑，较之成仙，实为合算。至于美女扇陀之美，也无可疑惑，兄弟虽尚无眼福，得见佳鹿，即在耳聆故事之余，区区方寸之心，亦已愿作小鹿，希望将来，可备坐骑了。"
　　那善于诙谐的小丑，听到秀才所说，就轻轻的说："当秀才的老虎不怕，何况变为扇陀坐骑？"但因为他知道秀才脾气，不易应付，故只把他嘲笑，说给自己听听。
　　故事自从商人说出以后，不止这秀才愿作畜牲，即如那位先前说到"妇人只合鞭打"的莽汉，也觉得稍前一时，出言冒昧，俨然业已得罪扇陀，心中十分羞惭，悄悄的过屋角草堆里睡去了。
　　那商人把故事说完，走回自己火堆边去，走过屋主人坐处，主人拉着了他，且询问他："是不是还怕女人？"
　　商人说："世界之上，有此女人，不生畏怖，不成为人。"
　　言语极轻，不为秀才所闻，方不至为秀才骂为"俗物"。

二十一年十月为张家小五辑自《智度论》<br>
二十四年十一月改

---

本篇发表于1933年1月1日《现代》第2卷第3期。署名沈从文。

# 爱　欲

在金狼旅店中，一堆柴火光焰熊熊，围了这柴火坐卧的旅客，皆想用故事打发这个长夜。火光所不及的角隅里，睡了三个卖朱砂水银的商人。这些人各自负了小小圆形铁筒，筒中贮藏了流动不定分量沉重的水银，与鲜赤如血美丽悦目的朱砂。水银多先装入猪尿脬里，朱砂则先用白绵纸裹好，再用青竹包藏，方入铁筒。这几个商人落店时，便把那圆形铁筒从肩上卸下，安顿在自己身边。当其他商人说到种种故事时，这三个商人皆沉默安静的听着。因为说故事的，大多数欢喜说女人的故事，不让自己的故事同女人离开，几个商人恰好各有一个故事，与女人大有关系，故互相在暗中约好，且等待其他说故事的休息时，就一同来轮流把自己故事说，供给大家听听。

到后机会果然来了。

他们于是推出一个伙伴到火光中来，向躺卧蹲坐在火堆四围的旅客申明，他们共有三个人，愿意说三个关于女人的故事，若各位许可他们，他们各人就把故事说出来；若不许可，他们就不必说。

众旅客用热烈掌声欢迎三个说故事的人物，催促三个人赶快把故事说出。

## 一　被刖刑者的爱

第一个站起说故事的，年纪大约三十来岁，人物仪表伟壮，声容可观。他那样子并不像个商人，却似乎是个大官。他说话时那么温和，那么谦虚。他若不是一个代替帝王管领人类身体行为的督府，便应当是一个代替上帝管领人类心灵信仰的主教。但照他自己说来，则他只是一个平民，一个商人。他说明了他的身份后，便把故事接说下去。

我听过两个大兄说得女人的故事。且从这些故事中，使我明白了女人利用她那分属于自然派定的长处，迷惑过有道法的候补仙人，也哄骗过最聪明的贼人，并且两个女孩子皆因为国王应付国事无从措置时，在那唯一的妙计上，显出良好的成绩。虽然其他一个故事，那公主吸引来了年轻贼人，还仍然被贼人占了便宜，远远逃去；但到后因为她给贼人养了儿子，且因长得美丽，终究使这聪敏盗贼，不至于为其他国家利用，好好归来，到底还仍然在历史上留下一个记载，这记载就是："女人征服一切，事极容易。"世界上最难处置的，恐怕无过于仙人与盗贼，既这两种人皆得在女人面前低首下心，听候吩咐，其他也就不必说了。

但这种故事，只说明女人某一方面的长处，只说到女人征服男子的长处！并且这些故事在称扬女子时，同时就含了讥刺与轻视意见在内。既见得男性对于女子特别苛刻，也见得男子无法理解女子。

我预备说的，是一个女子在自然派定那份义务上，如何完成她所担负的"义务"。这正是义务。她的行为也许近于堕落，她的堕落却使说故事的人十分同情。她能选择，按照"自然"的意见去选择，毫不含糊，毫不畏缩。她像一个人，因为她有"人性"。不过我又很愿意大家明白，女子固然走到各处去，用她的本身可以征服人，使男子失去名利的打算，转成脓包一团，可是同时她也就会在这方面被男子所征服，再也无从发展，无从挣扎。凡是她用为支配男子的那分长处，在某一时也正可以成为她的短处。说简单一点，便是她使人爱她，弄得人糊糊涂涂，可是她爱了人时，她也会糊糊涂涂。

下面是我要说的故事。

××族的部落，被上帝派定在一个同世界上俨然相隔绝的地方，生育繁殖他们的种族。他们能够得到充足的日光，充足的饮食，充足的爱情，却不能够得到充足的知识。年纪过了三十以上的，只知道用反省把过去生活零碎的印象，随意拼凑，同样又把一堆用旧了的文字，照样拼凑，写成忧郁柔弱的诗歌。或从地下挖些东西出来，排比秩序，研究它当时价值与意义。或一事不作，花钱雇了一个善于烹调的厨子，每日把鸡鸭鱼肉，加上油盐酱醋，制成各式好菜好汤，供奉他肠胃的消化。一切皆恰恰同中国有一些中产阶级一样，显得又无聊又可怜。他们因为所在的地方，不如中国北京那么文明，不如上海那么繁华，所以玩古董，上公园，跳舞，看戏，这类娱乐也得不到。每人虽那么活下去，可不明白活下去是些什么意义。每人皆图安静，只想变成一只乌龟，平安无事打发每个日子，把自己那点生命打发完结时，便硬僵僵的躺到地坑里去，让虫子把尸身吃掉，一切便算完事了。他们不想怎么样把大部分人的生命管束起来，好好支配到一个为大家谋幸福与光荣的行动上去。（一族中做主子的，就不知道如何组织社会，使用民力！）他们都在习惯观念中见得极其懒惰，极其懦怯。用为遮掩他们中年人的思索与行为懒惰懦怯的，就是一本流传在那个种族中极久远极普遍的古书，那本书同中国的圣经贤传文字不同，意思相近。书中精义，概括起来共只十六个字，就是：

生死自然。不必求生。清静无为。身心安泰。

那种族中中年人虽然记到这十六个深得中国老庄精义的格言，把日子从从容容对付下去，年轻人却常常觉得这一两千年前拘迂老家伙所表示的自然主义人生观，到如今已经全不适用。都以为那只是当时的人把"生""死"二字对立，自然产生的观念。如今的人，应当去生，去求生，方是道理。可是应当怎么样去求生，这就有了问题。

因此那地方便也产生了各种思想与行动的革命，也同样是统治阶级愚蠢的杀戮！也同样乘时鹊起在某一时就有了若干名人与伟人，也同样照历史命运所安排的那种公式，糟蹋了那个民族无数精力和财富，但同时自然也就在那分牺牲中，孕育了未来光明的种子。

其中有年青兄弟两人，住在那个野蛮懒惰民族都会中，眼见到国内一切那么混乱，那么糟糕，心中打算着："为什么我们所住的国家那么乱，为什么别个国家又那么好？"

两兄弟那时业已结婚，少年夫妇，恩爱异常，家中境况又十分富裕，若果能够安分在家中住下，看看那个国家一些又怕事又欢喜生点小事的人写出的各样"幽默"文章，日子也就很可以过得下去了。可是这两兄弟却觉得这样下去很不好，以为在自己果园中，若不知道树上所结的果子酸到什么样子，且不明白如何可以把结果极酸的，生虫的，发育不完全的树木弄好的方法，最好还是赶快到别一个果园去看看。于是弟兄两人就决计徒步到各处去游学，希望从这个地球的另一处地方，多得到些智慧同经验，对于国家将来有些贡献。两人旅行计划商量妥当后，把家中财产交给一个老舅父掌管，带了些金块和银块，就预备一同上路。两个年轻人的美丽太太，因为爱恋丈夫，不愿住在家中享福，甘心相从，出外受苦，故出发时，共四个人。

两兄弟明白本国文化多从东方得来，且听说西方民族，有和东方民族完全不同的做人观念与治国方法，故一行四人乃取道西行，向日落处一直走去。

他们若想到西方的××国，必须取道一个寂无人烟不生水草的沙漠，同伴四人，为了寻求光明，到了沙漠边地时，对于沙漠中种种危险传说，皆以为不值得注意。几人把粮秣饮水准备充足以后，就直贯沙漠，向荒凉沙碛中走去。

他们原只预备了二十七天的粮食，可是走过了二十七天后，还不能通过这片不毛之地。那时节虽然还有些淡水，主要食物却已剩不了多少。几人讨论到如何支持这些危险日子，却商量不出什么结果。沙漠里既找寻不出一点水草同生物，天空中并一只飞鸟也很少见到，白日里只是当头白白的太阳，灼炙得人肩背发痛，破皮流血。到晚上时，则不过一群浅白星子嵌在明蓝太空里而已。原来他们虽带了一张羊皮制成的地图，但为了只知按照地图的方向走去，反而把路走差了。

有一天晚上，几人所剩下的一点点饮料，看看也将完事了。各人又饥又渴，再不能向前走去，便僵僵的躺在沙碛上，仰望蓝空中星辰，寻觅几人所在地面的经度，且凭微弱星光，观察手中羊皮制就的地图。

两兄弟以为身边两个妇人已倦极睡熟，故共同来商量此后的办法。

哥哥向弟弟说：

"你年轻些，比我也可以多在这世界上活些日子，如今情形显然不成了，不如我自杀了，把肉供给你们生吃，这计策好不好！"

那弟弟听哥哥说到想要自杀，就同他哥哥争持说：

"你年纪大些，事情也知道得多些，若能够到那边学得些知识，回国也一定多有一分用处。现在既然四个人不能够平安通过这片沙漠，必需牺牲一个人，作为粮食，不如把我牺牲，让我自杀。"

那哥哥说：

"这绝对不行，一切事情必需有个秩序，作哥哥的大点，应当先让大的自杀。"

"若你自杀，我也不会活得下去。"

弟兄俩一面在互相争论，互相解释，那一边两妯娌并未睡着，各人却装成熟睡样子，默默的在窃听他们所讨论的事情。两个妇人都极爱丈夫，同丈夫十分要好，俱不想便与丈夫遽然分离。听到后来两兄弟争论毫无结果，那嫂嫂就想：

"我们既然同甘共苦来到这种境遇中，若丈夫死了，我也得死。"

弟妇就想：

"既然不能两全，若把这弟兄两人任何一个死去，另一个也难独全。想想他们受困于此的原因，皆只为路中有我们两人，受女人累赘所致。我们既然无益有害，不如我们死了，弟兄两个还可希望其同逃出这死海，为国家做出一分事业。"

那嫂嫂因为爱她的丈夫，想在她丈夫死去时，随同死去；丈夫不死，故她也还不死。那弟妇则因为爱她的丈夫，明白谁应当死，谁必需活，就一声不响，睡到快要天明时，悄悄的打破一个饭碗，把自己手臂的动脉用碎磁割断，尽血流向一个木桶里去，等到另外三个人知道这件事情时，木桶中血已流满，自杀的一个业已不可救药了。

弟弟跪在沙地上检察她的头部同心房时，又伤心，又愤怒，问她：

"你这是做什么？"

那女人躺卧在他爱人身旁，星光下做出柔弱的微笑，好像对于自己

的行为十分快乐,轻轻的说:

"我跟在你们身边,麻烦了你们,觉得过意不去。如今既然吃的喝的什么都完了,你们的大事中途而止岂不可惜?我想你们弟兄两个既然谁也不能让谁牺牲,事情又那么艰难,不如把无多用处的我牺牲了,救你们离开这片沙漠较好,所以我就这样作了。我爱你!你若爱我,愿意听我的话,请把这木桶里的血,趁热三人赶快喝了,把我身体吃了,继续上路,做完你们应做的事情。我能够变成你们的力量,我死了也很快乐。"

说完时,她便请求男子允许她的请求,原谅她,同她接一个最后的吻。男子把一滴眼泪淌入她口中,她咽下那滴眼泪,不及接吻气便绝了。

三个人十分伤心,但为了安慰死去的灵魂,成全死者的志愿,记着几人远离家国的旅行,原因是在为国家寻觅出路,属于个人的悲哀,无论如何总得暂且放下不提,因此各人只得忍痛分喝了那桶热血。到后天明时,弟弟便背负了死者尸身,又依然照常上路了。

当天他们很幸福的遇到一队横贯沙漠的骆驼群,问及那些商人,方明白这沙漠区域常有变动,还必需七天方能通过这个荒凉地方,到一个属于××国的边镇。几人便用一些银块,换了些淡水,换了些粮食,且向商人雇了一匹骆驼,一个驼夫把死尸同粮食用具驮着,继续通过这片沙碛,但走到第四天时,赶骆驼的人,乘半夜众人熟睡之际,拐带了那个死尸逃逸而去,从此毫无踪迹可寻。原来这赶骆驼的,属于一种异端外教,相信新近自杀的女尸,供奉起来,可以保佑人民,便把那个女尸带回部落去用香料制作女神去了。

三人知道这愚蠢行为的意义,沙漠中徒步决不能跟踪奔驰疾步的骆驼,好在粮食金钱依然如旧,无可如何,只好在当地竖立一枝木柱,刻上一行字句:"凡能将一个白脸长身的女人尸体送至××国者,可以得马蹄金十块,马蹄银十块。"把木柱竖好,几人重复上路。

走了三天,果然走到了一个商镇,但见黄色泥室,比次相接,驼粪堆积如山,骆驼万千,马匹无数,人民熙熙攘攘,很有秩序。走到一座客店，安置了行李以后，就好好的休息了三天。

休息过后，几人又各处参观了一番，正想重新上路，那弟弟却得了当地流行不可救药的热病，不能起身。把当地的著名医生请来诊治时，方知病已无可治疗，当晚就死掉了。

临死时这弟弟还只嘱咐哥哥，应当以国家事情为重，不必因私人死亡忧戚。且希望哥哥不必在死者身上花钱，好留下些钱财，作旅行用。且希望哥嫂即早动身，免得传染。话说完时，便落了气。这哥嫂二人虽然十分伤心，一切办法，自然尽照死者的志愿作去，把死者处置妥当，就上了路。

剩下这一对青年夫妇，又取道向西旅行了大约有半年光景。那男子因为担心国事，纪念死者，只想凝聚精力，作为旅行与研究旅行所得学问而用，因此对于那位同伴，夫妇之间某种所不可缺少的事情，自然就疏忽了些。女人虽极爱恋男子，甘苦与共，生死相依，终不免便觉得缺少了些东西。

有一天，两人在路上碰到一个因为犯罪双足业被刖去的丑陋乞丐，夫妇二人见了这人，十分怜悯，送他些钱后，那乞丐看到这一对旅行的夫妇检阅羊皮地图，找寻方向，就问他们，想去什么地方，有什么事。两人把旅行意见如实告给了乞丐。那乞丐就说，他是西方××大国的人，知道那边一切，且知道向那大国走去的水陆路径，愿意引导他们。两人听说，自然极其高兴。于是夫妇两人轮流用一辆小车推动这乞人上路，向乞人所指点方向，慢慢走去。

夫妇两人爱情虽笃，但因作丈夫的不注意于男女事情，妇人后来，便居然同那刖足男子发生了恋爱。时间这样东西既然还可造成地球，何况其他事情？这爱情就也很自然并不奇怪了。两人因这秘密恋爱，弄得十分糊涂，只想设计脱离那个丈夫。因此那刖足男子，便故意把旅行方向，弄斜一些，不让几人到达任何城池。有一天，几人走近了一道河边，沿河走去，妇人见河岸边有一株大李子树，结实累累，就想出一个计策，请丈夫上树摘取些李子。丈夫因为河岸过于悬崖，稍稍迟疑。那妇人说，这不碍事，若怕掉下，不妨把一根腰带，一端缚到树根，一端缚到腰身，纵或树枝不能胜任，摔下河中时，也仍然不会发生危险了。丈夫相信了这个意见，如法作去，李树枝子脆弱，果然出了事情。女人取出剪子，悄悄的把那丝质腰带剪断，因此那个丈夫，即刻堕入河中，为一股急促黄流卷去，不见踪影。

妇人眼见到自己丈夫堕入大河中为急流冲去以后，就坦然同那刖足男子，成为夫妇，带了所有金银粮食重新上路了。

不过这个男子虽已堕入河中，一时为洑流卷入河底，到后却又被洑流推开，载浮载沉，向下流漂去。后来迷迷糊糊漂流到了一个都市的税关船边，便为人捞起，搁在税关门外，却慢慢的活了。初下水时，这男子尚以为落水的原因，只是腰带太不结实，并不想到事出谋害。只因念念不忘妇人，故极力在水中挣扎，才不至于没顶。等到被人从水中捞起复活以后，检察系在身边那条断了的腰带，发现了剪刀痕迹，方才明白落水原因。但本身既已不至于果腹鱼鳖，目前要紧问题，还是如何应付生活，如何继续未完工作，为国效劳，方是道理。故不再想及那个女人一切行为，忘了那个女人一切坏处。

这男子因为学识渊博，在那里不久就得到了一个位置。作事一年左右，又得到总督的信任，引为亲信。再过三年，总督死去，他就代替了那个位置，作了总督。

妇人虽对于这男子那么不好，他到了作总督时，却很想念到他的妇人，以为当时背弃，必因一时感情迷乱，故不反省，冒昧作出这种蠢事，时间久些，必痛苦翻悔。他于是派人秘密打听，若有关于一个被刖足的男子，与一个美丽女人因事涉讼时，即刻报告前来，听候处治。

时间不久，那大城里就发现了一件希奇事情，一个曼妙端雅的妇人，推挽了辆小小车子，车中却坐了一个双脚刖去剩余只手的丑陋男子，各处向人求乞。有人问她因何事情，从何处来，关系怎样，妇人就说：废人是她的丈夫，原已被刖，因为欢喜游历，故两人各处旅行。有些金银，路上被人觊觎，抢劫而去。当贼人施行劫掠时，因男子手中尚有金子一块，不肯放下，故这只手就被贼徒砍去。路人见到那么美貌妇人，嫁了这种粗丑丈夫，已经觉得十分古怪，人既残废，尚能同甘共苦，各处谋生，不相远弃，尤为罕见。因此各有施赠，并且传遍各处，远近皆知。事为总督所闻，即命令把那一对夫妇找来。总督一看，妇人正是自己爱妻，废人就是那个身受刖刑的废人。虽相隔数年，女人面貌犹依然异常美丽。刖足乞丐，则因足既被刖，手又砍去一只，较之往昔，尤增丑陋。那总督便向妇人询问：

"这废人是不是你丈夫？"

妇人从从容容的说：

"他是我的丈夫。"

总督又问废人：

"你们什么时候结婚，在什么地方住家？"

废人不知如何说谎，那妇人便抢着回答：

"我们结婚业已多年，我们本来有家，到后各处旅行，路上遇了土匪，所有金宝概行掠去以后，就流落在外不能回家了。"

总督说：

"你认识我不认识？"

那妇人怯怯看了一下，便着了一惊。又仔细的一看，方明白座上的总督，就正是数年前落水的丈夫！匆促中无话可说，只顾磕头。

总督很温和的向妇人说：

"你如今居然还认识得我，那好极了。你并没有错处。你并没有罪过。如今尽你意思作去。你自己看，想怎么样？你可以自己说明。你要同这个废人在一处，还是想离开他？你可以把你希望说出来。"

那妇人本来以为所犯的罪过非死不可，故预备一死。如今却见总督那么温和，想起一切过去，十分伤心。哭了一会，就说：

"为了把总督人格和恩惠扩大，我希望还能够活下去。我本来应当即刻自杀，以谢过去那点罪过。但如今却只盼望总督的大恩，依旧允许我同这废人在本境里共同乞讨过日子下去了，因为这样，方见得你好处！"

总督说：

"好，你欢喜怎么样就怎么样，总之如今你已自由了。"

此后这总督因为关心祖国事情，把总督职务交给了另外一个人，所有的金钱，赠给了那个他极爱她她却爱一废人的女子，便离开那都市，回转本国去了。

故事到末了时，那商人说：

"我这故事意思是在告给你们女人的痴处，也并不下于男子。或者我的朋友还有更好的故事，提到这个问题，我希望他故事比我的更好。"

## 二　弹筝者的爱

第二个商人，有一张马蹄形的脸子，这商人麻脸跛脚，只剩下一只独眼，相貌朴野古怪，接下去说：

"女人常使男子发痴，作出种种呆事，呆事中最著名的一件，应当算扇陀迷惑山中仙人的传说。我并没有那么美丽驾空的故事，但我却知道有个极其美丽的女人，被一个异常丑陋的男子所迷惑，做出比候补仙人还可笑的行为。"

这故事在后面。

副官宋式发，年纪青青的死去时，留给他那妻子的，只是一个寡妇的名分，同一个未满周岁的小雏。这寡妇年龄既然还只有二十岁，相貌又复窈窕宜人，自然容易引起当地年轻的男子注意。谁都希望关照这个未亡人，谁都愿意继续那个副官的义务和权利。因此许多人皆盼望接近这个美貌妇人身边，想把这标致人儿随了副官埋葬在土中的心，用柔情从土中掏出。使尽了各种不同方法，一切还是枉然徒劳。愚蠢的诚实，聪明的狡猾，全动不了这个标致人儿的心。

她一见到这些齐集门前献媚发痴的人，总不大瞧得上眼。觉得又好笑又难受，以为男子全那么不济事，一见美貌红颜，就天生只想下跪。又以为男子中最好的一个，已经死去了，自己的爱情，就也跟着死去了。

过了两年。

这未亡人还依然在月光下如仙，在日光下如神，使见到她的人目眩神迷，心惊骨战。爱她的人还依然极多，她也依然同从前一样，贞静沉默的在各种阿谀各种奉承中打发日子下去。

她自己以为她的心死了，她的心早已随同丈夫埋葬在土中去了，她自己若不掏出来，别人是没有这分本领把它掏得出来的。

到后来，一些从前曾经用情欲的眼睛张望过这个妇人的，因爱生敬皆慢慢的离远了。为她唱歌的，声音已慢慢的喑哑了。为她作诗的，早把这些诗篇抄给另外一个女子去了。

又过了两年。

有一天，从别处来了一个弹筝人，常常扛了他那件古怪乐器，从这未亡人住处门前走过。那乐器上十三根铜弦，拨动时，每一条铜弦便仿佛是一张发抖的嘴唇，轻轻的，甜蜜的靠近那个年轻妇人的心胸。听到这种声音时，她便不能再作其他什么事情，只把一双曾经为若干诗人嘴唇梦里游踪所至的纤美手掌，扶着那个白白的温润额头。一听到筝声，她的心就跳跃不止。

她爱了那个声音。

当她明白那声音是从一只粗糙的手抓出时，她爱了那只粗糙的手。当她明白那只粗糙的手是一个独眼，麻脸，跛脚的人肢体一部分时，她爱了那个四肢五官残缺了的废人。她承认自己的心已被那个残废人的筝声从土中掏出来了。她喜欢听那筝声。久而久之，每天若不听听那筝声，简直就不能过日子了。

那弹筝人住处在一个公共井水边，她因此早晚必借故携了小孩来井边打水。她又不同他说什么。他也从不想到这个美丽妇人会如此丧魂失魄的在秘密中爱他。

如此过了很多日子。

有一天，她又带了水瓶同小孩子来取水，一面取水，一面听那弹筝人的新曲。那曲子实在太动人了，当她把长绳络结在瓶颈上时，所络着的不是颈头，竟是那小雏的颈项。她一面为那筝声发痴，一面把自己小孩放下深井里去，浸入水中，待提起时，小孩子早已为水淹死了。

附近的人知道了这件事情时，大家跑来观看，却不明白为什么这妇人如何发痴会把自己亲生小孩杀死。或以为鬼神作祟作出这事，或以为死去的副官十分寂寞，就把儿子接回地下去，假手自己母亲，作出这事。又或以为那副官死后，因明白妇人过于美丽年轻，孀居独处，十分可怜，故促之把小孩子弄死，对旧人无所系恋，便可以任意改嫁。谈论纷纭，莫衷一是，却无一人想象得出这事真正原因。

那时弹筝人已不弹筝了，正抱了他那神秘乐器，欹立在一株青桐树下。有人问他对于这种稀奇事情的意见：

"先生，一个女子相貌如此良善，为人如此贞静，会作这种古怪事情，你说，这是怎么的？"

那弹筝人说：

"我以为这女人一定是爱了一个男子。世界上既常有受女人美丽诱惑发昏的男子，也就应当有相同的女人。她必为一个魔鬼男子先骗去了灵魂，现在的行为，正是想把身体也交给这魔鬼的！"

"这魔鬼属于某一类人？"

那弹筝人听到这样愚蠢的询问，有点生气了，斜睨了面前的人一眼，就闭了他那只独眼说道：

"你难道以为女子会爱一个像我这种样子的男子么？"

那人看看说来无趣，便走开了。至于那弹筝人，当然是料不到妇人会为他发痴的。

到了晚上，弹筝人正独自一人闭着独眼，在明月下弹筝，妇人就披了一件寝衣走去找他，见到他时，同一堆絮一样，倒在他的身边。弹筝人听到这种声音，吃了一惊，睁开独眼，就看到一堆白色丝质物，一个美丽的头颅，一簇长长的黑发。弹筝人赶忙把这个晕了的人抱进屋中竹床上，藉月光细细端详一下面目，原来这个女子就正是日里溺死婴儿的妇人。再想敲敲妇人那件衣服，让她呼吸方便一点时，稍稍把衣服一拉，就明白这妇人原来是一个光光的身体，除了一件寝衣什么也没着身！那弹筝人简直吓呆了，不知如何是好。

妇人等不及弹筝人逃走，就霍然坐起，把寝衣卸下，伸出两只白白的臂膊抱定那弹筝人颈项了。

她告给了他一切秘密,她让他在月光下明白她是一个如何美丽的生物。

但他想起日里溺毙的婴孩,以为这是魔鬼的行为,因为吓怕,终于弃却了女人同那件乐器,远远的逃走了。而她后来却缢死在那间小屋里。

## 三 一匹母鹿所生的女孩的爱

第三个商人相貌如一个王子,他说:

我的故事虽然所说到的还是女人。这女人同先前几个女人或者稍微不同一点。我的故事同扇陀故事起始大同小异,我要说到的女人,却似乎比扇陀更能干一些。但也有些地方与其余故事相同,因为这女人有所爱恋,到后便用身殉了爱。她爱得更希奇,说来你们就明了。

与扇陀故事一样,同样是一个山中,山中有个隐居邃世修道求真的男子,搭了一座小小茅棚,住在那里,不问世事。这隐士小便时,有一只雌鹿来舐了几次,这鹿到后来便生了一个女子,相貌端正娴雅,美丽非常。这母鹿所生孩子,一切如人,仅仅两只小脚,精巧纤细,仿佛鹿脚。隐士把女孩养育下来,十分细心,故女孩子心灵与身体两方面,皆发展得极其完美。

女孩子大了一些,隐士因为自己是一个旧时代的人物,担心自己的顽固褊持处,会妨碍这女孩的感情接近自然,因此在较远住处,找寻到一片草坪,前面绕有清泉,后面傍着大山,在那里为女孩造一简陋房子,让她住下。两方面大约距离三里左右,每天这女孩子走来探望隐士一次,跟随隐士请业受教。每次来到隐士住处读书问道,临行时,隐士必命令她环绕所住茅屋三周,凡经过这个女孩足迹践履处,地面便现出无数莲瓣。

隐士从女孩脚迹上,明白这个女孩,必有凤德,将来福气无边,故常常为她说及若干故事,大都是另一时节另一国土女子在患难中忍受折磨转祸为福故事。女孩听来，只知微笑，不能明白隐士意思。

有一天国王因为国家大事，无法解决，亲自跑来隐士住处领教，请求这个积德聚学的有道之人，指点一切困难问题。到了山中隐士住处之后，见隐士茅屋周围，皆有莲花瓣儿痕迹，异常美丽。国王就问隐士：

"这是什么？"

隐士说："这是一个山中母鹿所生女孩的脚迹。"

国王说："山中女子，真有美丽如此的脚迹吗？"

"你不相信别人的，就应当相信你自己的。国王，那你以为这是谁的脚迹？"

"假如这个山中真有如此美丽脚迹的人，不管她是谁生的，我都预备把她讨作王后。"

"凡世界上居上位的皆欢喜说谎，皆善说谎。"

"我若说谎，见到这个女人以后，不把她娶作王后，天杀我头。你若说谎，无法证明这是女人的脚迹，我就割下你的头颅。"

隐士眼见到这个国王血脉偾兴，大声说话，却因为这里一切皆是事实，难于否认，故当时只微笑颔首，不作别的话语。

时间不久，住在另外一个地方的女孩又跑来了，一见隐士身边的国王，从服饰仪表上看来，明白这个人是历史上所称的国王，就温文尔雅，为隐士与国王行了个礼，行礼完后，站在旁边不动。这女孩既然容貌柔媚，并且知书识礼。国王有所询问时，应对周详，辞令端雅。国王十分中意，当场就向那个女孩求婚。他请求女孩许可，让他成为她的臣仆，把那戴了一顶镶珠嵌宝王冠的头，常常俯伏在她膝边。

女孩子那时年龄还只一十六岁，第一次见到陌生男子，且第一次听到国王这种糊涂的意见，竟毫不觉得希奇。她即刻应允了这件事，她说：

"国王，您既然以为把王冠搁在我的膝下使您光荣幸福，您现在就可照您意思作去。"

那国王得了女人的爱情以后，就把女人用一匹白色大马，驮回本国宫中。选择吉日良辰，举行婚礼。

结婚以后，这个女人被国王恩宠异常。一月以后，为国王孕了个小孩，将近一年，所孕小孩应分娩了，真忙坏那个国王。自从这山中女孩入宫后，专宠一宫，因此其他妃嫔，莫不心怀妒嫉。故当女孩生产落地一个极大肉球时，就有人在暗中私下把王后所生产的肉球取去，换了一副猪肺。国王听说产妇业已分娩，走来询问，为其他妃嫔买通的收生妇人，就把那一堆猪肺呈上，禀告国王，这就是王后生产的东西。国王听说有这种事情，十分愤怒，即刻派人把那王后押送出宫，恢复平民地位。

这女孩因为早年跟隐士学得忍受横逆方法，当时含冤莫白，只得忍痛出宫。出宫以后，就匿名藏姓，且用药水把自己相貌染黑，替大户人家做些杂务小事，打发日子。因为出自宫中，礼仪娴习，性情又好，深得主人信任，生活也不十分困难。

那个国王，自然就爱了其余妃嫔，把山中母鹿所生的那个女子渐渐忘掉了。

当王后所生养的肉球下地时，隐藏了这肉球的先把它放在一锅沸水中，好好煮了一阵，估计烈火业已把它煮烂了，就连同那口锅子，假称这是国王赏赐某某大臣的羊羔，设法运送出宫。出宫以后，抬到大江边去，乘上特备的小船，摇到江中深处，把那东西全部倾入江中，方带了空锅回宫复命。

这肉球载浮载沉一直向下游流去，经过了七天七夜，流到另外一个地方，被一个打渔的老年人丝网捞着。渔人把网提起一看，原来是个极大肉球。把肉球用刀剖开，见到里面有一朵千瓣莲花，每一花瓣，皆有一个具体而微非常之小的人，弄得渔人异常惊吓。只听到那些小人说：

"快把我送进你们国王那边去。你就可得黄金千块，白银千块。"

渔人不敢隐瞒下去，即刻用丝网兜着那个肉球，面见国王，且把肉球呈上。那国王正无子息，把肉球弄开一看，果然希奇。因此就赏了渔人金银各一千块，渔人得了赏赐，回家作富翁去了，不用再提。这肉球中小人，却因为在日光空气与露水中慢慢长大，为时不久，就同平常小孩一般无二了。这个好事国王，于是凭空多了一千个儿子，上下远近，皆以为这是国王积德,上天所赐。

这一千小孩到十六岁时,莫不文武双全,人世少见。到了二十岁时,这一千个儿子,便被国王命令,派遣到邻国去战征,各人骑了白马,穿戴上棕色皮类镂银甲胄,直到另一国家皇城下面挑战。凡个人应战的无不即刻死去,凡部队应战莫不大败而归。这样一来,竟使城中那个国王,无计可施。

官家方面等待到自己无计可施时,于是只得各处贴上布告,招请平民贡献意见,且悬了极大赏格,找寻能够击退外敌的英雄。

山中母鹿所生的那个女人,知道这是自己的孩子来此胡闹。便穿了破旧衣服,走到国王处去陈说她有退兵办法,请求国王许可,尽她上城一试。得了许可,走上城去,那时城下一千战士,正在跃马挺戈,辱骂挑战。但见城上一面大旗子下,站下一个穿着褴褛相貌平常的妇人,觉得十分希奇,就各自勒着缰辔,注意妇人行为。

那妇人开口说道:

"你们这些小东小西,来到这里胡闹什么?我是你们的母亲,这里国王是你们的爸爸,还不去丢下刀枪,跳下白马。"其中就有人说:

"你这疯婆子,你说你是我们的母亲,把我们一个证据。"

女人嘱咐各人站定,把嘴张开,便裸出双乳,用手将乳汁挤出,乳汁齐向城下射去,左边分为五百道,右边也分为五百道。一千战士口中,无人不满含甜乳。这一千战士业已明白城上妇人即为生身母亲,不敢违逆,放下武器,投地便拜。

一切弄得明白清楚以后,两国战事,自然就结束了。两个国王因为这一千太子生于此国,育于彼国,故到后就共同议定,各人得到五百儿子。至于那个母亲,自然仍为这一千儿子的母亲,且仍然回转到王宫中作了王后。二十年来使这王后蒙受委屈的一干妇人,因为当时还同谋煮过太子,便通统为国王按照国法捉来放到火中用胡椒火烧死了。

当初那个山中母鹿生养的女人,其所以能够在委屈中等待下去,一面因为受的是隐士熏陶,一面也正因为自信美丽,以为自己眉目发爪,身段肌肤,莫不是世所希少的东西,国王既为这分美丽倾倒于前,也必能使国王另外一时想起她来，使爱情复燃于后。因此所遭受的，即或如何委屈，总能忍耐支持下去。如今却意料不到有了一千儿子，且正因为这一千儿子，能够恢复她那个原来地位。但她同时却也明白了她其所以受人尊敬处，只是为了这一群儿子。且明白她如今已老了，再也不能使那个国王，或其他国王，把戴了嵌宝镶珠王冠的尊贵头颅，俯伏到她的脚边了。她明白了这些事情时，觉得非常伤心。

她想了七天，想出了一个极好计策。同国王早餐时，就问国王说："亲爱的人，你还记不记得我在山中时节的样子？"

国王说：

"我怎么不记得？你那时真美丽如仙！"

"亲爱的人，你还记不记得你向我求婚时节的种种？"

"我记得十分清楚，我为你美丽如何糊涂。"

"亲爱的人，你还记不记得我们结婚以后出宫以前那些日子的生活？"

"那些事同背诵我自己顶得意的诗歌一样，最细微处也不容易忘记。你当时那么美丽，这种美丽影子，留在我心中，就再过二十年，也光明如天上日头，新鲜如树上果子。"

女人听到国王称赞她的过去美丽处，心中十分难受，沉默着，过一会儿就说：

"我被仇人陷害出宫，同你离开二十年，如今幸而又回到这宫中来了，一切事真料想不到。我从前那些仇人全被你烧死了，现在却还有一个最大的仇人，就在你身边不远。我已把这个仇人找得。我不想你追问我这仇人姓甚名谁，我只请求你宣布她的死刑，要她自尽在你面前。若你爱过我，你答应了我这件事。"

国王说：

"就照你意思做去，即刻把人带来。"

这女人就说她当亲自去把那仇人带来。又说她不愿眼见到这仇人自杀，故请求国王，仇人一来，就宣布死刑，要那个人自杀，不必等她亲自见到这种残酷的事情。说后，王后就走了。

不到一会，果然就有个身穿青衣头蒙黑纱手脚自由的犯人在国王面前站定了，国王记起王后所说的话，就说：

"犯罪的人，你如今应该死了，你不必说话，不必分辩，拿了我这把宝剑自刎了吧。"

那黑衣人把剑接在手中，沉沉静静的走下阶去，在院子中芙蓉树下用宝剑向脖子一勒，把血管割断，热血泛涌，便倒下了。国王遣人告给王后，仇人已死，请来检视。各处寻觅，皆无王后踪迹。等到后来国王知道自杀的一个仇人就是王后自己时，检查伤势，那王后业已断气多时了。

那王后自杀后，国王才明白她所说的仇人，原来就是她自己的衰老。她的意思同中国汉武帝的李夫人一样，那一个是临死时担心自己丑老不让国王见到，这一个是明白自己丑老便自杀了。

为张家小五哥辑自《法苑珠林》<br>二十二年七月十八成于青岛<br>廿四年十一月廿六改于北平

本篇发表于1933年9月1日《现代》第3卷第5期。署名沈从文。

## 慷慨的王子

住宿在金狼旅店，用各种故事打发长夜的一群旅客中，有人说了一个悭吝人的故事。因那故事说来措辞得体，形容尽致，把故事说完时，就得到许多人的赞美。这故事的粗俚处，恰恰同另一位描写诗人故事那点庄严处相对照，其一仿佛用工致笔墨绘的庙堂功臣图，其一仿佛用粗壮笔触作的社会讽刺画，各有动人的风格，各有长处。由于客人赞美的狂热，似乎稍稍逾越这故事价值以外，因此引起了一个珠宝商人的抗议。

这珠宝商人生活并不在市侩行业以外，他那眉毛，眼睛，鼻子，口，全个儿身段，以及他同人谈话时节那副带点虚伪做作，带点问价索价的探询神气，皆显见得这人是一个十足的市侩。大凡市侩也有市侩的品德，如同吃教饭人物一样，努力打扮他的外表，顾全面子，永远穿得干干净净。且照例可说聪明解事，一眼望去他知道对你的分寸，有势力的，他常常极其客气，不如他的，他在行动中做得出比你高一等的样子。他那神气从一个有教养的人看来，常常觉得伧俗刺眼，但在一般人中，他却处处见得精明能干。

在长途行旅中，使一个有习好爱体面的人也常常容易马虎成为一个野人，一个囚犯。但这个珠宝商人，一到旅店后，就在大木盆里洗了脸，洗了脚，取出一双绣花拖鞋穿上，拿出他假蜜蜡镂银的烟嘴来，一面吸美丽牌香烟，一面找人谈话，在旅客中这个人的行为仿佛高出别人一等，故虽同人谈话，却仍然不忘记自己的尊贵，因此有时正当他同人谈论到各种贵重金属的时价时，会突然向人说道："八古寨的总爷嫁女，用三斤六两银子作成全副装饰，凤冠上大珠值五十两，"说完时，便用那双略带一点愁容的小小眼睛，瞅定对面那一个，看他知不知道这回事情。对面若是一个花纱商人，或一个飘乡卖卜看相的，这事当然无有不知的道理，就不妨把话继续讨论下去。并且对面那个若明白了这笔生意就正是这珠宝商人包办的，必定即刻显得客气起来，那自然话也就更多了。若果那一面是一个猎户，是一个烧炭人，平时只知道熏洞装阱，伐树烧山，完全不明白他说话的用意，那分明是两种身份，两个阶级，两样观念，谈话当然也就结束了。于是这珠宝商人便默默的来计算这一个月以来的一切支出收入，且让一个时间空间皆极久远了的传说，占据自己的心胸，温习那个传说，称赞那传说中的人物，且梦想他有一天终会遇到传说中那个王子发一笔财，聊以自娱。

到金狼旅店的他，今夜里一共听了四个故事，每个故事皆十分平常，也居然得到许多赞美，因此心中不平，要来说说他心中那个传说给众人听听。

他站起身时，用一个乡下所不习见的派头，腰脊微屈，说话以前把脸掉向一旁轻轻的咳了一下，带点装模作样叫卖货物的神气，这神气在另一地方使人觉得好笑，在这里却见得高贵异常。

"人类中悭吝自私固然是一种天性，与之相反那种慷慨大方的品德，这世界上也未尝不有。在中国地方，很多年以前，就有尧王让位给许由先生，许先生清高到这种样子，甚至于帝王位置也不屑一顾，以后还逃走到深山中的故事。虽然这些故事为读书人所欢喜说的，年代究竟远了点，我们既不很清楚当时做王帝的权利义务，说来也不会相信。可是有个现成故事，就差不多同这个一样，那不同处不过尧王让的是一个王位，这人所让的是无量珠宝。"说到这里时这珠宝商人稍稍停顿了一下，看看有多少人明白他是个珠宝商人，那时有个人正想到他自己名为"宝宝"的殇子，因此低低叹息了一声。商人望了那人一眼，接着便说："不要把王位放在珠宝上面，我敢断定在座诸君，就有轻视王位尊敬珠宝的人在内。不要以为把王位同珠宝并列，便觉得比拟不伦。我敢说，珠宝比王位应当更受人尊敬与看重。诸君各处奔走，背乡离井，长途跋涉，寒暑不辞，目的并不是找寻王位，找寻的还是另外那个东西！"

那时节全个屋子里的人出气都很轻微，当珠宝商人把话略略停顿，在沉寂中让各人去反省王位与珠宝在自己生活中所生的意义时，就只听到屋外的风声同屋中火堆旁的瓦罐水沸声。火堆中的火柴，间或爆起小小火星向某一方向散去时，便可听到一个人把脚匆剧缩开的细微声音。还有一匹灶马，在屋角某处嚯嚯振翅，但谁也不觉得这东西值得加以注意。

下面就是那珠宝商人所说的故事，为的是故事是古时的故事，因此这故事也间或夹杂了一些较古的语言，这是记载这个故事的人对于一些太不明了古文字的读者，应当交代一声请求原谅的。

…………

珠宝比王位可爱，从各人心中可以证明。但有一样东西比珠宝更难得，有人还并王位同珠宝去调换的，这从下面故事可以证明。

过去时间很久，在中国北方偏西一点，有个国家，名叫叶波。国中有个大王，名叫温波。这个王年轻时节，各处打仗，不知休息，用武力把一切附属部落降伏以后，就在全国中心大都城住下，安富尊荣，打发日子。这国王年纪五十岁时，还无太子，因此按照东方民族作国王的风气，讨取民间女子两万，作为夫人。可是这国王虽有两万年青夫人，依然没有儿子，这事古怪。

叶波国王同其他地面上国王一样，聪明智慧，全部用到政务方面以后，处置自己私人事情，照例就见得不很高明。虽知道保境息民，抚育万类，可不知道用何聪明方法，就可得一儿子。本国太医进奉种种药方，服用皆无效验。自以为本人既是天子，一切由天作主，故到后这国王听人说及本国某处高山，有一天神，正直聪明，与人祸福灵应不爽时，就带了一千御林军，用七匹白色公鹿，牵引七辆花车，车中载有最美夫人七位，同往神庙求愿。

国王没有儿子，事不奇希，由于身住宫中，不常外出，气血不畅，当然无子。今既出门一跑，晒晒太阳，换换空气，筋骨劳动，脉络舒张。神庙停驾七天以后，七个夫人之中，就有一个怀了身孕。这夫人到十个月后，产生一个太子，名须大拿。

太子十六岁时节，读书明礼，武勇仁慈，气概昂藏，使人爱敬。太子年龄既已长大，国王就为他讨了一房媳妇，名叫金发曼坻。这金发曼坻，也是一个国王女儿，长得端正白皙，柔媚明慧。夫妇二人，爱情浓厚，结婚以来，就不见过一人眉毛皱蹙。两人皆只用微笑大笑，打发每个日子。这金发曼坻到后为太子生育一男一女。

太子须大拿身住宫中既久，一切宫中礼节习气，平板可笑，行动处处皆受拘束，心实厌烦，幻想宫殿以外万千人民生活，必更美丽自然。因此就有一天，换上衣服，装扮成为一个平民，离开王宫，走出大城，广陌通衢，各处游观。未出宫前，以为宫外世界宽阔无涯，范围较大，所见所闻，必可开心。迨后全城各处一走，凡属人类种种生活，贫穷，聋瞽，喑哑，疥疠，老耄，死亡，仅仅巡游一天，所有人事触目惊心各种景象，皆已一览无余。一天以内，便增加了这王子一种人生经验，把这种人生诸现象认识以后，心中大不快乐。

回宫当日，这王子就向国王请事：

"国王爸爸，我有一件事情想来说说，请先赦罪，方敢禀告。"

国王就说：

"赦你无罪，好好说来。"

太子先向国王说明日里私自出宫不先禀告情形，接着说：

"想求国王爸爸答应一件事情，不知能不能够得到许可。"

"想要什么，可同我说；一切说来，容易商量。这国王宝座，同所有国土臣民，皆你将来所有，如何支配，你有权力。"

"既一切为我所有，我可处置，我想使我臣民，得我一点恩惠。我愿意手中持有国中库藏钥匙，派人从库中取出所有珍宝，放城门边，同大街上，散送给一切可怜臣民。这些宝物，将尽人欢喜，随意拿去，决不令一个人心中不满。"

国王既已答应太子一切要求，必得如约照办。虽明白一国珠宝有限，臣民欲望无穷，太子所想所作，近于稚气。但自己年纪已老，只有这样一个太子，珍宝金银，皆不如太子可贵。且把无用珍宝，舍给平民，为太子结好于下，也未为非计。故用下面话语，答复太子：

"亲爱的孩子，你想要做什么，尽管去做，钥匙在我手里，你就拿去,一切由你!"

太子听国王说话以后,赶忙向国王道谢。当晚无事。到第二天,就派人用各种大小车辆,把国内一切稀奇贵重宝物,从库藏中搬出。这些大小不等的车辆,装满了各样珍宝以后,皆停顿在城门边同大街闹市。不拘何人,心爱何物,若欲拿去,皆可随意挑选,不必说话,就可拿去。国王既富足异常,库中各物,堆积如山,每辆大车载运,皆如从大牛身上拔取一毛,所装虽多,所去无几。故这种空前绝后毫无限制的施舍,经过三天,本国臣民欲望业已满足,叶波国王库中所存,尚较其他国王富足。

那时节去叶波国不远,有一敌国,同叶波王平素意见不合,常常发生战争。听人传说叶波国太子种种布施故事,那个国王就集合全国大臣参谋顾问,开会商量。那不怀好意的国王说:

"叶波国出一傻子,慷慨好施,乐于为善,凡有所求,百凡不厌,各位大臣,谅有所闻。那国有一大象,灵异非凡,颜色白皙,如玉如雪。这象可在莲花上面行走,名须檀延。这象性格温和,极易驾驭。力量强大,长于战争。从前遇有战事发生,每次交锋,这宝象总常占上风。如今国王既老悖昏庸,一切惟傻子是听,若能乘此机会,设一计策,向那国中愚傻王子,把象讨来,从此以后,我国就可天下无敌日臻强盛了。各位大臣之中,有谁能告奋勇,装扮平民,过叶波国讨取这白色宝象,我有重赏。"

大臣中间,人人皆明白两国世仇,相互切齿,交往断绝,业已多日。皆觉得事情不很容易,无从敢告奋勇,独任艰巨。

其中有八个小臣,平时由于位卑职小,并不为王重视,这时节却来同禀国王:

"国王陛下,亲王殿下,大臣阁下,皆只宜于庙堂陈词,筹度国事。讨象事小,应当交给小人办理。我等八人在此,时间已久,无事可作,如今就为大王把象取来,只请颁发粮秣同其他必需用物,八人即刻便可上路。"

国王闻言,心中欢喜,命令财政大臣把一切需要,如数供给八人,国王并且身当大臣面前宣言：

"若能把象取得，各封官爵。"

八人就连夜赶往叶波国，至太子宫门，求见太子。各人皆预先约好，化装成为跛脚，拿一拐杖，跷一右脚，向宫门回事小官说：

"有事想见太子，劳驾引见。"

太子听说八个跛脚男人，同一残废，同一服装，同一神气，齐集宫门求见，心中稀奇，即刻令人引见。并且亲自迎出二门，向每人行礼，十分客气，异样亲切。八人一见太子，照预先约好办法，异口同声说道：

"我们八人皆从极远地方跑来，各想讨点东西回去。只因远远就已听说太子仁慈，想不至于吝啬恩惠。"

太子听说，满心欢喜，询问八人，要的是些什么。并且为八人说明，国中名贵宝物，尚有若干种类，某某宝物，藏某库内，只问欢喜，无不相赠。

八个乔装跛人，同时向太子说明来意：

"我们八人，是八兄弟，家中富有，不可比方。小时作梦同至一处，见一大神，有所嘱咐。神说：'尔等八人，皆有福分，可骑白象，同上太清。白象神物，非凡象比，必须跛脚，方可得象。'第二天，八人清早醒来，各人各把梦中所见所闻，互相印证，八人之中，梦境全同。大神所说，想亦不虚。因此互相商议，各自用铁锤锤碎一脚，且从此背家离井，四方漂泊，希望与白象相遇。游行十年，备经寒暑，加之一脚上跷，一脚拄地，麻烦痛苦，不可言述。如今听说太子为人慷慨大方，从不拒绝别人请求，名声远播，八方皆知，天上地下，无不明白。且闻人说太子象厩，宝象成群，因此赶来进见太子，别无所求，只求把那一匹白色宝象，送给我们兄弟八人，让我们骑这宝象云游各处，以符梦兆，并可宣扬太子恩惠。"

太子闻言，信以为真，毫不迟疑，即刻就带领八人过象厩中，指点一切大小象名，听凭拣选。

"各位同胞，不必客气，象皆在此，只请注意。且看看这些大小白象，若有任何一象中意，即刻就可把它牵去。"

八人看看，并无须檀延白象在内，装作回想梦境，稍稍迟疑，就摇头说：

"王子豪放，诚过所闻。惟象厩中所有各象，皆不如梦中白象美丽。我们八人冒昧请求，希望太子把恩惠放大，让我们看看那匹能在莲花上行走的白象。"

太子带八人往那宝象所在处，未近象厩以前，八人就同声惊讶，以为仿佛梦中到过此地。一见宝象，又装作更深惊异，以为一切皆与梦境符合。且故意询问王太子：

"这象名字，叫须檀延，不知是不是？"

太子微笑点头。当时八人就想把象骑走，太子便说：

"这象可动不得，是我爸爸的象，国王爱象如爱儿女，若遽送人，事理不合。不得国王许可，这象不能随便送人。"

八人十分失望，不再说话。

太子心想：

"象虽爸爸宝物，不能随便送人。可是我既先前业已告人，百凡国王私财，大家欢喜，皆可任意携取，各随己便。如今八人皆为这白象折足。各处奔走，漂泊十年，也为这象。今若不把这象送给八人，未免为德不卒，于心多愧。把象送人，纵有罪过，必须受罚，也不要紧！"

那么想过以后，为求恩惠如雪如日，一律平等不私所爱起见，太子就命令左右，即刻把白象披上锦毯，加上金鞍。当宝象收拾停当牵出外面时，太子左手持水，洗八人手，右手牵象，送与八人。

八人得象，向天空为太子祝福，且称谢不已。

太子向八人说：

"我的朋友，你听我说：这象既已得到，请速上路，不要迟缓。若时间延宕，国王方面已知消息，派人追夺，我不负责！"

八人听说，知道时间不可稍缓须臾，又复道谢，就急急忙忙骑象走去。

叶波国中大臣，听说太子业已把国中唯一宝象送给敌国，皆极惊怖，即刻齐集宫门，禀告国王。国王闻禀，也觉得十分惊愕，不知所措。

大臣同在国王面前议论这事。

"国家存亡全靠一象，这象能敌六十大象，三百小象。太子慷慨，近于糊涂，不加思索，把象与人。国家失象以后，从此恐不太平！太子年纪太轻，不知事故，一切送人，库藏为空，唯一白象，复为敌有。若不加以惩罚，全国大位，或将断于一人，国王明察，应知此理。"

国王闻说，心中大不快乐。

当时开会讨论，大臣们皆以为白象重要，关系国家命运，白象既为太子送与敌国，国法所在，必将应得处罚，加于太子一身，方称公平。按照国法，失地丧师，以及有损国家权威种种过失，皆应处以死刑。其中有一大臣，独持异议，不欲雷同。那大臣说：

"国法成立，多由国王一人所手创。任何臣民，皆应守法。但因一象死一太子目前虽为他国称赞叶波国人守法，此后恐为历史家所笑，以为国法乃贵畜而贱人，实不相宜。如果因为太子过分慷慨，影响国家，照本大臣主张，以为把太子放逐出国，住深山中十二年，使他惭愧反省，不知大家以为如何。"

大臣所说，极有道理，各个大臣皆无异议，国王即刻就照这位大臣所说，决定一切。

国王把太子叫来，同他说道：

"错事业已作成，不必辩论，今当受罚，即此宣布：你应过檀特山独住十二年，不能违令。"

太子便说：

"我行为若已逾越国王恩惠范围以外，应受惩罚，我不违令。只请爸爸允许，再让我布施七天，尽我微心，日子一到我就动身出国。"

国王说：

"这可不行，你正因为人大方，逾越人类慷慨范围以外，故把你充军放逐。既说一切如命，即刻上路，不必多说！"

太子禀白国王：

"国王爸爸既如此说,不敢违令。我自己还有些财宝,愿意散尽以后,离开本国,不敢再度荒唐,花费国家分文。"

那时国王两万夫人已知消息,一同来见国王,请求允许太子布施七天,再令出国。国王情面难却,因不得不勉强答应。

七天以内,四方老幼,凡走来携取宝物的,恣意攫取,从不干涉。七天过后,贫人变富,全国百姓,莫不怡悦,相向传言,赞述太子。

太子过金发曼坻处告辞,妃子闻言,万分惊异。"因何过错,便应放逐?"太子就一一告给曼坻,因为什么事情,违反国法,应被放逐,不可挽救。

金发曼坻表示自己意见:

"我们两人,异体同心,既作夫妇,岂能随便分离?鹿与母鹿,当然成双。如你已被放逐,国家就可恢复强大,消灭危险,你应放逐,我亦同去。"

太子说:

"人在山中,虎狼成群,吃肉喝血,使人颤栗。你一女人,身躯柔弱,应在宫中,不便同去!"

妃答太子:

"若需如此,万不可能,王帝用幡信为旗帜,燎火用烟焰为旗帜,女人用丈夫为旗帜;我没有你,不能活下。希望你能许可,尽我依傍,不言畀离,有福同享,有祸分当。若有人向你有所求乞,我当为你预备;人如求我,也尽你把我当一用物,任意施舍。我在身边,决不累你。"

太子心想:"若能如此,尚复何言!"就答应了妃子请求,约好同走。

太子与妃,并两小儿,同过王后处辞行时,太子禀告王后:"一切放心,不必惦念。希望常常劝谏国王,注意国事,莫用坏人。"

王后听说,悲泪潸然,不能自持,乃与身旁侍卫说:

"我非木石,又异钢铁,遇此大故,如何忍取?今只此子,由于干犯国法,必得远去,十二年后,方能回国,我心即是金石,经此打击,碎如糠秕!"

但因担心太子心中难堪,恐以母子之情,留连莫前,增加太子罪戾,故仍装饰笑靥,祝福儿孙,且以"长途旅行,增长见闻,回国之日,必多故事。"打发一众上路。

国王其余两万夫人,每人皆把真珠一颗,送给太子,三千大臣,各用珍宝,奉上太子。太子从宫中出城时节,就把一切珠宝,散与送行百姓,即时之间,已无存余。国中所有臣民,皆送太子出城,由于国法无私,故不敢如何说话,各人到后,便各垂泪而别。

太子儿女与其母金发曼坻共载一车,太子身充御者,拉马赶车,一行人众,向檀特山大路一直走去。

离城不远,正在树下休息,有一和尚过身,见太子拉车牲口,雄骏不凡,不由得不称羡:

"这马不坏,应属龙种,若我有这样牲口,就可骑往佛地,真是生平快乐事情。"

太子在旁听说,即刻把马匹从车辕上卸下,以马相赠,毫无吝色。

到上路时,让两小儿坐在车上,王妃后推,太子牵挽,重向大路走去。正向前走,又遇一巡行医生,见太子车辆,精美异常,就自言自语说道:

"我正有牝马一匹,方以为人世实无车辆配那牝马,这车轻捷坚致,恰与我马相称。"

太子听说,又毫无言语,把儿女抱下,即刻将车辆赠给医生。

又走不远,遇一穷人,衣服敝旧,容色枯槁。一见太子身服绣衣,光辉绚目,不觉心动,为之发痴。太子知道这人穷困,欲加援手,已无财物。这人当太子过身以后,便低声说:

"人类有生,烦恼重叠排次而来,若能得一柔软温暖衣服,当为平生第一幸事。"

太子听说,就返身回头,同穷人调换衣服,脱此新衣,调换故衣,一切停当以后,不言而行。另一穷人见及,赶来身后,如前所说,太子以妃衣服调换,打发走路。转复前行,第三个穷人,又近身边,太子脱两小儿衣服,抛于穷人面前,不必表示,即如其望。

太子既把钱财，粮食，马匹，车辆，衣服零件，一一分散给半路生人，各物罄尽以后，初无悔心，如毛发大。在路途中，太子自负男孩。金发曼坻，抱其幼女。步行跋涉，相随入山。

檀特山距离叶波国六千里，徒步而行，大不容易。去国既远，路途易迷，行大泽中，苦于饥渴。其时天帝大神，欲有所试，就在旷泽，变化城郭，大城巍巍，人屋繁庶，仗乐衣食，弥满城中。俟太子走过城边时，就有白脸女人，微须男人，衣冠整肃，出外迎迓。人各和颜悦色，异口同声：

"太子远来，道行苦顿，愿意留下在此，以相娱乐。盘旋数日，稍申诚敬。若蒙允许，不胜欢迎！"

妃见太子不言不语，且如无睹无闻，就说：

"道行已久，儿女饥疲，若能住下数日，稍稍休息，当无妨碍。"

太子说：

"这怎么行，这怎么好。国王把我徙住檀特山中，上路不用监察军士，就因相信我，若不到檀特山中，决不休息。今若停顿此地，半途而止，违国王命，不敬不诚。不敬不诚，不如无生！"

妃不再说，即便出城，一出城后，为时俄顷，前城就已消失。

继续前行，到檀特山，山下有水，江面宽阔，波涛汹涌，为水所阻，不可渡越。

妃同太子说：

"水大如此，使人担忧！既无船舶，不见津梁，不如且住，待至水减再渡。"

太子说：

"这可不成，国王命令，我当入山一十二年，若在此住，是为违法。"

原来这水也同先前一城相同。同为天帝所变化，用试太子。太子于法，虽一人独处，心复念念不忘，不敢有贰，故这时水中就长一山，山旋暴长，以堰断水，便可搴衣渡过。太子夫妇儿女过河以后，太子心想："水既有异，性分善恶，死诸人畜，必不可免。"因此回顾水面，嘱咐水道：

"我已过渡，流水合当把原状即刻恢复。若有人此后欲来寻我，向我有所请求乞索，皆当令其渡过。不用阻拦！"

太子说后，水即复原。"其速如水"，后人用作比喻，比喻来源，即由于此。

到山中后，但见山势嵚崎，嘉树繁蔚。百果折枝，烂香充满空气中。百鸟和鸣，见人不避。流泉清池，温凉各具；泉水味皆如蜜酒，如醴，如甘蔗汁，如椰汁，味各不同，饮之使人心胸畅乐。太子向妃子说："这大山中，必有学道读书人物，故一切自然，如此佳美。使自然景物如有秩序，必有高人，方能作到。"太子说后，便同妃子并诸儿女，取路入山，山中禽兽，如有知觉，皆大欢喜，来迎太子。山中果然有一隐士，名阿周陀，年五百岁，眉长手大，脸白眼方。这人品德绝妙，智慧足尊。太子一见，即忙行礼不迭。太子说道：

"请问先生，今这山中，何处多美果清泉，足资取用？何处可以安身，能免危害？"

阿周陀说：

"请问所问，因何而发？这大山中，一律平等，一切丘壑，皆是福地，今既来住，随便可止！"

太子略同妃子说及过去一时所闻檀特山种种故事，不及同隐士问答。

隐士就说：

"这大山中，十分清净寂寞。世人虽多，皆愿热闹，阁下究为什么原因，携妻带子来到此地？是不是由于幻想，支配肉体，故把肉体尽旅途跋涉折磨，来此证实所闻所想？"

太子一时不知回答。

太子未答，曼坻就问隐士：

"有道先生，来此学道，已经过多少年？"

那隐士说：

"时间不多，不过四五百岁。"

曼坻望望隐士,所说似乎并不是谎话,就轻轻说:

"四五百岁以前,我是什么?"

其时曼坻,年纪不过二十二岁而已。

隐士见曼坻沉吟,就说:

"不知有我,想知无我,如此追究,等于白费。"

曼坻说:

"隐士先生,认识我们没有?"

太子也说:

"隐士先生,也间或听人说到叶波国王独生太子须大拿没有?"

隐士说:

"听人提到三次,但未见过。"

太子说:

"我就是须大拿,"又指妃说,"这是金发曼坻。"

隐士虽明白面前二人,为世稀有,但身作隐士,业已四五百年,人老成精,故不再觉得别人可怪,只问二人:

"太子等到这儿来,所求何事?"

太子说:

"鄙人所求,想求忘我,若能忘我,对事便不固执,人不固执,或少罪过。"

隐士说:

"忘我容易,但看方法。遇事存心忍耐,有意牺牲,忍耐再久,牺牲再大,不为忘我。忘我之人,顺天体道,承认一切,大千平等。太子功德不恶,精进容易。"

隐士话说完后,指点太子应当住处。太子即刻就把住处安排起来,与金发曼坻各作草屋,男女分开,各用水果为饮食,草木为床褥。结绳刻木,记下岁月,待十二年满,再作归计。

太子儿名为耶利,年方七岁,身穿草衣,随父出入。女名脂拿延,年只六岁,穿鹿皮衣,随母出入。

山中自从太子来后,禽兽尽皆欢喜,前来依附太子。干涸之池,皆生泉水。树木枯槁,重复花叶。诸毒消灭,不为人害。甘果繁茂,取用不竭。太子每天无事可作,就领带儿子,常在水边,同禽兽游戏,或抛一白石,到极远处,令雀鸟竞先衔回,或引长绳,训练猿猴,使之分队拔河。金发曼坻则带领女儿,采花拾果,作种种妇女事情,或用石墨,绘画野牛花豹,于洞壁中,或用石针,刻镂土版,仿象云物,毕尽其状。几人生活,美丽如诗,韵律清肃,和谐无方。

那个时节,拘留国有一退伍军人,年将四十,方娶一妇。妇人端正无比,如天上人。退伍军人,却丑陋不堪,状如魔鬼,阔嘴长头,肩缩脚短,身上疥疡,如镂花钿。妇人厌恶,如避蛇蝎,但名分既定,蛇蝎缠绕,不可拒绝,妇人就心中诅咒,愿其早死。这体面妇人一日出外挑水,路逢恶少流氓,各唱俚歌,笑其丑婿。

> 生来好马,独驮痴汉,
> 马亦柔顺,从不踶啮。

妇人挑水回家以后,就同那军人说:

"我刚出去挑水,在大路上,迎头一群痞子,笑我骂我,使我难堪。赶快为我寻找奴婢,来做事情,我不外出,人不笑我!"

军人说:

"我的贫穷,日月洞烛,一钱不名,为你所见,我如今向什么地方得奴得婢?"

妇人说:

"不得奴婢,你别想我,我要走去,不愿再说!"

军人相貌残缺,爱情完美,一听这话,心中惶恐,脸上变色,手脚打颤。

妇人记起一个近年传说,就向军人说道:

"我常常听人说及叶波国王太子须大拿,为人慷慨大方,坐施太剧,被国王放逐檀特山中,有一男一女,尚在身边,你去向他把小孩讨来,不会不肯!"

军人说：

"身为王子，取来作奴作婢，惟你妇人，有这打算，若一军人，不愿与闻。"

妇人说：

"他们不来，我便走去，利害分明，凭你拣选。"

那退伍军人，不敢再作任何分辩，即刻向檀特山出发。到大水边，心想太子，刚一着想，中河就有一船，尽其渡过。这退伍军人遂入檀特山，在山中各处找寻须大拿太子所在处。路逢猎师，问太子住处，猎师指示方向以后，就忽然不见。

退伍军人按照方向，不久便已走到太子住处。太子正在水边，训练一熊作人姿势泅水。遥见军人，十分欢喜，即刻向前迎迓，握手为礼，且相慰劳，问所从来。

退伍军人说：

"我是拘留国人，离此不近。久闻太子为人大方，好施乐善，因此远远跑来，想讨一件东西回去。"

太子诚诚实实的说：

"可惜得很，你来较迟，我虽愿意帮忙，惟这时节，一切已尽，无可相赠。"

退伍军人说：

"若无东西，把那两个小孩子送我，我便带去，作为奴婢，做点小事，未尝不好。"

太子不言。退伍军人再三反复申求，必得许可。太子便说："你既远远跑来，为的是这一件事，你的希望，必有归宿。"

那时两个小孩，正同一老虎游戏，太子把两人呼来，嘱咐他们：

"这军人因闻你爸爸大名，从远远跑来讨你，我已答应，可随前去。此后一切，应听军人，不可违拗。"

太子即拖两儿小手交给军人，两个小孩不肯随去，跪在太子面前，向太子说：

"国王种子，为人奴婢，前代并无故事，此时此地，有何因缘不可避免?"

太子说:

"天下恩爱,皆有别离,一切无常,何可固守?今天事情,并不离奇,好好上路,不用多说!"

两个小孩又说:

"好,好,我去我去,一切如命。为我谢母,今便永诀,恨阻时空,不可面别!我们傥若因为宿世命运,今天之事,不可免避,但想母亲失去我等以后不知如何忧愁劳苦,何由自遣!"

退伍军人说:

"太子太子,我有话说。承蒙十分慷慨,送我一儿一女。我今既老且惫,手足无力,若小孩不欢喜我,一离开你以后,就向他们母亲方面跑去,我怎么办?你既为人大方,不厌求索,我想请你把那两个小孩,好好缚定,再送把我。"

太子就反扭两小孩子手臂,令退伍军人用藤蔓自行紧缚,且系令相连,不可分开,自己总持绳头,即便走去。两个小孩不肯走去,退伍军人就用皮鞭捶打各处,血流至地,亦不顾惜。太子目睹,心酸泪落;泪所堕处,地为之沸。小孩走后,太子同一切禽兽,皆送行至山麓,不见人影,方复还山。

那时各种禽兽皆随太子还至两小儿平时游戏处,号呼自扑,示心哀痛。小孩到半路中,用绳缠绕一银杏树,自相纠谬,不肯即走,希望母亲赶来。退伍军人仍用皮鞭重重抽打不已。两小孩因母亲不来,不能忍受鞭笞,就说:

"不要再打,我们上路!"上路以后,仰天呼喊:"山神树神,一切怜悯,我今远去为人作奴作婢,不知所止,不见我等母亲,心实不甘,请为传话母亲,疾来相见一别!"

金发曼坻,时正在山中拾取成熟自落果实,负荷满筐,正想带回住处。忽然左足发痒,右眼蠕动,两乳喷汁,如受吮吸,心中十分希奇,以为平时未曾经验,必有大变,方作预示。或者小孩有何危险发生,不能自免,正欲母亲加以援救?想到此时,即刻弃去果筐,走还住处。有

217

一狮子,因知太子把儿女给人,实为心愿,恐妃一回住处,由于母子私爱,障碍太子善心,就故意在一极窄路上,当道蹲踞,不让金发曼坻走过。

金发曼坻就说:

"狮子狮子,不要拦我,愿让一路,使我过身!"

狮子当时把头摇摇,表示不行。到后明知退伍军人,业已走去很远,无法追赶,方站起身来,令妃通过。妃还住处,见太子独自坐在水边,瞑目无视。水边林际,不见两儿。即往草屋求索,也不在内。便回到太子身边,追问小孩去处。

妃子说:"我们小孩,现在何处?"太子不应。妃子发急,又说:"你听我说,不要装聋,我们小孩,现在何处?快同我说,告我住处,不应隐瞒,使我发狂!"

妃子如此再三催促太子,太子依然不应。妃极愁苦,不知计策,就自怨自责:"太子不应,增加迷惑,或我有罪,故有此事!"

太子许久方说:

"拘留国来一穷军人,向我把两个儿女讨走,我已送他带去多时!"

金发曼坻听说这话,惊吓呆定,如中一雷,蹙地倒下,如太山崩。在地宛转啼哭,不可休止。

太子劝促譬解,不生效验,太子因此想起一个故事,就向失去儿女那个母亲来说:

"你不要哭,且听我说,这有理由,你不分明!这事有因有果,并不出于意外。你念过大经七章没有?经中故事,就是我等两人另一时节故事。那时我为平民,名鞞多卫,你为女子,名曰陀罗。你手中持好花七朵,我手中持银钱五百,我想买你好花,献给佛爷,你不接钱,送我二花,求一心愿。你当时说:愿我后世,作你爱人,恩怜永生,如大江水。我当时就同你相约:能得你作夫人,为幸多多,但我先前业已许愿,愿我爱人,一切能随我意见,不相忤逆,随在布施,不生吝悔。你当时所说,为一'可'字。今天我把小孩送人,你来啼哭,扰乱我心,来世爱怜,恐已因此割断!"

曼坻听过故事,心开意解,认识过去,只因心爱太子,坚强如玉,既然相信从布施中,可以使两人世世生为夫妇,故不再哭,含泪微笑,且告太子:

"一切布施,皆随所便。"

那时有一大神,见太子大方慷慨,到此地步,就变作一人,比先前一时退伍军人还更丑陋,来到太子住处,向太子表示自己此来希望:

"常闻太子乐善好施,不逆人意,来此不为别事,只因我年老丑恶,无人婚娶,请把那美丽贞淑金发曼坻与我,不知太子意思如何!"

太子说:

"好,你的希望,不会落空。你既爱她,把她带去,你能快乐,我也快乐!"

金发曼坻那时正在太子身旁,就说:

"今你把我送人,谁再来服侍你?"

太子说:

"若不把你送人,尚何成为平等?"

太子不许妃再说话,就牵妃手交给那古怪丑人。大神见太子舍施一切,毫不悔吝,为之赞叹不已,天地皆动。这神所变丑人,就把曼坻拖去,行至七步,又复回头,重把曼坻交给太子,且说:

"不要给人,小心爱护!"

太子说:

"既已相赠,为何不取?"

那丑人说:

"我不是人,只是一神,因知慷慨,故来试试。你想什么,你要什么?凡能为力,无不遵命。"

曼坻即为行礼,且求三愿:一,愿从前把小孩带去的退伍军人,仍然把小孩卖至叶波国中。二,愿两个小孩不苦饥渴。三,愿太子同妃,早得还国。那大神一一允许。又问太子,所愿何在。

太子说:

"愿令众生,皆得解脱,无生老病死之苦。"

219

大神说：

"这个希望，可大了点，所愿特尊，力所不及，且待将来，大家商量！"

话已说毕，忽然不见。

那时拘留国退伍军人，业已把两个小孩，带回家中，妇人一见，就在门前挡着，大骂退伍军人：

"你这坏人，心真残忍，这两小孩，皆国王种子，你乃毫无慈心，鞭打如此！今既全身溃烂，脓血成疮，放在家中，有何体面！赶快为我拖上街去，卖给别人，另找奴婢，不能再缓！"

军人唯唯听命，依然用藤缚执，牵上街廛，找寻主顾。军人心想居奇发财，取价不少，人嫌价贵货劣，莫不嗤之以鼻。辗转多日，乃引至叶波国。

既至叶波国中，行通衢中，叫卖求售。大臣人民，认识是太子儿女，大王冢孙，举国惊奇，悲哀不已。诸臣民就问退伍军人："凭何因缘，得这小孩？"退伍军人说："我非拐骗，实向其爸爸讨得！"有些人民，就想夺取，且想殴打军人，发泄悲愤。中有一懂事明理长者，在场制止众人卤莽行动，提议说道：

"这件事情，不能如此了事。目前情形，实为太子乐于成人之善，以至于此。今若强夺，违太子意，不如即此禀告国王，使王明白，王既公正，自当出钱购买！"

诸臣禀告国王，国王闻言，大惊失色，即刻下谕宣取退伍军人带领小孩入宫。王与王后，并二万夫人，及诸宫女从官，遥见两儿，萎悴异常，非复先前丰腴，莫不哽噎。

国王问询退伍军人：

"何从得到这两小孩？"

退伍军人说：

"我向太子求乞得到，所禀是实。"

国王即喊近两个小孩，把绳索解除，想同小孩拥抱接吻，小孩皆哭泣闪避，若有所忌，不肯就抱。

国王问退伍军人，应当出多少钱，方可卖得这一男一女，退伍军人一时不知如何索价，未便作答，两小孩同时便说：

"男的值银钱一千，公牛一百头，女的值金钱二千，母牛二百头。"

国王说：

"男子素为人类所尊重，如今何故男贱女贵？"

男孩便说：

"国王所说，未必近实。后宫媒女，与王无亲无戚，或出身微贱，或但婢使，王所爱幸，便得尊贵。今王独有一子，反而放逐深山，毫不关心，所以明白显然，知必男贱女贵！"

国王听说，感动非常，悲哀号泣，如一妇人。且因王孙耶利慧颖杰出，爱之深切，就说：

"耶利耶利，我很对你父子不起。你已回国，为什么不让我抱你吻你？你生我气，还是怕这军人？"

耶利便说：

"我不恨你，我不怕他。本是王孙，今为奴婢；安有奴婢受国王拥抱？我不敢就王拥抱！"

国王闻言，倍增悲怆，即一切如其所言，照数付出金银牛物与退伍军人。再呼两儿，儿即就抱。王抱两孙，手摩小头，口吻各处创伤，问其种种经过。又问两孙：

"你爸爸妈妈，在山中住下，如何饮食，如何生活？"

两个小孩一一作答，具悉其事。国王即遣派一大臣，促迎太子。那大臣到山中时，把国王口谕，转告太子，并告一切近事，敦促太子回国。太子回答：

"国王放逐我等远离家国，山中思过，一十二年为期。今犹刚过三年，为守国法，年满当归！"

大臣回国如太子所说，禀启国王，国王用羊皮纸，亲自作一手书，复命一大臣，把手书带去，送给太子。那书信说：

……一切过去，即应忘怀，你极聪明，岂不了解？去时当忍，来时亦忍：即便归来，不胜悬念！

太子得信以后，向南作礼，致谢国王恕其已往罪过。便与金发曼坻，商量回国。

山中禽兽，闻太子夫妇将回本国，莫不跳跃宛转，自扑于地，号呼不止，诉陈慕思。泉水为之忽然涸竭。奇花异卉，因此萎谢。百鸟毁羽折翅，如有所丧。一切变异，皆为太子。

太子与妃同还本国，在半路中，先是太子出国前后情形，三年以来，为世传述，远近皆知。敌国怨家，设诈取象，种种经过，亦皆全在故事中间。心有所恶，赎罪无方。此时太子回国，敌国怨家，探知消息，即便派遣大使，装饰所骗白象，金鞍银勒，锦毯绣披，用金瓶盛满金米，用银瓶盛满银米，等候在太子所经过大道中，以还太子，并具一谢过公文，恭敬而言：

前骗白象，愚痴故耳。因我之事，太子放逐。故事传闻，心为内恶。赎罪无方，食息难处。今闻来还，欢喜踊跃。兹以宝象奉还太子，愿垂纳受，以除罪尤！

太子告彼大使，请以所言转告：

"过去之事，疚心何益。譬如有人，设百味食，持上所爱，其人食之，吐呕在地，岂复香洁？今我布施，亦若吐呕；吐呕之物，终还不受！速乘象去，见汝国王。委屈使者，远劳相问！"

于是大使即骑象还归，白王一切。即因此象，两国敌怨，化为仁慈。且因此故，两国人民，皆觉人不自私其所爱，牺牲之美，不可仿佛。

太子还国，国王骑象出迎。太子便与国王相见，各致相思，互相拥抱，相从还宫。国中人民，莫不欢喜，散花烧香，以待太子。

自从以后，国王便把库藏钥匙，交付太子，不再过问。太子恣意布施，更胜于前。

…………

故事说完以后,在座诸人,无不神往。赞美声音,不绝于耳。商人也就扬扬自得,重新记起一个被大众所欢迎的名人风度,学作从容,向人微笑,把头向左向右,点而又点。

有一个身儿瘦瘦的乡下人,在故事中对于商人措辞用字有所不满,对于屋中掌声有所不满,就说:

"各位先生,各位兄弟,请稍停停,听我说话。叶波国王太子,大方慷慨,施舍珍宝,前无古人,如此大方,的确不错。但从诸位对于这故事所给的掌声看来,诸位行为,正仿佛是预备与那王子媲美,所不同的,不过一为珍宝,一为掌声而已。照我意见说来,这个故事,既由那位老板,用古典文字述叙,我等只须由任何一人,起立大声说说:'佳哉,故事!'酬谢就已相称,不烦如此拍掌,拍掌过久,若为另一敌国怨家,来求慈悲,诸位除掌声以外,还有什么?"

那时节山中正有老虎吼声,动摇山谷,众人闻声,皆为震慑。那人在火光下一面整理自己一件东西,一面就说:

"各位先生,你们赞美王子行为,以为王子牺牲自己,人格高尚,远不可及。现在山头老虎,就正饥饿求食,谁能砍一手掌,丢向山涧喂虎没有?"

各人面面相觑,不作回答。那人就向众人,留下一个微笑,匆匆促促,把门拉开向黑暗中走去了。

大家都以为这人必为珠宝商人说的故事所感化,梦想牺牲,发痴发狂,出门舍身饲虎的,因此互相议论不已。并且以为由于义侠,应当即刻出门援救这人,不能尽其为虎吃去。但所说虽多,却无一人胆敢出门。珠宝商人,则以为自己所说故事,居然如此有力,使人发生影响,舍身饲虎,故极傲然自得。见众人议论之后,继以沉默,便造作一个谎话,以为被这故事感动而舍身饲虎的事情,数到这人,业已是第三个。众人皆愿意听听另外两个人牺牲的情形,愿意听听那个谎话。

店主人明白若自己再不说话,误会下去,行将使所有旅客,失去快乐,故赶忙站起,含笑告给众人:"出门的人,为虎而去,虽是事实,但请放心，不必难过。原来那人是一个著名猎户。"众人闻言，莫不爽然自失。珠宝商人，虽想再诌出另外那两次牺牲案件，一时也诌不出了，就装作疲倦，低头睡觉。因装睡熟，必得伪作毫无知觉，故一只绣花拖鞋，分明为火烧去，也不在意。一个市侩能因遮掩羞辱，牺牲一双拖鞋，事不常见，故附记在此，为这故事作一结束。

           二十二年一月二十日
         为张小五辑自《太子须大拿经》在青岛

---

  本篇收入《月下小景》以前未见单独发表。1933年3月上海良友图书印刷公司曾以《慷慨的王子》为集名出版单行本，原目不详。

## 如 蕤

（秋天，仿佛春天的秋天。）

协和医院里三楼甬道上，一个头戴白帽身穿白长袍的年轻看护妇，手托小小白磁盆子，匆匆忙忙从东边回廊走向西去。到楼梯边时，一个招呼声止住了她的脚步。

从二楼上来了一个女人，在宽阔之字形楼梯上盘旋，身穿绿色长袍，手中拿着一个最时新的朱红皮夹，使人一看有"绿肥红瘦"感觉。这女人有一双长长的腿子，上楼时便显得十分轻盈。年纪大约有了二十七八，由于装饰合法，又仿佛可以把她岁数减轻一些。但齐额之间，时间对于这个人所作的记号，却不能倚赖人为的方法加以遮饰。便是那写在口角眉目间的微笑，风度中也已经带有一种佳人迟暮的调子。

她不能说是十分美丽，但眉眼却秀气不俗，气派又大方又尊贵。身体长得修短合度，所穿的衣服又非常称身，且正因为那点"绿肥红瘦"的暮春风度，故使人在第一面后，就留下一个不易忘掉的良好印象。

这个月以来她因为每天按时来院中看一病人，同那看护已十分熟习，如今在楼梯边见到了看护，故招呼着，随即快步跑上楼了。

她向那看护又亲切又温柔的说：

"夏小姐，好呀！"

那看护含笑望喊她的人手中的朱红皮夹。

"如蕤小姐，您好！"

"夏小姐，医生说病人什么时候出院？"

"曾先生说过一礼拜好些，可是梅先生自己，上半天却说今天想走。"

"今天就走吗?"

"他那么说的。"

穿绿衣的不作声,把皮夹从右手递过左手。

穿白衣的看护仿佛明白那是什么意思,便接说着:

"曾先生说'不行'。他不签字,梅先生就不能出院。"

甬道上西端某处病房里门开了,一个穿白衣剃光头的男子,露出半个身子,向甬道中的看护喊:

"密司夏,快一点来!"

那看护轻轻的说:"我偏不快来!"用眉目作了一个不高兴的表示,就匆匆的走去了。

如蕤小姐站在楼梯边一阵子,还不即走,看到一个年青圆脸女孩,手中执了一把浅蓝色的大花,搀扶了一个青年优美的男子,慢慢的走下楼去。男子显得久病新瘥的样子,脸色苍白,面作笑容,女孩则脸上光辉红润,极其愉快。

一双美丽灵活的眼睛,随着那两个下楼人在之字形宽阔楼梯上转着,到后那俩影不见了,为楼口屏风掩着消灭了。这美丽的眼睛便停顿在楼梯边棕草毡上,那是一朵细小的蓝花。

"把我拾起来,我名字叫作'毋忘我草'。"

她弯下腰把它拾起来。

一张猪肝色的扁脸,从肩膊边擦过去。一个毛子军人把一双碧眼似乎很情欲的望着这女人一会,她仿佛感到了侮辱,匆匆的就走了。

不到一会,三楼三百十七号病房外,就有只带着灰色丝织手套的纤手,轻轻的扣着门。里面并无声音,但她仍然轻轻的推开了那房门。门开后,她见到那个病人正披了白色睡衣,对窗外望,把背向着门边。似乎正在想到某样事情,或为某种景物堕入玄思,故来了客人,他却全不注意。

她轻轻的把门掩上,轻轻的走近那病人身边,且轻轻的说:

"我来了。"

病人把头掉回,便笑了。

"我正想到为什么秋天来得那么快。你看窗外那株杨柳。"

穿绿衣的听到这句话,似乎忽然中了一击,心中刺了一下。装作病人所说的话与彼全无关系神气,温柔的笑着。

"少想些,秋来了,你认识它就得了,并不需要你想它。"

"不想它,能认识它吗?"

女人于是轻轻的略带解嘲的神气那么说:

"譬如人,有些人你认识她就并不必去想她!"

"坐下来,不要这样说吧。这是如蕤小姐说话的风格,昨天不是早已说好不许这样吗?"

病人把如蕤小姐拉在一张有靠手的椅子旁坐下,便站在她面前,捏着那两只手不放:

"你为什么知道我不正在念你?"

女人嘴唇略张,绽出两排白色小贝,披着优美卷发的头略歪,做出的神气,正像一个小姑娘常作的神气。

病人说:

"你真像小孩子。"

"我像小孩子吗?"

"你是小孩子!"

"那么,你是个大人了。"

"可是我今年还只二十二岁。"

"但你有些方面,真是个二十二岁的大人。"

"你是不是说我世故?"

"我说我不如你那么……"

"得了。"病人走过窗边去,背过了女人,眉头轻微蹙了一下。回过头来时就说:"我想出院了,那医生不让我走。"

女人说:"忙什么?"随即又说,"我见到那看护,她也说曾医生以为你还不能出去。"

"我心里躁得很。我还有许多事……"

"你好些没有?睡得好不好?"

病人听到这种询问，似乎从询问上引起了些另一时另一事不愉快的印象，反问女人：

"你什么时候动身？"

女人不好回答，抬着头把一双水汪汪的眼睛望着病人，望了一会，柔弱无力的垂下去，轻轻的透了一口气，自言自语的说："什么时候动身？"

病人明白那是什么原因，就说：

"不走也好！北京的八月，无处景物不美。并且你不是说等我好了，出了院，就陪我过西山去住半个月吗？那边山上树叶极美，我欢喜那些树木。你若走了，我一个人可不想到那边去。你为什么要走？"

女的把头低着，带着伤感气氛说："我为什么要走？我真不知道！"

病人说：

"我想起你一首诗来了。那首名为《季蕤之谜》的诗，我记得你那么……"若说下去，他不知道应当说得是"寂寞"还是"多情善感"，于是他换了口气向女人说："外边一定很冷了，你怎么不穿紫衣？"

女人装作不曾听到这句话，无力地扭着自己那两只手套，到后又问："你出了院，预备上山不预备上山？"

病人似乎想起了这一个月来病中的一切，心中柔和了，悄然说道："你不走，你同我上山，不很好么？你又一定要走。"

"我一定要走，是的，我要走。"

"我要你陪我！"

"你并不要我陪你！"

"但你知道……"

"但你……"

什么话也不必说了，两人皆为一件事喑哑了。

她爱他，他明白的，他不爱她，她也明白的。问题就在这里，三年来各人的地位还依然如故，并不改变多少。

他们年龄相差约七岁。一片时间隔着了这两个人的友谊，使他们不能不停顿到某一层薄幕前面。两人皆互相望着另外一个心上的脉络，却常常黯然无声的呆着,无从把那个人的臂膊张开,让另一个无力地任性地卧到那一个臂膊里去。

(夏天,热人闷人倦人的夏天。)

三年前,南国××暑假海滨学术演讲会上,聚集五十个年青女人,七十个年青男子,用帐幕在海边经营暑期生活。这些年青男女皆从各大学而来,上午齐集在林荫里与临时搭盖的席棚里,听北平来的名教授讲学,下午则过海边浴场作海水浴,到了晚上,则自由演剧,放映电影,以及小组谈话会,跳舞会,同时分头举行。海边沙上与小山头,且常燃有火炬,焚烧柴堆,作为海上荡舟人与入山迷失归途的人指示营幕所在地。

女子中有个杰出的人物。××总长庶出的女儿,岭南大学二年级学生。这女子既品学粹美,相貌尤其丰丽。游泳,骑马,划船,击球,无不精通超人一等。且为人既活泼异常,又无轻狂佻野习气。待人接物,温柔亲切,故为全个团体所倾心。其中尤以一个青年教授,一个中年教授,两人异常崇拜这个女子。但在当时,这女孩子对于一切殷勤,似乎皆不甚措意。俨然这人自觉应永远为众人所倾心,永远属于众人,不能尽一人所独占,故个人仍独来独往,不曾被任何爱情所软化。

当她发觉了男子中即或年纪到了四十五岁,还想在自己身边装作天真烂漫的神气,认为妨碍到她自己自由时,就抛开了男子们,常常带领了几个年幼的女孩,驾了白色小船,向海中驶去。在一群女孩中间她处处像个母亲,照料得众人极其周到,但当几人在沙滩上胡闹时,则最顽皮最天真的也仍然推她。

她能独唱独舞。

她穿着任何颜色任何质料的衣服,皆十分相称,坏的并不显出俗气,好的也不显出奢华。

她说话时声音引人注意,使人快乐。

她不独使男子倾倒,所有女子也无一不十分爱她。

但这就是一个谜,这为上帝特别关切的女孩子,将来应当属谁?

就因为这个谜,集会中便有万千男子皆发着痴,心中思索着,苦恼着。林荫里,沙滩上,帐幕旁,大清早有人默默的单独的踱着躺着,黄昏里也同样如此。大家皆明白"一切路皆可以走近罗马"那句格言,却不明白有什么方法,可以把这颗心傍近这女人的心。"一切美丽皆使人痴呆",故这美丽的女孩,本身所到处,自然便有这些事情发生,同时也将发生些旁的使男子们皆显得可怜可笑的事情。

她明白这些,她却不表示意见。

她仍然超越于人类痴妄以上,又快乐又健康的打发每个日子。

她欢喜散步,海滨潮落后,露出一块赭色沙滩,齐平如茵褥,比茵褥复更柔和。脚所践履处,皆起微凹,分明地印出脚掌或脚跟美丽痕迹。这沙滩常常便印上了一行她的脚迹。许多年青学生,在无数脚迹中皆辨识得出这种特别脚迹,一颗心追数着留在那沙上那点东西,直至潮水来到,洗去了那东西时,方能离开。

每天潮水的来去,又正似乎是特别为洗去那沙上其他纵横凌乱的践履记号,让这女孩子脚迹最先印到这长沙上。

海边的潮水涨落因月而异。有时恰在中午夜半,有时又恰在天明黄昏。

有一天,日头尚未从海中升起,潮水已缩,淡白微青的天空,还嵌了疏疏的几颗白星,海边小山皆还包裹在银红色晓雾里,大有睡犹未醒的样子。沿海小小散步石道上,矗立在轻雾中的电灯白柱,尚有灯光如星子,苍白着脸儿。

她照常穿了那身轻便的衣服,披了一件薄绒背心,持了一条白竹鞭子,钻出了帐幕,走向海边去。晨光熹微中大海那么温柔,一切万物皆那么温柔,她饱饱的吸了几口海上的空气,便起始沿了尚有湿气与随处还留着绿色海藻的长滩,向日头出处的东方走去。

她轻轻的啸着,因为海也正在轻轻的啸着。她又轻轻的唱着,因为海边山脚豆田里,有初醒的雀鸟也正在轻轻的唱着。

有些银色的雾,流动在沿海山上,与大海水面上。

这些美丽的东西会不会到人的心头上？

望到这些雾她便笑着。她记起蒙在她心头上一张薄薄的人事网子。她昨天黄昏时，曾同一个女伴，坐到海边一个岩石上，听海涛呜咽，波浪一个接着一个撞碎在岩石下。那女子年纪不过十七岁，爱了一个牧师的儿子，那牧师儿子却以为她是小孩子，一切打算皆由于小孩子的糊涂天真，全不近于事实所许可。那牧师儿子伤了她的心。她便一一诉说着，且说他若再只把她当小孩，她就预备自杀给他看。问那女孩子："自杀了，他会明白么？除了自杀难道就并无别的办法让他明白吗？而且，是不是当真爱他？爱他即或是真的，这人究竟有什么好处？"那女孩沉默了许久，昂起头带着羞涩的眼光，却回答说："我自己也不知道这是怎么回事。他所有好处在别个男孩子品性中似乎皆可以发现，我爱他似乎就只是他不理我那分骄傲处。我爱那点骄傲。"当时她以为这女孩子真正是小孩子。

但现在给她有了一个反省的机会。她不了解这女孩子的感情，如今却极力来求索这感情的起点与终点。

爱她的人可太多了，她却不爱他们。她觉得一切爱皆平凡得很，许多人皆在她面前见得又可怜又好笑。许多人皆因为爱了她把他自己灵魂，感情，言语，行为，某种定型弄走了样子。譬如大风，百凡草木皆为这风而摇动，在暴风下无一草木能够坚凝静止，毫不动摇。她的美丽也如大风。可是她希望的正是永远皆不动摇的大树，在她面前昂然的立定，不至于为她那点美丽所征服。她找寻这种树，却始终没有发现。

她想："海边不会有这种树。若需要这种树，应当深山中去找寻。"

的的确确，都市中人是全为一个都市教育与都市趣味所同化，一切女子的灵魂，皆从一个模子里印就，一切男子的灵魂，又皆从另一模子中印出，个性特性是不易存在，领袖标准是在共通所理解的榜样中产生的。一切皆显得又庸俗又平凡，一切皆转成为商品形式。便是人类的恋爱，没有恋爱时那分观念，有了恋爱时那分打算，也正在商人手中转着，千篇一律，毫不出奇。

海边没有一株稍稍崛强的树，也无一个稍稍崛强的人。为她倾倒的人虽多，却皆在同样情形下露出蠢像，做出同样的事情，世故一些的先是借些别的原因同在一处，其次就失去了人的样子，变成一只狗了。年纪轻些的，则就只知写出那种又粗鲁又笨拙的信，爱了就谦卑诣媚，装模作样，眼看到自己所作的糊涂样子，还不能够引动女人，既不知道如何改善方法，便作出更可笑的表示，或要自杀，或说请你好好防备，如何如何。一切爱不是极其愚蠢，就是极其下流，故她把这些爱看得一钱不值了。

真没有一个稍稍可爱的男子。

她厌倦了那些成为公式的男子，与成为公式的爱情。她忽然想起那个女孩口中的牧师儿子。她为自己倏然而来飘然而逝的某种好奇意识所吸引，吃了点惊。她望望天空，一颗流星正划空而逝，于是轻轻的轻轻的自言自语说道："逝去的，也就完事了。"

但记忆中那颗流星，还闪着悦目的光辉。"强一些，方有光辉！"她微笑了，因为她自觉是极强的。然而在意识之外，就潜伏了一种欲望，这欲望是隐秘的，方向暧昧的。

左拉在他的某篇小说上，曾提及一个贞静的女人，拒绝了所有向她献媚输诚的一群青年绅士，逃到一个小乡村后，却坦然尽一个粗鲁的农夫，在冒昧中吻了她的嘴唇同手足。骄傲的妇人厌倦轻视了一切柔情，却能在强暴中得到快感。

她记起了左拉那篇小说。那作品中从前所不能理解的。现在完全理解了，倘若有那么凑巧的遭遇，她也将如故事所说，"毫不拒绝的躺到那金黄色稻草积上去。"固执的热情，疯狂的爱，火焰燃烧了自己后还把另外一个也烧死，这爱情方是爱情！

但什么地方有这种农夫？所有农夫皆大半饿死了。这里则面前只是一片砂，一片海。

民族衰老了，为本能推动而作成的野蛮事，也不会再发生了。都市中所流行的，只是为小小利益而出的造谣中伤，与为稍大利益而出的暗杀诱捕。恋爱则只是一群阉鸡似的男子，各处扮演着丑角喜剧。

她想起十个以上的丑角，温习这些自作多情的男子各种不得体的爱情，不愉快的印象。

她走着，重复又想着那个不识面的牧师儿子。这男子，十七岁的女子还只想为他自杀哩，骄傲的人！

流星，就是骑了这流星，也应当把这种男子找到，看他的骄傲，如何消失到温柔雅致体贴亲切的友谊应对里。她记着先前一时那颗流星。

日光出来了，烧红了半天，海面一片银色，为薄雾所包裹。

早日正在融解这种薄雾。清风吹人衣袂如新秋样子。

薄雾渐渐融解了，海面光波耀目，如平敷水银一片。不可逼视。

眩目的海需要日光，眩目的生活也需要类乎日光的一种东西。这东西在青年绅士中既不易发现，就应当注意另外一处！

当天那集会里应当有她主演的一个戏剧。时间将届时，各处找寻这个人，皆不能见到。有人疑心她或在海边出了事，海边却毫无征兆可得。于是有人又以可笑的测度，说她或者走了，离开这里了，因此赴她独自占据的小帐幕中去寻觅，一点简单行李虽依然在帐幕里，却有个小小字条贴在撑柱上，只说："我不高兴再到这里，我走了，大家还是快乐的打发这个假期吧。"大家方明白这人当真走了。

也像一颗流星，流星虽然长逝了，在人人心中，却留下一个光辉夺目的记号。那件事在那个消夏会中成为一群人谈论的中心，但无一个人明白这标致出众的女人，为什么忽然独自走去。

日头出自东方，她便向东方注意，坐了法国邮船向中国东部海岸走去。她想找寻使她生活放光同时他本身也放光的一种东西。她到了属于北国的东方另一海滨。

那里有各地方来的各样人，有久住南洋带了椰子气味的美国水兵，有身著宽博衣裳的三岛倭人，有流离异国的北俄，有庞然大腹由国内各处跑来的商人政客，有……

她并不需要明白这些。她住到一个滨海著名旅馆中后，每日皆默默的躺到海滩白沙大伞下眺望着大海太空的明蓝。她正在用北海风光，洗去留在心上的南海厌人印象。她在休息，她在等待。

有时赁了一匹白马，到山上各处跑去，或过无人海浴处，沿了潮汐退尽的沙滩上跑去。有时又一人独自坐在一只小艇内,慢慢的摇着小桨,把船划到离岸远到三里五里的海中,尽那只小艇在一汪盐水中漂流荡漾。

陌生地方陌生的人群,却并不使她感到孤寂。在清静无扰孤独生活中,她有了一个同伴,就是她自己的心。

当她躺在沙上时,她对于自然与对于本性,皆似乎多认识了一些。她看一切,听一切,分析一切,皆似乎比先前明澈一些。

尤其使她愉快的,便是到了这地方来,若干游客中,似乎并无一个人明白她是谁,虽仿佛有若干双陌生的眼睛,每日皆可在沙滩中无意相碰,她且料想到,这些眼睛或者还常常在很远处与隐避处注视到她,但却并无什么麻烦。一个女子即或如何厌烦男子,在意识中,也仍然常常有把这种由于自己美丽使男子现出种种蠢像的印象,作为一种秘密悦乐的时节。我们固然不能欢喜一个嗜酒的人,但一个文学者笔下的酒徒,却并不使我们看来皱眉。这世界上,也正有这若干种为美所倾倒的人类可怜悯的姿态,玩味起来令人微笑!

划船是她所擅长的运动,青岛的海面早晚尤宜于轻舟浮泛。有一天她独自又驾了那白色小艇,打着两桨,沿海向东驶去。

东方为日头所出的地方,也应当有光明热烈如日头的东西,等待在那边。可是所等待的是什么?

在东方除了两个远在十哩以外金字塔形的岛屿以外,就只一片为日光镀上银色的大海。这大海上午是银色,下午则成为蓝色,放出蓝宝石的光辉。一片空阔的海,使人幻想无边的海。

东边一点,还有两个海湾,也有沙滩,可以作海水浴,游人却异常稀少。

她把船慢慢的划去,想到了第三个海湾时为止。她欢喜从船上看海边景物。她欢喜如此寂寞地玩着,就因她早为热闹弄疲倦了。

当船摇到离开浴场约两哩左右,将近第三海湾,接近名为太平角的山岨时,海上云物奇幻无方,为了看云,忘了其他事情。

盛夏的东海,海上有两种稀奇的境界,一是自海面升起的阵云,白雾似的成团成饼从海上涌起，包裹了大山与一切建筑；一是空中的云彩，五色相煊，尤以早晨的粉红细云与黄昏前绿色片云为美丽。至于中午则白云嵌镶于明蓝天空，特多变化，无可仿佛，又另外有一番惊人好处。

她看得是白云。

到后夏季的骤雨到了，挟以雷声电闪，向海面逼来，海面因之咆哮起来，各处是白色波帽，一切皆如正为一只人目难于瞧见的巨手所翻腾，所搅动。她匆忙中把船向近岸处尽力划去。她向一个临海岩壁下划去。她以为在那方面当容易寻觅一个安全地方。

那一带岩石的海岸，却正连续着有屋大的波浪，向岩石撞去，成为白沫。船若傍近，即不能不与一切同归于尽。

船离岩壁尚远，就倾覆了，她被波浪卷入水中后，便奋力泅着。

头上是骤雨与吓人的雷声，身边是黑色愤怒的海，她心想："这不是一个坏经验！"她毫不畏怯，以为自己的能力足支持下去，不会有什么不幸。她仍然快乐的向前泅去。

她忽然记起岩壁下海面的情形，若有船只，尚可停泊，若属空手，恐怕无上岸处，故重复向海中泅去，再看看方向，观察从某一方泅去，可以省事一些，方便一些。

她发现了她应当向东泅去，则可在第二海湾背风的一面上岸。

她大约还应泅半哩左右。她估计她自己能力到岸有剩余，故她毫不忙乱。

但到后离岸只有二百米左右时，她的气力已不济事了，身体为大浪所摇撼，她感觉疲倦，以为不能拢岸，行将沉入海底了。

她被波浪推动着。

她把方向弄迷了，本应当再向东泅去，忽又转向南边一点泅去。再向南泅去，她便将为浪带走，摔碎到岩石上。

当她在海面挣扎中，被一只强而有力的手臂攫住头发，带她向海岸边泅去时，她知道她已得了救助，她手脚仍然能够拍水分水，口中却喑哑无言，到岸时便昏迷了。那人把她抱上了岸，尽她俯伏着倒出了些咸水，后来便让她卧下，蹲在她身边抚摩着手心。

她慢慢的清楚了。张开两只眼睛，便看到一个黑脸长身青年俯伏在她身边。她记起了前一时在水中种种情形，便向那身边陌生男子孱弱的笑着，作的是感谢的微笑。她明白这就是救她出险的男子，她想起来一下，男子却把手摇着，制止了她。男子也微笑着，也感谢似的微笑着，因为他显然在这件事情上得到了最大的快乐。

她闭上眼睛时，就看到一颗流星，两颗流星。这是流星还是一个男孩子纯洁清明的眼睛呢？

她迷糊着。

重新把眼睛睁开时，那陌生青年男子因避嫌已站远了一些了。她伸出手去招呼他。且让他握着那只无力的手。于是两人皆微笑着。一句"感谢"的话语融解成为这种微笑，两人皆觉得感谢。

年青人似乎还刚满二十岁，健全宽阔的胸脯，发育完美的四肢，尖尖的脸，长长的眉毛，悬胆垂直的鼻头，带着羞怯似的美丽嘴唇，无一不见得青春的力与美丽。

行雨早过了，她望着那男子身后天空，正挂着一条长虹。女人说：
"先生，这一切真美丽！"

那男子笑了，也点头说：
"是的，太美丽了。"

"谢谢您，没有您来带我一手，我这时一定沉到这美丽海底，再不能看到这种好景致了。为什么我在海中你会见到？"

"我也划了一只船来的，我看看云彩，知道快要落雨了，故把船泊近岸边去。但我见到你的白船，我从草帽上知道您是个小姐，我想告你一下，又不知道如何呼喊您。到后雨来了，我眼看着你把船尽力向岸边划来，大声告你不能向那边岩壁下划去，你却不能听到。我见你把船向岩边靠拢，知道小船非翻不可，果然一会儿就翻了，我方从那边跳下来找你。"

"你冒了险作这件事，是不是？"
男子笑着，承认了自己的行为。

"你因为看清楚我是个女人,故那么勇敢从悬岩上跃下把我救起,是不是?"

那男子羞怯似的摇着头,表示承认也同时表示否认。

"现在我们已经成为朋友了,请告我些你自己的事情吧,我希望多知道些,譬如说,你住在什么地方?在什么学校念书?这家有些什么人,家中人谁对你最好,谁最有趣?你欢喜读的书是那几本?"

"我姓梅,……"

"得了,好朋友是用不着明白这些的。这对我们友谊毫无用处。你且告我,你能够在这一汪咸水里尽你那手足之力,泅得多远?"

"我就从不疲倦过。"

"你欢喜划船吗?"

"我有时也讨厌这些船。"

"你常常是那么一个人把船划到海中玩着吗?"

"我只是一个人。"

"我到过南方。你见不见到过南方的大棕榈树同凤尾草?"

"我在黑龙江黑壤中长大的。"

"那么你到过北京城了。"

"我在北京城受的中学教育。"

"你不讨厌北京吗?"

"我欢喜北京。"

"我也欢喜北京。"

"北京很好。"

"但我看得出你同别的人欢喜北京不同。别人以为北京一切是旧的,一切皆可爱。你必定以为北京罩在头上那块天,踏在脚下那片地,四面八方卷起黄尘的那阵风,一些无边无际那种雪,莫不带点儿野气。你是个有野性的人,故欢喜它,是不是?"

这精巧的阿谀使年青男子十分愉快。他说:

"是的,我当真那么欢喜北京,我欢喜那种明朗粗豪风光。"

女子注意到面前男子的眉目口鼻,心中想说:"这是个小雏儿,不济事,一点点温柔就会把这男子灵魂高举起来!你并不欢喜粗野,对于你最合适的,恐怕还是柔情!"

但这小雏儿虽天真却不俗气。她不讨厌他。她向他说:

"你傍我这边坐下来,我们再来谈谈一点别的问题,会不会妨碍你?你怕我吗?"

青年人无话可说,只好微带腼腆站近了一点,又把手遮着额部,眺望海中远处,吃惊似的喊着:

"我们的船并不在海中,一定还在岩壁附近。"

他们所在的地方,已接近沙滩,为一个小阜上,却被树林隔着了视线,左边既不能见着岩壁,右边也看不到沙滩,只是前面一片海在脚下展开。年青男子走过左边去,不见什么,又走过右边去,女人那只白色小艇正斜斜的翻卧在沙滩上,赶忙跑回来告给女人。

女的口上说:"船坏了并不碍事,"心中却想着:"应当有比这小船儿更坚固结实的'小船',容载这个心,向宽泛无边的人海中摇去!"她看看面前,却正泊着一只理想的小船。强健的胳膊,强健的灵魂,一切皆还不曾为人事所脏污。如若有所得的微笑着,她几乎是本能地感到了他们的未来一切。

她觉得自己是美丽的,且明白在面前一个人眼光中,她几乎是太美丽了。她明白他曾又怯又贪注意过她的身体的每一部分。她有些羞恶,但她却不怕他也不厌烦他。

他毫无可疑,只是一个大学一年级生,一切兴味同观念,就是对女人的一分知识,也不会离开那一年级生的限制。他读书并不多,对于人生的认识有限,他慢慢的在学习都市中人的生活,他也会成为庸碌而无个性的城市中人。她初初看他,好像全不俗气,多谈了几句话,就明白凡是高级中学所输入于学生的那分坏处,这个人也完全得到他应得的一分。但不知怎么样的稀奇的原因,这带着乡下人气分的男子,单是那点野处单纯处,使她总觉得比绅士有意思些。他并不十分聪明,但初生小犊似的,天下事什么都不怕的勇气,仿佛虽不使他聪明,却将令他伟大。真是的,这孩子可以伟大起来!

她问他：

"你每天洗海水浴吗？"

他点着头，故她又问：

"你到什么时候方离开这海滨？"

"我自己也不知道。"

"自己应当知道自己。想怎么样就怎么样，你难道不想么？"

"我想也没有用处。"

"你这是小孩子说法，还是老头子说法？小孩子，相信爸爸，因为家中人管束着他，可以那么说。老头子相信上帝，因为一切事皆以为上帝早有安排，故常常也不去过分折磨自己情感。你……"

女的说到这里时，她眼看着身边那一个有一分害羞的神气，她就不再说下去了。她估计得出他不是个"老头子"。她笑了。

那男子为了有人提说到小孩与老人，意思正像请他自行挑选，他便不得不说出下面的话语。

"我跟了我爸爸来的。我爸爸在××部里作参事，有人请我们上崂山去，我在山上住了两天厌倦了，独自跑回来了，爸爸还在山上作诗！"

"你爸爸会作诗吗？"

"他是诗人，他同梁任公夏××曾……"

"啊，你是××先生的少爷吗？"

"你认识我爸爸吗？"

"在××讲演时我见过一次，我认得他，他不认识我。"

"你愿不愿意告给我……"

女的想起了自己来此本不愿意另外还有人知道她的打算了，她实极不愿意人家知道她是××总长的小姐，她尤其不愿意想傍近她的男子，知道她是个百万遗产的承继人。现在被问到时，她一时不易回答，就把手摇着，且笑着，不许男的询问。且说：

"崂山好地方，你不欢喜吗？"

"我怕寂寞。"

"寂寞也有寂寞的好处，它使人明白许多平常所不明白的事情。但不是年青人需要的，人年纪轻轻的时节，只要得是热闹生活，不会在寂寞中发现什么的。"

"你样子像南方人，言语像北方人。"

"我的感情呢，什么都不像。"

"我似乎在什么地方看过你。"

"这是句绅士说的话，绅士看到什么女人，想同她要好一点时，就那么说，其实他们在过去任何一时皆并不见到，他那句话意思也不过是说'我同你熟了'或'看你使人舒服'罢了。你是不是这意思？"

男的有点羞怯了，把手去抓取身边的小石子，奋力向海中掷去，要说什么又不好说，不敢说。其实他记忆若好一点，就能够说得出他在某种画报上看到过她的相片。但他如今一时却想不起。女的希望他活泼点，自由点，于是又说：

"我们应当成为很好的朋友，你说，我是怎么样一种人？"

男的说：

"我不知道你是怎么样身份的人，但你实在是个美人！"

听到这种不文雅的赞美，女的却并不感觉怎样难堪。其实他不必说出来，她就知道她的美丽早已把这孩子眼目迷乱了。这时她正躺着，四肢匀称柔和，她穿的原是一件浴衣，浴衣外面再罩了一件白色薄绸短褂。这短褂落水时已弄湿，紧紧的贴着身体，各处襞皱着。她这时便坐了起来，开始脱去那件短褂，拧去了水，晾到身边有太阳处去。短褂脱掉后，这女人发育合度的肩背与手臂，以及那个紧束在浴衣中典型的胸脯，皆收入了男子的眼底。

男子重新拾起了一粒石子，奋力向海中抛去，仿佛那么一来，把一点引起妄想的东西同时也就抛入了海中。他说："得把它摔得极远极远，我会作这件事！"但石子多着，他能摔尽吗？

女的脱掉短褂后，站起来活动了一下四肢，也拾起了一粒石子向海中摔去，成绩似乎并不出色，女的便解嘲一般说道：

"这种事我不成，这是小孩子作的事！"

两人想起了那只搁在浅滩上的小船，便一同跑下去看船，从水边拉起搁到砂上,且坐在那船边玩。玩得正好,男的忽向先前两人所在的小阜上跑去,过一会,才又见他跑回来,原来他为得是去拿女人那件短褂!把短褂拿来时晾到船边,直到这时两人似乎才注意到这个男子身上所穿的衣服,不是入水的衣服。这男孩子把船从浴场方面绕过炮台摇来时,本不预备到水中去,故穿的是一件白色翻领衬衫,一件黄色短裤。当时因为匆忙援救女子,故从岩壁上直向海中跳下,后来虽离了险境,女子苏醒了,只顾同她谈话,把自己全身也忘记了。

若干时以来,湿衣在身上还裹着,这时女子才说:

"你衣全湿了,不好受吧。"

"不碍事。"

"你不脱下衣拧拧吗?"

"不碍事,晒晒就干了。"

男子一面用木枝画着砂土,一面同女子谈了很多的话。他告给她,关于他自己过去未来的事情,或者说得太多了些,把不必说到的也说到了,故后来女人就问他是不是还想下海中去游泳一阵。他说他可以把小船送她回到惠泉浴场去,她却告他不必那么费事,因为她的船是旅馆的,走到前面去告给巡警一声,就不再需要照料了。她自己正想坐车回去。

其实她只是因为同这男子太接近了,无从认清这男子。她想让他走后,再来细细玩味一下这件凑巧的奇遇。

她爬上小阜去,眼看那男孩子上了船,把船摇着离开了海岸后,这方面摇着手,那方面也摇着手,到后船转过峭壁不见了,她方重新躺下,甜甜的睡了一阵。

他们第二天又在浴场中见了面。

他们第三天又把船沿海摇去,停泊在浴人稀少的长砂旁小湾里,在原来树林里玩了半天。分别时,那女孩子心想:"这倒是很好的,他似乎还不知道说爱谁,但处处见得他爱我!"她用的是快乐与游戏心情,引导这个男孩子的感情到了一个最可信托的地位。她忘了这事情的危险。弄火的照例也就只因为火的美丽,忘了一切灼手的机会。

那男孩子呢?他欢喜她。他在她面前时,又活泼,又年青,离开她时,便诸事毫无意绪。他心乱了。他还不会向她说"他爱了她",他并不清楚什么是爱。

她明白他是不会如何来说明那点心中烦乱的爱情的,她觉得这些方面美丽处,永远在心上构成一条五色的虹。

但两人在凑巧中成了朋友,却仍然在另一凑巧中发生了点误会,终于又离开了。

(一个极长的冬天。)

那年秋天他转入了北京的工业大学理科。她也到了北京入了燕京教会大学的文科二年级。

他们仍然见了面。她成了往日在南海之滨所见到的一个十七岁女孩子,非得到那个男孩子不成了。

她爱了他。他却因为明白了她就是一个官僚的女子,且从一些不可为据的传闻上,得到这个女人一些故事,他便尽避着她。

年龄同时形成两人间一种隔阂,女人却在意外情形中成为一个失恋者。在各样冷淡中她仍然保持到她那分真诚。至于他呢?还只是一个二十一岁的孩子,气概太强了点,太单纯了点,只想在化学中将来能有一分成就,对于国家有所贡献。这点单纯处使他对于恋爱看得与平常男子不同了。事实上他还是个小孩子,有了信仰,就不要恋爱了。

如此在一堆无多精彩的连续而来的日子中,打发了将近一千个日子。两人只在一分亲切友谊里自重的过着下去。

到后却终于决裂了,女人既已毕了业,且在那个学校研究院过了一年,他也毕业了。她明白这件事应得有一个结束,她便结束了这件事,告给他,她已预备过法国去。那男的只是用三年来已成习惯的态度,对于她所说的话表示同意,他到后却告她,他只想到上海一家酸类工厂做助理技师,积了钱再出国读书。

她告他只要他想读书,她愿意他把她当个好朋友,让她借给他一笔钱。他就说他并不想这样读书,这种读书毫无意思。

他们另外还说了别的,这骄傲美丽的男子,差不多全照上面语气答复女子。

她到后便什么话也不说,只预备走了。

他恰好于这时节在实验室中了毒。

后来入了医院,成为协和医院病房中一位常住者,病房中病人床边那张小椅子上,便常常坐了那个女子。

人在病中性情总温柔了些。

他们每天温习三年前那海上一切,这一片在各人印象中的海,颜色鲜明,但两人相顾,却都不像从前那么天真了。这病对于女人给许多机会,使女人的柔情,在各种小事上,让那个躺在白色被单里的病人,明白它,领会它。

(春天,有雪微融的春天。不,黄叶作证。这不是春天!)

一辆汽车停顿在西山饭店前门土地上,出来了一个男子,一个颀长俊美的男子,一个女人,一个穿了绿色丝质长袍的女人,两人看了三楼一间明亮的房间。一会儿,汽车上的行李,一个黄衣箱,一个黑色打字机小箱,从楼下搬来时,女人告给穿制服的仆役,嘱告汽车夫,等一点钟就要下山。

过了一点钟后,那辆汽车在八里庄坦平官道上向城中跑去时,却只是一辆空车。

…………

将近黄昏时,男子拥了薄呢大衣,伴同女人立定在旅馆屋顶石栏杆边,望一抹轻雾流动于山下平田远村间,天上有报霞如女人脸庞。天空东北方角隅里,现出一粒星星,一切皆如梦境。旅馆前面是上八大处的大道,山道上正有两个身穿中学生制服的女孩子,同一个穿翻领衬衣黄色短裤子的男子,向旅馆看门人询问上山过某处的道路。一望而知这些年青人皆是从城中结伴上山来旅行的。

女人看看身旁久病新瘥的男子,轻轻的透了口气。

去旅馆大约半里远近,有一个小小山阜,阜上种得全是洋槐,那树林浴在夕阳中,黄色的叶子更觉得耀人眼目。男子似乎对于这小阜发生了兴味,向女人说:

"我们到那边去看看好不好?"

女人望了一望他的脸儿,便轻轻的说:

"你不是应当休息吗?"

"我欢喜那个小山。"男的说,"这山似乎是我们的……"

"你不能太累!"女的虽那么说,却侧过了身,让男的先走。

"我精神好极了,我们去玩玩,回来好吃饭。"

两人不久就到了那山阜树林。这里一切恰恰同数年前的海滨地方一样,两人走进树林时,皆有所惊讶,不约而同急促的举步穿过树林,仿佛树林尽处,即是那片变化无方的大海。但到了树林尽头处,方明白前面不是大海,却只是一个私人的坟地。女的一见坟地,为之一怔,站着发了痴。男的却不注意到这坟地,只愉快的笑着。因为更远处,夕阳把大地上一切皆镀了金色,奇景当前,有不可形容的瑰丽。

男子似乎走得太急促了一些,已微微作喘,把手递给女子后,便问女子这地方像不像一个两人十分熟习的地方。她听着这个询问时,轻微地透了一口气,勉强笑着,用这个微笑掩饰了自己的感情。

"回忆使人年青了许多。"男的自语的说着。

但那女的却自心中回答着:"一个人用回忆来生活,显见得这人生活也只剩下些残余渣滓了。"

晚风轻轻的刷着槐树,黄色叶子一片一片落在两人身上与脚边,男子心中既极快乐,故意作成感慨似的说:

"夏天过了,春天在夏天的前面,继着夏天而来的是秋天。多美丽的秋天!"

他说着,同时又把眼睛望着有了秋意的女人的眼、眉、口、鼻。她的确是美丽的,但一望而知这种美丽不是繁花压枝的三月,却是黄叶藉地的八月。但他现在觉得她特别可爱,觉得那点妩媚处,却使她超越了时间的限制,变成永远天真可爱,永远动人吸人的好处了。他想起了几年来两人间的关系,如何交织了眼泪与微笑。他想起她因爱他而发生的种种事情,他想起自己,几年来如何被爱,却只是初初看来好像故意逃避,其实说来则只漫无理性的拒绝,便带了三分羞惭,把一只手向女人伸去,两人握着了手,眼睛对着眼睛时,他便抱歉似的轻轻的说:

"我快乐得很。我感谢你。"

女人笑了。瞳子湿湿的,放出晶莹的光。一面愉快的笑,一面似乎也正孤寂的有所思索,就在那两句话上,玩味了许久,也就正是把自己嵌入过去一切日子里去。

过了一会,女人说:

"我也快乐得很。"

"我觉得你年青了许多,比我在山东那个海边见你时还年青。"

"当真吗?"

"你看我的眼睛,你看看,你就明白你的美丽处,如何反映在一个男子惊讶上!"

"但你过去并从不为什么美丽所惊讶,也不为什么温柔所屈服。"

"我这样说过吗?"

"虽不这样说过,却有这样事实。"

他傍近了她,把另一只手轻轻的搭上她的肩部,且把头靠近她鬓边去。

"我想起我自己糊涂处,十分羞惭。"

她把脸掉过去,遮饰了自己的悲哀,却轻轻的说道:

"看,下面的村子多美!……"

男子同一个小孩子一样,走过她面前去,搜索她的脸,她便把头低下去,不再说话。他想拥她,她却向前跑了。前面便是那个不知姓氏的坟园短墙,她站在那里不动,他赶上前去把她两只手皆捏得紧紧的,脸对着脸,两人皆无话可说。两人皆似乎触着一样东西,喑哑了,不能用口再说什么了。

女的把一只白白的手摩着男的脸颊同胳膊,"冷不冷?夜了,我们回去。"男的不说什么,只把那只手拖过嘴边吻着。

两人默默的走回去。

到旅馆后,男的似乎还兴奋,躺在一张靠背椅上,女的则站在他的身边,带着亲切的神气,把手去抚男子的额部,且轻轻的问他:

"累不累?头昏不昏?"

男的便仰起头颅,看到女人的白脸,作将近第五十次带着又固执又孩气的模样说:

"我爱你。"

女的笑说:

"不爱既不必用口说我就明白,爱也可以无需乎用口说。"

男的说:

"还生我的气吗?"

女的说:

"生你什么气?生气有什么用处?"

两人后来在煤油灯下吃了晚饭。饭吃过后,女的便照医生所嘱咐的把两种药水混合到一个小瓶子里,轻轻的摇了一会,再倒出到白瓷杯子里去。

服过了药,男的躺在床上,女的便坐在床边,同他来谈说一切过去事情。

两人谈到过去在海边分手那点误会时,男的向女的说:

"……你不是说过让我另外给你一个机会,证明你是个什么样的人吗?我问你,究竟是什么样的机会?"

女的不说什么,站起了一下,又重复坐下去,把脸贴到男的脸边去。男的只觉得香气醉人,似乎平时从不闻过这种香味。

第二天早上约莫八点钟,男的醒来时,房中不见女人,枕头边有个小小信封,一个外面并不署名,一拈到手中却知道有信件在里面的白色封套。撕去了那个信封的纸皮,里面果然有一张写了字的白纸,信上写着:

我不知为什么，总觉得走了较好，为了我的快乐，为了不委屈我自己的感情，我就走了。莫想起一切过去有所痛苦，过去既成为过去，也值不得把感情放在那上面去受折磨。你本来就不明白我的。我所希望的，几年来为这点愿心经验一切痛苦，也只是要你明白我。现在你既然已明白我，而且爱了我，为了把我们生命解释得更美一些，我走了，当然比我同你住下去较好的。

　　你的药已配好，到时照医生说的方法好好吃完，吃后仍然安静的睡觉。学做个男子，学做个你自己平时以为是男子的模样，不必大惊小怪，不必让旅馆中知道什么。

　　希望你能照往常一样，不必担心我的事情。我并不是为了增加你的想念而走的。我只觉得我们事情业已有了一个着落，我应当走，我就走了。

　　愿天保佑你！

如蕤留

　　把信看完后，他赶忙撳床边电铃，听差来了，他手中还捏着那个信，本想询问那听差的，同房女人什么时候下的山，但一看到听差，却不作声，只把头示意，要他仍然出去。听差拉上了门出去后，他伸手去攫取那个药瓶，药瓶中的白汁，被振时便发着小小泡沫。

　　他望着这些泡沫在振荡静止以后就消灭了，便继续摇着。他爱她，且觉得真爱了她。

廿二年六月在青岛写成<br>（登在《申报·自由谈》原名《女人》）

---

本篇曾以《女人》为篇名分17次连载于1933年8月25日—9月10日《申报·自由谈》。署名沈从文。这是作者以《女人》为篇名的作品之一。

# 生

北京城十刹海杂戏场南头，煤灰土新垫就一片场坪，白日照着，有一圈没事可作的闲人，皆为一件小小热闹粘合在那里。

咝……

一个裂帛的声音，这声音又如一枚冲天小小爆仗，由地而腾起，五色纸作成翅膀的小玩具，便在一个螺旋形的铁丝上，被卖玩具者打发了上天。于是这里有各色各样的脸子，皆向明蓝作底的高空仰着。小玩具作飞机形制，上升与降落，同时还牵引了远方的眼睛，因为它颜色那么鲜明，有北京城玩具特性的鲜明。

小小飞机达到一定高度后，便俨然如降落伞，盘旋而下，依然落在场中一角，可以重新拾起，且重新派它向上高升。或当发放时稍偏斜一点。它的归宿处便改了地方，有时随风飏起挂在柳梢上，有时落在各种小摊白色幕顶上，有时又凑巧停顿在或一路人草帽上。它是那么轻，什么人草帽上有了这小东西时，先是一点儿不明白，仍然扬长向在人丛中走去，于是一群顽皮小孩子，小狗般跟在身后嚷着笑着，直到这游人把事弄明白，抓了头上小东西摔去，小孩子方始争着抢夺，忘了这或一游人，不再理会。

小飞机每次放送值大子儿三枚，任何好事的出了钱，皆可自己当场来玩玩，亲手打发这飞机"上天"，直到这飞机在"地面"失去为止。

从腰边口袋中掏铜子儿一多，时间不久，卖玩具人便笑眯眯的一面数钱一面走过望海楼喝茶听戏去了，闲人粘合性一失，即刻也散了。场坪中便只剩下些空莲蓬，翠绿起襞的表皮，翻着白中微绿的软瓤，还有棕色莲子壳，绿色莲子壳。

一个年纪已经过了六十的老人，扛了一对大傀儡从后海走来，到了场坪,四下望人,似乎很明白这不是玩傀儡的地方,但莫可奈何的却停顿下来。

这老头子把傀儡坐在场中烈日下,一面收着地面的莲蓬,用手捏着,探试其中的虚实,一面轻轻的咳着,调理他那副枯嗓子。他既无小锣,又无小鼓,除了那对脸儿一黑一白简陋呆板的傀儡以外,其余什么东西也没有!看的人也没有。

他把那双发红小眼睛四方瞟着,场坪地位既那么不适宜,天气又那么热,心里明白,若无什么花样做出来,决不能把游海子的闲人牵引过来。老头子便瞻望坐在坪里傀儡中白脸的一个,亲昵的低声的打着招呼,也似乎正在用这种话安慰他自己。

"王九,不要着急,慢慢的会有人来的。你瞧,这莲蓬,不是大爷们的路数?咱们耽一会儿,就来玩个什么给爷们看看,玩得好,还愁爷们不赏三枚五枚?玩得好,大爷们回家去还会同家中学生说:'嗨,王九赵四摔跤多扎实,六月天大日头下扭着鳖着搂着,还不出汗!(他又轻轻的说)可不是,你就从不出汗,天那么热,你不出汗也不累,好汉子!"

来了一个人,正在打量投水似的神气,把花条子衬衣下角长长的拖着,作成北京城大学生特有的丑样子,在脸上,也正同样有一派老去民族特有的憔悴颜色。

老头子瞥了这学生一眼,便微笑着,以为帮场的"福星"来了,全身作成年轻人伶便姿势,把膀子向上向下摇着。大学生正研究似的站在那里欣赏傀儡的面目,老头子就重复自言自语的说话,亲昵得如同家人父子应对。

"王九,我说,你瞧,大爷大姑娘不来,先生可来了。好,咱们动手,先生不会走的。你小心别让赵四小子扔倒。先生帮咱们绷个场面,看你摔赵四这小子,先生准不走。"

于是他把傀儡扶起,整理傀儡身上那件破旧长衫,又从衣下取出两只假腿来,把它缚在自己裤带上,一切弄妥当后,就把傀儡举起,弯着腰,钻进傀儡所穿衣服里面去,用衣服罩好了自己,且把两只手套进假腿里，改正了两只假腿的位置，开始独自来在灰土坪里扮演两个人殴打的样子。他用各样方法，变动着傀儡的姿势，跳着，蹲着，有时又用真脚去捞那双用手套着的脚，装作摜跤盘脚的动作。他自己既不能看清楚头上的傀儡，又不能看清楚场面上的观众，表演得却极有生气。

大学生忧郁的笑了，而且，远远的另一方，有人注意到了这边空地上的情形，被这情形引起了好奇兴味，第二个人跑来了。

再不久，第三个以至于第十三个皆跑来了。

闲人为了傀儡的殴斗，聚集在四周的越来越多。

众人嘻嘻的笑着，从衣角里，老头子依稀看得出场面上一圈观众的腿脚，他便替王九用真脚绊倒了赵四的假脚，傀儡与藏在衣下玩傀儡的，一齐颓然倒在灰土里，场面上起了哄然的笑声，玩意儿也就作了小小结束了。

老头子慢慢的从一堆破旧衣服里爬出来，露出一个白发苍苍满是热汗的头颅，发红的小脸上写着疲倦的微笑，离开了傀儡后，就把傀儡重新扶起，自言自语的说着：

"王九，好小子，你真能干。你瞧，我说大爷会来，大爷不全来了吗？你玩得好，把赵四这小子扔倒了，大爷会大把子铜子儿撒来，回头咱们就有窝窝头啃了。瞧，你那脸，大姑娘样儿。你累了吗？怕热吗？（他一面说一面用衣角揩抹他自己的额角。）来，再来一趟，好劲头，咱们赶明儿还上南京国术会打擂台，给北方挣个大面子！"

众人又哄然大笑。

正当他第二次钻进傀儡衣服底里时，一个麻着脸庞收小摊捐的巡警从人背后挤进来。

巡警因为那种扮演古怪有趣，便不作声，只站在最前线看这种单人摜跤角力。然刚一转折，弯着腰身的老头子，却从巡警足部一双黑色厚皮靴上认识了观众之一的身份与地位，故玩了一会，只装作赵四力不能支，即刻又成一堆坍在地下了。

他赶忙把头伸出，对巡警作一种谄媚的微笑，意思像在说"大爷您好，大爷您好"，一面解除两手所套的假腿一面轻轻的带着幽默自讽的神气，向傀儡说：

"瞧，大爷真来了，黄褂儿，拿个小本子抽收四大枚浮摊捐，明知道咱们嚼大饼还没办法，他们是来看咱们摔跤的！天气多热！大爷们尽在这儿竖着，来，咱们等等再来。"

他记起浮摊捐来了，他手边还无一个大子。

过一阵，他看看围在四方的帮场人已不少，便四向作揖打拱说：

"大爷们，大热天委屈了各位。爷们身边带了铜子儿的，帮忙随手撒几个，荷包空了的，帮忙耽一会儿，不必走开。"

观众中有人丢一枚两枚的，与其他袖手的，皆各站定原来位置不曾挪动，一个青年军官，却掷了一把铜子皱着眉毛走开了。老头子为拾取这一把散乱满地的铜子，照例沿了场子走去，系在腰带上那两只假脚，便很可笑的向左向右摆着。

收捐巡警已把那黄纸条画上了个记号，预备交给老头子，他见着时，赶忙数了手中铜子四大枚，送给巡警，这巡警就口上轻轻说着"王九王九"，含着笑走了。巡警走后，老头子把那捐条搓成一根捻子，扎在耳朵边，向傀儡说：

"四个大子不多，王九你说是不是？你不热，不出汗！巡警各处跑，汗流得多啦！"说到这里他似乎又想起自己头上的大汗，便蹲下去拉王九衣角揩着，同时意思想引起众人发笑，观众却无人发笑。

这老头子也同社会上某种人差不多，扮戏给别人看，连唱带做，并不因为他做得特别好，就只因为他在做，故多数人皆用希奇怜悯眼光瞧着，应出钱时，有钱的也照例不吝惜钱，但不管任何地方，只要有了一件新鲜事情，这点粘合性就失去了，大家便会忘了这里一切，各自跑开了。

柳树阴下卖莲子小摊，有人中了暑，倒在摊边晕去了，大家不知发生了什么事，见有人跑向那方面去，也跟着跑去，只一会儿玩傀儡的场坪观众就走去了大半。少数人也似乎方察觉了头上的烈日，继续渐渐散去了。

带着等待投水神气的大学生，似乎也记起了自己应做的事情，不能尽在这烈日下捧场作呆二，沿着前海大路挤进游人中不见了。

场中剩了七个人。

老头子看看，微笑着，一句话不说，两只手互相捏了一会，又蹲下去把傀儡举起，罩在自己的头上，两手套进假腿里去，开始剧烈的摇着肩背，玩着业已玩过的那一套。古怪动作招来了四个人，但不久之间却走去了五个人。等到另外一个地方真的殴打发生后，其余的人便全皆跑去了。

老头子还依然玩着，依然常常故意把假脚举起，作为其中一个全身均被举起的姿势。又把肩背极力倾斜向左向右，便仿佛傀儡扭扑极烈。到后便依然在一种规矩中倒下，毫不苟且的倒下。自然的，王九又把赵四战胜了。

等待他从那堆敝旧衣里爬出时，场坪里只有一个查验浮摊捐的矮巡警，笑眯眯的站在那里，因为观众只他一人故显得他身体特别大，样子特别乐。

他走向巡警身边去，弯了下腰，从耳朵边抓取那根黄纸捻条，那东西却不见了，就忙匆匆的去傀儡衣里乱翻。到后从地下方发现了那捐条，赶忙拿着递给巡警：巡警不验看捐条，却望着系在那老头子腰边的两只假腿痴笑，摇摇头走了。

他于是同傀儡一个样子坐在地下，计数身边的铜子，一面向白脸傀儡王九笑着，说着前后相同既在博取观者大笑，又在自作嘲笑的笑话。他把话说得那么亲昵，那么柔和。他不让人知道他死去了的儿子就是王九，儿子的死乃是由于同赵四相拼也不说明。他决不提这些事。他只让人眼见傀儡王九与傀儡赵四相殴相扑时，虽场面上王九常常不大顺手，上风皆由赵四占去，但每次最后的胜利，总仍然归那王九。

王九死了十年，老头子在北京城圈子里外表演王九打倒赵四也有了十年，那个真的赵四，则五年前在保定府早就害黄疸病死掉了。

廿二年九月三日在北平新窄而霉斋
（登在《人民评论旬刊》一卷十七号）

---

本篇发表于1933年9月10日《人民评论旬刊》第1卷第17号。署名沈从文。

# 三个女性

海滨避暑地，每个黄昏皆是迷人的黄昏。

绿的杨树，绿的松树，绿的槐树，绿的银杏树。绿的山，山脚齐平如掌的绿色草坪，绣了黄色小花同白色小花，如展开一张绿色的毯子。绿的衣裙，在清风中微举的衣裙。到黄昏时，开始皆为夕阳镀上了一层薄薄的金光，增加了一点儿温柔，一点儿妩媚。

一个三角形的小小白帆，镶在那块蓝玉的海面上，使人想起那是一粒杏仁，嵌在一片蜜制糕饼上。

有什么地方正在吹角，或在海边小船上，或在山脚下牧畜场养羊处。声音那么轻，那么长，那么远，那么绵邈。在耳边，在心上，或在大气中，它便融解了。它像喊着谁，又像在答应谁。

"它在喊谁？"

"谁注意它，它就在喊谁。"

有三个人正注意到它，这是三个年纪很轻的女孩子，她们正从公园中西端白杨林穿过，在一个低低的松树林里觅取上山的路径。最前面的是个年约二十三四，高壮健全具有男子型穿白色长袍的女子，名叫蒲静，其次是个年约十六，身材秀雅，穿了浅绿色教会中学制服的女子，名叫仪青，最后是个年约二十，黑脸长眉活泼快乐着紫色衣裙的女子，名叫黑凤。

三个人停顿在树林里，听了一会角声，年纪顶小的仪青说：

"它在喊我，它告我天气太好，使它忧愁！"

黑凤说：

"它给了我些东西，也带走了我一些东西。这东西却不属于物质，只是一缕不可捉摸的情绪。"

那年纪大的蒲静说：

"我只听到它说：以后再不许小孩子读诗了，许多聪明小孩读了些诗，处处就找诗境，走路也忘掉了。"

蒲静说过以后，当先走了。因为贪图快捷，她走的路便不是一条大路。那中学生是光着两只腿，不着袜子，平常又怕虫怕刺的，故埋怨引路的一个，以为所引的路不是人走的路。

"怎么样，引路的，你把我们带到什么地方去？面前全是乱草。我已经不能再动一步了。我们只要上山，不是探险。"

前面的蒲静说：

"不碍事，我的英雄，我的诗人，这里不会有长虫，不会有刺！"

"不成不成，我不来！"

最后的黑凤，看到仪青赶不上去，有点发急了，就喊蒲静：

"前面的慢走一点，我们不是充军，不用忙！"

蒲静说：

"快来，快来，一上来就可看到海了！"

仪青听到这话，就忘了困难跑过去，不一会，三个人皆到了山脊，从小松间望过去，已可以看到海景的一角。

那年纪顶小美丽如画的仪青，带点惊讶喊着：

"看，那一片海！"她仿佛第一次看到过海，把两只光裸为日炙成棕色的手臂向空中伸去，她像要捕捉那远远的海上的一雯蔚蓝，又想抓取天畔的明霞，又想捞一把大空中的清风。

但他们还应当走过去一点，才能远望各处，蒲静先走了几步，到了一个小坑边，回过身来，一只手攀援着一株松树，一只手伸出来接引后面的两个人。

"来，我拖你，把手送给我！"

"我的手是我自己的，不送人。"

那年纪顶小的仪青，一面笑一面说，却很敏捷的跃过了小坑，在前面赶先走去了。

蒲静依然把手伸出，向后面的黑凤说：

"把手送我。"

"我的手也不送人。"

一面笑一面想蹿过小坑,面前有个低低的树却把她的头发抓住了,蒲静赶忙为她去解除困难。

"不要你,不要你,我自己来!"黑凤虽然那么说,蒲静却仍然捧了她的头,为她把树枝去掉,做完了这件事情时,好像需要些报酬,想把黑凤那双长眉毛吻一下,黑凤不许可,便在蒲静手背上打了一下,也向前跑去了。

那时节女孩子仪青已爬到了半山一个棕色岩石上面了,崖石高了一些,因此小松树便在四围显得低了许多,眼目所及也宽绰了许多。

"快来,这里多好!"

她把她的手向空中举起,做出一个天真且优美的姿势,招呼后面两个人。

不多久,三个人就并排站定在树林中那个棕色岩石上了。

天气过不久就会要夜了。远处的海,已从深蓝敷上了一层银灰,有说不分明的温柔。山上各处的小小白色房子,在浓绿中皆如带着害羞的神气。海水浴场一隅饭店的高楼,已开始了管弦乐队的合奏。一钩新月已白白的画在天空中。日头落下的一方,半边天皆为所烧红。一片银红的光,深浅不一,仿佛正在努力向高处爬去,在那红光上面,游移着几片紫色云彩。背了落日的山,已渐渐的在一阵紫色的薄雾里消失了它固有的色彩,只剩下一种山峰的轮廓。微风从树枝间掠过时,把枝叶摇得刷刷作响。

年纪较大的蒲静说:

"小孩子,坐下来!"

当两个女孩子还在那里为海上落日红光所惊讶,只知道向空中轻轻的摇着手时,蒲静已用手作枕,躺到平平的干净石头上了。

躺下以后她又说:

"多好的床铺!睡下来,睡下来,不要辜负这一片石头,一阵风!"

因为两个女孩子不理会她,便又故意自言自语的说:

255

"一个人不承认在大空中躺下的妙处,她也就永远不知道天上星子同月亮的好处。"

仪青说:

"卧看牵牛织女星,坐看白云起,我们是负手眺海云,目送落日向海沉!"

"这是你的诗吗?"黑凤微笑的问着,便坐下来了,又说:"石头还热热的。"又说,"诗人,坐下来,你就可以听到树枝的唱歌了。"

女孩子仪青理理她的裙子,就把手递给了先前坐下来的黑凤,且傍着她坐下。

蒲静说:

"躺下来,躺下来,你们要做诗人,想同自然更亲切一些,就去躺在这自然怀抱里,不应当菩萨样子坐定不动!"

"若躺到这微温石头上是诗人的权利,那你得让我们来躺,你无分,因为你自己不承认你作诗!"

于是蒲静自己坐起来,把两个女孩子拉过身边,只一下子就把两人皆压倒了。

可是不到一会,三个人就皆并排躺在那棕色崖石上。

黑凤躺下去时,好像发现了什么崭新的天地,万分惊讶,把头左右转动不已。"喂,天就在我头上!天就在我头上!"她举起了手,"我抓那颗大星子,我一定要抓它下来!"

仪青也好像第一次经验到这件事,大惊小怪的嚷着,以为海是倒的,树是倒的,天同地近了不少。

蒲静说:

"你们要做诗人,自己还不能发现这些玩意儿,怎么能写得出好诗?"

仪青说:

"以后谁说'诗'谁就是傻子。"

黑凤说:

"怎么办?这里那么好!我们怎么办?"

蒲静因为黑凤会唱歌,且爱听她唱歌,就请她随便唱点什么,以为让这点微风,这一派空气,把歌声带到顶远顶远一处,融解到一切人的心里去,融解到为黄昏所占领的这个世界每一个角隅上去,不算在作一件蠢事情。并且又说只有歌能够说出大家的欢欣。

黑凤轻轻的快乐的唱了一阵子,又不接下去了。就说:

"这不是唱歌的时候。我们认识美,接近美,只有沉默才是最恰当的办法。人类的歌声,同人类的文学一样,都那么异常简单和贫乏,能唱出的,能写出的,皆不过是人生浮面的得失哀乐。至于我们现在到这种情形下面,我们能够用一种声音一组文字说得分明我们所觉到的东西吗?绝对不能,绝对不能。"

蒲静说:

"要把目前一切用歌声保留下来,这当然不能够。因为这时不是我们得到了什么,也不是失掉了什么,只是使我们忘掉了自己。不忘掉,这不行的!不过当我们灵魂或这类东西,正在融解到一霎微妙光色里时,我们得需要一支歌,因为只有它可以融解我们的灵魂!"

这不像平时蒲静的口气,显然的,空气把这个女人也弄得天真哓舌起来了,她坐了起来,见仪青只是微笑,就问仪青:"小诗……你说你的意见,怎么样?"

她仍然微笑,好像微笑就是这年青女孩全部的意见。这女孩子最爱说话也最会说话,但这时只是微笑。

黑凤向蒲静说:

"你自己的意见是怎么样?"

那蒲静轻轻的说:"我的意见是——"她并不把话继续下去,却拉过了仪青的手,放在嘴边挨了一下,且把黑凤的手捏着,紧紧的捏着,不消说,这就是她的意见了。

三个人皆会心沉默是必需的事,风景的美丽,友谊的微妙,是皆只宜从沉默中去领会的。

但过了一会,仪青想谈话了,却故意问蒲静:"怎么样来认识目前的一切,究竟你是什么意见?"

蒲静说：

"我不必说，左边那株松树就正在替我说！"

"说些什么？"

"它说：谁说话，谁就是傻子，谁唱歌，谁就是疯子，谁问，谁就是……"

仪青说：

"你又骂人！黑凤，她骂你！拧她，不能饶她！"

黑凤说：

"她不骂我！"

"你们是一帮的人。可是不怕你们成帮，我问你，诗人是怎么样发生的呢？"

因为黑凤并不为仪青对付蒲静，仪青便噘了一下小嘴，轻轻的说。

蒲静说：

"仪青你要明白么？诗人是先就自己承认自己是个傻子，所以来复述树枝同一切自然所说无声音的话语，到后成为诗人的。"

"他怎么样复述呢？"

"他因为自己以为明白天地间许多秘密，即或在事实上他明白的并不比平常人多，但他却不厌其烦的复述那些秘密，譬如，树杪木末在黄昏里所作的低诉，露水藏在草间的羞怯，流星的旅行，花的微笑，他自信懂得那么多别人所不懂的事情，他有那份权利，也正有那份义务，就来作诗了。"

"可是，诗人虽处处像傻子，尤其是在他解释一切，说明一切，形容一切时，所用的空字，所说的空话，不是傻子谁能够那么做。不过若无这些诗人来写诗，这世界还成什么世界？"

"眼前我们就并不需要一个诗人，也并不需要诗。"

"以后呢？假如以后我们要告给别一个人，告给一百年一千年的人，怎么样？"

蒲静回答说：

"照我说来若告给了他们，他们只知道去读我们的诗，反而不知道领会认识当前的东西了。美原来就是不固定的,无处不存在的,诗人少些,人类一定也更能认识美接近美些。诗人并不增加聪明人的智慧,只不过使平常人仿佛聪明些罢了。让平常人皆去附庸风雅,商人赏花也得吟诗填词,军人也只想磨盾题诗,全是过去一般诗人的罪过。"

仪青说:

"我们不说罪过,我们只问一个好诗人是不是也有时能够有这种本领,把一切现象用一组文字保留下来,虽然保留下来的不一定同当时情景完全相同,却的的确确能保留一些东西。我还相信,一个真的诗人,他当真会看到听到许多古怪东西!"

蒲静微笑把头点着:"是的,看到了许多,听到了许多。用不着诗人,就是我,这时也听到些古怪声音!"

黑凤许久不说话,把先前一时在路上采来的紫色野花,挼碎后撒满了仪青一身,轻轻的说:"借花献佛。真是个舌底翻莲的如来佛!"

仪青照例一同蒲静谈论什么时,总显得又热情又兴奋,黑凤的行为却妨碍不了她那问题的讨论。她问蒲静:

"你听到什么?"

蒲静把散在石上的花朵捧了一手撒到小女孩子仪青头上去。

"我现在正听到那株松树同那几棵高高的槐树在讨论一件事情,她说:'你们看,这三个人一定是些城里人,一定是几个读书人,日光下的事情知道得那么少,因此见了月亮,见了星子,见了落日所烘的晚霞同一汪盐水的大海,一根小草,一颗露珠,一朵初放的花,一片离枝的木叶,皆莫不大惊小怪,小气处同俗气处真使人难受!'"

"假如树木皆有知觉,这感想也并不出奇!"

"它们并没有人的所谓知觉,但对于自然的见识,所阅历的可太多了。它们一切见得多,所以它们就从不会再有什么惊讶,比人的确稳重世故多了。"

仪青说:"我们也并不惊讶!"

蒲静说:"但我们得老老实实承认,我们皆有点儿傻,我们一到了好的光景下面,就不能不傻,这应当是一种事实。不只树木类从不讨论这些，就是其余若干在社会中为社会活着的人，也不会来作这种讨论！"

"蒲静，这里不是宣传社会主义的地方，因为你说你懂松树的话，难道你就不担心松树也懂你的话吗？你不怕'告密'吗？"

因为仪青在石上快乐的打着滚，把石罅小草也揉坏了。黑凤就学蒲静的神气，调弄仪青说：

"我听到身边小草在埋怨：那里来那么多不讲道理的人，我们不惹她，也来折磨我们！只有诗人是这样子，难道蹂躏我的是个候补诗人吗？"

"再说我揍你，"仪青把手向黑凤扬起，"我盼望璇若先生再慢来些，三天信也不来。"

璇若是黑凤的未婚夫，说到这里，两人便笑着各用手捞抓了一阵。因为带球形的野花宜于穿成颈圈，仪青挣脱身，走下石壁采取野草去了。

到后蒲静却正正经经的同黑凤说：

"我想起了一件事情，我想起一本书，璇若先生往年还只能在海滨远远的听那个凤子姑娘说话，我们现在却居然同你那么玩着闹了。我问你，那时节在沙上的你同现在的你，感想有什么不同处没有？"

黑凤把蒲静的手拉到自己头上去轻轻的说："这就不同！"她不把蒲静的手掌摊开覆着自己眼睛。"两年前也是那么夏天，我在这黄昏天气下，只希望有那么一只温柔的手把我的脸捂着，且希望一个人正想着我，如今脸上已有了那么一只手，且还有许多人想着我！"

蒲静轻轻的说："恐怕不是的，你应当说：从前我希望一个男人想我，现在我却正在想着一个男人！"

"蒲静，你不忠厚。你以为我……他今天还来了两个信！"

"来信了吗？我们以为还不来信！梦珂××的事情怎么样了？"

"毫无结果。他很困难，各处皆不接头，各处皆不知道梦珂被捕究竟在什么地方。他还要我向学校请假四天，一时不能回来！"

"恐怕完事了，他们全是那么样子办去。某一方面既养了一群小鬼，自然就得有一个地狱来安插这些小鬼的。"

黑凤大约想起她两年前在沙上的旧事，且想起行将结婚的未婚夫，因事在×××冒暑各处走动的情形，便沉然了。

蒲静把手轻柔的摸着黑凤的脸颊，会心的笑着。

仪青把穿花串的细草采回来了，快乐的笑着，爬上了岩石。一面拣选石上的花朵，一面只是笑。

黑凤说：

"仪青，再来辩论一会，你意思要诗，蒲静意思不要诗，你要诗的意思不过是以为诗可以说一切，记录一切。但我看你那么美丽，你笑时尤其美，什么文字写成的诗，可以把你这笑容记下？"

仪青说："用文字写成的诗若不济事时，用一串声音组成的一支歌，用一片颜色描就的一幅画，皆作得到。"

蒲静说："可是我们能画么？我们当前的既不能画，另一时离远的还会画什么？"

黑凤向蒲静说：

"你以为怎么样合宜？你若说沉默，那你不必说，因为沉默只能认识，并不能保存我们的记录。"

蒲静说：

"我以为只有记忆能保存一切。一件任何东西的印象，刻在心上比保存在曲谱上与画布上总完美些高明些。……"

仪青抢着说道：

"这是自然的事。不过这世界上有多少人的心能够保存美的印象？多数人的记忆，皆得耗在生活琐事上与职务上去，多数人皆只能记忆一本日用账目，或一堆上司下属的脸子。多数人皆在例行公事同例行习惯上注意，打发了每个日子，多数人皆不宜于记忆！天空纵成天挂着美丽的虹，能抬起头来看看的固不乏其人，但永远皆得低着头在工作上注意的也一定更多。设若想把自然与人生的种种完美姿势，普遍刻印于一切人心中去，不依靠这些用文字同声音，颜色，体积，所作的东西，还有别的办法？没有的，没有的！"

"那么说来，艺术不又是为这些俗人愚蠢人而作的了么？"

"决不是为庸俗的人与愚蠢的人而产生艺术,事实上都是安慰那些忙碌到只知竞争生活却无法明白生活意味的人而需要艺术。我们既然承认艺术是自然与人生完美形式的模仿品,上面就包含了道德的美在内,把这东西给愚蠢庸俗的人虽有一时将使这世界上多了些伪艺术作品与伪艺术家,但它的好处仍然可以胜过坏处。"

蒲静说:

"仪青小孩子,我争不赢你,我只希望你成个诗人,让上帝折磨你。"说后又轻轻的说,"明年,后年,你会同凤子一样的把自己变成一句诗,尽选字儿押韵,总押不妥帖,你方知道……"

晚风大了些,把左边同岩石相靠的槐树枝叶扫着石面,黑凤因为蒲静话中说到了她,她便说:"这是树的嘲笑,"且说,"仪青你让蒲静一点,你看,天那边一片绿云多美!且想想,我们若邀个朋友来,邀个从来不曾到过这里的人,忽然一下把她从天空摔到这地面,让她身边一切发呆,你想怎么样?!"

她学了蒲静的语气说:"那槐树将说……"

"不要槐树的意见,要你的意见。"

仪青业已坐起来了些时节,昂起头,便发现了星子,她说:

"我们在这里,若照树木意见说来已经够俗气了,应当来个不俗气的人,——就是说,见了这黄昏光景,能够全不在乎谈笑自若的人,只有梦珂女士好。璇若先生能够把她保出来,接过来,我们四个人玩个夏天可太好了。"

"她不俗气,当真的。她有些地方像个男子,有些地方男子还不如她!"

仪青又说:

"我希望她能来,只有她不俗气,因为我们三个人,就如蒲静,她自己以为有哲学见解反对诗,就不至于为树木所笑,其实她在那里说,她就堕入'言诠'了。"

蒲静说:

"但她一来我想她会说'这是资本主义下不道德的禽兽享乐的地

方'，好像地方好一点，气候好一点，也有罪过似的。树木虽不嫌她如我们那么俗气，但另外一种气也不很雅。"

仪青说："这因为你不认识她，你见过她就不会那么说她了。她的好处就也正在这些方面可以看出。她革命，吃苦，到吴淞丝厂里去做一毛八分钱的工，回来时她看得十分自然，只不过以为既然有多少女人在那里去做，自己要明白那个情形，去做就得了。她作别的苦事危险事也一样的，总不像有些人稍稍到过什么新生活荡过一阵，就永远把那点经验炫人。她虽那么切实工作，但她如果到了这儿来，同我们在一块，她也会同我们一样，为目前事情而笑，决不会如某种俗气的革命家，一见人就只说：'不好了，帝国主义者瓜分了中国，×××是卖国贼。'她不乱喊口号，不矜张，这才真是能够革命的人！"

黑凤因为蒲静还不见到过梦珂，故同意仪青的说明，且说：

"是的，她真会这样子。她到这儿来，我们理解她，同情她那分稀有的精神，她也能理解我们，同意我们。这才真是她的伟大处。她出名，事情又做得多，但你同她面对面时，她不压迫你。她处处像一个人，却又使你爱她而且敬她。"

蒲静说："黑凤，你只看过她一面，而且那时候是她过吴淞替璇若先生看你的！"

"是的，我见她一面，我就喜欢她了。"黑凤好像有一个过去的影子在心头掠过，有些害羞了，便轻轻的说："我爱她，真是的。革命的女子的性格那么朴素，我还不见过第二个！"

仪青就笑着说：

"她说你很聪明很美！"

"我希望她说我'很有用'。"黑凤说时把仪青的手捏着。

"这应当是你自己所希望的。"蒲静说，"你给人的第一面印象实在就是美，其他德性常在第二面方能显出。我敢说璇若先生对于你第一面印象，也就同梦珂一样！"

黑凤带着害羞的微笑，望着天末残余的紫色，"我欢喜人对于我的印象在美丽以外。"

仪青说:"我本来长得美,我就不欢喜别人说我不美。"

蒲静说:"美丽并不是罪过。真实的美丽原同最高的道德毫无畛域。你不过担心人家对于你的称赞像一般所谓标致漂亮而已。你并不标致艳丽,但你却实在很美。"

"蒲静,为什么人家对于你又常说'有用'?为什么她不说我'有用'?"

蒲静回答说:

"这应当是你自己的希望!譬如说,你以为她行为是对的,工作是可尊敬的,生活是有意义的,应当从她取法,不必须要她提到。至于美,有目共赏,璇若……"

"得了,得了,我们这些话不会更怕树木笑人吗?"

晚风更紧张了些,全个树林皆刷刷作响,三人略沉默了一会,看着海,面前的海原来已在黄昏中为一片银雾所笼罩,仿佛更近了些。海中的小山已渐渐的模模糊糊,看不出轮廓。天空先是浅白带点微青,到现在已转成蓝色了。日落处则已由银红成为深紫,几朵原作紫色的云则又反而变成淡灰色,另外一处,一点残余的光,却把几片小小云彩,烘得成墨黑颜色。

树林重新响着时,仪青向蒲静说:

"古人有人识鸟语,如今有人能翻译树木语言,可谓无独有偶。只是现在它们说些什么?"

蒲静说:

"好些树林皆同一说:'今天很有幸福,得聆一个聪明美丽候补诗人的妙论。'"

仪青明知是打趣她,还故意问:

"此后还有呢?"

"还有左边那株偃蹇潇洒的松树说:'夜了,又是一整天的日光,把我全身都晒倦了!日头回到海里休息去了,我们也得休息。这些日子月亮多好!我爱那粒星子,不知道她名字,我仍然爱她。我不欢喜灯光。我担心落雨,也讨厌降雾。我想想岩石上面那三个年青人也应当回家了,难道不知道天黑,快找不着路吗?'可是那左边瘦长幽默的松树却又说'诗人是用萤火虫照路的,不必为他们担心。'另一株树又说:'这几天还不见打了小小火炬各处飞去的夜游者!'那幽默松树又说:'不碍事,三个人都很勇敢,尤其是那个年轻的女孩子,别担心她那么美,那么娇,她还可以从悬崖上跳下去的!'别的又问:'怎么,你相信她们会那么做?'那个就答:'我本不应当相信,但从她们那份谈论神气上看来,她们一定不怕危险。'"

仪青说:

"蒲静,你翻译得很好,我相信这是忠实的翻译。你既然会翻译,也请你替我把话翻译回去,你为我告那株松树,(她手指着有幽默神气的一株)你说:'我们不怕夜,这里月亮不够照路,萤火虫还不多,我们还可以折些富于油脂的松枝,从石头上取火种,燃一堆野火照路!'"

黑凤因为两个朋友皆是客人,自己是主人,想家中方面这时应当把晚饭安排妥当了,就说:

"不要这样,还是向树林说'再见'吧。松树忘了告给我们吃饭的时间,我们自己可得记着!"

几个人站了起来,仪青把穿好的花圈套到黑凤颈上去,黑凤说:

"诗人,你自己戴!"仪青一面从低平处跳下岩石,一面便说:"诗人当他还不能把所写的诗代替花圈献给人类中最完美的典型时,他应当先把花圈来代替诗,套到那人类典型头上去!"因为她恐怕黑凤还会把花圈套回自己颈脖上来,平时虽然胆子极小,这时却忘了黑魆魆的松林中的一切可怕东西,先就跑了。

她们的住处在山下,去她们谈笑处约有半里路远近。几个人走回所住的小小白房子,转到山上大路边时,寂寞的山路上电灯业已放光。几个人到了家中,洗了手,吃过饭,谈了一阵,各人说好应当各自回到所住那间小房中去作自己的事情。仪青已定好把一篇法文的诗人故事译出交卷,蒲静已定好把所念的一章教育史读完,黑凤则打算写信给她的未婚夫璇若,询问南京的情形,且告给这边三个人的希望,以为如果梦珂想法保出来了,则必无问题可言,务必邀她过海滨来休息一阵,一面可

265

以同几个好朋友玩玩,一面也正可以避避嫌,使侦探不至于又跟她过上海不放松她。又预备写信给她的父亲,询问父亲对于她结婚的日子,看什么时节顶好。她们谈到各人应作的事情时,并且互相约定,不管有什么大事,总不许把工作耽误。

蒲静同仪青皆回到楼上自己卧室里去了,黑凤因为还有些事告给新来的娘姨,便独自在客厅中等待着,且装作一个名为"费家二小"的乡下女孩子说话,这乡下女孩,正是她自己所作的一篇未完事的小说上人物。

把一些事教给了娘姨以后,她就在客厅旁书房中写信。信写好后,看看桌上的小表,正十点四十分。刚想上楼去看看两个人睡了没有,门前铃子响了一阵,不见娘姨出去开门,就走去看是谁。出去时方知道是送电报的,着忙签了个字,一个人跑回书房去,把电码本子找到了,就从后面起始翻出来。电报是璇若从南京来的,上面说:"梦珂已死,余过申一行即回。璇。"把电翻完,又看看适间所写的信,黑凤心想:"这世界,有用的就是那么样子的结果!"

她记起了梦珂初次过吴淞学校去看她的情形,心里极其难过,就自言自语说:"勇敢的同有用的好人照例就是这样,于是剩下些庸鄙怕事自足糊涂的……"又说:"我不是小孩子,我哭有什么用?"原来这孩子眼睛已红了。

她把电报拿上楼去,站在蒲静的卧室外边,轻轻的敲着门。蒲静问:"黑凤,是你吗……"她便把门推开走到蒲静身后站了一会儿,因为蒲静书读得正好,觉得既然这人又不曾见过梦珂,把这种电报扰乱这个朋友也不合理,就不将电报给蒲静看。蒲静见黑凤站在身后不说话,还以为只是怕妨碍她读书,就问黑凤:"信写好了没有?"

黑凤轻轻的说:"十一点了,大家睡了吧。"

心中酸酸的离开了蒲静房间,走到仪青的房门前,轻轻的推开了房门,只见仪青穿了那件大红寝衣,把头伏在桌子上打盹,攀着这女孩子肩膊摇了她一下,仪青醒来时就说:

"不要闹我,我在划船!我刚迷着,就到了海上,坐在三角形白帆边了。"等一等又说:"我文章已译好了。"

"睡了吧,好好的睡了吧。我替你来摊开铺盖。"

"我自己来,我自己来。你信写好了吗?"

黑凤轻轻的说:"好了的。你睡了,我们明天见吧!"

"明天上山看日头,不要忘记!"

黑凤说:"不会忘记。"

因为仪青说即刻还要去梦中驾驶那小白帆船,故黑凤依然把那电报捏在手心里,吻了一下仪青美丽的额角,就同她离开了。

她从仪青房中出来时,坐在楼梯边好一会。她努力想把自己弄得强硬结实一点,不许自己悲哀。她想:"一切都是平常,一切都很当然的。有些人为每个目前的日子而生活,又有些人为一种理想日子而生活。为一个远远的理想,去在各种折磨里打发他的日子的,为理想而死,这不是很自然么?倒下的,死了,僵了,腐烂了,便在那条路上,填补一些新来的更年青更结实的家伙,便这样下去,世界上的地图不是便变换了颜色?她现在好像完了,但全部的事并不完结。她自己不能活时,便当活在一切人的记忆中。她不死的。"

她自己的确并不哭泣。她知道一到了明天早上,仪青会先告诉她梦里驾驶小船的经验,以及那点任意所为的快乐,但她却将告给仪青这个电报的内容,给仪青早上一分重重的悲戚!她记起仪青那个花圈了,赶忙到食堂里把它找得,挂到书房中梦珂送她的一张半身像上去。

廿二年六月青岛

(登在《新社会半月刊》第五卷三号至六号)

---

本篇发表于 1933 年 8 月 1 日、16 日,9 月 1 日、16 日《新社会半月刊》第 5 卷第 3~6 期。署名沈从文。

## 过岭者

××向西约四十里,杀鸡岭,长岭尽头,连绵不绝罗列了十三个小阜。接近长岭第五与第六个小阜之间,一片毛竹林里,为××第七区的一个通信处。

那地方已去大路约三里,大路旁数日来每日可发生的游击战,却从不扰乱到这方面来。

时间约下午五点左右,竹林旁有个××交通组的特务员,正在一束黍秸上坐下,卸除他那一只沾满泥浆的草鞋。草鞋卸去后,方明白先前一时脚掌所受的戳伤实在不小。便用手揉着,且随手采取蔓延地下的蛇莓草叶,送入口中咀嚼。待到那个东西被坚实的牙床磨碎后,就把它吐出,用手敷到脚心伤处去。他四下看望,意思似乎正想寻觅一片柔软的木叶,或是一片破布,把伤处包裹一下。但一种责任与职务上的自觉,却使他停止了寻觅,即刻依然又把那只泥草鞋套上了。

他还得走一大段山路。他从昨夜起即从长岭翻山走来,不久又还得再翻山从长岭走去。至于那个岭头的关隘,一礼拜前却已为××××占领去了。

天气燠热而沉闷,空中没有一丝儿微风。看情形一到晚上必有雨落;但现在呢,却去落雨的时间还早咧。远处近处除了一些新蝉干燥嘶声外,只有草丛间青绿蚱蜢振翅嗻嗻的声音。对山山坳里,忽然来了一只杜鹃,急促的鸣着,过一会,那杜鹃却向毛竹林方面飞来,落在竹林旁边一株枫树上。但这只怪鸟,似乎知道这竹林里的秘密,即刻又飞去了。坐在黍秸上的那个年青人,便睨着杜鹃飞去的一方,轻轻的喃喃的骂道:

"你娘××的,好乖觉,可以到××去作侦探!"

远远什么地方送来了一声枪声。在岭东呢，一只×完事了，在岭上呢，一个×××完事了。这枪声似乎正从岭上送来，给年青人心上加了一分重量。但年青人却用微笑把这点分量挪开了。没有枪声，这长日太沉静了一点，伏在一片岩石后或藏身入土窟里，等到机缘过岭的人，这日子，打发它走去好像不容易的。

这年青瘦个子的特务员，番号十九，为二十个特务中之一个，还刚从岭东××第十区的宋家集子赶来，带来了一个紧要文件，时不多久，又还得捎一个新的报告向原来地方出发。

半月以来的战事，各方面得失不一。自从××××××，与××七区政治局被炸毁长岭被占领后，××方面原有的交通组织，大部分皆被破坏，因此详细全部情形转入混乱中。××总部与宋家集子及其他各地必须取得相当联络，各方面消息方能贯串集中，就选定了这样二十个精壮结实的家伙，各地来往奔走。正由于技术上的成就，得到非常的成功，故××与×××实力，比较起来虽为一与四，不但依然可以把防线支持原状，且从各种设计中，尚能用少数兵力的奇袭，使×××蒙受极大的损失。××××，×××，××××××××，×××，××，××。但一星期以来，自从向南那方面胜家堡与接近水道的龙头岨被人相继占领后，××总部与各区的联络，业已完全截断。作通信工作的，增加了工作危险与艰辛。番号第六，第七，第十三，第十五，第二十，皆陆续牺牲了。番号第二，第四，第十，皆失了踪，照情形看来或跌下悬崖摔坏了。番号第八被人捉去，在龙头岨一小庙前边枪决时，居然在枪响以前一刹那，窜入庙前溪涧深篁中，从一种俨然奇迹里逃脱，仍回到十区，一只脚却已摔坏，再也不能继续工作了。对于通信特务的缺额，虽然×××即刻补充了预备员九人，但一些新来的家伙，就技术与性格而言，一切还皆需要训练与指导。因此一来，原有几个人工作的分量与责任，无形中便增加了不少。但这是××，各人皆得抿着嘴儿，在沉默里支持下去。

小阜前边向长岭走去的大路，系由××修路队改造过了的。这条路被某方面称为"魔鬼路"。大路向日落处的西方伸出，一条蛇似的翻

269

山而去，消失在两个小谷坡边不见了。向东呢，为越过长岭关隘的正路。×××将长岭占取时，所出的代价为实力两团。长岭关隘虽已被占领，然而这里那里尚每日发生游击战，便因为路被改造，某方面别动队在这种游击战中，一礼拜来损失了三个小队。

那只杜鹃又开始在远处一个林子里锐声的啼唤时，坐在黍秸上的年青人，似乎因为等候得太久了一点，心中有些烦躁，突然站起身来。一只青色蚱蜢正停顿在他面前草地上，被惊动了一下，振翅飞去了。年青人极其无聊的向那小生物逃走的一方望去，仿佛想说："好从容的游荡家伙，世界要你！"但他实在却什么也不想，只计算着回去的时节，所应经过的几个山涧。

竹林旁一堆乱草里，有了索索的声音。原来那里是一个土窟。土窟中这时节已露出一个小小头颅来了。那人摇着小小头颅轻轻的说：

"兄弟，你急了！全预备好了，你来，你进来！"

年青的一个，知道即刻又要上路了。微笑着，走过草堆边去，与小头颅一同消失到那个草丛里的潮湿土窟中去了。

一会儿，他便又从土窟里钻出，在日光下立定了。他预备上路。

那个有着一颗小小头颅从草丛间伸出，望望天空，且伸举起一只黑手来向空中捞了一把，很阴郁的说：

"到了七点八点会落雨的，鬼天气！"

那一个却用了快乐的调子低低的说道：

"算什么呢？我还得让这阵雨落下来，方过得了大坡。这雨打湿了一切，也会濛着那些狗眼睛！"

小头颅诙谐似的说：

"狗眼睛，羊眼睛，我告你，见了××赵瑞，他明天若来，要他莫忘记为我带点盐，带点燕麦粉！"

"他为慰劳队的娘儿们弄疯了，他不同你说吗？"

"什么也不说。你呢？你是不是——"

"嗨……伯伯……"年青人皱皱眉毛，做了一个不高兴了表示，不再作声了。

××××××。

那小头颅也不再作声,却从土窟里抛掷出一个大红薯到年青人脚边。

"兄弟,吃了再走,时间还早咧。"

年青的却说:"我不要这个!"只一脚,把那红薯踢入草丛里不见了。

"你得等到落雨时过那个×坡,八点到三区,今天十九,还可以赶得××热闹的晚会……晚会中不是有慰劳队娘女唱歌吗?"

年青的开玩笑似的说:"自然呵!"

"你不想结婚吗?"

"我怎么不想结婚?你呢?"

"我呢,我今年四十三岁。这是二十三岁的人做的事情。"

"你不要快乐……"

"我要的是盐!"因为年青的那一个不说话,小头颅便接着又说,"可是你们晚会中一定有好些有趣味事情……"

年青的那一个忍不住了:"什么晚会!那边每夜皆摸黑,要命!……再见!"

那一个从竹林尽头窜入山沟中,即刻就不见了,小头颅却尚在草丛中,向同伴所消失的方向茫然眺望着。

天边一角响了隐隐的雷声。云角已黑,地面开始动了微风,掠着草丛竹梢过去。

小头颅孤单沉默守在这个潮湿土窟里,已到了第九个日子。每日除了把过岭特务员送来的秘密文件,或口头报告,简单记下,预备交给七区派来的特务带走,且或记录七区特别报告,交给第二次过岭捎回以外,就简直无事可作了。带着一点儿"受训练"的意义,被派到这土窟里来的他,九天以来除了在天色微明时数着遥遥的枪声,计算它的远近,且推测它的得失,是没有生活可言的。

日头匆匆的落下时,沿岭已酿了重云,小头颅估计那特务必已从山沟爬到了长岭脚下,伏在大石后等候落雨,或者正沿着山涧悬崖爬去,雷却在山谷中回环响着。忽然间,岭上响了枪声,一下两下,且接着又一连响了十来下,到后便沉默了。显然,那个年青人已被某方面游动哨兵发现了,而且在一阵枪声中把那一个结果了。小头颅记起了先前一时年青人口传来×部命令中一个字眼儿。"从××里方可见到一点光明。"

于是他来设想什么是光明,且计算向光明走去的一路上,可见到些什么景致。一串记忆爬到了这个小小头颅中脑髓襞褶最深处。

×××××,××××××。

……围城,夜袭,五千人一万人的××大会,土劣的枪决,粮食分配的小组会议,××团的解决,又是围城,夜袭,……大刀,用黄色炸药作馅的手榴弹发疯似的抛掷,盒子,手提机关,连珠似的放,拍……一个翻了,訇……一堆土向上直卷,一截膀子一片肉在土墙上贴着。又是大会,粮食分配……于是,交通委员会的第七十一号命令,派熊喜做××第七区第九通信处服务,先过×××处弄明白职务上的一切。

××××,××××××,××××,×××,××××××,××××××!

雷雨沿长岭自南而北,黄昏以前雨头已到了小阜附近,小头颅缩回土窟中时,借着微光尚看得见土窟角隅一堆红薯的轮廓。小头颅想起了那个被年青人一脚踢到草丛里的红薯,便赶忙爬出窟,来搜索它。

××××,××,××,×××××。××××,××××。

大雨已来了,他想:"倒下的,完事了,听他腐烂得了,活着的,好歹总还得硬朗结实的活下去!"摩摩自己为雨点弄湿的光头,打了一个寒颤,把捡收的红薯向土窟抛去,自己消失到土窟里,不见了。

一九三四年八月作

---

本篇发表于 1934 年 8 月 22 日天津《大公报·文艺副刊》第 95 期。署名从文。

# 知　识

　　哲学硕士张六吉，一个长江中部某处小地主的独生子。家中那份财产能够由他一手支配时，年龄恰满二十岁。那年正是"五四运动"的一年。看了几个月上海北京报纸，把这个青年人的心完全弄乱了。他觉得在小城里蹲下毫无意义，因此弄了一笔钱，离开了家乡。照当时的流行口语说来，这个人是"觉悟"了的分子，人已觉悟，预备到广大的世界来奋斗的。

　　他出外目的既在寻求知识，十多年来所得到的知识，当真也就很不少了。凡是好"知识"他差不多都知道了一点。在国内大学毕业后又出国在某国一个极负盛名的大学校里，得了他那个学位。他的论文为"人生哲学"，题目就证明了他对于人生问题这方面知识的深邃。他的学问的成就，多亏得是那大学校研究院一个导师，尽力指导，那是个世界知名的老博士。他信仰这个人如一个神。

　　他同许多人一样，出了学校回国来无法插进社会。想把自己所学贡献给社会，一时节却找不着相当事业。为人纵好，社会一切注重在习惯，可不要你那么一个好人。

　　他心想：没有机会留在大都市里，不妨事，不如回到我那个"野蛮"家乡去看看吧。那野蛮家乡，正因为在他印象中的确十分野蛮，平时他深怕提起，也从不梦想到有一天会再回转那个家乡。但如今却准备下乡了。

　　忧郁。他担心回到家乡去无法生活。他以为一面是一群毫无教育的乡下人，一面是他自己。要说话，无人了解，有意见，无人来倾听这个意见。这自然不成。

　　他觉得孤独。一个人自觉知识过于丰富超越一切时，自然极容易陷于这种孤独里。他想起尼采聊以自慰。离家乡越近时,他的"超人"的感觉也越浓厚。

离家乡三天路上,到了一个山坳里,见一坝山田中有个老农夫在那里锄草,天气既热,十分疲累,大路旁树荫下却躺了个青年男子,从从容容在那儿睡觉。他便休息下来,同那老农攀谈:

"天气热,你这个人年纪一大把了,怎不休息休息?"

"要吃的,无办法,热也不碍事!"

"你怎不要那小伙子帮一手,却尽他躺在树荫下睡觉,是什么意思?"

那老的仍然同先前一模一样的,从从容容的说道:"他不是睡觉。他死了。先前一会儿被烙铁头毒蛇咬死了。"

他吓了一大跳,过细看看身边躺下这一个,那小子鼻端上正有个很大麻苍蝇。果然人已死掉了。赶忙问:"这是谁?"

老农夫神气依然很平静,很从容,用手抹了抹额上汗水,走过树荫下来吸烟。"他是我的儿子。"说时一面捞了一手,把苍蝇逮住了,摘下一张桐木叶,盖到死者脸上去。

"是你的儿子!你说的是当真?儿子死了你不哭,你这个老古怪!……"他心想着,可不曾说出口来。

但那点神气却被老农夫看到了,像自言自语,又像同城里那一个说话的神气。

"世界上那有不死的人。天地旱涝我们就得饿死,军队下乡土匪过境我们又得磨死。好容易活下来!一死也就完事了。人死了,我坐下来哭他,让草在田里长,好主意!"

他眼看到老农夫的样子,要再说几句话也说不出口,老农夫却又下田赶他的活去了。

他临走时,在田中的那一个见他已上了路,就说:

"大爷,大爷,你过前面砦子,注意一下,第三家门前有个土坪坝,就是我的家。我姓刘,名叫老刘,见我老婆请便告她一声,说冬福死了,送饭时送一个人的饭。"

他心想："你这老古怪不慈爱的老糊涂人！儿子被蛇咬死了，竟像看水鸭子打架，事不干已，满不在乎，还有心吃中饭，还吝啬另一个人的中饭！"

到周家大砦时，在一个空坪坝里，果然看到两个妇人正在一副磨石旁磨碎豆子。他问两个妇人，刘家住在什么地方。两个妇人同时开口皆说自己便是刘家人，且询问有什么事情找刘家人。

"我并无别的事情，只是来传个话儿。"他说得那么从容，因为他记起那个家主在意外不幸中的神气。接着他大声说道，"你们家中的儿子被蛇咬死了！"

他看看两个妇人又说下去："那小伙子被蛇咬后死在大路旁。你们当家的要我捎个信来……"

两个妇人听完了这消息时，颜色不变，神气自如，表示已知道了这件事情，轻轻的答应了一声"哦"字。仍然不离开那磨石，还是把泡在木桶里的豆子，一瓢一瓢送进石孔里去，慢慢的转动那磨石。

那分从容使传话的十分不平。他说："这是怎么的？你们不懂我说的话？不相信我的话？你们去看看，是不是当真有个人死在那里！"

年纪老些的妇人说："怎不明不白？怎不相信？死了的是我儿子，不死的是我丈夫。两人下田一人被毒蛇咬死了，这自然是件真事！"

"你不伤心，这件事对于你一定——"

"我伤什么心？天旱地涝我们就得饿死，军队下乡土匪过境我们又得磨死。好容易活下来！死了不是完了？人死了，我就坐下来哭，对他有何好处，对我有何益处？"

那老年妇人进家里去给客人倒水喝去了，他就问那个比较年轻的妇人，死者是她什么人。

"他是我的兄弟，我是他的姐姐。"

"你是他的姐姐？两个老的，人老心狠可不用提了。同气连枝的姊弟也不伤心？"

"我为什么伤心？我问你……"

"你为什么不伤心？我问你。"

"爸爸妈妈生养我们,同那些木簰完全一样。入山斫木,缚成一个大筏。我们一同浮在流水里,在习惯上,就被称为兄弟了。忽然风来雨来,木筏散了,有些下沉,有些漂去,这是常事!"

一会儿,来了一个年纪二十来岁的乡下人,女的向那男子说:"秋生秋生,你冬福哥哥被蛇咬死了,就是这个先生说的。"

那小子望了望张六吉:"是真的假的?"

"真的!"

"那真糟,家里还有多少事应当作,就不小心给一条蛇咬死!"

张六吉以为这一家人都古怪得不大近人情,只这后生还稍稍有点人性。且看看后生神气很惨,以为一定非常伤心了,一点同情在心上滋长了。

"你难受,是不是?"

"他死了我真难受。"

"怎么样?你有点……"

屋后草积下有母鸡生蛋,生蛋后带了惊讶神气,咯大咯只是叫,飞上了草积。那较年轻的妇人,拖围裙擦手赶过屋后取热鸡蛋去了。

后生家望望陌生人,似乎看出一点什么,取得了陌生人的信托,就悄悄的说:

"他不能这时就死,他得在家里作事,我才能够到……我那胡涂哥哥死了,不小心,把我们计划完全打破了。……"他且说明这件事原是两人早已约好了的。

他说了一件什么事情?那不用问,反正这件事使张六吉听到真吃了一大惊。乡下人那么诚实,毫不含糊,他不能不相信那乡下人说的话。他心想:"这是真的假的?"同先前在田里所见一样,只需再稍稍注意,就明白一切全是真事了!

…………

临走时他自言自语说"这才是我要学的!"到了家乡后,他第一件事是写信给他那博学多闻的先生说:

"老骗子,你应当死了,你教我十来年书,还不如我那地方一个大字不识的乡下人聪明。你是个法律承认的骗子，所知道的全是活人不用知道的，人必需知道的你却一点不知道！我肯定说你是那么一个大骗子。"

第二件事是把所有书籍全烧掉了。

他就留在那个野蛮家乡里，跟乡下人学他还不曾学过的一切。不多久，且把所有土地分给了做田人。有一天，刘家那小子来找他，两人就走了。走到那儿去，别人都不知道。

也许什么地方忽然多了那么两个人，同样在挨饿，受寒，叫作土匪也成，叫作疯子也成，被一群人追着赶着各处都跑到了，还是活着。

也许一到那里，便倒下死了。反正像老刘说的，死的就尽他死了，活的还是要好好的活。只要能够活下去，这个人大约总会好好的活下去的。

本篇发表于 1934 年 12 月 10 日《水星》第 1 卷第 3 期。署名沈从文。

## 顾问官

驻防四川省×部地方的××师，官佐士兵伕同各种位分的家眷人数约三万，枪支约两万，每到月终造名册具结领取协饷却只四万元，此外就靠大烟过境税，与当地各县种户吸户的地亩捐，懒捐，烟苗捐，烟灯捐，……等等支持。军中饷源既异常枯竭，收入不敷分配，因此一切用度皆从农民剥削。农民虽成为被剥削的家伙，官佐士兵伕固定薪俸仍然极少，大家过的日子皆不是儿戏。兵士十冬腊月常常无棉衣，从无一个月按照规矩关过一次饷。只有少数在部里的红人，名义上收入同大家相差不多，因为可以得到一些例外津贴，又可以在各个税卡上挂个虚衔，每月支领干薪，人会"夺弄"还可以托烟帮商人，赊三五挑大烟，搭客作生意，不出本钱却稳取利息，故每天无事可作，尚能陪上司打字牌，进出三五百块钱不在乎。至于落在冷门的家伙，可就够苦了。

师部的花厅里每天皆有一桌字牌，打牌的看牌的高级官佐，一到响午炮时，照例就放下了牌，来吃师长大厨房备好的种种点心。甜的，淡的，南方的，北方的，轮流吃去。

这时节几张小小矮椅上正坐得有禁烟局长，军法长，军需长，同师长四个人，抹着字牌打跑和。坐在师长对手的军需长，和了个红四台带花，师长恰好"做梦"歇憩，一手翻开那张剩余的字牌，是个大红拾字，牌上有数，单是做梦的收入就是每人十六块。师长一面哈哈大笑，一面正预备把三十二块钱捡进匣子里时，忽然从背后伸来一只干瘦姜黄的小手，一把抓捏住了五块洋钱，那只手就想缩回去，哑声儿带点谄媚神气嚷着说：

"师长运气真好，我吃五块钱红！"

拿钱说话的原来是本师顾问赵颂三。他那神气似真非真，因为是师长的老部属,平时又会逢场作趣,这时节乘下水船就来那么一手。钱拿不到手,他作为开玩笑,打哈哈;若上了手,就预备不再吃师长大厨房的炸酱面,出衙门赶过王屠户处喝酒去了。他原已站在师长背后看了半天牌,等候机会,故师长纵不回头,也知道那么伸手抢劫的是谁。

师长把头略偏,一手扣定钱笑着嚷道:"这是怎么的?吃红吃到梦家来了!军法长,你说,真是无法无天!"

军法长是个胖子,常常一面打牌一面打盹,这时节已输了将近两百块钱,正以为是被身后那一个牵线,把手气弄痞了,不大高兴。就说:

"师长,这是你的福星,你尽他吃五块钱红吧,他帮你忙不少了!"

那瘦手于是把钱抓起赶快缩回,仍站在那里,唧唧的把几块钱在手中转动。

"师长是将星,我是福星——我站在你身背后,你和了七牌,算算看,赢了差不多三百块!"

师长说:

"好好,福星,你拿走吧。不要再站在我身后。我不要你这个福星。我知道你有许多事做,他们等着你,赶快去吧。"

顾问本意即刻就走,但经一说,倒似乎不好意思起来了。只搭讪着,走过军法长身后来看牌。军法长回过头来对他愣着两只大眼睛说:"三哥,你要打牌我让你来好不好?"

话里显然有根刺,这顾问用一个油滑的微笑拔去了那根看不见的刺,回口说:

"军法长,你发财,你发财,哈哈,你今天那额角,好晦气!……"

一面说一面笑着,把手中五块雪亮的洋钱唧唧的转着,摇头摆脑的走了。

这人一出师部衙门就赶过东门外王屠户那里去,到了那边刚好午炮咚的一响,王屠户正用大钵头焖的两条牛鞭子,业已稀烂,钵子酒碗皆摊在地下,且团团转蹲了好几个人。顾问来得恰好,一加入这个饕餮群后,就接连喝了几杯"红毛烧",还卷起袖子同一个官药铺老板大吼了三拳，一拳一大杯。他在军营中只是个名誉军事顾问，在本地商人中却算得是个真正商业顾问。大家一面大吃大喝，一面畅谈起来，凡有问的他必回答。

药店中人说：

"三哥，你说今年水银收不得，我听你的话，就不收。可是这一来，尽城里达生堂把钱赚去了。"

"我看老《申报》，报上说政府已下令不许卖水银给××鬼子，谁敢做卖国贼秦桧？到后来那个卖屁眼的×××自己卖起国来，又不禁止了。这是我的错吗？"

一个杂货商人接口说：

"三哥，你前次不是说桐油会涨价吗？"

"是呀，汉口挂牌十五两五，怎么不涨？老《申报》美国华盛顿通讯，说美国赶造军舰一百七十艘，预备大战××鬼。××鬼自然也得添造一百七十艘。油船要的是桐油！谁听诸葛卧龙妙计，谁就从地下捡金子！"

"捡金子！汉口来电报落十二两八！"

那顾问听说桐油价跌了，有点害臊，便嚷着说：

"那一定是毛子发明了电油。你们不明白科学，不知道毛子科学厉害。他们每天发明一样东西。报上说他们还预备从海水里取金子，信不信由你。他们一定发明了电油，中国桐油才跌价！"

王屠户插嘴说：

"福音堂怀牧师讲卫生，买牛里脊带血吃，百年长寿。他见我案桌上大六月天有金蝇子，就说：'卖肉的，这不行，这不行，这有毒害人，不能吃！'（学外国人说中国话调子）还送我大纱布作罩子。肏他祖宗，我就偏让金蝇子贴他要的那个，看福音堂上帝保佑他！"

一个杀牛的助手从前作过援鄂军的兵士，想起湖北荆州沙市土娼唱的赞美歌，笑将起来了。学土娼用窄喉咙唱道：

"耶稣爱我，我爱耶稣，耶稣爱我白白脸，我爱耶稣大洋钱……"

到后几人接着就大谈起卖淫同吃教各种故事。又谈到麻衣柳庄相法。有人说顾问额角放光，像是个发达的相，最近一定会做知事。一面吃喝一面谈笑，正闹得极有兴致。门外屠桌边，忽然有个小癞子头晃了两下。

"三伯，三伯，你家里人到处找你，有要紧事，你就去！"

顾问一看说话的是邻居弹棉花人家的小癞子，知道所说不是谎话。就用筷子拈起一节牛鞭子，蘸了盐水，把筷子一上一下，同逗狗一样，"小癞子，你吃不吃牛鸡巴，好吃！"小癞子不好意思吃，顾问把它塞进自己口里，又同王屠户对了一杯，同药店中人对了一杯，同城中土老儿王冒冒对了一杯，且吃了半碗牛鞭酸白菜汤，用衣袖子抹着嘴上油腻，辞别众人赶回家去了。

这顾问履历是前清的秀才，圣谕宣讲员，私塾教师。人民国又作过县公署科员，警察所文牍员（一卸职就替人写状子，作土律师）。到后来不知凭何因缘，加入了军队，随同军队辗转各处。二十年来的川×各县，既全由军人支配，他也便如许多读书人一样，寄食在军队里，一时作小小税局局长，一时包办屠宰捐，一时派往邻近地方去充代表，一时又当禁烟委员。且因为职务上的疏忽，或账目上交替不清，也有过短时间的拘留，查办，结果且短时期赋闲。某一年中事情顺手点，多捞几个钱，就吃得好些，穿得光彩些，脸色也必红润些，带了随从下乡上衙门时，气派仿佛便是个"要人"，大家也好像把他看得重要不少。一两年不走动，捞了几个横财，不是输光就是躺在床上打摆子吃药用光了，或者事情不好，收入毫无，就一切胡胡混混，到处拉扯，凡事不大顾全脸面，完全不像个正经人，同事熟人也便敬而远之了。

近两年来他总好像不大走运，名为师部的军事顾问，可是除了每到月头写领条过军需处支取二十四元薪水外，似乎就只有上衙门到花厅里站在红人背后看牌，就便吸几支三五字的上等卷烟，便坐在花厅一角翻翻报纸。不过因为细心看报，熟习上海汉口那些铺子的名称，熟习各种新货各种价钱，加之自己又从报纸上得到了些知识，因此一来他虽算不得资产阶级，当地商人却把他尊敬成为一个"知识阶级"了。加之他又会猜想，又会瞎说。事实上闾或因本地派捐过于苛刻，收款人并不是个毫无通融的人，有人请到顾问，顾问也必常常为那小商人说句把公道话。所以他无日不在各处吃喝，无处不可以赊账。每月薪水二十四元虽不够开销，总还算拉拉扯扯勉强过得下去。

他家里有一个怀孕七个月的妇人，一个三岁半的女孩子：妇人又脏又矮，人倒异常贤惠。小女孩则因害疳积病，瘦得剩一把骨头，一张脸黄姜姜的，两只眼睛大大的向外凸出，动不动就如猫叫一般哭泣不已，他却很爱妇人同小孩。

妇人为他孕了五个男孩子，皆小产了，所以这次怀孕，顾问总担心又会小产。

回到家里见妇人正背着孩子在门前望街，肚子还是胀鼓鼓的，知道并不是小产，才放了心。

妇人见他脸红气喘，就问他为什么原因，气色如此不好看。

"什么原因！小癞子说家里有要紧事，我还以为你又那个！"顾问一面用手摸着她的腹部，"我以为呱哒一下，又完了。我很着急，想明白你找我作什么！"

妇人说：

"××杨局长到城里来缴款，因为有别的事，当天又得赶回××寺，说是隔半年不见赵三哥了，来看看你。还送了三斤大头菜。他说你是不是想过××玩。……"

"他就走了吗？"

"等你老等不来，叫小癞子到苗大处赊了一碗面请局长吃。派马夫过天王庙国术馆找你，不见。上衙门找你，也不见。他说可惜见你不着，今天又得赶到粑粑坳歇脚，恐怕来不及。骑了马走了。"

顾问一面去看大头菜，扯菜叶子给小女孩吃，一面心想这古怪。杨局长是参谋长亲家，莫非这顺风耳听见什么消息，上面有意思调剂我，要我过××作监收，应了前天那个捡了一手马屎的梦？莫非××县出了缺？

胡思乱想心中老不安定，忽然下了决心，放下大头菜就跑。在街上挨挨撞撞，有些市民不知道是什么原因，还跟着他跑了一阵。出得城来直向彭水大路追去。赶到五里牌，恰好那局长马肚带脱了，正在那株大胡桃树下换马肚带。顾问一见欢喜得如获八宝精，远远的就打招呼：

"局长，局长，你来了，怎不玩一天，喝一杯，就忙走！"

那局长一见是顾问，也很显得异常高兴。

"哈，三哥，你这个人！我在城里毛房门角落那里不找你，你这个人！"

"嗨，局长，你单单不找到王屠户案桌后边！我在那儿同他们吃牛鸡巴下酒！"

"吓，你这个人！"

两人坐在胡桃树下谈将起来，顾问才明白原来这个顺风耳局长在城里听说是今年十一月的烟亩捐，已决定在这个八月就预借。这消息真使顾问喜出望外。

原来军中固定薪俸既极薄，在冷门上的官佐，生活太苦，照例到了收捐派捐时，部中就临时分别选派一些监收人，往各处会同当地军队催款。名分上是催款，实际上就调剂调剂，可谓公私两便。这种委员如果机会好，派过好地方，本人又会"夺弄"，可以捞个一千八百；机会不好，派过小地方，也总有个三百五百。因此每到各种催捐季节，部里服务人员皆可望被指派出差。不过委员人数有限，人人皆希望借此调剂调剂，于是到时也就有人各处运动出差。

一作了委员，捞钱的方法倒很简便。若系查捐，无固定数目派捐，则以多报少。若系照比数派捐或预借，则随便说个附加数目。走到各乡长家去，限乡长多少天筹足那个数目；乡长又走到各保甲处去，要保甲多少天筹足那个数目；保甲就带排头向各村子里农民去敛钱。这笔钱从保甲过手时，保甲扣下一点点，从乡长过手时，乡长又扣下一点点，其余便到了委员手中。（委员懂门径为人厉害的，则可多从乡长保甲荷包里挖出几个，委员老实脓包的，乡长保甲就乘浑水捞鱼，多弄几个了。）把款筹足回部呈缴时，这些委员再把入腰包的赃物提出一部分，点缀点缀军需处同参副两处同志，委员下乡的事就告毕了。

当时顾问得到了烟款预借消息，心中虽异常快乐，但一点钟前在部里还听师长说今年十一月税款得涓滴归公，谁侵吞一元钱就砍谁的头，军法长口头上且为顾问说了句好话，语气里全无风声，所以顾问就说：

"局长，你这消息是真是假？"

那局长说：

"三哥，亏你是个诸葛卧龙，这件事还不知道，人家早已安排好了，你坐在鼓里！"

"胖大头军法长瞒我，那猪头三（学上海人口气）刚才还当着我面同师长说十一月让我过××！"

"这中风的大头鬼，正想派他舅子过我那儿去，你赶快运动，热粑粑，到手就吃。三哥，迟不得，你赶快那个！"

"你多在城里留一天吧，你手面子宽，帮我向参谋长活动活动。"

"你找他去说……"

"那自然，那自然，你我老兄弟，我明白，我明白。"

两人商量了一阵，那局长为了赶路，上马匆匆走了，顾问步履如飞的回转城里，当天晚上就去找参谋长，傍参谋长靠灯谈论那个事情。

顾问奔走了三天，过××地方催款委员的委任令，居然就被他弄到手，第四天，便坐三顶拐轿子出发了。

过了廿一天，顾问押解捐款缴部时，已经变成一千五百元大洋钱的资产阶级了。除了点缀各方面四百块，还足巴巴剩下光洋一千一百块在箱子里。妇人见城里屋价高涨，旁人皆起新房子，便劝丈夫买块地皮盖几栋茅草顶的房子，除自己住不花钱，还可将它分租出去，收月租作家中零用。顾问满口应允，说是即刻托药店老板看地方，什么方向旺些就买下来。但他心里可又记着老《申报》，因为报上说及一件出口货还在涨价，他以为应当不告旁人，自己秘密的来干一下。他想收水银，使箱子里二十二封银钱，全变成流动东西。

上衙门去看报，研究欧洲局势，推测水银价值。师长花厅里牌桌边，军法长吃酒多患了头痛，不能陪师长打牌了，三缺一正少个人。军需长知道顾问这一次出差弄了多少,就提议要顾问来填角。

师长口上虽说"不要作孽,不要作孽",可是到后仍然让这顾问上了桌子。这一来,当地一个知识阶级暂时就失踪了。

二十四年四月二十六日作,取自《文学》五卷一号

---

本篇发表于1935年7月1日《文学》第5卷第1号。署名沈从文。

# 八骏图

"先生,您第一次来青岛看海吗?"

"先生,您要到海边去玩,从草坪走去,穿过那片树林子,就是海。"

"先生,您想远远的看海,瞧,草坪西边,走过那个树林子——那是加拿大杨树,那是银杏树,从那个银杏树夹道上山,山头可以看海。"

"先生,他们说,青岛海比一切海都不同,比中国各地方海美丽。比北戴河呢,强过一百倍;您不到过北戴河吗?那里海水是清的,浑的?"

"先生,今天七月五号,还有五天学校才上课。上了课,您们就忙了,应当先看看海。"

青岛住宅区××山上,一座白色小楼房,楼下一个光线充足的房间里,到地不过五十分钟的达士先生,正靠近窗前眺望窗外的景致。看房子的听差,一面为来客收拾房子,整理被褥,一面就同来客攀谈。这种谈话很显然的是这个听差希望客人对他得到一个好印象的。第一回开口,见达士先生笑笑不理会。顺眼一看,瞅着房中那口小皮箱上面贴的那个黄色大轮船商标,觉悟达士先生是出过洋的人物了,因此就换口气,要来客注意青岛的海。达士先生还是笑笑的不说什么,那听差于是解嘲似的说,青岛的海与其他地方的海如何不同,它很神秘,很不易懂。

分内事情作完后,这听差搓着两只手,站在房门边说:"先生,您叫我,您就按那个铃。我名王大福,他们都叫我老王。先生,我的话您懂不懂?"

达士先生直到这个时候方开口说话:"谢谢你,老王。你说话我全听得懂。"

"先生,我看过一本书,学校朱先生写的,名叫《投海》,有意思。"这听差老王那么很得意的说着,笑眯眯的走了。天知道,这是一本什么书。

听差出门后,达士先生便坐在窗前书桌边,开始给他那个远在两千里外的美丽未婚妻写信。

> 瑗瑗:我到青岛了。来到了这里,一切真同家中一样。请放心,这里吃的住的全预备好好的!这里有个照料房子的听差,样子还不十分讨人厌,很欢喜说话,且欢喜在说话时使用一些新名词;一些与他生活不大相称的新名词。这听差真可以说是个"准知识阶级",他刚刚离开我的房间。在房间帮我料理行李时,就为青岛的海,说了许多好话。照我的猜想,这个人也许从前是个海滨旅馆的茶房。他那派头很像一个大旅馆的茶房。他一定知道许多故事,记着许多故事。(真是我需要的一只母牛!)我想当他作一册活字典,在这里两个月把他翻个透熟。
>
> 我窗口正望着海,那东西,真有点迷惑人!可是你放心,我不会跳到海里去的。假若到这里久一点,认识了它,了解了它,我可不敢说了。不过我若一不小心失足掉到海里去了,我一定还将努力向岸边泅来,因为那时我心想起你,我不会让海把我攫住,却尽你一个人孤孤单单。

达士先生打量捕捉一点窗外景物到信纸上,寄给远地那个人看看,停住了笔,抬起头来时窗外野景便朗然入目。草坪树林与远海,衬托得如一幅动人的画。达士先生于是又继续写道:

> 我房子的小窗口正对着一片草坪,那是经过一种精密的设计,用人工料理得如一块美丽毯子的草坪,上面点缀了一些不知名的黄色花草,远远望去,那些花简直是绣在上面。我想起家中客厅里你

作的那个小垫子。草坪尽头有个白杨林,据听差说那是加拿大种白杨林。林尽头是一片大海,颜色仿佛时时刻刻皆在那里变化;先前看看是条深蓝色缎带,这个时节却正如一块银子。

达士先生还想引用两句诗,说明这远海与天地的光色。一抬头,便见着草坪里有个黄色点子,恰恰镶嵌在全草坪最需要一点黄色的地方。那是一个穿着浅黄颜色袍子女人的身影。那女人正预备通过草坪向海边走去,随即消失在白杨树林里不见了。人俨然走入海里去了。

没有一句诗能说明阳光下那种一刹而逝的微妙感印。

达士先生于是把寄给未婚妻的第一个信,用下面几句话作了结束:

学校离我住处不算远,估计只有一里路,上课时,还得上一个小小山头,通过一个长长的槐树夹道。山路上正开着野花,颜色黄澄澄的如金子。我欢喜那种不知名的黄花。

达士先生下火车时上午×点二十分。到地把住处安排好了,写完信,就过学校教务处去接洽,同教务长商量暑期学校十二个钟头讲演的分配方法。事很简便的办完了,就独自一人跑到海滨一个小餐馆吃了一顿很好的午饭。回到住处时,已是下午×点了。便又起始给那个未婚妻写信。报告半天中经过的事情。

瑗瑗:我已经过教务处把我那十二个讲演时间排定了。所有时间皆在上午十点前。有八个讲演,讨论的问题,全是我在北京学校教过的那些东西。我不用预备就可以把它讲得很好。另外我还担任四点钟现代中国文学,两点钟讨论几个现代中国小说家所代表的倾向。你想象得出,这些问题我上堂同他们讨论时,一定能够引起他们的兴味。今天五号,过五天方能够开学。

我应当照我们约好的办法,白天除了上堂上图书馆,或到海边去散步以外,就来把所见所闻一一告给你。我要努力这样作。我一定使你每天可以接到我一封信,这信上有个我,与我在此所见社会的种种,小米大的事也不会瞒你。

我现在住处是一座外表很可观的楼房。这原是学校特别为几个远地聘来的教授布置的。住在这个房子里一共有八个人,其余七个人我皆不相熟。这里住的有物理学家教授甲,生物学家教授乙,道德哲学家教授丙,哲学专家教授丁,以及西洋文学史专家教授戊等等。这些名流我还不曾见面,过几天我会把他们的神气一一告诉你。

我预备明天方过校长处去,我明天将到他那儿吃午饭。我猜想得到,这人一见我就会说:"怎么样,还可……?应当邀你那个来海边看看!我要你来这里不是害相思病,原就只是让你休息休息,看看海。一个人看海,也许会跌到海里去给大鱼咬掉的!"瑗瑗,你说,我应如何回答这个人。

下车时我在车站外边站了一会儿,无意中就见到一种贴在阅报牌上面的报纸。那报纸登载着关于我们的消息。说我们两人快要到青岛来结婚。还有许多事是我们自己不知道的,也居然一行一行的上了版,印出给大家看了。那个作编辑的转述关于我的流行传说时,居然还附加着一个动人的标题,"欢迎周达士先生"。我真害怕这种欢迎。我担心一会儿就会有人来找我。我应当有个什么方法,同一切麻烦离远些,方有时间给你写信。你试想想看,假若我这时正坐在桌边写信,一个不速之客居然进了我的屋子里,猝然发问:"达士先生,你又在写什么恋爱小说!你一共写了多少?是不是每个故事都是真的?都有意义?"这询问真使人受窘!我自然没有什么可回答。然而一到第二天,他们仍然会写出许多我料想不到的事情!他们会说:达士先生亲口对记者说的。事实呢,他也许就从不见过我。

达士先生离开××时,与他的未婚妻瑗瑗说定,每天写一个信回××。但初到青岛第一天,他就写了三个信。第三个信写成,预备叫听差老王丢进学校邮筒里去时，天已经快夜了。

达士先生在住处窗边享受来到青岛地方以后第一个黄昏。一面眺望窗外的草坪，——那草坪正被海上夕照烘成一片浅紫色。那种古怪色泽引起他一点回忆。

想起另外某一时，仿佛也有那么一片紫色在眼底炫耀。那是几张紫色的信笺，不会记错。

他打开箱子，从衣箱底取出一个厚厚的杂记本子，就窗前余光向那个书本寻觅一件东西。这上面保留了这个人一部分过去的生命。翻了一阵，果然的，一个"七月五日"标题的记事被他找出来了。

### 七月五日

一切都近于多余。因为我走到任何一处皆将为回忆所围困。新的有什么可以把我从泥淖里拉出？这世界没有"新"，连烦恼也是很旧了的东西。

读完这个，有一点茫然自失，大致身体为长途折磨疲倦了，需要一会儿休息。

可是达士先生一颗心却正准备到一个旧的环境里散散步。他重新去念着那个二年前七月五日寄给南京的×请她代他过××去看看□的一个信稿。那个原信是用暗紫色纸张写的，那个信发出时，也正是那么一个悦人眼目的黄昏。

这几个人的关系是×欢喜他，他却爱□，□呢，不讨厌×。

当□听人说到×极爱达士先生时，□便说："这真是好事情。"然而人类事情常常有其相左的地方，上帝同意的人不同意，人同意的命运又不同意。×终于怀着一点儿悲痛，嫁给一个会计师了。×作了另外一个人的太太后，知道达士先生尚在无望无助中遭送岁月，便来信问达士先生，是不是要她作点什么事。她很想为他效点劳。因为她觉得他虽不爱她，派她作点事，尚可借此证明他还信任她。来信说得多委婉，多可怜！当时他被她一点点隐伏着的酸辛把心弄软了，便写了个信给×，托她去看看□。这个信不单是信任×，同时也就在告给×，莫用过去那点幻想折磨她自己。

×，你信我已见到了，一切我都懂。一切不是人力所能安排的，我们总莫过分去勉强。我希望我们皆多有一分理知，能够解去爱与憎的缠缚。

听说你是很柔顺贞静作了一个人的太太，这消息使熟人极快乐。……死去了的人，死去了的日子，死去了的事，假若还能折磨人，都不应当留在人心上来受折磨；所以不是一个善忘的人企想"幸福"，最先应当学习的就是善忘。我近来正在一种逃遁中生活，希望从一切记忆围困中逃遁。与其尽回忆把自己弄得十分软弱，还不如保留一个未来的希望较好。

谢谢您在来信上提到那些故事，恰恰正是我讨厌一切写下的故事的时节。一个人应当去生活，不应当尽去想象生活！若故事真如您称赞的那么好，也不过只证明这个拿笔的人，很愿意去一切生活里生活，因为无用无能，方转而来虐待那一只手罢了。

您可以写小说，因为很明显的事，您是个能够把文章写得比许多人还好的女子。若没有这点自信力，就应当听一个朋友忠厚老实的意见。家庭生活一切过得极有条理，拿笔本不是必需的行为。为你自己设想可不必拿笔，为了读者，你不能不拿笔了。中国还需要这种人，忘了自己的得失成败，来做一点事情。我听人说到你预备去当伤兵看护，实际上您的长处可以当许多男子受伤灵魂的看护，后者职务实在比你去侍候伤兵还精细在行。你不觉得您写点文章比调换绷带方便些？你需要一点自觉，一点自信。

我不久或过××来，我想看看那"我极爱她她可毫不理我"的□。三年来我一切完了。我看看她，若一切还依然那么沉闷，预备回乡下去过日子，再不想麻烦人了。我应当保持一种沉默，到乡下生活十年，把最重要的一段日子费去。×，您若是个既不缺少那点好心也不缺少那种空闲的人，我请您去为我看看她。我等候您一个信。您随便给我一点见她以后的报告，对于我都应当说是今年来最难得的消息。

再过两年我会不会那么活着？

一切人事皆在时间下不断的发生变化。第一，这个×去年病死了。第二，这个□如今已成达士先生的未婚妻。第三，达士先生现在已不大看得懂那点日记与那个旧信上面所有的情绪。

他心想：人这种东西够古怪了，谁能相信过去，谁能知道未来？旧的，我们忘掉它。一定的，有人把一切旧的皆已忘掉了，却剩下某时某地一个人微笑的影子还不能够忘去。新的，我们以为是对的，我们想保有它，但谁能在这个人间保有什么？

在时间对照下，达士先生有点茫然自失的样子。先是在窗边痴着，到后来笑了。目前各事仿佛已安排对了。一个人应知足，应安分。天慢慢的黑下来，一切那么静。


瑗瑗：

　　暑期学校按期开了学。在校长欢迎宴席上，他似庄似谐把远道来此讲学的称为"千里马"；一则是人人皆赫赫大名，二则是不怕路远。假若我们全是千里马，我们现在住处，便应当称为"马房"了！

　　我意思同校长稍稍不同。我以为几个人所住的房子，应当称为"天然疗养院"方能名实相符。你信不信？这里的人从医学观点看来，皆好像有一点病，（在这里我真有个医生资格！）我不说过我应当极力逃避那些麻烦我的人吗？可是，结果相反，三天以来同住的七个人，有六个人已同我很熟习了。我有时与他们中一个两个出去散步，有时他们又到我屋子里来谈天，在短短时期中我们便发生了很好的友谊，教授丁，丙，乙，戊，尤其同我要好。便因为这种友谊，我诊断他们是个病人。我说的一点不错，这不是笑话，这些教授中至少有两个人还有点儿疯狂，便是教授乙同教授丙。

我很觉得高兴,到这里认识了这些人,从这些专家方面,学了许多应学的东西。这些专家年龄有的已经五十四岁,有的还只三十左右。正仿佛他们一生所有的只是专门知识,这些知识有的同"历史"或"公式"不能分开,因此为人显得很庄严,很老成。但这就同人性有点冲突,有点不大自然。一个不到三十岁的小说作家,年龄同事业,从这些专家看来,大约应当属于"浪漫派"。正因为他们是"古典派",所以对我这个"浪漫派"发生了兴味,发生了友谊。我相信我同他们的谈话,一面在检察他们的健康,一面也就解除了他们的"意结"。这些专家有的儿女已到大学三年级,早在学校里给同学写情书谈恋爱了,然而本人的心,真还是天真烂漫。这些人虽富于学识,却不曾享受过什么人生。便是一种心灵上的欲望,也被抑制着,堵塞着。我从这儿得到一点珍贵知识,原来十多年大家叫喊着"恋爱自由"这个名词,这些过渡人物所受的刺激,以及在这种刺激之下,藏了多少悲剧,这悲剧又如何普遍存在。

瑷瑷,你以为我说的太过分了是不是,我将把这些可尊敬的朋友神气,一个一个慢慢的写出来给你看。

达士

教授甲把达士先生请到他房里去喝茶谈天,房中布置在达士先生脑中留下那么一些印象:

房中小桌上放了张全家福的照片,六个胖孩子围绕了夫妇两人。太太似乎很肥胖。

白麻布蚊帐里,有个白布枕头,上面绣着一点蓝花。枕旁放了一个旧式扣花抱兜。一部《疑雨集》,一部《五百家香艳诗》。大白麻布蚊帐里挂一幅半裸体的香烟广告美女画。

窗台上放了个红色保肾丸小瓶子,一个鱼肝油瓶子,一点头痛膏。

教授乙同达士先生到海边去散步。一队穿着新式浴衣的青年女子迎面而来,切身走过。教授乙回身看了一下几个女子的后身,便开口说:

"真希奇，这些女子，好像天生就什么事都不必做，就只那么玩下去，你说是不是？"

"……"

"上海女子全像不怕冷。"

"……"

"宝隆医院的看护，十六元一月，新新公司的卖货员，四十块钱一月。假若她们并不存心抱独身主义，在货台边相仿的机会，你觉不觉得比病房中机会要多一些？"

"……"

"我不了解刘半农的意思，女子文理学院的学生全笑他。"

走到沙滩尽头时，两人便越马路到了跑马场。场中正有人调马。达士先生想同教授乙穿过跑马场，由公园到山上去。教授乙发表他的意见，认为那条路太远，海滩边潮水尽退，倒不如湿砂上走走有意思些。于是两人仍回到海滩边。

达士先生说：

"你怎不同夫人一块来？家里在河南，在北京？"

"……"

"小孩子读书实在也麻烦，三个都在南开吗？"

"……"

"家乡无土匪倒好。从不回家，其实把太太接出来也不怎么费事；怎么不接出来？"

"……"

"那也很好，一个人过独身生活，实在可以说是洒脱，方便。但是，有时候不寂寞吗？"

"……"

"你觉得上海比北京好？奇怪。一个二十来岁的人，若想胡闹，应当称赞上海。若想念书，除了北京往那里走。你觉得上海可以——？"

那一队青年女子，恰好又从浴场南端走回来。其中一个穿着件红色浴衣，身材丰满高长，风度异常动人。赤着两只脚，经过处，湿砂上便留下一列美丽的脚印。教授乙低下头去，从女人一个脚印上拾起一枚闪放珍珠光泽的小小蚌螺壳，用手指轻轻的很情欲的拂拭着壳上黏附的砂子。

"达士先生，你瞧，海边这个东西真美丽。"

达士先生不说什么，只是微笑着，把头掉向海天一方，眺望着天际白帆与烟雾。

道德哲学教授丙，从住处附近山中散步回到宿舍，差役老王在门前交给他一个红喜帖，"先生，有酒喝！"教授丙看看喜帖是上海×先生寄来的，过达士先生房中谈闲天时，就说起×先生。

"达士先生，您写小说我有个故事给您写。民国十二年，我在杭州××大学教书，与×先生同事。这个人您一定闻名已久。这是个从五四运动以来有戏剧性过了好一阵热闹日子的人物！这×先生当时住在西湖边上，租了两间小房子，与一个姓□的爱人同住。各自占据一个房间，各自有一铺床。两人日里共同吃饭，共同散步，共同作事读书，只是晚上不共同睡觉。据说这个叫作'精神恋爱'。×先生为了阐发这种精神恋爱的好处，同时还著了一本书，解释它，提倡它。性行为在社会引起纠纷既然特别多，性道德又是许多学者极热烈高兴讨论的问题。当时倘若有只公鸡，在母鸡身边，还能作出一种无动于衷的阉鸡样子，也会为青年学者注意。至于一个公人，能够如此，自然更引人注意，成为了不起的一件大事。社会本是那么一个凡事皆浮在表面上的社会，因此×先生在他那分生活上，便自然有一种伟大的感觉，日子过得仿佛很充实。分析一下，也不过是佛教不净观，与儒家贞操说两种鬼在那里作祟罢了。

"有朋友问×先生，你们过日子怪清闲，家里若有个小孩，不热闹些吗？×先生把那朋友看得很不在眼似的说，嗨，先生，你真不了解我。我们恋爱那里像一般人那种兽性；你真是——有眼不识泰山。你不看过我那本书吗？他随即送了那朋友一本书。

"到后丈母娘从四川省远远的跑来了，两夫妇不得不让出一间屋子给丈母娘住。两人把两铺床移到一个房中去，并排放下。另一朋友知道了这件事，就问他，×先生如今主张会变了吧？×先生听到这种话，非常生气的说，哼，你把我当成畜生！从此不再同那个朋友来往。

"过了一年，那丈母娘感觉生活太清闲，那么过日子下去实在有点寂寞，希望作外祖母了。同两夫妇一面吃饭，一面便用说笑话口气发表意见，以为家中有个小孩子，麻烦些同时也一定可以热闹些。两夫妇不待老母亲把话说完，同声齐嚷起来：娘，你真是无办法。怎不看看我们那本书？两夫妇皆把丈母娘当成老顽固，看来很可怜。以为不受过高等教育的人，除了想儿女为她养孩子含饴弄孙以外，真再也没有什么高尚理想可言！

"再过一阵，女的害了病；害了一种因贫血而起的某种病。×先生陪她到医生处去诊病。医生原认识两人，在病状报告单上称女的为×太太，两夫妇皆不高兴，勒令医生另换一纸片，改为□小姐。医生一看病人，已知道了病因所在，是在一对理想主义者，为了那点违反人性的理想把身体弄糟了。要它好，简便得很，发展兽性，自然会好！医生有作医生的义务，就老老实实把意见告给×先生。×先生听完，一句话不说，拉了女的就走。女的还不明白是怎么回事。×先生说，这家伙简直是一个流氓，一个疯子，那里配作医生。后来且同别人说，这医生太不正经，一定靠卖春药替人堕胎讨生活。我要上衙门去告他。公家应当用法律取缔这种坏蛋，不许他公然在社会上存在，方是道理。

"于是女人改医生服中药，贝母当归煎剂吃了无数，延缠半年，终于死去了。×先生在女的坟头立了一个纪念碑，石上刻字：我们的恋爱，是神圣纯洁的恋爱！当时的社会是不大吝惜同情的，自然承认了这件事。凡朋友们不同意这件事的，×先生就觉得这朋友很卑鄙龌龊，不了解人间恋爱可以作到如何神圣纯洁与美丽，永远不再同那个朋友往来。

"今天我却接到这个喜帖，才知道原来×先生八月里在上海又要同上海交际花结婚了，有意思。潮流不同了，现在一定不再那个了。"

达士先生听完了这个故事，微笑着问教授丙：

"丙先生,我问您,您的恋爱观怎么样?"

教授丙把那个红喜帖折叠成一个老猪头。

"我没有恋爱观,我是个老人了,这些事应当是儿女们的玩意儿了。"

达士先生房中墙壁上挂了个希腊爱神照像片,教授丙负手看了又看,好像想从那大理石胴体上凹下处凸出处寻觅些什么,发现些什么。到把目光离开相片时,忽然发问:

"达士先生,您班上有个×××,是不是?"

"真有这样一个人。您怎么认识她?这个女孩子真是班上顶美……"

"她是我的内侄女。"

"哦,您们是亲戚!"

"这孩子还聪敏,书读得不坏。"说着,教授丙把视线再度移到墙头那个照片上去,心不在乎的问道:"达士先生,这照片是从希腊人的雕刻照下的吗?"这种询问似乎不必回答,达士先生很明白。

达士先生心想:"丙先生倒有眼睛,认识美。"不由得不来一个会心微笑。

两人于是同时皆有一个苗条圆熟的女孩子影子,在印象中晃着。

教授丁邀约达士先生到海边去坐船。乳白色的小游艇,支持了白色三角形小帆。顺着微风,向作宝石蓝颜色镜平放光的海面滑去。天气明朗而温柔。海浪轻轻的拍着船头和船舷,船身略侧,向前滑去时轻盈得如同一只掠水的小燕儿。海天尽头有一点淡紫色烟子。天空正有白鸟三五,从容向远海飞去。这点光景恰恰像达士先生另外一个记载里的情形。便是那只船,也如当前的这只船。有一点儿稍稍不同,就是坐在达士先生对面的一个人,不是医生,却换了一个哲学教授了。

两人把船绕着小青岛去。讨论着当年若墨医生与达士先生尚未讨论结果的那个问题——女人,一个永远不能结束定论的议题!

教授丁说:

"大概每个人皆应当有一种辖治,方能像一个人。不管受神的,受鬼的，受法律的，受医生的，受金钱的，受名誉的，受牙痛的，受脚气的；必需有一点从外而来或由内而发的限制，人才能够像一个人。一个不受任何拘束的人，表面看来极其自由，其实他做什么也不成功。因为他不是个人。他无拘束，同时也就不会有多少气力。

"我现在若一点儿不受拘束，一切欲望皆苦不了我，一切人事我不管，这决不是个好现象。我有时想着就害怕。我明白，我自己居然能够活下去，还得感谢社会给我那一点拘束。若果没有它，我就自杀了。

"若墨医生同我在这只小船上的座位虽相差不多，我们又同样还不结婚。可是，他讨厌女人，他说：一个女人在你身边时折磨你的身体，离开你身边时又折磨你的灵魂。女子是一个诗人想象的上帝，是一个浪子官能的上帝。他口上尽管讨厌女人，不久却把一个双料上帝弄到家中作了太太，在裙子下讨生活了。我一切恰恰同他相反。我对女人，许多女人皆发生兴味。那些肥的，瘦的，有点儿装模作样或是势利浅浮的，似乎只因为她们是女子，有女子的好处，也有女子的弱点，我就永远不讨厌她们。我不能说出若墨医生那种警句，却比他更了解女子。许多讨厌女子的人，皆在很随便情形下同一个女子结了婚。我呢，我欢喜许多女人，对女人永远倾心，我却再也不会同一个女人结婚。

"照我的哲学崇虚论来说，我早就应当自杀了。然而到今天还不自杀，就亏得这个世界上尚有一些女人。这些女人我皆很情欲的爱着她们。我在那种想象荒唐中疯人似的爱着她们。其中有一个我尤其倾心，但我却极力制止我自己的行为。始终不让她知道我爱她。我若让她知道了，她也许就会嫁给我。我不预备这一着。我逃避这一着。我只想等到她有了四十岁，把那点女人极重要的光彩大部分已失去时，我再去告她，她失去了的，在我心上还好好的存在。我为的是爱她，为的是很情欲的爱她，总觉得单是得到了她还不成，我便尽她去嫁给一个明明白白一切皆不如我的人，使她同那男子在一处消磨尽这个美丽生命。到了她本身已衰老时，我的爱一定还新鲜而活泼。

"您觉得怎么样，达士先生？"

达士先生有他的意见：

"您的打算还仍然同若墨医生差不多。您并不是在那里创造哲学，不过是在那里被哲学创造罢了。您同许多人一样，放远期账，表示远见与大胆，且以为将来必可对本翻利。但是您的账放得太远了，我为您担心。这种投资我并无反对理由，因为各人有各人耗费生命的权利和自由，这正同我打量投海，觉得投海是一种幸福时，您不便干涉一样。不过我若是个女人，对于您的计划，可并无多少兴味。您有哲学，却缺少常识。您以为您到了那个年龄，脑子尚能有如今这样充满幻想，且以为女子到了四十岁，也还会如十八岁时那么多情善感。这真是糊涂。我敢说您必输到这上面。您若有兴味去看一本关于××的书籍，您会觉得您那哲学必需加以小小修改了。您爱她，得给她。这是自然的道理。您爱她，使她归您，这还不够，因为时间威胁到您的爱，便想违反人类生命的秩序，而且说这一切皆为女人着想。我看看，这同束身缠脚一样，不大自然，有点残忍。"

"你以为这个事太不近情，是不是？我们每一个人皆可听凭自己意志建筑一座礼拜堂，供奉自己所信仰的那个上帝。我所造的神龛，我认为是世界上最美丽的神龛。这事由你看来，这么办耗费也许大一点。可是恋爱原本就是一种奢侈的行为。这世界正因为吝啬的人太多了，所以凡事皆做不好。我觉得吝啬原邻于愚蠢。一个人想把自己人格放光，照耀蓝空，眩人眼目如金星，愚蠢人决做不出。"

"您想这么作是中了戏剧的毒。您能这么作可以说是很有演剧的天才。我承认您的聪明。"

"你说对了。我是在演剧。很大胆的把角色安排下来，我期待的就正是在全剧进行中很出众，然而近人情，到重要时忽然一转，尤其惊人。"

达士先生说：

"说得对。一个人若真想把自己全生活放在热闹紧张场面上发展，放在一种变态的不自然的方法中去发展，从一个艺术家眼里看来，没有反对的道理。一切艺术原皆不容许平凡。不过仍然用演戏取譬，你想不想到时间太久了一点，您那个女角，能不能支持得下去？世界上尽有许多女人在某一小时具有为诗人与浪子拜倒那个上帝的完美，但决不能持久。您承认她们到某一时会把生命光彩失去，却不想想一个表面失去了光彩的女人，还剩下一些什么东西。"

"那你意思怎么样？"

"爱她，得到她。爱她，一切给她。"

"爱她，如何能长久得到她？一切给她，什么是我？若没有我，怎么爱她？"

达士先生知道教授戊是个结了婚后一年又离婚的人，想明白他对于这件事的意见同感想。下面是教授戊的答案：

女人，多古怪的一种生物！你若说"我的神，我的王后，你瞧，我如何崇拜你！让莎士比亚的胸襟为一个女人而碎吧，同我来接一个吻！"好辞令。可是那地方若不是戏台，却只是一个客厅呢？你将听到一种不大自然的声音（她们照例演戏时还比较自然），她们回答你说："不成，我并不爱你。"好，这事也就那么完结了。许多男子就那么离开了她的爱人，男的当然便算作失恋。过后这男子事业若不大如意，名誉若不大好，这些女人将那么想："我幸好不曾上当。"但是，另外某种男子，也不想作莎士比亚，说不出那么雅致动人的话语。他要的只是机会。机会许可他傍近那个女子身边时，他什么空话不必说，就默默的吻了女人一下。这女子在惊慌失措中，也许一伸手就打了他一个耳光，然而男子不作声，却索性抱了女子，在那小小嘴唇上吻个一分钟。他始终没有说话，不为行为加以解释。他知道这时节本人不在议会，也不在课室。他只在作一件事！结果，沉默了。女人想："他已吻过我了。"同时她还知道了接吻对于她毫无什么损失，到后，她成了他的妻子。这男人同她过日子过得好，她十年内就为他养了一大群孩子，自己变成一个中年胖妇人；男子不好，她会解说："这是命。"

是的，女人也有女人的好处。我明白她们那些好处。上帝创造她们时并不十分马虎，既给她们一个精致柔软的身体，又给她们一种知足知趣的性情，而且更有意思，就是同时还给她们创造一大群自作多情又痴又笨的男子，因此有恋爱小说，有诗歌，有失恋自杀，有——结果便是女人在社会上居然占据一种特殊地位，仿佛凡事皆少不了女人。

我以为这种安排有一点错误。从我本身起始，想把女人的影响，女人的牵制，尤其是同过家庭生活那种无趣味的牵制，在摆得开时趁早摆开。我就这样离了婚。

达士先生向草坪望着："老王，草坪中那黄花叫什么名？"

老王不曾听到这句话，不作声。低头作事。

达士先生又说："老王，那个从草坪里走来看庚先生的女人是什么人？"

听差老王一面收拾书桌一面也举目从窗口望去，"××女子中学教书先生。长得很好，是不是？"说着，又把手向楼上指指，轻声的说，"快了，快了。"那意思似乎在说两人快要订婚，快要结婚。

达士先生微笑着，"快什么了？"

达士先生书桌上有本老舍作的小说，老王随手翻了那么一下，"先生，这是老舍作的，你借我这本书看看好不好？怎么这本书名叫《离婚》？"

达士先生好像很生气的说：

"怎么不叫《离婚》？我问你，老王。"

楼上电铃忽响，大约住楼上的教授庚，也在窗口望见了经草坪里通过向寄宿舍走来的女人了，呼唤听差预备一点茶。

一个从××寄过青岛的信——

达士先生：

你给我为历史学者教授辛画的那个小影，我已见到了。你一定把它放大了点。你说到他向你说的话，真不大像他平时为人，可是我相信你画他时一定很忠实。你那支笔可以担保你的观察正确。这个速写同你给其他先生们的速写一样，各自有一种风格，有一种跃然纸上的动人风格，我读他时非常高兴。不过我希望你……，因为你应当记得着，你把那些速写寄给什么人。教授辛简直是个疯子。

你不说宿舍里一共有八个人吗？怎么始终不告给我第七个是谁。你难道半个月以来还不同他相熟？照我想来这一定也有点原因。好好的告给我。

天保佑你。

瑷瑷

达士先生每当关着房门，记录这些专家的风度与性格到一个本子上去时，便发生一种感想："没有我这个医生，这些人会不会发疯？"其实这些人永远不会发疯，那是很明白的。并且发不发疯也并非他注意的事情，他还有许多必需注意的事。

他同情他们，可怜他们。因为他自以为是个身心健康的人。他预备好好的来把这些人物安排在一个剧本里，这自以为医治人类灵魂的医生，还将为他们指示出一条道路，就是凡不能安身立命的中年人，应勇敢走去的那条道路。他把这件事，描写得极有趣味的寄给那个未婚妻去看。

但这个医生既感觉在为人类尽一种神圣的义务，发现了七个同事中有六个心灵皆不健全，便自然引起了注意另外那一个健康人的兴味。事情说来希奇，另外那个人竟似乎与他"无缘"。那人的住处，恰好正在达士先生所住房间的楼上，从××大学欢迎宴会的机会中，那人因同达士先生座位相近，×校长短短的介绍，他知道那是经济学者教授庚。除此以外，就不能再找机会使两人成为朋友了。两人不能相熟自然有个原因。

达士先生早已发现了，原来这个人精神方面极健康，七个人中只有他当真不害什么病。这件事得从另外一个人来证明，就是有一个美丽女子常常来到寄宿舍，拜访经济学者庚。

有时两人在房里盘桓，有时两人就在窗外那个银杏树夹道上散步。那来客看样子约有二十五六岁，同时看来也可以说只有二十来岁。身材面貌皆在中人以上。最使人不容易忘记，就是一双诗人常说"能说话能听话"的那种眼睛。也便是这一双眼睛，因此使人估计她的年龄，容易发生错误。

这女人既常常来到宿舍，且到来以后，从不闻一点声息，仿佛两人只是默默的对坐着。看情形，两个人感情很好。达士先生既注意到这两个人，又无从与他们相熟，因此在某一时节，便稍稍滥用一个作家的特权，于一瞥之间从女人所得的印象里，想象到这个女子的出身与性格，以及目前同教授庚的关系。

这女子或毕业于北平故都的国立大学，所学的是历史，对诗词具有兴味，因此词章知识不下于历史知识。

这女子在家庭中或为长女。家中一定是个绅士门阀，家庭教育良好，中学教育也极好。从×大学历史系毕业后，就来到××女子中学教书，每星期约教十八点钟课，收入约一百元左右。在学校中很受同事与学生敬爱，初来时，且间或还会有一个冒险的，不大知趣的，山东籍国文教员，给她一种不甚得体的殷勤。然而那一种端静自重的外表，却制止了这男子野心的扩张。还有个更重要的原因，便是北京方面每天皆有一个信给她，这件事从学校同事看来，便是"有了主子"的证明，或是一个情人，或是一个好友，便因为这通信，把许多人的幻想消灭了。这种信从上礼拜起始不再寄来，原来那个写信人教授庚已到了青岛，不必再寄什么信了。

这女人从不放声大笑，不高声说话，有时与教授庚一同出门，也静静的走去，除了脚步声音便毫无声响。教授庚与女人的沉默，证明两人正爱着，而且贴骨贴肉如火如荼的爱着。惟有在这种症候中两个人才能够如此沉静。

女人的特点是一双眼睛，它仿佛总时时刻刻警告人，提醒人。你看她，它似乎就在说："您小心一点，不要那么看我。"一个熟人在她面前说了点放肆话，有了点不庄重行动，它也不过那么看看。这种眼光能制止你行为的过分，同时又俨然在奖励你手足的撒野。它可以使俏皮角色诚实稳重，不敢胡来乱为，也能使老实人发生幻想，贪图进取。它仿佛永远有一种羞怯之光；这个光既代表贞洁，同时也就充满了情欲。

由于好奇，或由于与好奇差不多的原因，达士先生愿意有那么一个机会，多知道一点点这两人的关系。因为照他的观察来说，这两人关系一定不大平常，其中有问题，有故事。再则女的那一分沉静实在吸引着他，使他觉得非多知道她一点不可。而且仿佛那女人的眼光，在达士先生脑子里，已经起了那么一种感觉："先生，我知道你是谁。我不讨厌你。到我身边来，认识我，崇拜我，你不是个糊涂人，你明白，这个情形是命定的，非人力所能抗拒的。"这是一种挑战，一种沉默的挑战。然而达士先生却无所谓。他不过有点儿好奇罢了。

那时节，正是国内许多刊物把达士先生恋爱故事加以种种渲染，引起许多人发生兴味的时节。这个女人必知道达士先生是个什么人，知道达士先生行将同谁结婚，还知道许多达士先生也不知道的事，就是那种失去真实性的某一种铺排的极其动人的谣言。

达士先生来到青岛的一切见闻，皆告诉给那个未婚妻，上面事情同一点感想，却保留在一个日记本子上。

达士先生有时独自在大草坪散步，或从银杏夹道上山去看海，有三四次皆与那个经济学者一对碰头。这种不期而遇也可以说是什么人有意安排的。相互之间虽只随随便便那么点一点头各自走开，然而在无形中却增加了一种好印象。当达士先生从那个女人眼睛里再看出一点点东西时，他逃避了那一双稍稍有点危险的眼睛，散步时走得更远一点。

他心想："这真有点好笑。若在一年前，一定的，目前的事会使我害一种很厉害的病。可是现在不碍事了。生活有了免疫性，那种令人见寒作热的病皆不至于上身了。"他觉得他的逃避，却只是在那里想方设法使别人不至于害那种病。因为那个女人原不宜于害病，那个教授庚，能够不害那一种病，自然更好。

可是每种人事原来皆俨然被一只看不见的手所安排。一切事皆在凑巧中发生，一切事皆在意外情形下变动。××学校的暑期学校演讲行将结束时，某一天，达士先生忽然得到一个不具名的简短信件，上面只写着这样两句话：

学校快结束了，舍得离开海吗？（一个人）

一个什么人？真有点离奇可笑。

这个怪信送到达士先生手边时，凭经验，可以看出写这个信的人是谁。这是一颗发抖的心同一只发抖的手，一面很羞怯，又一面在狡猾的微笑，把信写好亲自付邮的。不管这个人是谁，不管这个写得如何简单，不管写这个信的人如何措辞，达士先生皆明白那种来信表示的意义。达士先生照例不声不响，把那种来信搁在一个大封套里。一切如常，不觉得幸福也不觉得骄傲。间或也不免感到一点轻微惆怅。且因为自己那份冷静，到了明知是谁以后，表面上还不注意，仿佛多少总辜负了面前那年青女孩子一分热情，一分友谊。可是这仍然不能给他如何影响。假若沉静是他分内的行为，他始终还保持那分沉静。达士先生的态度，应当由人类那个习惯负一点责。应当由那个拘束人类行为，不许向高尚纯洁发展，制止人类幻想，不许超越实际世界，一个有势力的名词负点责。达士先生是个订过婚的人。在"道德"名分下，把爱情的门锁闭，把另外女子的一切友谊拒绝了。

得到那个短信时，达士先生看了看，以为这一定又是一个什么自作多情的女孩子写来的。手中拈着这个信，一面想起宿舍中六个可怜的同事，心中不由得不侵入一点忧郁。"要它的，它不来；不要的，它偏来。"这便是人生？他于是轻轻的自言自语说："不走，又怎么样？一个真正古典派，难道还会成一个病人？便不走，也不至于害病！"很的确，就因事留下来，纵不走，他也不至于害病的。他有经验，有把握，是个不怕什么魔鬼诱惑的人。另外一时他就站过地狱边沿，也不眨目，不发晕。当时那个女子，却是个使人值得向地狱深阱跃下的女子。他有时自然也把这种近于挑战的来信，当成青年女孩子一种大胆妄为的感情的游戏,为了训练这些大胆妄为的女孩子,他以为不作理会是一种极好的处置。

　　瑷瑷:
　　我今天晚车回××。达。

达士先生把一个简短电报亲自送到电报局拍发后,看看时间还只五点钟。行期既已定妥,在青岛勾留算是最后一天了。记起教授乙那个神气,记起海边那种蚌壳。当达士先生把教授乙在海边拾蚌壳的一件事情告给瑷瑷时,回信就说:

　　不要忘记,回来时也为我带一点点蚌壳来。我想看看那个东西!

达士先生出了电报局,因此便向海边走去。

到了海水浴场,潮水方退,除了几个会骑马的外国人骑着黑马在岸边奔跑外,就只有两个看守浴场工人在那里收拾游船,打扫砂地。达士先生沿着海滩走去,低着头寻觅这种在白砂中闪放珍珠光的美丽蚌壳。想起教授乙拾蚌壳那副神气,觉得好笑。快要走到东端时,忽然发现湿砂上有谁用手杖斜斜的划着两行字迹,走过去看看,只见砂上那么写着:

　　这个世界也有人不了解海,不知爱海。也有人了解海,不敢爱海。

达士先生想想那个意思,笑了。他是个辨别笔迹的专家,认识那个字迹,懂得那个意义。看看潮水的印痕,便知道留下这种玩意儿的人,还刚刚离此不久。这倒有点古怪。难道这人就知道达士先生今天一早上会来海边,恰好先来这里留下这两行字迹?还是这人每天皆来到海边,写那么两行字,期望有一天会给达士先生见到?不管如何,这方式显然的是在大胆妄为以外,还很机伶狡狯的,达士先生皱眉头看了一会,就走开了。一面仍然低头走去,一面便保护自己似的想道:"鬼聪明,你还是要失败的。你太年轻了,不知道一个人害过了某种病,就永远不至于再传染了!你真聪明,你这点聪明将来会使你在另外一件事情上成就一件大事业,但在如今这件事情上,应当承认自己赌输了!这事不是你的错误,是命运。你迟了一年。……"然而不知不觉,却面着大海一方,轻轻的抒了一口气。

不了解海,不爱海,是的。了解海,不敢爱海,是不是?

他一面走一面口中便轻轻数着,"是——不是?不是——是?"

忽然间,砂地上一件新东西使他愣住了。那是一对眼睛,在湿砂上画好的一对美丽眼睛。旁边那么写着:

　　瞧我,你认识我!

是的,那是谁,达士先生认识得很清楚的。

一个爬砂工人用一把平头铲沿着海岸走来,走过达士先生身边时,达士先生赶着问:"慢点走,我问你,你知不知道这是谁画的?"说完他把手指着那些骑马的人。那工人却纠正他的错误,手指着山边一堵浅黄色建筑物,"哪,女先生画的!"

"你亲眼看见是个女先生画的?"

工人看看达士先生,不大高兴似的说:"我怎不眼见?"

那工人说完,扬扬长长的走了。

达士先生在那砂地上一对眼睛前站立了一分钟,仍然把眉头略微皱了那么一下,沉默的沿海走去了。海面有微风皱着细浪。达士先生弯腰拾起了一把海砂向海中抛去。"狡狯东西,去了吧。"

十点二十分钟达士先生回到了宿舍。

听差老王从学校把车票取来,告给达士先生,晚上十一点二十五分开车,十点半上车不迟。

到了晚上十点钟,那听差来问达士先生,是不是要把他把行李先送上车站去。就便还给达士先生借的那本《离婚》小说。达士先生会心微笑的拿起那本书来翻阅,却给听差一个电报稿,要他到电报局去拍发。那电报说:

　　瑗瑗:我害了点小病,今天不能回来了。我想在海边多住三天;病会好的。达士。

一件真实事情,这个自命为医治人类魂灵的医生,的确已害了一点儿很蹊跷的病。这病离开海,不易痊愈的,应当用海来治疗。

　　　　　　　　取自《文学》五卷二号廿四年八月份载出

---

本篇发表于1935年8月1日《文学》第5卷第2号。署名沈从文。

# 新与旧

(光绪……年)

日头黄浓浓晒满了教场坪,坪里有人跑马。演武厅前面还有许多身穿各色号衣的人,在练习十八般武艺。到霜降时节,道尹必循例验操,整顿部伍,执行升降赏罚,因此直属辰沅永靖兵备道①各部队都加紧练习,准备过考。演武厅前马札子上坐得是千总同教官,一面喝茶,一面点名。每个兵士俱有机会选取合手行头,单个儿或配对子舞一回刀枪。驰马尽马匹入跑道后,纵辔奔驰,真个是来去如风,人在马上显本事,便用长矛杀球,或回身射箭。看本领如何,博取采声和嘲笑。

战兵杨金标,名分直属苗防屯务处②第二队。这战兵在马上杀了一阵球,又到演武厅来找对手玩"双刀破牌"。执刀的虽来势显得异常威猛,他却拿着两个牛皮盾牌,在地下滚来滚去,真像刀扎不着,水泼不进,相打到十分热闹时,忽然一个红裲子传令兵赶来,站在滴水檐前传话:

"杨金标,杨金标,衙门里有公事,午时三刻过西门外听候使唤!"

战兵听到使唤,故意卖个关子,向地下一跌,算是被对手砍倒了,赶忙抛下盾牌过去回话。传令兵走后,这战兵到马门边歇憩,大家一窝蜂拥过去,皆知道今天中午有案件要办,到时就得过西门外去砍一个人

---

① 辰沅永靖兵备道:辰沅永靖指湖南西部的辰州、沅州、永顺、靖州四州府所辖地区。清政府为镇苗需要,在此设置兵备道,统领该地区的军政事务。道台衙门设在凤凰镇箪镇。

② 苗防屯务处:清乾嘉苗民暴动后,清政府在凤凰、乾州、永绥等处屯田养勇以利镇压苗民。屯务处,即管理屯田事务的机构。

的头。原来这人一面在教场坪营房里混事,一面在城里大衙门当差,不止马上平地有好本领,还是一个当地最优秀的刽子手。

吃过饭后,这战兵身穿双盘云青号褂,包一块绉丝帕头,带了他那把尺来长的鬼头刀,便过西门外等候差事。到晌午时,城中一连响了三个小猪仔炮①,不多久,一队人马就拥来了一个被吓得痴痴呆呆的汉子,面西跪在大坪中央,听候发落。这战兵把鬼头刀藏在手拐子后,走过席棚公案边去向监斩官打了个千,请示旨意。得到许可,走近罪犯身后,稍稍估量,手拐子向犯人后颈窝一擦,发出个木然的钝声,那汉子头便落地了。军民人等齐声喝彩;(对于这独传拐子刀法喝彩!)这战兵还有事作,不顾一切,低下头直向城隍庙跑去。

到了城隍庙,菩萨面前磕了三个头,赶忙躲藏到神前香案下去,不作一声,等候下文。

过一会儿,县太爷带领差役鸣锣开道前来进香。上完香,一个跑风的探子,忙匆匆的从外边跑来,跪下回事:"禀告太爷,城外某处有一平民被杀,尸首异处,流血一地,凶手去向不明。"

县太爷虽明明白白在稍前一时,还亲手抹朱勒了一个斩条,这时节照习惯却俨然吃了一惊,装成毫不知情的神气,把惊堂木一拍,"青天白日之下,有这等事?"

即刻差派员役,城厢各处搜索,且限令出差人员,得即刻把人犯捉来。又令人排好公案,预备人犯来时在神前审讯。那作刽子手的战兵,估计太爷已坐好堂,赶忙从神桌下爬出,跪在太爷面前请罪。禀告履历籍贯,声明西门城外那人是他杀的,有一把杀人血刀呈案作证。

县太爷把惊堂木一拍,装模作样的打起官腔来问案。刽子手一面对杀人事加以种种分辩,一面就叩头请求太爷开恩。到结果,太爷于是连拍惊堂木,喝叫差役"与我重责这无知乡愚四十红棍!"差役把刽子手揪住按在冷冰冰四方砖地下,"一五一十""十五二十"那么打了八下,面对太爷禀告棍责已毕。一名衙役把个小包封递给县太爷,县太爷又将

---

① 猪仔炮:外形略似小猪头的铁炮,筑入火药,点燃后发出巨响。为明清间遗物。

它向刽子手身边掼去。刽子手捞着了赏号,一面叩头谢恩,一面口上不住颂扬"青天大人禄位高升"。等到一切应有手续当着城隍爷爷面前办理清楚后,县太爷便打道回衙去了。

一场悲剧必需如此安排,正合符了"官场即是戏场"的俗话,也有理由。法律同宗教仪式联合,即产生一个戏剧场面,且可达到那种与戏剧相同的快乐目的。原因是边疆僻地的统治,本由人神合作,必在合作情形下方能统治下去。即如这样一件事情,当地市民同刽子手,就把它看得十分慎重,尤其是那四十下杀威棍,对于一个刽子手似乎更有意义。统治者必使市民得一印象,即是官家服务的刽子手,杀人时也有罪过,对死者负了点责任。然而这罪过却由神作证,用棍责可以禳除。这件事既已成为习惯,自然会好好的保存下来,直到社会一切组织崩溃改革时为止。

刽子手砍下一个人头,便可得三钱二分银子。领下赏号的战兵,回转营上时必打酒买肉邀请队中兄弟同吃同喝,且与众人讨论刀法,讨论一个人挨那一刀前后的种种,并摹拟先前一时与县正堂在城隍庙里打官话的腔调取乐。

——战兵杨金标,你岂不闻王子犯法,应与庶民同罪?一个战兵,胆敢在青天白日之下,持刀杀人!

——青天大人容禀……

——鬼神在上,为我好好招来!

——青天大人容禀……

于是喊一声打,众人便揪成一团,用筷头乱打乱砍起来。

战兵年纪正二十四岁,尚是个光身汉子,体魄健康,生活自由自在,手面子又好,一切皆来得干得,对于未来的日子,便怀了种种光荣的幻想。"万丈高楼从地起",同队人也觉得这家伙将来不可小觑。

(民国……年)

时代有了变化,前清时当地著名的刽子手,一口气用拐子刀团团转砍六个人头不连皮带肉,所造成的奇迹不会再有了。时代一变化,"朝廷"改称"政府",这个小地方毙人时常是十个八个,因此一来,任你怎么英雄好汉,切胡瓜也没那么好本领干得下。被排的全用枪毙代替斩首,于是杨金标变成了一个把守北门城上闩下锁的老士兵。他的光荣时代已经过去,全城人在寒暑交替中,把这个人同这个人的事业早完全忘掉了。

他年纪已六十岁,独身住在城门边一个小屋里。墙板上还挂了两具盾牌,一副虎头双钩,一枝广式土枪,一对护手刀;全套帮助他对于他那个时代那分事业倾心的宝贝。另外还有两根钓竿,一个鱼叉,一个鱼捞兜,专为钓鱼用的。一个葫芦,常常有半葫芦烧酒。至于那把杀人宝刀,却挂在枕头前壁上。(三十年前每当衙门里要杀人时,那把刀先一天就会来个预兆。一入了民国,这刀子既无用处,预兆也没有了。)这把宝刀直到如今一拉出鞘时,还寒光逼人,好像尚不甘自弃的样子。刀口上尚留下许多半圆形血痕,刮磨不去。老战兵日里无事,就拿了它到城上去,坐在炮台头那尊废铜炮身上,一面晒太阳取暖,一面摸挲它,赏玩它。

城楼上另外还驻扎了一排正规兵士,担负守城责任。全城兵士早已改成新式编制,老战兵却仍然用那个战兵名义,每到月底就过苗防屯务处去领取一两八钱银子,同一张老式粮食券,银子作价折钱,粮食券凭券换八斗四升毛谷子。他的职务是早晚开闭城门,亲自动手上闩下锁。

他会喝一杯酒,因此常到杨屠户案桌边去谈谈,吃猪脊髓川汤下酒。到沙回回屠案边走一趟,带一个羊头或一副羊肚子回家。他懂得点药性,因此什么人生疱生疮,托他找药他必很高兴出城去为人采药。他会钓鱼,也常常一个人出城到碾坝上长潭边去钓鱼,把鱼钓回来焖好,就端钵头到城楼上守城兵士伙里吃喝,大吼几声五魁八马。

大六月三伏天,一切地方热得同蒸笼一样,他却躅在城楼上透风处打鼾。兵士们打拳练"国术",弄得他心痒手痒时,便也拿了那个古董盾牌,一个人在城上演"夺槊""砍拐子马"等等老玩意儿。

城下是一条长河,每天有无数妇人从城中背了竹笼出城洗衣,各蹲在河岸边,扬起木杵捣衣。或高卷裤管,露出个白白的脚肚子,站在流水中冲洗棉纱。河上游一点有一列过河的跳石,横亘河中,同条蜈蚣一样,凡从苗乡来作买卖的,下乡催租上城算命的,割马草的,贩鱼秧的,跑差的,收粪的,连牵不断从跳石上通过,终日不息。对河一片菜园,全是苗人的产业,绿油油的菜圃,分成若干整齐的方块,非常美观。菜园尽头就是一段山冈,树木郁郁苍苍。有两条大路,一条翻山走去,一条沿河上行,皆迸逼苗乡。

城脚边有个小小空地,是当地卖柴卖草交易处,因此有牛杂碎摊子,有粑粑江米酒摊子。并且还有几个打铁的架棚砌炉作生意,打造各式镰刀、砍柴刀,以及黄鳝尾小刀,与卖柴卖草人作生意。

老战兵若不往长潭钓鱼,不过杨屠户处喝酒,就坐在城头铜炮上看人来往。或把脸掉向城里,可望见一个小学校的操坪同课堂。那学校为一对青年夫妇主持,或上堂,或在操坪里玩,城头上全望得清清楚楚。小学生好像很欢喜他们的先生,先生也很欢喜学生。那个女先生间或把他们带上城头来玩,见到老战兵盾牌,女的就请老战兵舞盾牌给学生看。(学生对于那个用牛皮作成绘有老虎眉眼的盾牌,充满惊奇与欢喜,这些小学生知道了这个盾牌后,上学下学一个个悄悄的跑到老战兵家里来看盾牌,也是常有的事。)有时小学生在坪子里踢球,老战兵若在城上,必大声呐喊给输家"打气"。

有一天,又是一个霜降节前,老战兵大清早起来,看看天气很好,许多人家都依照当地习惯大扫除,老战兵也来一个全家大扫除,卷起两只衣袖,头上包了块花布帕子,把所有家业搬出屋外,下河去提了好些水来将家中板壁一一洗刷。工作得正好时,守城排长忽然走来,要他拿了那把短刀赶快上衙门里去,衙门里人找他有要紧事。

他到了衙署,一个挂红带子的值日副官,问了他几句话后,要他拉出刀来看了一下,就吩咐他赶快到西门外去。

一切那么匆促,那么乱,老战兵简直以为是在梦里。正觉得人在梦里他一切也就含含糊糊,不能加以追问,便当真跑到西门外去。到了那儿一看,没有公案,没有席棚,看热闹的人一个也没有。除了几只狗在敞坪里相咬以外,只有个染坊中人,挑了一担白布,在干牛屎堆旁歇憩。一切全不像就要杀人的情形。看看天,天上白日朗朗,一只喜鹊正曳着长尾喳喳喳从头上飞过去。

老战兵想:"这年代还杀人吗?真是做梦吗?"

敞坪过去一点有条小小溪流,几个小学生正在水中拾石头捉虾子玩,各把书包搁在干牛粪堆上。老战兵一看,全是北门里小学校的学生,走过去同他们说话:

"小先生,小先生,还不赶快走,这里要杀人了!"

几个小孩子一齐抬起头来笑着:

"什么,要杀谁?谁告诉你的?"

老战兵心想:"真是做梦吗?"看看那染坊晒布的正想把白布在坪中摊开,老战兵又去同他说话:

"染匠师傅,你把布拿开,不要在这里晒布,这里就要杀人!"

染匠师傅同小学生一样,毫不在意,且同样笑笑的问道:

"杀什么人?你怎么知道?"

老战兵心想,"当真是梦么?今天杀谁,我怎么知道?当真是梦我见谁就杀谁。"

正预备回城里去看看,还不到城门边,只听得有喇叭吹冲锋号。当真要杀人了。队伍已出城,一转弯就快到了。老战兵迷迷糊糊赶忙向坪子中央跑去。一会子队伍到了地,匆促而沉默的散开成一大圈,各人皆举起枪来向外作预备放姿势,果然有两个年纪轻轻的人被绑着跪在坪子里。并且一个是男人,一个是女人,脸色白僵僵的,一瞥之下这两个人脸孔都似乎很熟习,匆遽间想不起这两人如此面善的理由。一个骑马的官员,手持令箭在圈子外土阜下监斩。老战兵还以为是梦,迷迷糊糊走过去向监斩官请示。另外一个兵士,却拖他的手:"老家伙,一刀一个,赶快赶快!"

他便走到人犯身边去,擦擦两下,两颗头颅都落了地。见了喷出的血,他觉得这梦快要完结了,一种习惯的力量使他记起三十年前的老规矩,头也不回,拔脚就跑。跑到城隍庙,正有一群妇女在那里敬神,庙祝哗哗的摇着签筒。老战兵不管如何,一冲进来趴在地下就只是磕头,且向神桌下钻去。庙里人见着那么一个人,手执一把血淋淋的大刀,以为不是谋杀犯也就是杀老婆的疯子,吓得要命忙跑到大街上去喊叫街坊。

一会儿,从法场上追来的人也赶到了,同大街上的闲人七嘴八舌说,皆知道他是守北门城的老头子,皆知道他杀了人,且同时断定他已发了疯。原来城隍庙的老庙祝早已死了,本城人年长的也早已死尽了,谁也不注意到这个老规矩,谁也不知道当地有这个老规矩了。

人既然已发疯,手中又拿了那么一把凶刀,谁进庙里去说不定谁就得挨那么一刀,于是大家把庙门即刻倒扣起来,想办法准备捕捉疯子。

老战兵躲在神桌下,只听得外面人声杂乱,究竟是什么原因完全弄不明白。等了许久,不见县知事到来,心里极乱,又不知走出去好还是不走出去好。

再过一会儿,听到庙门外有人拉枪机柄,子弹上了红槽。又听到一个很熟悉的妇人声音说:"进去不得,进去不得,他有一把刀!"接着就是那个副官声音:"不要怕,不要怕,我们有枪!一见这疯子,尽管开枪打死他!"

老战兵心中又急又乱,不知如何是好,只是迷迷糊糊的想:"这真是个怕人的梦!"

接着就有人开了庙门,在门前大声喝着,却不进来。且依旧扳动枪机,俨然即刻就要开枪的神气。许多熟人的声音也听得很分明,其中还有一个皮匠说话。

又听那副官说:"进去!打死这疯子!"

老战兵急了,大声嚷着:"嗨嗨,城隍老爷,这是怎么的!这是这么的!"外边人正嚷闹着,似乎谁也不听见这些话。

门外兵士虽吵吵闹闹,谁都是性命一条,谁也不敢冒险当先闯进庙中去。

人丛中忽然不知谁个厉声喊道:"疯子,把刀丢出来,不然我们就开枪了!"

老战兵想:"这不成,这梦做下去实在怕人!"他不愿意在梦里被乱枪打死。他实在受不住了。接着那把刀果然啷的一声响抛到阶沿上去了。一个兵士冒着大险抢步而前，把刀捡起。其余人众见凶器已得，不足畏惧，齐向庙中一拥而进。

老战兵于是被人捉住，糊糊涂涂痛打了一顿，且被五花大绑起来吊在廊柱上。他看看远近围绕在身边像有好几百人，自己还是不明白做了些什么错事，为什么人家把他当疯子，且不知等会儿有什么结果。眼前一切已证明不是梦里，那么刚才杀人的事也应当是真事了。多年以来本地就不杀人，那么自己当真疯了吗？一切疑问在脑子里转着，终究弄不出个头绪。有个人闪不知从老战兵背后倾了一桶脏水，从头到脚都被脏水淋透。大家又哄然大笑起来。老战兵又惊又气，回头一看原来捉弄他的正是本城卖臭豆豉的王跛子，倒了水还正咧着嘴得意哩。老战兵十分愤怒，破口大骂：

"王五，你个狗肏的，今天你也来欺侮老祖宗！"

大家又哄然笑将起来。副官听他的说话，以为这疯子被水浇醒，已不再痰迷心窍了。方走近他身边，问他为什么杀了人就发疯跑到城隍庙里来，究竟见了什么鬼，闯了什么邪气。

"为什么？你不明白规矩？你们叫我办案，办了案我照规矩来自首，你们一群人追来，要枪毙我，差点儿我不被乱枪打死！你们做得好，做得好，把我当疯子！你们就是一群鬼。还有什么鬼？我问你……"

…………

军部玩新花样，处决两个共产党，不用枪决，来一个非常手段，要守城门的老刽子手把两个人斩首示众。可是老战兵却不明白衙门为什么要他去杀那两个年青人。那一对被杀头的原来就是北门里小学校两个小学教员。

小学校接事的还不来。北门城管锁钥的职务就出了缺——老战兵死了。军部里于是流行着那个"最后一个刽子手"的笑话，无人不知，并且还依然传说那家伙是痰迷心窍白日见鬼吓死的。

---

本篇发表于1935年5月19日《独立评论》第151期。署名沈从文。

# 自　杀

被同事称为幸福人的刘习舜教授,下午三点左右,在××大学心理学班上讲完了"爱与惊讶"一课,记起与家中太太早先约好的话,便坐了自用车回家。到家时,太太正在小客厅里布置一切,把一束蓝色花枝安插到一个白建瓷瓶里去。见教授回来了,从窗下过身,赶忙跑出客厅招手。

"来,来,看我的花!"

教授跟教授太太进了客厅里,看太太插花。"美极了!"教授那么说着,一面赞赏花枝一面赞赏插花那个人。太太穿的是浅炒米黄袍子,配上披在两肩起大旋波的漆黑头发,净白的鹅蛋脸,两只纤秀的白手在那束蓝花中进出。面前蓝花却蓝得如一堆希奇火焰,那么光辉同时又那么静。这境界,这花同人,真是太美丽太美丽了。记起另一时一个北方朋友称赞太太的几句痴话,教授不由得不笑了。他觉得很幸福,一种真正值得旁人羡慕的幸福。

想说一句话,就说:"这不是毋忘我草吗?"太太似乎没听到,不作理会。

太太把花安排妥当时,看了教授一眼,很快乐的问道:"这花买要多少钱?你猜猜。"

"一块钱……"

"一块钱,总是一块两块钱,我告诉你,不多不少一毛六分钱。你瞧,在那瓶子里多美!"

"真的,美极了。"

太太把花插妥后,捧了花瓶搁在客厅南角隅一张紫檀条几上去。看看觉得不妥当,又移到窗台上去。于是坐在小黑沙发上,那么躺着,欣赏在米色窗纱前的蓝花,且望着花笑。

教授把美丽的太太一只美丽的手拖着,吻了一下:"宝贝,你真会布置。这客厅里太需要那么一点蓝色了。"受到这种赞美的太太,显得更活泼了一点,不作声,微笑着。

教授说:"这不像毋忘我草!"

太太笑着说:"谁说是毋忘我草?你这个也分别不出!我本想买一小盆毋忘我草,还不是时候,花不上市。那角上需要一点颜色。红的不成,要蓝的。应当平面铺开,不应当簇拥坟起。平面铺开才能和窗口谐调,同瓶子相衬;你看,是不是?"

"就那么好极了。我只觉得那瓶子稍微高了一点。"

"哽哼,若是个宽口小盆,当然就更合式!"

听差的进来倒茶,把桌上残余花枝收拾出去。

"王五,有客来吗?"

听差王五一面收拾桌子一面说:"农学院周先生来电话,说南京什么赵老爷来了,先生要看他,过周先生家里可见着。"

太太说:"不是赵公愚吗?"

教授说:"怎么不是他?春天北方考察三省行政,还说就便要在天津同赵太太离婚。世界变了,五十岁的人也闹离婚。那知道太太不答应,赵老先生就向他女儿说,'妈妈不离婚,我就自杀!'女儿气极了,向他说,'好,爸爸你要自杀回南京去自杀,这件事我们管不着。你不要太太了,我要母亲。我明年北大毕了业,养母亲。'这样一来,赵老先生倒不再说自杀了。"

"这是道学家的革命!"

"一种流行传染病(几个妙人的故事重新温习)。赵老先生人老心不老,在南京那种新官僚里混,自然要那么革一次命。还有虞先生,据说太太什么都不坏,只是不承认他的天才,不佩服他,所以非离婚不可。到后居然就离婚了。有人问到他离婚真实原因是不是这件事,他就否认。人向他说,'若用这种事作理由,未免太对不起那个夫人了。'他就作成很认真的神气说:'社会那么不了解我,不原谅我,我要自杀!'害得那熟人老担心，深怕因这番谈话刺激了他出个人命案件。到如今，看看他还在做七言香艳诗赠老朋友某，音韵典故，十分讲究，照情形看大约一时已不会自杀了，才放下心！这种传染病过去一时在青年人方面极其厉害，如今青年人已经有了免疫性，不成问题，却转到中年人身上来了。病上了身也就见寒作热，发疯发狂。目前似乎还无方法可以医疗这种怪病。"

太太笑着说："怎么没有方法？"

王五看看教授大皮包，记起日里一个快信来了，就向教授请示"有四封平信一个快信搁在北屋书房桌子上，要不要拿来"。王五取信去。

太太接续着先前那个问题谈下去："你说的那种病，照我想来也容易治疗。你想想你自己从前是好人还是病人？说不定小媛媛长到十八岁时，也会向你说，'爸爸，你想自杀吗？我这儿有手枪。'"

教授聊作解嘲似的分辩说："害过那种病的人就有了免疫性。再过十八年我若真的还会第二次害病，我们小媛媛一定当真把手枪递给我。有这样一个女儿，倒不好办！"

王五取信来时，刘妈正把小媛媛抱进客厅。小媛媛是两夫妇唯一的女儿，一家的宝贝，年纪还刚满周岁。照习惯小媛媛从王五手中抢了那个信，又亲手交给她爸爸。

教授接了信，拉着媛媛小手拍抚，逗她说："媛媛，今天在公园里看不看见大白鹤？在水上飞呀！飞呀！"

小媛媛学着爸爸说："飞，飞；爸爸飞。"

"爸爸飞，飞到什么地方去？爸爸一飞可不成！"

"飞，飞，爸爸飞。"

教授一面看信，一面向小女孩信口说着话。"爸爸飞到公园去，飞到天上去，"不禁笑将起来。忙把信递给太太，太太一看，原来是上海东方杂志社的编辑史先生写来的。来信要他写篇论文，题目恰好就是两人正说起的"人为什么要自杀"。教授说："可惜我不会写小说，不然就用赵先生虞先生的故事，作一篇小说一定很有意思。"

教授太太把信还给教授后，从妈子手中抱过了小媛媛，很亲爱的吻着小媛媛的手掌,指着瓶中的蓝花:"宝贝,看,花呀!花呀!"

小媛媛在母亲怀中也低低的呼唤着:"花!花!妈妈花!飞,飞,爸爸飞。"

"妈妈花爸爸飞,小媛媛呢?"

小媛媛好像思索爸爸这两句话的意义,把两只大而秀美的眼睛盯着教授:"爸爸,爸爸,飞!"

廊下电话铃响了一阵,刘妈去接电话,知道是粕粕胡同王家王先生要老爷说话。教授接完电话,回返客厅时,脸上有点无可奈何的神气。教授太太猜想得到是什么事:"你们又要到公园开会去,是不是?"

"谁说不是。小媛媛,爸爸一会儿真的就要飞到公园去了!"

太太眼睛望着那蓝花,轻轻的说:"不飞,不成?"

"我也想不飞。可是,学校事不理不问,那里行?要我陪你到东城去买衣服料子,明天去好不好?——宝贝,你那眉毛真美……"说时教授瞅着太太轻轻的叹了一口气。他太幸福了。看到太太一双长眉,想起一句诗:"长眉入鬓愁",什么愁?记不清楚了。

太太见教授有点儿谄媚神气,知道那是什么原因,便说:"你有事,你去作你的事。"

"我舍不得你。"

"有什么舍不得我?"

"我陪你去。刘妈,刘妈,……"他意思要打电话。

"得了。"

小媛媛说:"飞!飞!"

教授把怀中金表掏出一看,快到四点了,约会原定四点半,时间已不早,便站起身来预备过西屋浴室去洗手。

小媛媛又说:"爸爸,飞!飞!"

教授开玩笑似的向媛媛说:"是的,小媛媛,爸爸真要飞。"且举起两只手作成翅膀展开的姿势,逗引小媛媛。

太太不作声,抱了媛媛随同教授出了客厅,到院子中去看向日葵。"葵藿有心终向日,杨花无力转随风。"数数它的数目,八朵,九朵,十三朵。一个不吉利的数目。于是把旁枝一朵小小的也加上了,凑成十四。

…………

雨后初晴,公园游人特别多。园中树枝恰如洗过一般新鲜,入目爽朗。教授在僻静地方茶座下,找着了同事王先生。随即又找到了胡子戴先生,左先生,高个子宋先生。几人坐下来正讨论到学校下半年本系人事上的种种变动,忽然有个小女孩子声音喊"王伯伯,王伯伯。"女孩子年纪大约十一二岁,生长得长眉秀目,一条鼻子尤其美丽。到了王先生身边,就说:"王伯伯,怎么不到我姑娘家里去玩,谁得罪了您?……这是谁?"(她向着那个大胡子问)王先生便说:"这是戴伯伯。"女孩叫了一声戴伯伯。掉头来望着一个高个子,开口问:"这是谁?王伯伯。"王先生便说:"这是宋伯伯。"女孩照样又叫了一声宋伯伯。又指着另外一个胡子问是谁,说是"左伯伯",也叫了一声左伯伯。

末了这女孩子瞅定了教授,看了又看:"这是谁?王伯伯。"

王先生说:"刘伯伯。"

"刘伯伯?"女孩子估量了教授一下,"刘叔叔,"那么轻轻的叫着。引得在座众人皆笑将起来。

王先生说:"嗨,大莲,怎么刘伯伯叫刘叔叔?你上次不是在《北洋画报》上见到一个美人,你说很欢喜她,样子像妈妈,剪下来贴在镜子上吗?那就是刘伯母!"

女孩子偏个小头觑着教授:"王伯伯,真的吗?"

王先生说:"怎么不是真的?你什么时候同我去刘伯伯家里,就可看看刘伯母。"

"是真的吗?"

"你去看看就知道了。"

"刘伯母家里有小宝宝吗?"

"有一个小宝宝,你还可以去看看他家小宝宝,同小宝宝玩!"

"好,赶明儿我就去。王伯伯,是真的吗?"

"你问刘伯伯!"

小女孩很害羞似的把小嘴唇咬着，露出一排细细的洁白牙齿，望了教授好一会，俨然从教授神气之间看出了一点秘密，忽然自解自语说道："是真的！是真的！"

"同王伯伯到我家里来玩！"

"好。"把头点点，一只燕子似的飞去了。

小女孩子走后，王先生望着那小小背影作了一个喟然叹息的动作。左教授问王先生："那孩子是谁家的小孩子？"

王先生半天不说话。

几人都为这小孩子迷惑了，接着皆说这小孩子眉眼异常，与一般女孩子不同。经王先生说明，方知道原来这小孩子就是六年前在上海极有名的桃李案中的遗孽。母亲原是个出名的美人，一个牙医的女儿，嫁给阔公子李××。结婚后两人情好异常，毫无芥蒂。不料结婚七年后，这女人忽然平白无故自杀了。自杀的原因既极暧昧，社会上皆以为必是男的另外有了钟情的女子，但这种揣测却毫无根据。男的此后生活且证明了个人的行为毫无瑕疵。于是另外又有了一种揣测，就是说女的爱了一个极其平凡的男子，或说是个有中表亲的中学生，或说是一个画家，这件事受各方面的牵制，女的因此自杀了。三年后男的抑郁无聊，跑到黄山又自杀了。男的遗书中证明了女的自杀秘密还是另外一件事。至于另外一件事是什么？男的遗书中却说等到女孩子二十岁同人订婚时可从一个文件中明白。两人死后剩下的遗孤，被一个姑母带过北京来住，她的姑父原来就是生物学家杨××。

…………

教授回到家中，同太太把晚饭吃过后，谈闲天谈到日里在公园中见及的那个小女孩，且谈到小女孩母亲自杀的故事，以为很不可解。太太便说："人类事情不可解的地方多得很，至于这种自杀，倒平平常常。"为什么觉得平平常常？教授却想不通。当时问太太，这平常指的是什么意思。太太只笑笑，不说下去。

到了晚上，教授个人在小书房中写"人为什么要自杀"那篇文章。翻了好些参考书，书中所讨论到的一切学理，所举证的一切事例，虽无一不备，可是思想一同日里几件人事接触，便不知道真理应搁在那一方面比较适合了。

教授想：一定的，有的自杀不可分类，置人经济困难恋爱失败，以及任何一类都不相宜。为了一种错觉，一种幻想，一种属于生理心理两方面骤然而来带传染性的（一本书中提出的一句话一个观念）病症，也会自杀。为了奢侈（倘若这人凭理性认为挥霍生命是最大奢侈），也会自杀。但自杀的原因，若为了生存困难，为了经营商业或恋爱失败，社会却认为那是逃避责任与痛苦，因怯于坚忍生存而想到死，是件犯罪的行为。值得奖励的自杀，必事到临头还头脑清明，毫无异态。必承认生命是属于自己的，同时自己又是个很认识生命，爱惜生命的人，为了死可以达到某一个高尚的理想，完成某一种美丽的企图，为了处置生命到一个美丽形式里去，一死正类乎伟大戏剧或故事所不可少的情节，因此从从容容照计划作去。这种自杀有的为求人类自由，文化进步，历史改造，也有的是为一己；为使一己生命达到一个高点，社会皆认为难能可贵。然而童养媳偷偷的在土灶边吞烟，与苏格拉底人在狱中喝那一杯毒药，前者的死与后者的死，真正有什么不同处？倘若某种人的死，为的是留给此后活人一个美或深的印象，我们对于许多这种死的印象，有时却不如许多人类愚蠢行为来得更深切。为了怕生而去死的人很多，这种人近于懦。为了想生于别人印象里而死的人也很多，这种人却近于贪。"贪生怕死"是一句骂人的话，世界上还有"贪生不怕死"的人，作出的事是道德还是不道德？……自杀也许还有人是在一种纯粹无所谓的情形下作的……无结论的思索。

教授只觉得自己心中有点儿乱，有点儿糊涂。看看钟已十二点过五分，面前一堆书，一片纸。灯光很温柔的抚着花梨木桌面，一些小虫在窗上或用脚轻轻的爬着，或用身体轻轻的撞着。一切那么静。一家人全入了睡乡，厨子，娘姨，小媛媛，皆已各自安静的躺在铺床上做梦了。教授把手中捏着那枝笔头按着心部，仿佛听一声枪响，"叭"完了。好像什么都完了。把身体向椅背一仰，笔放下了。自诉似的心中说着："我不是个乐于自杀的人，我是个性情懦怯逃避责任的人。然而，如今我完了。幸福，远了。……什么是幸福？人人都说我有个好妻子，便是今天李家那悲剧渣滓小女孩子，也居然把她的相片从画报上剪下，时时那么注目忘情的对望着。有一个爱她的大学生，为得不到她也去自杀过一次。有人可以从她的美丽上感觉幸福，又有人从她美丽上感到不幸。为什么我同这个女子那么贴近，反而把她看得平平常常，从不惊讶？"

教授的小书房兼卧房，有一扇小小的黑门通过太太的卧房，这时节那扇小门，轻轻的被推开了。太太看看书房还有灯光，知道教授还未上床，把一只白手向里摇摇，且亲昵温柔说道：

"怎不睡觉？还作事吗？响了十二点，应当休息了。你听，响雷了！天亮以前会落雨的。你要茶吗？你写些什么？我来看看真成不成？"

教授不作声。在门边站着的太太于是又说：

"为什么老在桌边？那文章不作，不成吗？你要——"

"我什么都不要，宝贝。你睡去，我还有事情！"

"什么都不要，连我也不要了吗？"

"宝贝，我在作事！"

太太小孩子似的，在门边站了一会，却不要教授许可，破例走近教授的桌边来了。"你不要我我也来了。你一作事一读书就讨厌我，来看你就说是麻烦你。不公平！"

教授太太这时已换了一件白色软绸薄寝衣，头发散开编成两条辫子，脸臂皮肤，腻白莹洁如玉琢成的。长眉秀目，颊际微红薄媚，更觉得光艳照人。教授只是微笑。太太了解丈夫在构思一个问题，原谅了丈夫失疏忽体贴处，拍着教授的肩膀，偎在椅旁站了一忽儿，得到丈夫一个吻后，就快乐的回到自己卧房去了。教授目望着那扇小门，叹了一口气，自言自语说："唉，人！"

教授随手在身边小书架上取了一本俄国人作的长篇小说，翻看到的一节，正描写一个男子想象到他所爱恋的农村女人，如何用白首巾包裹头发，脱了衣裳，预备上床。自己如何睡在那有香草味的新棉被里，辗转不眠。作者一枝生动的笔，竟把读者带入书里所写的境界中去，俨然承认作者所提示的情境方算得是爱。

一会儿雨落了,雷声也大起来了,小孩房中灯光明亮,教授知道是太太到小媛媛房中看察窗子,看察小媛媛被盖。平时这种事常常是两人同作,这时节他却不起身,仍然坐在桌边不动,而且继续想着白天见到的那个大莲。一个雷声过后接着撒了一阵雨点,院中席棚被雨点打得很响。通过太太卧房那扇小门又轻轻的推开了。

教授说:"宝贝,你怎么还不睡?"

"天上响雷,我有点怕,睡不着。"

"又不是小孩子,还怕雷!"

"落大雨了,你怎么还不睡?你不怕响雷,雷雨也不怕吗?"

"我不怕!"

"真的吗?你不管我,我就要落雨了!"嘭地把那扇小门关上了。

一句诗:"泪如春雨不曾晴。"这诗是两人日前同读过某近人集中的句子。教授憬然悟了一个问题,赶忙起身走过太太房中去。太太伏身在床上,业已泪光莹然了。教授用了许多方法把太太精神振起时,见太太脸上的容光,那么美丽,教授笑着说:"宝贝,你真美!"

太太说:"你刚才想到些什么问题,老舍不得离开书桌边?"

"我想到自杀问题。(他说时用平常说笑话的神气)你呢?"

太太说:"我吗?我同你一样。"

"我不相信!我们不一样。"

"我觉得你不爱我了!"

"这就证明不一样了!我从不疑心到你不爱我。"

"你不疑心我,因为我爱你!"

教授觉得这样子说下去不成,要转变一个话题:"宝贝,我想起白天在公园见到那个小女孩子。再过十年这女孩子到了二十岁,独自发现她那个母亲的秘密时,那情形真……"

太太固执的重说道:"你不爱我了。"

她心想:那小孩子二十岁你四十岁。

一个雷声,小媛媛被惊醒哭了,太太赶忙起身从另一个小门走过小孩小卧房去。

教授坐在床边不动，把左手中指按定自己心部，又仿佛听到什么地方"叭"的一声，于是伏身下去，吻着那个美丽太太的白枕头，许久许久。意思正像是答复太太的那句话，"我爱你！"他重新记起刚才看到那本小说那一节描写，仿佛有一点忧郁：不知从什么地方继续侵进生活中，想用力挪开它，可办不到。

---

本篇发表于1935年9月1日天津《大公报·文艺》。署名沈从文。

# 阿黑小史

## 序

若把心沉静下来，则我能清清楚楚的看一切世界。冷眼的作旁观人，于是所见到的便与自己离得渐远，与自己分离，仿佛便有希望近于所谓艺术了。这不过是我自己所觉到的吧。其实我是无从把我自己来符合一种已具的艺术典型的，可证明的是有些人以为我文法不通俗。

这一本小小册子，便是我纯用客观写成，而觉得合乎自己希望的，文字则似乎更拙更怪，不过我却正想在这单纯中将我的风格一转，索性到我自己的一条路上去。其不及大家名家善于用美丽漂亮生字长句，也许可以藉此分别出我只是一个乡巴老吧。我原本是不必在乡巴老的名称下加以否认的。思想与行为与衣服，仿佛全都不免与时髦违悖，这缺陷，是虽明白也只有尽其缺陷过去，并不图设法补救，如今且有意来作乡巴老了。

或者还有人，厌倦了热闹城市，厌倦了眼泪与血，厌倦了体面绅士的古典主义，厌倦了假扮志士的革命文学，这样人，可以读我这本书，能得到一点趣味。我心想这样人大致总还有。

十七年十月末序于上海

## 油　坊

　　若把江南地方当全国中心，有人不惮远，不怕荒僻，不嫌雨水瘴雾特别多，向南走，向西走，走三千里，可以到一个地方，是我在本文上所说的地方。这地方有一个油坊，以及一群我将提到的人物。

　　先说油坊。油坊是比人还古雅的，虽然这里的人也还学不到扯谎的事。

　　油坊在一个坡上，坡是泥土坡，像馒头，名字叫圆坳。同圆坳对立成为本村东西两隘隘的是大坳。大坳也不过一土坡而已。大坳上有古时碉楼，用四方石头筑成，碉楼上生草生树，表明这世界用不着军事烽火已多年了。在坳碉上，善于打岩的人，一岩打过去，便可以打到圆坳油坊的旁边，原来这乡村，并不大。圆坳的油坊，从大坳方面望来，望这油坊屋顶与屋边，仿佛这东西是比碉楼还更古。其实油坊是新生后辈。碉楼是百年古物，油坊不过一半而已。

　　虽说这地方是平静，人人各安其生业，无匪患无兵灾，革命也不到这个地方来，然而五年前，曾经为另一个大县分上散兵扰了一次，加了地方人教训，因此若说村落是城池，这油坊已似乎关隘模样的东西了。油坊是本村关隘这话不错的，地方不忘记散兵的好处，增加了小心谨慎，练起保卫团有五年了。油坊的墙原本也是石头筑成，墙上打了眼，可以打枪，预备来了不好风声时保卫团就来此放枪放炮。实际上是等于零，地方不当冲不会有匪，地方不富，兵不来。这时正三月，是油坊打油当忙的时候，山桃花已红满了村落，打桃花油时候已到，工人换班打油，还是忙，油坊日夜不停工，热闹极了。

　　虽然油坊忙，忙到不可开交，从各处送来的桐子，还是源源不绝，桐子堆在油坊外面空坪简直是小山。

　　来送桐子的照例可以见到油坊主人，见到这个身上穿了满是油污邋遢衣衫的汉子，同到他的帮手，忙到过斛上簿子，忙到吸烟，忙到说话，又忙到对年青女人亲热，谈养猪养鸡的事体，看来真是担心到他一到晚就会生病发烧。如果如此忙下去，则这汉子每日吃饭睡觉有不有时间，也仿佛成了问题。然而成天这汉子还是忙。大概天生一个地方一个时间，有些人精力就特别可惊起来，比如另一地方另一种人的懒惰一样，所以关心到这主人的村中人，看到主人忙，也不过笑笑，随即就离了主人身边，到油坊中去了。

初到油坊才会觉得这是一个怪地方！单是那圆顶的屋，从屋顶透进的光，就使我们陌生人见了惊讶。这团光帮我们认识了油坊的内部一切，增加了我们的神奇。

先从四围看，可以看到成千成万的油枯。油枯这东西，像饼子，像大钱，架空堆码高到油坊顶，绕屋全都是。其次是那屋正中一件东西，一个用石头在地面砌成的圆碾池，对径至少是三丈，占了全屋内部四分之一空间，三条黄牛绕大圈子打转，拖着那个薄薄的青钢石磨盘，盘磨是两个，一大一小，碾池里面是晒干了的桐子，桐子在碾池里卧，经碾盘来回的碾，便在一种轧轧声音下碎裂了。

把碾碎了的桐子末来处置，是两个年青人的事。他们是同在这屋里许多做硬功夫的人一样，上衣不穿，赤露了双膊。他们把一双强健有力的手，在空气中摆动，这样那样的非常灵便的把桐子末用一大方布包裹好，双手举起放到一个锅里去，这个锅，于时则正沸腾着一锅热水。锅的水面有凸起的铁网，桐末便在锅中上蒸，上面还有大的木盖。桐末在锅中，不久便蒸透了，蒸熟了，两个年青人，看到了火色，便快快用大铁钳将那一大包桐子末取出，用铲铲取这原料到预先扎好的草兜里，分量在习惯下已不会相差很远，大小则有铁箍在。包好了，用脚踹，用大的木槌敲打，把这东西捶扁了，于是抬到榨上去受罪。

油榨在屋的一角，在较微暗的情形中，凭了一部分屋顶光同灶火光，大的粗的木柱纵横的罗列，铁的皮与铁的钉，发着青色的滑的反光，使人想起古代故事中说的处罚罪人的"人榨"的威严。当一些包以草束以铁，业已成饼的东西，按了一种秩序放到架上以后，打油人，赤着膊，腰边围了小豹之类的兽皮，绾着小小的发髻，把大小不等的木劈依次嵌进榨的空处去，便手扶了那根长长的悬空的槌，唱着简单而悠长

329

的歌,訇的撒了手,尽油槌打了过去。

反复着,继续着,油槌声音随着悠长歌声,荡漾到远处去。一面是屋正中的石磨盘,在三条黄牯牛的缓步下转动,一面是熊熊的发着哮吼的火与沸腾的蒸汽弥漫的水,一面便是这长约三丈的一段圆而且直的木在空中摇荡;于是那从各处远近村庄人家送来的小粒的桐子,便在这样行为下,变成稠粘的,黄色的,半透明的流黄,流进地下的油糟了。

油坊中,正如一个生物,嚣杂纷乱,与伟大的谐调,使人认识这个整个的责任是如何重要。人物是从主人到赶牛小子,一共数目在二十以上,这二十余人在一个屋中,各因了职务的不同作着各样事情,在各不相同的工作上各人运用着各不相同的体力,又交换着谈话,表示事情的暇裕,这是一群还是一个,也仿佛不是用简单文字所能解释清楚。

但是,若我们离开这油坊一里两里,我们所能知道这油坊是活的,是有着人一样的生命,而继续反复制作一种有用的事物的,将从什么地方来认识? 一离远,我们就不能看到那山堆的桐子仁,也看不到那形势奇怪的房子了。我们也不知道那怪屋里是不是有三条牯牛拖了那大石碾盘打转。也不知灶中的火还发吼没有。也不知那里是空洞死静的还是一切全有生气的。是这样,我们只有一个办法,说是听那打油人唱歌,以及跟了歌声起落仿佛作歌声的拍的宏壮的声音。从这歌声,与油槌的打击的大声上,我们就俨然看出油坊中一切来了。这歌声与打油声,有时五里以外还可以听到,是山中庄严的音乐,庄严到比佛钟还使人感动,能给人气力,能给人静穆与和平,就是这声音。从这声音可以使人明白严冬的过去,一个新的年份的开始,因为打油是从二月开始。且可以知道这地方的平安无警,人人安居乐业,因为地方有了警戒是不能再打油的。

油坊,是简单的,疏略的介绍过读者了。与这油坊有关系的,还有几个人。

要说的人,并不是怎样了不得的大人物。我们已经在每日报纸上,把一切于历史上有意义的阔人要人脸貌,生活,思想,行为,看厌了。对于这类人永远感生兴趣的,他不妨去作小官,设法同这些人接近。所以我说的人只是那些不逗人欢喜，生活平凡，行为庸碌，思想扁窄的乡下人。然而这类人，是在许多人生活中比起学问这东西一样疏远的。

领略了油坊，就再来领略一个打油人生活，也不为无意义——我就告你们一个打油的一切吧。

这些打油人，成天守着那一段悬空的长木，执行着类乎刽子手的职务，手干摇动着，脚步转换着，腰儿钩着扶了那油槌走来走去，他们可不知那一天所作的事是出了油出了汗以外还出了什么。每天到了应换班时节，就回家。人一离开了打油棰，歌也便离开口边了。一天的疲劳，使他觉得非喝一杯极浓的高粱酒不可，他于是乎就走快一点。到了家，把脚一洗，把酒一喝，或者在灶边编编草鞋，或者到别家打一点小牌。有家庭的就同妻女坐在院坝小木板凳上谈谈天，到了八点听到砦上起了更就睡。睡，是一直到第二天五更才作兴醒的，醒了，天还不大亮，就又到上工时候了。

一个打油匠生活，不过如此如此罢了。不过照例是这职业为专门职业，所以工作所得，较之小乡村中其他事业也独多，四季中有一季作工便可以对付一年生活，故这类人在本乡中地位也等于绅士，似乎比考秀才教书还合算。

可是这类人，在本地方真是如何稀少的人物啊！

天黑了，在高空中打团的鹰之类也渐渐的归林了，各处人家的炊烟已由白色变成紫色了，什么地方有妇人尖锐声音拖着悠长的调子喊着阿牛阿狗的小名回家吃饭了，这时圆坳的油坊停工了，从油坊中走出一个人。这个人，行步匆匆像逃难，原来后面还有一个小子在追赶。这被追赶的人跟跟跄跄的滑着跑着在极其熟习的下坡路上走着，那追的小子赶不上，就在后面喊他。

"四伯，四伯，慢走一点，你不同我爹喝一杯，他老人家要生气了。"

他回头转望那追赶他的人黑的轮廓，随走随大声的说：

"不，道谢了。明天来。五明，告诉你爹，我明天来。"

"那不成，今天是炖得有狗肉！"

"你多吃一块好了。五明小子你可以多吃一块,再不然帮我留一点,明早我来吃。"

"那他要生气!"

"不会的。告你爹,我有点小事,要到西村张裁缝家去。"

说着这样话的这个四伯,人已走下圆坳了,再回头望声音所来处的五明,所望到的是仿佛天是真黑了。

他不管五明同五明爹,放弃了狗肉同高粱酒,一定要急于回家,是因为念着家中的女儿。这中年汉子,唯一的女儿阿黑,是有病发烧,躺在床不能起来,等他回家安慰的。他的家,去油坊是上半里路,已属于另外一个村庄了,所以走到家时已经是五筒丝烟的时候了。快到了家,望到家中却不见灯光,这汉子心就有点紧。老老远,他就大声喊女儿的名字。他意思是或者女儿连起床点灯的气力也失掉了。不听到么,这汉子就更加心急。假若是,一进门,所看到的是一个死人,则这汉子也不必活了。他急剧的又忧愁的走到了自己家门前,用手去开那栅栏门,关在院中的小猪,见有人来以为是喂料的阿黑来了,就群集到那边来。

他暂时就不开门,因为听到屋的左边有人行动的声音。

"阿黑,阿黑,是你吗?"

"爹,不是我。"

故意说不是她的阿黑,却跑过来到她爹的身边了,手上拿的是一些仿佛竹管子东西,爹是见了阿黑又欢喜又有点埋怨的。

"怎么灯也不点,我喊你又不应?"

"饭已早煮好了。灯我忘记了。我不听见你喊我的声音,因为在后面园里去了。"

经过作父亲的用手摸过额角以后的阿黑,把门一开,先就跑进屋里去了,不久这小瓦屋中有了灯光。

又不久,在一盏小小的清油灯下,这中年父亲同女儿坐在一张小方桌边吃晚饭了。

吃着饭,望到脸上还是发红的病态未尽的阿黑,父亲把饭吃过一碗也不再添。被父亲所系念的阿黑,是十七八岁的人了,知道父亲发痴的理由,就说:"一点儿病已全好了,这时人并不吃亏。"

"我要你规规矩矩睡睡,又不听我说。"

"我睡了半天,是因为到夜了天气真好,天上有霞,所以起来看,就便到后园去砍竹子,砍来好让五明作箫。"

"我担心你不好,所以才赶忙回来。不然今天五明留我吃狗肉,我那里就来。"

"爹你想吃狗肉我们明天自己炖一腿。"

"你那里会炖狗肉?"

"怎么不会?我可以问五明去。弄狗肉吃就是脏一点,费神一点。爹你买来拿到油坊去,要烧火人帮烙好刮好,我必定会办到好吃。"

"等你病好了再说吧。"

"我好了,实在好了。"

"发烧要不得!"

"发烧吃一点狗肉,以火攻火,会好得快一点。"

乖巧的阿黑,并不怎样想狗肉吃,但见到父亲对于狗肉的倾心,所以说狗肉自己来炖的话。但不久,不必自己亲手,五明从油坊里却送了一大碗狗肉来了。被他爹说了一阵是怎不把四伯留下的五明,退思补过,所以赶忙拿了一大青花海碗红焖狗肉来。虽说是送狗肉来,来此还是垂涎另外一样东西,比四伯对狗肉似乎还感到可爱。五明为什么送狗肉一定要亲自来,如同做的大事一样,不管天晴落雨,不管早夜,这理由只有阿黑心中明白!

"五明,你坐。"阿黑让他坐,推了一个小板凳过去。

"我站站到也成。"

"坐,这孩子,总是不听话。"

"阿黑姐,我听你的话,不要生气!"

于是五明坐下了。他坐到阿黑身边驯伏到像一只猫。坐在一张白木板凳上的五明,看灯光下的阿黑吃饭,看四伯喝酒挟狗肉吃,若说四伯的鼻子是为酒糟红,使人见了仿佛要醉,那么阿黑的小小的鼻子,可不知是为什么如此逗人爱了。

"五明,再喝一杯,陪四伯喝。"

"我爹不准我喝酒。"

"好个孝子,可以上传。"

"我只听人说过孝女上传的故事,姐,你是传上的。"

"我是说你假,你以为你真是孝子吗?你爹不许你作许多事,似乎都背了爹作过了,陪四伯吃杯酒就怕爹骂,装得真俨然!"

"冤枉死我了,我装了些什么?"

四伯见五明被女儿逼急了,发着笑,动着那大的酒糟鼻,说阿黑应当让五明。

"爹,你不知道他,小虽小,顶会扯谎。"

大约是五明这小子的确在阿黑面前扯过不少的谎,证据被阿黑拿到手上了,所以五明虽一面嚷着冤枉了人,一面却对阿黑瞪眼,意思是告饶。

"五明你对我把眼睛做什么鬼?我不明白。"说了就纵声笑。五明真急了,大声嚷。

"是,阿黑姐,你这时不明白,到后我要你明白呀!"

"五明,你不要听阿黑的话,她是顶爱窘人的,不理她好了。"

"阿黑,"这汉子又对女儿说,"够了。"

"好,我不说了,不然有一个人眼中会又有猫儿尿。"

五明气突突的说:"是的,猫儿尿,有一个人有时也欢喜吃人家的猫儿尿!"

"那是情形太可怜了。"

"那这时就是可笑——"说着,碗也不要,五明抽身走了。阿黑追出去,喊小子。

"五明,五明,拿碗去!要哭就在灯下哭,也好让人看见!"

走去的五明不作声,也不跑,却慢慢走去。

阿黑心中过意不去,就跟到后面走。

"五明,回来,我不说了。回来坐坐,我有竹子,你帮我作箫。"

五明心有点动就更慢走了点。

"你不回来，那以后就……什么也完了。"

五明听到这话，不得不停了脚步了。他停顿在大路边，等候追赶他的阿黑。阿黑到了身边，牵着这小子的手，往回走，这小子泪眼婆娑，仍然进到了阿黑的堂屋，站在那里对着四伯勉强作苦笑。

"坐！当真就要哭了，真不害羞。"

五明咬牙齿，不作声，四伯看了过意不去，帮五明的忙，说阿黑。

"阿黑，你就忘记你被毛朱伯笑你的情形了，让五明点吧，女人家不可太逞强。"

"爹你袒护他。"

"怎么袒护他？你大点，应当让他一点才对。"

"爹以为他真像是老实人，非让他不可。爹你不知道，有个时候他才真不老实！"

"什么时候？"作父亲的似乎不相信。

"什么时候么？多咧多！"阿黑说到这话，想起五明平素不老实的故事来，就笑了。

阿黑说五明不是老实人，这也不是十分冤枉的。但当真若是不老实人，阿黑这时也无资格打趣五明了。说五明不老实者，是五明这小子，人虽小，却懂得许多事，学了不少乖，一得便，就想在阿黑身上撒野，那种时节五明决不能说是老实人的，即或是不缺少流猫儿尿的机会。然而到底不中用，所以不规矩，到最后，还是被恐吓收兵回营，仍然是一个在长者面前的老实人。这真可以说，虽然想不老实，又始终作不到，那就只有尽阿黑调谑一个办法了。

五明心中想的是报仇方法，却想到明天的机会去了。其实他不知不觉用了他的可怜模样已报仇了，因为模样可怜使这打油人有与东家作亲家的意思，因了他的无用，阿黑对这被虐待者也心中十分如意了。

五明不作声，看到阿黑把碗中狗肉倒到土钵中去，看到阿黑洗碗，看到阿黑……到后是把碗交到五明手上，另外塞了一把干栗子在五明手中，五明这小子才笑。

借口说怕院坝中猪包围的五明，要阿黑送出大门，出了大门却握了阿黑的手不放，意思还要在黑暗中亲一个嘴，算抵销适间被窘的账。把阿黑手扯定，五明也觉得阿黑是在发烧了。

"姐，干吗，手这么热？"

"我有病，发烧。"

"怎不吃药？"

"一点儿小病。"

"一点儿，你说的！你的全是一点儿，打趣人家也是，自己的事也是。病了不吃药那怎么行。"

"今天早睡点，吃点姜发发汗，明早就好了。"

"你真使人担心！"

"鬼，我不要你假装关切，我自己会比你明白点。"

本篇发表于1933年1月1日《新时代》第3卷第5、6期合刊，新年号。署名沈从文。

## 病

  包红帕子的人来了，来到阿黑家，为阿黑打鬼治病。
  阿黑发烧的病更来到不儿戏了，一个月来发烧，脸庞儿红得像山茶花，终日只想喝凉水。天气渐热，井水又怕有毒，害得老头子成天走三里路到万亩田去买杨梅。病是杨梅便能止渴。但杨梅对于阿黑的病也无大帮助。人发烧，一到午时就胡言乱语，什么神也许愿了，什么药也吃过了，如今是轮到请老巫师的最后一着了。把巫师从十里外的高坡塘赶来，时间是下午烧夜火的时候。来到门前的包红帕子的人，带了一个徒弟，所有追魂捉鬼用具全在徒弟背上扛着，老师傅站在阿黑家院坝中，把牛角放在嘴边，吹出了长长的悲哀而又高扬的声音，惊动了全村，也惊动了坐在油坊石碾横木玩着的五明。他先知道了阿黑家今天有师傅来，如今听出牛角声音，料到师傅进屋了，赶忙喝了一声，把向前的牛喝住，跑下了横木，迈过碾槽，跑出了油坊，奔到阿黑这边山来了。
  五明到了阿黑家时老师傅已坐在坐屋中喝蜜水了，五明就走过去问师傅安。他喊这老师傅做干爹因为三年前就拜给这人作干儿子了。他蹲到门限上去玩弄老师傅的牛角。这是老师傅的法宝，用水牛角作成，颜色淡黄，全体溜光，用金漆描有花纹同鬼脸，用白银作哨，用银链悬挂，五明欢喜这东西，如欢喜阿黑一样。这时不能同阿黑亲嘴，所以就同牛角亲嘴了。
  "五明孩子，你口洗了不洗，你爱吃狗肉牛肉，有大蒜臭，是粘不得法宝的！"
  "那里呢？干爹你嗅。"
  那干爹就嗅五明的嘴，亲五明的颊，不消说，纵是刚才吃过大蒜，经这年高有德的人一亲，也把肮脏洗净了。
  喝了蜜水的老师傅吃吸烟，五明就献小殷勤为吹灰。
  那师傅，不同主人说阿黑的病好了不曾，却同阿黑的爹说：
  "四哥，五明这孩子将来真是一个好女婿。"

"当真呢不知谁家女儿有福气。"

"是呀！你瞧他！年纪小虽小，多乖巧。我每次到油坊那边见到他爹，总说我这干儿子有屋里人了没有，这作父亲的总摇头，像我是同他在讲桐子生意，故意槁价手。哥，你……"

阿黑的爹见到老师傅把事情说到阿黑事情上来了，望一望蹲在一旁玩牛角的五明，抿抿嘴，不作声。

老师傅说："五明，听到我说的话了么？下次对我好一点，我帮你找媳妇。"

"我不懂。"

"你不懂吧，说到真像。我看你样子是懂得比干爹还多！"

五明于是红脸了，分辩说："干爹冤枉人。"

"我听说你会唱一百多首歌，全是野的，跟谁学来？"

"也是冤枉。"

"我听萧金告我你做了不少大胆的事。"

"萧金呀，这人才坏，他同巴古大姐鬼混，人人都知，谁也不瞒，有资格说别个么？"

"但是你到底作过坏事不？"

五明说："听不懂你的话。"

说了这话的五明，红着脸，望了望四伯，放下了牛角，站起身来走到院坝中逐鸡去了。

老师傅对这小子笑，又对阿黑的爹笑。阿黑的爹有点知道五明同阿黑的关系了。然而心中却不像城里作父亲的偏狭，他只忧愁的微笑。

小孩子，爱玩，天气好，就到坡上去玩玩，只要不受凉，不受惊，原不是什么顶坏的事。两个人在一块，打打闹闹并不算大不了事体。人既在一块长大，懂了事，互相欢喜中意，非变成一个不行，作父亲的似乎也无取缔理由。

使人顽固是假的礼教与虚空的教育，这两者都不曾在阿黑的爹脑中有影响，所以这时逐鸡的五明，听到阿黑嚷口渴，故不怕笑话，即刻又从干爹身边跑过，走到阿黑房中去了。

阿黑家的房是旧瓦房，一栋三开间，以堂屋作中心，则阿黑住的是右边一间。旧的房屋一切全旧了，楼板与地板，颜色全失了原有黄色，转成浅灰色，窗用铁条作一格，又用白纸糊木条作一格，又用木板门：平时大致把木门打开，放光进来。怕风则将糊纸的一格放下，到夜照例是关门。如今却因为是阿黑发烧，虽按照病理，应避风避光，然而阿黑脾气坏，非把窗敞开不行，所以作父亲的也难于反对，还是照办了。

这房中开了窗子，地当西，放进来的是一缕带绿色的阳光。窗外的竹园，竹子被微风吹动，竹叶窣窣作响。真仿佛与病人阿黑成其调和的一幅画。带了绿色的一线阳光，这时正在地板上，映出一串灰尘返着晶光跳舞，阿黑却伏在床上，把头转侧着。

用大竹筒插了菖蒲与月季的花瓶，本来是五明送来摆在床边的，这时却见到这竹筒里多了一种蓝野菊。房中粗粗疏疏几件木器，以及一些小钵小罐，床下一双花鞋。伏在床上的露着红色臂膀的阿黑，一头黑发散在床沿，五明不知怎样感动得厉害，却想哭了。

昏昏迷迷的阿黑，似乎听出有人走进房了，也不把头抬起，只嚷渴。

"送我水，送我水……"

"姐，这壶里还有水！"

似乎仍然听得懂是五明的话，就抱了壶喝。

"不够。"

五明于是又为把墙壁上挂的大葫芦取下，倒出半壶水来，这水是五明小子尽的力，在两三里路上一个洞里流出的洞中泉，只一天，如今摇摇已快喝到一半了。

第二次又得了水又喝，喝过一阵，人却稍稍清醒了，待到五明用手掌烫到她额上时，阿黑瞪了眼睛望到床边的五明。

"姐，你好点了吧？"

"嗯。"

"你认识我么？"

阿黑不即答，仿佛来注意这床边人，但并不是昏到认人不清，她是在五明脸上找变处。

"五明,怎么瘦许多了?"

"那里,我肥多了,四伯才还说!"

"你瘦了。拿你手来我看。"

五明就如命,交手把阿黑,阿黑拿来放在嘴边。她又问五明,是不是烧得厉害。

"姐,你太吃亏了,我心中真难过。"

"鬼,谁要你难过?自己这几天玩些什么?告我刚才做了些什么?告我。"

"我坐到牛车上,赶牛推磨,听到村中有牛角叫,知道老师傅来了,所以赶忙来。"

"老师傅来了吗?难怪我似乎听到人说话,我烧得人糊涂极了。"

五明望这房中床架上,各庙各庵黄纸符咒贴了不少,心想纵老师傅来帮忙,也恐怕不行,所以默然不语了。他想这发烧原由,或者倒是什么时候不小心的原故,责任半多还是在自己,所以自己心中总非常不安,又不敢把这意思告阿黑的爹。他怕阿黑是身上有了小人。他知识只许他对于睡觉养小孩子心事憧憧恍恍,他怕是那小的人在肚中作怪,所以他觉得老师傅也是空来。然而他还不曾作过做丈夫应作的事,纵作了也不算认真。

五明呆在阿黑面前许久,才说话。

"阿黑姐,你心里难过不难过?"

"你呢?"

这反问,是在另一时节另一情形另一地方的趣话。那时五明正努过力,泄了气,不负责任压在阿黑身上,问阿黑,阿黑也如此这般反问他。同样的是怜惜,在彼却加了调谑,在此则成了幽怨,五明眼红了。

"干吗呢?"

五明见到阿黑注了意,又怕伤阿黑的心,所以忙回笑,说眼中有刺。

"小鬼,你少流一点猫儿尿好了,不要当到我假慈悲。"

"姐，你是病人，不要太强了，使我难过！"

"我使你难过！你是完全使我快活么？你说，什么时候使我快活？"

"我不能使你快活，我知道。我人小力小，就第一样不够格。第二是……"

话被阿黑打断了，阿黑见五明真有了气，拉他倒在床上了。五明压倒阿黑。摸阿黑全身，像是一炉炭，一切气全消了，想起了阿黑这时是在病中了，再不能在阿黑前说什么了。

五明不久就跪到阿黑床边，帮阿黑拿镜子让阿黑整理头发，因老师傅在外面重吹起牛角，在招天兵天将了。

因为牛角五明想起吹牛角的那一个干爹口中说的话来了，他告与阿黑。他告她："干爹说我是好女婿，但我只愿作这一家人的女婿。谁知道女婿是早作过了。"

"爹怎么说？"

"四伯笑。"

"你好好防备他，有一天一油槌打死你这坏东西，若是他老人家知道了你的坏处。"

"我为什么坏？我又不偷东西。"

"你不偷东西，你却偷了……"

"说什么？"

"说你这鬼该打。"

于是阿黑当真就顺手打了五明一耳光，轻轻的打，使五明感到打的舒服。

五明轮着眼，也不生气，感着了新的饥饿，又要咬阿黑的舌子了。他忘了阿黑这时是病人，且忘了是在阿黑的家中了，外面的牛角吹得呜呜喇喇，五明却在里面同阿黑亲嘴半天不放。

到了天黑，老师傅把红缎子法衣穿好，拿了宝刀和鸡子吹着牛角，口中又时时刻刻念咒，满屋各处搜鬼，五明就跟到这干爹各处走，因为五明是小孩子，眼睛清，可以看出鬼物所在。到一个地方，老师傅回头向五明，要五明随便指一个方向，五明用手一指，老师傅样子一凶，眼一瞪，脚一顿，把鸡蛋对五明所指处掷去，于是俨然鬼就被打倒了，捉着了。鸡蛋一共是打了九个，五明只觉得好玩。

五明到后问干爹，到底鬼打了没有，那老骗子却非常正经说已打尽了鬼。

法事做完后，五明才回去，那干爹师傅因为打油人家中不便留宿，所以到亲家油坊去睡，同五明一路。五明在前打火把，老师傅在中，背法宝的徒弟在后，他们这样走到油坊去。在路上，这干爹又问五明，在本村里看中意了谁家姑娘，五明不答应，老师傅就说回头将同五明的爹做媒，打油匠家阿黑姑娘真美。

大约有道法的老师傅，赶走打倒的鬼是另外一个，却用牛角因此拈来了其他一个他意料不到的鬼，就是五明，所以到晚上，阿黑的发烧，只有增无减。若要阿黑好，把阿黑心中的五明歪缠赶去，忌忌油，发发汗，真是容易事！可惜的是打油人只会看油的成色，除此以外全无所知，捉鬼的又反请鬼指示另一种鬼的方向，糟蹋了鸡蛋，阿黑所以病就只好继续三十天了。

阿黑到后怎样病就有了起色呢？却是五明要到桐木寨看舅舅接亲吃酒，一去有十天，十天不见五明，使阿黑不心跳，不疲倦，因此倒作成了老师傅的夸口本事，鬼当真走了，病才慢慢退去，人也慢慢的复原了。

回到圆坝吃酒去的五明，还穿了新衣，就匆匆忙忙跑来看阿黑。时间是天已快黑，天上全是霞。屋后已有纺织娘纺车，阿黑包了花帕子，坐到院坝中石碌碡上，为小猪搔痒。阿黑身上也是穿得新浆洗的花布衣，样子十分美，五明一见几乎不认识，以为阿黑是作过新嫁娘的人。

"姐，你好了！"

阿黑抬头望五明，见五明穿新衣，戴帽子，白袜青鞋，知道他是才从桐木寨吃酒回来，就笑说："五明，你是作新郎来了。"

这话说错了，五明听的倒是"来此作新郎"不是"作过新郎来"，他忙跑过去，站到阿黑身边。他想到阿黑的话要笑，忘了问阿黑是什么时候病好的。

在紫金色薄暮光景中，五明并排坐到阿黑身边了。他觉阿黑这时可以喊作阿白，因为人病了一个月，把脸病白了，他看阿黑的脸，清瘦得很，不知应当如何怜爱这个人。他用手去摸阿黑下巴，阿黑就用口吮五明的手指，不作声。

　　在平时，五明常说到阿黑是观音，却是说了也无多大意义，只不过是想赞美阿黑，找不出好句子，借用来表示自己，低首投降甘心情愿而已，此时五明才真觉得阿黑是观音！那么慈悲，那么清雅，那么温柔，想象观音为人决不会比这个人更高尚又更近人情。加以久病新瘥，加以十天远隔，五明觉得为人幸福像做皇帝了。

　　本篇发表于1932年11月1日《新时代》第3卷第3期。署名沈从文。后经改写以《捉鬼》为篇名发表于1946年11月26日天津《益世报》。

## 秋

　　到了七月间，田中禾苗的穗已垂了头，成黄色，各处忙打谷子了。

　　这时油坊歇憩了，代替了油坊打油声音的是各处田中打禾的声音。用一二百铜钱，同到老酸菜与臭牛肉雇来的每个打禾人，一天亮起来到了田中，腰边的镰刀像小锯子，下田后，把腰一钩，齐人高的禾苗，在风快的行动中，全只剩下一小桩，禾的束全卧在田中了。

　　在割禾人后面，推着大的四方木桶的打禾人，拿了卧在地上的禾把在手，高高的举起快快的打下，把禾在桶的边沿上痛击，于是已成熟的谷颗便完全落到桶中了。

　　打禾的日子是热闹的日子，庄稼人心中有丰收上仓的欢喜，一面有一年到头的耕作已到了休息时候的舒畅，所有人，全是笑脸！

　　慢慢的，各个山坡各个村落各个人家门前的大树下，把稻草堆成高到怕人的巨束，显见的是谷子已上仓了。这稻草的堆，各处可见到，浅黄的颜色，伏在叶已落去了的各种大树下，远看便像一个庞大兽物。有些人家还将这草堆作屋，就在草堆上起居，以便照料到那晚熟的山谷中黍类薯类。地方没有人作贼，他们怕的是野猪，野猪到秋天就多起来了。

　　这个时候五明家油坊既停了工，五明无可玩，五明不能再成天守到碾子看牛推磨了，牛也须要放出去吃草了，就是常上山去捡柴。捡柴不一定是家中要靠到这个卖钱，也不是烧火乏柴，五明的家中剩余的油松柴，就不知有几千几万。五明的捡柴，一天捡回来的只是一捆小枯枝，一捆花，一捆山上野红果。这小子，出大门，佩了镰刀，佩了烟管，还佩了一枝短笛，这三样东西只有笛子合用。他上山，就是上山在西风中吹笛子给人听！

　　把笛子一吹，一匹鹿就跑来了。笛子还是继续吹，鹿就呆在小子身边睡下，听笛子声音醉人。来的这匹鹿是有一双小小的脚，一个长长的腰，一张黑黑的脸同一个红红的嘴。来的是阿黑。

阿黑的爹这时不打油，用那起着厚的胼胝的扶油槌的手在乡约家抹纸牌去了。阿黑成天背了竹笼上山去，名义也是上山捡柴爬草，不拘在什么地方，远虽远，她听得出五明笛子的声音。把笛子一吹，阿黑就像一匹小花鹿跑到猎人这边来了。照例是来了就骂，骂五明坏鬼，也不容易明白这坏意义究竟是什么一回事。大约是，五明吹了笛，唱着歌，唱到有些地方，阿黑虽然心欢喜，正因为欢喜，就骂起"五明坏鬼"来了。阿黑身上并不黑，黑的只是脸，五明唱歌唱到——

娇妹生得白又白，情哥生得黑又黑。
黑墨写在白纸上，你看合色不合色?!

阿黑就骂人。使阿黑骂人，也只怪得是五明有嘴。野猪有一张大的嘴巴，可以不用劲就把田中大红薯从土里掘出，吃薯充饥。五明嘴不大，却乖劣不过，唱歌以外不单是时时刻刻须用嘴吮阿黑的脸，还时时刻刻想用嘴吮阿黑的一身。且嗜好不良，怪脾气顶多，还有许多说不出的铺排，全似乎要口包办，都有使阿黑骂他的理由。一面骂是骂，一面要作的还是积习不改，无怪乎阿黑一见面就先骂"五明坏鬼"作为"预支数"了。

五明又怪又坏，心肝肉圆子的把阿黑哄着引到幽僻一点稻草堆下去，且别出心裁，把草堆中部的拖出，挖空成小屋，就在这小屋中为阿黑解衣纽袢同裤带子，又诌媚又温柔同阿黑作那顶精巧的体操。有时因为要挽留阿黑，就设法把阿黑衣服藏到稻草堆的顶去，非到阿黑真有生气样子时不退。

阿黑人虽年纪比五明大，知道"伤食"那类名词，知道秋天来了，天气冷，"着凉"也是应当小心注意，可是就因为五明是"坏鬼"脾气坏，心坏，嗜好的养成虽日子不多也是无可救药。纵有时阿黑一面说着"不行""不行"的话，到头仍然还是投降，已经也是有过极多例了。

天气是当真一天一天冷下来了，中秋快到，纵成天是大太阳挂到天空，早晚是仍然有寒气侵人，非衣夹袄不可了。在这样的天气下，阿黑还一听到五明笛子就赶过去，这要说是五明罪过也似乎说不出！

八月初四是本地山神的生日，人家在这一天都应当用鸡用肉用高粱酒为神做生。五明的干爹，那个头缠红帕子作长毛装扮的老师傅，被本地当事人请来帮山神献寿谢神祝福，一来就住到亲家油坊里。来到油坊的老师傅，同油坊老板挨着烟管吃烟，坐到那碾子的横轴上谈话，问老板的一切财运，打油匠阿黑的爹也来了。

打油匠是听到油坊中一个长工说是老师傅已来，所以放下了纸牌跑来看老师傅的。见了面，话是这样谈下去：

"油匠，您好！"

"托福。师傅，到秋天来，你财运好！"

"我财运也好，别的运气也好，妈个东西，上前天，到黄砦上做法事，半夜里主人说请师傅打牌玩，就架场动手。到后作师傅的又作了宝官庄家，一连几轮庄，撇十遇天罡，足足六十吊，散了饷。事情真做不得，法事不但是空做，还倒贴。钱输够了天也不亮，主人倒先睡着了。"

"亲家，老庚，你那个事是外行，小心是上了当。"油坊老板说，喊老师傅做亲家又喊老庚，因为他们又是同年。

师傅说："当可不上。运气坏是无办法。这一年运像都不大好。"

师傅说到运气不好，就用力吸烟，若果烟气能像运气一样，用口可以吸进放出，那这位老师傅一准赢到不亦乐乎了。

他吸着烟，仰望着油坊窗顶，那窗顶上有一只蝙蝠倒挂在一条橡皮上。

"亲家，这东西会作怪，上了年纪就会成精。"

"什么东西？"老板因为同样抬头却见到两条烟尘的带子。

"我说檐老鼠，你瞧，真像个妖。"

"成了妖就请亲家捉它。"

"成了妖我恐怕也捉不到，我的法子倒似乎只能同神讲生意，不能同妖论本事！"

"我不信这东西成妖精。"

"不信呀，那不成。"师傅说，记起了一个他也并不曾亲眼见到的故事，说："真有妖。老虎峒的第二层，上面有斗篷大的檐老鼠，能做人说话，又能叫风唤雨，是得了天书成形的东西，幸好是它修炼它自己，不惹人，人也不惹它，不然可了不得。"

为证明妖精存在起见，老师傅不惜在两个朋友面前说出丢脸的话，他说他有时还得为妖精作揖，因为妖精成了道也像招安了的土匪一样，不把他当成副爷款待可不行的。他又说怎么就可以知道妖精是有根基的东西，又说怎么同妖精讲和的方法。总之这老东西在亲家面前就是一个喝酒的同志，穿上法衣才是另外一个老师傅！其实，他做着捉鬼降妖的事实已有二三十年，却没有遇到一次鬼。他遇到的倒是在人中不缺少鬼的本领的，同他赌博，把他打斤斗唱神歌得来的几个钱全数掏去。他同生人说打鬼的法术如何大，同亲家老朋友又说妖是如何凶，可是说的全是鬼话，连他自己也不明白自己法术究竟比赌术精明多少。

这个人，实在可以说是好人，缺少城中法师势利习气，唱神歌跳舞磕头全非常认真，又不贪财，又不虐待他的徒弟，可是若当真有鬼有妖，花了钱的他就得去替人降伏，他的道法，究竟与他的赌术那样高明一点，真是难说的事！

谈到鬼，谈到妖，老师傅记起上几月为阿黑姑娘捉鬼的事，就问打油匠女儿近来身体怎样。

打油匠说："近来人全好了，或者是天气交了秋，还发了点胖。"

关于肥瘦，渊博多闻的老师傅，又举出若干例子，来说明鬼打去以后病人发胖的理由，且同时不嫌矛盾，又说是有些人被鬼缠身反而发胖，颜色充实。

那老板听到这两种不同的话，就打老师傅的趣，说："亲家，那莫非这时阿黑丫头还是有鬼缠到身上！"

老师傅似乎承认这话，点着头笑。老师傅笑着，接过打油匠递来的烟管，吸着烟，五明同阿黑来了。阿黑站到门边，不进来，五明就走到老师傅面前去喊干爹，又回头喊四伯。

打油人说："五明，你有什么得意处，这样笑。"

"四伯，人笑不好么？"

"我记到你小时爱哭。"

"我才不哭!"

"如今不会哭了,只淘气。"作父亲的说了这样话,五明就想走。

"走那儿去?又跑?"

"爹,阿黑大姐在外面等我,她不肯进来。"

"阿黑丫头,来哎!"老板一面喊一面走出去找阿黑,五明也跟到去。

五明的爹站到门外四望,四望望不到阿黑。一个大的稻草堆把阿黑隐藏,五明清白,就走到草堆后面去。

"姐,你躲到这里做什么?我干爹同四伯他们在谈话,要你进去!"

"我不去。"

"听我爹喊你。"

的确那老板是在喊着的,因为见到另一个背竹笼的女人下坡去,以为那是走去的阿黑了,他就大声喊。

五明说:"姐,你去吧。"

"不。"

"你听,还在喊!"

"我不耐烦去见那包红帕子老鬼。"

为什么阿黑不愿意见包红帕子老鬼?不消说,是听到五明说过那人要为五明做媒的原故了。阿黑怕得是一见那老东西,又说起这事,所以不敢这时进油坊。五明是非要阿黑去油坊玩玩不可的,见阿黑坚持,就走出草堆,向他父亲大声喊,告他阿黑藏在草后。

阿黑不得不出来见五明的爹了,五明的爹要她进去,说她爹也在里面,她不好意思不进油坊去。同时进油坊,阿黑对五明鼓眼睛,作生气神气,这小子这时只装不看见。

见到阿黑几乎不认识的是那老法师。他见到阿黑身后是五明,就明白阿黑其所以肥与五明其所以跳跃活泼的理由了。老东西对五明独做着会心的微笑。老法师的模样给阿黑见到,使阿黑脸上发烧。

"爹,我以为你到萧家打牌去了。"

"打牌又输了我一吊二,我听到师傅到了,就放手。可是正要起身,被团总扯着不许走,再来一牌,却来一个回笼子青花翻三层台,里外里还赢了一吊七百几。"

"爹你看买不买那王家的跛脚猪?"

"你看有病不有。"

"病是不会,脚是有一只跛了,我不知好不好。"

"我看不要它,下一场要油坊中人去新场买一对花猪好。"

"花猪不行,要黑的,配成一个样子。"

"那就是。"

阿黑无话可说了,放下了背笼,从背笼中取出许多带球野栗子同甜萝卜来,又取出野红果来,分散给众人,用着女人的媚笑说请老师傅尝尝。五明正爬上油榨,想验看油槽里有无蝙蝠屎,见到阿黑在俵分东西,跳下地,就不客气的抢。

老师傅,冷冷的看着阿黑的言语态度,觉得干儿子的媳妇再也找不出第二个了,又望望这两个作父亲的人,也似乎正是一对亲家,他在心中就想起作媒的第一句话来了。他先问五明,说:

"五明小子,过来我问你。"

五明就走过干爹这边来。

老师傅附了五明的耳说:"记不记到我以前说的那话。"

五明说:"记不到。"

"记不到,老子告你,你要不要那个人做媳妇?说实话。"

五明不答,用手掩两耳,又对阿黑做鬼样子,使阿黑注意这一边人说话情景。

"不说我就告你爹,说你坏得很。"

"干爹你冤枉人。"

"我冤枉你什么?我老人家鬼的事都知道许多,岂有不明白人事的道理。告我实话,若欢喜要干爹帮忙,就同我说,不然打油匠有一天会用油槌打你的狗头。"

"我不作什么那个敢打我,我也会回他。"

"我就要打你，"老师傅这时可高声了，他说，"亲家，我以前同你说那事怎样了？"

"怎么样？干爹这样担心干吗。"

"不担心吗？你这作爹的可不对。我告你小孩子是已经会拜堂了的人，再不设法将来会捣乱。"

五明的爹望五明笑，五明就向阿黑使眼色，要她同到出去，省得被窘。

阿黑对她爹说："爹，我去了。今天回不回家吃饭？"

五明的爹就说："不回去吃了，在此陪师傅。"

"爹不回去我是不必煮饭的，早上剩得有现饭。"阿黑一面说，一面把背笼放到肩上，又向五明的爹与老师傅说，"伯伯，师傅，请坐。我走了。无事回头到家里吃茶。"

五明望到阿黑走，不好意思追出去。阿黑走后干爹才对打油人说道："四哥，你阿黑丫头越发长得好看了。"

"你说那里话，这丫头真不懂事。一天只想玩，只想上天去。我预备把她嫁到个远乡里去，有阿婆阿公，有妯娌弟妹，才管教得成人，不然就只好嫁当兵人去。"

五明听阿黑的爹说的话心中就一跳。老师傅可为五明代问出打油人的意见了，那老师傅说："哥，你当真舍得嫁黑丫头到远乡去吗？"

打油人不答，就哈哈笑。人打哈哈笑，显然是自己所说的话是一句笑话，阿黑不能远嫁也分明从话中得到证明了。进一步的问话是阿黑究竟有了人家没有，那打油人说还不曾。他又说，媒人是上过门有好几次了，因为只这一个女儿，不能太马虎。一面问阿黑，阿黑也不愿，所以事情还谈不到。

五明的爹说："人是不小了，也不要太马虎，总之这是命，命好的先不到后会好。命坏的好也会变。"

"哥，你说的是，我是做一半儿主，一半听丫头自己；她欢喜我总不反对。我不想家私，只要儿郎子弟好，他日我老了，可以搭他们吃一口闲饭，有酒送我喝，有牌送我打，就算享福了。"

350

"哥,把事情包送我办好了,我为你找女婿。——亲家,你也不必理五明小子的事,给我这做干爹的一手包办。——你们就打一个亲家好不好?"

五明的爹笑,阿黑的爹也笑。两人显然是都承认这提议有可以商量继续下去的必要,所以一时无话可说了。

听到这话的五明,本来不愿意再听,但想知道这结果,所以装不明白神气坐到灶边用砖头砸栗球吃。他一面剥栗子壳一面用心听三人的谈话,旋即又听到干爹说道:

"亲家,我这话是很对的。若是你也像四哥意思,让这没有母亲的孩子自己作一半主,选择自己意中人,我断定他不会反对他干爹的意见。"

"师傅,黑丫头年纪大,恐怕不甚相称吧。"

"四哥,你不要客气,你试问问五明,看他要大的妻还是要小的妻。"

打油人不问五明,老师傅就又帮打油人来问。他说:"喂,不要害羞,我同你爹说的话总已经听到了。我问你,愿不愿意把阿黑当作床头人喊四伯做丈人?"

五明装不懂。

"小东西,你装痴,我问你的是要不要妻,要时就赶快为干爹磕头,干爹好为你正式做媒。"

"我不要。"

"你不要那就算了,以后再见你同阿黑在一起,就教你爹打断你的腿。"

五明不怕吓,干爹大话说不倒五明,那是必然的。虽然愿意阿黑有一天会变成自己的妻,可是口上说要什么人帮忙,还得磕头,那是不行的。一面是不承认,一面是逼到要说,于是乎五明只有走出油坊一个办法了。

五明走出了油坊,就跑到阿黑家中去。这一边,三个中年汉子,亲家作不作倒不甚要紧,只是还无法事可作的老师傅,手上闲着发鸡爪风,所以不久三人就邀到团总家去打"丁字福"的纸牌去了。且说五明,钻着阿黑的房里去时是怎样情景。

阿黑正怀想着古怪样子的老师傅,她知道这个人在已经翻斤斗以外总还有许多精神谈闲话,闲话的范围,一推广,则不免就会到自己身上来,所以心正怔忡着。事情果不出意料以外,不但是谈到了阿黑,且谈到一事,谈到五明与阿黑有同意的必然的话了,因为报告这话来到阿黑处的五明,一见阿黑的面就痴笑。

"什么事,鬼?"

"什么事呀!有人说你要嫁了!"

"放屁!"

"放屁放一个,不放多,我听到你爹说预备把你嫁到黄罗寨去,或者嫁到麻阳吃稀饭去。"

"我爹是讲笑话。"

"我知道。可是我干爹说要帮你做媒,我可不明白这老东西说的是谁。"

"当真不明白吗?"

"当真不,他说是什么姓周的。说是读书人,可以做议员的,脸儿很白,身个儿很高,穿外国人的衣服,是这种人。"

"我不愿嫁人,除了你。"

"他又帮我做媒,说女人……"

"怎样说?"阿黑有点急了。

"他说道女人生长得像观音菩萨,脸上黑黑的,眉毛长长的,名字是阿黑。"

"鬼,我知道你是在说鬼话。"

"岂有此理!我明白说吧,他当到我爹同你爹说你应当嫁我了,话真只有这个人说得出口!"

阿黑欢喜得脸上变色了。她忙问两个长辈怎么说。

"他们不说。他们笑。"

"你呢?"

"他问我，我不好意思说我愿不愿，就走来了。"

阿黑歪头望五明，这表示要五明亲嘴了，五明就走过来抱阿黑。他又说："阿黑，你如今是我的妻了。"

"是你的，你也是我的夫！"

"我是你的丈夫，要你做什么你就应当做。"

"我信你的话。"

"信我的话，这时解你的那根带子，我要同那个亲嘴。"

"放屁，说呆话我要打人。"

"你打我我就告干爹，说你欺侮我小，磨折我。"

阿黑气不过，当真就是一个耳光。被打痛了五明，用手擦抚着那颊，一面低声下气认错，要阿黑陪他出去看落坡的太阳以及天上的霞。

站在门边望天上，天上是淡紫与深黄相间。放眼又望各处，各处村庄的稻草堆，在薄暮的斜阳中镀了金色，全仿佛是诗。各个人家炊烟升起以后又降落，拖成一片白幕到坡边。远处割过禾的空田坪，禾的根株作白色，如用一张纸画上无数点儿。

在这光景中的五明与阿黑，倚在门前银杏树下听晚蝉，不知此外世界上还有眼泪与别的什么东西。

---

本篇发表于1932年9月《新时代》第3卷第1期。署名沈从文。

## 婚　前

　　五明一个嫁到边远地方的姑妈，是个有了五十岁的老太太，因为听到五明侄儿讨媳妇，带了不少的礼物，远远的赶来了。

　　这寡妇，年纪有一把，让同丈夫所生的那一个儿子独自住到城中享福，自己却守着一些山坡田过日子。逢年过节时，就来油坊看一次，来时总用背笼送上一背笼吃的东西给五明父子，回头就背三块油枯回去，用油枯洗衣。

　　姑妈来时五明父子就欢喜极了。因为姑妈是可以作母亲的一切事，会补衣裳，会做鞋，会制造干菜，会说会笑，这一家，原是需要这样一个女人的！脾气奇怪的毛伯，是常常因为这老姊妹的续弦劝告，因而无话可说只说是请姑妈为五明的妻留心的。如今可不待姑妈来帮忙，五明小子自己倒先把妻拣定了。

　　来此吃酒的姑妈，是吃酒以外还有做媒的名分的。不单是做媒，她又是五明家的主人。她又是阿黑的干妈。她又是送亲人。因此这老太太，先一个多月就来到五明油坊了。她虽是在一个月以前来此，也是成天忙，还仿佛是来了迟一点的。

　　因为阿黑家无女人作主，这干妈就又移住到阿黑家来，帮同阿黑预备嫁妆。成天看到这干女儿，又成天看到五明，这老太太时常欢喜得流泪。见到阿黑的情形，这老太太却忘了自己是五十岁的人，常常把自己作嫁娘时的蠢事情想起好笑。她还深怕阿黑无人指教，到时无所措手足，就用着长辈的口吻，指点了阿黑许多事，又背了阿黑告给五明许多事。这好人，她那里明白近来的小男女，这事情也要人告才会，那真是怪事了。

　　在另一时阿黑五明在一起，就把姑妈说过的蠢话谈来取乐，这一对坏人，还依照姑妈所指示的来试习，结果是姑妈的话全不适用，两人就更觉到秘密的趣味了。

　　当到姑妈时，这小子是规矩到使老人可怜的。姑妈总说，五明儿子,你是像大人了,我担心你有许多地方不是一个大人所有。这话若是另一个知道这秘密的人说来,五明将红脸。因为这话说到"不是大人",那不外乎指点到五明不懂事,但"不懂事"这句话是不够还是多余。天真到不知天晴落雨,要时就要,饿了非吃不行,吃够了又分手,这真不算是大人!一个大人他是应当在节制,以及悭吝上注意的,即或是阿黑的身,阿黑的笑和到泪,也不能随便自己一要就拿,不要又放手。

姑妈在一对小人中,看阿黑是老成比五明为多的。这个人在干妈面前,不说蠢话,不乱批评别人,不懒,不对老辈缺少恭敬,一个乖巧的女人是常常能把自己某一种美德显示给某种人,而又能把某一种好处显示给另外一种人,处置得当,各处都得到好评。譬如她,这老姑妈以为是娴静,中了意,五明却又正因为她有些地方不很本分,所以爱得像观音菩萨了。

日子快到了,差十天。这几天中的五明,倒不觉得欢喜。虽说从此以后阿黑是自己家里的人,要顽皮一点时,再不能借故了,再不能推托了,可是谁见到有人把妻带到山上去胡闹过的事呢。天气好,趣味好,纵说适宜于在山上玩一切所要玩的事情,阿黑却不行,这也是五明看得出的。结了婚,阿黑名分上归了五明,一切好处却失去了。在名分与事实上方便的选择,五明是并不看重这结婚的。在未做喜事以前的一月以来,五明已失去了许多方便,感到无聊,真是运气。距做喜事的日子一天接近一天,五明也一天惶恐一天了。

今天在阿黑的家里,他碰到了阿黑,同时有姑妈在身边。姑妈见五明来,仿佛以为是五明不应当。她说:"五明孩子你怎么不害羞。"

"姑妈,我是来接你老人家过油坊的,今天家里杀鸡。"

"你爹为什么不把鸡煮好了送到这边来?"

"另外有的,接伯伯也过去,只(指阿黑)她在家中吃。"

"那你就陪到阿黑在一块吃饭,这是你老婆,横顺过十天半月总仍然要在一起!"

姑妈说的话,意思是五明未必答应,故用话把小子窘倒,试小子胆量如何。其实巴不得,五明意思就正是如此。他这几日来,心上痒,脚痒，手痒，只是无机会得独自同阿黑在一处。今天则天赐其便，正是好机会。他实在愿意偷偷悄悄乘便来在做新郎以前再做几回情人，然而姑妈提出这问题时他看得出姑妈意思，他说："那怎么行。"

姑妈说："为什么不行？"

小子无话答，是这样，则显然人是顶腼腆的人，甚至于非姑妈在此保镖，连过阿黑的门也不敢了。

阿黑对这些话不加一点意见，姑妈的忠厚把这个小子仿佛窘到了。五明装痴，一切俨然，只使阿黑在心上好笑。

谁知姑妈还有话说，她又问阿黑："怎么样，要不要一个人陪。"阿黑低头笑。笑在姑妈看来也似乎是不好意思的，其实则阿黑笑五明着急，深怕阿黑不许姑妈去，那真是磕头也无办法的一件事。

可不然，姑妈说了。她说不去，因为无人陪阿黑。

五明看了阿黑一会，又悄悄向阿黑努嘴，用指头作揖。阿黑装不见到，也不说姑妈去。也不说莫去。阿黑是在做一双鞋，低头用口咬鞋帮上的线，抬头望五明，做笑样子。

"姑妈，你就去吧，不然……是要生气的。"

"什么人会生我的气？"

"总有人吧。"说到这里的五明，被阿黑用眼睛吓住了。其实这句话若由阿黑说来，效用也一样。

阿黑却说："干妈，你去，省得他们等。"

"去自然是去，我要五明这小子陪你，他不好意思！不好意思我偏不去。"

"你老人家不去，或者一定把他留到这里，他会哭。"阿黑说这话，头也不抬，不抬头正表明打趣五明。"你老人家就同他去好了，有些人，脾气生来是这样，劝他吃东西则摇头，说不饿，其实，他……"

五明不愿意听下去了，大声嘶嚷，说非去不行，且拖了姑妈手就走。

姑妈自然起身了，但还要洗手，换围裙。"五明你忙什么，有什么事情在你心上，不愿在此多呆一会？"

"等你吃！还要打牌，等你上桌子！"

"姑妈这几天把钱已经输完了，你借吧。"

"我借。我要账房去拿。"

"五明，你近来真慷慨了，若不是新娘子已到手的今天，我还疑心你是要姑妈做媒，所以这样殷勤讨好！"

"做媒以外自然也要姑妈。"阿黑说了仍不抬头。五明装不听见。

姑妈说："要我做什么？姑妈是老了，只能够抱小孩子，别的事可不中用。"姑妈人是好人，话也是好话，只是听的人也要会听。

阿黑这时轮到装成不听见的时候了，用手拍那新鞋，作大声，五明则笑。

过了不久剩阿黑一个人在家中，还是在衲鞋想一点蠢事。想到好笑时又笑，一个人，忽然像一匹狗跳进房中来，吓了她一跳。

这个人是谁，不必说明也知道的。正是如阿黑所谓"劝他吃摇头，无人时又悄悄来偷吃"的。她的一惊不是别的，倒是这贼来得太快。

头仍然不抬，只顾到鞋，开言道：

"鬼，为什么就跑来了？"

"为什么？你不明白么？"

"鬼肚子里的事我那里明白许多。"

"我要你明白的。"

五明的办法，是扳阿黑的头，对准了自己，眼睛对眼睛，鼻子对鼻子，口对口。他做了点呆事，用牙齿咬阿黑的唇，被咬过的阿黑，眼睛斜了，望五明的手，手是那只右手，照例又有撒野的意思了，经一望到，缩了转去，摩到自己的耳朵。这小子的神气是名家画不出的。他的行为，他的心，都不是文字这东西写得出。说到这个人好坏，或者美丑，文字这东西已就不大容易处置了，何况这超乎好坏以上的情形。又不要喊，又不要恐吓，凡事见机，看到风色，是每一个在真实的恋爱中的男子长处，这长处不是教育得来，把这长处用到恋爱以外也是不行的，譬如说，要五明，这时来做诗，自然不能够。但他把一个诗人呕尽心血写不成的一段诗景，表演来却恰恰合式，使人惊讶。

"五明，你回去好了，不然他们不见到你，会笑。"

"因为怕他们笑，我就离开你？"

"你不怕，为什么姑妈要你留到这里，又装无用，不敢接应？"

"我为什么这样蠢，让她到爹面前把我取笑。"

"这时他们那里会想不到你在这里？"

"想！我就让他们想去笑去，我不管！"

到此，五明把阿黑手中的鞋抢了，丢到麻篮内去，他要人搂他的腰，不许阿黑手上有东西妨碍他。把鞋抢去，阿黑是并不争的，因为明知争也无益。"春官进门无打发是不走路的。米也好，钱也好，多少要一点。"而且例是从前所开，沿例又是这小子最记性好的一种，所以凡是五明要的，在推托或慷慨两种情形下，总之是无有不得。如今是不消说如了五明的意，阿黑的手上工作换了样子，她在施舍一种五明所要的施舍了。

五明说："我来这里你是懂了。我这身上要人抱。"

"那就走到场上去，请抱斗卖米的经纪抱你一天好了。为什么定要到这里来？"

"我这腰是为你这一双手生的。"

阿黑笑，用了点力。五明的话是敷得有蜜，要通不通，听来简直有点讨嫌，所谓说话的冤家。他觉到阿黑用了力，又说道，"姐，过一阵，你就不会这样有气力了，我断定你。"

阿黑又用点力。她说："鬼，你说为什么我没有力？"

"自然，一定，你……"他说了，因为两只手在阿黑的肩上，就把手从阿黑身后回过来摸阿黑的肚子。"这是姑妈告我的。她说是怎么怎么，不要怕，你就变妇人了。——她不会知道你已经懂了许多的。她又不疑我。她告我时是深怕有人听的。——她说只要三回或四回（五明屈指），你这里就会有东西长起来，一天比一天大，那时你自然就没有力气了。"

说到了这里，两人想起那在梦里鼓里的姑妈，笑做一团。也亏这好人，能够将这许多许多的好知识，来在这个行将作新郎的面前说告！也亏她活了五十岁，懂得倒这样多！但是，记得到阿黑同五明这半年来日子的消磨方法的，就可明白这是怎么一种笑话了。阿黑是要五明做新郎来把她变成妇人吗？五明是要姑妈指点，才会处治阿黑吗？

"鬼，你真短命！我是听她也听不完一句，就打了岔的。"

"你打岔她也只疑是你不好意思听。"

"是呀，她还告我这个是要有点……"

"鬼！你这鬼仅仅是只使我牙齿痒，想在你脸上咬一口的！"

五明不问阿黑是说的什么话，总而言之脸是即刻凑上了，既然说咬，那就请便，他一点不怕。姑妈的担心，其实真是可怜了这老人，事情早是在各种天气下，各种新地方，训练得像采笋子胡葱一样习惯了。五明那里会怕，阿黑又那里会怕。

背了家中人，一人悄悄赶回来缠阿黑，五明除了抱，还有些什么要作，那是很容易明白的。他的坏想头在行为上有了变动时，就向阿黑用着姑妈的腔调说："这你不要怕。"这天才，处处是诗。

这可不行啊！天气不是让人胡闹的春天夏天，如今是真到了只合宜那规矩夫妇并头齐脚在被中的天气！纵不怕，也不行。不行不是无理由，阿黑有话。

"小鬼，只有十天了！"

"是呀！就只十天了！"

阿黑的意思是只要十天，人就是五明的人了，既然是五明的人，任什么事也可以随意不拘，何必忙。五明则觉得过了这十天，人住在一块，在一处吃，一处做事，一处睡，热闹倒真热闹，只是永远也就无大白天来放肆的兴趣了。

他们争持了一会。不规矩的比平常更不规矩，不投降的也比平常更坚持得久，决不投降。阿黑有更好的不投降理由，一则是在家中，一则是天冷。本来一种出汗的事，是似乎应当不畏天冷的，然而姑妈在另一意义上告给阿黑的话，阿黑却记下来了。在家中则总不是可以放肆的地方，有菩萨，有神，有鬼，不怕处罚，倒像是怕笑。瞒了活人瞒不了鬼神，许多女人是常常因了这念头把自己变成更贞洁了的。

"阿黑，你是要我生气，还是要我磕头呢？"

"随你的意：欢喜怎么样就怎么样；生气也好，磕头也好。"

"你是好人，我不能生你的气！"

"我不是好人，你就生气吧。"

"你'不要怕'，姑妈说的，你是怕……"

"放狗屁。小鬼你要这样，回头姑妈回来时，我就要说，说你专会谎老人家，背了长辈做了不少坏事情。"

五明讪讪的说不怕，总而言之不怕，还是歪缠。说要告，他就说：

"要告，就请。但是她问到同谁胡闹，怎样闹法，我要你也说与她听。你不说，我能不打自招，就告她第一，第二，第三，……'或者三，或者四，就有东西长起来'，你为什么又不有？我还要问她！"

五明挨打了，今天嘴是特别多，处处引证姑妈的话拿来当笑话说。究竟其实则阿黑在做正式新娘以前，会不会有慢慢长起来的东西，阿黑不告他，他也不知道。虽说有些事，是并不像姑妈说的俨然大事了，然而要问五明，懂到为什么就有孩子，他并不比他人更清楚一点的。他只晓得那据说有些人怕的事，是有趣味、好玩，比爬树、泅水、摸鱼、偷枇杷吃，还来得有趣味好玩而又费劲倦人而已。春天的花鸟，太阳当然不是为住在大都会中的诗人所有，像他这样的人才算不虚度过一个春天。好的春天是过去了，如今是冬了，不知天时是应当打一两下哩。

被打的五明，生成的骨头，在阿黑面前是被打也才更快活的。不能让他胡闹，非打他两下不行；要他闹，也得打。又不是被打吓怕，因此就老实了，他是因为被打，就俨然可以代替那另一件事的。他多数时节还愿意阿黑咬他，咬得清痛，他就欢喜。他不能怎样把阿黑虐待，除了阿黑在某一种情形下闭了眼睛发喘时。至于阿黑，则多数是先把五明虐待一番，再来尽这小子处治的。为了最后的胜利，为了把这小子的心搅热，都得打他骂他。

在嘴上得到的利害已经得到以后，他用手，把手从虚处攻击。一面口上是议和的话，一面并不把已得的权利放失，凡是人做的事他都去做。他是饿了。年青人，某一种嗜好，是常常比成年人吃大烟嗜好积习还深的。

姑妈来了一月,这一月来天气又已从深秋转到冬,一切的不方便倒怪谁也不能!天冷了是才作兴接亲的,姑妈的来又原是帮忙,五明在天时人事下是应当欢喜还是应当抱怨?真无话可说!

类乎磕头的事五明是作过了,作了无效,他只得采用生气一个方法。生气到流泪,则非使他生气的人来哄他不行,但哄是哄,哄的方法也有多种,阿黑今天所采用来对付五明眼泪的也只是那次一种。见到五明眼睛红了,她只放了一个关隘,许可一只手,到某一处。

过一阵。五明不够。觉得这样是不行。

阿黑又宽松了一点。

过了一阵。仍不够。

"我的天,你这怎么办?"

"天是要做'天'的本分,在上头。"

"你要闹我就要走了,让你一个在这里。"

像是看透了阿黑,话是不须乎作答,虽说要走,然而还要闹。他到了这里来就存心不是给阿黑安静的。再断定走也不能完事。使五明安静的办法只是尽他顶不安静一阵。知道这办法又不作,只能怪阿黑的年纪稍长了。懂得节制的情人,也就是极懂得爱情的情人。然而决不是懂得五明的情人!今天的事在五明说来,阿黑可说是不"了解"五明的。五明不是"作家",所以在此情形中并无多话可说,虽然懊恼,很少发挥。他到后无话可说了,咬自己下唇,表示不欢。

幸好这下唇是被自己所咬,这当儿,油坊来了人,喊有事。找五明的人会一直到这地方来,在油坊的长辈心目中,五明的"鬼"是空的也是显然的事。

来人说:"有事,要回去。"

平常极其听话的五明,这时可不然了,他向来人说:"告家中,不回来,等一会儿。"

没有别的,只好把来人出气,赶走了这来人以后的五明,坐到阿黑身边只独自发笑,像灶王菩萨儿子"造孽",怪可怜。

阿黑望到这个人好笑,她说:"照一照镜,看你那可怜样儿!"

"你看到我可怜就罢了,我何必自己还要来看到我可怜样子呢?"

她当真就看,看了半天,看出可怜来了,她到后取陪嫁的新枕头给五明看。

今天的天气并不很冷。

---

本篇发表于1932年12月1日《新时代》第3卷第4期。署名沈从文。1929年3月10日曾以《结婚以前》为篇名发表于《新月》第2卷第1号。署名沈从文。收入1930年1月由中华书局初版的《旅店及其他》时篇名为《结婚之前》。

## 雨

全说不明白,雨就落了这样久。乡村里打过锣了,放过炮了,还是落。落到满田满坝全是水,大路上更是水活活流着像溪,高崖处全挂了瀑布,雨都不休息。

因为雨,各处涨了水,各处场上的生意也做不成了,毛伯成天坐在家中成天捶草编打草鞋过日子。在家中,看到颠子五明的出出进进,像捉鸡的猫,虽戴了草笠,全身湿得如落水鸡公,一时唱,一时哭,一时又对天大笑,心中难过之至。

老人说:"颠子,你坐到歇歇吧,莫这样了!"

"你以为我不会唱吗?"说了就放声唱,"娇家门前一重坡,别人走少郎走多,铁打草鞋穿烂了,不是为你为那个?"唱了又问他爹,"爹,你说我为那一个?说呀!我为那一个?喔,草鞋穿烂了,换一双吧。"于是就走到放草鞋的房中去,从墙上取下一双新草鞋来,试了又试,也不问脚是如何肮脏,套上一双新草鞋,又即刻走出去了。

老人停了木槌,望到这人后影就叹气,且摇头。头是在摇摆中,已白了一半了。

他为颠子想,为自己想,全想不出办法。事情又难于处置,与落雨一样,尽此下去谁知道将成什么样子呢?这老人,为了颠子的事,很苦得有了。颠子还在颠下去,不知道什么时候才会好。不好也罢,不好就死掉,那老人虽更寂寞更觉孤苦伶仃,但在颠子一方面,大致是不会有什么难过了。然而什么时候是颠子死的时候?说不定,自己还先死,此后颠子就无人照料,到各村各家讨东西吃,还为人指手说这是报应。老人并不是作坏事的人,这眼前报应,就已给老人难堪了,那里受得下那更刻酷的命运呢?

望到五明出去的毛伯,叹叹气,摇摇头,用劲打一下脚边的草把,眼泪挂在脸上了。像是雨落到自己头上,心中已全是冷冰冰的。他其实胸中已储满眼泪了,他这时要制止它外溢也不能了。

颠子五明这时到什么地方去了呢？他到了油坊，走到油坊的里面去，坐到那冷湿的废灶上发痴。谁也不知道这颠子一颗心是为什么跳，谁也不知颠子从这荒凉了的屋宇器物中要找些什么，又已经得到了什么。

这地方，如此的颓败，如此的冷落，并非当年见到这一切热闹兴旺的人，到此来决不会相信这里曾经是有人住过且不缺少一切的大地方，可是如今真已不成地方了。如今只合让蛇住，让蝙蝠住，让野狗野猫衔小孩子死尸来聚食，让鬼在此开会。地方坏到连讨饭的也不敢来住，所以地上已十分霉湿，且生了白毛，像《聊斋》中说的有鬼的荒庙了，阴气逼人的情形，除了颠子恐怕谁也当不住，可是颠子全不在乎。

颠子五明坐到灶头上，望四方，望橡皮和地下，望那屋角阴暗中矗然独立如阎王殿杀人架的油榨，望那些当年装油的破坛，望了又望仿佛感了极大兴味。他心中涌着的是先前的繁华光荣，为了这个回忆，他把目下的情形都忘了。

他大声的喊："朋友，伙计，用劲！"这是对打油人说的。

他又大声的喊，向另一处，如像那拖了大的薄的石碾，在那屋的中心打大的圆圈的牛说话。他称呼那牛为懂事规矩的畜生，又说不准多吃干麦秆草，因为多吃了发喘。他因记起了那规矩的畜生有时的不规矩情形，非得用小鞭子打打不可，所以旋即跳下地来，如赶牛那么绕着屋子中心打转，且咄咄的命令牛，且扬手说打。

他又自言自语，同那烧火人叙旧，问那烧火人可不可以出外去看看溪边鱼罾。

"哥，鱼多呀！我看到他板上了罾。我看到的是鲫鱼。我看得分明，敢打赌。我们河里今年不准毒鱼，这真是好事，愿意那乡约菩萨保佑他，他命令保全了我的运气。我看你还是去捉他来吧。我们晚上喝酒，我出钱。你去吧，我可以帮你看火。我对于你这差事是办得下的，你放心吧。……咄，弟兄，你怕他干什么，我说是我要你去，我老子也不会骂你。得了鱼，你就顺它破了，挖去那肠肚，这几天鲫鱼上了子，吃不得。弟兄，信我话，快去，你不去，我就生气了！"

说着话的颠子五明，为证明他可以代替烧火人作事，就走到灶边去，捡拾着地上的砖头碎瓦，尽量丢到灶眼内去。虽然灶内是湿的冷的，但东西一丢进去，在颠子看来，就觉得灶中因增加了燃料，骤然又生着煜煜火焰了，似乎同时因为加火，热度也增了，故又忙于退后一点，站远一点。

他高高兴兴在那里看火，口头吹着哨子。在往时，在灶边哨吹子，则火可以得风，必发哮。这时在颠子眼中，的确火是在发哮发吼了。灶中火既生了脾气，他乐得只跳。

他不止见到火哮，还见到油槌的摆动，见到黄牛在屋中打圈，见到高如城墙的油渣饼，见到许多人全穿小牛皮制造的衣裤，在屋中各处走动！

他喊出许多人的名字，在这仿佛得到回答的情形下，他还俏皮的作着小孩子的眉眼，对付一切工人，算是小主人的礼貌。

天上的雨越落越大，颠子五明却全不受影响。
…………

可怜悯的人，玩了大半天，一双新草鞋在油坊中印出若干新的泥踪，到自己发觉草鞋已不是新的时候，又想起所作的事实来了。

他放声的哭，外面是雨声和着。他哭着走到油榨边去，把手去探油槽，油槽中只是一窝黄色像马尿的积水。

为什么一切事变得如此风快，为什么凡是一个人就都得有两种不相同的命运，为什么昨天的油坊成了今天的油坊，颠子人虽糊涂，这疑问还是放到心上。

他记起油坊，是已经好久好久不是当年的油坊的情形来了，他记起油坊为什么就衰落的原因，他记起同油坊一时衰败的还有谁。

他大声的哭，坐到一个破坛子上面，用手去试探坛中。本来贮油的坛子，也是贮了半满的一坛脏水，所以哭得更伤心了。

这雨去年五月落时，颠子五明同阿黑正在五家坡石洞内避雨。为避雨而来，还是为避别的，到后倒为雨留着，那不容易从五明的思想上分出了。那时，雨也有这么大，只是系初落，还可以在天的另一方见到青天，山下的远处也还看得出太阳影子。雨落着，是行雨，不能够久留，如同他两人不能够久留到这石洞里一样。

被五明缠够了的阿黑姑娘,两条臂膊伸向上,做出打哈欠的样子。五明怪脾气,却从她臂膀的那一端望到她胁下的毛。那生长在不向阳地方的,转弯地方的,是细细的黄色小草一样的东西,这东西比生长在另一地方的小草一样长短一样柔软,所以望到这个就使五明心痒,像被搔,很不好受。

五明不怕唐突,对这东西出了神,到阿黑把手垂下,还是痴痴的回想撒野的趣味,就被阿黑打了一掌。

"你为什么要打我?"

"因为你痴,我看得出,必定是想到裴家三巧去了。"

"你冤死了人了。"

"你赌咒你不是这样。"

"我敢赌!跑到天王面前也行,人家是正……"

"是什么,你说。"

"若不是正想到你,我明天就为雷打死。"

"雷不打在情人面前撒小谎的人。"

"你气死我了。你这人真……"五明仿佛要哭了,因为被冤,又说不过阿黑,流眼泪是这小子的本领之一种。

"这也流猫儿尿!小鬼!你一哭,我就走了。"

"谁哭呢,你冤了人,还不准人分辩,还笑人。"

"只有那心虚的人才爱洗刷,一个人心里正经是不怕冤的。"

"我咬你的舌子,看你还会说话不。"

五明说到的事是必得做的,做到不做到,自然还是权在阿黑。但这时阿黑为了安慰这被委屈快要哭的五明小子,就放松了点防范,且把舌子让五明咬了。

他又咬她的唇,咬她的耳,咬她的鼻尖,几乎凡是突出的可着口的他都得轻轻咬一下。表示这小子可以坐吃得下阿黑的勇敢。

"五明,你说你真是狗,又贪,又馋,又可怜,又讨厌。"

"我是狗!"五明把眼睛轮着,做呆子像。又撇撇舌头,咽咽口水,接着说,"姐,你上次骂我是狗,到后就真做了狗了,这次可——"

"打你的嘴!"阿黑就伸手打,一点不客气,这是阿黑的特权。

打是当真被打了,但是涎脸的五明,还是涎脸不改其度。一个男人被女人的手掌掴脸,这痛苦是另外一种趣味,不能引为被教书先生的打为同类的。这时被打的五明,且把那一只充板子的手掌当饼了,他用舌子舔那手,似乎手有糖。

五明这小子,在阿黑一只手板上,觉得真是有些感觉到同枇杷一样的,故诚诚实实的说道:

"姐,你是枇杷,又香又甜,味道真好!"

"你讲怪话我又要打。"

"为什么就这样凶?别人是诚心说的话。"

"我听你说过一百次了。"

"我说一百次都不觉得多,你听就听厌了吗!"

"你的话像吃茶莓,第二次吃来就无味。"

"但是枇杷我吃一辈子也有味,我要吃你的水。"

"鬼,口放干净点。"

"这难道脏了你什么?我说吃,谁教你生来比糖还甜呢?"

阿黑知道驳嘴的事是不有结果的,纵把五明说倒,这小子还会哭,作女人来屈服人,所以就不同他争论了。她笑着,望到五明笑,觉得五明一对眼睛真是也可以算为吃东西的器具。五明是饿了,是从一些小吃上,提到大的欲望,要在这洞里摆桌子请客了,她装成不理会到的样子,扎自己的花环玩。

五明见到阿黑无话说,自己也就不再唠叨了,他望阿黑。望阿黑,不只望阿黑的脸,其余如像肩,腰,胸脯,肚脐,腿都望到。五明的为人,真不是规矩,他想到的是阿黑全身脱光,一丝不挂,在他的身边,他好来放肆。但是人到底是年青人,在随时都用着大人身份的阿黑行动上,他怕是侮了阿黑,两人绝交,所以心虽横蛮行为却驯善得很,在阿黑许可以前,他总不会大胆说要。

他似乎如今是站在一碗菜面前,明知是可口,他不敢伸手蘸它放到口边。对着菜发痴是小孩通常的现象,于是五明沉默了。

两人不作声,就听雨。雨在这时已过了。响的声音只是岩上的点滴。这已成残雨,若五明是读书人,就会把雨的话当雅谑。

过一阵,把花环作好,当成大手镯套到腕上的阿黑,忽然向五明问道:

"鬼!裴家三巧长得好!"

答错了话的五明,却答应说"好"。

阿黑说:"是的啰,这女人腿子长,屁股大,腰小,许多人都欢喜。"

"我可不欢喜。"虽这样答应,还是无机心,因为前一会见的事这小子已忘记了。

"你不欢喜你为什么说到她好!"

"难道说好就是欢喜她吗?"

"可是这时你一定又在想她。"这话是阿黑故意难五明的。

"又在,为什么说又?方才冤人,这时又来,你才是'又'!"

阿黑何尝不知道是冤了五明。但方法如此用,则在耳边可以又听出五明若干好话了。听好话受用,是女人一百中有九十九个愿意的,只要这话男子方面出于诚心。从一些阿谀中,她可以看出俘虏的忠心,他可以抓定自己的灵魂,阿黑虽然是乡下人,这事恐怕乡下人也懂,是本能的了。逼到问他说是在想谁,明知是答话不离两人以外,且因此,就可以"坐席"是阿黑意思。阿黑这一月以来,她的需要五明,实在比五明要她还多了。她不是饱过的人,纵有好几次,是真饱过了,但消化力强,过一阵,又要男子的力了。爱情能够增加性欲的消化,所以虽然欲望表现来得慢一点,可是在需要方面,还可以说来得馋了。在另一方面是她为了顾到五明身体,所以不敢十分放纵。

她见到五明急了,就说那算她错,赔个礼。

说赔礼,是把五明抱了,把舌放到五明口中去。

五明笑了。小子在失败胜利两方面,全都能得到这类赏号的,吃亏倒是两人有说有笑时候。小子不久就得意忘形了,睡倒在阿黑身上,不肯站起，阿黑也无法。坏脾气实在是阿黑养成的。

阿黑这时是坐在干稻草作就的垫子上，草是五明喊长工背来，拿到这里来已经是半个月，半月中阿黑把草当床已经有五次六次了。这柔软床上，还撒得有各样的野花，装饰得比许多洞房还适用，五明这小子若是诗人，不知要写几辈子诗。他把头放到阿黑腿上，阿黑坐着他却翻天睡。作皇帝的人，若把每天坐朝的事算在一起，幸福这东西又还是可以用秤称量得出，试称量一下，那未必有这时节的五明幸福！

五明斜了眼去看阿黑，且闭了一只右眼。顽皮的孩子，更顽皮的地方是手顶不讲规矩。五明的手不单是时时有侵犯他人的希望，就是侵犯到他自己身上某部分时，用意也是不好的。他不知从谁处又学来用手作种种表情的本事——两只手——两只干干净净的手，偏偏会作好些肮脏东西的比拟。就是每次都得被阿黑带嗔的说是不要脸，仿佛这叱责也不生多效力，且似乎阿黑在别的一笑的情形下还鼓励了这孩子，因此"越来越坏"了。

"鬼，你还不够吗？"这话是对五明一只手说的，这手正旅行到阿黑姑娘的胸部，徘徊留连不动身。

"这怎能说够？永久是，一辈子是梦里睡里还不够。"说了这只手就用了力，按了按。

"你真缠死人了。"

"我又不是妖精。别人都说你们女人是妖精，缠人人就生病！"

"鬼，那么你怎不生病？"

"你才说我缠死你，我是鬼，鬼也生病吗！"

阿黑咬着自己的嘴唇不笑，用手极力掐五明的耳尖，五明就做鬼叫。然而五明望到这一列白牙齿，像一排小小的玉色宝贝，把舌子伸出，做鬼样子起来了。

"菩萨呀，救我的命。"

阿黑装不懂。

"你不救我我要疯了。"

"那我们乡里人成天可以逗疯子开心！"

"不管疯不疯,我要,……"

"你忘记吃伤食了要肚子痛的事了。"

"这时也肚子痛!"说了他便呻吟,装得俨然。其实这治疗的方法在阿黑方面看来,也认为必需,只是五明这小子,太不懂事了,只顾到自己,要时嚷着要,够了就放下筷子,未免可恶,所以阿黑仍不理。

"救救人,做好事啰!"

"我不知道什么叫做好事。"

"你不知道?你要我死我也愿意。"

"你死了与我有什么益处?"

"你欢喜呀,你才说我疯了乡里人就可以成天逗疯子开心!"

"你这鬼,会当真有一天变疯了吗?"

"你看吧,别个把你从我手中抢去时,我非疯不可。"

"嗨,鬼,说假话。"

"赌咒!若是假,当天……"

"别呆吧……我只说你现在决不会疯。"

五明想到自己说的话,算是说错了。因为既然说阿黑被人抢去才疯,那这时人既在身边,可见疯也疯不成了。既不疯,就急了阿黑,先说的话显然是孩子气的呆话了。

但他知道阿黑脾气要作什么,总得苦苦哀求才行。本来一个男子对付女子,下蛮得来的功效是比请求为方便,然其气力渺小的五明,打也打不赢阿黑,除了哀恳是无法。在恳求中有时知道用手帮忙,则阿黑较为容易投降。这个,有时五明记得,有时又忘记,所以五明总觉得摸阿黑脾气比摸阿黑身上别的有形有迹的东西为难。

记不到用手,也并不是完全记不到,只是有个时候阿黑颜容来得严重些,五明的手就不大敢撒野了。何况本来已撒下一小时的野,力量消磨到这类乎"点心""小吃"的行为上面早去了一半,说是非要不可也未必,说是饥到发慌也未必吧。

五明见阿黑不高兴,心就想,想到缠人的话,唱了一支歌。他轻轻唱给阿黑听,歌是原有的往年人唱的歌。

370

天上起云云起花，
包谷林里种豆荚；
豆荚缠坏包谷树，
娇妹缠坏后生家。

阿黑笑，自己承认是豆荚了，但不承认包谷是缠得坏的东西。可是被缠的包谷，结果总是半死，阿黑也觉得，所以不能常常尽五明的兴，这也就是好理由！五明虽知唱歌却不原谅阿黑的好意，年纪小一点的情人可真不容易对付。唱完了歌的五明，见阿黑不来缠他，却反而把阿黑缠紧了。

阿黑说："看啊，包谷也缠豆荚！"

"横顺是要缠，包谷为什么不能缠豆荚？"

强词夺理的五明，口是只适宜作别的事情，在说话那方面缺少那天才，在另外一事上却不失其为勇士，所以阿黑笑虽是笑，也不管，随即在阿黑脸上作呆事，用口各处吮遍了。阿黑于是把编就的花圈戴到五明头上去。

若果照五明说法，阿黑是一坨糖，则阿黑也应当融了。

阿黑是终于要融的，不久一会儿就融化了。不是为天上的日头，不是为别的，是为了五明的呆，阿黑躺到草上了。

…………

为什么在两次雨里给人两种心情，这是天晓得的事。五明颠子真颠了。颠了的五明，这时坐在坛子上笑，他想起阿黑融了化了的情形，想起自己与阿黑融成一块一片的情形，觉得这时是又应当到后坡洞上去了。（在那里，阿黑或者正等候他。）他不顾雨是如何大，身子缩成一团，藏到斗笠下，出了油坊到后坡洞上去。

---

本篇发表于1928年11月10日《新月》第1卷第9期。署名沈从文。1932年10月《新时代》第3卷第2期。署名沈从文。这是作者以《雨》为篇名的作品之一。按本章情节属《婚前》之后故事。

# 边　城

## 题　记

　　对于农人与兵士，怀了不可言说的温爱，这点感情在我一切作品中，随处都可以看出。我从不隐讳这点感情。我生长于作品中所写到的那类小乡城，我的祖父，父亲，以及兄弟，全列身军籍；死去的莫不在职务上死去，不死的也必然的将在职务上终其一生。就我所接触的世界一面，来叙述他们的爱憎与哀乐，即或这支笔如何笨拙，或尚不至于离题太远。因为他们是正直的，诚实的，生活有些方面极其伟大，有些方面又极其平凡，性情有些方面极其美丽，有些方面又极其琐碎，——我动手写他们时，为了使其更有人性，更近人情，自然便老老实实的写下去。但因此一来，这作品或者便不免成为一种无益之业了。因为它对于在都市中生长教育的读书人说来，似乎相去太远了。他们的需要应当是另外一种作品，我知道的。

　　照目前风气说来，文学理论家，批评家，及大多数读者，对于这种作品是极容易引起不愉快的感情的。前者表示"不落伍"，告给人中国不需要这类作品，后者"太担心落伍"，目前也不愿意读这类作品。这自然是真事。"落伍"是什么？一个有点理性的人，也许就永远无法明白，但多数人谁不害怕"落伍"？我有句话想说："我这本书不是为这种多数人而写的。"大凡念了三五本关于文学理论文学批评问题的洋装书籍，或同时还念过一大堆古典与近代世界名作的人，他们生活的经验，却常常不许可他们在"博学"之外，还知道一点点中国另外一个地方另外一种事情。因此这个作品即或与当前某种文学理论相符合，批评家便加以各种赞美，这种批评其实仍然不免成为作者的侮辱。他们既并不想明白这个民族真正的爱憎与哀乐，便无法说明这个作品的得失，——这本书不是为他们而写的。至于文艺爱好者呢，或是大学生，或是中学生，分布于国内人口较密的都市中，常常很诚实天真的把一部分极可宝贵的时间，来阅读国内新近出版的文学书籍。他们为一些理论家，批评家，聪明出版家，以及习惯于说谎造谣的文坛消息家，同力协作造成一种习气所控制，所支配，他们的生活，同时又实在与这个作品所提到的世界相去太远了。——他们不需要这种作品，这本书也就并不希望得到他们。理论家有各国出版物中的文学理论可以参证，不愁无话可说；批评家有他们欠了点儿小恩小怨的作家与作品，够他们去毁誉一世。大多数的读者，不问趣味如何，信仰如何，皆有作品可读。正因为关心读者大众，不是便有许多人，据说为读者大众，永远如陀螺在那里转变吗？这本书的出版，即或并不为领导多数的理论家与批评家所弃，被领导的多数读者又并不完全放弃它，但本书作者，却早已存心把这个"多数"放弃了。

我这本书只预备给一些"本身已离开了学校，或始终就无从接近学校，还认识些中国文字，置身于文学理论，文学批评，以及说谎造谣消息所达不到的那种职务上，在那个社会里生活，而且极关心全个民族在空间与时间下所有的好处与坏处"的人去看。他们真知道当前农村是什么，想知道过去农村有什么，他们必也愿意从这本书上同时还知道点世界一小角隅的农村与军人。我所写到的世界，即或在他们全然是一个陌生的世界，然而他们的宽容，他们向一本书去求取安慰与知识的热忱，却一定使他们能够把这本书很从容读下去的。我并不即此而止，还预备给他们一种对照的机会，将在另外一个作品里，来提到二十年来的内战，使一些首当其冲的农民，性格灵魂被大力所压，失去了原来的朴质，勤俭，和平，正直的型范以后，成了一个什么样子的新东西。他们受横征暴敛以及鸦片烟的毒害，变成了如何穷困与懒惰！我将把这个民族为历史所带走向一个不可知的命运中前进时，一些小人物在变动中的忧患，与由于营养不足所产生的"活下去"以及"怎样活下去"的观念和欲望，来作朴素的叙述。我的读者应是有理性，而这点理性便基于对中国现社会变动有所关心，认识这个民族的过去伟大处与目前堕落处，各在那里很寂寞的从事于民族复兴大业的人。这作品或者只能给他们一点怀古的幽情，或者只能给他们一次苦笑，或者又将给他们一个噩梦，但同时说不定，也许尚能给他们一种勇气同信心！

二十三年四月二十四日记

本篇发表于 1934 年 4 月 25 日天津《大公报·文艺副刊》第 61 期。署名沈从文。

## 新题记

　　民十随部队入川，由茶峒过路，住宿二日，曾从有马粪城门口至城中二次，驻防一小庙中，至河街小船上玩数次。开拔日微雨，约四里始过渡，闻杜鹃极悲哀。是日翻上棉花坡，约高上二十五里，半路见路劫致死者数人。山顶堡砦已焚毁多日。民二十二至青岛崂山北九水路上，见村中有死者家人"报庙"行列，一小女孩奉灵幡引路。因与兆和约，将写一故事引入所见。九月至平结婚，即在达子营住处小院中，用小方桌在树荫下写第一章。在《国闻周报》发表。入冬返湘看望母亲，来回四十天，在家乡三天，回到北平续写。二十三年母亲死去，书出版时心中充满悲伤。二十年来生者多已成尘成土，死者在生人记忆中亦淡如烟雾，惟书中人与个人生命成一希奇结合，俨若可以不死，其实作品能不死，当为其中有几个人在个人生命中影响，和几种印象在个人生命中影响。

从文　卅七年北平

---

　　本文原由作者题写在上海生活书店初版的样书上，收入全集前未曾发表过。现据作者手稿编入。

# 一

由四川过湖南去，靠东有一条官路。这官路将近湘西边境到了一个地方名为"茶峒"的小山城时，有一小溪，溪边有座白色小塔，塔下住了一户单独的人家。这人家只一个老人，一个女孩子，一只黄狗。

小溪流下去，绕山岨流，约三里便汇入茶峒大河。人若过溪越小山走去，则只一里路就到了茶峒城边。溪流如弓背，山路如弓弦，故远近有了小小差异。小溪宽约廿丈，河床为大片石头作成。静静的河水即或深到一篙不能落底，却依然清澈透明，河中游鱼来去皆可以计数。小溪既为川湘来往孔道，限于财力不能搭桥，就安排了一只方头渡船。这渡船一次连人带马，约可以载二十位搭客过河，人数多时则反复来去。渡船头竖了一枝小小竹竿，挂着一个可以活动的铁环，溪岸两端水面横牵了一段废缆，有人过渡时，把铁环挂在废缆上，船上人就引手攀缘那条缆索，慢慢的牵船过对岸去。船将拢岸时，管理这渡船的，一面口中嚷着"慢点慢点"，自己霍的跃上了岸，拉着铁环，于是人货牛马全上了岸，翻过小山不见了。渡头为公家所有，故过渡人不必出钱。有人心中不安，抓了一把钱掷到船板上时，管渡船的必为一一拾起，依然塞到那人手心里去，俨然吵嘴时的认真神气："我有了口粮，三斗米，七百钱，够了。谁要这个！"

但不成，凡事求个心安理得，出气力不受酬谁好意思，不管如何还是有人要把钱的。管船人却情不过，也为了心安起见，便把这些钱托人到茶峒去买茶叶和草烟，将茶峒出产的上等草烟，一扎一扎挂在自己腰带边，过渡的谁需要这东西必慷慨奉赠。有时从神气上估计那远路人对于身边草烟引起了相当的注意时，这弄渡船的便把一小束草烟扎到那人包袱上去，一面说："大哥，不吸这个吗？这好的，这妙的，看样子不成材，巴掌大叶子，味道蛮好，送人也很合式！"茶叶则在六月里放进大缸里去，用开水泡好，给过路人随意解渴。

管理这渡船的，就是住在塔下的那个老人。活了七十年，从二十岁起便守在这小溪边，五十年来不知把船来去渡了若干人。年纪虽那么老了，骨头硬硬的，本来应当休息了，但天不许他休息，他仿佛便不能够同这一分生活离开。他从不思索自己职务对于本人的意义，只是静静的很忠实的在那里活下去。代替了天，使他在日头升起时，感到生活的力量，当日头落下时，又不至于思量与日头同时死去的，是那个伴在他身旁的女孩子。他唯一的朋友是一只渡船和一只黄狗，唯一的亲人便只那个女孩子。

女孩子的母亲，老船夫的独生女，十五年前同一个茶峒军人唱歌相熟后，很秘密的背着那忠厚爸爸发生了暧昧关系。有了小孩子后，这屯戍兵士便想约了她一同向下游逃去。但从逃走的行为上看来，一个违悖了军人的责任，一个却必得离开孤独的父亲。经过一番考虑后，屯戍兵见她无远走勇气，自己也不便毁去作军人的名誉，就心想：一同去生既无法聚首，一同去死应当无人可以阻拦，首先服了毒。女的却关心腹中的一块肉，不忍心，拿不出主张。事情业已为作渡船夫的父亲知道，父亲却不加上一个有分量的字眼儿，只作为并不听到过这事情一样，仍然把日子很平静的过下去。女儿一面怀了羞惭，一面却怀了怜悯，依旧守在父亲身边。待到腹中小孩生下后，却到溪边故意吃了许多冷水死去了。在一种奇迹中，这遗孤居然已长大成人，一转眼间便十三岁了。为了住处两山多篁竹，翠色逼人而来，老船夫随便给这个可怜的孤雏拾取了一个近身的名字，叫作"翠翠"。

翠翠在风日里长养着，故把皮肤变得黑黑的，触目为青山绿水，故眸子清明如水晶。自然既长养她且教育她，为人天真活泼，处处俨然如一只小兽物。人又那么乖，如山头黄麂一样，从不想到残忍事情，从不发愁，从不动气。平时在渡船上遇陌生人对她有所注意时，便把光光的眼睛瞅着那陌生人，作成随时皆可举步逃入深山的神气，但明白了面前的人无机心后，就又从从容容的在水边玩耍了。

老船夫不论晴雨，必守在船头。有人过渡时，便略弯着腰，两手缘引了竹缆，把船横渡过小溪。有时疲倦了，躺在临溪大石上睡着了，人在隔岸招手喊过渡，翠翠不让祖父起身，就跳下船去，很敏捷的替祖父把路人渡过溪,一切皆溜刷在行,从不误事。有时又与祖父黄狗一同在船上,过渡时与祖父一同动手牵缆索。船将近岸边,祖父正向客人招呼:"慢点,慢点"时,那只黄狗便口衔绳子,最先一跃而上,且俨然懂得如何方为尽职似的,把船绳紧衔着拖船拢岸。

风日清和的天气,无人过渡,镇日长闲,祖父同翠翠便坐在门前大岩石上晒太阳。或把一段木头从高处向水中抛去,嗾使身边黄狗从岩石高处跃下,把木头衔回来。或翠翠与黄狗皆张着耳朵,听祖父说些城中多年以前的战争故事。或祖父同翠翠两人,各把小竹作成的竖笛,逗在嘴边吹着迎亲送女的曲子。过渡人来了,老船夫放下了竹管,独自跟到船边去,横溪渡人,在岩上的一个,见船开动时,于是锐声喊着:

"爷爷,爷爷,你听我吹——你唱!"

爷爷到溪中央便很快乐的唱起来,哑哑的声音同竹管声,振荡在寂静空气里,溪中仿佛也热闹了些。实则歌声的来复,反而使一切更寂静。

有时过渡的是从川东过茶峒的小牛,是羊群,是新娘子的花轿,翠翠必争着作渡船夫,站在船头,懒懒的攀引缆索,让船缓缓的过去。牛羊花轿上岸后,翠翠必跟着走,送队伍上山,站到小山头,目送这些东西走去很远了,方回转船上,把船牵靠近家的岸边。且独自低低的学小羊叫着,学母牛叫着,或采一把野花缚在头上,独自装扮新娘子。

茶峒山城只隔渡头一里路,买油买盐时,逢年过节祖父得喝一杯酒时,祖父不上城,黄狗就伴同翠翠入城里去备办东西。到了卖杂货的铺子里,有大把的粉条,大缸的白糖,有炮仗,有红蜡烛,莫不给翠翠一种很深的印象,回到祖父身边,总把这些东西说个半天。那里河边还有许多船,比起渡船来全大得多,有趣味得多,翠翠也不容易忘记。

## 二

茶峒地方凭水依山筑城,近山一面,城墙俨然如一条长蛇,缘山爬去。临水一面则在城外河边留出余地设码头,湾泊小小篷船。船下行时运桐油、青盐、染色的五倍子。上行则运棉花、棉纱以及布匹、杂货同海味。贯串各个码头有一条河街，人家房子多一半着陆，一半在水，因为余地有限，那些房子莫不设有吊脚楼。河中涨了春水，到水脚逐渐进街后，河街上人家，便各用长长的梯子，一端搭在自家屋檐口，一端搭在城墙上，人人皆骂着嚷着，带了包袱、铺盖、米缸，从梯子上进城里去，等待水退时，方又从城门口出城。某一年水若来得特别猛一些，沿河吊脚楼，必有一处两处为大水冲去，大家皆在城上头呆望。受损失的也同样呆望着，对于所受的损失仿佛无话可说，与在自然安排下，眼见其他无可挽救的不幸来时相似。涨水时在城上还可望着骤然展宽的河面，流水浩浩荡荡，随同山水从上游浮沉而来的有房子、牛、羊、大树。于是在水势较缓处，税关趸船前面，便常常有人驾了小舢板，一见河心浮沉而来的是一匹牲畜，一段小木，或一只空船，船上有一个妇人或一个小孩哭喊的声音，便急急的把船桨去，在下游一些迎着了那个目的物，把它用长绳系定，再向岸边桨去。这些勇敢的人，也爱利，也仗义，同一般当地人相似。不拘救人救物，却同样在一种愉快冒险行为中，做得十分敏捷勇敢，使人见及不能不为之喝彩。

那条河水便是历史上知名的酉水，新名字叫作白河。白河到辰州与沅水汇流后，便略显浑浊，有出山泉水的意思。若溯流而上，则三丈五丈的深潭皆清澈见底。深潭中为白日所映照，河底小小白石子，有花纹的玛瑙石子，全看得明明白白。水中游鱼来去，皆如浮在空气里。两岸多高山，山中多可以造纸的细竹，长年作深翠颜色，迫人眼目。近水人家多在桃杏花里，春天时只需注意，凡有桃花处必有人家，凡有人家处必可沽酒。夏天则晒晾在日光下耀目的紫花布衣裤，可以作为人家所在的旗帜。秋冬来时，人家房屋在悬崖上的，滨水的，无不朗然入目。黄泥的墙，乌黑的瓦，位置却永远那么妥帖，且与四围环境极其调和，使人迎面得到的印象，实在非常愉快。一个对于诗歌图画稍有兴味的旅客，在这小河中，蜷伏于一只小船上，作三十天的旅行，必不至于感到厌烦。正因为处处有奇迹可以发现，自然的大胆处与精巧处，无一地无一时不使人神往倾心。

白河的源流，从四川边境而来，从白河上行的小船，春水发时可以直达川属的秀山。但属于湖南境界的，茶峒算是最后一个水码头。这条河水的河面，在茶峒时虽宽约半里，当秋冬之际水落时，河床流水处还不到二十丈，其余只是一滩青石。小船到此后，既无从上行，故凡川东的进出口货物，皆从这地方落水起岸。出口货物俱由脚夫用桑木扁担压在肩膊上挑抬而来，入口货物莫不从这地方成束成担的用人力搬去。

这地方城中只驻扎一营由昔年绿营屯丁改编而成的戍兵，及五百家左右的住户。（这些住户中，除了一部分拥有了些山田同油坊，或放账屯油、屯米、屯棉纱的小资本家外，其余多数皆为当年屯戍来此有军籍的人家。）地方还有个厘金局，办事机关在城外河街下面小庙里，局长则长住城中。一营兵士驻扎老参将衙门，除了号兵每天上城吹号玩，使人知道这里还驻有军队以外，兵士皆仿佛并不存在。冬天的白日里，到城里去，便只见各处人家门前皆晾晒有衣服同青菜。红薯多带藤悬挂在屋檐下。用棕衣作成的口袋，装满了栗子、榛子和其他硬壳果，也多悬挂在檐口下。屋角隅各处有大小鸡叫着玩着。间或有什么男子，占据在自己屋前门限上锯木，或用斧头劈树，把劈好的柴堆到敞坪里去如一座一座宝塔。又或可以见到几个中年妇人，穿了浆洗得极硬的蓝布衣裳，胸前挂有白布扣花围裙，躬着腰在日光下一面说话一面作事。一切总永远那么静寂，所有人民每个日子皆在这种不可形容的单纯寂寞里过去。一分安静增加了人对于"人事"的思索力，增加了梦。在这小城中生存的，各人自然也一定皆各在分定一份日子里，怀了对于人事爱憎必然的期待。但这些人想些什么？谁知道。住在城中较高处，门前一站便可以眺望对河以及河中的景致，船来时，远远的就从对河滩上看着无数纤夫。那些纤夫也有从下游地方，带了细点心洋糖之类，拢岸时却拿进城中来换钱的。船来时，小孩子的想象，应当在那些拉船人一方面。大人呢，孵一窠小鸡，养两只猪，托下行船夫打付金耳环，带两丈官青布，或一坛好酱油，一个双料的美孚灯罩回来，便占去了大部分作主妇的心了。

这小城里虽那么安静和平，但地方既为川东商业交易接头处，故城外小小河街，情形却不同了一点。也有商人落脚的客店，坐镇不动的理发馆。此外饭店、杂货铺、油行、盐栈、花衣庄，莫不各有一种地位，装点了这条河街。还有卖船上檀木活车、竹缆与锅罐铺子，介绍水手职业吃码头饭的人家。小饭店门前长案上，常有煎得焦黄的鲤鱼豆腐，身上装饰了红辣椒丝，卧在浅口钵头里。钵旁大竹筒中插着大把朱红筷子，不拘谁个愿意花点钱，这人就可以傍了门前长案坐下来，抽出一双筷子捏到手上，那边一个眉毛扯得极细脸上擦了白粉的妇人，就走过来问："大哥，副爷，要甜酒？要烧酒？"男子火焰高一点的，谐趣的，对内掌柜有点意思的，必故意装成生气似的说："吃甜酒？又不是小孩子，还问人吃甜酒！"那么，酽冽的烧酒，从大瓮里用木滤子舀出，倒进土碗里，即刻就来到身边案桌上了。这烧酒自然是浓而且香的，能醉倒一个汉子的，所以照例也不会多吃。杂货铺卖美孚油，及点美孚油的洋灯与香烛纸张。油行屯桐油。盐栈堆四川火井出的青盐。花衣庄则有白棉纱、大布、棉花以及包头的黑绉绸出卖。卖船上用物的，百物罗列，无所不备，且间或有重至百斤以外的铁锚，搁在门外路旁，等候主顾问价的。专以介绍水手为事业，吃水码头饭的，在河街的家中，终日大门必敞开着，常有穿青羽缎马褂的船主与毛手毛脚的水手进出，地方像茶馆却不卖茶，不是烟馆又可以抽烟。来到这里的，虽说所谈的是船上生意经，然而船只的上下，划船拉纤人大都有个一定规矩，不必作数目上的讨论。他们来到这里大多数倒是在"联欢"。以"龙头管事"作中心，谈论点本地时事、两省商务上情形，以及下游的"新闻"。邀会的，集款时大多数皆在此地；扒骰子看点数多少轮作会首时，也常常在此举行。真真成为他们生意经的，有两件事：买卖船只，买卖媳妇。

　　大都市随了商务发达而产生的某种寄食者，因为商人的需要，水手的需要，这小小边城的河街，也居然有那么一群人，聚集在一些有吊脚楼的人家。这种小妇人不是从附近乡下弄来，便是随同川军来湘流落后的妇人。穿了假洋绸的衣服，印花标布的裤子，把眉毛扯得成一条细线，大大的发髻上敷了香味极浓俗的油类。白日里无事，就坐在门口小凳子上做鞋子，在鞋尖上用红绿丝线挑绣双凤，一面看过往行人，消磨长日。或靠在临河窗口上看水手起货,听水手爬桅子唱歌。到了晚间,却轮流的接待商人同水手,切切实实尽一个妓女应尽的义务。

由于边地的风俗淳朴,便是作妓女,也永远那么浑厚,遇不相熟的主顾,做生意时得先交钱,数目弄清楚后,再关门撒野。人既相熟后,钱便在可有可无之间了。妓女多靠四川商人维持生活,但恩情所结,却多在水手方面。感情好的,别离时互相咬着嘴唇咬着颈脖发了誓,约好了"分手后各人皆不许胡闹";四十天或五十天,在船上浮着的那一个,同在岸上蹲着的这一个,便皆呆着打发这一堆日子,尽把自己的心紧紧缚定远远的一个人。尤其是妇人,情感真挚痴到无可形容,男子过了约定时间不回来,做梦时,就总常常梦船拢了岸,那一个人摇摇荡荡的从船跳板到了岸上,直向身边跑来。或日中有了疑心,则梦里必见那个男子在桅子上向另一方面唱歌,却不理会自己。性格弱一点儿的,接着就在梦里投河吞鸦片烟,性格强一点儿的,便手执菜刀,直向那水手奔去。他们生活虽那么同一般社会疏远,但是眼泪与欢乐,在一种爱憎得失间,揉进了这些人生活里时,也便同另外一片土地另外一些人相似,全个身心为那点爱憎所浸透,见寒作热,忘了一切。若有多少不同处,不过是这些人更真切一点,也更于糊涂一点罢了。短期的包定,长期的嫁娶,一时间的关门,这些关于一个女人身体上的交易,由于民情的淳朴,身当其事的不觉得如何下流可耻,旁观者也就从不用读书人的观念,加以指摘与轻视。这些人既重义轻利,又能守信自约,即便是娼妓,也常常较之知羞耻的城市中人还更可信任。

掌水码头的名叫顺顺,一个前清时便在营伍中混过日子来的人物,革命时在著名的陆军四十九标做个什长。同样做什长的,有因革命成了伟人名人的,有杀头碎尸的,他却带着少年喜事得来的脚疯痛,回到了家乡,把所积蓄的一点钱,买了一条六桨白木船,租给一个穷船主,代人装货在茶峒与辰州之间来往。气运好,半年之内船不坏事,于是他从所赚的钱上,又讨了一个略有产业的白脸黑发小寡妇。因此一来,数年后,在这条河上,他就有了八只船,一个妻子,两个儿子了。

但这个大方洒脱的人,事业虽十分顺手,却因欢喜交朋结友,慷慨而又能济人之急，便不能同贩油商人一样大大发作起来。自己既在粮子里混过日子，明白出门人的甘苦，理解失意人的心情，故凡船只失事破产的船家，过路的退伍兵士，游学文墨人，凡到了这个地方，闻名求助的，莫不尽力帮助。一面从水上赚来钱，一面就这样洒脱散去。这人虽然脚上有点小毛病，还能泅水；走路难得其平，为人却那么公正无私。水面上各事原本极其简单，一切都为一个习惯所支配，谁个船碰了头，谁个船妨害了别一人别一只船的利益，照例有习惯方法来解决。惟运用这种习惯规矩排调一切的，必需一个高年硕德的中心人物。某年秋天，那原来执事的人死去了，顺顺作了这样一个代替者。那时他还只五十岁，为人既明事明理，正直和平，又不爱财，故无人对他年龄怀疑。

到如今，他的儿子大的已十六岁，小的已十四岁。两个年青人皆结实如小公牛，能驾船，能泅水，能走长路。凡从小乡城里出身的年青人所能够作的事，他们无一不作，作去无一不精。年纪较长的，性情如他们爸爸一样，豪放豁达，不拘常套小节。年幼的则气质近于那个白脸黑发的母亲，不爱说话，眼眉却秀拔出群，一望即知其为人聪明而又富于感情。

两兄弟既年已长大，必需在各一种生活上来训练他们的人格，作父亲的就轮流派遣两个小孩子各处旅行。向下行船时，多随了自己的船只充伙计，甘苦与人相共。荡桨时选最重的一把，背纤时拉头纤二纤，吃的是干鱼、辣子、臭酸菜。睡的是硬邦邦的舱板。向上行从旱路走去，则跟了川东客货，过秀山、龙潭、酉阳作生意，不论寒暑雨雪，必穿了草鞋按站赶路。且佩了短刀，遇不得已必需动手，便霍的把刀抽出，站到空阔处去，等候对面的一个，继着就同这个人用肉搏来解决。帮里的风气，既为"对付仇敌必需用刀，联结朋友也必需用刀"，故需刀时，他们也就从不让它失去那点机会。学贸易，学应酬，学习到一个新地方去生活，且学习用刀保护身体同名誉，教育的目的，似乎在使两个孩子学得做人的勇气与义气。一分教育的结果，弄得两个人皆结实如老虎，却又和气亲人，不骄惰，不浮华，不依势凌人。故父子三人在茶峒边境上为人所提及时，人人对这个名姓无不加以一种尊敬。

作父亲的当两个儿子很小时，就明白大儿子一切与自己相似，却稍稍见得溺爱那第二个儿子。由于这点不自觉的私心，他把长子取名天保，次子取名傩送。天保佑的在人事上或不免有龃龉处，至于傩神所送来的，照当地习气，人便不能稍加轻视了。傩送美丽得很。茶峒船家人拙于赞扬这种美丽，只知道为他取出一个诨名为"岳云"。虽无什么人亲眼看到过岳云，一般的印象，却从戏台上小生岳云，得来一个相近的神气。

三

两省接壤处，十余年来主持地方军事的，注重在安辑保守，处置极其得法，并无变故发生。水陆商务既不至于受战争停顿，也不至于为土匪影响，一切莫不极有秩序，人民也莫不安分乐生。这些人，除了家中死了牛，翻了船，或发生别的死亡大变，为一种不幸所绊倒，觉得十分伤心外，中国其他地方正在如何不幸挣扎中的情形，似乎就永远不曾为这边城人民所感到。

边城所在一年中最热闹的日子，是端午、中秋与过年。三个节日过去三五十年前，如何兴奋了这地方人，直到现在，还毫无什么变化，仍是那地方居民最有意义的几个日子。

端午日，当地妇女小孩子，莫不穿了新衣，额角上用雄黄蘸酒画了个王字。任何人家到了这天必可以吃鱼吃肉。大约上午十一点钟左右，全茶峒人就吃了午饭，把饭吃过后，在城里住家的，莫不倒锁了门，全家出城到河边看划船。河街有熟人的，可到河街吊脚楼门口边看，不然就站在税关门口与各个码头上看。河中龙船以长潭某处作起点，税关前作终点作比赛竞争。因为这一天军官、税官以及当地有身份的人，莫不在税关前看热闹。划船的事各人在数天以前就早有了准备，分组分帮，各自选出了若干身体结实手脚伶俐的小伙子，在潭中练习进退。船只的形式，与平常木船大不相同，形体一律又长又狭，两头高高翘起，船身绘着朱红颜色长线，平常时节多搁在河边干燥洞穴里，要用它时，拖下水去。每只船可坐十二个到十八个桨手,一个带头的,一个鼓手,一个锣手。桨手每人持一支短桨,随了鼓声缓促为节拍,把船向前划去。带头的坐在船头上,头上缠裹着红布包头,手上拿两枝小令旗,左右挥动,指挥船只的进退。擂鼓打锣的,多坐在船只的中部,船一划动便即刻蓬蓬铛铛把锣鼓很单纯的敲打起来,为划桨水手调理下桨节拍。一船快慢既不得不靠鼓声,故每当两船竞赛到剧烈时,鼓声如雷鸣,加上两岸人呐喊助威,便使人想起小说故事上梁红玉老鹳河时水战擂鼓。牛皋水擒杨么时也是水战擂鼓。凡把船划到前面一点的,必可在税关前领赏。一匹红,一块小银牌,不拘缠挂到船上某一个人头上去,皆显出这一船合作的光荣。好事的军人,且当每次某一只船胜利时,必在水边放些表示胜利庆祝的五百响鞭炮。

赛船过后,城中的戍军长官,为了与民同乐,增加这个节日的愉快起见,便把绿头长颈大雄鸭,颈脖上缚了红布条子,放入河中,尽善于泅水的军民人等,下水追赶鸭子。不拘谁把鸭子捉到,谁就成为这鸭子的主人。于是长潭换了新的花样,水面各处是鸭子,同时各处有追赶鸭子的人。

船与船的竞赛,人与鸭子的竞赛,直到天晚方能完事。

掌水码头的龙头大哥顺顺,年青的时节便是一个泅水的高手,入水中去追逐鸭子,在任何情形下总不落空。但一到次子傩送年过十岁时,已能入水闭气氽着到鸭子身边,再忽然冒水而出,把鸭子捉到,这作爸爸的便解嘲似的向孩子们说:"好,这种事你们来作,我不必再下水了。"于是当真就不下水与人来竞争捉鸭子。但下水救人呢,当作别论。凡帮助人远离患难,便是入火,人到八十岁,也还是成为这个人一种不可逃避的责任!

天保傩送两人皆是当地泅水划船的好选手。

端午节快来了,初五划船,河街上初一开会,就决定了,属于河街的那只船当天入水。天保恰好在那天应向上行,随了陆路商人过川东龙潭送节货,故参加的就只傩送。十六个结实如牛犊的小伙子,带了香、烛、鞭炮,同一个用生牛皮蒙好绘有朱红太极图的高脚鼓,到了搁船的

385

河上游山洞边,烧了香烛,把船拖入水后,各人上了船,燃着鞭炮,擂着鼓,这船便如一枝箭似的,很迅速的向下游长潭射去。

那时节还是上午,到了午后,对河渔人的龙船也下了水,两只龙船就开始预习种种竞赛的方法。水面上第一次听到了鼓声,许多人从这鼓声中,感到了节日临近的欢悦。住临河吊脚楼对远方人有所等待的,有所盼望的,也莫不因鼓声想到远人。在这个节日里,必然有许多船只可以赶回,也有许多船只只合在半路过节,这之间,便有些眼目所难见的人事哀乐,在这小山城河街间,让一些人嬉喜,也让一些人皱眉。

蓬蓬鼓声掠水越山到了渡船头那里时,最先注意到的是那只黄狗。那黄狗汪汪的吠着,受了惊似的绕屋乱走;有人过渡时,便随船渡过东岸去,且跑到那小山头向城里一方面大吠。

翠翠正坐在门外大石上用棕叶编蚱蜢蜈蚣玩,见黄狗先在太阳下睡着,忽然醒来便发疯似的乱跑,过了河又回来,就问它骂它:

"狗,狗,你做什么!不许这样子!"

可是一会儿,那声音被她发现了,她于是也绕屋跑着,且同黄狗一块儿渡过了小溪,站在小山头听了许久,让那点迷人的鼓声,把自己带到一个过去的节日里去。

## 四

这是两年前的事。五月端阳,渡船头祖父找人作了替身,便带了黄狗同翠翠进城,到大河边去看划船。河边站满了人,四只朱色长船在潭中滑着,龙船水刚刚涨过,河中水皆豆绿色,天气又那么明朗,鼓声蓬蓬响着,翠翠抿着嘴一句话不说,心中充满了不可言说的快乐。河边人太多了一点,各人皆尽张着眼睛望河中,不多久,黄狗还留在身边,祖父却挤得不见了。

翠翠一面注意划船,一面心想"过不久祖父总会找来的"。但过了许久,祖父还不来,翠翠便稍稍有点儿着慌了。先是两人同黄狗进城前一天,祖父就问翠翠:"明天城里划船,倘若一个人去看,人多怕不怕?"翠翠就说:"人多我不怕,但自己只是一个人可不好玩。"于是祖父想了半天,方想起一个住在城中的老熟人,赶夜里到城里去商量,请那老人来看一天渡船,自己却陪翠翠进城玩一天。且因为那人比渡船老人更孤单,身边无一个亲人,也无一只狗,因此便约好了那人早上过家中来吃饭,喝一杯雄黄酒。第二天那人来了,吃了饭,把职务委托那人以后,翠翠等便进了城。到路上时,祖父想起什么似的,又问翠翠:"翠翠,翠翠,人那么多,好热闹,你一个人敢到河边看龙船吗?"翠翠说:"怎么不敢?可是一个人玩有什么意思。"到了河边后,长潭里的四只红船,把翠翠的注意力完全占去了,身边祖父似乎也可有可无了。祖父心想:"时间还早,到收场时,至少还得三个时刻。溪边的那个朋友,也应当来看看年青人的热闹,回去一趟,换换地位还赶得及。"因此就告翠翠,"人太多了,站在这里看,不要动,我到别处去有点事情,无论如何总赶得回来伴你回家。"翠翠正在为两只竞速并进的船迷着,祖父说的话毫不思索就答应了。祖父知道黄狗在翠翠身边,也许比他自己在她身边还稳当,于是便回家看船去了。

祖父到了那渡船处时,见代替他的老朋友,正站在白塔下注意听远处鼓声。

祖父喊叫他,请他把船拉过来,两人渡过小溪仍然站到白塔下去。那人问老船夫为什么又跑回来,祖父就说想替他一会儿故把翠翠留在河边,自己赶回来,好让他也过大河边去看看热闹,且说:"看得好,就不必再回来,只须见了翠翠告她一声,翠翠到时自会回家的。小丫头不敢回家,你就伴她走走!"但那替手对于看龙船已无什么兴味,却愿意同老船夫在这溪边大石上各自再喝两杯烧酒。老船夫听说十分高兴,于是把酒葫芦取出,推给城中来的那一个。两人一面谈些端午旧事,一面喝酒,不到一会,那人却在岩石上被烧酒醉倒了。

人既醉倒后,无从入城,祖父为了责任又不便与渡船离开,留在河边的翠翠便不能不着急了。

河中划船的决了最后胜负后,城里军官已派人驾小船在潭中放了一群鸭子,祖父还不见来。翠翠恐怕祖父也正在什么地方等着她,因此带了黄狗向各处人丛中挤着去找寻祖父,结果还是不得祖父的踪迹。后来看看天快要黑了,军人扛了长凳出城看热闹的,皆已陆续扛了那凳子回家。潭中的鸭子只剩下三五只,捉鸭人也渐渐的少了。落日向上游翠翠家中那一方落去,黄昏把河面装饰了一层薄雾。翠翠望到这个景致,忽然起了一个怕人的想头,她想:"假若爷爷死了?"

她记起祖父嘱咐她不要离开原来地方那一句话,便又为自己解释这想头的错误,以为祖父不来,必是进城去或到什么熟人处去,被人拉着喝酒,故一时不能来的。正因为这也是可能的事,她又不愿在天未断黑以前,同黄狗赶回家去,只好站在那石码头边等候祖父。

再过一会,对河那两只长船已泊到对河小溪里去不见了,看龙船的人也差不多全散了。吊脚楼有娼妓的人家,已上了灯,且有人敲小斑鼓弹月琴唱曲了。另外一些人家,又有猜拳行酒的吵嚷声音。同时停泊在吊脚楼下的一些船只,上面也有人在摆酒炒菜,把青菜萝卜之类,倒进滚热油锅里去时发出吵——的声音。河面已朦朦胧胧,看去好像只有一只白鸭在潭中浮着,也只剩一个人追着这只鸭子。

翠翠还是不离开码头,总相信祖父会来找她一起回家。

吊脚楼上唱曲子声音热闹了一些,只听到下面船上有人说话,一个水手说:"金亭,你听你那婊子陪川东庄客喝酒唱曲子,我赌个手指,说这是她的声音!"另外一个水手就说:"她陪他们喝酒唱曲子,心里可想我。她知道我在船上!"先前那一个又说:"身体让别人玩着,心还想着你;你有什么凭据?"另一个说:"我有凭据。"于是这水手吹着唿哨,作出一个古怪的记号,一会儿,楼上歌声便停止了,两个水手皆笑了。两人接着便说了些关于那个女人的一切,使用了不少粗鄙字眼,翠翠不很习惯把这种话听下去,但又不能走开。且听水手之一说,楼上妇人的爸爸是在棉花坡被人杀死的,一共杀了十七刀。翠翠心中那个古怪的想头,"爷爷死了呢?"便仍然占据到心里有一忽儿。

两个水手还正在谈话,潭中那只白鸭慢慢的向翠翠所在的码头边游过来,翠翠想:"再过来些我就捉住你!"于是静静的等着,但那鸭子将近岸边三丈远近时,却有个人笑着,喊那船上水手。原来水中还有个人，那人已把鸭子捉到手，却慢慢的"踹水"游近岸边的。船上人听到水面的喊声，在隐约里也喊道："二老，二老，你真能干，你今天得了五只吧。"那水上人说："这家伙狡猾得很，现在可归我了。""你这时捉鸭子，将来捉女人，一定有同样的本领。"水上那一个不再说什么，手脚并用的拍着水傍了码头。湿淋淋的爬上岸时，翠翠身旁的黄狗，仿佛警告水中人似的，汪汪的叫了几声，那人方注意到翠翠。码头上已无别的人，那人问：

"是谁人？"

"是翠翠！"

"翠翠又是谁？"

"是碧溪岨撑渡船的孙女。"

"你在这儿做什么？"

"我等我爷爷。我等他来。"

"等他来他可不会来，你爷爷一定到城里军营里喝了酒，醉倒后被人抬回去了！"

"他不会这样子。他答应来找我，他就一定会来的。"

"这里等也不成，到我家里去，到那边点了灯的楼上去，等爷爷来找你好不好？"

翠翠误会了邀她进屋里去那个人的好意，心里记着水手说的妇人丑事，她以为那男子就是要她上有女人唱歌的楼上去，本来从不骂人，这时正因等候祖父太久了，心中焦急得很，听人要她上去，以为欺侮了她，就轻轻的说：

"悖时砍脑壳的！"

话虽轻轻的，那男的却听得出，且从声音上听得出翠翠年纪，便带笑说："怎么，你骂人！你不愿意上去，要呆在这儿，回头水里大鱼来咬了你，可不要叫喊！"

翠翠说："鱼咬了我也不管你的事。"

那黄狗好像明白翠翠被人欺侮了，又汪汪的吠起来。那男子把手中白鸭举起，向黄狗吓了一下，便走上河街去了。黄狗为了自己被欺侮还想追过去,翠翠便喊:"狗,狗,你叫人也看人叫!"翠翠意思仿佛只在告给狗"那轻薄男子还不值得叫",但男子听去的却是另外一种好意,男的以为是她要狗莫向好人乱叫,放肆的笑着,不见了。

又过了一阵,有人从河街拿了一个废缆做成的火炬,喊叫着翠翠的名字来找寻她,到身边时翠翠却不认识那个人。那人说:老船夫回到家中,不能来接她,故搭了过渡人口信来告翠翠,要她即刻就回去。翠翠听说是祖父派来的,就同那人一起回家,让打火把的在前引路,黄狗时前时后,一同沿了城墙向渡口走去。翠翠一面走一面问那拿火把的人,是谁告他就知道她在河边。那人说是二老告他的,他是二老家家里的伙计,送翠翠回家后还得回转河街。

翠翠说:"二老他怎么知道我在河边?"

那人便笑着说:"他从河里捉鸭子回来,在码头上见你,他说好意请你上家里坐坐,等候你爷爷,你还骂过他!你那只狗不识吕洞宾,只是叫!"

翠翠带了点儿惊讶轻轻的问:"二老是谁?"

那人也带了点儿惊讶说:"二老你还不知道?就是我们河街上的傩送二老!就是岳云!他要我送你回去!"

傩送二老在茶峒地方不是一个生疏的名字!

翠翠想起自己先前骂人那句话,心里又吃惊又害羞,再也不说什么,默默的随了那火把走去。

翻过了小山岨,望得见对溪家中火光时,那一方面也看见了翠翠方面的火把,老船夫即刻把船拉过来,一面拉船一面哑声儿喊问:"翠翠,翠翠,是不是你?"翠翠不理会祖父,口中却轻轻的说:"不是翠翠,不是翠翠,翠翠早被大河中鲤鱼吃去了。"翠翠上了船,二老派来的人,打着火把走了,祖父牵着船问:"翠翠,你怎么不答应我,生我的气了吗?"

翠翠站在船头还是不作声。翠翠对祖父那一点儿埋怨,等到把船拉过了溪,一到了家中,看明白了醉倒的另一个老人后,就完事了。但另一件事,属于自己不关祖父的,却使翠翠沉默了一个夜晚。

## 五

两年日子过去了。

这两年来两个中秋节，恰好无月亮可看，凡在这边城地方，因看月而起整夜男女唱歌的故事，皆不能如期举行，故两个中秋留给翠翠的印象，极其平淡无奇。两个新年虽照例可以看到军营里与各乡来的狮子龙灯，在小教场迎春，锣鼓喧阗很热闹。到了十五夜晚，城中舞龙耍狮子的镇筸兵士，还各自赤裸着肩膊，往各处去欢迎炮仗烟火。城中军营里，税关局长公馆，河街上一些大字号，莫不斫先截老毛竹筒，或镂空棕榈树根株，用硇硝拌和磺炭钢砂，一千槌八百槌把烟火做好。好勇取乐的军士，光赤着个上身，玩着灯打着鼓来了，小鞭炮如落雨的样子，从悬到长竿尖端的空中落到玩灯的肩背上，锣鼓催动急促的拍子，大家皆为这事情十分兴奋。鞭炮放过一阵后，用长凳脚绑着的大筒烟火，在敞坪一端燃起了引线，先是咝咝的流泻白光，慢慢的这白光便吼啸起来，作出如雷如虎惊人的声音，白光向上空冲去，高至二十丈，下落时便洒散着满天花雨。玩灯的兵士，在火花中绕着圈子，俨然毫不在意的样子。翠翠同他的祖父，也看过这样的热闹，留下一个热闹的印象，但这印象不知为什么原因，总不如那个端午所经过的事情甜而美。

翠翠为了不能忘记那件事，上年一个端午又同祖父到城边河街去看了半天船，一切玩得正好时，忽然落了行雨，无人衣衫不被雨湿透。为了避雨，祖孙二人同那只黄狗，走到顺顺吊脚楼上去，挤在一个角隅里。有人扛凳子从身边过去，翠翠认得那人正是去年打了火把送她回家的人，就告给祖父：

"爷爷，那个人去年送我回家，他拿了火把走路时，真像喽啰！"

祖父当时不作声，等到那人回头又走过面前时，就一把抓住那个人，笑嘻嘻说：

"嗨嗨，你这个喽啰！要你到我家喝一杯也不成，还怕酒里有毒，把你这个真命天子毒死！"

那人一看是守渡船的，且看到了翠翠，就笑了。"翠翠，你长大了！二老说你在河边大鱼会吃你，我们这里河中的鱼，现在吞不下你了。"

翠翠一句话不说，只是抿起嘴唇笑着。

这一次虽在这喽啰长年口中听到个"二老"名字，却不曾见及这个人。从祖父与那长年谈话里，翠翠听明白了二老是在下游六百里外青浪滩过端午的。但这次不见二老却认识了大老，且见着了那个一地出名的顺顺。大老把河中的鸭子捉回家里后，因为守渡船的老家伙称赞了那只肥鸭两次，顺顺就要大老把鸭子给翠翠。且知道祖孙二人所过的日子，十分拮据，节日里自己不能包粽子，又送了许多三角粽。

那水上名人同祖父谈话时，翠翠虽装作眺望河中景致，耳朵却把每一句话听得清清楚楚。那人向祖父说翠翠长得很美，问过翠翠年纪，又问有不有人家。祖父则很快乐的夸奖了翠翠不少，且似乎不许别人来关心翠翠的婚事，故一到这件事便闭口不谈。

回家时，祖父抱了那只白鸭子同别的东西，翠翠打火把引路。两人沿城墙脚走去，一面是城，一面是水。祖父说："顺顺真是个好人，大方得很。大老也很好。这一家人都好！"翠翠说："一家人都好，你认识他们一家人吗？"祖父不明白这句话的意思所在，因为今天太高兴一点，便笑着说："翠翠，假若大老要你做媳妇，请人来做媒，你答应不答应？"翠翠就说："爷爷，你疯了！再说我就生你的气！"

祖父话虽不再说了，心中却很显然的还转着这些可笑的不好的念头。翠翠着了恼，把火炬向路两旁乱晃着，向前快快的走去了。

"翠翠，莫闹，我摔到河里去，鸭子会走脱的！"

"谁也不希罕那只鸭子！"

祖父明白翠翠为什么事不高兴，便唱起摇橹人驶船下滩时催橹的歌声，声音虽然哑沙沙的，字眼儿却稳稳当当毫不含糊。翠翠一面听着一面向前走去，忽然停住了发问：

"爷爷，你的船是不是正在下青浪滩呢？"

祖父不说什么，还是唱着，两人皆记起顺顺家二老的船正在青浪滩过节，但谁也不明白另外一个人的记忆所止处。祖孙二人便沉默的一直走还家中。到了渡口，那代理看船的，正把船泊在岸边等候他们。几人渡过溪到了家中，剥粽子吃。到后那人要进城去，翠翠赶即为那人点上火把，让他有火把照路。人过了小溪上小山时，翠翠同祖父在船上望着，翠翠说：

"爷爷，看喽啰上山了啊！"

祖父把手攀引着横缆，注目溪面升起的薄雾，仿佛看到了什么东西，轻轻的吁了一口气。祖父静静的拉船过对岸家边时，要翠翠先上岸去，自己却守在船边，因为过节，明白一定有乡下人从城里看龙船，还得乘黑赶回家乡。

## 六

白日里，老船夫正在渡船上同个卖皮纸的过渡人有所争持。一个不能接受所给的钱，一个却非把钱送给老人不可。正似乎因为那个过渡人送钱气派，使老船夫受了点压迫，这撑渡船人就俨然生气似的，迫着那人把钱收回，使这人不得不把钱捏在手里。但船拢岸时，那人跳上了码头，一手铜钱向船舱一撒，却笑眯眯的匆匆忙忙走了。老船夫手还得拉着船让别一个人上岸，无法去追赶那个人，就喊小山头的孙女：

"翠翠，翠翠，为我拉着那个卖皮纸的小伙子，不许他走！"

翠翠不知道是怎么回事，当真便同黄狗去拦那第一个下船人。那人笑着说：

"不要拦我！……"

正说着，第二个商人赶来了，就告给翠翠是什么事情。翠翠明白了，更紧拉着卖纸人衣服不放，只说："不许走！不许走！"黄狗为了表示同主人意见一致，也便在翠翠身边汪汪的吠着。其余商人皆笑着，一时不能走路。祖父气吁吁的赶来了，把钱强迫塞到那人手心里，且搭了一大束草烟到那商人的担子上去，搓着两手笑着说："走呀！你们上路走！"那些人于是全笑着走了。

翠翠说:"爷爷,我还以为那人偷你东西同你打架!"

祖父就说:

"他送我好些钱,我绝不要这些钱!告他不要钱,他还同我吵,不讲道理!"

翠翠说:"全还给他了吗?"

祖父抿着嘴把头摇摇,闭上一只眼睛,装成狡猾得意神气笑着,把扎在腰带上留下的那枚单铜子取出,送给翠翠。且说:

"他得了我们那把烟叶,可以吃到镇筸城!"

远处鼓声又蓬蓬的响起来了,黄狗张着两个耳朵听着。翠翠问祖父,听不听到什么声音。祖父一注意,知道是什么声音了,便说:

"翠翠,端午又来了。你记不记得去年天保大人送你那只肥鸭子。早上大老同一群人上川东去,过渡时还问你。你一定忘记那次落的行雨。我们这次若去,又得打火把回家;你记不记得我们两人用火把照路回家?"

翠翠还正想起两年前的端午一切事情。但祖父一问,翠翠却微带点儿恼着的神气,把头摇摇,故意说:"我记不得,我记不得。我全记不得!"其实她那意思就是"我怎么记不得?"

祖父明白那话里意思,又说:"前年还更有趣,你一个人在河边等我,差点儿不知道回来,天夜了,我还以为大鱼会吃掉你!"

提起旧事,翠翠嗤的笑了。

"爷爷,你还以为大鱼会吃掉我?是别人家说我,我告给你的!你那天只是恨不得让城中的那个爷爷把装酒的葫芦吃掉!你这种人,好记性!"

"我人老了,记性也坏透了。翠翠,现在你人长大了,一个人一定敢上城去看船不怕鱼吃掉你了。"

"人大了就应当守船呢。"

"人老了才应当守船。"

"人老了应当歇憩!"

"你爷爷还可以打老虎,人不老!"祖父说着,于是,把膀子弯曲起来,努力使筋肉在局束中显得又有力又年青,且说,"翠翠,你不信,你咬。"

翠翠睨着腰背微驼的祖父,不说什么话。远处有吹唢呐的声音。她知道那是什么事情,且知道唢呐方向。要祖父同她下了船,把船拉过家中那边岸旁去。为了想早早的看到那迎婚送亲的喜轿,翠翠还爬到屋后塔下去眺望。过不久,那一伙人来了,两个吹唢呐的,四个强壮乡下汉子,一顶空花轿,一个穿新衣的团总儿子模样的青年,另外还有两只羊,一个牵羊的孩子,一坛酒,一盒糍粑,一个担礼物的人,一伙人上了渡船后,翠翠同祖父也上了渡船,祖父拉船,那翠翠却傍花轿站定,去欣赏每一个人的脸色与花轿上的流苏。拢岸后,团总儿子模样的人,从扣花抱肚里掏出了一个小红纸包封,递给老船夫。这是当地规矩,祖父再不能说不接收了。但得了钱祖父却说话了,问那个人,新娘是什么地方人,明白了,又问姓什么,明白了,又问多大年纪,一起皆弄明白了,吹唢呐的一上岸后,又把唢呐呜呜喇喇吹起来,一行人便翻山走了。祖父同翠翠留在船上,感情仿佛皆追着那唢呐声音走去,走了很远的路方回到自己身边来。

祖父掂着那红纸包封的分量说:"翠翠,宋家堡子里新嫁娘年纪还只十五岁。"

翠翠明白祖父这句话的意思所在,不作理会,静静的把船拉动起来。

到了家边,翠翠跑还家中去取小小竹子做的双管唢呐,请祖父坐在船头吹"娘送女"曲子给她听,她却同黄狗躺到门前大岩石上荫处看天上的云。白日渐长,不知什么时节,祖父睡着了,翠翠同黄狗也睡着了。

## 七

到了端午。祖父同翠翠在三天前业已预先约好,祖父守船,翠翠同黄狗过顺顺吊脚楼去看热闹。翠翠先不答应,后来答应了。但过了一

395

天,翠翠又翻悔回来,以为要看两人去看,要守船两人守船。祖父明白那个意思,是翠翠玩心与爱心相战争的结果。为了祖父的牵绊,应当玩的也无法去玩,这不成!祖父含笑说:"翠翠,你这是为什么?说定了的又翻悔,同茶峒人平素品德不相称。我们应当说一是一,不许三心二意。我记性并不坏到这样子,把你答应了我的即刻忘掉!"祖父虽那么说,很显然的事,祖父对于翠翠的打算是同意的。但人太乖巧,祖父有点愀然不乐了。见祖父不再说话,翠翠就说:"我走了,谁陪你?"

祖父说:"你走了,船陪我。"

翠翠把一对眉毛皱拢去苦笑着,"船陪你,嗨,嗨,船陪你。"

祖父心想:"你总有一天会要走的!"但不敢提起这件事。祖父一时无话可说,于是走过屋后塔下小圃里去看葱,翠翠跟过去。

"爷爷,我决定不去,要去让船去,我替船陪你!"

"好,翠翠,你不去我去,我还得戴了朵红花,装老太婆去见世面!"

两人皆为这句话笑了许久。所争持的事,不求结论了。

祖父理葱,翠翠却摘了一根大葱吹着,有人在东岸喊过渡,翠翠不让祖父占先,便忙着跑下去,跳上了渡船,援着横溪缆子拉船过溪去接人。一面拉船一面喊祖父:

"爷爷,你唱,你唱!"

祖父不唱,却只站在高岩上望翠翠,把手摇着,一句话不说。

祖父有点心事。

翠翠一天比一天大了,无意中提到什么时,会红脸了。时间在成长她,似乎正催促她,使她在另外一件事情上负点儿责。她欢喜看扑粉满脸的新嫁娘,欢喜述说关于新嫁娘的故事,欢喜把野花戴到头上去,还欢喜听人唱歌。茶峒人的歌声,缠绵处她已领略得出。她有时仿佛孤独了一点,爱坐在岩石上去,向天空一片云一颗星凝眸。祖父若问:"翠翠,想什么?"她便带着点儿害羞情绪,轻轻的说:"翠翠不想什么。"但在心里却同时又自问:"翠翠,你想什么?"同是自己也就在心里答着:"我想的很远,很多。可是我不知想些什么。"她的确在想,又的确连自己也不知在想些什么。这女孩子身体既发育得很完全,在本身上因年龄自然而来的一种"奇事",到月就来,也使她多了些思索。

祖父明白这类事情对于一个女子的影响,祖父心情也变了些。祖父是一个在自然里活了七十年的人,但在人事上的自然现象,就有了些不能安排处。因为翠翠的长成,使祖父记起了些旧事,从掩埋在一大堆时间里的故事中重新找回了些东西。

翠翠的母亲,某一时节原同翠翠一个样子,眉毛长,眼睛大,皮肤红红的,也乖得使人怜爱——也懂在一些小处,起眼动眉毛,机伶懂事,使家中长辈快乐。也仿佛永远不会同家中这一个分开。但一点不幸来了,她认识了那个兵。到末了丢开老的和小的,却陪了那个兵死了。这些事从老船夫说来谁也无罪过,只应"天"去负责。翠翠的祖父口中不怨天,心中却不能完全同意这种不幸的安排。到底还像年青人,说是放下了,也正是不能放下的莫可奈何容忍到的一件事。

并且那时有个翠翠。如今假如翠翠又同妈妈一样,老船夫的年龄,还能把小雏儿再抚育下去吗?人愿意的事神却不同意!人太老了,应当休息了,凡是一个良善的中国乡下人,一生中生活下来所应得到的劳苦与不幸,业已全得到了。假若另外高处有一个上帝,这上帝且有一双手支配一切,很明显的事,十分公道的办法,是应当把祖父先收回去,再来让那个年青的在新的生活上得到应分接受那一份的。

可是祖父并不那么想。他为翠翠担心。有时便躺到门外岩石上,对着星子想他的心事。他以为死是应当快到了的,正因为翠翠人已长大了,证明自己也真正老了。可是无论如何,得让翠翠有个着落。翠翠既是她那可怜的母亲交把他的,翠翠大了,他也得把翠翠交给一个人,他的事才算完结!翠翠应分交给谁?必需什么样的人方不委屈她?

前几天顺顺家天保大老过溪时,同祖父谈话,这心直口快的青年人,第一句话就说:

"老伯伯,你翠翠长得真标致,像个观音样子。再过两年,若我有闲空能留在茶峒照料事情,不必像老鸦成天到处飞,我一定每夜到这溪边来为翠翠唱歌。"

祖父用微笑奖励这种自白。一面把船拉动，一面把那双小眼睛瞅着大老。意思好像说，你的傻话我全明白，我不生气，你尽管说下去，看你还有什么要说。

于是大老又说：

"翠翠太娇了，我担心她只宜于听点茶峒人的歌声，不能作茶峒女子做媳妇的一切正经事。我要个能听我唱歌的情人，却更不能缺少个照料家务的媳妇。'又要马儿不吃草，又要马儿走得好'，唉，这两句话恰是古人为我说的！"

祖父慢条斯理把船转了头，让船尾傍岸，就说：

"大老，也有这种事儿！你瞧着吧。"

那青年走去后，祖父温习着那些出于一个男子口中的真话，实在又愁又喜。翠翠若应当交把一个人，这个人是不是适宜于照料翠翠？当真交把了他，翠翠是不是愿意？

## 八

初五大清早落了点毛毛雨，河上游且涨点了"龙船水"，河水已变作豆绿色。祖父上城买办过节的东西，戴了个棕粑叶"斗篷"，携带了一个篮子，一个装酒的大葫芦，肩头上挂了个褡裢，其中放了一吊六百制钱，就走了。因为是节日，这一天从小村小寨带了铜钱担了货物上城去办货掉货的极多，这些人起身也极早，故祖父走后，黄狗就伴同翠翠守船。翠翠头上戴了一个崭新的斗篷，把过渡人一趟一趟的送来送去。黄狗坐在船头，每当船拢岸时必先跳上岸边去衔绳头，引起每个过渡人的兴味。有些过渡乡下人也携了狗上城，照例如俗话说的，"狗离不得屋"，这些狗一离了自己的家，即或傍着主人，也变得非常老实了。到过渡时，翠翠的狗必走过去嗅嗅，从翠翠方面讨取了一个眼色，似乎明白翠翠的意思的就不敢有什么举动。直到上岸后，把拉绳子的事情作完，眼见到那只陌生的狗上小山去了，也必跟着追去。或者向狗主人轻轻吠着，或者逐着那陌生的狗，必得翠翠带点儿嗔恼的嚷着："狗，狗，你狂什么？还有事情做，你就跑呀！"于是这黄狗赶快跑回船上来，且依然满船闻嗅不已。翠翠说："这算什么轻狂举动！跟谁学得的！还不好好蹲到那边去！"狗俨然极其懂事，便即刻到它自己原来地方去，只间或又像想起什么心事似的，轻轻的吠几声。

雨落个不止，溪面一片烟。翠翠在船上无事可作时，便算着老船夫的行程。她知道他这一去应在什么地方碰到什么人，谈些什么话，这一天城门边应当是些什么情形，河街上应当是些什么情形，"心中一本册"，她完全如同亲眼见到的那么明明白白。她又知道祖父的脾气，一见城中相熟粮子上人物，不管是马夫火夫，总会把过节时应有的颂祝说出。这边说，"副爷，你过节吃饱喝饱！"那一个便也将说，"划船的，你吃饱喝饱！"这边如果说着如上的话，那边人说，"有什么可以吃饱喝饱？四两肉，两碗酒，既不会饱也不会醉！"那么，祖父必很诚实邀请这熟人过碧溪岨喝个够量。倘若有人当时就想喝一口祖父葫芦中的酒，这老船夫也从不吝啬，必很快的就把葫芦递过去。酒喝过后，那兵营中人卷舌子舔着嘴唇，称赞酒好，于是又必被勒迫着喝第二口。酒在这种情形下少起来了，就又跑到原来铺上去，加满为止。翠翠且知道祖父还会到码头上去同刚拢岸一天两天的上水船水手谈谈话，问问下河的米价盐价，有时且弯着腰钻进那带有海带鱿鱼味，以及其他油味、醋味、柴烟味的船舱里去，水手们从小坛中抓出一把红枣，递给老船夫，过一阵，等到祖父回家被翠翠埋怨时，这红枣便成为祖父与翠翠和解的工具。祖父一到河街上，且一定有许多铺子上商人送他粽子与其他东西，作为对这个忠于职守的划船人一点敬意，祖父虽嚷着"我带了那么一大堆，回去会把老骨头压断"，可是不管如何，这些东西多少总得领点情。走到卖肉案桌边去，他想买肉，人家却照例不愿接钱。屠户若不接钱，他却宁可到另外一家去，决不想沾那点便宜。那屠户说，"爷爷，你为人那么硬算什么？又不是要你去做犁口耕田！"但不行，他以为这是血钱，不比别的事情，你不收钱他会把钱预先算好，猛的把钱掷到大而长的钱筒里去，攫了肉就走去的。卖肉的明白他那种性情，到他称肉时总选取最好的一处，且把分量故意加多，他见及时却将说："喂喂，大老板，我不要你那些好处！腿上的肉是城里人炒鱿鱼肉丝用的肉，莫同我开玩笑！我要夹项肉，我要浓的，糯的，我是个划船人，我要拿去炖胡萝卜喝酒的！"得了肉，把钱交过手时，自己先数一次，又嘱咐屠户再数，屠户却照例不理会他，把一手钱哗的向长竹筒口丢去，他于是简直是妩媚的微笑着走了。屠户与其他买肉人，见到他这种神气，必笑个不止。……

翠翠还知道祖父必到河街上顺顺家里去。

翠翠温习着两次过节两个日子所见所闻的一切，心中很快乐，好像目前有一个东西，同早间在床上闭了眼睛所看到那种捉摸不定的黄葵花一样，这东西仿佛很明朗的在眼前，却看不准，抓不住。

翠翠想："白鸡关真出老虎吗？"她不知道为什么忽然想起白鸡关。白鸡关是酉水中部一个地名，离茶峒两百多里路！

于是又想："三十二个人摇六匹橹，上水走风时张起个大篷，一百幅白布拼成的一片东西，坐在这样大船上过洞庭湖，多可笑……"她不明白洞庭湖有多大，也就从不见过这种大船。更可笑的，还是她自己也不知道为什么却想起这个问题。

一群过渡人来了，有担子，有送公事跑差模样的人物，另外还有母女二人。母亲穿了新浆洗得硬朗的蓝布衣服，女孩子脸上涂着两饼红色，穿了不甚称身的新衣，上城到亲戚家中去拜节看龙船的。等待众人上船稳定后，翠翠一面望着那小女孩，一面把船拉过溪去。那小孩从翠翠估来年纪也将十二岁了，神气却很娇，似乎从不能离开过母亲。脚下穿的是一双尖尖头新油过的钉鞋，上面沾污了些黄泥。裤子是那种翻紫的葱绿布做的。见翠翠尽是望她，她也便看着翠翠，眼睛光光的如同两粒水晶球。神气中有点害羞，有点不自在，同时也有点不可言说的爱娇。那母亲模样的妇人便问翠翠，年纪有几岁。翠翠笑着，不高兴答应，却反问小女孩今年几岁，听那母亲说十三岁时，翠翠忍不住笑了。那母女显然是财主人家的妻女，从神气上就可看出的。翠翠注视那女孩，发现了女孩子手上还戴得有一副麻花铰的银手镯，闪着白白的亮光，心中有点儿歆羡。船傍岸后，人陆续上了岸，妇人从身上摸出一把铜子，塞到翠翠手中，就走了。翠翠当时竟忘了祖父的规矩，也不说道谢，也不把钱退还，只望着这一行人中那个女孩子身后发痴。一行人正将翻过小山时，翠翠忽又忙匆匆的追上去，在山头上把钱还给那妇人。那妇人说："这是送你的！"翠翠不说什么，只微笑把头尽摇，表示不能接受，且不等妇人来得及说第二句话，就很快的向自己渡船边跑去了。

到了渡船上，溪那边又有人喊过渡，翠翠把船又拉回去。第二次过渡是七个人，又有两个女孩子，也同样因为看龙船特意换了干净衣服，相貌却并不如何美观，因此使翠翠更不能忘记先前那一个。

今天过渡的人特别多，其中女孩子比平时更多。翠翠既在船上拉缆子摆渡，故见到什么好看的，极古怪的，人乖的，眼睛眶子红红的，莫不在记忆中留下个印象。无人过渡时，等着祖父祖父又不来，便尽只反复温习这些女孩子的神气。且轻轻的无所谓的唱着：

"白鸡关出老虎咬人，不咬别人，团总的小姐派第一。……大姐戴副金簪子，二姐戴副银钏子，只有我三妹莫得什么戴，耳朵上长年戴条豆芽菜。"

城中有人下乡的，在河街上一个酒店前面，曾见及那个撑渡船的老头子，把葫芦嘴推让给一个年青水手，请水手喝他新买的白烧酒。翠翠问及时，那城中人就告给她所见到的事情。翠翠笑祖父的慷慨不是时候，不是地方。过渡人走了，翠翠就在船上又轻轻的哼着巫师迎神的歌玩：

  你大仙，你大神，睁眼看看我们这里人！
  他们既诚实，又年青，又身无疾病。
  他们大人会喝酒，会作事，会睡觉；
  他们孩子能长大，能耐饥，能耐冷；
  他们牯牛肯耕田，山羊肯生仔，鸡鸭肯孵卵；
  他们女人会养儿子，会唱歌，会找她心中欢喜的情人！

  你大神，你大仙，排驾前来站两边。
  关夫子身跨赤兔马，

尉迟公手拿大铁鞭。

你大仙,你大神,云端下降慢慢行!
张果老驴上得坐稳,
铁拐李脚下要小心!

福禄绵绵是神恩,
和风和雨神好心,
好酒好饭当前陈,
肥猪肥羊火上烹!

洪秀全,李鸿章,
你们在生是霸王,
杀人放火尽节全忠各有道,
今来坐席又何妨!

慢慢吃,慢慢喝,
月白风清好过河。
醉时携手同归去,
我当为你再唱歌。

那首歌声音既极柔和,快乐中又微带忧郁。唱完了这歌,翠翠心上觉得有一丝儿凄凉。她想起秋末酬神还愿时田坪中的火燎同鼓角。

远处鼓声已起来了,她知道绘有朱红长线的龙船这时节已下河了,细雨还依然落个不止,溪面一片烟。

## 九

祖父回家时,大约已将近平常吃早饭时节了。肩上手上全是东西,一上小山头便喊翠翠,要翠翠拉船过小溪来迎接他。翠翠眼看到多少人皆进了城,正在船上急得莫可奈何,听到祖父的声音,精神旺了,锐声答着:"爷爷,爷爷,我来了!"老船夫从码头边上了渡船后,把肩上手上的东西搁到船头上,一面帮着翠翠拉船,一面向翠翠笑着,如同一个小孩子,神气充满了谦虚与羞怯。"翠翠,你急坏了,是不是?"翠翠本应埋怨祖父的,但她却回答说:"爷爷,我知道你在河街上劝人喝酒,好玩得很。"翠翠还知道祖父极高兴到河街上去玩,但如此说来,将更使祖父害羞乱嚷了,故不提出。

翠翠把搁在船头的东西一一估记在眼里,不见了酒葫芦。翠翠嗤的笑了。

"爷爷,你倒大方,请副爷同船上人吃酒,连葫芦也让他们吃到肚里去了!"

祖父笑着忙作说明:

"哪里,哪里,我那葫芦被顺顺大哥扣下了,他见我在河街上请人喝酒,就说:'喂,喂,摆渡的张横,这不成的。你不开糟坊,如何这样子!你要作仁义大哥梁山好汉,把你那个放下来,请我全喝了吧。'他当真那么说,'请我全喝了吧。'我把葫芦放下了。但我猜想他是同我闹着玩的。他家里还少烧酒吗?翠翠,你说,是不是?⋯⋯"

"爷爷,你以为人家不是真想喝你的酒,便是同你开玩笑吗?"

"那是怎么的?"

"你放心,人家一定因为你请客不是地方,所以扣下你的葫芦,不让你请人把酒喝完。等等就会派毛伙为你送来的,你还不明白,真是!——"

"唉,当真会是这样的!"

说着船已拢了岸,翠翠抢先帮祖父搬东西回家,但结果却只拿了那尾鱼,那个花褡裢;褡裢中钱已用光了,却有一包白糖,一包芝麻小饼子。

两人刚把新买的东西搬运到家中,对溪就有人喊过渡,祖父要翠翠看着肉菜免得被野猫拖去,争先下溪去做事,一会儿,便同那个过渡

403

人嚷着到家中来了。原来这人便是送酒葫芦的。只听到祖父说:"翠翠,你猜对了。人家当真把酒葫芦送来了!"

翠翠来不及向灶边走去,祖父同一个年纪青青的脸黑肩膊宽的人物,便进到屋里了。

翠翠同客人皆笑着,让祖父把话说下去。客人又望着翠翠笑,翠翠仿佛明白为什么被人望着,有点不好意思起来,走到灶边烧火去了。溪边又有人喊过渡,翠翠赶忙跑出门外船上去,把人渡过了溪。恰好又有人过溪。天虽落小雨,过渡人却分外多,一连三次。翠翠在船上一面作事一面想起祖父的趣处。不知怎么的,从城里被人打发来送酒葫芦的,她觉得好像是个熟人。可是眼睛里像是熟人,却不明白在什么地方见过面。但也正像是不肯把这人想到某方面去,方猜不着这来人的身份。

祖父在岩坎上边喊:"翠翠,翠翠,你上来歇歇,陪陪客!"本来无人过渡便想上岸去烧火,但经祖父一喊,反而不上岸了。

来客问祖父"进不进城看船",老渡船夫就说,"应当看守渡船。"两人又谈了些别的话。到后来客方言归正传:

"伯伯,你翠翠像个大人了,长得很好看!"

撑渡船的笑了。"口气同哥哥一样,倒爽快呢。"这样想着,却那么说:"二老,这地方配受人称赞的只有你,人家都说你好看!'八面山的豹子,地地溪的锦鸡',全是特为颂扬你这个人好处的警句!"

"但是,这很不公平。"

"很公平的! 我听着船上人说,你上次押船,船到三门下面白鸡关滩口出了事,从急浪中你援救过三个人。你们在滩上过夜,被村子里女人见着了,人家在你棚子边唱歌一整夜,是不是真有其事?"

"不是女人唱歌一夜,是狼嗥。那地方著名多狼,只想得机会吃我们! 我们烧了一大堆火,吓住了它们,才不被吃!"

老船夫笑了,"那更妙! 人家说的话还是很对的。狼是只吃姑娘,吃小孩,吃十八岁标致青年的,像我这种老骨头,它不要吃,只嗅一嗅就会走开的!"

那二老说:"伯伯,你到这里见过两万个日头,别人家全说我们这个地方风水好,出大人,不知为什么原因,如今还不出大人?"

"你是不是说风水好应出有大名头的人?我以为,这种人不生在我们这个小地方也不碍事。我们有聪明、正直、勇敢、耐劳的年青人,就够了。像你们父子兄弟,为本地方增光彩已经很多很多!"

"伯伯,你说得好,我也是那么想。地方不出坏人出好人,如伯伯那么样子,人虽老了,还硬朗得同棵楠木树一样,稳稳当当的活到这块地面,又正经,又大方,难得的咧。"

"我是老骨头了,还说什么。日头,雨水,走长路,挑分量沉重的担子,大吃大喝,挨饿受寒,自己分上的都拿过了,不久就会躺到这冰冷土地上喂蛆吃的。这世界有的是你们小伙子分上的一切,应当好好的干,日头不辜负你们,你们也莫辜负日头!"

"伯伯,看你那么勤快,我们年青人不敢辜负日头。"

说了一阵,二老想走了,老船夫便站到门口去喊叫翠翠,要她到屋里来烧水煮饭,调换他自己看船。翠翠不肯上岸,客人却已下船了,翠翠把船拉动时,祖父故意装作埋怨神气说:

"翠翠,你不上来,难道要我在家里做媳妇煮饭吗?"

翠翠斜睨了客人一眼,见客人正盯着她,便把脸背过去,抿着嘴儿,很自负的拉着那条横缆,船慢慢拉过对岸了。客人站在船头同翠翠说话:

"翠翠,吃了饭,同你爷爷到我家吊脚楼上去看划船吧?"

翠翠不好意思不说话,便说:"爷爷说不去,去了无人守这个船!"

"你呢?"

"爷爷不去我也不去。"

"你也守船吗?"

"我陪我爷爷。"

"我要一个人来替你们守渡船,好不好?"

嘭的一下船已撞到岸边土坎上了,船拢了岸。二老向岸上一跃,站在斜坡上说:

"翠翠,难为你!……我回去就要人来替你们,你们赶快吃饭,一同到我家里去看船,今天人多咧,热闹咧。"

翠翠不明白这陌生人的好意,不懂得为什么一定要到他家中去看船,抿着小嘴笑笑,就把船拉回去了。到了家中一边溪岸后,只见那个年青人还正在对溪小山上。好像等待什么,不即走开。翠翠回转家中,到灶口边去烧火,一面把带点湿气的草塞进灶里去,一面向正在把客人带回的那一葫芦酒试着的祖父询问:

"爷爷,那人说回去就要人来替你,要我们两人去看船,你去不去?"

"你高兴去吗?"

"两人同去我高兴。那个人很好,我像认得他,他是谁?"

祖父心想:"这倒对了,人家也觉得你好!"祖父笑着说:"翠翠,你不记得你前年在大河边时,有个人说要让大鱼咬你吗?"

翠翠明白了,却仍然装不明白问:"他是谁?"

"你想想看,猜猜看。"

"我猜不着他是张三李四。"

"顺顺船总家的二老,他认识你你不认识他啊!"他抿了一口酒,像赞美这个酒又赞美另一个人,低低的说:"好的,妙的,这是难得的。"

过渡的人在门外坎下叫唤着,老祖父口中还是"好的,妙的,……"匆匆的下船做事去了。

## 一〇

吃饭时隔溪有人喊过渡,翠翠抢着下船,到了那边,方知道原来过渡的人,便是船总顺顺家派来作替手的水手。这人一见翠翠就说道:"二老要你们一吃了饭就去,他已下河了。"见了祖父又说:"二老要你们吃了饭就去,他已下河了。"

张耳听听,便可听出远处鼓声已较繁密,从鼓声里使人想到那些极狭的船,在长潭中笔直前进时,水面上画着如何美丽的长长的线路!

新来的人茶也不吃,便在船头站妥了,翠翠同祖父吃饭时,邀他喝一杯，只是摇头推辞。祖父说：

"翠翠，我不去，你同小狗去好不好？"

"要不去，我也不想去！"

"我去呢？"

"我本来也不想去，但我愿意陪你去。"

祖父微笑着："翠翠，翠翠，你陪我去，好的，你就陪我去！"

…………

祖父同翠翠到城里大河边时，河边早站满了人。细雨已经停止，地面还是湿湿的。祖父要翠翠过河街船总家吊脚楼上去看船，翠翠却似乎有心事怕到那边去，以为站在河边较好。两人虽在河边站定，不多久，顺顺便派人来把他们请去了。吊脚楼上已有了很多的人。早上过渡时，为翠翠所注意的乡绅妻女，受顺顺家的款待，占据了两个最好窗口。一见到翠翠，那女孩子就说："你来，你来！"翠翠带着点儿羞怯走去，坐在她们身后边条凳上，祖父便走开了。

祖父并不看龙船竞渡，却为一个熟人拉到河上游半里路远近，过一个新碾坊看水碾子去了。老船夫对于水碾子原来就极有兴味的。倚山滨水来一座小小茅屋，屋中有那么一个圆石片子，固定在一个横轴上，斜斜的搁在石槽里。当水闸门抽去时，流水冲激地下的暗轮，上面的圆石片便飞转起来。作主人的管理这个东西，把毛谷倒进石槽中去，把碾好的米弄出放在屋角隅长方箩筛里，再筛去糠灰。地下全是糠灰，自己头上包着块白布帕子，头上肩上也全是糠灰。天气好时就在碾坊前后隙地里种些萝卜、青菜、大蒜、四季葱。水沟坏了，就把裤子脱去，到河里去堆砌石头，修理泄水处。水碾坝若修筑得好，还可装个小小鱼梁，涨小水时就自会有鱼上梁来，不劳而获！在河边管理一个碾坊比管理一只渡船多变化，有趣味，情形一看也就明白了。但一个撑渡船的若想有座碾坊，那简直是不可能的妄想。凡碾坊照例是属于当地小财主的产业。那熟人把老船夫带到碾坊边时，就告给他这碾坊业主为谁。两人一面各处视察一面说话。

那熟人用脚踢着新碾盘说：

"中寨人自己坐在高山砦子上,却欢喜来到这大河边置产业;这是中寨王团总的,值大钱七百吊!"

老船夫转着那双小眼睛,很羡慕的去欣赏一切,估计一切,把头点着,且对于碾坊中物件一一加以很得体的批评。后来两人就坐到那还未完工的白木条凳上去。熟人又说到这碾坊的将来,似乎是团总女儿陪嫁的妆奁。那人于是想起了翠翠,且记起大老过去一时托过他的事情来了。便问道:

"伯伯,你翠翠今年十几岁?"

"满十四岁进十五岁。"老船夫说过这句话后,便接着在心中计算过去的年月。

"十四岁多能干!将来谁得她真有福气!"

"有什么福气?又无碾坊陪嫁,一个光人。"

"别说一个光人,一个有用的人,两只手敌得五座碾坊!洛阳桥也是鲁般两只手造成的!……"这样那样的说着,表示对老船夫的抗议,说到后来那人自然笑了。

老船夫也笑了,心想:"翠翠有两只手,将来也去造洛阳桥吧,新鲜事!"

那人过了一会又说:

"茶峒人年青男子眼睛光,选媳妇也极在行。伯伯,你若不多我的心时,我就说个笑话给你听。"

老船夫问:"是什么笑话?"

那人说:"伯伯你若不多心时,这笑话也可以当真话去听咧。"

接着说下去的就是顺顺家大老如何在人家面前赞美翠翠,且如何托他来探听老船夫口气那么一件事。末了同老船夫来转述另一回会话的情形。"我问他:'大老,大老,你是说真话还是说笑话?'他就说:'你为我去探听探听那老的,我欢喜翠翠,想要翠翠,是真话呀!'我说:'我这人口钝得很,说出了口收不回,万一老的一巴掌打来呢?'他说:'你怕打,你先当笑话去说,不会挨打的!'所以,伯伯,我就把这件真事情当笑话来同你说了。你试想想,他初九从川东回来见我时,我应当如何回答他?"

老船夫记起前一次大老亲口所说的话,知道大老的意思很真,且知道顺顺也欢喜翠翠,故心里很高兴。但这件事照规矩得这个人带封点心亲自到碧溪岨家中去说,方见得慎重其事。老船夫说:"等他来时你说:老家伙听过了笑话后,自己也说了个笑话,他说:'车是车路,马是马路,各有走法。大老走的是车路,应当由大老爹爹作主,请了媒人来正正经经同我说。走的是马路,应当自己作主,站在渡口对溪高崖上,为翠翠唱三年六个月的歌。'"

"伯伯,若唱三年六个月的歌动得了翠翠的心,我赶明天就自己来唱歌了。"

"你以为翠翠肯了我还会不肯吗?"

"不咧,人家以为这件事情你老人家肯了翠翠便无有不肯呢。"

"不能那么说,这是她的事呵!"

"便是她的事情,可是必须老的作主,人家也仍然以为在日头月光下唱三年六个月的歌,还不如得伯伯说一句话好!"

"那么,我说,我们就这样办,等他从川东回来时,要他同顺顺去说个明白。我呢,我也先问问翠翠,若以为听了三年六个月的歌再跟那唱歌人走去有意思些,我就请你劝大老走他那弯弯曲曲的马路。"

"那好的。见了他我就说:'大老,笑话吗,我已经说过了。真话呢,看你自己的命运去了。'当真看他的命运去了,不过我明白他的命运,还是在你老人家手上捏着紧紧的。"

"不是那么说!我若捏得定这件事,我马上就答应了。"

这里两人把话说妥后,就过另一处看一只顺顺新近买来的三舱船去了。河街上顺顺吊脚楼方面,却有了如下事情。

翠翠虽被那乡绅女人喊到身边去坐,地位非常之好,从窗口望出去,河中一切朗然在望,然而心中可不安宁。挤在其他几个窗口看热闹的人,似乎皆常常把眼光从河中景物挪到这边几个人身上来。还有些人故意装成有别的事情样子,从楼这边走过那一边,事实上却全为的是好仔细看看翠翠这方面几个人。翠翠心中老不自在,只想借故跑去。一会儿河下的炮声响了,几只从对河取齐的船只,直向这方面划来。先是四条船皆相去不远,如四支箭在水面射着。到了一半,已有两只船占先了些,再过一会子,那两只船中间便又有一只超过了并进的船只而前。看看船到了税局门前时,第二次炮声又响,那船便胜利了。这时节胜利的已判明属于河街人所划的一只,各处便皆响着庆祝的小鞭炮。那船于是沿了河街吊脚楼划去,鼓声蓬蓬作响,河边与吊脚楼各处,都同时呐喊表示快乐的祝贺。翠翠眼见在船头站定摇动小旗指挥进退头上包着红布的那个年青人,便是送酒葫芦到碧溪岨的二老,心中便印着两年前的旧事,"大鱼吃掉你!""吃掉不吃掉,不用你这个人管!""好的,我就不管!""狗,狗,你也看人叫!"想起狗,翠翠才注意到自己身边那只黄狗,早不知跑到什么地方去,便离了座位,在楼上各处找寻她的黄狗,把船头人忘掉了。

她一面在人丛里找寻黄狗,一面听人家正说些什么话。

一个大脸妇人问:"是谁家的人,坐到顺顺家当中窗口前的那块好地方?"

一个妇人就说:"是砦子上王乡绅大姑娘,今天说是自己来看船,其实来看人,同时也让人看!人家命好,有本领坐那好地方!"

"看谁人,被谁看?"

"嗨,你还不明白,那乡绅想同顺顺打亲家呢。"

"那姑娘配什么人?是大老,还是二老呢?"

"是二老呀,等等你们看这岳云,就会上楼来拜他丈母娘的!"

另有一个女人便插嘴说:"事弄同了,好得很呢!人家在大河边有一座崭新碾坊陪嫁,比十个长年还好一些。"

有人问:"二老怎么样?"

又有人就轻轻的说:"二老已说过了,这不必看。第一件事我就不想作那个碾坊的主人!"

"你听岳云二老说过吗?"

"我听别人说的。还说二老欢喜一个撑渡船的。"

"他又不是傻小二,不要碾坊,要渡船吗?"

"那谁知道。横顺人是'牛肉炒韭菜,各人心里爱'。只看各人心里爱什么就吃什么,渡船不会不如碾坊!"

当时各人眼睛对着河里,口中说着这些闲话,却无一个人回头来注意到身后边的翠翠。

翠翠脸发火烧走到另外一处去,又听有两个人提及这件事。且说:"一切早安排好了,只须要二老一句话。"又说:"只看二老今天那么一股劲儿,就可以猜想得出,这劲儿是岸上一个黄花姑娘给他的!"

谁是激动二老的黄花姑娘?

翠翠人矮了些,在人后背已望不见河中的情形,只听到擂鼓声渐近渐激越,岸上呐喊声自远而近,便知道二老的船恰恰经过楼下。楼上人也大喊着,杂夹叫着二老的名字,乡绅太太那方面,且有人放小百子鞭炮。忽然又用另外一种惊讶声音喊着,且同时便见许多人出门向河下走去。翠翠不知出了什么事,心中有点迷乱,正不知走回原来座位边去好,还是依然站在人背后好。只见那边正有人拿了个托盘,装了一大盘粽子同细点心,在请乡绅太太小姐用点心,不好意思再过那边去,便想也挤出大门外到河下去看看。从河街一个盐店旁边甬道下河时,正在一排吊脚楼的梁柱间,迎面碰头一群人,拥着那个头包红布的二老来了。原来二老因失足落水,已从水中爬起来了。路太窄了一些,翠翠虽闪过一旁,与迎面来的人仍然得肘子触着肘子。二老一见翠翠就说:

"翠翠,你来了,爷爷也来了吗?"

翠翠脸还发着烧不便作声,心想:"黄狗跑到什么地方去了呢?"

二老又说:

"怎不到我家楼上去看呢?我已要人替你弄了个好位子。"

翠翠心想:"碾坊陪嫁,希奇事情咧。"

二老不能逼迫翠翠回去,到后便各自走开了。翠翠到河下时,小小心腔中充满了一种说不分明的东西。是烦恼吧,不是!是忧愁吧,不是!是快乐吧,不,有什么事情使这个女孩子快乐呢?是生气了吧,——是的,她当真仿佛觉得自己是在生一个人的气,又像是在生自己的气。河边人太多了,码头边浅水中,船桅船篷上,以至于吊脚楼的柱子上,无不挤满了人,翠翠自言自语说:"人那么多,有什么三脚猫好看?"先还以为可以在什么船上发现她的祖父,但各处搜寻了一阵,却无祖父的影子。她挤到水边去,一眼便看到了自己家中那条黄狗,同顺顺家一个长年,正在去岸数丈一只空船上看热闹。翠翠锐声叫喊了两声,黄狗张着耳叶昂头四面一望,便猛的扑下水中,向翠翠方面泅来了。到了身边时狗身上已全是水,把水抖着且跳跃不已,翠翠便说"得了,狗,装什么疯。你又不翻船,谁要你落水呢?"

翠翠同黄狗各处找祖父去,在河街上一个木行前恰好遇着了祖父。

老船夫说:"翠翠,我看了个好碾坊,碾盘是新的,水车是新的,屋上稻草也是新的!水坝管着一绺水,急溜溜的,抽水闸板时水车转得如陀螺。"

翠翠带着点做作问:"是什么人的?"

"是什么人的?住在山上的员外王团总的。我听人说是那中寨人为女儿作嫁妆的东西,好不阔气,包工就是七百吊大制钱,还不管风车,不管家私!"

"谁讨那个人家的女儿?"

祖父望着翠翠干笑着,"翠翠,大鱼咬你,大鱼咬你。"

翠翠因为对于这件事心中有了个数目,便仍然装着全不明白,只询问祖父:"爷爷,什么人得到那个碾坊?"

"岳云二老!"祖父说了又自言自语的说,"有人羡慕二老得到碾坊,也有人羡慕碾坊得到二老!"

"谁羡慕呢,爷爷?"

"我羡慕。"祖父说着便又笑了。

翠翠说:"爷爷,你喝醉了。"

"可是二老还称赞你长得美呢。"

翠翠:"爷爷,你疯了。"

祖父说:"爷爷不醉不疯,……去,我们到河边看他们放鸭子去。可惜我老了,不能下水里去捉只鸭子回家焖姜吃。"他还想说:"二老捉得鸭子,一定又会送给我们的。"话不及说,二老来了,站在翠翠面前微笑着。翠翠也笑着。

于是三个人回到吊脚楼上去。

——

有人带了礼物到碧溪岨。掌水码头的顺顺,当真请了媒人为儿子向渡船的攀亲戚来了。老船夫慌慌张张把这个人渡过溪口,一同到家里去。翠翠正在屋门前剥豌豆,来了客并不如何注意。但一听到客人进门说"贺喜贺喜",心中有事,不敢再蹲在屋门边,就装作追赶菜园地的鸡,拿了竹响篙唰唰的摇着,一面口中轻轻喝着,向屋后白塔跑去了。

来人说了些闲话,言归正传转述到顺顺的意见时,老船夫不知如何回答,只是很惊惶的搓着两只茧结的大手,好像这不会真有其事,而且神气中只像在说:"那好的,那妙的,"其实这老头子却不曾说过一句话。

来人把话说完后,就问作祖父的意见怎么样。老船夫笑着把头点着说:"大老想走车路,这个很好。可是我得问问翠翠,看她自己主张怎么样。"来人被打发走后,祖父在船头叫翠翠下河边来说话。

翠翠拿了一簸箕豌豆下到溪边,上了船,娇娇的问她的祖父:"爷爷,你有什么事?"祖父笑着不说什么,只偏着个白发盈颠的头看着翠翠,看了许久。翠翠坐到船头,有点不好意思,低下头去剥豌豆,耳中听着远处竹篁里的黄鸟叫。翠翠想:"日子长咧,爷爷话也长了。"翠翠心轻轻的跳着。

过了一会祖父说:"翠翠,翠翠,先前那个人来作什么,你知道不知道?"

翠翠说:"我不知道。"说后脸同颈脖全红了。

祖父看看那种情景,明白翠翠的心事了,便把眼睛向远处望去,在空雾里望见了十六年前翠翠的母亲,老船夫心中异常柔和了。轻轻的自言自语说:"每一只船总要有个码头,每一只雀儿得有个窠。"他同时想起那个可怜的母亲过去的事情,心中有了一点隐痛,却勉强笑着。

翠翠呢,正从山中黄鸟杜鹃叫声里,以及山谷中伐竹人嗦嗦一下一

413

下的砍伐竹子声音里,想到许多事情。老虎咬人的故事,与人对骂时四句头的山歌,造纸作坊中的方坑,铁工场熔铁炉里泄出的铁汁,耳朵听来的,眼睛看到的,她似乎都要去温习温习。她所以这样作,又似乎全只为了希望忘掉眼前的一桩事而起。但她实在有点误会了。

祖父说:"翠翠,船总顺顺家里请人来作媒,想讨你作媳妇,问我愿不愿。我呢,人老了,再过三年两载会过去的,我没有不愿意的事情。这是你自己的事,你自己想想,自己来说。愿意,就成了;不愿意,也好。"

翠翠不知如何处理这个问题,装作从容,怯怯的望着老祖父。又不便问什么,当然也不好回答。

祖父又说:"大老是个有出息的人,为人又正直,又慷慨,你嫁了他,算是命好!"

翠翠弄明白了,人来做媒的是大老!不曾把头抬起,心忡忡的跳着,脸烧得厉害,仍然剥她的豌豆,且随手把空豆荚抛到水中去,望着它们在流水中从从容容的流去,自己也俨然从容了许多。

见翠翠总不作声,祖父于是笑了,且说:"翠翠,想几天不碍事。洛阳桥不是一个晚上造得好的,要日子咧。前次那个人来就向我说起这件事,我已经就告过他:车是车路,马是马路,各有规矩。想爸爸作主,请媒人正正经经来说是车路;要自己作主,站到对溪高崖竹林里为你唱三年六个月的歌是马路,——你若欢喜走马路,我相信人家会为你在日头下唱热情的歌,在月光下唱温柔的歌,像只洋鹊一样一直唱到吐血喉咙烂!"

翠翠不作声,心中只想哭,可是也无理由可哭。祖父还是再说下去,便引到死过了的母亲来了。老人话说了一阵,沉默了。翠翠悄悄把头搁过一些,见祖父眼中业已酿了一汪眼泪。翠翠又惊又怕,怯生生的说:"爷爷,你怎么的?"祖父不作声,用大手掌擦着眼睛,小孩子似的咕咕笑着,跳上岸跑回家中去了。

翠翠心中乱乱的,想赶去却不赶去。

雨后放晴的天气,日头炙到人肩上背上已有了点儿力量。溪边芦苇水杨柳，菜园中菜蔬，莫不繁荣滋茂，带着一分有野性的生气。草丛里绿色蚱蜢各处飞着，翅膀搏动空气时皆嚯嚯作声。枝头新蝉声音虽不成腔却已渐渐宏大。两山深翠逼人的竹篁中，有黄鸟与竹雀杜鹃交递鸣叫。翠翠感觉着，望着，听着，同时也思索着：

"爷爷今年七十岁……三年六个月的歌——谁送那只白鸭子呢？……得碾子的好运气，碾子得谁更是好运气？……"

痴着，忽地站起，半簸箕豌豆便倾倒到水中去了。伸手把那簸箕从水中捞起时，隔溪有人喊过渡。

## 一二

翠翠第二天第二次在白塔下菜园地里，被祖父询问到自己主张时，仍然心儿憧憧的跳着，把头低下不作理会，只顾用手去掐葱。祖父笑着，心想："还是等等看，再说下去，这一坪葱会全掐掉了。"同时似乎又觉得这其间有点古怪处，不好再说下去，便自己按捺住言语，用一个做作的笑话，把问题引到另外一件事情上去了。

天气渐渐的越来越热了。近六月时，天气热了些。老船夫把一个满是灰尘的黑陶缸子，从屋角隅里搬出，自己还匀出些闲工夫，拼了几方木板，作成一个圆盖。又锯木头作成一个三脚架子，且削刮了个大竹筒，用葛藤系定，放在缸边作为舀茶的家具。自从这茶缸移到屋门溪边后，每早上翠翠就烧一大锅开水，倒进那缸子里去。有时缸里加些茶叶，有时却只放下一些用火烧焦的锅巴，乘那东西还燃着时便抛进缸里去。老船夫且照例准备了些发痧肚痛治疱疮疡子的草根木皮，把这些药搁在家中当眼处，一见过渡人神气不对，就忙匆匆的把药取来，善意的勒迫这过路人使用他的药方，且告给人这许多救急丹方的来源（这些丹方自然全是他从城中军医同巫师学来的）。他终日裸着两只膀子，在溪中方头船上站定，头上还常常是光光的，一头短短白发，在日光下如银子。翠翠依然是个快乐人，屋前屋后跑着唱着，不走动时就坐在门前高崖树荫下，吹小竹管儿玩。爷爷仿佛把大老提婚的事早已忘掉，翠翠自然也似乎忘掉这件事情了。

可是那做媒的不久又来探口气了,依然同从前一样,祖父把事情成否全推到翠翠身上去,打发了媒人上路。回头又同翠翠谈了一次,也依然不得结果。

老船夫猜不透这事情在这什么方面有个疙瘩,解除不去,夜里躺在床上便常常陷入一种沉思里去,隐隐约约体会到一件事情(指体会到翠翠爱二老不爱大老)。再想下去便是……想到了这里时,他笑了,为了害怕而勉强笑了。其实他有点忧愁,因为他忽然觉得翠翠一切全像那个母亲,而且隐隐约约便感觉到这母女二人共通的命运。一堆过去的事情蜂拥而来,不能再睡下去了,一个人便跑出门外,到那临溪高崖上去,望天上的星辰,听河边纺织娘和一切虫类如雨的声音,许久许久还不睡觉。

这件事翠翠自然是注意不及的,这小女孩子日子里尽管玩着,工作着,也同时为一些很神秘的东西驰骋她那颗小小的心,但一到夜里,却甜甜的睡眠了。

不过一切皆得在一份时间中变化。这一家安静平凡的生活,也因了一堆接连而来的日子,在人事上把那安静空气完全打破了。

船总顺顺家中一方面,则天保大老的事已被二老知道了,傩送二老同时也让他哥哥知道了弟弟的心事。这一对难兄难弟原来同时都爱上了那个撑渡船的外孙女。这事情在本地人说来并不希奇,边地俗话说:"火是各处可烧的,水是各处可流的,日月是各处可照的,爱情是各处可到的。"有钱船总儿子,爱上一个弄渡船的穷人家女儿,不能成为希罕的新闻。有一点困难处,只是这两兄弟到了谁应娶得这个女人作媳妇时,是不是也还得照茶峒人规矩,来一次流血的挣扎?

兄弟两人在这方面是不至于动刀的,但也不作兴有"情人奉让",如大都市懦怯男子爱与仇对面时作出的可笑行为。

那哥哥同弟弟在河上游一个造船的地方,看他家中那一只新船,在新船旁把一切心事全告给了弟弟,且附带说明,这点念头还是两年前植下根基的。弟弟微笑着,把话听下去。两人从造船处沿了河岸又走到王

乡绅新碾坊去,那大哥就说:

"二老,你运气倒好,作了王团总女婿,有座碾坊;我呢,若把事情弄好了,我应当接那个老的手来划渡船了。我欢喜这个事情。我还想把碧溪岨两个山头买过来,在界线上种一片大南竹,围着这一条小溪作为我的砦子!"

那二老仍然默默的听着,把手中拿的一把弯月形镰刀随意斫削路旁的草木,到了碾坊时,却站住了向他哥哥说:

"大老,你信不信这女子心上早已有了个人?"

"我不信。"

"大老,你信不信这碾坊将来归我?"

"我不信。"

两人于是进了碾坊。

二老又说:"你不必——大老,我再问你,假若我不想得到这座碾坊,却打量要那只渡船,而且这念头也是两年前的事,你信不信呢?"

那大哥听来真着了一惊,望了一下坐在碾盘横轴上的傩送二老,知道二老不是说谎,于是站近了一点,伸手在二老肩上打了一下,且想把二老拉下来。他明白了这件事,他笑了。他说:"我相信的,你说的全是真话!"

二老把眼睛望着他的哥哥,很诚实的说:

"大老,相信我,这是真事。我早就那么打算到了。家中不答应,那边若答应了,我当真预备去弄渡船的!——你告我,你呢?"

"爸爸已听了我的话,为我要城里的杨马兵做保山,向划渡船说亲去了!"大老说到这个求亲手续时,好像知道二老要笑他,又解释要保山去的用意,"只是因为老的说车有车路,马有马路,我就走了车路。"

"结果呢?"

"得不到什么结果。老的口上含李子,说不明白。"

"马路呢?"

"马路呢,那老的说若走马路,我得在碧溪岨对溪高崖上唱三年六个月的歌。把翠翠心子唱软,翠翠就归我了。"

417

"这并不是个坏主张!"

"是呀,一个结巴人话说不出还唱得出。可是这件事轮不到我了。我不是竹雀,不会唱歌。鬼知道那老人家存心是要把孙女儿嫁个会唱歌的水车,还是预备规规矩矩嫁个人!"

"那你怎么样?"

"我想告那老的,要他说句实在话。只一句话。不成,我跟船下桃源去了;成呢,便是要我撑渡船,我也答应了他。"

"唱歌呢?"

"二老,这是你的拿手好戏,你要去做竹雀你就赶快去吧,我不会捡马粪塞你嘴巴的。"

二老看到哥哥那种样子,便知道为这件事哥哥感到的是一种如何烦恼了。他明白他哥哥的性情,代表了茶峒人粗卤爽直一面,弄得好,掏出心子来给人也很慷慨作去,弄不好,亲舅舅也必一是一二是二。大老何尝不想在车路上失败时走马路;但他一听到二老的坦白陈述后,他就知道马路只二老有分,他自己的事不能提了。因此他有点气恼,有点愤慨,自然是无从掩饰的。

二老想出了个主意,就是两兄弟月夜里同过碧溪岨去唱歌,莫让人知道是弟兄两个,两人轮流唱下去,谁得到回答,谁便继续用那张唱歌胜利的嘴唇,服侍那划渡船的外孙女。大老不善于唱歌,轮到大老时也仍然由二老代替。两人凭命运来决定自己的幸福,这么办可说是极公平了。提议时,那大老还以为他自己不会唱,也不想请二老替他作竹雀。但二老那种诗人性格,却使他很固执的要哥哥实行这个办法。二老说必须这样作,一切方公平一点。

大老把弟弟提议想想,作了一个苦笑。"×娘的,自己不是竹雀,还请老弟做竹雀! 好,就是这样子,我们各人轮流唱,我也不要你帮忙,一切我自己来吧。树林子里的猫头鹰,声音不动听,要老婆时,也仍然是自己叫下去,不请人帮忙的!"

两人把事情说妥当后,算算日子,今天十四,明天十五,后天十六,接连而来的三个日子,正是有大月亮天气。气候既到了中夏,半夜里不冷不热，穿了白家机布汗褂，到那些月光照及的高崖上去，遵照当地的习惯，很诚实与坦白去为一个"初生之犊"的黄花女唱歌。露水降了，歌声涩了，到应当回家了时，就趁残月赶回家去。或过那些熟识的整夜工作不息的碾坊里去，躺到温暖的谷仓里小睡，等候天明。一切安排皆极其自然，结果是什么，两人虽不明白，但也看得极其自然。两人便决定了从当夜起始，来作这种为当地习惯所认可的竞争。

一三

黄昏来时翠翠坐在家中屋后白塔下，看天空被夕阳烘成桃花色的薄云，十四中寨逢场，城中生意人过中寨收买山货的很多，过渡人也特别多，祖父在溪中渡船上忙个不息。天已快夜，别的雀子似乎都要休息了，只杜鹃叫个不息。石头泥土为白日晒了一整天，草木为白日晒了一整天，到这时节皆放散一种热气。空气中有泥土气味，有草木气味，且有甲虫类气味。翠翠看着天上的红云，听着渡口飘乡生意人的杂乱声音，心中有些儿薄薄的凄凉。

黄昏照样的温柔，美丽和平静。但一个人若体念到这个当前一切时，也就照样的在这黄昏中会有点儿薄薄的凄凉。于是，这日子成为痛苦的东西了。翠翠觉得好像缺少了什么。好像眼见到这个日子过去了，想要在一件新的人事上攀住它，但不成。好像生活太平凡了，忍受不住。

"我要坐船下桃源县过洞庭湖，让爷爷满城打锣去叫我，点了灯笼火把去找我。"

她便同祖父故意生气似的，很放肆的去想到这样一件不可能事情，她且想象她出走后，祖父用各种方法寻觅她皆无结果，到后如何躺在渡船上。

人家喊"过渡，过渡，老伯伯，你怎么的！不管事！""怎么的！翠翠走了，下桃源县了！""那你怎样办？""那怎么办吗？拿了把刀，放在包袱里，搭下水船去杀了她！"……

翠翠仿佛当真听着这种对话，吓怕起来了，一面锐声喊着她的祖

419

父,一面从坎上跑向溪边渡口去。见到了祖父正把船拉在溪中心,船上人喁喁说着话,小小心子还依然跳跃不已。

"爷爷,爷爷,你把船拉回来呀!"

那老船夫不明白她的意思,还以为是翠翠要为他代劳了,就说:

"翠翠,等一等,我就回来!"

"你不拉回来了吗?"

"我就回来!"

翠翠坐在溪边,望着溪面为暮色所笼罩的一切,且望到那只渡船上一群过渡人,其中有个吸旱烟的打着火镰吸烟,把烟杆在船边剥剥的敲着烟灰,就忽然哭起来了。

祖父把船拉回来时,见翠翠痴痴的坐在岸边,问她是什么事,翠翠不作声。祖父要她去烧火煮饭,想了一会儿,觉得自己哭得可笑,一个人便回到屋中去,坐在黑黝黝的灶边把火烧燃后,她又走到门外高崖上去,喊叫她的祖父,要他回家里来。在职务上毫不儿戏的老船夫,因为明白过渡人皆是赶回城中吃晚饭的人,来一个就渡一个,不便要人站在那岸边呆等,故不上岸来。只站在船头告翠翠,不要叫他,且让他做点事,把人渡完事后,就会回家里来吃饭。

翠翠第二次请求祖父,祖父不理会,她坐在悬崖上,很觉得悲伤。

天夜了,有一匹大萤火虫尾上闪着蓝光,很迅速的从翠翠身旁飞过去,翠翠想,"看你飞得多远!"便把眼睛随着那萤火虫的明光追去。杜鹃又叫了。

"爷爷,为什么不上来?我要你!"

在船上的祖父听到这种带着娇有点儿埋怨的声音,一面粗声粗气的答道:"翠翠,我就来,我就来!"一面心中却自言自语:"翠翠,爷爷不在了,你将怎么样?"

老船夫回到家中时,见家中还黑黝黝的,只灶间有火光,见翠翠坐在灶边矮条凳上,用手蒙着眼睛。

走过去才晓得翠翠已哭了许久。祖父一个下半天来,皆弯着个腰在船上拉来拉去,歇歇时手也酸了,腰也酸了,照规矩,一到家里就会嗅到锅中所焖瓜菜的味道,且可看见翠翠安排晚饭在灯光下跑来跑去的影子。今天情形竟不同了一点。

祖父说:"翠翠,我来慢了,你就哭,这还成吗?我死了呢?"

翠翠不作声。

祖父又说:"不许哭,做一个大人,不管有什么事都不许哭。要硬扎一点,结实一点,方配活到这块土地上!"

翠翠把手从眼睛边移开,靠近了祖父身边去。"我不哭了。"

两人作饭时,祖父为翠翠述说起一些有趣味的故事。因此提到了死去了的翠翠的母亲。两人在豆油灯下把饭吃过后,老船夫因为工作疲倦,喝了半碗白酒,因此饭后兴致极好,又同翠翠到门外高崖上月光下去说故事。说了些那个可怜母亲的乖巧处,同时且说到那可怜母亲性格强硬处,使翠翠听来神往倾心。

翠翠抱膝坐在月光下,傍着祖父身边,问了许多关于那个可怜母亲的故事。间或吁一口气,似乎心中压上了些分量沉重的东西,想挪移得远一点,才吁着这种气,可是却无从把那种东西挪开。

月光如银子,无处不可照及,山上篁竹在月光下皆成为黑色。身边草丛中虫声繁密如落雨。间或不知道从什么地方,忽然会有一只草莺"嗒嗒嗒嗒嘘!"啭着她的喉咙,不久之间,这小鸟儿又好像明白这是半夜,不应当那么吵闹,便仍然闭着那小小眼儿安睡了。

祖父夜来兴致说很好,为翠翠把故事说下去,就提到了本城人二十年前唱歌的风气,如何驰名于川黔边地。翠翠的父亲,便是当地唱歌的第一手,能用各种比喻解释爱与憎的结子,这些事也说到了。翠翠母亲如何爱唱歌,且如何同父亲在未认识以前在白日里对歌,一个在半山上竹篁里砍竹子,一个在溪面渡船上拉船,这些事也说到了。

翠翠问:"后来怎么样?"

祖父说:"后来的事当然长得很,最重要的事情,就是这种歌唱出了你。"

祖父于是沉默了,不曾说"唱出了你后也就死去了你的父亲和母亲"。

## 一四

老船夫做事累了睡了，翠翠哭倦了也睡了。翠翠不能忘记祖父所说的事情，梦中灵魂为一种美妙歌声浮起来了，仿佛轻轻的各处飘着，上了白塔，下了菜园，到了船上，又复飞窜过悬崖半腰——去作什么呢？摘虎耳草！白日里拉船时，她仰头望着崖上那些肥大虎耳草已极熟习。崖壁三五丈高，平时攀折不到手，这时节却可以选顶大的叶子作伞。

一切皆像是祖父说的故事，翠翠只迷迷胡胡的躺在粗麻布帐子里草荐上，以为这梦做得顶美顶甜。祖父却在床上醒着，张起个耳朵听对溪高崖上的人唱了半夜的歌。他知道那是谁唱的，他知道是河街上天保大老走马路的第一著，因此又忧愁又快乐的听下去。翠翠因为日里哭倦了，睡得正好，他就不去惊动她。

第二天天一亮，翠翠同祖父起身了，用溪水洗了脸，把早上说梦的忌讳去掉了，翠翠赶忙同祖父去说昨晚上所梦的事情。

"爷爷，你说唱歌，我昨天就在梦里听到一种顶好听的歌声，又软又缠绵，我像跟了这声音各处飞，飞到对溪悬崖半腰，摘了一大把虎耳草，得到了虎耳草，我可不知道把这个东西交给谁去了。我睡得真好，梦的真有趣！"

祖父温和悲悯的笑着，并不告给翠翠昨晚上的事实。

祖父心里想："做梦一辈子更好，还有人在梦里做宰相咧。"

昨晚上唱歌的，老船夫还以为是天保大老，日来便要翠翠守船，借故到城里去送药，探探情形。在河街见到了大老，就一把拉住那小伙子，很快乐的说：

"大老，你这个人，又走车路又走马路，是怎样一个狡猾东西！"

但老船夫却作错了一件事情，把昨晚唱歌人"张冠李戴"了。这两兄弟昨晚上同时到碧溪岨去，为了作哥哥的走车路占了先，无论如何也不肯先开腔唱歌，一定得让那弟弟先唱。弟弟一开口，哥哥却因为明知不是敌手，更不能开口了。翠翠同她祖父晚上听到的歌声，便全是那个傩送二老所唱的。大老伴弟弟回家时,就决定了同茶峒地方离开,驾家中那只新油船下驶,好忘却了上面的一切。这时正想下河去看新油船装货。老船夫见他神情冷冷的,不明白他的意思,就用眉眼做了一个可笑的记号,表示他明白大老的冷淡处是装成的,表示他有好消息可以奉告。他拍了大老一下,翘起一个大拇指,轻轻的说:

"你唱得很好,别人在梦里听着你那个歌,为那个歌带得很远,走了不少的路!你是第一号,是我们地方唱歌第一号。"

大老望着弄渡船的老船夫涎皮的老脸,轻轻的说:

"算了吧,你把宝贝孙女儿送给会唱歌的竹雀吧。"

这句话使老船夫完全弄不明白它的意思。大老从一个吊脚楼甬道走下河去了,老船夫也跟着下去。到了河边,见那只新船正在装货,许多油篓子搁在河岸边。一个水手正用茅草扎成长束,备作船舷上挡浪用的茅把。还有人坐在河边石头上,用脂油擦抹桨板。老船夫问那个水手,这船什么日子下行,谁押船,那水手把手指着大老。老船夫搓着手说:

"大老,听我说句正经话,你那件事走车路,不对;走马路,你有分的!"

那大老把手指着窗口说:"伯伯,你看那边,你要竹雀做孙女婿,竹雀在那里啊!"

老船夫抬头望见二老,正在窗口整理一个渔网。

回碧溪岨到渡船上时,翠翠问:

"爷爷,你同谁吵了架,面色那样难看!"

祖父莞尔而笑,他到城里的事情,不告给翠翠一个字。

## 一五

大老坐了那只新油船向下河走去了,留下傩送二老在家。老船夫方面还以为上次歌声既归二老唱的,在此后几个日子里,自然还会听到那种歌声。一到了晚间就故意从别样事情上,促翠翠注意夜晚的歌声。两人吃完饭坐在屋里,因屋前滨水,长脚蚊子一到黄昏就嗡嗡的叫着,翠翠便把蒿艾束成的烟包点燃，向屋中角隅各处晃着驱逐蚊子。晃了一阵，估计全屋子里已为蒿艾烟气熏透了，方把烟包搁到床前地上去，再坐在小板凳上来听祖父说话。从一些故事上慢慢的谈到了唱歌，祖父话说得很妙。祖父到后发问道：

"翠翠，梦里的歌可以使你爬上高崖去摘虎耳草，若当真有谁来在对溪高崖上为你唱歌，你预备怎么样？"祖父把话当笑话说着的。

翠翠便也当笑话答道："有人唱歌我就听下去，他唱多久我也听多久！"

"唱三年六个月呢？"

"唱得好听，我听三年六个月。"

"这不大公平吧。"

"怎么不公平？为我唱歌的人，不是极愿意我长远听他唱歌吗？"

"照理说：炒菜要人吃，唱歌要人听。可是人家为你唱，是要你懂他歌里的意思！"

"爷爷，懂歌里什么意思？"

"自然是他那颗想同你要好的真心！不懂那点心事，不是同听竹雀唱歌一样吗？"

"我懂了他的心又怎么样？"

祖父用拳头把自己腿重重的捶着，且笑着："翠翠，你人乖，爷爷笨得很，话也说得不温柔，莫生气。我信口开河，说个笑话给你听。你应当当笑话听。河街天保大老走车路，请保山来提亲，我告给过你这件事了，你那神气不愿意，是不是？可是，假若那个人还有个兄弟，走马路，为你来唱歌，向你攀交情，你将怎么说？"

翠翠吃了一惊，低下头去。因为她不明白这笑话究竟有几分真，又不清楚这笑话是谁诌的。

祖父说："你试告我，愿意哪一个？"

翠翠便勉强笑着轻轻的带点儿恳求的神气说：

"爷爷莫说这个笑话吧。"翠翠站起身了。

"我说的若是真话呢？"

"爷爷你真是个……"翠翠说着走出去了。

祖父说:"我说的是笑话,你生我的气吗?"

翠翠不敢生祖父的气,走近门限边时,就把话引到另外一件事情上去:"爷爷看天上的月亮,那么大!"说着,出了屋外,便在那一派清光的露天中站定。站了一忽儿,祖父也从屋中出到外边来了。翠翠于是坐到那白日里为强烈阳光晒热的岩石上去,石头正散发日间所储的余热。祖父就说:

"翠翠,莫坐热石头,免得生坐板疮。"

但自己用手摸摸后,自己也坐到那岩石上了。

月光极其柔和,溪面浮着一层薄薄白雾,这时节对溪若有人唱歌,隔溪应和,实在太美丽了。翠翠还记着先前祖父说的笑话。耳朵又不聋,祖父的话说得极分明,一个兄弟走马路,唱歌来打发这样的晚上,算是怎么一回事?她似乎为了等着这样的歌声,沉默了许久。

她在月光下坐了一阵,心里却当真愿意听一个人来唱歌。久之,对溪除了一片草虫的清音复奏以外别无所有。翠翠走回家里去,在房门边摸着了那个芦管,拿出来在月光下自己吹着。觉吹得不好,又递给祖父要祖父吹。老船夫把那个芦管竖在嘴边,吹了个长长的曲子,翠翠的心被吹柔软了。

翠翠依傍祖父坐着,问祖父:

"爷爷,谁是第一个做这个小管子的人?"

"一定是个最快乐的人作的,因为他分给人的也是许多快乐;可又像是个最不快乐的人作的,因为他同时也可以引起人不快乐!"

"爷爷,你不快乐了吗?生我的气了吗?"

"我不生你的气。你在我身边,我很快乐。"

"我万一跑了呢?"

"你不会离开爷爷的。"

"万一有这种事,爷爷你怎么样?"

"万一有这种事。我就驾了这只渡船去找你。"

翠翠嗤的笑了。"凤滩茨滩不为凶,上面还有绕鸡笼;绕鸡笼也容易下,青浪滩浪如屋大。爷爷,你渡船也能下凤滩茨滩青浪滩吗?那些地方的水,你不说过全是像疯子,毫不讲道理?"

祖父说:"翠翠,我到那时可真像疯子,还怕大水大浪?"

翠翠俨然极认真的想了一下,就说:"爷爷,我一定不走。可是,你会不会走?你会不会被一个人抓到别处去?"

祖父不作声了,他想到不犯王法不怕官,只有被死亡抓走那一类事情。

老船夫打量着自己被死亡抓走以后的情形,痴痴的看望天南角上一颗星子,心想:"七月八月天上方有流星,人也会在七月八月死去吧?"又想起白日在河街上同大老谈话的经过,想起中寨人陪嫁的那座碾坊,想起二老,想起一大堆事情,心中有点儿乱。

翠翠忽然说:"爷爷,你唱个歌给我听听,好不好?"

祖父唱了十个歌,翠翠傍在祖父身边,闭着眼睛听下去,等到祖父不作声时,翠翠自言自语说:"我又摘了一把虎耳草了。"

祖父所唱的歌,原来便是那晚上听来的歌。

## 一六

二老有机会唱歌却从此不再到碧溪岨唱歌。十五过去了,十六也过去了,到了十七,老船夫忍不住了,进城往河街去找寻那个年青小伙子,到城门边正预备入河街时,就遇着上次为大老作保山的杨马兵,正牵了一匹骡马预备出城,一见老船夫,就拉住了他:

"伯伯,我正有事情告你,碰巧你就来城里!"

"什么事情?"

"天保大老坐下水船到茨滩出了事,闪不知这个人掉到滩下漩水里就淹坏了。早上顺顺家里得到这个信息,听说二老一早就赶去了。"

这个不吉消息同有力巴掌一样,重重的捆了老船夫那么一下,他不相信这是当真的消息。他故作从容的说:

"天保大老淹坏了吗?从不闻有水鸭子被水淹坏的!"

"可是那只水鸭子仍然有那么一次被淹坏了……我赞成你的卓见,不让那小子走车路十分顺手。"

从马兵言语上,老船夫还十分怀疑这个新闻,但从马兵神气上注意,老船夫却看清楚这是个真的消息了。他惨惨的说:

"我有什么卓见可说?这是天意!一切都有天意。……"老船夫说时心中充满了感情。

特为证明那马兵所说的话有多少可靠处,老船夫同马兵分手后,于是匆匆赶到河街上去。到了顺顺家门前,正有人烧纸钱,许多人围在一处说话。搀加进去听听,所说的便是杨马兵提到的那件事。但一到有人发现了身后的老船夫时,大家便把话语转了方向,故意来谈下河油价涨落情形了。老船夫心中很不安,正想找一个比较要好的水手谈谈。

一会儿船总顺顺从外面回来了,样子沉沉的,这豪爽正直的中年人,正似乎为不幸打倒,努力想挣扎爬起的神气,一见到老船夫就说:

"老伯伯,我们谈的那件事情吹了吧。天保大老已经坏了,你知道了吧?"

老船夫两只眼睛红红的,把手搓着:"怎么的,这是真事!这不会是真事!是昨天,是前天?"

另一个像是赶路,回来报信的,便插嘴说道:"十六中上,船搁到石包子上,船头进了水,大老想把篙撒着,人就弹到水中去了。"

老船夫说:"你眼见他下水吗?"

"我还和他同时下水!"

"他说什么?"

"什么都来不及说!这几天来他都不说话!"

老船夫把头摇摇,向顺顺那么怯怯的瞄了一眼。船总顺顺像知道他的心中不安处,就说:"伯伯,一切是天,算了吧。我这里有大兴场人送来的好烧酒,你拿一点去喝吧。"一个伙计用竹筒子上了一筒酒,用新桐木叶蒙着筒口,交给了老船夫。

老船夫把酒拿走,到了河街后,低头向河码头走去,到河边天保大前天上船处去看看。杨马兵还在那里放马到沙地上打滚,自己坐在柳树荫下乘凉。老船夫就走过去请马兵试试那大兴场的烧酒,两人喝了点酒后,兴致似乎好些了,老船夫就告给杨马兵,十四夜里二老两兄弟过碧溪岨唱歌那件事情。

那马兵听到后便说:

"伯伯,你是不是以为翠翠愿意二老,应该派归二老……"

话不说完,傩送二老却从河街下来了。这年青人正像要远行的样子,一见了老船夫就回头走去。杨马兵喊他说:"二老,二老,你来,我有话同你说呀!"

二老站定了,很不高兴神气,问马兵"有什么话说"。马兵望望老船夫,就向二老说:"你来,有话说!"

"什么话?"

"我听人说你已经走了——你过来我同你说,我不会吃掉你!你什么时候走?"

那黑脸宽肩膊,样子虎虎有生气的傩送二老,勉强似的笑着,到了柳荫下时,老船夫想把空气缓和下来,指着河上游远处那座新碾坊说:"二老,听人说那碾坊将来是归你的!归了你,派我来守碾子,行不行?"

二老仿佛听不惯这个询问的用意,便不作声。杨马兵看风头有点儿僵,便说:"二老,你怎么的,预备下去吗?"那年青人把头点点,不再说什么,就走开了。

老船夫讨了个没趣,很懊恼的赶回碧溪岨去,到了渡船上时,就装作把事情看得极随便似的,告给翠翠:

"翠翠,今天城里出了件新鲜事情,天保大老驾油船下辰州,运气不好,掉到茨滩淹坏了。"

翠翠因为听不懂,对于这个报告最先好像全不在意。祖父又说:

"翠翠,这是真事。上次来到这里做保山的那个杨马兵,还说我早不答应亲事,极有见识!"

翠翠瞥了祖父一眼,见他眼睛红红的,知道他喝了酒,且有了点事情不高兴,心中想:"谁撩你生气?"船到家边时,祖父不自然的笑着向家中走去。翠翠守船,半天不闻祖父声息,赶回家去看看,见祖父正坐在门槛上编草鞋耳子。

翠翠见祖父神气极不对，就蹲到他身前去。

"爷爷，你怎么的？"

"天保当真死了！二老生了我们的气，以为他家中出这件事情，是我们分派的！"

有人在溪边大喊渡船过渡，祖父匆匆出去了。翠翠坐在那屋角隅稻草上，心中极乱，等等还不见祖父回来，就哭起来了。

一七

祖父似乎生谁的气，脸上笑容减少了，对于翠翠方面也不大注意了。翠翠像知道祖父已不很疼她，但又像不明白它的真正原因。但这并不是很久的事，日子一过去，也就好了。两人仍然划船过日子，一切依旧，惟对于生活，却仿佛什么地方有了个看不见的缺口，始终无法填补起来。祖父过河街去仍然可以得到船总顺顺的款待，但很明显的事，那船总却并不忘掉死去者死亡的原因。二老出白河下辰州走了六百里，沿河找寻那个可怜哥哥的尸骸，毫无结果，在各处税关上贴下招字，返回茶峒来了。过不久，他又过川东去办货，过渡时见到老船夫。老船夫看看那小伙子，好像已完全忘掉了从前的事情，就同他说话。

"二老，大六月日头毒人，你又上川东去，不怕辛苦！"

"要饭吃，头上是火也得上路！"

"要吃饭！二老家还少饭吃！"

"有饭吃，爹爹说年青人也不应该在家中白吃不作事！"

"你爹爹好吗？"

"吃得做得，有什么不好。"

"你哥哥坏了，我看你爹爹为这件事情也好像萎悴多了！"

二老听到这句话，不作声了，眼睛望着老船夫屋后那个白塔。他似乎想起了过去那个晚上，那件旧事，心中十分惆怅。

老船夫怯怯的望了年青人一眼，一个微笑在脸上漾开。

"二老，我家里翠翠说，五月里有天晚上，做了个梦……"说时他又望望二老，见二老并不惊讶，也不厌烦，于是又接着说："她梦的古怪，说在梦中被一个人的歌声浮起来，上对溪悬岩摘了一把虎耳草！"

二老把头偏过一旁去作了一个苦笑，心中想到"老头子倒会做作"。这点意思在那个苦笑上，仿佛同样泄露出来，仍然被老船夫看到了，老船夫显得有点慌张，就说："二老，你不相信吗？"

那年青人说："我怎么不相信？因为我做傻子在那边岩上唱过一晚的歌！"

老船夫被一句料想不到的老实话窘住了，口中结结巴巴的说："这是真的……这是假的……"

"怎不是真的？天保大老的死，难道不是真的！"

"可是，可是……"

老船夫的做作处，原意只是想把事情弄明白一点，但一起始自己叙述这段事情时，方法上就有了错处，故反为被二老误会了。他这时正想把那夜的情形好好说出来，船已到了岸边。二老一跃上了岸，就想走去。老船夫在船上显得更加忙乱的样子说：

"二老，二老，你等等，我有话同你说，你先前不是说到那个——你做傻子的事情吗？你并不傻，别人方当真为你那歌弄成傻相！"

那年青人虽站定了，口中却轻轻的说："得了够了，不要说了。"

老船夫说："二老，我听说你不要碾子要渡船，这是杨马兵说的，不是真的打算吧？"

那年青人说："要渡船又怎样？"

老船夫看看二老的神气，心中忽然高兴起来了，就情不自禁的高声叫着翠翠，要她下溪边来。可是事不凑巧，不知翠翠是故意不从屋里出来，还是到别处去了，许久还不见到翠翠的影子，也不闻这个女孩子的声音。二老等了一会看看老船夫那副神气，一句不说，便微笑着，大踏步同一个挑担粉条白糖货物的脚夫走去了。

过了碧溪岨小山，两人应沿着一条曲曲折折的竹林走去，那个脚夫这时节开了口：

"傩送二老,我看那弄渡船的神气,很欢喜你!"

二老不作声,那人就又说道:

"二老,他问你要碾坊还是要渡船,你当真预备作他的孙女婿,接替他那只破渡船吗?"

二老笑了,那人又说:

"二老若这件事派给我,我要那座碾坊。一座碾坊的出息,每天可收七升米,三斗糠。"

二老说:"我回来时和我爹爹去说,为你向中寨人做媒,让你得到那座碾坊吧。至于我呢,我想弄渡船是很好的。只是老的为人弯弯曲曲,不索利,大老是他弄死的。"

老船夫见了二老那么走去了,翠翠还不出来,心中很不快乐。走回家中看看,原来翠翠并不在家。过一会,翠翠提了个篮子从小山后回来,方知道大清早翠翠已出门掘竹鞭笋去了。

"翠翠,我喊了你好久,你不听到!"

"做什么喊我?"

"一个人过渡,……一个熟人,我们谈起你,……我喊你你可不答应!"

"是谁?"

"你猜,翠翠。不是陌生人,……你认识他!"

翠翠想起适间从竹林里无意中听来的话,脸红了,半天不说话。

老船夫问:"翠翠,你得了多少鞭笋?"

翠翠把竹篮向地下一倒,除了十来根小小鞭笋外,只是一大把虎耳草。

老船夫望了翠翠一眼,翠翠两颊绯红跑了。

## 一八

日子平平的过了一个月,一切人心上的病痛,似乎皆在那么份长长的白日下医治好了。天气特别热,各人皆只忙着流汗,用凉水淘江米酒吃，不用什么心事，心事在人生活中，也就留不住了。翠翠每天皆到白塔下背太阳的一面去午睡，高处既极凉快，两山竹篁里叫得使人发松的竹雀，与其他鸟类，又如此之多，致使她在睡梦里尽为山鸟歌声所浮着，做的梦便常是顶荒唐的梦。

这不是人生罪过。诗人们会在一件小事上写出一整本整部的诗，雕刻家在一块石头上雕得出的骨血如生的人像，画家一撇儿绿，一撇儿红，一撇儿灰，画得出一幅一幅带有魔力的彩画，谁不是为了惦着一个微笑的影子，或是一个皱眉的记号，方弄出那么些古怪成绩？翠翠不能用文字，不能用石头，不能用颜色，把那点心头上的爱憎移到别一件东西上去，却只让她的心，在一切顶荒唐事情上驰骋。她从这分隐秘里，便常常得到又惊又喜的兴奋。一点儿不可知的未来，摇撼她的情感极厉害，她无从完全把那种痴处不让祖父知道。

祖父呢，可以说一切都知道了的。但事实上他又却是个一无所知的人。他明白翠翠不讨厌那个二老，却不明白那小伙子二老近来怎么样。他从船总处与二老处，皆碰过了钉子，但他并不灰心。

"要安排得对一点，方合道理，一切有个命！"他那么想着，就更显得好事多磨起来了。睁着眼睛时，他做的梦比那个外孙女翠翠便更荒唐更寥廓。

他向各个过渡本地人打听二老父子的生活，关切他们如同自己家中人一样。但也古怪，因此他却怕见到那个船总同二老了。一见他们他就不知说些什么，只是老脾气把两只手搓来搓去，从容处完全失去了。二老父子方面皆明白他的意思，但那个死去的人，却用一个凄凉的印象，镶嵌到父子心中，两人便对于老船夫的意思，俨然全不明白似的，一同把日子打发下去。

明明白白夜来并不作梦，早晨同翠翠说话时，那作祖父的会说：

"翠翠，翠翠，我昨晚上做了个好不怕人的梦！"

翠翠问："什么怕人的梦？"

就装作思索梦境似的，一面细看翠翠小脸长眉毛，一面说出他另一时张着眼睛所做的好梦。不消说，那些梦原来都并不是当真怎样使人吓怕的。

一切河流皆得归海,话起始说得纵极远,到头来总仍然是归到使翠翠红脸那件事情上去。待到翠翠显得不大高兴,神气上露出受了点小窘时,这老船夫又才像有了一点儿吓怕,忙着解释,用闲话来遮掩自己所说到那问题的原意。

"翠翠,我不是那么说,我不是那么说。爷爷老了,糊涂了,笑话多咧。"

但有时翠翠却静静的把祖父那些笑话糊涂话听下去,一直听到后来还抿着嘴儿微笑。

翠翠也会忽然说道:

"爷爷,你真是有一点儿糊涂!"

祖父听过了不再作声,他将说"我有一大堆心事",但来不及说,恰好就被过渡人喊走了。

天气热了,过渡人从远处走来,肩上挑得是七十斤担子,到了溪边,贪凉快不即走路,必蹲在岩石下茶缸边喝凉茶,与同伴交换"吹吹棒"烟管,且一面与弄渡船的攀谈。许多天上地下子虚乌有的话皆从此说出口来,给老船夫听到了。过渡人有时还因溪水清洁,就溪边洗脚抹澡的,坐得更久话也就更多。祖父把些话转说给翠翠,翠翠也就学懂了许多事情。货物的价钱涨落呀,坐轿搭船的用费呀,放木筏的人把他那个木筏从滩上流下时,十来把大招子如何活动呀,在小烟船上吃荤烟,大脚婆娘如何烧烟呀……无一不备。

傩送二老从川东押物回到了茶峒。时间已近黄昏了,溪面很寂静,祖父同翠翠在菜园地里看萝卜秧子。翠翠白日中觉睡久了些,觉得有点寂寞,好像听人嘶声喊过渡,就争先走下溪边去。下坎时,见两个人站在码头边,斜阳影里背身看得极分明,正是傩送二老同他家中的长年!翠翠大吃一惊,同小兽物见到猎人一样,回头便向山竹林里跑掉了。但那两个在溪边的人,听到脚步响时,一转身,也就看明白这件事情了。等了一下再也不见人来,那长年又嘶声音喊叫过渡。

老船夫听得清清楚楚,却仍然蹲在萝卜秧地上数菜,心里觉得好

433

笑。他已见到翠翠走去,他知道必是翠翠看明白了过渡人是谁,故意蹲在那高岩上不理会。翠翠人小不管事,过渡人求她不干,奈何她不得,故只好嘶着个喉咙叫过渡了。那长年叫了几声,见没有人来,就停了,同二老说:"这是什么玩意儿,难道老的害病弄翻了,只剩翠翠一个人了吗?"二老说:"等等看,不算什么!"就等了一阵。因为这边在静静的等着,园地上老船夫却在心里说:"难道是二老吗?"他仿佛担心搅恼了翠翠似的,就仍然蹲着不动。

但再过一阵,溪边又喊起过渡来了,声音不同了一点,这才真是二老的声音。生气了吧?等久了吧?吵嘴了吧?老船夫一面胡乱估着,一面连奔带窜跑到溪边去。到了溪边,见两个人业已上了船,其中之一正是二老。老船夫惊讶的喊叫:

"呀,二老,你回来了!"

年青人很不高兴似的,"回来了,——你们这渡船是怎么的,等了半天也不来个人!"

"我以为——"老船夫四处一望,并不见翠翠的影子,只见黄狗从山上竹林里跑来,知道翠翠上山了,便改口说:"我以为你们过了渡。"

"过了渡!不得你上船,谁敢开船?"那长年说着,一只水鸟掠着水面飞去,"翠鸟儿归巢了,我们还得赶回家去吃夜饭!"

"早咧,到河街早咧,"说着,老船夫已跳上了船,且在心中一面说着,"你不是想承继这只渡船吗!"一面把船索拉动,船便离岸了。

"二老,路上累得很!……"

老船夫说着,二老不置可否不动感情听下去。船拢了岸,那年青小伙子同家中长年话也不说挑担子翻山走了。那点淡漠印象留在老船夫心上,老船夫于是在两个人身后,捏紧拳头威吓了三下,轻轻的吼着,把船拉回去了。

## 一九

翠翠向竹林里跑去,老船夫半天还不下船,这件事从傩送二老看来，前途显然有点不利。虽老船夫言词之间，无一句话不在说明"这事有边"，但那畏畏缩缩的说明，极不得体，二老想起他的哥哥，便把这件事曲解了。他有一点愤愤不平，有一点儿气恼。回到家里第三天，中寨有人来探口风，在河街顺顺家中住下，把话问及顺顺，想明白二老的心中，是不是还有意接受那座新碾坊，顺顺就转问二老自己意见怎么样。

二老说："爸爸，你以为这事为你，家中多座碾坊多个人，你可以快活，你就答应了。若果为的是我，我要好好去想一下，过些日子再说它吧。我尚不知道我应当得座碾坊，还应当得一只渡船；因为我命里或只许我撑个渡船！"

探口风的人把话记住，回中寨去报命。到碧溪岨过渡时，见到了老船夫，想起二老说的话，不由得不眯眯的笑着。老船夫问明白了他是中寨人，就又问他上城作些什么事。

那心中有分寸的中寨人说：

"什么事也不作，只是过河街船总顺顺家里坐了一会儿。"

"无事不登三宝殿，坐了一定就有话说！"

"话倒说了几句。"

"说了些什么话？"那人不再说了。老船夫却问道："听说你们中寨人想把河边一座碾坊连同家中闺女送给河街上顺顺，这事情有不有了点眉目？"

那中寨人笑了。"事情成了。我问过顺顺，顺顺很愿意和中寨人结亲家，又问过那小伙子，……"

"小伙子意思怎么样？"

"他说：我眼前有座碾坊，有条渡船，我本想要渡船，现在就决定要碾坊吧。渡船是活动的，不如碾坊固定，这小子会打算盘呢。"

中寨人是个米场经纪人，话说得极有斤两，他明知道"渡船"指的是什么意思，但他可并不说穿。他看到老船夫口唇蠕动，想要说话，中寨人便又抢着说道：

"一切皆是命，半点不由人。可怜顺顺家那个大老，相貌一表堂堂，会淹死在水里！"

老船夫被这句话在心上戳了一下,把想问的话咽住了。中寨人上岸走去后,老船夫闷闷的立在船头,痴了许久。又把二老日前过渡时落漠神气温习一番,心中大不快乐。

翠翠在塔下玩得极高兴,走到溪边高岩上想要祖父唱唱歌,见祖父不理会她,一路埋怨赶下溪边去。到了溪边方见到祖父神气十分沮丧,可不明白为什么原因。翠翠来了,祖父看看翠翠的快活黑脸儿,粗卤的笑笑。对溪有扛货物过渡的,便不说什么,沉默的把船拉过溪南,到了中心却大声唱起歌来了。把人渡了过溪,祖父跳上码头走近翠翠身边来,还是那么粗卤的笑着,把手抚着头额。

翠翠说:

"爷爷怎么的,你发痧了?你躺到荫下去歇歇,我来管船!"

"你来管船,好的妙的,这只船归你管!"

老船夫似乎当真发了痧,心头发闷,虽当着翠翠还显出硬扎样子,独自走回屋里后,找寻得到一些碎瓷片,在自己臂上腿上扎了几下,放出了些乌血,就躺在床上睡了。

翠翠自己守船,心中却古怪的快乐高兴,心想:"爷爷不为我唱歌,我自己会唱!"

她唱了许多歌,老船夫躺在床上闭着眼睛,一句一句听下去,心中极乱。但他知道这不是能够把他打倒的大病,到明天就仍然会爬起来的。他想明天进城,到河街去看看,又想起另外许多旁的事情。

但到了第二天,人虽起了床,头还沉沉的。祖父当真已病了。翠翠显得懂事了些,为祖父煎了一罐大发药,逼着祖父喝,又觅过屋后菜园地里摘取蒜苗泡在米汤里作酸蒜苗。一面照料船只,一面还时时刻刻抽空赶回家来看祖父,问这样那样。祖父可不说什么,只是为一个秘密痛苦着。躺了三天,人居然好了。屋前屋后走动了一下,骨头还硬硬的,心中惦念到一件事情,便预备进城过河街去。翠翠看不出祖父有什么要紧事情,必须当天入城,请求他莫去。

老船夫把手搓着,估量到是不是应说出那个理由。在面前,翠翠一张黑黑的瓜子脸,一双水汪汪的眼睛,使他吁了一口气。

他说:"我有要紧事情,得今天去!"

翠翠苦笑着说:"有多大要紧事情,还不是……"

老船夫知道翠翠脾气,听翠翠口气已经有点不高兴,不再说要走了,把预备带走的竹筒,同扣花褡裢搁到长几上后,带点儿谄媚笑着说:"不去吧,你担心我会把自己摔死,我就不去吧。我以为天气早上不很热,到城里把事办完了就回来——不去也得,我明天去!"

翠翠轻声的温柔的说:"你明天去也好,你腿还软!好好的躺一天再起来。"

老船夫似乎心中还不甘服,撒着两手走出去,在门限边一个打草鞋的棒槌,差点儿把他绊了一大跤。稳住了时翠翠苦笑着说:"爷爷,你瞧,还不服气!"老船夫拾起那棒槌,向屋角隅摔去,说道:"爷爷老了!过几天打豹子给你看!"

到了午后,落了一阵行雨,老船夫却同翠翠好好商量,仍然进了城。翠翠不能陪祖父进城,就要黄狗跟去。老船夫在城里被一个熟人拉着谈了许久盐价米价,又过守备衙门看了一会厘金局长新买的骡马,方到河街顺顺家里去。到了那里,见顺顺正同三个人打纸牌,不便谈话,就站在身后看了一阵牌。后来顺顺请他喝酒,借口病刚好点不敢喝酒,推辞了。牌既不散场,老船夫又不想即走,顺顺似乎并不明白他等着有何话说,却只注意手中的牌。后来老船夫的神气倒为另外一个人看出了,就问他是不是有什么事情。老船夫方扭扭怩怩照老方子搓着他那两只大手,说别的事没有,只想同船总说两句话。

那船总方明白在身后看牌半天的理由,回头对老船夫笑将起来。

"怎不早说?你不说,我还以为你在看我牌学张子。"

"没有什么,只是三五句话,我不便扫兴,不敢说出。"

船总把牌向桌上一撒,笑着向后房走去了,老船夫跟在身后。

"什么事?"船总问着,神气似乎先就明白了他来此要说的话,显得略微有点儿怜悯的样子。

"我听一个中寨人说你预备同中寨团总打亲家,是不是真事?"

船总见老船夫的眼睛盯着他的脸,想得一个满意的回答,就说:

"有这事情。"那么答应,意思却是:"有了你怎么样?"

老船夫说:"真的吗?"

那一个又很自然的说:"真的。"意思却依旧包含了"真的又怎么样?"一个疑问。

老船夫装得很从容的问:"二老呢?"

船总说:"二老坐船下桃源好些日子了!"

二老下桃源的事,原来还同他爸爸吵了一阵方走的。船总性情虽异常豪爽,可不愿意间接把第一个儿子弄死的女孩子,又来作第二个儿子的媳妇,这是很明白的事情。若照当地风气,这些事认为只是小孩子的事,大人管不着,二老当真欢喜翠翠,翠翠又爱二老,他也并不反对这种爱怨纠缠的婚姻。但不知怎么的,老船夫对于这件事情的关心处,使二老父子对于老船夫反而有了一点误会。船总想起家庭间的近事,以为全与这老而好事的船夫有关,虽不见诸形色,心中却有个疙瘩。

船总不让老船夫再开口了,就语气略粗的说道:

"伯伯,算了吧,我们的口只应当喝酒了,莫再只想替儿女唱歌!你的意思我全明白,你是好意。可是我也求你明白我的意思,我以为我们只应当谈点自己分上的事情,不适宜于想那些年青人的门路了。"

老船夫被一个闷拳打倒后,还想说两句话,但船总却不让他再有说话的机会,把他拉出到牌桌边去。

老船夫无话可说,看看船总时,船总虽还笑着谈到许多笑话,心中却似乎很沉郁,把牌用力掷到桌上去。老船夫不说什么,戴起他那个斗笠,自己走了。

天气还早,老船夫心中很不高兴,又进城去找杨马兵。那马兵正在喝酒,老船夫虽推病,也免不了喝个三五杯。回到碧溪岨,走得热了一点,又用溪水去抹身子。觉得很疲倦,就要翠翠守船,自己回家睡去了。

黄昏时天气十分郁闷,溪面各处飞着红蜻蜓。天上已起了云,热风把两山竹篁吹得声音极大,看样子到晚上必落大雨。翠翠守在渡船上,看着那些溪面飞来飞去的蜻蜓,心也极乱。看祖父脸上颜色惨惨的,放心不下，便又赶回家中去。先以为祖父一定早睡了，谁知还坐在门限上打草鞋！

"爷爷，你要多少双草鞋，床头上不是还有十四双吗？怎么不好好的躺一躺？"

老船夫不作声，却站起身来昂头向天空望着，轻轻的说："翠翠，今晚上要落大雨响大雷的！回头把我们的船系到岩下去，这雨大哩。"

翠翠说："爷爷，我真吓怕！"翠翠怕的似乎并不是晚上要来的雷雨。

老船夫似乎也懂得那个意思，就说："怕什么？一切要来的都得来，不必怕！"

## 二○

夜间果然落了大雨，挟以吓人的雷声。电光从屋脊上掠过时，接着就是訇的一个炸雷。翠翠在暗中抖着。祖父也醒了，知道她害怕，且担心她招凉，还起身来把一条布单搭到她身上去。祖父说：

"翠翠，不要怕！"

翠翠说："我不怕！"说了还想说："爷爷你在这里我不怕！"

訇的一个大雷，接着是一种超越雨声而上的洪大闷重倾圮声。两人皆以为一定是溪岸悬崖崩落了！担心到那只渡船，会早已压在崖石下面去了。

祖孙两人便默默的躺在床上听雨声雷声。

但无论如何大雨，过不久，翠翠却依然就睡着了。醒来时天已亮了，雨不知在何时业已止息，只听到溪两岸山沟里注水入溪的声音。翠翠爬起身来，看看祖父还似乎睡得很好，开了门走出去，门前已成为一个水沟，一股浊流便从塔后哗哗的流来，从前面悬崖直堕而下。并且各处皆是那么一种临时的水道。屋旁菜园地已为山水冲乱了，菜秧皆掩在粗砂泥里了。再走过前面去看看溪里一切，才知道溪中也涨了大水，已漫过了码头，水脚快到茶缸边了。下到码头去的那条路，正同一条小河一样，哗哗的泄着黄泥水。过渡的那一条横溪牵定的缆绳，已被水淹去

439

了。泊在崖下的渡船,已不见了。

翠翠看看屋前悬崖并不崩坍,故当时还不注意渡船的失去。但再过一阵,她上下搜索不到这东西,无意中回头一看,屋后白塔已不见了。一惊非同小可,赶忙向屋后跑去,才知道白塔业已坍倒,大堆砖石极凌乱的摊在那儿。翠翠吓慌得不知所措,只锐声叫她的祖父。祖父不起身,也不答应,就赶回家里去,到得祖父床边摇了祖父许久,祖父还不作声。原来这个老年人在雷雨将息时已死去了。

翠翠于是大哭起来。

过一阵,有从茶峒过川东跑差事的人,到了溪边,隔溪喊过渡,翠翠正在灶边一面哭着一面烧水预备为死去的祖父抹澡。

那人以为老船夫一家还不醒,急于过河,喊叫不应,就抛掷小石头过溪,打到屋顶上。翠翠鼻涕眼泪成一片的走出来,跑到溪边高崖前站定。

"喂,不早了!把船划过来!"

"船跑了!"

"你爷爷做什么事情去了呢?他管船,有责任!"

"他管船,管了五十年的船——他死了啊!"

翠翠一面向隔溪人说着一面大哭起来。那人知道老船夫死了,得进城去报信,就说:

"真死了吗?不要哭吧,我回城去告他们,要他们弄条船带东西来!"

那人回到茶峒城边时,一见熟人就报告这件事,不多久,全茶峒城里外便皆知道这个消息了。河街上船总顺顺,派人找了一只空船,带了副白木匣子,即刻向碧溪岨撑去。城中杨马兵却同一个老军人,赶到碧溪岨去了,砍了几十根大毛竹,用葛藤编作筏子,作为来往过渡的临时渡船。筏子编好后,撑了那个东西,到翠翠家中那一边岸下,留老兵守竹筏来往渡人,自己跑到翠翠家去看那个死者,眼泪湿莹莹的,摸了一会躺在床上硬僵僵的老友,又赶忙着做些应做的事情。到后帮忙的人来了,从大河船上运来棺木也来了,住在城中的老道士,还带了许多法器，一件旧麻布道袍，并提了一只大公鸡，来尽义务办理念经起水诸事，也从筏上渡过来了。家中人出出进进，翠翠只坐在灶边矮凳上呜呜的哭着。

到了中午，船总顺顺也来了，还跟着一个人扛了一口袋米，一坛酒，大腿猪肉。见了翠翠就说：

"翠翠，爷爷死了我知道了，老年人是必需死的，不要发愁，一切有我！"

各方面看看，就回去了。到了下午入了殓，一些帮忙的回的回家去了，晚上便只剩下了那老道士、杨马兵同顺顺家派来的两个年青长年。黄昏以前老道士用红绿纸剪了一些花朵，用黄泥作了一些烛台。天断黑后，棺木前小桌上点起黄色九品蜡，燃了香，棺木周围也点了小蜡烛，老道士披上那件蓝麻布道袍，开始了丧事中绕棺仪式。老道士在前拿着个小小纸幡引路，孝子第二，马兵殿后，绕着那具寂寞棺木慢慢转着圈子。两个长年则站在灶边空处，胡乱的打着锣钹。老道士一面闭了眼睛走去，一面且唱且哼，安慰亡灵。提到关于亡魂所到西方极乐世界花香四季时，老马兵就把木盘里的纸花，向棺木上高高撒去，象征这个西方极乐世界情形。

到了半夜，事情办完了，放过爆竹，蜡烛也快熄灭了，翠翠眼泪婆娑的，赶忙又到灶边去烧火，为帮忙的人办消夜。吃了消夜，老道士歪到死人床上睡着了。剩下几个人还得照规矩在棺木前守夜，老马兵为大家唱丧堂歌取乐，用个空的量米木升子，当作小鼓，把手剥剥剥的一面敲着升底一面唱下去——唱王祥卧冰的事情，唱黄香扇枕的事情。

翠翠哭了一整天，也同时忙了一整天，到这时已倦极，把头靠在棺前迷着了，两个长年同马兵既吃了消夜，喝过两杯酒，精神还虎虎的，便轮流把丧堂歌唱下去。但只一会儿，翠翠又醒了，仿佛梦到什么，惊醒后明白祖父已死，于是又幽幽的干哭起来。

"翠翠，翠翠，不要哭啦，人死了哭不回来的！"

老马兵接着就说了一个做新嫁娘的人哭泣的笑话，话语中夹杂了三五个粗野字眼儿，因此引起两个长年咕咕的笑了许久。黄狗在屋外吠

441

着,翠翠开了大门,到外面去站了一会,耳听到各处是虫声,天上月色极好,大星子嵌进透蓝天空里,非常沉静温柔。翠翠想:

"这是真事吗?爷爷当真死了吗?"

老马兵原来跟在她的后边,因为他知道女孩子心门儿窄,说不定一炉火闷在灰里,痕迹不露,见祖父去了,自己一切皆已无望,跳崖悬梁,想跟着祖父一块儿去,也说不定!故随时小心监视到翠翠。

老马兵见翠翠痴痴的站着,时间过了许久还不回头,就打着咳叫翠翠说:

"翠翠,露水落了,不冷么?"

"不冷。"

"天气好得很!"

"呀……"一颗大流星使翠翠轻轻的喊了一声。

接着南方又是一颗流星划空而下。对溪有猫头鹰叫。

"翠翠,"老马兵业已同翠翠并排一块儿站定了,很温和的说:"你进屋里睡去吧,不要胡思乱想!"

翠翠默默的回到祖父棺木前,坐在地上又呜咽起来。守在屋中两个长年已睡着了。

那一个马兵便幽幽的说道:"不要哭了!不要哭了!你爷爷也难过咧。眼睛哭胀喉咙哭嘶有什么好处。听我说,爷爷的心事我全都知道,一切有我。我会把一切安排得好好的,对得起你爷爷。我会安排,什么事都会。我要一个爷爷欢喜你也欢喜的人来接收这只渡船!不能如我们的意,我老虽老,还能拿镰刀同他们拼命。翠翠,你放心,一切有我!……"

远处不知什么地方鸡叫了,老道士在那边床上胡胡涂涂的自言自语:"天亮了吗?早咧!"

二一

大清早,帮忙的人从城里拿了绳索杠子赶来了。

老船夫的白木小棺材，为六个人抬着到那个倾圮了的塔后山岨上去埋葬时，船总顺顺，马兵，翠翠，老道士，黄狗，皆跟在后面。到了预先掘就的方阱边，老道士照规矩先跳下去，把一点朱砂颗粒同白米，安置到阱中四隅及中央，又烧了一点纸钱，爬出阱时就要抬棺木的人动手下窆。翠翠哑着喉咙干号，伏在棺木上不起身。经马兵用力把她拉开，方能移动棺木。一会儿，那棺木便下了阱，拉去了绳子，调整了方向，被新土掩盖了，翠翠还坐在地上呜咽。老道士要赶早回城，去替人做斋，过渡走了。船总事多，把这方面一切事托付给老马兵，也赶回城去了。帮忙的皆到溪边去洗手，家中各人还有各人的事，且知道这家人的情形，不便再叨扰，也不再惊动主人，过渡回家去了。于是碧溪岨便只剩下三个人，一个是翠翠，一个是老马兵，一个是由船总家派来暂时帮忙照料渡船的秃头陈四四。黄狗因为被那秃头打了一石头，怀恨在心，对于那秃头仿佛很不高兴，尽是轻轻的吠着。

到了下午，翠翠同老马兵商量，要老马兵回城去把马托给营里人照料，再回碧溪岨来陪她。老马兵回转碧溪岨时，秃头陈四四被打发回城去了。

翠翠仍然自己同黄狗来弄渡船，让老马兵坐在溪岸高崖上玩，或嘶着个老喉咙唱歌给她听。

过三天后船总来商量接翠翠过家里去住，翠翠却想看守祖父的坟山，不愿即刻进城。只请船总过城里衙门去为说句话，许杨马兵暂时同她住住，船总顺顺答应了这件事，就走了。

杨马兵既是个上五十岁了的人，说故事的本领比翠翠祖父高一筹，加之凡事特别关心，做事又勤快又干净，因此同翠翠住下来，使翠翠仿佛去了一个祖父，却新得了一个伯父。过渡时有人问及可怜的祖父，黄昏时想起祖父，皆使翠翠心酸，觉得十分凄凉。但这分凄凉日子过久一点，也就渐渐淡薄些了。两人每日在黄昏中同晚上，坐在门前溪边高崖上，谈点那个躺在湿土里可怜祖父的旧事，有许多是翠翠先前所不知道的，说来便更使翠翠心中柔和。又说到翠翠的父亲，那个又要爱情又惜名誉的军人，在当时按照绿营军勇的装束，如何使女孩子动心。又说到翠翠的母亲，如何善于唱歌，而且所唱的那些歌在当时如何流行。

时候变了，一切也自然不同了，皇帝已不再坐江山，平常人还消说！杨马兵想起自己年青作马夫时，牵了马匹到碧溪岨来对翠翠母亲唱歌，翠翠母亲不理会，到如今自己却成为这孤雏的唯一靠山唯一信托人，不由得不苦笑。

因为两人每个黄昏必谈祖父，以及这一家有关系的事情，后来便说到了老船夫死前的一切，翠翠因此明白了祖父活时所不提到的许多事。二老的唱歌，顺顺大儿子的死，顺顺父子对于祖父的冷淡，中寨人用碾坊作陪嫁妆奁，诱惑傩送二老，二老既记忆着哥哥的死亡，且因得不到翠翠理会，又被家中逼着接受那座碾坊，意思还在渡船，因此抖气下行，祖父的死因，又如何与翠翠有关……凡是翠翠不明白的事，如今可全明白了。翠翠把事情弄明白后，哭了一个夜晚。

过了四七，船总顺顺派人来请马兵进城去，商量把翠翠接到他家中去，作为二老的媳妇。但二老人既在辰州，先就莫提这件事，且搬过河街去住，等二老回来时再看看二老意思。马兵以为这件事得问翠翠。回来时，把顺顺的意思向翠翠说过后，又为翠翠出主张，以为名分既不定妥，到一个生人家里去不好，还是不如在碧溪岨等，等到二老驾船回来时，再看二老意思。

这办法决定后，老马兵以为二老不久必可回来的，就依然把马匹托营上人照料，在碧溪岨为翠翠作伴，把一个一个日子过下去。

碧溪岨的白塔，与茶峒风水有关系，塔圮坍了，不重新作一个自然不成。除了城中营管、税局以及各商号各平民捐些钱以外，各大寨子也有人拿册子去捐钱。为了这塔成就并不是给谁一个人的好处，应尽每一个人来积德造福，尽每个人皆有捐钱的机会，因此在渡船上也放了个两头有节的大竹筒，中部锯了一口，尽过渡人自由把钱投进去，竹筒满了马兵就捎进城中首事人处去，另外又带了个竹筒回来。过渡人一看老船夫不见了，翠翠的辫子上扎了白线，就明白那老的已作完了自己分上的工作，安安静静躺在土坑里给小蛆吃掉了，必一面用同情的眼色瞧着翠翠，一面就摸出钱来塞到竹筒中去。"天保佑你，死了的到西方去，活下的永保平安。"翠翠明白那些捐钱人的怜悯与同情意思，心里酸酸的，忙把身子背过去拉船。

可是到了冬天，那个圮坍了的白塔，又重新修好了。那个在月下唱歌，使翠翠在睡梦里为歌声把灵魂轻轻浮起的青年人还不曾回到茶峒来。

............

这个人也许永远不回来了，也许"明天"回来！

# 编后记

凌 宇

在经历了早期学习用笔阶段及1928—1929年向成熟期的过渡，至20世纪30年代，沈从文的创作开始进入成熟期。本卷所收1931—1936年发表的24个短篇及两部中篇小说，均为沈从文创作成熟期作品。

1936年，上海良友图书印刷公司出版的沈从文自己选编的《从文小说习作选》，可视作他对自己10年创作的一次阶段性的检阅。在该选集的代序中，他写下了这样一段文字：

> 请你试从我的作品找出两个短篇对照看看，从《柏子》同《八骏图》看看，就可明白对于道德的态度，城市与乡村的好恶，知识分子与抹布阶级的爱憎，一个乡下人之所以为乡下人，如何具体显明反映在作品里。①

这段文字，是可以作为沈从文小说创作中人生构图的纲领来读的。确实，通过都市社会与乡村世界的对立与互参，寄托沈从文的爱憎好恶及其对人的存在方式的思考，成为沈从文小说创作的总体走向。

对都市人生，沈从文成熟期小说创作延续着早期创作即已开始的暴露与讽刺立场。这基于他对都市病态人生的感知。这人生病态产生的根源，则是人的自然本性的被遮蔽与失落。收入本卷的《自杀》《八骏图》诸篇以及收入《萧萧》卷中的《绅士的太太》《烟斗》《有学问的人》，收入《长河》卷的《大小阮》《王谢子弟》等，组连成都市上流社会的生态图。也有试图超拔泥淖的挣扎。《都市一妇人》《如蕤》诸篇，与收入

---

① 沈从文：《习作选集代序》，《沈从文全集》第9卷第4页。

《萧萧》卷的《一个女剧员的生活》，可视为同一母题的姐妹篇。极力摆脱上流社会病态生存圈，试图向一种新的生存模式攀缘，是这几篇小说主人公共有的行为模式。然而，这新的究竟是什么？它能否给主人公们提供一种理想的人生归宿？这依然是一个谜。摆在主人公们面前的，依然是人生的未了路。

沈从文笔下的乡村世界呈现的，则是迥异于都市人生的另一种人生景观。

《月下小景》是《龙朱》《媚金，豹子与那羊》《神巫之爱》一类类民间传说小说的延续，是一种对原始生命形态的"假设和有条件的推论"①。以此寄托作者对人与自然契合的生命形式的神往。《阿黑小史》具有同样的创作意图。虽然，故事发生时间已经是现代，然而，作者却赋予小说以超越现代时空的预设，从而活脱出一幅人与自然谐振的两性关系图。

《扇陀》《爱欲》《慷慨的王子》诸篇，选自《月下小景》集。这个集子所收，是沈从文从佛经故事取材，或加以铺排，或予以重构的小说。从题材角度看，似乎不在乡村世界范围内。但从作者以《月下小景》为这组小说的序篇看，这组小说与作者类民间传说的小说存在着创作主题的一致性，即对美与善的肯定与张扬。

然而，沈从文并非一位迷醉于类神话想象的歌者。对现代时空下的乡村生命存在方式，沈从文给予了更多的关注。《渔》《三三》《黔小景》《新与旧》《知识》《边城》等，都是对现代时空背景下乡下人存在方式的叙写。《虎雏》《三三》《新与旧》《知识》《泥涂》等叙写的，是两种不同文化存在方式冲突下乡下人的应对方式及其人生遭际，《黔小景》《渔》则是对乡下人生存方式带哲理性的思考。"常"（乡下人世代相袭的恒常不易的生存样式）与"变"（都市—现代文明带来的人的生存模式的变异）的交织，守常与应变二者的失衡带来的乡下人悲剧命运，成为这些小说共有的主题指向。《边城》是沈从文小说的代表作，它更为典型地体现着作者对乡村世界生命形式的思考。对乡村世界人性准乎自然的

---

① 卢梭：《论人类不平等的起源和基础·导言》。

生存方式的叙写，使《边城》带有极显明的桃源色彩。然而，沈从文的目的，却非为读者提供一部现代版的《桃花源记》。作为小说两大叙事序列深层结构的车路—马路、碾坊—渡船的矛盾与冲突，正是两种不同文化—生存方式的矛盾与冲突。也正是这一矛盾与冲突，导致小说的悲剧性结局。并且，这种对乡下人命运的关注，在《边城》中还延伸至对民族生存方式的关注，融入了对民族品德、民族文化重造的思考。小说中那座坍塌又被重建的白塔，就是这种思考的隐喻。沈从文在谈及《边城》时说：

> 我主意不在领导读者去桃源旅行，却想借重桃源上行七百里路酉水流域一个小城小市中几个愚夫俗子，被一件人事牵连在一处时，各人应有的一份哀乐，为人类"爱"字作一度恰如其分的说明。①

在《边城·题记》上，且曾提到一个问题，即拟将"过去"和"当前"对照，所谓民族品德的消失与重造，可能从什么方面着手。《边城》中人物的正直和热情，虽然已经成为过去了，应当还保留些本质在年青人的血里或梦里，相应环境中，即可重新燃起年青人的自尊心和自信心。②

显然，沈从文民族文化重造的思想，在20世纪30年代中期已经开始形成。到40年代，这一思想已经成为沈从文思想更为显在的部分乃至一种宣言。由此导致的沈从文对人的文化存在方式的哲学层面的思考，导致沈从文后期创作的嬗变。收入《长河》卷的《看虹录》及散文卷中的《烛虚》等散文，为我们提供着相关的证明。

为了尊重并保持沈从文作品文字的原貌和风格，只要不是明显的错漏，这套文集一律不作改动，特此说明。

---

① 沈从文：《习作集代序》，《沈从文全集》第9卷第5页。

② 沈从文：《长河·题记》，《沈从文全集》第10卷第5页。

## 出版说明

为尊重并保持沈从文作品文字的原貌和风格，只要不是明显的错漏，本书一律不做改动，特此说明。

## 图书在版编目 (CIP) 数据

边城 / 沈从文著. —— 北京：北京十月文艺出版社，2023.6（2025.7重印）

（沈从文集）

ISBN 978-7-5302-2315-4

Ⅰ. ①边… Ⅱ. ①沈… Ⅲ. ①短篇小说—小说集—中国—现代②中篇小说—小说集—中国—现代 Ⅳ. ① I246.7

中国版本图书馆 CIP 数据核字 (2023) 第 098854 号

边城
BIANCHENG
沈从文　著

| 出　　版 | 北京出版集团 |
| --- | --- |
| | 北京十月文艺出版社 |
| 地　　址 | 北京北三环中路 6 号 |
| 邮　　编 | 100120 |
| 网　　址 | www.bph.com.cn |
| 发　　行 | 新经典发行有限公司 |
| | 电话 010-68423599 |
| 经　　销 | 新华书店 |
| 印　　刷 | 北京盛通印刷股份有限公司 |
| 版　　次 | 2023 年 6 月第 1 版 |
| 印　　次 | 2025 年 7 月第 12 次印刷 |
| 开　　本 | 850 毫米 ×1168 毫米 1/32 |
| 印　　张 | 14.25 |
| 字　　数 | 411 千字 |
| 书　　号 | ISBN 978-7-5302-2315-4 |
| 定　　价 | 49.80 元 |

如有印装质量问题，由本社负责调换
质量监督电话　010-58572393

版权所有，未经书面许可，不得转载、复制、翻印，违者必究。